무엇을 할 것인가

무엇을 할 것인가

무엇을 할 것인가 _하

Chto delat'

새로운 사람들에 관한 이야기

니꼴라이 체르니셰프스끼 장편소설   서정록 옮김

CHTO DELAT'
by NIKOLAI GAVRILOVICH CHERNYSHEVSKII (1863)

이 책은 실로 꿰매어 제본하는 정통적인 사철 방식으로 만들어졌습니다.
사철 방식으로 제본된 책은 오랫동안 보관해도 손상되지 않습니다.

18

그가 어떻게 물러설 수 있겠는가? 신뢰를 저버리고 그의 천박한 성격을 드러낸 이전의 게임은 다시 되풀이되지 않을 것이다. 똑같은 속임수를 재차 사용하는 것은 불가능하다. 첫 번째 것을 그대로 반복한 두 번째 것이란 첫번째 것의 의도를 드러내는 것은 물론이고 자신이 새로운 사건뿐만 아니라 이전의 사건의 주인공임을 보여 주게 될 것이다. 그렇다. 일반적으로 보더라도 관계를 갑자기 중단하는 일은 피하는 것이 필요하다. 그러한 식으로 행동하는 것은 수월할진 모르지만 연극적으로 보일 것이다. 그리고 남의 이목을 집중시킬 뿐더러 지금과 같은 상황에서는 야비하고 경멸스럽게 보일 것이다. 아니, 끼르사노프의 이기주의 이론에 따라서 보더라도 그것은 터무니없이 잘못된 계산인 것이다. 그러므로 비록 가장 고통스러운 수단이긴 하지만, 서서히 그리고 남이 눈치채지 않도록 정중하게 포기하는 방법만이 그가 포기했다는 인상을 주지 않는 유일한 신택인 것이다. 그러나 이러한 행동은 배우 어렵다. 그것은 일거수일투족이 주시되지 않으면서 남들의 시선에서 달아나는 교묘한 술수가 필요하기 때문이다. 이제 그것은 피할 도리가 없게 되었다. 그는 이런 식으로 행동해야만 했다. 그런데 끼르사노프의 이론에 따르면, 그것은 전혀 고통스러운 일이 아닐 뿐만 아니라 오히려 즐거운 일이기까지 했다. 왜냐하면 성취하기 어려운 일일수록 그것을 성공적으로 수행할 때 마주치는 강인함과 교묘한 술수는 이기주의 이론으로 보면 그만큼 더 기쁨을 주기 때문이다.

그는 마침내 그것을 성공적으로 수행해 냈다. 그는 단 한 마디의 말, 표정, 시선을 통해서도 자기의 생각을 드러내지 않았다. 이전처럼 그는 베라 빠블로브나와 자유롭고 쾌활하게 지냈다. 또 이전처럼 그녀의 모임을 즐기는 것이 누가 보아도 분명했다. 그러나 그가 전처럼 자주 로뿌호프의 집에 오거나, 전처럼 매일 저녁 거기서 머무는 것을 방해하는 일들이 여러 가지 나타나기 시작했다. 그 결과 로뿌호프는 전보다 자주 그의 팔이나 옷자락을 붙잡거나 말로 막아야만 했다. 「아니야, 이 친구, 자넨 이 토론에서 그렇게 쉽게 빠져 달아날 수 없다고.」 그리고 끼르사노프는 로뿌호프의 집에서 보내는 대부분의 시간 동안 친구의 소파 곁에 앉아 있었다. 무엇이 어떻게 변하고 있는지 아무도 알아챌 수 없을 만큼 모든 것은 서서히 진행되었다. 간혹 끼르사노프는 하던 이야기를 중단하고 변명을 늘어놓았으며 이야기를 중단시킨 것에 대해서 사과 — 이것을 자주 하지는 않는다. 지나치게 겸손을 보이는 것은 좋지 않기 때문이었다 — 를 하기도 했다. 그러나 이러한 중단은 아주 자연스럽고 불가피한 것으로 이해되었는데, 심지어 어떤 때는 로뿌호프 부부가 그가 집에서 아무개와 만나기로 약속하지 않았느냐고 상기시켜 주며 떠밀어 내보내는 일도 있었다. 또 어떤 때는, 만일 그가 오늘 아무개를 방문하지 않으면 그가 화를 내지 않겠느냐, 또는 그가 오늘 적어도 네 시간은 일을 해야 했는데 못 했으니 오늘밤에 그것을 준비하려면 그만큼 잠을 못 자지 않겠느냐고 하면서 그를 서둘러 보내기도 했으므로 그의 그런 행동에 대해서 아무도 의심하지 않았다. 「어어, 벌써 10시야.」 그는 더이상 그들과 이야기를 할 시간이 없었다. 그는 가서 일을 해야만 하는 것이다. 언제나 거의 그런 식이었다. 게다가 그들이 끼르사노프에게 그의 약속을 상기시켜 줄 때에도 그는 이따금씩 그들의 말을 따르지 않았다. 즉, 그는 약속한 사람을 보러 가지 않고 그가 화를 내도록 내버려 두었으며 일을 제쳐두고 그들과 함께 보내기도 하였다. 이런 식의 이야기의 중단은 점점 자주 일어나게 되었다. 게다가 해부학 실험은 끼르사노프로부터 저녁 시간을 무자비하게 빼앗아 가기 시작했다. 그대로 가다간 그의 말대로 (그는 이것을 큰소리로 말했다) 그들의 우정을 깨칠 판국이었다. 즉, 그만큼 그의 해부학 실험과 약속은 보통 때보다 지나치게 많아졌다. 그것들은 정말 얼마나 많아졌던가! (이 역시 그는 큰 소리로 외쳤다.) 그는 따라서 매우 유명해지는 것처럼 느껴졌고 ― 로뿌호프 부부 역시 그것을 잘 알았다 ― 그래서 그를 필요로 하는 사람들이 점점 많아지는 것처럼 생각되었다. 그렇다고 그가 일을 부주의하게 다루어서는 안 되었다. 바쁘다는 것이 일에 부주의하거나 게으른 것에 대한 변명은 될 수 없기 때문이다. 그는 지난 몇 달 동안 너무 게을렀기 때문에 요즘 일이 벅차다고 했다. 「하지만 자네는 그 일을 해야만 돼, 알렉산드르.」 그녀도 말했다. 「이제 시간이 되었어요, 알렉산드르 마뜨베이치.」

그러나 이러한 책략은 어려운 것이었다. 한 주일 또 한 주일, 이 쳇바귀를 〈시셋마늘〉처럼 번상하는 섯이 빌요했다. 그리고 변화의 정도를 시계 바늘처럼 느리고 지속적으로 안정되게 꾸며야 했다. 시계를 주의 깊게 살펴보라. 그러면 시곗

바늘이 움직이고 있는 것을 볼 수 있을 것이다. 그러나 그것은 은밀하게 움직이고 있다. 그것은 이전의 위치로부터 서서히, 아주 서서히 앞으로 옮겨 가고 있는 것이다. 이론가인 끼르사노프의 즐거움은 이것을 실천에 옮겨 실행하는 동안 자기의 솜씨를 지켜보는 것이었다. 이기주의자이며 동시에 유물론자인 그는 오직 그의 기쁨만을 위해서 행동할 뿐이었다! 끼르사노프는 가슴에 손을 얹고서 그가 오직 그 자신의 기쁨을 위해 이 게임을 하고 있다는 것을 말할 정도였다. 그는 자기의 솜씨와 대담성에 즐거워했다.

그렇게 한 달 남짓 지나갔다. 만약 누군가가 주의 깊게 관찰해 보았다면, 그는 이 기간 동안에 끼르사노프의 로뿌호프 부부에 대한 우정이 털끝만큼도 줄어들지 않을 것을 알게 될 것이다. 그러나 그는 점점 그들과 짧은 시간을 보냈으며 동시에 그가 베라 빠블로브나와 이야기하는 시간도 거의 절반으로 줄었다. 그러나 한 달이 넘게 되자, 비록 그들의 우정은 그대로 지속되었지만 그들은 좀처럼 보기 어렵게 되었다. 그리고 모든 것이 그 구체적인 모습을 드러내기 시작했다.

로뿌호프의 눈은 날카로웠다. 그들이 정말 아무것도 보지 못했을까? 그러나 그는 아무것도 보지 못했다.

그러면 베라 빠블로브나는 어땠을까? 베라 빠블로브나 역시 아무것도 눈치채지 못했다. 그녀는 자기 자신 속에서 아무런 변화도 느끼지 못했을까? 베라 빠블로브나는 자기 자신 속에서 아무런 변화도 알아채지 못했다. 베라 빠블로브나는 단지 다음과 같은 꿈을 하나 꾸었을 뿐이다.

19
베라 빠블로브나의 세 번째 꿈

베라 빠블로브나는 꿈을 꾸었다.

차를 마신 뒤에 밀렌끼와 이야기를 나눈 그녀는 침대에 눕기 위해 — 잠을 자려는 것은 아니었다. 잠을 자기에는 아직 일렀다 — 그녀의 방으로 갔다. 이제 겨우 9시 반이었다. 그녀는 옷을 입은 채로 침대에 누웠다. 그리고 그녀는 책을 읽었다. 그러나 그녀의 시선은 책을 떠나 허공에 머물렀고 무엇인가 생각에 열중하고 있었다. 〈최근에 내가 유난히 고독감을 자주 느끼는 이유가 뭘까? 아니, 정확히 고독이라고 말할 수 없을지도 몰라. 단지 내가 그렇게 느끼는 것일까? 아니, 그런 것은 아냐. 그러고 보니 참 오늘 저녁엔 오페라를 보고 싶었는데, 그런데 끼르사노프가 — 그는 주의 깊은 사람이야 — 너무 늦게 가서 표를 구할 수가 없었어. 보시오[70]가 노래 부를 때 11시에 가서는 2루블짜리 표도 살 수 없다는 것을 그는 몰랐던 거야. 하기야 그를 책망할 수도 없지. 그는 5시까지 일을 하고 있었을 테니까, 비록 그가 말은 안 했지만 말이야. 하지만 그래도 그는 책망받아 마땅해. 아니, 그럴 게 아니라 다음부터 아예 밀렌끼에게 표를 구해 달라고 부탁하는 게 낫겠어. 그리고 밀렌끼와 같이 오페라를 보러 가는 게 역시 좋을 것 같아. 밀렌끼라면 표가 없어서 못 가게 하는 그런 어리석은 짓은 결코 하지 않을 테니까. 나의 밀렌끼는 멋진 사람이니까! 아무튼 이 끼르사노프 때문에 「라 트라비아타」를 들을 기회를 놓쳤어. 오페라가 공연되는 날이면, 더욱

---

70 Angiolina Bosio(1820~1859). 유명한 이탈리아의 메조소프라노로 뻬쩨르부르그에서 매우 인기가 높았다.

이 보시오가 주역이라는 단지 그 이유만으로도 오페라가 신통치 않은 것쯤은 문제가 안 돼. 내가 만일 보시오의 그런 목소리를 가졌으면 하루 종일 노래만 불렀을 거야. 그런데 어떻게 하면 그녀와 친해질 수 있을까? 어떻게 하면 되지? 그 포병이 탐벨리크[71]라는 유명한 테너와 친하다고 했다는데, 그를 통하면 가능할까? 아니야, 그건 불가능해. 쓸데없는 생각이야. 보시오와 친해지면 어떤 점이 좋을까? 나를 위해서 노래를 불러 줄까? 아니야, 그녀는 목소리를 아껴야 해.

그런데 보시오가 어떻게 러시아 말을 배웠을까? 그녀의 발음은 정말 정확해! 하지만 그 시는 형편없어! 그런 형편없는 시를 그녀는 어디서 배웠을까? 그래, 맞아 그녀는 내가 공부한 바로 그 문법 책에서 그 시를 배웠을 거야. 그 시는 인용 부호를 설명하느라고 인용된 거였거든. 문법 책에서 그런 시를 따오다니 얼마나 우스운 일이야! 그 시가 조금만 괜찮았더라도 그렇게 나쁘지 않았을 텐데. 어쨌든 그 시의 의미는 생각해 볼 여지도 없어. 그녀의 노래를 듣는 거야.〉

기쁨의 때가 와
만인을 기쁘게 하리니
청춘의 젊음은
사랑에 복종하고……

〈정말 유치한 시야! 둘째 줄의 악센트도 틀렸어. 《만인을 기쁘게 하리니》라고? 하지만 그녀가 노래를 부를 때면 그 목소리와 감정은 너무도 훌륭해. 보통 때 듣던 거보다 너무너

71 Enrico Tamberlick(1820~1889). 이탈리아의 테너. 뻬쩨르부르그에서 많은 공연을 하였는데 특히 「리골레토」에서 공작의 역할로 큰 성공을 거두었다.

무 괜찮아. 정말 비교가 안 될 정도로 좋아! 최고이고말고! 그런데 어떻게 된 거지? 지금 내가 어떻게 그녀와 친해질 수 있었는지 믿어지지가 않아. 그녀가 나를 방문하다니! 그녀와 친해지고 싶다는 걸 어떻게 알았을까?〉

「그래요, 당신은 오래전에 나를 방문했어요.」 보시오가 러시아어로 말했다.

「내가 당신을 방문했다고요, 보시오? 나는 당신을 알지도 못했는데 어떻게 내가 당신을 방문할 수 있었겠어요? 하지만 당신을 보게 돼서 기뻐요, 정말 기뻐요.」

베라 빠블로브나는 침대 커튼을 젖히고 보시오에게 그녀의 손을 내민다. 그런데 여가수는 가만히 웃고만 있다. 그녀는 보시오가 아니라 마치 「리골레토」에 나오는 집시역의 드 메릭[72] 같았다. 쾌활하게 웃는 것은 드 메릭 같았으나 목소리는 여전히 보시오였다. 그녀는 침대 커튼 뒤로 몸을 감춘다. 침대 커튼 뒤로 보시오가 숨자 그녀는 몹시 불쾌했다. 〈전에는 커튼이 없었는데 언제 생겼지? 어디서 났을까?〉

「내가 왜 당신한테 왔는지 아세요?」 그녀는 드 메릭처럼, 그리고 동시에 보시오처럼 웃으며 말했다.

「당신은 누구세요? 당신은 드 메릭이 아니에요, 그렇지요?」
「맞아요.」
「그러면 보시오인가요?」
여가수가 웃는다. 「눈치가 빠르군요. 하지만 지금은 내가 왜 이곳에 왔는지를 아는 것이 더 중요해요. 나는 당신의 일기를 같이 읽고 싶어요.」
「나는 일기를 쓰지 않아요. 쓴 적도 없고요.」

---

72 Henriette Méric-Lelande(?~1867). 프랑스 소프라노. 뻬쩨르부르그에서 공연되는 이탈리아 오페라에 많이 출연하였다.

「여기 보세요. 이 작은 탁자에 놓여 있는 게 뭐지요?」

베라 빠블로브나가 쳐다본다. 침대 가까이에 있는 탁자 위에 〈베라 빠블로브나의 일기〉라고 씌어 있는 노트 한 권이 놓여 있다. 이 노트가 어디서 났지? 베라 빠블로브나는 그것을 펼친다. 노트는 그녀 자신의 필체로 씌어져 있었다. 〈도대체 언제 이런 걸?〉

「마지막 페이지를 읽어요.」 보시오가 말했다.

베라 빠블로브나가 읽는다. 「다시 나는 저녁 내내 혼자 지내지 않으면 안 되었다. 그러나 그것은 아무렇지도 않다. 이미 그것에 익숙해져 있으므로.」

「그게 전부인가요?」 보시오가 말했다.

「그게 전부예요.」

「아뇨, 당신은 다 읽지 않았어요.」

「거기엔 더 이상 아무것도 씌어 있지 않아요.」

「당신은 나를 속일 수 없어요.」 방문자가 말했다. 「이건 뭐지요?」

침대 커튼 뒤에서 손이 나왔다. 매우 아름다운 손이었다! 하지만 어여쁜 손은 보시오의 것이 아니었다. 그런데 이 손이 어떻게 커튼도 젖히지 않고 나왔을까?

새로운 방문자의 손이 일기의 펼쳐진 곳에 닿자 그 손 밑에 전에는 없던 새로운 글이 나타났다. 「읽으세요.」 방문자가 말했다. 베라 빠블로브나의 가슴은 무거워지기 시작했다. 그녀는 전에 그와 같은 글을 본 적이 없었다. 그녀는 그런 글이 씌어진 것조차 몰랐다. 그녀는 마음에 중압감을 느꼈다. 그녀는 그 새로운 구절을 읽고 싶지 않았다.

「읽으세요.」 방문자가 재차 말했다.

베라 빠블로브나가 읽는다. 「그래, 혼자 읽는 것은 지루하고 짜증나. 전에는 이런 고독감을 느끼지 않았어. 전에는 그런

적이 없는데 지금 내가 이렇게 외로움을 타다니 웬일일까?」

「한 페이지 뒤로 넘겨 봐요.」 방문자가 말했다. 베라 빠블로브나가 페이지를 넘긴다.

「올여름!」 누가 이런 식으로 일기를 썼을까? 베라 빠블로브나는 생각한다. 〈1855년 6월이나 7월에 씌어졌을 거야. 날짜를 보니 틀림없어. 그런데 이것 좀 봐. 《올여름》이라니, 누가 이런 식으로 일기를 썼을까?〉「올여름 우리는 평소대로 교외의 섬으로 야유회를 갔다. 이번에는 밀렌끼도 함께 갔다. 그것은 나를 매우 기쁘게 했다!」〈아아! 그것은 8월이야, 그렇지? 그런데 몇 일이더라? 15일, 아니 12일? 그래, 그래, 그것은 15일경이었어. 나의 불쌍한 밀렌끼가 병이 난 게 그 야유회를 갔다 와서였거든.〉 베라 빠블로브나는 생각했다.

「그게 전부인가요?」

「이게 전부예요.」

「아니에요, 당신은 다 읽지 않았어요. 이건 뭐지요?」 방문자가 말했다. 그리고 다시 침대 커튼 뒤에서 예쁜 손이 나왔다. 그리고 일기의 펼쳐진 곳에 갖다 대었다. 그러자 다시 그곳에 새로운 글이 나타났다. 다시 베라 빠블로브나는 그녀의 의지를 억누르고 새로운 글을 읽는다.「그런데 왜 나의 밀렌끼는 자주 우리와 함께 가지 않는 것일까?」

「한 페이지 더 넘겨 봐요.」 방문자가 말했다.

「나의 밀렌끼는 할 일이 너무 많다. 그것은 모두 나를 위한 것이다. 나를 위해서 그는 일하고 있는 것이다. 나의 밀렌끼.」〈그래, 그게 답이야.〉 베라 빠블로브나는 그렇게 생각하자 행복해졌나.

「한 페이지 더 넘겨 봐요.」

「이 학생들은 매우 정직하고 기품 있는 사람들이다. 그리고 그들은 나의 밀렌끼를 진심으로 존경하고 있다. 나는 마치 그들이 내 형제인 것처럼 그들과 함께 지낸다. 우리는 전혀 격식을 차리지 않는다.」

「그게 전부인가요?」

「이게 전부예요.」

「아뇨, 계속 읽어요.」 그리고 다시 손이 나타나서 일기의 펼쳐진 곳에 갖다 대었다. 다시 새로운 글이 나타났다. 베라 빠블로브나는 다시 그 글을 읽는다. 「8월 16일.」〈그날은 우리가 그 섬에 갔다온 지 이틀째 되는 날이야. 아니 정확하게 15일이 맞아.〉 베라 빠블로브나는 생각했다. 「밀렌끼는 내내 농담으로 〈엄격주의자〉라고 부른 라흐메또프, 그리고 그의 동료들과만 이야기를 했다. 나와는 단 15분도 같이 지내지 않았다.」〈그것은 사실이 아니야. 그는 나와 거의 30분가량이나 함께 지냈어. 그리고 배에서도 함께 앉아서 왔거든.〉 베라 빠블로브나는 생각했다. 「8월 1일. 어제 그 학생들은 우리와 저녁 내내 함께 지냈다.」〈그래, 밀렌끼가 병을 얻은 바로 그날이야.〉「밀렌끼는 저녁 내내 그들과 오랫동안 이야기했다. 그들과 그렇게 오랫동안 대화하면서 왜 나하고는 그렇게 하지 않는 것일까? 그는 온종일 일을 하는 것 같지도 않다. 하루 내내 일하는 것은 아니라고 말했다. 쉬지 않고 일만 하는 것은 불가능하다는 것이다. 그런데 그는 너무 많이 쉰다는 생각이 든다. 그리고 쉬고 있는 동안에도 뭔가 다른 것을 골똘히 생각하고 있는 것 같다. 그런데 그는 왜 나와 상의하지 않고 자기 혼자서 그러고 있을 것일까?」

「한 페이지 더 넘겨 봐요.」

「올 7월 이후로는 매달 그렇게 지냈다. 밀렌끼가 병이 나던 작년, 그 전해에도 그랬던 것처럼, 닷새 전에 학생들이 우리를 방문했는데 어제도 또 방문했다. 그들의 오면 늘 그렇듯이 그들과 함께 지낸다. 그것은 매우 즐겁다. 내일이나 모레 그들은 또 올 것이다. 그리고 역시 즐거울 것이다.」

「그게 전부인가요?」

「이게 전부예요!」

「아니에요, 계속 읽어요.」 다시 손이 나타나서 일기의 펼쳐진 곳에 갖다 대자 손 밑에 새 글이 나타났다. 다시 베라 빠블로브나는 자기의 의사와 관계없이 그것을 읽는다.

「연초에도, 정확히 봄이 끝날 무렵에도, 나는 이 학생들과 그냥 그렇게 즐겁게 지냈다. 그러나 그것이 전부였다. 그런데 나는 요즈음 그것이 어린애 장난 같다는 생각이 자꾸 든다. 그런 무의미한 짓거리들은 더 이상 나를 즐겁게 하지 않는다. 하기야 내가 노부인이 된다 해도, 그리고 그런 장난을 할 나이가 훨씬 넘는다 해도 어쩌면 나의 어린 시절을 생각나게 해주는 그런 젊은이들의 게임에 마냥 즐거워할지도 모른다. 지금도 그 학생들을 어린 형제처럼 생각하고 있지 않은가? 그러나 내가 일에서 돌아와 휴식을 취하고 싶을 때까지도 베로치까로 남고 싶지는 않다. 나는 지금 베라 빠블로브나이다. 베로치까처럼 천진난만하게 지내는 것은 물론 가끔은 즐겁지만 늘 유쾌한 것은 아니다. 베라 빠블로브나는 때때로 여전히 베라 빠블로브나로 남아 있는 그런 행복을 원한다. 이 행복은 인생에 있어서 오직 대등한 동반자와 함께 있을 때에만 오는 것이다.」

「몇 페이지 뒤로 넘겨 봐요.」

「나는 봉제 조합을 열었다. 그리고 쥘리한테 가서 주문을 부탁했다. 밀렌끼는 나를 데리러 그녀의 집에 들렀다. 그녀는 우리를 아침 식사가 준비되어 있는 식탁으로 내려갔고 삼페인을 가져오게 했다. 그리고 그녀는 내게 그것을 두 잔이나 마시게 했다. 우리는 노래를 부르고 또 이리저리 뛰어다

넜으며, 소리를 지르고 한데 뒤엉키어 뒹굴었다. 아아, 얼마나 즐거웠던가! 밀렌끼는 가만히 쳐다보며 웃기만 했다.」

「정말 그게 전부인가요?」 방문자가 말했다. 그리고 다시 손이 나타났고 그 손 밑에 새로운 글이 나타났다. 다시 베라 빠블로브나는 그녀의 의지와 상관없이 그것을 읽는다.

「밀렌끼는 가만히 쳐다보며 웃기만 했다. 왜 그는 우리와 한데 어울리지 않는 것일까? 그랬더라면 훨씬 더 즐거웠을 텐데. 한데 어울리는 것이 적당하지 않아서 그랬을까? 아니면, 우리의 그런 장난에 끼어들고 싶지 않았던 것일까? 아니, 그것은 결코 조금도 어색할 일이 아니다. 그는 충분히 그럴 수 있다! 그는 그런 사람이니까. 결국 그는 방해하고 싶지 않았던 것이다. 그도 말했듯이 그리고 그게 전부이다.」

「한 페이지 뒤로 넘겨 봐요.」

「밀렌끼와 결혼하고 난 후 처음으로 나의 부모님을 보러 갔다. 결혼 전에 나를 억압하고 질식케 했던 그런 분위기는 찾아볼 수 없었다. 나의 밀렌끼! 그가 그 무서운 생활로부터 나를 구해 낸 것이다! 그날 밤 나는 무서운 꿈을 꾸었는데 엄마가 내게 무서운 저주를 퍼붓는 것이었다. 물론 엄마의 말은 진실이었다. 그러나 그것은 두려운 이야기였다. 그래서 나는 괴로워 신음하기 시작했는데, 밀렌끼가 나의 신음 소리를 듣고 내 방으로 달려왔다. 그때 나의 사랑하는 〈신부〉가 와서 위로해 주었다. 나는 그녀의 말대로 꿈속에서 계속 노래를 부르고 있었다. 밀렌끼는 하녀처럼 손수 내가 옷 입는 것을 도와주었다! 그날따라 이상하게 몹시 부끄러웠다! 그런데 그는 점잖은 사람이었다. 그는 오직 내 어깨에 키스를 할 뿐이었다!」

「그게 씌어 있는 모두인가요? 당신은 나를 속일 수 없어요! 읽으세요!」 다시 방문자의 손 밑에서 새로운 글이 나타났고, 베라 빠블로브나는 억지로 그것을 읽는다.

「이 일은 내게 왠지 모욕처럼 느껴졌다!」

「몇 페이지 뒤로 넘겨 봐요.」

「오늘 나는 뿌레비르드의 새로 놓은 다리 근처에서 나의 친구 D를 기다리고 있었다. 거기에는 내가 가정교사로 들어갈 것으로 생각되는 한 부인의 집이 있었다. 그러나 그녀는 나를 채용하기를 주저했고 나는 D와 함께 매우 실망해서 집으로 돌아왔다. 저녁 식사 전에 나는 방에서 이렇게 사느니 차라리 죽는 게 낫겠다고 생각하고 있었다. 그런데 식사를 하는 동안 D가 다시 다음과 같이 말하는 것이었다. 〈베라 빠블로브나, 나의 신부와 당신 신랑의 건강을 위해서 우리 축배를 듭시다.〉 나는 전혀 예기치 못했던 해방의 기쁨에 하마터면 식구들 면전에서 눈물을 보일 뻔했다. 식사 후에, 나는 D와 장차 우리가 어떻게 살아야 할지 오랫동안 이야기했다. 나는 그를 얼마나 사랑했던가! 그는 내가 지하실에서 나오도록 인도해 주었던 것이다!」

「마저 다 읽으세요.」

「더 이상 읽을 게 아무것도 없어요.」 다시 방문자의 손 밑에 새로운 글이 나타났다.

「읽고 싶지 않아요.」 베라 빠블로브나가 떨리는 목소리로 말했다. 그녀는 그 새로운 글의 내용이 어떤 것인지 알지 못했다. 그러나 이미 그녀는 공포에 질려 있었다.

「내가 읽으라고 하면 당신은 거절해선 안 돼요. 자, 읽으세요!」

베라 빠블로브나는 읽는다.

「그런데 내가 그를 사랑하는 깃은 혹시 그가 나를 지하실에서 빠져나오게 했기 때문은 아닐까? 그가 아니라 단지 지하실로부터 나의 해방을 사랑한 것일까?」

「다시 한 번 뒤로 넘겨 봐요. 그리고 바로 그 첫 페이지를 읽으세요.」

「오늘은 나의 생일이다. 오늘 나는 처음으로 D와 이야기 했고 그를 사랑하게 되었다. 나는 일찍이 어느 누구에게서도 그와 같은 고귀하고 마음에 위안이 되는 말을 들어 본 적이 없었다. 그는 동정이 필요한 사람들을 동정할 줄 알았고 도움이 필요한 사람들을 도울 줄 알았다! 그는 누구나 행복해 질 수 있고 행복해져야 한다는 것을 확신하고 있었고 걱정과 근심은 오래지 않아 사라질 것이라고 말했다! 내가 이 학식이 풍부하고 진지한 사람으로부터 그런 이야기들을 들었을 때 내 가슴은 얼마나 두근거리고 행복했던가! 그런 생각이야 말로 바로 내가 품고 있었던 것이 아니던가, 그리고 그가 불쌍한 여자의 운명에 대해서 말할 때 그는 얼마나 친절했는 가! 여자라면 누구라도 그런 남자를 사랑할 것이다. 그는 얼마나 똑똑한가! 또 얼마나 관대하고 친절한가!」

「좋아요! 다시 맨 마지막 페이지를 펴 봐요.」

「그 페이지는 읽었잖아요!」

「아니에요, 그것은 아직 마지막이 아닙니다. 한 페이지 더 넘겨요.」

「하지만 이 페이지에는 아무것도 없는데요!」

「아무 말 말고 자, 읽으세요! 거기에 새까맣게 잔뜩 씌어져 있는 게 보이지요?」

다시 방문자가 그 페이지에 손을 대자 손 밑에 전에 거기에 없던 새로운 글들이 나타났다. 베라 빠블로브나의 가슴이 얼음장처럼 차가워졌다.

「읽고 싶지 않아요! 못 읽겠어요!」

「명령이에요. 읽어야만 돼요!」

「못 읽겠어요! 안 읽을래요!」

「그러면 거기에 씌어져 있는 것을 내가 당신에게 읽어 드리지요. 자, 들어 보세요. 〈그는 기품 있고 마음이 너그러운 사람이다. 그는 나의 구세주이다! 그러나 돌이켜보면, 그의 너그러운 마음이 내게 존경과 신뢰를 갖게 했고 친구처럼 다정하게 지내게 했다. 그리고 나는 나대로 구세주에게 감사했고, 또 몸과 마음을 다해 헌신함으로써 보답했다. 그것이 전부이다! 그의 성격은 나보다 더 급하다. 피가 끓어오를 때 그의 애무는 나의 가슴을 미치도록 뜨겁게 만든다. 그러나 왠지 그것만으로는 부족하다는 생각이 든다. 이젠 부드럽고 평온한 애무를 받고 싶다. 부드럽고 성실하고 꿈처럼 달콤한. 그가 그것을 알까? 그 밖에 우리 두 사람의 성격에 차이는 없을까? 그리고 우리의 욕구도 꼭 일치한다고만은 할 수 없는 게 아닐까? 그는 나를 위해서라면 죽음도 마다하지 않을 사람이다. 그리고 나 역시 그를 위해서라면 못할 것이 없다. 그러나 과연 그것만으로 충분할까? 그는 도대체 나를 염두에나 두고 있는 것일까? 나 역시 그를 늘 생각하며 지낸다고 할 수 있는 것일까? 전에는, 평온하고 부드러운 고요한 감정에 대한 욕구를 깨닫지 못했었다. 하지만 지금은, 그래, 그에 대한 내 감정은 그런 게 아니야.〉」

「더 이상 듣고 싶지 않아요!」 베라 빠블로브나는 노여움에 가득 차서 일기를 집어던진다. 「썩 없어져요! 보기도 싫어요! 다시는 오라고 하지 않겠어요! 어서 가요!」

그녀의 방문자는 즐겁다는 듯이 웃으며 그 자리에 그대로 서 있다.

「아니에요, 당신은 그를 사랑하지 않아요. 이 글은 당신 손으로 직접 쓴 것이에요.」

「당신을 저주해요!」

베라 빠블로브나는 비명을 지르며 깨어났다. 그리고 그녀가 본 것이 꿈이라는 것을 채 깨닫기도 전에 일어나 허겁지겁 뛰어갔다.

「여보, 나를 꺼안아 줘요! 나를 보호해 줘요! 너무너무 무서운 꿈을 꾸었어요!」 그녀는 그녀의 남편에게 바짝 달라붙었다. 「여보, 나를 애무해 줘요! 부드럽게! 나를 보호해 줘요!」

「베로치까, 무슨 일이 있었소?」 그녀의 남편이 그녀를 포옹했다. 「당신은 무서움에 질려 있어!」 그가 그녀에게 키스했다. 「이런, 고운 얼굴에 눈물까지! 이마에는 식은땀마저 맺혀 있고! 차가운 마루를 실내화도 안 신고 맨발로 뛰어오다니, 이젠 괜찮을 거야. 내가 당신 발에 온기를 주려고 키스를 하고 있으니까.」

「그래요, 나를 그렇게 애무해 줘요! 나를 구해 줘요! 꿈을 꾸었어요. 내가 당신을 사랑하지 않는다는 무서운 꿈이었어요.」

「내 소중한 사람, 나 아니면 당신이 누굴 사랑하겠소? 잊어버려요. 그건 공연히 쓸데없는 괜한 꿈이니까.」

「그래요, 나는 당신을 사랑해요! 나를 애무해 줘요, 귀여워해 줘요, 키스해 줘요! 당신을 사랑해요. 당신을 사랑하고 싶어요!」

그녀는 남편을 열정적으로 포옹했다. 그녀는 그에게 꼭 붙어서 떨어지지 않았다. 그는 그녀를 애무하며 진정시켰다. 그녀는 그에게 키스하고 나서 조용히 잠이 들었다.

20

다음 날 아침, 드미뜨리는 아침 식사 하라고 그의 아내를 부르러 가지 않았다. 그녀는 그의 곁에 바짝 붙어 누워 있었고 아직 잠에서 깨어나지 않았다. 그는 그녀를 바라보며 생각에 잠겼다. 〈그녀에게 무슨 일이 일어난 걸까? 무엇이 그녀를 그렇게 놀라게 했을까? 무슨 일이 있었길래 그런 꿈을 꾸었을까?〉

「그대로 가만히 있어, 베로치까. 내가 당신 차를 이리로 가져올 테니까. 일어나지 말래도, 귀여운 친구. 내가 가서 세수할 물을 떠올 테니 그대로 있어요. 자, 일어나지 말고.」

「좋아요, 안 일어날래요. 이렇게 좀 누워 있어야겠어요. 여긴 참 편안해요. 당신은 정말 멋져요. 밀렌끼! 내가 당신을 얼마나 사랑한다고요! 자, 얼굴 다 씻었어요. 벌써 차를 가져왔군요. 하지만 먼저 나를 두 팔로 꺼안아 줘요.」 베라 빠블로브나는 그렇게 오랫동안 남편을 포옹했다. 「어머! 나의 밀렌끼, 이런 내 정신 좀 봐! 내가 어떻게 당신 방에 뛰어왔지요? 마샤가 알면 뭐라고 하겠어요. 하지만 할 수 없지요, 뭐. 나중에 내가 어떻게 당신 방에서 잠을 자게 됐는지 그녀에게 들어보는 수밖에요. 키스해 줘요, 나의 밀렌끼. 키스해 줘요. 당신을 사랑하고 싶어요. 그래요, 당신을 사랑해야만 돼요. 전보다 몇 배나 더 당신을 사랑하고말고요.」

베라 빠블로브나의 방은 비어 있었다. 베라 빠블로브나는 마샤에게 알리고 남편의 방으로 갔다. 「당신은 정말 부드럽고 친절해, 나의 밀렌끼! 내가 어떻게 당신을 사랑하지 않는다는 그런 꿈을 꾸었을까? 나도 참 엉터리야!」

「베로치까, 이제 마음도 진정되었으니 꿈 이야기를 들려주지 않겠소?」

「아뇨! 괜한 짓이에요! 내가 당신에게 말했듯이 단지 꿈인걸요. 믄에 하나 딩신이 나글 사랑하시 않는나던 또 몰나노 날이에요. 하지만 지금은 아주 좋아요. 왜 진작 이런 식으로 살지 못했죠? 그랬더라면 그런 무서운 꿈은 안 꾸었을 텐데 말이에요. 그것은 무서워요. 정말 싫어요! 그것에 대해서 생각하고 싶지도 않아요.」

「좋아, 하지만 그 꿈이 아니었더라면 우리는 지금처럼 이렇게 다정하게 지내진 못했을 거야.」

「그건 사실이에요. 그녀에게 매우 감사하고 있어요. 그 혐오스런 여인! 아니, 혐오스럽다는 말은 맞지 않아요. 실은 매우 화려하고 눈부신 여인이었어요!」

「〈그녀〉라니 누구 말이지? 전의 그 〈미인〉 말고 새로 친구라도 생겼단 말이오?」

「예, 그래요. 매혹적인 목소리를 갖고 있는 어떤 여인인데, 아마 보시오보다 더 멋진 목소리일 거예요. 나를 찾아왔어요. 그녀의 손은 정말 고왔어요! 그래요, 정말 아름답고말고요! 하지만 내가 볼 수 있었던 것은 그녀의 손뿐이었어요. 그녀는 침대 커튼 뒤에서 모습을 가리고 있었어요. 그런데 신기한 것은 바로 내 침대에서 그 꿈을 꾼 거예요. 내가 나의 침대를 포기한 이유가 바로 그것 때문이에요. 참, 꿈속에서, 그것도 내 침대 위에서 그런 꿈을 다 꾸다니 말이에요. 거기에 침대 커튼이 있었고 나의 〈방문자〉는 그 뒤에 몸을 감추고 있었어요. 그런데 그녀의 손이 그렇게 아름다울 수가 없었어요. 여보, 그녀는 사랑에 대한 노래를 불렀어요. 그리고 사랑의 의미가 무엇인지도 내게 보여 주었어요. 그래요, 지금은 이해해요, 여보. 하지만 전에는 이해하지 못했어요. 그래서 이렇게 터무니없이 굴었던 거예요. 그러고 보면 나는 아직도 어린아이인가 봐요.」

「여보, 나의 천사, 모든 것은 다 거기에 맞는 시간을 갖고 있는 법이오. 이전의 우리의 삶도 사랑이고 지금 이렇게 사는 것도 사랑이오. 당신은 오직 한 종류의 사랑에 만족했지만 지금은 다른 것을 원하고 있는 게 틀림없어. 이제 당신은 어엿한 여인이라고, 여보. 전에는 원하지 않았던 것을 이제 원하고 있는 거요.」

한두 주일이 지나갔다. 베라 빠블로브나는 차분하고 평온 해졌다. 그녀는 요즈음 남편이 집에 없거나 그녀의 일을 할 때에 그녀의 방에 가 있었다. 그가 일을 하고 있을 때에는 종종 그의 서재에 가 있기도 했다. 그녀는 자기가 그를 성가시게 한다는 느낌이 들거나 그가 정신을 집중해서 일을 할 때는 그를 방해하지 않으려고 했다. 그러나 그런 일은 그다지 자주 일어나지 않았다. 대부분 그것은 아주 단순하고 기계적인 일이어서 그는 집에 있는 시간의 4분의 3을 아내와 함께 보냈다. 때때로 그들은 애무를 하기도 했다. 마침내 그들은 그들이 같이 지낼 수 있는 한 가지 방법을 생각해 냈다. 그들은 남편의 소파보다 약간 작은 소파를 하나 사서 남편의 서재에 들여놓았다. 그리고 베라 빠블로브나가 저녁 식사 뒤에 그녀의 조그만 소파에 자리를 잡으면 남편이 그녀의 옆자리에 앉았다. 그는 그녀를 쳐다보며 즐거워했다.
「여보, 당신은 왜 내 손에 키스를 하지요? 내가 좋아하지 않는 것을 알면서.」
「아, 참! 당신이 그것을 뻔뻔한 짓이라고 한 말을 잊었군. 하지만 난 계속하지 않을 수가 없소.」
「나의 밀렌끼, 당신은 나를 두 번이나 구해 줬어요. 당신은 나를 나쁜 사람으로부터 구해 주었고 또 나 자신으로부터 구해 주었어요. 껴안아 줘요, 여보. 포옹해 줘요!」

한 달이 지나갔다. 베라 빠블로브나는 저녁 식사 뒤에 그녀와 그녀의 남편이 앉으면 꽉 차는 부드럽고 미끄러운 그녀의 소파 위에 앉아 편히 쉬고 있다. 그도 그녀의 조그만 소파

위에 앉아 있다. 그녀는 팔을 뻗어 그의 목을 감쌌다. 그녀는 그의 가슴에 머리를 기대었다. 그러나 그녀는 깊은 생각에 잠겨 있었다. 그가 그녀에게 키스했다. 그러나 그녀의 우울한 기분은 걷히지 않았고, 그녀의 눈에는 곧 흘러내릴 듯 눈물이 맺혀 있었다.

「베로치까, 여보. 뭘 그렇게 생각하지?」

베로치까는 눈물을 흘렸다. 그녀는 아무 말도 하지 않았다.

「아니에요.」 그녀는 눈물을 훔쳤다. 「아니에요, 나를 껴안지 말아요! 그만 됐어요. 고마워요.」 그리고 그녀는 애정이 가득 담긴 솔직한 눈으로 그를 쳐다보았다. 「고마워요. 당신은 내게 너무도 친절해요!」

「친절하다니, 베로치까? 그게 무슨 말이요? 무슨 뜻이지?」

「그래요, 친절해요, 여보. 당신은 친절한 분예요.」

이틀이 지나갔다. 베라 빠블로브나는 저녁 식사를 마치고 편한 소파에 자리잡았다. 아니, 그녀는 편하지 않았다. 그녀는 소파에 파묻혀서 생각에 잠겨 있었다. 그리고 곧 그녀는 자기 방에 와서 침대에 누웠다. 남편이 그녀의 곁에 앉았다. 그 또한 깊은 생각에 잠겨 있었다.

〈아니야, 이게 아니야, 이건 내 잘못이 아니야.〉 로뿌호프는 생각했다.

〈그는 정말 친절해. 나는 고마운 것에 감사할 줄 모르는 철부지야!〉 베라 빠블로브나는 생각했다.

그녀가 말했다. 「여보, 당신 방에 가서 일 보세요. 아니면 휴식을 취하든가.」 그녀는 침묵을 깨려고 노력했고 자연스럽고 침울하지 않은 목소리로 가까스로 말을 꺼냈다.

「왜 나를 내쫓으려고 하지, 베로치까? 나는 여기가 좋은데.」 그 역시 말을 꺼내려고 노력했고 자연스럽고 아무렇지도 않은 투로 말을 하려고 애썼다.

「아뇨, 가세요, 여보. 당신은 내게 충분히 할 만큼 했어요. 가세요. 가세요.」

그가 그녀에게 키스했다. 그녀는 그 순간 머릿속의 갖가지 상념들을 잊어버리고 다시 상쾌하고 즐거운 기분으로 숨을 들이쉬었다.

「고마워요, 여보.」 그녀가 말했다.

한편 끼르사노프는 이 무렵 완전한 행복감에 빠져 있었다. 투쟁은 비록 힘들었지만 오히려 그것은 그에게 커다란 만족을 제공했다! 그 만족감은 투쟁이 끝나더라도 영원히 사라지지 않을 듯 했다. 그것은 아주 오랫동안, 그의 생명이 다할 때까지 그의 가슴을 따뜻하게 데워 줄 것이다. 그는 결코 품위를 잃지 않았다. 분명히 그랬다. 그는 그들과 사이좋게 잘 지내고 있었다. 실제로 그는 그들이 화목하게 지내도록 돕기까지 했다. 끼르사노프는 소파에 앉아서 담배를 피우며 다음과 같이 생각하고 있었다. 〈정직하라, 그것은 신중하라는 것을 뜻해. 어떤 실수도 용납할 수 없다는 것이지. 그래, 전체가 어떤 부분들보다도 더 중요하다는 공리를 잊어서는 안 돼. 너의 인간 본성이 다른 어느 누구의 것보다도 더 강력하고 소중한 거야. 그러므로 개개인의 개별적 성향이 전체와 부조화를 이루는 것이 분명할 때는 무엇보다도 너 자신의 이익을 중요시해야 돼. 그게 전부야. 그것밖엔 없어. 정직하라는 것은 바로 그것을 말하는 거야. 모든 게 잘될 거야. 법칙은 오직 그것 하나뿐이야. 얼마나 간단해, 또 얼마나 진부하고! 하지만 그거야말로 이제까지 인류의 지혜가 응집된 보물 상자인 거야. 이것은 바로 행복을 보장하는 생활의 법칙들로 가득 차 있어. 그래, 이 단순한 법칙을 이해할 수 있는 능력을 갖고 태어난 사람은 행복할 권리가 있어. 이 점에서 나는 꽤 운이 좋은 편이야. 본래부터 그런 능력을 갖고 태어났다기보다는 오랫동안 공부를 한 탓이지만 말이야. 아무튼 이것은 정말 일반적인 법칙이 될 거야. 물론 그러자면 교육의 기회도 보편화되어야 하고 생활 환경도 많이 개선되어야 할 거야. 그래, 그때가 되면 사람들이 함께 어울려 사는 게 지금보다 훨씬 더 쉬워질 거야. 지금 내 경우처럼 말이야. 그래, 나로선 이만하면 충분히 만족해. 참, 그런데 아무래도 그들을 방문하러 가야겠어. 벌써 3주일 동안이나 거기에 안 갔어. 더 이상 그들의 주의를 끌 필요가 없으니까 아무튼 가봐야 할 때가 됐어. 당분간 30분 정도씩 거기에 들르는 거야. 한 달쯤 그렇게 계속하는 것도 나쁘지 않을 거야. 나로선 별로 어려운 일도 아니니까. 그래, 그동안 내가 뒤로 빠진 것을 눈치챈 사람은 없어. 하지만 이젠 그 짓은 거의 그만둘 때가 됐어. 내가 그들의 눈앞에서 사라진 게 3주일 전인지 3개월 전인지 그들은 전혀 알아채지 못한 것 같거든. 내가 빠지고 난 다음에 나의 행동이 사람들에게 미칠 영향에 대해서 생각하는 것은 상상만 해도 즐거운 일이야. 그래, 이젠 그동안 얻은 성과에 만족할 때가 됐어!〉

이삼 일 뒤에 로뿌호프는, 저녁 식사를 마치고 나서 베로치까의 방으로 건너갔다. 그리고 그의 아내를 두 팔로 안아 들고 그의 방에 있는 그녀의 조그만 소파로 왔다. 「여기서 쉬어요. 여보!」 그는 밝게 웃으며 그녀를 쳐다보았다. 그녀는 미소를 띤 채 잠이 들었다. 그는 앉아서 책을 읽었다. 그렇게 얼마가 지났을 때 그녀는 눈을 떴고 생각에 잠겼다.

〈그의 방은 매우 장식적이야! 꼭 필요한 것 외엔 아무것도 없는데도 말이야. 그는 분명히 그만의 취향을 갖고 있어. 내가 작년에 준 커다란 담배 상자가 그대로 있고, 하지만 그는 아직 그것을 뜯지도 않았어. 그걸 피우려면 아직 더 기다려야 할 거야. 그래, 담배야말로 그의 낙이지. 그의 유일한 사치인 셈이야. 아니지, 그것 말고 다른 게 또 있어. 저 늙은 오언[73]의 초상화 말이야. 저 노인의 초상화는 정말 그럴듯해! 친절함과 근엄함이 눈가와 얼굴 전체에 묘하게 뒤섞여 있어! 그래, 드미뜨리가 저 사진을 얻으려고 얼마나 법석을 떨었다고! 오언의 초상화를 소유하는 것이 법으로 금지되어 있는데도 그걸 구하려고 했으니 말이야. 그는 편지를 세 통이나 썼었어. 그중의 두 통은 그 노인에게 전달되지 않았었지. 마침내 세 번째 편지가 그에게 전달됐지만, 그러고 나서도 저 실물 사진을 얻기까진 또 얼마나 많은 고생을 했다고. 드미뜨리가 〈성 노인〉 ─ 그는 그렇게 불렀지 ─ 의 편지 ─ 거기에서 오언은 그를 칭찬했다고 했지 ─ 와 함께 그 사진을 받아 들었을 때 그가 얼마나 기뻐했는지 그 모습이 지금도 내 눈에 선해. 그러고 보니 이것도 사치품인 셈이군. 바로 내 초상화 말이야. 그는 좋은 화가에게 그림을 부탁하기 위해 반년 동안이나 돈을 모았었어. 그와 그 젊은 화가는 나를 성가시게 했었지. 초상화 둘, 그게 전부야. 내 방에 있는 조각들과 사진 같은 것을 몇 점 구하는 데 돈이 많이 들까? 그의 방엔 꽃도 없어. 내 방엔 많은데 말야. 그는 왜 나처럼 꽃을 좋아하지 않을까? 내가 여자이기 때문일까? 아니야, 그건 말도 안 돼! 그렇다면 그가 진지하고 학구적인 사람이기 때문일까? 하지만 끼르사노프는 꽃과 조각품들을 가지고 있어. 그 역시 진지하고 학구적인 사람인데도 말이야. 그런데 그는 왜 내게 시간 내주는 것을 싫어할까? 그건 그에게 너무도 많은 노력

73 Robert Owen(1771~1858). 영국의 공상적 사회주의자. 사회의 조화, 정의를 조성하려는 시도로 노동의 원칙에 바탕을 둔 공동체를 설립하기로 하였다.

을 요하는 것이기 때문이지! 그것도 그가 진지하고 학구적인 사람인 탓일까? 그러나 끼르사노프는 그렇지 않잖아! 아니야, 아니야, 그는 친절한 사람이야. 친절하고말고! 그는 나를 위해서 모든 것을 했어. 누가 나를 그처럼 사랑해 주겠어? 그리고 나 역시 그를 사랑해. 그를 위해서라면 어떤 것이라도 할 각오가 돼 있어.〉

「베로치까! 당신 자지 않고 있었잖아, 여보!」

「나의 밀렌끼, 왜 당신 방엔 꽃이 없어요?」

「아, 그런가. 그러고 보니 정말 그렇군, 내 소중한 사람. 내일 좀 사다 놓지, 뭐. 그렇게 하는 게 확실히 좋을 것 같군. 그런데 그 생각이 왜 이제야 떠올랐는지 모르겠어.」

「그것 말고도 내가 당신한테 부탁하고 싶은 게 있는데 뭔지 아세요? 그래요, 정말 사진 몇 점 갖다 놔보세요. 아니, 차라리 내가 당신을 위해 꽃과 사진들을 사오는 게 낫겠어요.」

「그래 준다면 굉장한 영광이겠는데. 나 역시 꽃을 몹시 좋아하니까 말이오. 더구나 당신이 직접 그것들을 마련해 준다면 그보다 더 좋은 것이 어디 있겠소. 그런데 베로치까, 당신은 우울해 하는 것 같아. 아직도 그 꿈 생각을 하는가 보군. 그래, 생각난 김에 당신을 그렇게 놀라게 한 그 꿈 이야기를 들려주는 게 어떻겠소?」

「여보, 그것에 대해선 전혀 생각하지도 않았어요. 그것은 생각만 해도 너무도 괴로워요.」

「하지만 베로치까, 내가 그것을 아는 게 나을지도 모르잖소.」

「그건 그래요, 내 소중한 사람! 내가 오페라에 가지 못했기 때문에 짜증이 나서 그런 꿈을 꾼 거예요. 마침 내가 보시오에 대해서 생각하고 있었는데 꿈에서 어떤 여인이 나에게 다가오지 않겠어요. 그래서 처음엔 그 여인이 보시오라고 생각했어요. 그런데 그 여인은 내가 그녀를 볼 수 없도록 침대 커튼 뒤에 몸을 숨겼어요. 그리고 나보고 내 일기를 읽으라고 강요하는 거예요. 거기에는 우리들이 얼마나 서로 사랑하는가에 대한 것 이외에는 아무것도 적혀 있지 않았어요. 그런데 그녀가 일기에 손을 갖다 대자 새로운 글이 나타나고, 마치 내가 당신을 사랑하지 않는 듯한 말들이 씌어 있는 거였어요.」

「미안하지만, 여보 하나만 더 묻겠는데 정말 그것이 당신이 꿈에서 본 전부요?」

「소중한 사람, 만일 그것이 전부가 아니었다면 내가 당신에게 그렇다고 얘기하지 않을까 봐요? 내가 당신에게 말한 그게 전부예요.」

그녀의 이 말은 아주 부드럽고 진지하고 솔직했다. 로뿌호프는 그의 가슴에 따스한 애정이 물결치는 것을 느꼈다. 그것은 마치 이러한 기쁨을 한 번이라도 경험한 사람은 죽을 때까지도 그 사랑을 잊지 못할 것이라고 속삭이는 신비한 마력처럼 느껴졌다. 단지 극히 소수의 남편들만이 이런 감정을 가질 수 있다는 것은 얼마나 유감스러운 것인가! 사랑의 행복도 그것에 비하면 아무것도 아니다. 그것은 인간의 가슴을 순수한 만족과 성스러운 자부심으로 가득 채우는 그런 것이었다. 그런데 베로치까의 대답은 약간 가라앉은 우수 어린 목소리였고 그녀의 남편을 책망하는 듯한 기분이 섞여 있었다. 그 책망의 의미는 다음과 같은 것이었다. 〈여보, 내가 당신을 전적으로 신뢰하고 있다는 것을 모르세요? 아내란 남편에게 자신의 영혼의 신비한 부분은 감추는 법이에요. 그것이 남편과 아내가 서로 마주 서는 방식이에요. 그런데 당신은, 여보, 아무것도 감출 필요가 없다는 듯이, 마치 아내의 가슴은 항상 당신의 눈 앞에 열려 있어야 된다는 듯이 말하군요.〉

이거야말로 남편이 가져야 될 커다란 덕목이다. 그러나 이 귀한 선물은 고귀한 도덕적 가치를 지닌 사람만 받을 수 있

다. 그러므로 이러한 선물을 받을 만한 가치가 있는 사람이
라면 응당 자신을 의심할 여지가 없는 고귀한 인간으로 자부
해도 좋을 것이다. 그래서 그의 양심이 순수하다면 언제까지
변함없이 순수하기를 바라도 좋을 것이며 그의 남성다움이
자신을 기만하지도 않을 것이다. 또 그가 마주치는 모든 시
련 속에서도 언제까지나 평온하고 흔들리지 않을 것이다. 그
러므로 운명조차 그의 영혼의 평화를 지배하지 못할 것이며,
이 위대한 명예를 얻은 그 순간부터 그의 생명이 다하는 마
지막 순간까지 그가 겪는 온갖 충격들에 초연한 채, 남성다
움의 기품 속에서 행복을 누릴 것이다. 우리는 로뿌호프가
감정적으로 다감한 사람이 아님을 충분히 잘 알고 있다. 그
러나 그는 아내의 말에 감동해 얼굴이 붉게 상기되었다.

「베로치까, 내 소중한 사람, 당신이 나를 책망하고 있구
려.」 그의 목소리는 두 번째이자 마지막으로 떨리고 있었다.
그의 목소리가 떨린 첫번째 이유는 그의 위치에 대한 추측에
서 일어난 의심 때문이고 두 번째는 기쁨 때문이었다. 「당신
은 나를 나무라고 있소. 그러나 이 나무람은 그 어떤 사랑의
말보다 내게는 더 소중해. 내가 공연한 질문으로 당신을 노
엽게 했어. 그런데 나의 어리석은 질문에 대한 당신의 책망
이 나를 얼마나 행복하게 하는지 모르겠소. 나를 봐요, 내 눈
에 맺힌 눈물을. 내가 어른이 되고 나서 처음으로 흘린 이 눈
물을!」

저녁 내내 그는 그녀에게서 거의 눈을 떼지 않았다. 그녀
는 지금까지 그가 자신에게 부드럽게 대하려 노력하고 있다
는 것을 깨닫지 못했었다. 마침내 그녀는 그의 그러한 노력
을 이해했다. 그리고 이날 저녁은 적어도 지금까지 그녀의
일생 중에서 가장 행복한 한때였다. 그러나 지금 이 순간이
지난 뒤 앞으로 다가올 몇 년 동안 그녀는 하루하루, 일 년 내

내 그러한 변함없는 기쁜 날들을 맞게 될 것이다. 이것은 그녀의 아이들이 성장하는 때가 될 것이며 그녀는 그들 속에서 행복과 그에 대한 확신으로 가득 찬 사람들을 만나게 될 것이다. 이 기쁨은 개인적인 모든 다른 기쁨보다도 지고한 것이며 개인적인 기쁨은 이에 견주면 일시적이고 찰나에 불과한 것이다. 더욱이 그녀가 만나는 기쁨은 일상적인 매일매일의 생활 속에서 만나는 그러한 기쁨일 것이다. 그러나 아직은 아니다. 그것은 앞으로 다가올 장래의 일이다.

21

아내가 그의 무릎 위에서 잠이 들자 그는 그녀를 조그만 소파 위에 뉘었다. 그리고 그는 그녀의 꿈에 대해서 진지하게 생각하기 시작했다. 그녀가 그를 사랑하느냐 않느냐는 것은 그의 소관이 아니었다. 그것은 그가 어떻게 해볼 도리가 전혀 없는 그녀만의 문제였다. 그리고 그가 두 눈으로 똑똑히 본 것처럼 거기에 대해서 그는 아무런 통제력도 가지고 있지 않았다. 이것은 시간이 지나면 저절로 해결될 것이다. 오늘은 더 이상 그것에 대해서 생각할 필요가 없었다. 시간이 지나면 저절로 해결될 것이다. 그렇다. 시간으로 하여금 말하게 하라. 그러나 지금은 아니다. 오히려 그를 사랑하지 않는다고 예감한 그 이유가 무엇인가를 이해하는 것이 중요한 것이다.

처음 얼마 동안 그는 이런 생각을 하며 앉아 있었다. 그러나 지난 며칠 동안 이미 그는 자신에 대한 그녀의 사랑이 지속되지 못하리라는 것을 깨달았다. 커다란 낭패감이 상실감 속에서 소용돌이쳤다. 그러나 이제 와서 무엇을 할 수 있단 말인가? 그가 그의 성격을 바꿀 수 있다면, 그래서 그녀가 원하는 부드럽고 상냥한 성격을 바꿀 수 있다면 그때는 물론 지금과 달라질 것이다. 그러나 그러한 시도가 헛된 것임을 그는 알고 있었다. 설혹 그러한 성향이 본성에 의해서 형성되는 것이 아니고 그 자신의 노력에 의해서 후천적으로 개발되는 것이라고 해도, 그는 그것을 자신의 의지 속에서 만들어 낼 수 없었다. 결국 그것을 획득하지 못하는 한 그가 바라는 대로 될 수 있는 것은 아무것도 없었다. 따라서 그 문제는 이미 결정된 거나 다름없었다. 그는 이제까지 바로 그 문제를 붙들고 고심하며 시간을 보냈던 것이다. 그러나 이제 그는 더 이상 자신의 문제로 갈등을 겪지 않았고 — 항상 자기 자신의 문제를 먼저 생각하고 자신의 일에 대해서 더 이상 아무것도 생각할 것이 남아 있지 않을 때에만 비로소 타인에 대해서 생각하는 이기주의자로서 — 타인에 대해서 생각할 수 있었다. 즉, 그녀에 대해서 생각하기 시작했다. 그러나 그가 그녀를 위해서 무엇을 할 수 있단 말인가? 그녀는 아직 그녀에게 무슨 일이 일어나고 있는지 분명하게 깨닫지 못했다. 그녀는 그처럼 그 문제를 진지하게 생각해 보지도 않았고 또 그것은 자연스러운 일이기도 했다. 그는 그녀보다 네 살이나 더 많았던 것이다. 청춘의 전성기에 4년이란 엄청나게 긴 시간이다. 그녀보다 경험이 많은 그가 그녀를 분석하지 못했을까? 설마 그 문제를 분석하지 못할까? 그렇다면 그는 그녀의 꿈을 어떻게 분석했을까?

하나의 가정이 곧 로뿌호프에게 떠올랐다. 그녀가 그런 생각을 하게 된 이유는 그녀에게 그런 꿈을 꾸게 한 바로 그 상황 속에 있으리라는 것이었다. 명백히 그녀의 꿈의 동기는 상황의 진행과 밀접한 관련이 있었다. 즉, 그녀는 오페라에 가지 못했기 때문에 짜증이 나 있었다고 말했었다. 로뿌호프는 그와 그녀의 생활 방식을 검토하기 시작했다. 그러자 사태의 진실된 모습이 서서히 빛 속에서 나타났다. 그녀는 하루의 일과가 끝난 뒤 대부분의 시간을 그와 마찬가지로 고독하게 보냈다. 그런데 어느 순간 변화가 일어나기 시작했고 그녀는 늘 소일거리를 준비하기 시작했다. 지루한 생활이 새롭게 바뀐 것이다. 그녀로서는 이 지루한 생활의 새로운 변화를 무심하게 받아들일 수가 없었다. 그러한 것은 그녀의 본성과 먼 것이었고 대다수 민중의 본성과도 거리가 먼 것이었다. 거기에 이해하지 못할 신비한 것이라곤 아무것도 없었다. 그리고 이러한 사실로부터, 모든 것이 그녀와 끼르사노프의 긴밀한 관계, 그리고 끼르사노프의 드문 방문과 불가분의 관계가 있다는 또 하나의 가정이 자연스럽게 유도되었다. 〈그런데 왜 끼르사노프가 전처럼 자주 방문하지 않지?〉 이유는 충분해 보였다. 그는 여러 가지 일로 시간에 쫓기고 있었으니까. 그러나 인생의 경험이 많고 또 자신의 이론을 실천적으로 수행할 능력이 있는 정직하고 총명한 사람을 교활한 수법으로 기만하는 것은 불가능한 법이다. 그는 단지 부주의로 인해 속거나 사실 자체를 주목하지 못해 속을 뿐이다. 사실 로뿌호프는 끼르사노프가 그의 집을 방문하지 않았을 때 별로 주의하지 않았었다. 솔직히 말해서, 그때에는 끼르사노프가 왜 소원(疏遠)해졌는지 그 이유를 알 필요도, 그럴 의욕도 없었다. 그에게 중요한 것은 단지 그가 우정의 단절에 책임이 있는지를 아는 것이었다. 그에게 그런 책임이 없다는 것은 명백했다. 그렇다면 그 밖의 다른 것은 생각할 필요가 없었다. 그는 자기가 서 있는 위치를 누구보다도 명료하게 인식하고 있는 사람의 말걸음을 구태여 도덕적인 길로 인도하려고 애쓰는 끼르사노프의 조언자도 스승도 아니었다. 사실이 그랬다. 그런데 그가 그렇게 하지 않으면 안 될 무슨 절박한 이유라도 있단 말인가? 아니면 그와 끼르사노프와의 관계에 무슨 특별한 일이라도 있는가? 〈만일 있다면 너는 내 친구이고 또 내가 너를 좋아하므로 기꺼이 너를 도울 것이다. 아니, 그 반대로, 미안하지만 네가 무엇을 원하든 네가 원하는 대로 할 것이다. 그것은 나에게도 똑같지 않을까? 이 세상에 다소 둔한 친구가 한 명쯤 있다고 해서 내게 무슨 차이가 있겠는가? 나는 나의 둔한 친구를 좋은 사람이라고 믿는다.〉 미안하지만 그게 전부이다. 만일 우리의 관심이 실제의 행동과 무관하다면 상대방의 행동은, 설령 그가 아무리 진지한 사람이라고 해도, 두 가지 경우를 제외하고는 아무런 흥미도 유발하지 않을 것이다. 누군가 그것을 일반적 법칙에 어긋나는 예외적인 것이라고 주장한다면 그것은 단지 관심이란 말을 지나치게 좁은 의미로 받아들인 것뿐이다. 우선 그 첫번째 경우를 보면 그러한 행동은 단지 이론적인 과정에서, 곧 인간의 본성을 설명하는 심리적 현상의 과정에서 흥미를 끄는 경우이다. 그리고 다른 경우는 좀 드문 일이기는 하지만 타인의 운명이 우리들 자신과 밀접한 관련을 갖는 경우이다. 이 후자의 경우에 우리가 만일 타인의 행동에 부주의하다면 우리는 마땅히 비난받아야 할 것이다. 마침내 끼르사노프의 그간 행동은 동시대인들 가운데에서도 비범한 인물인 로뿌호프에게 낱낱이 파악되었다. 그리고 그가 진지하게 문제에 접근하고 있는 이상, 적어도 지금과 같은 상황에서, 그에게 드러나지 않은 것은 아무것도 없었다. 그러나 그렇더라도 장차 로뿌호프가 끼르사노프의 운명에 중요한 역할을 하도록 숙명지워져 있다는 것은 로뿌호프의 상상을 뛰어넘는 것이었다. 도대체 왜 끼르사노프가 그의 간섭을 필요로 한단 말인가? 그러므로 결론은 마땅히 이런 것이어야 했다. 계속 앞으로 나아가라, 나의 친구여! 나를 생각하지 말고 자네가 원하는 곳으로 가라. 내가 자네에 대해서 무슨 근심할 바가 있으랴.

그러나 지금은 상황이 달랐다. 갑자기 끼르사노프의 행동이 로뿌호프가 사랑하는 여인에게 중요한 영향을 끼치고 있다는 느낌이 들었다. 그는 한 번 그렇게 생각하자 그들의 관계에 대해서 생각하는 것을 멈출 수가 없었다. 〈사실을 분석하는 것〉과 〈원인을 알아내는 것〉은 로뿌호프에게는 똑같은 일이었다. 로뿌호프는 그의 이론이야말로 인간의 정신적 변화를 추적하는 데 결코 그릇된 판단을 내리게 하지 않는다는 것을 알고 있었다. 나 역시 이 점에서 그의 생각에 전적으로 동감이다. 내가 그것이 옳다고 수긍한 이래로 지난 수년 동안 그것은 단 한 번도 나를 그릇된 판단으로 이끌지 않았으며 인간의 행동에 관한 한, 진실이 아무리 깊이 은폐되어 있더라도 그것을 내게 드러내기를 거부하지 않았다. 이 이론은 그것을 이해하고 노력하기만 하면 곧 이해할 수 있는 것이다.

반 시간 동안의 생각은 로뿌호프가 끼르사노프와 베라 빠블로브나의 관계를 이해하는 데 충분했다. 그러나 그는 꼼짝 않고 앉아서 이 문제를 계속 생각했다. 더 이상 설명은 필요 없었다. 그것은 그에게 흥미마저 일으켰다. 그의 생각은 아주 세세한 점까지 미쳤고 모든 것을 완전하게 이해했다. 그러나 좀처럼 자리에서 일어날 수 없을 만큼 그것은 계속 그의 생각을 끌어당겼다.

그러나 잠을 자지 않고 신경을 자극해서 좋은 일이 뭐 있겠는가? 벌써 3시였다. 「아무래도 잠이 올 것 같지 않아. 수면제를 먹어야겠어.」 그는 두 알을 입에 넣었다. 「베로치까의 얼굴을 봐야겠어.」 그러나 그녀에게 다가가 그녀의 얼굴을 보는 대신 그는 의자에서 일어나 그녀의 손에 키스했다. 「밀렌끼, 당신은 너무 열심히 일해요. 모두 나를 위해서예요. 당신은 정말 친절해요. 당신을 사랑해요!」그녀가 잠결에 말했다.

어떤 정신적 장애도 충분한 양의 수면제에는 버티지 못했다. 지금은 두 알이면 충분했다. 그는 서서히 졸음이 오는 것을 느꼈다. 로뿌호프의 유물론적인 설명에 따르면, 지금과 같은 정신적 장애를 무너뜨리려면 진한 커피 넉 잔의 강도에 해당하는 수면제가 필요했다. 한 알은 로뿌호프에게 충분하지 않았다. 그렇다고 세 알은 너무 많았다. 그는 자신의 이런 생각에 슬그머니 미소를 지으며 잠이 들었다.

22
이론적 대화

이튿날 로뿌호프가 왔을 때 끼르사노프는 병원에서 돌아와 막 저녁 식사를 마치고 나서 사치스러운 시바리스 인처럼 담배를 입에 물고 침대에 누워 책을 읽으려던 참이었다.

「좋지 않을 때 찾아온 손님은 따따르 인보다도 나쁘지.」로뿌호프가 농담조로 말했다. 그러나 그의 목소리는 그다지 쾌활하지 않았다. 「내가 자네를 방해했군, 알렉산드르. 하지만 그렇더라도 좀 참아야 할걸세. 자네와 진지하게 나눌 얘기가 좀 있어. 좀 일찍 오려고 했는데 내가 아침에 늦잠을 자는 바람에. 자네를 만날 수가 있어야지.」로뿌호프는 한층 진지하게 말했다.

「그게 무슨 뜻인가? 무얼 의심하고 있는 건가?」끼르사노프는 의아해 했다.

「잠깐만 이야기하세.」자리에 앉으며 로뿌호프가 계속했다. 「내 눈을 보게.」

〈맞았어. 《그것》에 대해서 말하는 거야. 의심의 여지가 없어.〉

「들어 보게, 드미뜨리.」훨씬 더 진지한 어조로 끼르사노프가 말했다.「자네와 나는 친구네. 그러나 아무리 친한 친구 사이라고 해도 서로 지켜야 할 것이 있는 법이네. 자네가 이 대화를 그만두어 주었으면 좋겠네. 부탁이네. 지금은 진지한 대화를 나눌 기분도 아니고 또 준비도 되어 있지 않네.」끼르사노프의 눈이 날카롭게 그리고 노여움으로 빛났다. 마치 자기가 살인을 범했다고 의심하는 사람을 마주하기라도 한 것처럼.

「말하지 않을 수가 없네, 알렉산드르.」로뿌호프가 가라앉은, 그러나 약간 침울한 목소리로 계속했다.「자네의 음모를 알아냈단 말이네.」

「그만 하게! 자네가 영원히 나의 적이 되고 싶지 않다면 그리고 나의 신뢰를 잃고 싶지 않다면 조용히 하게.」

「전에도 자네는 나의 신뢰를 잃는 것을 두려워하지 않았었지. 기억나나? 지금 나는 모든 것을 알고 있네. 그때는 몰랐었지만.」

「드미뜨리, 방에서 나가 주게. 그러지 않으면 내가 나가겠네!」

「아니! 자네는 이 자리에서 한 발짝도 떠날 수 없네. 자네는 진정 내가 자네의 속을 모르리라고 생각하나?」

끼르사노프는 대답하지 않았다.

「나의 처지는 좋은 편이네. 자네 말에 따르면 자네는 그다지 좋지 않네. 자네는 내가 도덕군자의 가면을 쓰고 나타났다고 생각하는 모양이지? 하지만 그건 터무니없는 생각이네. 누기 보더라도 내가 달리 행동할 수 없다는 것은 분명하네. 부탁이네, 알렉산드르. 자네의 음모를 중단해 주게. 그것은 아무 소용이 없을 거네.」

「뭐라고? 아무 소용이 없을 거라고? 용서하게.」끼르사노프는 몹시 흥분해서 소리쳤다. 그리고 〈그것은 아무 소용이 없을 거네〉란 말이 그에게 불러일으킨 감정이 기쁨인지 슬픔인지 구별할 수가 없었다.

　「아니, 자네는 내 말을 이해하지 못했어. 아직 늦지 않았네. 지금까지 아무도 해를 입지 않았어. 해가 있을지 없을지 앞으로도 두고 보면 알게 될걸세. 그러나 지금은 아무것도 없네. 모든 것이 그대로네. 그런데 알렉산드르, 나는 자네가 말하려는 것이 무엇인지 모르겠네. 자네 역시 내가 말하는 걸 이해하지 못하고 있어. 우리는 서로 이해하지 못하고 있는 거네, 그렇지 않은가? 아니, 서로 이해할 필요조차 없을지도 모르지, 그렇잖나? 하지만 자네가 이해하지 못할 수수께끼란 아무것도 없네. 그런 따위의 말은 사람을 불쾌하게 만들 뿐이네. 이제 내가 자네한테 말하지 않은 것은 아무것도 없네. 더 이상 자네한테 말할 것도 없고……. 담배나 주게, 내 것을 두고 왔네. 이런, 내가 잊을 뻔했군. 담배 피우는 동안 잠시 자네한테 묻고 싶은 게 있네. 내가 온 것은 사실 그것 때문이라고 해도 과언이 아니네. 자네는 알부민의 대량 생산에 대한 실험을 어떻게 생각하나?」로뿌호프는 발을 편하게 두기 위해서 다른 의자로 옮겨 앉았다. 그는 자세를 편하게 고쳤다. 그리고 담배를 피우며 말을 계속했다. 「내 생각에 그것은 대발견이네. 자네, 그 실험을 계속하고 있나?」

　「아니, 하지만 계속할 거네.」

　「자네가 그런 훌륭한 실험실을 마음대로 쓸 수 있다니 자넨 운이 좋네. 부탁이네. 자네를 위해서 그 실험을 계속 시도해 보게. 좀더 주의 깊게 말이네. 중요한 영양분의 하나를 무기물로부터 인공적으로 대량생산할 수만 있다면, 그거야말로 혁명적인 사건이지. 혁명이고말고. 암, 획기적인 일이지. 뉴턴의 발견에 맞먹는……. 그렇게 생각하지 않나?」

「물론. 하지만 실험의 정확성에 대해서는 자신이 없네. 그러나 조만간 우리는 그것을 반드시 성취해 낼걸세. 지금 과학은 그 방향으로 가고 있네. 그것도 아주 명백하게. 그러나 지금 우리는 거의 아무것도 성취한 것이 없네.」

「자네도 그렇게 생각하나? 나도 그렇게 생각하네. 그럼, 우리의 대화는 끝났네. 안녕, 알렉산드르. 그리고 전처럼 때때로 우리 집을 방문해 달라고 부탁하겠네. 잘 있게.」

로뿌호프를 똑바로 뚫어지도록 바라보고 있던 끼르사노프의 눈에 경멸의 빛이 반짝였다. 「드미뜨리, 자네는 마치 내가 자네의 사고 수준이 유치하다고 여기길 바라는 것 같군.」

「나는 그런 어떤 것도 원하지 않네. 어쨌든 자네는 우리를 보러 와야 하네. 거기에 이상할 것은 아무것도 없네, 그렇지 않은가? 자네와 나는 친구야. 나의 간청에 뭐 이상한 것이라도 있는가?」

「나는 갈 수 없네. 자네는 어리석은 일을 꾸미고 있어, 딱하게도.」

「그게 무슨 말인가? 자네의 말은 나를 불쾌하게 하네. 2분 전에 내가 한 말이 자네를 불쾌하게 했다고는 생각지 않는데.」

「왜 나보고 자네 집에 와달라고 하는지 거기에 대해서 자네의 설명을 들어야겠네, 드미뜨리.」

「그런 건 없네. 정말이네, 설명할 아무것도 없네. 그리고 이해할 아무것도. 자네는 아무것도 아닌 일을 가지고 지나치게 흥분하고 있군.」

「아니, 나는 자네를 이대로는 보낼 수 없네.」 끼르사노프는 막 떠나려고 일어서는 로뿌호프의 팔을 잡았다. 「앉게. 자네는 아직 그럴 필요가 없는데, 너무 서둘러 이야기를 꺼냈어. 자네는 내게 요구한 것이 무엇을 의미하는지 깨닫지 못하고 있단 말일세. 자네는 그것을 내게 남김없이 말해 주어야겠네.」

로뿌호프는 앉았다.

「자네에게 무슨 권리가 있지?」 끼르사노프는 아까보다 더욱 노여운 목소리로 말하기 시작했다. 「내가 힘들어 하는 것을 내게 요구할 무슨 권리가 있냔 말이네. 내가 자네한테 신세진 것이라도 있나? 그렇지 않다면 그게 무슨 뜻인지? 터무니없고말고. 자네의 머리에서 그런 감상적이고 터무니없는 생각을 지워 버리게. 물론 자네와 내가 바라는 〈완전한 생활〉이 언젠가 실현될 거네. 그러나 그것은 오직 이 사회의 일반적인 통념이 완전히 바뀐 다음의 일이네. 암, 완전히 재조직되어야 하고말고. 물론 생활이 나아지면 사회도 그에 상응해서 재조직될걸세. 그때 사람들은 새로운 교육을 받을 거고, 남을 돕는 법도 배우겠지. 그러나 이 새로운 교육이 완성될 때까지는, 다시 말해 상황이 완전히 변하지 않는 한 자네는 타인에게 그의 행복을 위험에 내맡기도록 요구할 권리를 갖고 있지 않네. 만일 그런 일이 벌어진다면 그것은 무서운 일이지. 자네, 이 점을 생각해 본 적 있나? 아니면 정신이 나가기라도 했단 말인가!」

「아니, 무슨 말인지 전혀 모르겠네, 알렉산드르. 자네가 무슨 말을 하는지 도통……. 내 말은 오직 내 집에서 보고 싶다는 그것뿐이네. 〈나를 잊지 말아 달라〉는 친구의 단순한 부탁을 듣고서, 자네는 마치 무슨 놀라운 음모라도 발견한 것처럼 말하고 있네. 나는 자네가 왜 그렇게 흥분하는지 모르겠어.」

「천만에, 드미뜨리. 그런 식의 조롱 섞인 말투로는 내게서 벗어날 수 없네. 그 따위 유치한 일을 꾸미다니! 나는 자네가 미쳤다는 것을 보여 주어야겠네. 자네와 나는 여러 가지 일에 대해서 서로 인정하지 않고 있네. 그렇지 않은가? 우리는 남에게 빰을 얻어맞는 것이 불명예라는 것조차 인정하지 않고 있네. 그것은 터무니없는 편견이지. 해롭고말고. 그렇다면 자네는 타인에게 그가 뺨을 얻어맞을 위험을 무릅쓰게 할 무슨 권리라도 있나? 아니지, 그것은 자네 편에서 보더라도 비열하고 혐오스러운 일일 뿐이지. 왜냐하면 자네는 결과적으로 그에게서 생활의 평화를 빼앗는 것이나 다름없으니까. 내가 말하는 것을 이해하겠나, 자네? 만일 내가 어떠한 사람을 사랑하는데 자네가 나에게 그의 뺨을 때릴 것을 요구한다면 — 나와 자네의 생각대로라면 물론 그것은 아무것도 아니겠지 — 이해하겠나? 그러나 자네가 그 짓을 하도록 요구한다면 나는 자네를 바보나 얼간이쯤으로 생각할 거네. 그래도 자네가 나한테 그것을 강요한다면 자네가 죽든지 내가 죽든지 사생 결단을 내야 할걸세. 설사 그가 별로 좋은 사람이 아니라고 해도 마찬가지지. 어쨌든 나는 그 짓을 하지 않을 것이네. 내 말 이해하겠나? 이 터무니없는 친구야! 나는 한 남자와 따귀에 대해서 말하고 있네. 물론 따귀만으로는 그리 대단한 것은 아니지. 그러나 그것이 그에게서 생활의 평화를 빼앗는단 말이네. 남자 말고 이 세상엔 여자가 있네. 그리고 꼭 따귀만이 그런 것은 아니지. 그것 말고도 얼마든지 다른 것들이 있네. 물론 사소한 것 말이네. 그것들은 자네와 나의 생각을 빌릴 것도 없이 실제로도 하찮은, 아무것도 아니네. 그러나 그것 역시 사람들한테 생활의 평화를 빼앗기는 마찬가지거든. 따라서 타인에게 — 그것은 물론 여자일 수도 있네 — 자네와 내 생각에 따르면 아무것도 아닌 것, 그리고 실제로도 하찮은 그런 일을 하게 한다고 해보게. 그래, 그게 무엇이든, 하찮은 어떤 일을 말이네. 이해하겠나, 그런데 자네, 타인에게 그런 일을 하게 한다는 것이 천박하고 성멀스럽고 정직하지 못하다는 생각이 들지 않나? 내 말을 듣고 있나? 나는 자네가 명예롭지 못한 생각을 갖고 있다고 말하는 거네.」

「여보게, 자네는 명예로운 것과 불명예스러운 것을 내게 정확히 구별해 주었네. 나는 단지 자네가 왜 내게 그런 이야기를 하는지, 그것이 나와 무슨 관련이 있다는 건지 모르겠네. 나는 자네한테 아무것도 말한 게 없네. 그뿐만 아니라 누군가의 생활의 평화를 위험하게 하려는 의도에 대해서도 말한 적이 없네! 그런 어떤 것에 대해서도! 자네는 지금 과대망상에 빠져 있네. 그게 전부네. 부탁이네, 여보게. 나를 잊지 말게. 자네와 함께 시간을 보낸다는 것은 자네의 친구로서 나한테 유쾌한 일이니까. 그리고 그게 전부네. 친구의 청을 들어주겠나?」

「그것은 불명예스러운 일이라고 이미 자네한테 말했네. 나는 불명예스러운 행동은 하지 않네.」

「자네가 불명예스런 행동을 하지 않는다는 거야말로 자네를 칭찬할 만한 점이지. 그러나 자네는 공연히 쓸데없는 망상에 화가 나서 자신의 이론을 들먹이고 있네. 우리의 대화와 아무 상관도 없는 이론을 말이네. 그렇다면 좋네. 나도 결과에 상관없이 내 이론을 말하겠네. 어느 누구랄 것도 없이, 그와 아무 관련도 없는 문제를 자네한테 묻겠네. 만일 어떤 사람이 쾌락을 다른 사람에게 나누어 줄 여유가 있다면, 상식이라는 것이 그에게 쾌락을 나누어 줄 것을 명한다고 보네. 왜냐하면 그는 그 행위에서 더 큰 쾌락을 얻기 때문이지. 그렇지 않은가?」

「그것은 아무 의미도 없어, 드미뜨리! 자네는 문제의 핵심을 흐리고 있네.」

「나는 어떤 의도가 있는 게 아냐, 알렉산드르. 나는 단지 이론에 열중해 있을 뿐이네. 또 이런 게 있지. 우리의 내부에 잠재해 있는 어떤 욕망이 일어난다고 할 때 그 욕망을 잠재우는 것이 바람직한 걸까, 아니면 바람직하지 않은 걸까? 아니, 어떤 시도도 바람직하지 않네. 그것은 오히려 문제를 세

겹으로 악화시킬 뿐이거든. 우리들 자신의 건강을 해치거나 자신의 마음을 기만하거나, 아니면 그 둘 다지. 설사 그렇게 해서 욕망이 억제된다고 해도 결국 인생은 질식해 버리고 말 거네. 그거야말로 불쌍한 노릇이지.」

「그것은 본질이 아니야, 드미뜨리. 자네에게 다른 식으로 설명하지. 만일 어떤 사람이 현재 행복하다고 할 때 누가 그를 위험으로 내몰 권리를 갖고 있겠는가? 물론 자네와 내가 알고 있듯이 언젠가는 모든 사람의 욕구가 충족되는 시기가 올걸세. 그러나 자네와 나는 똑같이 아직 그 시기가 오지 않았음을 알고 있네. 따라서 우리가 보기에, 적어도 합리적인 사람이라면, 비록 그의 현재의 생활이 완전히 만족스럽지는 않지만 그래도 생활에 충분한 정도의 재산을 갖고 있는 한, 그는 현재의 생활에 만족하리라는 것이네. 어디까지나 이론상이긴 하지만 나는 그런 행운아가 실제로 존재하리라고 보네. 그리고 그 사람이 여성이고, 현재 유부녀라고 해보세. 뿐만 아니라 그녀는 그녀의 현재 생활에 만족하고 있다고 말이네. 만일 그것이 이론상으로 받아 들여진다면, 내가 묻고 싶은 것은, 비록 지금보다 나은 생활의 가능성이 있다고 해서, 그렇게 하지 않아도 충분히 잘살 수 있는데, 누가 구태여 현재의 생활을 희생할 위험을 무릅쓰겠냐는 것이네. 또 누가 그에게 그렇게 하도록 강요할 권리가 있냐는 것이네. 하기야 언젠가는 반드시 황금시대가 도래할 것이네. 그러나 그것은 어디까지나 미래의 일이네. 철의 시대는 이미 지나갔는데 황금시대는 아직 도래하지 않았네. 그리고 이것 역시 이론상이긴 하지만 그녀의 욕망에 대해서도 마찬가지네. 이를테면 — 어디까지나 가정이라고 하고 그것을 〈사랑〉이라고 해보세 — 그녀가 비록 사랑의 욕구를 충족시키지 못하고 있거나 불만족스러운 상태에 있다고 해서 그녀에게 위험을 무릅쓰고 사랑의 만족을 구하라고 강요할 권리는 내게 없네. 그리고 타인에 의해서 그녀에게 야기된 위험에 대해서도 마찬가지네. 더욱이 그녀가 원하는 완전한 만족을 찾지 못했더라도 그녀가 그것에 만족한다면 그녀는 더 이상 위험을 무릅쓸 필요가 없네. 자, 이론적으로 말해서 그녀는 결국 위험을 무릅쓰기를 원치 않는다는 말이네. 그리고 바로 그녀가 위험을 무릅쓰기를 고집하지 않는다는 점에서 그녀는 올바르고 현명하네. 그렇다면 위험을 무릅쓰기를 원치 않는 사람을 강제로 위험을 무릅쓰게 하는 것이야말로 비열하고 치사한 것이 아닐까? 이 이론에 대해서 자네 할 말 있나? 물론 없고말고! 그렇다면 이제 자네한테 그럴 권리가 없다는 것을 알았을 것이네.」

「내가 자네의 위치에 있었다면, 알렉산드르, 나 역시 자네와 똑같이 대답했을 것이네. 나도 자네처럼 비유적으로 대답하겠네. 나는 자네가 이 문제에 개인적인 이해관계를 갖고 있다고 가정하겠네. 물론 그것은 어디까지나 가정일 뿐이네. 우리는 단지 어떤 흥미 있는 학문적 원리에 대해서 학술적으로 말하고 있는 것에 불과하니까. 아무튼 이 견해에 따르면, 모든 사람은 그가 기존의 친숙해 있는 관점에서 사태를 판단한다고 하네. 내가 말하고자 하는 것은, 만일 내가 자네의 위치에 있다면 나는 자네처럼 말했을 것이고 마찬가지로 자네가 내 위치에 있다면 자네 역시 내가 말한 그대로 말했을 거란 사실이네. 일반적으로 학문적 관점에서 본다면 이것은 논쟁의 여지가 없는 사실이네. 곧, B위치에 있는 A는 B라는 말이네. 그런데 만일 A가 B의 위치에 있는데 B가 아니라면 그는 B의 위치에 있다고 할 수 없을 것이네. 그는 어쨌든 B의 위치에 있는 게 아니니까, 그렇지 않은가? 결국 자네가 이러한 사실에 대해서 아무말도 할 수 없는 것처럼 나 역시 자네가 한 말에 대해서 아무것도 할 말이 없네. 그러면 자네가 한

식으로 나도 가설 하나 세워 보겠네. 물론 이론적이지. 그리
고 특별히 어느 누구라고 할 것도 없이 그저 추상적인…….
자, 세 사람이 있다고 해보세. 특별히 어떤 제약을 생각하지
말고 말이네. 그리고 그들 중의 한 사람이 두 번째 사람과 특
히 세 번째 사람에게 알리고 싶지 않은 비밀을 가지고 있다고
해보세. 그리고 두 번째 사람은 첫번째 사람의 비밀을 알고
그에게 이렇게 말했다고 해보세. 〈내가 너한테 이르는 대로
행동해. 그렇지 않으면 너의 비밀을 세 번째 사람에게 폭로할
거야.〉 자네 이 문제를 어떻게 생각하나?」

끼르사노프는 약간 창백해졌다. 그리고 한동안 콧수염을
씰룩거렸다. 마침내 그가 말했다. 「드미뜨리, 자네는 나한테
부끄러운 행동을 하고 있네.」

「내가 자네에게 특별히 고분고분하게 행동해야 할 무슨 필
요라도 있나? 게다가, 나는 자네가 무슨 말을 하고 있는 건지
도대체 이해할 수가 없네. 자네와 나는 지금까지 마치 학술
문제를 토론하는 사람들처럼 이야기했네. 그리고 우리들은
서로에게 여러 가지 가설을 제시했고, 그래서 마침내 나는
자네의 항복을 받는 데 성공했네. 그것이 전부일세. 그것에
나는 충분히 만족하네. 그럼, 이만 토론을 끝마치기로 하세.
나도 자네 못지않게 해야 할 일이 많으니까. 그럼 잘 있게. 그
리고 하마터면 잊을 뻔했군. 알렉산드르, 우리를 보러 와달
라는 내 간청을 들어주기 바라네. 우리는 좋은 친구이네, 자
네도 알다시피. 그리고 우리는 언제나 자네를 기꺼이 환영할
것일세. 지난 몇 달 동안 하던 것처럼 그렇게 방문해 주게.」

로뿌호프가 자리에서 일어났다.

끼르사노프는 손가락 하나하나가 마치 추상적 사실이라도
되는 것처럼 그의 손가락을 들여다보며 자리에 앉았다.

「자네는 내게 잔인하게 행동하고 있어, 드미뜨리. 나는 자

네의 부탁을 들어주지 않을 도리가 없네. 그렇다면 이번에는 내 쪽에서 자네한테 한 가지 조건을 제시하겠네. 자네의 말 대로 자네 집에 가겠네. 그러나 내가 내 자의에 의해서 자네 집을 떠나는 경우가 아닌 한, 자네는 내가 가는 모든 곳에 함께 가야 한다는 것이네. 물론 나는 자네한테 일일이 그것을 요구하지 않을 것이네. 듣고 있나? 자네의 자유로운 의지에 의해서, 내 요구 없이 자네 스스로 말이네. 자네 없이 난 아무 것도 하지 않을 것이네. 오페라도, 친구의 집 방문도, 그 밖의 어디에도 가지 않을 것이네.」

「그 조건은 내게 너무 심하지 않을까, 알렉산드르? 내가 자네를 도둑으로 여기기라도 한단 말인가?」

「나는 그런 의미로 말하지 않았네. 그리고 나를 도둑으로 생각할 만큼 자네를 몰염치한 인간으로 만들 생각도 없고. 나는 단지 나의 생명을 주저 없이 자네 손에 맡기려는 것뿐 이네. 그리고 나 역시 자네한테 같은 것을 기대하는 그저 그런 정도이네. 그것이 내가 말하고자 하는 전부네. 자네는 물론 내가 한 말을 충분히 납득했을 걸로 믿네. 그것뿐이네.」

「무슨 말인지 알겠네. 자네는 그동안 그 점에선 많은 노력을 해왔고 지금도 계속하고 있지. 그래, 그 점에선 자네가 옳네. 뿐만 아니라 자네는 나에게 그것을 강요할 권리가 있네. 그러나 내가 비록 자네한테 진심으로 감사한다고 해도, 여보게, 이 일은 아무 소용이 없을걸세. 나 역시도 나를 설득하려고 무진 애를 써보았네. 나도 자네와 같은 의지를 갖고 있고 계획도 자네 못지않게 신중했네. 그러나 아무리 주의 깊게 계산해서 행동해도, 의무감에 충실해도, 강한 의지를 내보여도 결국 본성이 따라 주지 않는 한, 그 결과는 아무 소용없다는 것을 알았네. 단지 사물을 죽이는 거라면 그와 같은 수단으로 얼마든지 가능하네, 바로 자네가 해온 것처럼. 그러나 사물에 생명을 불어넣는 일은 불가능하네.」 로뿌호프는 끼르사노프의 〈그것이 내가 말하고자 하는 전부이네〉란 말에 감상적으로 되었다. 「고맙네. 여보게, 그러고 보니 그동안 우리 서로 인사도 안 했네. 자, 우리 인사하는 게 어떤가?」

만일 로뿌호프가 이 내화를 하는 동안 이론가로서 자신의 행동을 분석했다면 그는 다음과 같이 생각하며 만족해 했을 것이다. 〈이기주의가 사람을 희롱한다는 이론은 정말 사실이야. 그런데 여기에는 가장 중요한 사실 — 그 사람이 그의 상황에 미련을 갖고 있다는 사실 — 이 감추어져 있어. 그것이 알려지면 나는 다음과 같이 대답해야만 할 거야. 《알렉산드르, 너의 이론은 틀렸어.》 그러나 나는 가만히 침묵을 지키고 있는 거야. 이것을 얘기해서 나한테 득이 될 게 없으니까. 그러고 보면 이기주의가 실제 생활에서 어떻게 트릭을 쓰는가를 안다는 것은 이론가의 관점에서 볼 때 매우 흥미 있는 일이야. 사실 너는 이미 전투에서 물러난 상태야. 그것은 네가 전투에서 패배했기 때문이지. 그런데 이기주의가 너에게 시비를 걸어 방해하고 있거든.〉

만일 끼르사노프도 이 대화 동안에 이론가로서 그의 행동을 분석했다면 그 역시 다음과 같이 생각하며 만족해 했을 것이다. 〈이 이론은 정말 사실이야. 너는 한 여인으로 하여금 그녀의 마음의 평화를 위험하게 할 권리가 없어. 이것은 — 너는 이미 그것을 알고 있는 게 틀림없어 — 내가 실제로 타인의 평화를 위해서, 그리고 너의 평화를 위해서 나를 희생하고 고귀한 행동을 해왔다는 것을 의미해. 그렇다면 내 영혼의 위대성 앞에 너는 무릎을 꿇어야 하고말고! 그런데 이기주의가 실제 생활에서 어떻게 행동하는가를 안다는 것은 이론가로서 즐거운 일이야. 그는 말할 것도 없이 바보가 되지 않기 위해서 전투에서 물러난 거야. 그리고 그가 영웅적인 고귀한 행동을 했기 때문에 그는 영광을 얻을 거라고. 어쨌든 너는 첫마디에 굴복하지 않았어. 또다시 너 자신을 괴롭히는 그런 일은 하고 싶지 않았기 때문이겠지. 뿐만 아니라 너의 고귀하고 달콤한 승리를 빼앗기지 않으려고 말이지.〉

그러나 로뿌호프도 끼르사노프도 이론가로서 자신들의 행동을 시험하고 이것을 흥미롭게 관찰할 시간을 갖고 있지 않았다. 이 문제를 따져 보는 것은 양자에게 모두 매우 어렵고 복잡하게 느껴졌다.

23

다시 시작된 끼르사노프의 빈번한 방문은 매우 자연스럽게 설명되었다. 다섯 달 동안 그는 그의 연구 작업을 중단해서 일이 엄청나게 많이 밀려 있었다. 그는 전혀 일을 정리하지도 못한 채 그 해결 방법을 찾느라고 한 달 반이나 고심했다. 그리고 마침내 밀려 있었던 일들을 성공적으로 끝마쳤다. 비로소 그는 전보다 자유로운 시간을 가질 수 있게 되었다. 이런 식의 설명은 더 이상 말이 필요 없을 정도로 사태를 분명하게 해주었다.

사실, 그것은 명백하고도 확실했다. 따라서 베라 빠블로브나의 마음에 아무런 의심도 불러일으키지 않았다. 한편, 끼르사노프는 전과 마찬가지로 아무런 의심도 사지 않는 교묘한 태도로 그의 역할을 다했다. 그가 그의 동료와의 〈이론적 대화〉 뒤에 로뿌호프의 집을 방문했을 때 그는 남들의 신뢰를 잃지 않을까 전전긍긍했다. 그는 베라 빠블로브나와 시선이 마주치자 얼굴이 붉어졌는데 더러 그녀와 마주치는 것을 조심스럽게 피하기조차 했다. 그 밖에도 그는 더욱 마음을 단단히 먹었고 그녀와의 만남에도 차츰 자연스럽게 대응하기 시작했다. 그는 자기가 한동안 거리를 두었던 옛 친구들 — 그가 돌아온 것을 기뻐하는 사람들 — 틈 속에서 즐거운 웃음을 나누었고, 그때마다 대화에만 온 정신이 팔려 있는 사람들 속에서 편안하고 솔직하고 부담 없는 대화를 아무런 두려움 없이 나눌 수 있었다. 따라서 여러분이 설사 남 흉보기를 좋아하는 심술궂은 노파라고 하더라도, 그래서 조금이라도 이상한 것을 보기만 하면 꼬집어 내고 들추어 내려고 하더라도, 그런 그에게서 좋은 동료들과 유쾌하게 저녁 식사의 한때를 보내는 모습 이외에는 아무것도 발견할 수 없었을 것이다.

처음 순간을 그처럼 무사히 잘 넘겼는데, 그날 저녁 시간을 무사히 보내는 데 무슨 장애가 있었겠는가? 그리고 첫날 저녁을 그처럼 잘 넘겼는데 그 다음 저녁들을 똑같이 무사히 잘 보내는 데 무슨 어려움이 있었겠는가? 자유로웠고 자연스럽지 않은 대화는 단 한마디도 없었으며 진지하고 솔직하였으며, 정이 담기지 않은 시선은 단 한 번도 없었다. 그것이 그들 사이에서 벌어진 모든 것이었다.

그러나 그가 전과 다름없이 행동하였지만 그에게 모아진 두 눈은 다른 눈들이 전혀 알아채지 못한 그의 모든 행동을 낱낱이 관찰하고 있었다. 그렇다, 다른 눈들은 아무것도 알아채지 못했다. 오직 마리아 알렉세예브나가 독점자본가가 되리라고 인정한 로뿌호프만이 한순간도 끼르사노프에게서 시선을 떼지 않았으며 그러면서도 놀라울 정도의 평온을 유지했다. 그는 다만 그러한 자기의 태도에 약간 놀랐을 뿐이었다. 그는 단지 이론가로서, 순수하게 학문적인 태도에서 이 현상을 관찰하는 심리학자들과는 달리, 이와 같은 관찰에서 커다란 쾌감을 느꼈다. 한편 〈방문자〉는, 그녀가 베라 빠블로브나에게 그녀의 일기를 읽도록 강요했을 때, 헛된 예언을 한 것이 아니었다. 그와 같은 〈방문자〉가 여러분의 귀에 대고 속삭일 때 어떻게 여러분의 두 눈이 예리하게 빛나지 않을 수가 있겠는가?

그러나 그녀의 두 눈은 아직 아무것도 보지 못했다. 〈방문자〉가 다시 속삭여 왔다. 〈비록 지금 아무것도 보이지 않는다고 정말 아무것도 안 보이는 걸까?〉 그러자 두 눈은 주의 깊게 살피기 시작했다. 그리고 비록 지금은 아무것도 보지 못했다고 해도 두 눈이 예의 주시하고 있다는 바로 그 사실이야말로 무엇인가가 있다는 것을 직감적으로 알아채기에 충분한 것이었다.

지금 베라 빠블로브나는 그녀의 남편과 끼르사노프와 함께 멜르짤로프의 집에서 주말 저녁마다 정기적으로 모이는 모임에 참석해 있다. 그런데 왜 끼르사노프는 이 자유로운 파티에서 춤을 추지 않는 것일까? 로뿌호프도 춤을 추고 있는데, 그리고 누구나 춤을 추도록 되어 있는데도. 만일 여러분이 칠십 먹은 노인이고 그 자리에서 나름대로 무엇인가를 해보려고 한다면 다른 사람과 똑같이 바보가 되어야 한다. 왜냐하면 그 자리에 있는 사람들은 오직 한 가지 생각에만 열중해 있기 때문이었다. 〈시끄러우면 시끄러울수록, 소란스러우면 소란스러울수록 더욱 즐겁다.〉 이것은 모든 사람에게 기쁨이 많으면 많을수록 좋다는 속담을 방불케 한다. 그래서 그녀는 생각하였다. 〈왜 끼르사노프가 춤을 추지 않지?〉 그때, 그가 춤을 추기 시작했다. 그런데 왜 그까짓 춤을 추는 데 몇 분씩이나 머뭇거렸을까? 그까짓 춤을 추는 게 뭐 그리 대단한 일이라고? 만일 그가 춤을 추지 않았다면 사태는 여기서 어느 정도 분명해졌을 것이다. 또 비록 그가 춤을 췄다고 하더라도, 베라 빠블로브나와 춤을 추지 않았다면 사태는 여기서 명백하게 드러났을 것이다. 그러나 그는 적어도 그가 맡은 역할에 있어서 너무도 예리하고 빨랐다. 사실 그는 베라 빠블로브나와 춤을 추고 싶지 않았다. 그러나 그는 곧 사태를 깨달았고 잠시 베라 빠블로브나와의 관계에, 그리고 어느 누구에게도 영향을 미치지 않을 정도의 짧은 시간 동안 망설인 뒤에 그녀에게 춤을 청했다. 그녀의 가슴엔 여전히 풀리지 않는 가벼운, 아주 작은 의심이 남아 있었다. 그것은, 〈방문자〉 여가수의 예언에도 불구하고, 그녀에게 끊임없이 반복되는 속삭임이 아니었더라면 어쩌면 그녀가 모르고 지나쳤을 그런 것이었다.

그들이 메르짤로프의 집에서 돌아와 다음날 저녁에 오페라 「이푸리타니」[74]를 보기로 약속했을 때, 그리고 베라 빠블로브나가 그녀의 남편에게 〈밀렌끼, 당신은 이 오페라를 좋아하지 않으니까 지루해 할 거예요. 그래서 알렉산드르 마뜨베이치와 가려고 해요. 그는 오페라라면 사죽을 못 쓰거든요. 설령 당신이나 내가 쓴 오페라라고 해도 그는 틀림없이 그것을 무척 좋아할 거예요!〉라고 말했을 때, 왜 끼르사노프는 베라 빠블로브나의 제의를 받아들이지 않고 〈드미뜨리, 자네를 위해서 이 표는 안 받겠어〉라고 말했을까? 밀렌끼가 함께 간다고 하는 사실, 그것은 그 자체로 아무런 의심도 불러일으키지 않았다. 그는 그녀가 지난번에 그에게 제의한 이후로 그녀가 가자고 하는 곳이라면 어디든지 따라갔기 때문이었다. 「좀더 많은 시간을 내게 내줘요.」 그녀는 그렇게 말했다. 그리고 그 뒤로 그는 단 한 번도 그것을 잊지 않았다. 결과적으로 그가 그녀와 함께 가는 데에 이상한 것이라곤 아

74 이탈리아 작곡가인 벨리니의 오페라로 뻬쩨르부르그에서는 1840년에 초연되었다.

무것도 없었다. 그것은 언제나 하나의 똑같은 사실을 보여줄 뿐이었다. 그가 친절하고 자상하다는 사실, 그리고 그녀가 그를 사랑하고 있다는 사실, 이것은 명백한 사실이었다. 그러나 끼르사노프는 이것을 알지 못했다. 그렇다면 바로 그이유는 그는 베라 빠블로브나의 제의를 받아들이지 않았단말인가? 물론 이런 사소한 일은 사람들 눈에 들어오지 않는것이고, 베라 빠블로브나 역시 그런 것들을 지나가는 식으로라도 생각해 본 적이 없었다. 그러나 그들이 알아채지 못하는 동안에도 눈에 보이지 않는 섬세한 모래알들은 계속 저울의 접시에서 흘러내리고 있었다. 그러나 다음의 대화는 미세한 모래알이 아니라 조그만 조약돌과 같은 것이었다.

다음날 그들의 말 한 필이 끄는 마차(그것은 쌍두마차보다쌌다)를 타고 오페라에 갔을 때, 그들은 이런 저런 이야기 도중에 전날 저녁에 그들이 머물렀던 메르짤로프 부부에 대해서 몇 마디를 주고받았다. 그들은 그들의 화목한 생활을 칭찬했다. 그런 생활은 보기 드문 것이라고 그들 모두가 똑같이 동의했다. 그리고 끼르사노프는 이런 말도 덧보탰다.「그래요. 그의 아내가 그에게 그녀 마음속의 모든 비밀을 털어놓을 수 있다는 거야말로 메르짤로프 부부의 훌륭한 점입니다.」그것이 끼르사노프가 말한 전부였다. 그런데 사실은 세사람이 모두 똑같은 것을 생각하고 있었다. 그러나 오직 끼르사노프만이 그것을 이야기했던 것이다. 그렇다면 그는 왜그 말을 했을까? 그것은 무엇을 의미하는 것일까? 만일 거기에 어떤 의미가 들어 있다면 그것은 무엇일까? 그것은 어쩌면 로뿌호프를 칭찬하는 것인지도 몰랐다. 또는 베라 빠블로브나가 로뿌호프와 행복해 하는 것을 넌지시 꼬집은 것인지도 몰랐다. 물론 이 말은 말 그대로 메르짤로프 부부를 두고하는 이야기일 수도 있었다. 그러나 그것이 메르짤로프 가정과 로뿌호프 가정을 견주어서 말한 것이 아니라고 한다면 물론 그것은 베라 빠블로브나를 향해서 한 것임을 시사하는 것이다. 그렇다면 그 말을 한 그의 의도는 무엇일까?

무엇인가를 찾느라고 혈안이 되어 있는 사람에게는 그가 찾는 것이 나타나게 마련이다. 그것이 아주 조그만 징표라고 해도, 그리고 그것을 아무리 은폐하려고 해도 그는 거기에서 자기가 찾고 있는 것을 분명하게 보는 것이다. 그림자를 없애 보라. 그러면 그는 그가 찾는 그 그림자뿐만 아니라 그가 찾는 바로 그 모든 실체를 찾아내고야 말 것이다. 그것도 털 끝만큼의 실수도 없이. 그리고 매번 다시 생각할 때마다 그 것은 더욱더 명료한 모습으로 나타나는 것이다.

바로 여기에, 문제의 완전한 해결을 이미 자체 내에 감추고 있는 바로 구체적인 사실이 있었다. 끼르사노프가 로뿌호프 부부를 신뢰한다는 것은 명백했다. 그렇다면 그는 왜 두 해가 넘게 그들로부터 떨어져 있었던 것일까? 그가 빈틈없는 치밀한 성격의 소유자라는 것은 분명했다. 그런 그가 시골뜨기 같은 모습으로 그들 앞에 나타났다면 그것은 어떻게 이해해야 되는 것일까? 베라 빠블로브나가 그러한 사실을 상기하도록 〈방문자〉가 끊임없이 속삭이지 않았다면, 그리하여 그녀에게 그 사실을 깨닫게 하지 않았더라면 그녀는 로뿌호프가 한 그 이상 생각하지 못했을 것이다. 그러나 지금 그녀는 자신도 모르는 사이에 이미 그것에 대해서 생각하고 있었다.

24

이러한 발견은 서서히 보이지 않게 그녀의 마음속에서 발전하기 시작했다. 그리고 계속해서 끼르사노프의 말과 행동

들에 대한 거의 구별하기 어려울 정도의 사소한 단편적인 인
상들이 하나씩하나씩 쌓여 갔다. 그러나 그녀 이외의 어느
누구도 그런 것에 주의하지 않았고 그녀 자신도 그것을 분명
하게 인식하지 못했다. 왜냐하면 그런 것들은 단지 마음속의
짐작에 불과했고 또 확연하지 못한 의심스러운 것들이기 때
문이었다. 〈그는 왜 지난 3년 동안 우리들을 피했을까?〉 하
는 의문이 서서히 그녀의 관심을 끌기 시작했다. 그는 자기
의 허영심과 같은 사소한 이유로 발길을 끊을 사람이 아니라
는 확신이 들었다. 그는 그런 허영심 같은 것과는 거리가 먼
사람이기 때문이었다. 게다가, 그녀가 이러한 것을 왜 생각
하는지 그녀 스스로도 이유를 모르는 가운데 깊은 곳에서 다
음과 같은 의문이 떠올랐다. 〈내가 왜 그에 대해서 생각하고
있지? 그는 나에게 뭐지?〉

　어느 날 저녁 식사 후에 베라 빠블로브나는 그녀의 방에
앉아서 바느질을 하며 생각에 잠겨 있었다. 그녀는 매우 평
온한 상태에서 생각을 하였다. 그러나 그녀가 생각하고 있던
것은 결코 그에 대한 것이 아니라 그와는 전혀 관계 없는 그
녀의 일과 공장, 그리고 학생 지도에 대한 것이었다. 그런데
그녀의 생각이 조금씩 조금씩 그녀가 미처 의식하지 못하는
동안 그 문제로 이끌려 갔다. 차츰 지나간 일들이 상기되기
시작했고 사소한 의문들이 그 모습을 드러내기 시작했다. 그
러한 의문들이 무수히 많았다. 그것들은 그녀의 생각 속에서
제자리를 찾느라고 이리저리 왔다 갔다 했다. 점점 그들의
수는 늘어났고 마침내 한 의문이 더욱더 분명한 형태로 떠올
랐다. 〈내 마음속에 일어나는 게 뭘까? 내가 생각하고 있는
것 말야. 무엇인가 생각이 오락가락하는 것 같았는데?〉 베라
빠블로브나의 손이 갑자기 바느질을 하다 말고 밑으로 늘어
졌다. 그녀의 손에서 바느질감이 흘러내렸다. 그리고 베라

빠블로브나의 얼굴이 창백해졌다가 곧 붉게 상기되었다. 그
리고 훨씬 더 창백해졌다가 이내 볼이 불처럼 빨갛게 달아올
랐다. 다음 순간 눈처럼 하얗게 얼굴이 변하더니, 시선이 갈
피를 못 잡았다. 마침내 그녀는 남편에게 달려가 그에게 안
기듯 무릎에 앉았다. 그리고 두 팔로 그의 목을 감싸 안으며
몸을 떨었다. 그녀는 머리를 그의 어깨에 파묻었고 얼굴을
감추었다. 그녀가 충격을 받은 듯 떨리는 목소리로 말했다.
「여보, 내가 그를 사랑하는가 봐요.」 그녀는 울기 시작했다.
　「그게 어쨌단 말이오, 여보? 그것에 대해서 당신이 왜 괴
로움을 느낀단 말이오?」
　「나는 당신에게 죄를 짓고 싶지 않아요. 나는 당신을 사랑
하기 원해요.」
　「자, 나를 봐요. 곧 괜찮아질 거요. 마음을 편안하게 하고
시간에 맡겨요. 그러면 당신이 할 수 있는 것과 할 수 없는 것
을 알게 될 거요. 당신은 나에게 너무도 소중한 사람이오. 그
런데 당신이 어떻게 나에게 죄를 짓는단 말이오?」
　그는 그녀의 머리를 부드럽게 감싸며 그녀의 머리에 키스
하고 나서 그녀의 손을 꼭 잡았다. 그녀는 오랫동안 경련 섞
인 울음을 계속했으나 차츰 잠잠해졌다. 그러나 이미 오래전
부터 그러한 고백을 기다리고 있던 그는 오히려 냉정하고 침
착하게 그것을 받아들였다. 그녀는 그의 얼굴을 똑바로 쳐다
볼 수가 없었다.
　「더 이상 그를 보고 싶지 않아요. 그가 우리 집에 오는 것
을 그만두도록 말하겠어요.」 그녀가 말했다.
　「당신은 어느 것이 당신에게 더 큰 행복을 가져다 줄 것인
지를 생각해야 돼요. 당신이 좀더 가라앉으면 우리 진지하게
그 문제에 대해서 이야기해 봅시다. 우리들 사이에 설령 무
슨 일이 생긴다고 해도 당신과 나는 항상 친구요. 그렇지 않

소? 당신 손을 내게 줘요. 그리고 내 손을 만져 봐요. 내 손이 얼마나 따듯한지 느껴질 거요.」 그는 한참씩 간격을 두고 말하였다. 한마디 한마디 말하는 동안 그는 그녀의 머리를 감쌌고 그녀를 애무했다. 마치 오빠가 슬픔에 잠긴 누이동생을 위로하듯이.「기억해, 여보? 우리 약혼했을 때 당신이 내게 한 말?〈당신은 나를 자유로 인도하고 있어요.〉」 다시 침묵이 드리워졌고 그는 그녀를 애무했다.「당신과 내가 사랑의 의미에 대해서 맨 처음 나눈 말 기억해? 상대방이 좋아하는 것이면 그게 무엇이든지 똑같이 그것에 기쁨을 느끼고, 그에게 유익한 것이면 무엇이든지 나도 그것을 하며 즐거움을 느낀다는 거였지.」 다시 침묵이 찾아왔고 그는 그녀를 애무했다.「당신에게 최선이라면 그게 무엇이든지 나에게도 역시 기쁨을 주지. 당신은 당신에게 최선인 것을 선택해야만 해. 당신이 왜 슬퍼해야 하지? 그것이 당신에게 불행을 가져오지 않는다면 그게 나한테 무슨 불행을 가져오겠어?」

　이 간결한 말들은 여러 차례 다른 형태로 반복되었으며 아무 의미도 없는 진부한 말들의 되풀이에 불과했다. 그러는 동안에 상당히 시간이 흘러갔고 그것은 로뿌호프와 베라 빠블로브나에게 똑같이 견디기 어렵게 느껴졌다. 차츰 흥분이 진정되고 가라앉으면서 그녀는 한결 자유롭게 숨을 쉴 수가 있었다. 그녀는 그녀의 남편을 꽉 끌어안았다. 그리고 몇 번이고 반복해 속삭였다.「나는 당신을 사랑하고 싶어요. 여보, 오직 당신만을…… 당신 이외엔 어느 누구도 사랑하고 싶지 않아요.」

　그는 그것이 그녀의 힘을 넘어서는 일이라는 것을 말하지 않았다. 그녀가 평온해지고 강인함을 회복해 그녀 스스로 그 어떤 결정을 내릴 때까지는 그게 어떤 것이든간에 충분한 시간이 필요했다. 로뿌호프는 끼르사노프에게 보내는 편지 한

장을 마샤에게 주었다. 〈알렉산드르, 지금은 내 집에 오지 말게, 당분간만 말일세, 특별한 이유는 없네. 또 앞으로도 없을 걸세. 단지 그녀가 휴식을 취하는 것이 필요하기 때문이네.〉 〈그녀가 휴식을 취하는 것이 필요하다. 특별한 이유는 없다. 서로 대립되는 말들의 이상한 조합이군!〉 끼르사노프는 편지를 주의 깊게 읽었다. 그는 마샤에게 답장을 쓰지 않을 것이라고 말했다. 그리고 지금 당장은 들를 시간도 없으며 당분간 다른 곳에 가야 할 곳이 있다고, 그 뒤에 용무를 마치고 나서 귀가 길에 들르겠다고 말했다.

저녁 시간은 외견상 아주 평온하게 지나갔다. 베라 빠블로브나는 저녁 시간의 절반 정도는 그녀의 방에 혼자 조용히 앉아 있었다. 그리고 나머지 절반은 그가 그녀 곁에 앉아서 똑같이 간결한 말로, 그러나 그의 말보다는 오히려 사람을 안정시키고 안심시키는 듯한 그의 목소리가 그녀를 달랬다. 물론 신만이 아는 행복도 없었고 또 특별히 우울한 것도 없었다. 그녀의 얼굴에 드리워진 실날 같은 그림자를 제외하면 특별한 것은 아무것도 없었다. 베라 빠블로브나는 그의 말을 다 듣고 나서 그의 얼굴 표정을 살폈다. 그리고 생각하기 시작했다. 그녀의 두려움은 거의 절대적일 만큼 과장되어 있었다. 그녀는 며칠 후면 흔적도 없이 사라질 단순한 상념들을 절박한 감정으로 붙들고 있는 셈이었다. 그녀는 생각했다. 아니, 그녀는 생각하지 않았다. 단지 그렇지 않다고 느꼈을 뿐이었다. 〈아니야, 이 일은 그렇지가 않아. 아니야, 그래.〉 그녀는 스스로 다짐하였다. 그리고 실제로 그것이 그렇다고 생각했다. 걱정할 것은 아무것도 없다고 반복해서 속삭이는 차분하고 안정된 남편의 목소리를 들으며 평화롭게 잠이 들었다. 그녀는 깊이 잠이 들었다. 그리고 〈방문자〉의 꿈도 꾸

지 않았다. 그녀는 아침에 늦게 일어났고 깨어서는 다시 몸
에 힘이 솟는 것을 느꼈다.

25

「잡념을 잊어버리는 최상의 방법은 일을 하는 거야.」베라
빠블로브나는 혼자 중얼거렸다. 그녀의 말은 전적으로 옳았
다.「마음이 안정될 때까지 매일 공장에 나가야겠어. 그게 나
를 위하는 길이야.」그녀는 하루종일 공장에서 일을 하며 보
냈다. 첫날 그녀는 지치도록 일을 했지만 그러나 상념들로부
터 벗어날 수가 없었다. 셋째 날 그녀는 전혀 상념들을 떨쳐
버리지 못했다. 그런 식으로 일주일이 지나갔다.
　투쟁은 어려웠다. 베라 빠블로브나의 안색은 창백하게 변
해 갔다. 그러나 적어도 겉으로는 평온한 것 같았다. 그녀는
행복해 보이기조차 했다. 이 점에서 그녀는 거의 아무런 문
젯거리도 없어 보였다. 그러나 아무도 그녀의 내적 괴로움을
알 수 없었고 그녀의 창백한 얼굴엔 가벼운 병기운이 서려
있었다. 로뿌호프는 이것을 놓치지 않았다. 그는 그녀의 얼
굴을 보지 않아도 그녀가 지금 어떤 상태에 있다는 것을 매
우 잘 알고 있었다.
　「베로치까.」그는 한 주일이 끝나 갈 때쯤 말을 꺼냈다.
「지금 우리가 사는 모습을 돌아보니,〈구두공이 장화가 없고
양복점 주인이 변변한 옷 한 벌 없다〉는 옛 속담 그대로요.
남들에겐 우리의 경제 원칙대로 살라고 가르치면서 막상 우
리들 자신은 우리의 생활을 거기에 맞추려고 하지 않았소.
어떻소? 핵가족보다는 대가족이 더 낫지 않겠소? 만일 우리
가 누군가와 같이 산다면, 우리나 그 사람도 생활비를 절반

가량 줄일 수 있을 테고. 그러면 내가 싫어하는 그 과외 교사 노릇을 안 해도 될 테고. 사실 공장에서 받는 월급 정도면 충분하거든, 이젠 여가도 좀 가져야겠고 말이오. 그리고 그렇게 되면 무엇보다도 내가 학업을 다시 계속할 수 있을 거고, 그래서 의학을 다시 연구할 수도 있을 테니 말이오. 우리와 함께 있을 만한 사람을 찾는 것은 어렵지 않을 거요. 당신 생각은 어떻소?」

베라 빠블로브나는 의아심이 가득 찬 시선으로 남편을 쳐다보았다. 그리고 끼르사노프가 그들의 이론적 대화가 있던 날 로뿌호프를 쳐다보았던 것과 똑같이 노여움에 불타서 그를 똑바로 바라보았다. 그가 이야기를 끝마치자 그녀의 얼굴에 노기가 분명하게 나타났다.

「부탁이에요, 이런 식의 대화는 끝내도록 해요. 그것은 맞지 않아요.」

「어째서지, 베로치까? 나는 특별히 그것의 장점을 말하고 있는 거요. 당신과 나같이 부자 아닌 사람은 그런 장점을 소홀히 넘겨 버려선 안 된다고. 나의 일은 힘들어. 그리고 이젠 그곳이 지긋지긋하기까지 하단 말이오.」

「당신은 나에게 그런 식으로 말해선 안 돼요.」 베라 빠블로브나가 일어섰다. 「당신이 그런 식으로 말꼬리를 피하는 것을 나는 더 이상 용납할 수가 없어요. 당신의 속마음이 뭔지 제발 툭 터놓고 말해 봐요!」

「내가 당신에게 말하고 싶은 건 이거요, 베로치까. 유익해 보이는 그 장점들을 같이 생각해 보자고 말이오. 내겐 아주 유익해 보이거든.」

「제발, 그만 해요! 누가 당신에게 여자 다루는 법을 가르치기라도 하던가요? 당신을 경멸할 거예요!」 그녀는 그녀의 방으로 곧장 뛰어갔다. 그리고 문을 잠갔다.

이것이 그들의 처음이자 마지막 말다툼이었다.

그날 밤 늦게까지 그녀는 걸어 잠근 문 옆에 앉아 있다가 남편의 방으로 돌아왔다.

「여보, 당신에게 진지하게 이야기할 것이 있어요. 그것을 듣고 화내지 말아요. 당신은 내가 최선의 것을 하기를 바래요. 그런데 당신은 나를 돕기는커녕 어떻게든 우리들 힘으로 생계를 꾸려 나가려고 애쓰는 내게……. 그래요, 그건 투쟁이나 다름없어요.」

「여보, 아까 그렇게 함부로 얘기한 것에 대해서 용서해요. 하지만 지금은 화가 풀어졌잖소, 그렇지 않소? 순리대로 얘기해 보도록 합시다.」

「예, 그래요. 이젠 화가 가라앉았어요. 하지만 또다시 나를 화나게 하지 말아요. 이번엔 정말 당신과 싸우게 될지도 몰라요. 그리고 그것은 나 자신과 싸우는 것만큼이나 힘들어요.」

「그렇지만 그 말은 이미 의미가 없소, 베로치까. 그동안 당신은 당신의 감정을 확인할 충분한 시간을 가졌소. 더욱이 당신은 당신이 처음에 생각했던 것보다 당신이 안정되어 있다는 것을 알고 있소. 그렇지 않소? 왜, 내가 괜한 말을 했소?」

「아뇨, 하지만 틀렸어요. 나는 당신을 사랑하길 원해요. 그리고 당신에게 잘못하고 싶지 않아요.」

「여보, 당신은 내가 행복하기를 원하고 있소. 그것도 아주 진정으로! 그런데 나라는 사람은 당신이 괴로워하는데도 그대로 놔둔 채 심지어는 그것을 보고 즐거워하기까지 했다고 생각되지 않소?」

「여보, 하지만 당신은 그만큼 나를 사랑했어요!」

「물론 그랬소. 그것도 아주 고귀한 척하면서 말이오. 거기에 대해선 더 이상 아무것도 할 말이 없소. 그러나 우리 두 사람은 사랑이 무엇인지 알고 있소. 분명히 말하지만, 당신이 지금 행복하다고 말하는 사실 속에는 당신이 사랑하는 사람 때문에 겪는 괴로움도 함께 존재하고 있다는 거요. 그래서 당신이 괴로워할 때 나도 마찬가지로 괴로워하고 있었던 거요.」

「그래요, 여보. 하지만 내가 지금 이 감정에 굴복하면 당신은 너무도 괴로울 거예요. 아아! 어떻게 그와 같은 감정이 내게 왔는지 모르겠어요. 그것을 저주해요!」

「그것이 어떻게 왜 왔는가 하는 것은 이제 아무 의미도 없소. 어차피 당신은 그것을 피할 수 없을 테니까. 이제 오직 한 가지 선택만이 있소. 당신이 괴로움을 견디어 내고 나 역시 함께 그것을 이겨내느냐, 아니면 당신이 괴로움을 끝내고 나 역시 끝내느냐 하는 것이오.」

「하지만, 여보. 나는 괴로워하지 않을 거예요. 이제 곧 그것은 사라져 버릴 거예요. 당신도 그것이 곧 사라지는 것을 보시게 될 거예요.」

「당신의 노력은 고맙소. 진심으로 감사하오. 당신은 내게 당신의 굳은 의지를 보여 주었소. 하지만, 베로치까, 이것을 알아야 하오. 이것은 내게 필요한 게 아니라 바로 당신한테 필요한 거요. 나는 이 문제에 관한 한 어디까지나 타인일 뿐이오. 그러나 바로 그렇기 때문에 당신이 처한 상황을 당신 자신보다 분명하게 볼 수 있었는지도 모르겠소. 물론 이런 말들이 아무 쓸데없는 것인지는 잘 알고 있소. 정히 당신이 싫다고 한다면 당신의 힘이 버틸 수 있는 데까지 싸워 보라고 하는 수밖에. 그러나 그것이 나에게 잘못하는 것이라는 생각은 하지 말라는 거요. 아니, 내가 이 문제를 어떻게 생각하고 있는가를 당신은 이미 알고 있는지도 모르지. 나의 이런 생각이 결코 바꾸지 않으리라는 것도. 뿐만 아니라 이런 모든 것에 대해서까지도 남김없이! 당신이 나를 속일 수 있다고? 천만에! 당신은 결코 그런 일을 할 수 없소. 그런데 당신의 나에 대한 태도가 바뀐다고 해서 과연 그 감정이 약해질까? 오히려 그 반대가 아닐까? 더 이상 내 안에서 당신의 적을 발견하지 못할 테니 더 강해지지는 않을 거라고? 나를 불쌍한 눈으로 보지 말아요. 당신이 나 때문에 행복을 빼앗기는 것도 아닌데 내 운명이 갑자기 비참해질 이유가 뭐가 있겠소. 이제 그만합시다. 이처럼 얘기하는 것도 힘든데 듣는 당신은 또 얼마나 힘들겠소. 하지만 기억해요, 베로치카. 내가 지금 말한 걸 말이오. 용서해요, 베로치카. 당신은 방에 가서 생각을 좀 하든지 아니면 자든지 해요. 나에 대해서 생각하지 말아요. 그리고 오직 당신 자신에 대해서만 생각해요. 오직 당신 자신에 대해서 생각하는 것만이 내게 헛된 슬픔을 일으키지 않는 것이오.」

26

2주일 지났을 무렵, 로뿌호프가 그의 공장 사무실에 앉아 있는 동안, 베라 빠블로브나는 오전 내내 심상찮은 흥분에 휩싸여 있었다. 그녀는 자신의 침대에 몸을 내던지더니 엎드린 채 두 손으로 얼굴을 감쌌다. 그리고 15분이 지났을 때 침대에서 벌떡 일어나 방바닥으로 내려와서는 이 의자 저 의자에 번갈아 앉았다. 그러고 나서 다시 총총걸음으로 왔다 갔다 하다가 침대에 몸을 내던졌다. 그리고 다시 왔다 갔다 했다. 그리고 책상으로 가서 그 옆에 잠시 서 있다가 되돌아오기를 몇 차례인가 반복했다. 마침내 그녀는 책상에 앉아서 몇 마디를 적은 다음 편지를 봉했다. 그리고 30분 만에 그 편지를 찢어 불태우고 다시 초조하게 걸었다. 그녀는 두 번째로 편지를 썼다. 이번에도 역시 그녀는 그것을 찢어 불태웠다. 다시 그녀는 왔다 갔다 했고 또 편지를 썼다. 그러나 이번에는 순식간에 그 글을 다 쓰자마자 곧 바로 편지를 봉했다. 그리고 이름을 쓸 틈도 없이 그것을 남편이 방으로 갖고 가서 테이블 위에 놓고, 허겁지겁 그녀의 방으로 돌아와서 의자에 풀썩 주저 앉았다. 그리고 두 손으로 얼굴을 가린 채 30분, 어쩌면 한 시간쯤 그렇게 꼼짝 않고 앉아 있었다. 벨소리가 들렸다. 그였다. 순간 그녀는 그 편지를 찢어 불태우려고 황급히 서재로 달려갔다. 〈그런데 그게 어디 있지? 없어! 어디 있지?〉 그녀는 부랴부랴 서류 뭉치들을 살펴보았다. 〈어디 있지?〉 그러나 그때는 이미 마샤가 문을 연 뒤였고, 로뿌호프는 낡은 문간을 통해서 흥분해 있는 창백한 안색의 베라 빠블로브나가 그의 서재로부터 그녀의 방으로 번개처럼 달려가는 것을 보았다.

그는 그녀를 뒤쫓지 않고 곧장 그의 서재로 갔다. 그리고 침착하고 여유 있는 태도로 테이블과 뒤쪽 칸을 뒤져 보았다. 그렇다, 그는 벌써 여러 날 전부터 그와 같은 것 ─ 그것이 말로든 글로든간에 ─ 을 기대하고 있었던 것이다. 역시 그곳에 주소와 이름이 없는 편지 한 통이 봉해진 상태로 있었다. 그녀 역시 그것을 없애 버리기 위해서 찾고 있었던 게 틀림없었다. 그리고 그녀는 그것을 찾지 못한 게 분명했다. 서류 뭉치가 어지럽게 흩어져 있었다. 그녀는 질풍같이 흥분한 상태에서 그 편지를 격렬하게 내던졌는데, 그것이 테이블 끝까지 밀려가 테이블 뒤쪽 창가에 떨어졌던 것이다. 그러니 그녀가 그것을 어떻게 찾을 수가 있었겠는가? 편지는 거의 읽을 필요가 없었다. 바로 그가 기대하던 내용이었기 때문이다. 그러나 어떻게 그것을 읽지 않을 수가 있겠는가?

〈여보, 지금처럼 이렇게 당신에게 강한 애착을 가진 적이 없었어요. 내가 당신을 위해서 죽을 수만 있다면! 아아, 내가 당신을 위해서 죽는 것이 당신을 더욱 행복하게 하기만 한다면 내가 죽는 것은 얼마나 행복할까! 하지만 난 그이 없이는 살 수 없어요. 그래요. 당신께 죄를 짓고 있어요, 여보. 내가 당신을 죽이고 있는 거예요. 여보, 난 그러고 싶지 않았어요, 그러고 싶지 않아요. 그런데 나는 내 의지와 반대로만 행동하고 있어요. 용서하세요! 용서하세요!〉

15분 정도, 로뿌호프는 테이블 앞에서 꼿꼿하게 서서 팔걸이 의자를 조심스럽게 내려다보았다. 예상된 충격이긴 했지만 그럼에도 그것은 고통스러웠다. 이와 같은 편지나 고백이 있을 경우에 무엇을 해야 하며 어떻게 행동하는 것이 필요할지 몇 번이나 심사숙고해서 결심했음에도 불구하고 그는 즉각 정신을 가다듬을 수가 없었다. 마침내 그는 정신을 모았다. 그리고 마샤에게 몇 마디 일러두기 위해 부엌으로 갔다. 「마샤, 내가 얘기할 때까지 식탁을 차리지 마라. 지금은 몸이 별로 안 좋단다. 아무래도 식사 전에 약을 먹어야 할 것 같다. 내 걱정은 말고 어서 저녁을 먹도록 해라. 그리고 서두르지 않아도 된다. 나는 천천히 할 테니까. 식사하고 싶으면 그때 얘기하마.」

부엌에서 나와 그는 그의 아내를 보러 갔다. 그녀는 얼굴을 베갯잇에 파묻은 채 누워 있었다. 그가 들어서자 그녀는 몸서리를 쳤다. 「그걸 보았군요, 그리고 읽었군요! 아아, 어쩌면 좋지! 내가 미쳤어! 그것은 진실이 아니에요. 내가 그런 것을 쓰다니! 그것은 열병탓이에요.」

「물론이오, 여보. 당신의 글을 진지하게 받아들일 생각은 없소. 왜냐하면 당신은 그동안 너무도 흥분해 있었기 때문이오. 이 일은 그렇게 쉽게 결정할 일이 아니오. 우리들 다시 이 문제에 대해서 진지하게, 그리고 이상적으로 얘기할 기회를 갖게 될 것이오. 그만큼 이 문제는 우리 두 사람에게 중요한 일이기 때문이오. 우선 여보, 당신에게 내 문제에 관해서 이야기를 해야겠소. 그동안 내일에 커다란 변화가 있었소. 내가 필요로 하는 것들을 거의 다 성취할 수 있는 좋은 기회라고 생각됐소. 나 자신도 그 일에 무척 만족하고 있고, 듣고 있소?」 그녀는 지금 무엇을 듣고 있는지 알지 못했다. 그녀는 단지 들었는지 못 들었는지만을 말할 수 있을 뿐이었다. 그리고 그녀가 무엇인가를 들었다고 해도 이해와는 거리가 멀었다. 그러나 그녀는 분명히 무엇인가를 들었고 그녀가 들은 것에 대해서 무엇인가를 대답해야 한다는 것을 알았다. 그리고 그것은 편지와 무관하다는 것을 어렴풋이 이해했다. 이제 조금씩 그의 말이 그녀의 귀에 들어오기 시작했다. 그녀의 마음은 그를 향했다. 그녀의 신경은 편지가 아닌 다른 것과 관계하기를 원했던 것이다. 비록 그가 말하는 의도를 이해하지 못했지만 그녀 남편의 침착하고 만족스러운 듯한 목소리에 그녀는 적잖이 위안이 되었다. 그리고 점점 그의 말을 알아듣기 시작했다.

「들어 봐요! 이것은 나에게 매우 중요한 문제요.」 그녀의 남편이 말끝마다 그녀의 주의를 환기시켰다. 「듣고 있소?」 「예, 기분이 좀 나아졌어요.」 그는 그녀에게 모든 것을 상세하게 설명하기 시작했다. 그녀는 그가 말하는 것의 4분의 3을 이해했다. 아니, 그녀는 모든 것을 이해했다. 그러나 그녀에겐 모두가 다 그 말이 그 말인 것 같았다. 〈그가 말하게 내버려 두는 거야! 그는 정말 친절한 사람이야!〉 그는 이야기를 계속했다. 그는 요즘 학생들을 개인 지도 하는 데 몹시 짜증이 났으며 왜 — 그리고 어느 섭에서, 어떤 학생 때문에 — 울화가 터지는지 설명했다. 그러나 공장 사무실에서의 일은 조금도 짜증이 나지 않는데 왜냐하면 그것은 중요한 일일 뿐만 아니라 그가 전 공장 종업원에게 커다란 영향력을 행사하고 있고 또 그곳에서는 무엇인가 성취감을 느끼기 때문이라고 했다. 그는 거기에서 배우고 싶어하는 사람들에게 읽기와 쓰기를 가르쳤으며 또 편지 쓰는 법을 지도했다. 그리고 마침내 공장으로부터 야학 교사들의 봉급을 받아 내는 데 성공했다. 그는 그동안의 교육의 결과로 노동자들이 기계를 망가뜨리거나 훼손시키는 일이 줄어들었고 또 게으름을 피우거나 술 취해서 나타나는 사람들의 수가 줄어들었기 때문에 그와 같은 것이 가능했다고 했다. 물론 그 봉급은 보잘것없는 것이긴 했다. 그리고 그는 사람들이 술집에 드나드는 것을 막기 위해서 종종 술집까지 찾아가서 똑같은 이야기를 수없이 반복하곤 했다고 했다. 그러나 중요한 것은 이것이다. 정력적이고 활동적인 그가 공장에 없어서는 안 되는 사람으로 떠올랐고 마침내 공장의 일을 점점 그의 통제 밑에 두게 되었다는 것이었다. 그리하여 로뿌호프의 이야기의 결론과 주된 화젯거리는 그가 실제의 경영자가 되었다는 것에 모아졌다. 명목상의 관리자인 대표이사는 그 공장 관계자 중에서 존경받는 인물이 선택될 것이며 그리고 그에 상응하는 월급을 받게 될 것이다. 그러나 실제의 경영자는 로뿌호프 자신이었다. 대표이사의 자리는 다음과 같은 식으로 결정되었다고 한다. 「나는 그런 일을 할 능력이 없소, 내가 어떻게 그런 일을?」「당신은 직함을 가지는 것입니다. 그 직함은 존경받는 사람만이 가질 수 있습니다. 그리고 당신이 이 일 때문에 성가셔할 필요는 조금도 없습니다. 모든 일은 내가 다 알아서 처리할 테니까요.」「만일 그게 사실이라면 좋소. 그 직함을 받아들이겠소.」 그러나 보다 중요한 것은 그가 실제의 경영권을 갖게 되었다는 사실 못지 않게 3천 5백 루블 — 그의 힘겨운 번역 작업과 가정교사, 그리고 이전에 공장에서 받던 월급을 다 합친 것보다 거의 천 루블이나 많은 — 의 월급을 받게 되었다는 사실이다. 따라서 결론적으로 그는 공장 이외의 모든 일에서 손을 뗄 수가 있었으며 그것은 굉장한 일이었다.

이 모든 것을 이야기하는 데 반 시간 이상이 걸렸다. 이 이야기들을 듣고 나서 베라 빠블로브나는 참 잘됐다고 말했다. 그리고 그녀는 머리카락을 두 손으로 가지런히 매만진 다음 저녁 식사를 하러 갔다.

저녁 식사 후에 마샤는 마차삯으로 은화 8꼬뻬이까를 받았다. 그리고 다음과 같은 로뿌호프의 편지를 전하기 위해서 서로 다른 네 방향으로 동분서주했다. 〈지금 한가하니 내 집으로 와주면 기쁘겠네.〉 그리고 얼마 뒤에 험악한 인상의 라흐메또프가 나타났고 그 뒤를 이어 젊은 패들이 하나씩 둘씩 모여들었다. 그리고 욕설과 소란스런 언쟁으로 일관된 치열한 학문적 공방전이 벌어졌다. 그러나 이 진지한 학문적 토론에서 떨어져 나온 몇몇이 베라 빠블로브나의 말상대가 되어 주었고 베라 빠블로브나는 그럭저럭 그들과 함께 저녁 시간을 보냈다. 그렇게 저녁 시간이 절반쯤 지났을 때에 비로소 그녀는 마샤가 간 곳이 어디 어디였는지를 헤아려 보았다. 〈그는 정말 친절한 사람이야!〉 그렇다. 베라 빠블로브나가 비록 그녀의 젊은 친구들과 어울려 흥청거리지 않고 조용히 앉아 있었지만, 그녀는 그들 때문에 어둡고 무거웠던 마음이 무척 가벼워져 있었다. 그녀는 라흐메또프에게 키스까지 했다.

방문자들은 새벽 3시경에 떠났는데 전에도 곧잘 그렇게 늦게까지 머물다 가곤 했다. 하루종일 흥분상태 속에서 지낸 탓으로 몹시 피곤해 있던 베라 빠블로브나는 남편이 들어왔을 때 엎느려 있었다.

「공장 일에 대해서 얘기한다고 하면서, 참, 베로치까, 내 새로운 위치에 대해서 한 가지 얘길 한다는 걸 잊었소. 하지만 뭐 그렇게 중요한 일은 아니오. 과연 얘기할 만한 가치가 있는지도 잘 모르겠소. 언젠가 내가 얘기하리다. 그런데 한 가지 부탁이 있소. 사실 몹시 졸음이 오는데 당신도 마찬가질 거요. 못 다한 뒷얘기야 오늘 못하면 내일이라도 하면 될 테고. 지금 하려는 얘기는 다름이 아니라 다음 두 마디요. 나는 내가 원하는 때에, 한두 달 내로, 아무 때나 그 자리에 앉을 수 있소. 그래서 그동안의 시간을 다른 데에 썼으면 하오. 내가 랴잔에 있는 고향 사람들을 못 본 지가 벌써 5년이나 됐소. 그래서 그들을 방문할 계획을 세웠소. 잘 자요, 베로치까. 일어나지 말고. 내일 또 시간이 있으니까. 안녕!」

27

다음날 아침, 베라 빠블로브나가 그녀의 방에서 나왔을 때 그녀의 남편과 마샤는 벌써 여행용 가방 두 개의 짐을 꾸리고 있었다. 마샤는 계속 바쁘게 일했고 로뿌호프는 그녀에게 싸거나 접어서 쑤셔 넣어야 할 여러 가지 물건들을 갖다 주었다. 그러나 손이 딸려 그녀 혼자서는 도저히 그것들을 챙겨 넣을 수가 없었다. 「베로치까, 당신도 좀 와서 돕지 그래.」 그들 세 사람은 선 채로 차를 허겁지겁 마시며 바쁘게 일했다. 베라 빠블로브나는 남편이 〈벌써 11시 반이 넘었군. 부지런히 정거장에 가야겠는걸〉 하고 말했을 때에야 비로소 상황을 깨달았지만 무슨 말을 해야 할지 아무 말도 떠오르지 않았다.

「여보, 나도 당신과 함께 가겠어요.」

「내 사랑 베로치까, 보다시피 나는 짐가방을 두 개씩이나 갖고 가오. 아마도 당신이 타고 갈 자리는 없을 거요. 나중에

420

마샤와 함께 가면 되지 않소.」

「내 말은 그게 아니에요. 랴잔에 함께 가고 싶다는 뜻이에요.」

「아하! 그렇다면 짐가방을 마샤보고 갖고 가라고 하고 우리 둘이 함께 타면 되겠지.」

길거리에서 말을 할 때에는 자기의 말 속에 담긴 감정을 올바로 전달하기 어려운 법이다. 더욱이 거리에는 언제나 시끄러운 소음이 있어 말소리조차 제대로 알아들을 수 없는 경우가 흔하기 때문이다. 로뿌호프는 그녀가 한 말을 완전히 알아듣지 못했다. 그 역시 알아들을 수 없는 말을 했다. 때로는 전혀 무슨 소리인지분별할 수 없는 말이 오고 가기도 했다.

「랴잔에 당신과 함께 가고 싶어요.」 베로치까가 반복했다.

「그러나 당신은 전혀 갈 준비를 하지 않았지 않소. 그런데 어떻게 갈 수 있단 말이오? 만일 꼭 가기를 원한다면 우선 준비를 해야 되지 않겠소. 그것도 지금 당장 말이오. 하지만 당신한테 한 가지만 부탁하겠소. 내 편지를 받을 때까지 기다려요. 내일이면 그 편지를 받을 수 있을 거요. 차 타고 가는 도중에 봐서 부칠 생각이니까. 아마 내일이면 그 편지를 받게 될 거요. 기다려요. 진정으로 하는 말이오. 부탁이오.」

철도역사에 들어섰을 때 마침내 그녀는 붙잡고 있던 그의 팔을 놓았다. 그리고 그가 기차에 탈 때까지 줄곧 눈물을 흘리며 그에게 키스했다! 그는 내내 그의 공장에서 하게 될 일에 대해서만 이야기했다. 그의 고향 사람들이 그를 보면 얼마나 좋아할까, 또 그것은 얼마나 좋은 일인가! 그러나 이 세상의 그 어떤 것도 건강에 비하면 찌꺼기에 불과하다. 그녀가 그녀의 건강을 생각해서 감정을 자제한 것은 얼마나 중요한 일이던가. 그는 마침내 그녀에게 잘 있으라고 하면서 창문 난간에 기대어 다음과 같이 말했다. 「당신은 지금 당신의 마음이 불편하듯 나와 함께 있는 것이 즐겁지 않다고 편지에 썼소. 그것은 사실이오. 베로치까. 나 역시 당신만큼은 아니지만 당신과 같이 있는 것이 꼭 편하지만은 않았소. 하지만 우리 두 사람 다 굳게 믿고 있는 것이 있소. 상대방에 대한 감정, 특히 행복을 바라는 마음은 변함없다는 것이오. 허나 여유가 없는 행복이란 이 세상 어디에서도 존재하지 않소. 당신이 나를 방해하길 원하지 않듯 나 역시 마찬가지요. 그러므로 만일 당신이 나 때문에 자신을 압박한다면 그것은 나를 슬프게 하는 것이오. 그러니 그렇게 하지 마오. 그리고 무엇보다도 당신이 생각한 대로 하는 것이 당신을 위해서 최선이라고 생각하오. 이제 우리 모두 차츰 그것을 알게 될 거요. 편지를 보내겠소. 만일 내가 당신에게 돌아오기를 원한다면. 안녕, 여보. 벌써 벨이 두 번이나 울렸소. 기차가 출발하려는가 보오. 안녕.」

28

이 일이 있는 때가 4월 말이었다. 그리고 6월 중순에 로뿌호프가 돌아왔다. 3주일 동안 뻬쩨르부르그에 머문 뒤 그는 공장일 때문이라며 모스끄바로 떠났다. 그때가 7월 21일이었다. 그리고 7월 23일 아침에 모스끄바 철도역 근처에 한 호텔에서 한 투숙객이 일어나지 않은 일로 해서 발달된 그 오해의 사건이 있었고 그로부터 두 시간 후에 까멘노이 오스뜨로프 별장에서의 장면이 벌어졌던 것이다.

이제 현명한 독자들은 권총으로 자살한 그가 누구인지 알아차렸을 것이다. 「나는 그가 로뿌호프라는 것을 이미 오래 전에 알았습니다.」 현명한 독자들은 자기의 추측이 맞아떨어진 것에 신이 나서 외친다. 그렇다면 그는 어디로 사라졌으며 그의 모자에 총구멍이 난 것은 어떻게 된 일일까? 현명한 독자들은 거침없이 말한다.「그것은 물어 볼 필요도 없습니다. 그의 트릭일 뿐입니다. 낚싯밥으로 던져 놓은 것이지요, 그것도 아주 교묘하게.」그렇다! 여러분에게 축복이 있을지어다. 이제 여러분은 더 이상 주저할 필요가 없다. 여러분의 생각 그대로이다.

29
특별한 인간

끼르사노프가 떠나고 난 지 3시간 뒤에 베라 빠블로브나는 제정신으로 돌아왔다. 그리고 제정신으로 돌아오자마자 그런 식으로 공장을 떠날 수 없다는 생각이 들었다. 그렇다. 비록 베라 빠블로브나는 그곳에서 일하는 사람들만의 힘으로만 공장이 운영되기를 바랐다고는 하지만 실제로는 그녀 혼자만의 생각에 불과할 뿐, 공장에는 그들을 지도하고 인도할 사람이 있어야 된다는 것을, 만일 그렇지 않으면 공장은 방향을 잃고 표류하리라는 것을 그녀는 너무도 잘 알고 있었다. 그러나 현재 공장일은 매우 체계가 잘 잡혀 있었고 공장 사람들을 지도하고 인도하는 데에는 약간의 수고가 필요할 뿐이었다. 메르짤로바 부인은 두 명의 아이가 있었지만 하루에 한 시간 내지 두 시간 반 정도 시간을 낼 수 있었고 또 설령 매일은 아니더라도 이틀에 하루 정도는 충분히 시간을 낼 수 있었다. 그녀는 거절하지 않을 것이 틀림없었다. 이미 공장에 여러 가지 일로 관여하고 있기 때문이었다. 베라 빠블로브나는 자신의 물건들을 점검하기 시작했다. 그리고 그것

들을 처분하기에 앞서, 마샤를 메르짤로바 부인에게 보내 그
녀에게 오도록 일렀다. 그러고 나서 다시 마샤를 중고 옷들
과 여러 가지 물건들을 취급하는 나이 든 부인, 라첼에게 보
냈다. 라첼은 베라 빠블로브나와 매우 절친한 사이로서 베라
빠블로브나가 절대적으로 신뢰하는 사람이었다. 그녀는 유
대인 여자 못지않게 장사의 이문에 밝았고 흔히 유대인들이
손님에게 절대적인 신뢰를 갖게 하듯 손님들에게, 그가 여자
이든 남자이든 상관없이, 진지하고 친절하게 대했다. 라첼과
마샤는 시내에 있는 집에 가서 나머지 옷들과 물건들을 챙겼
고 오는 도중에 모피 상점에 들러 베라 빠블로브나가 여름
동안에 맡겨 놓은 그녀의 모피옷들을 찾아 가지고 그녀의 여
름 별장으로 돌아왔다. 그러고 나서 라첼은 물건들 하나하나
에 값을 매기기 시작했고 마침내 그것들을 모두 사갔다.

마샤가 베라 빠블로브나의 심부름으로 막 집을 나섰을 때
그녀는 별장 근처에서 반 시간 동안 동정을 살피고 있던 라
흐메또프를 만났다.

「어디 멀리 갑니까, 마샤?」

「예, 아마 저녁 늦게나 돌아오게 될 거예요. 이것저것 심부
름할 게 많거든요.」

「베라 빠블로브나는 그럼 혼자 있습니까?」

「예, 혼자 있어요.」

「그렇다면 혹시 그녀를 도울 일이 있을지도 모르니 당신
대신에 나라도 그녀 곁에 있어야겠군요.」

「당신만 괜찮으시다면, 사실은 마님이 걱정이 돼요. 참, 제
가 잊고 있었군요, 라흐메또프 씨. 이웃 사람들 좀 불러 주세
요. 요리사와 간호사, 그리고 제 친구들이 있어요. 저녁을 해
야 되거든요. 마님께선 아직까지 아무것도 먹은 것이 없어요.」

「알겠습니다! 나는 어차피 저녁을 할 줄 모르니까. 우리들

은 서로 도울 겁니다. 그런데 당신은 저녁 식사를 했습니까?」

「예, 그럼요. 설마 베라 빠블로브나가 저녁도 못 먹게 하고 심부름을 보내겠어요.」

「그래요, 정말 다행입니다. 나는 베라 빠블로브나가 몹시 수심에 싸여 혹시 잊지 않았을까 했습니다.」

마샤나 그녀처럼 소박한 영혼의 옷을 입은 사람들을 제외하면 사람들은 라흐메또프를 별로 좋아하지 않았다. 로뿌호프와 끼르사노프 그리고 아무것도 두려울 것이 없는 사람들조차 그와 마주하면 때때로 일종의 전율을 느끼곤 했다. 베라 빠블로브나의 입장에서 볼 때 그는 매우 별난 사람이었다. 지루하고 따분하기 짝이 없는 사람이었기 때문이다. 그는 결코 그녀의 무리에 끼지도, 찾지도 않았다. 그러나 마샤는 그를 좋아했다. 비록 그가 다른 방문객들보다 덜 사교적이고 덜 정중했지만.

「불청객이 찾아왔습니다. 베라 빠블로브나.」 그가 말을 건넸다. 「하지만 알렉산드르 마뜨베이치를 만나서 모든 것을 알고 왔습니다. 제가 어쩌면 당신에게 도움이 될지도 모른다고 생각하고 말입니다. 여기서 저녁 시간을 보내려고 합니다.」

그의 시중은 지금과 같은 상황에선, 특히 아무 일도 하지 못하고 손을 놓고 있는 베라 빠블로브나에겐 매우 유용할 게 틀림없었다. 라흐메또프 대신에 누구 다른 사람이 있었더라도 그와 똑같은 일을 하도록 요구되었을 것이다. 실혹 요구되지 않았더라도 자연히 그와 같은 일을 하게 되었을 것이다. 그러나 그는 아무런 시중도 들지 않았고 또 요구되지도 않았다. 베라 빠블로브나는 단지 그의 손을 잡으며 찾아와주어서 무척 고맙다고 진지하게 말할 따름이었다.

「서재에 있겠습니다.」 그가 말했다. 「필요한 것이 있으면 저를 부르십시오. 그리고 누가 오면 제가 문을 열어 줄 테니 신경 쓰지 마십시오.」

이런 말을 하고 서재로 갔다. 그리고 주머니에서 커다란 햄 조각과 검은 보리빵 한 덩어리를 꺼냈다. 그 무게만 해도 족히 4파운드는 될 성싶었다. 그는 앉아서 그것을 마지막 한 조각까지 입에 넣고 즐겁게 씹으며 물 반 컵을 마셨다. 그러고 나서 책장 앞으로 다가가 읽을 만한 책을 꺼내기 시작했다. 「저것은 알고 있는 것이고, 이것은 별것 아냐. 이것도 그냥 그런 것이고, 이것도 흔해 빠진 거야.」 그가 말한 〈별것 아냐〉, 〈그냥 그런 것이야〉, 〈흔해 빠진 거야〉 같은 것들은 매컬레이,[75] 기조,[76] 티에르,[77] 랑케,[78] 게르비누스[79] 같은 사람들의 책을 두고 한 말이었다. 「흠! 여기 좋은 게 있군.」 그는 몇 권의 커다란 책의 뒷장을 차례로 읽고 나서 말했다. 「뉴턴의 책은 완전무결해.」 그는 부지런히 책장을 넘기기 시작했다. 마침내 그는 그가 찾고 있던 것을 찾아냈고 입가에 가득히 미소를 지으며 소리쳤다. 「이거야, 바로 이거야. 다니엘서와 요한계시록에서 예언한 게! 그래 맞아, 이 지식이야말로 이제까지 내가 찾고 있던 것이야. 뉴턴은 이 주석서를 노년에 들어서야 비로소 썼어. 그것도 반은 제정신으로, 반은 미치광이 상태에서 말야. 지나간 시대의 낡은 지혜의 샘이란 하

75 Thomas Babington Macaulay(1800~1859). 영국의 17세기 역사학자.
76 François Guizot(1787~1874). 프랑스의 정치가이면서 역사학자. 루이 필리프가 왕이 되는 데 커다란 역할을 했다.
77 Adolphe Thiers(1797~1877). 프랑스의 정치가이면서 역사학자. 나폴레옹 3세에 반대하여 루이 필리프를 도왔으며, 제3공화정의 대표였다.
78 Leopold von Ranke(1795~1886). 독일의 역사학자. 역사를 객관적인 과학으로 보는 데 큰 영향을 주었다.
79 Georg Gottfried Gervinus(1805~1871). 독일의 역사학자. 유럽 역사와 독일 문학에 대해 많은 글을 썼다.

나같이 그런 적당한 혼수 상태에서 나왔거든. 바로 여기에 세계사적인 문제와 비밀이 있지. 실제로 이 혼수 상태란 거의 모든 사건들 속에서, 모든 책에서, 그리고 거의 모든 사람들의 의식 속에서 너무도 극명하게 드러나지. 그 가운데서도 이것이 가장 뛰어나. 바로 여기에 일찍이 총명하다고 알려진 사람들 가운데서도 가장 뛰어난 두뇌가 있거든. 그런데 놀랍게도 그 두뇌 속엔 다른 어느 누구의 두뇌보다도 논증되지 않은 초월적인 것들이 계시처럼 들어 있는 거야. 마치 광신자들의 주문 같은 것들이야. 그 점만으로도 이 책은 주목을 끌기에 충분하지. 일반적으로 애매하고 모호하게 넘어가는 부분들이 이 책에선 다른 어떤 책보다도 두드러지게 나타나고 있어. 누가 보더라도 제정신과 미치광이의 중간 상태에서 쓴 것이 눈에 보이거든. 그렇긴 하지만 이 책은 충분히 공부할 만한 가치가 있어.」 대단한 열정으로 그는 그 책을 읽기 시작했다. 그러나 그 책은 지난 세기 동안 그 진가를 아는 몇몇 사람들을 제외하고는 거의 읽혀지지 않았다. 라흐메또프 같은 사람이 아니면 실제로 그 책을 읽으려 하는 사람도 없었고 또 읽는다 해도 보나마나 모래와 톱밥을 씹는 맛이었을 것이다. 그러나 그것이 라흐메또프의 식성이었다.

라흐메또프 같은 사람은 드물다. 아니 차라리 희귀하기까지 하다. 지금까지 살아오는 동안 나는 그런 종류의 사람을 단지 여덟 명 정도 기억하고 있을 뿐이다. (그중에는 여자도 두 넝이 포함되어 있다.) 그들은 오직 하나의 특징을 제외하면 아무런 상관성이 없다. 그들 중에는 부드러우면서도 엄격한 사람, 우울해 보이면서도 쾌활한 사람, 정력적이면서도 지극히 침착하고 냉정한 사람, 감정적인 사람(그중의 한 사람은 근엄한 표정을 지어 가며 무례한 행동을 나무랬고, 다른 또 한 사람은 목석같이 말이 없고 모든 일에 무관심했다.

그리고 그들은 모두 내 앞에서 히스테리한 여인들처럼 이따금 눈물을 글썽였는데, 그것도 자신들과 관계된 일 때문이 아니라 다른 사람들에 관해서 이야기하는 도중이었다. 그래서 나는 그들이 혼자 있는 동안에도 곧잘 눈물을 흘렸을 거라고 생각했다), 그리고 어떤 상황에서도 결코 자신감을 잃지 않을 것 같은 사람들이 있었다. 그러나 그들 사이에는 어떤 닮은 점도 없었으며, 그들이 하나의 부류로 모아질 수 있고 대다수 사람들과 구별된다는 바로 그 특징 이외에는 아무런 공통점도 없었다. 나는 그들과 단둘이 마주했을 때 종종 너무도 익숙한 그런 행동들에 웃음을 짓곤 했는데 그들은 더러 화를 내기도 했지만 대개는 같이 웃어 넘기고 말았다. 그러나 그들에게는 재미있는 면도 많았다. 그것은 그들이 좀 별다른 부류의 사람들이라는 이유와 무관하지 않았다. 나는 그들의 행동에 늘 흥미를 느꼈다.

그러나 로뿌호프와 끼르사노프의 주위에 모인 사람들 가운데서 만난, 바로 지금부터 이야기하려는 이 사람이야말로 베라 빠블로브나의 두 번째 꿈에서 토양에 관한 로뿌호프와 메르짤로프의 대화 가운데 유보 조항, 즉 〈증명되어야 할 것〉으로 남겨졌던 바로 그 살아 있는 증거였다. 실로 유보 조항이란 이런 경우에만 적합한 것이다. 즉, 토양이 아무리 척박해도 또 그것이 아무리 보잘것없는 땅뙈기라 해도 그것은 건강한 밀을 생산한다. 나의 이야기에 나오는 중요한 인물들, 베라 빠블로브나, 끼르사노프, 그리고 로뿌호프의 가계에 대해선 솔직히 말하지만 그들의 조부모 이상 거슬러 올라갈 필요를 느끼지 않았다. 그러나 이번 경우만은 예외적으로 여러분은 어떤 긴장감과 함께 그보다 더 멀리, 즉 증조모에 관한 이야기까지 거슬러 올라가는 것을 보게 될 것이다. 아쉽게도 그의 증조부에 관해선 망각의 어둠 속에 가려져 있다. 알려진 것이라곤 아마도 그가 증조모의 남편이었다는 것, 그리고 이름이 끼릴이었다는 것이 고작이었다. 그나마 그의 이름이 끼릴이었다는 것을 알 수 있었던 것도 증조모의 이름이 끼릴리치였기 때문이었으니까.

라흐메또프는 13세기 이후로 널리 알려져 있는 가문에 속했다. 즉, 그의 가문은 러시아에서뿐만 아니라 유럽을 통틀어서도 가장 오래 된 가문 중의 하나였다. 사가들의 말에 따르면, 주민들을 마호메트 교로 개종시키려고 했기 때문에 (실제로 그들은 그런 의도는 갖고 있지 않았다고 한다) 뜨베르에서 처형된 따따르 인 부족장들 중에 단순히 그의 야수성으로 인해 라흐메뜨라고 불려진 한 족장이 있었다고 한다. 이 라흐메뜨의 러시아 인 부인 — 그녀는 뜨베르의 한 장군의 조카였는데 라흐메뜨가 강제로 그녀를 빼앗아 결혼했다 — 의 몸에서 난 아들만이 그의 어머니가 러시아 인이라는 이유로 가까스로 목숨을 건질 수 있었는데 그는 라띠프라는 이름 대신에 미하일이라는 이름으로 세례를 받았다. 이 라띠프 — 미하일 라흐메또비치 — 로부터 그 많은 라흐메또프 가의 사람들이 유래했는데 그들은 뜨베르에서 특별한 신분으로 통했다. 모스끄바에서는 황실 장교가 되었는가 하면 뻬째르부르그에서는 지난 세기 동안 행정 관직을 독점하였는데 그들의 가문이 번성함에 따라 그들에게 줄 자리가 모자랄 지경이었다. 우리의 라흐메또프의 고조부인 오꼴니치는 엘리자베드 여왕의 연인이자 모스끄바 대학의 설립사이기도 한 이반 이바노비치 슈바로프의 친구였는데, 그가 친구인 무예니치와의 우정 때문에 연루된 음모 사건이 실패로 끝났을 때에도 그는 친구의 도움으로 실각을 모면했었다. 그의 증조부는 루미앤조프와 동시대 사람이었는데 그는 행정 관직에 오를 때가지 오랫동안 관직에 봉사하다가 노보 근처의 전투에서 전사했다. 그의 조부는 알렉산더 대왕이 띨시뜨에 갈 때 그의 옆에서 정무를 담당했는데 아마도 별일 없었다면 그의 가문 누구보다도 더 높은 자리에 올랐을 것이다. 그러나 그는 친구인 스뻬란스끼 때문에 일찌감치 벼슬을 잃어버리고 말았다. 그의 부친은 뚜렷한 성공도 실패도 없이 평범하게 일생을 보냈다. 그는 한창 일할 나이인 마흔 살 때에 서기 관직을 그만두고 메드베디쨔 강의 상류 근처에 흩어져 있던 그의 영지 중의 한 곳에 집을 짓고 그곳에서 여생을 보냈다. 그러나 그의 영지는 그다지 크지 않았고 전부 합해서 약 2천 5백 명의 농노를 갖고 있었다. 시골에 은퇴해서 조용히 사는 동안 그는 여덟 아이를 두었는데 우리의 라흐메또프는 끝에서 두 번째였다. 그는 밑으로 여동생을 하나 갖고 있을 뿐이었지만 위로 형제가 많았기 때문에 커다란 영지를 물려받지 못했다. 그는 약 4백 명의 농노를 물려받는 데 그쳤고 농지도 약 7천 제샤찐[80]에 불과했다. 그런데 그가 자기 몫으로 천5백 제샤찐의 땅만 남기고 5천5백 제사찐의 땅을 농노에게 나누어 주어 해방시킨 사실은 그가 거의 알려지지 않았고 더욱이 그가 평범한 중농의 주인이라는 사실은 알려진 바가 없었다. 그의 수입이 3천 루블이라는 사실도 마찬가지였다. 이러한 것은 모두 나중에 알려진 것이었다. 당시에 우리는 라흐메또프 가문의 사람들이 모두 하나같이 대지주라는 사실로 미루어 그를 짐작했을 뿐이었다. 실제로 라흐메또프 가문은 메드베디쨔, 호페르, 수라, 그리고 쯔냐 강[81]의 상류 여기저기에 흩어져 있는 거대한 땅에 모두 7만 5천 명의 농노를 소유하고 있었고 그들의 가문은 대대로 그들 지방의 장군으로,

80 1제샤찐은 약 2.7에이커.
81 메르베리쨔와 쯔냐 강은 모스끄바의 북서쪽에, 호페르와 수라 강은 모스끄바의 동쪽에 위치한다.

그리고 대도시의 주요 행정 관료로 명성과 부를 누리고 있었다. 우리는 우리의 친구 라흐메또프가 일 년에 4백 루블을 쓰고 있다는 것을 알고 있다. 그 당시에 학생 신분으로 그 정도면 그리 나쁜 편은 아니었지만 라흐메또프 가문의 지주로서는 격에 맞지 않을 정도로 적은 것이었다. 그래서 우리들은 특별히 그 문제를 가지고 이야기한 적은 없지만 라흐메또프가 영지가 없는 집안 출신이거나 자식들에게 작은 재산을 물려 줄 정도의 평범한 관리의 아들일지도 모른다고 판단했다. 그러나 우리는 이 일에 별로 마음을 쓰지 않았다.

지금 그는 스물두 살인데 열여섯 살 때 대학에 들어갔다고 한다. 그러나 그는 거의 3년 동안 학업을 포기했었다. 그는 2학년 때 학교를 떠나 영지로 갔고 거기서 영지를 돌보았다. 그는 그곳에서 지내는 동안 영지 관리인들의 불만과 저항에 신중하게 대처했고 곧 그들을 진정시킬 수 있었다. 그리고 나서 자신의 계획에 강력하게 반대하는 형제들을 설득시키는 한편 매부들이 그의 영지에 간섭하지 못하도록 조치한 뒤에 방랑의 길을 떠났다. 그는 이렇게 저렇게 행색을 바꾸어 가며 방랑을 계속했고 때로는 육지로, 때로는 강을 따라서, 그리고 때로는 평범한 방식으로, 때로는 특별한 방식으로 필요에 따라 러시아의 이곳저곳을 돌아다녔다. 실제로 그는 걷는 경우가 많았지만 급류 속을 표류하는 뗏목을 타기도 했으며 세상이 정지된 듯 느릿느릿 움직이는 배에 몸을 싣기도 했다. 그리고 그는 자신의 몸을 난련시키기 위해서 많은 모험적인 일들을 서슴지 않았다. 그가 한 다른 일들 중에 또 기억나는 것은 그가 남학생 둘을 까잔 대학에, 그리고 다섯 명을 모스끄바 대학에 비용을 대서 보낸 일이었다. 그러나 그는 자기가 살고 있던 뻬쩨르부르끄에는 아무도 보내지 않았다. 때문에 당시에 우리는 아무도 그가 4백 루블이 아닌 3천 루블의 수입을 갖고 있다는 사실을 알지 못했다. 이 일은 훨씬 뒤에야 알려지게 되었다. 그러나 우리들은 그가 이따금 얼마 동안씩 사라지곤 한다는 것을 알았다. 그리고 지금 끼르사노프의 서재에서 뉴턴의 책『예언서에 대한 주석』을 들고 앉아 있는 때로부터 2년 전에 그가 뻬쩨르부르그로 돌아와 문헌 학부에 입학했다는 것, 그리고 전에는 자연 과학을 공부했다는 것, 고작 그러한 것들이 그에 대해서 우리가 아는 전부였다.

그러나 비록 라흐메또프의 뻬쩨르부르그 친구들이 어느 누구도 그의 집안 사정이나 재정 상태에 대해서 알지 못하긴 했지만, 그를 아는 모든 사람들 사이에서 그는 다음과 같은 두 가지 별명으로 통했다. 그중의 하나는 우리가 이미 앞에서 보았던 〈엄격주의자〉였다. 그는 이 말을 들을 때면 약간 우울해 보이는 표정에 천천히 평소의 그의 편안한 미소를 지으며 상대의 말을 받았다. 그러나 사람들이 니끼뚜쉬까나 로모프, 또는 그의 완전한 이름인 니끼뚜쉬까 로모프라고 불러주면 그는 한결 환한 표정으로 즐거워했는데 거기에는 그만한 이유가 있었다. 그는 이미 수백만 사람들에게 너무도 유명해진 이 이름에 대한 권리를 저절로 얻은 것이 아니라 그의 확고한 의지를 통해서 획득했기 때문이었다. 당시 그의 이름은 백 베르스따[82] 안에 든 여덟 개의 지방에 명성을 떨쳤는데 러시아에 살지 않는 사람들에게는 그 이름이 의미하는 바를 설명할 필요가 있다고 생각된다. 본래 니끼뚜쉬까 로모프는 지금부터 20년 내지 25년 전에 볼가 강을 타고 오르내리던 한 수부의 이름이었다. 그런데 그는 헤라클레스와 같은 장사일 뿐만 아니라 키도 26피트가 넘었다. 또 가슴과 어깨

82 1베르스따는 1,067m.

가 넓어 15뿌드[83]의 무게를 족히 들 수 있을 정도였다. 그러나 그는 거대한 체구를 가졌지만 몸은 그렇게 튼튼한 편이 아니었다. 그렇지만 힘은 장사여서 일을 하면 네 사람의 임금을 받았다. 그의 배가 도시에 닿으면 그는 어김없이 시장 (볼가 강 주변에서는 바자르라고 한다)에 나타났는데 그때마다 거리의 아이들이 그의 소리를 듣고 몰려와 이렇게 외치는 것이었다. 「니끼뚜쉬까가 온다! 니끼뚜쉬까가 온다!」 그러면 모든 사람들이 부두에서 시장으로 가는 거리로 몰려나와 그들이 좋아하는 영웅을 거대한 물결을 이루며 따라갔던 것이었다.

라흐메또프는 그가 뻬쩨르부르그에 처음 온 열여섯 살 때 이미 남보다 힘도 셌고 체격도 보통 사내아이들보다 크고 튼튼했다. 그러나 그의 체격과 힘은 특별히 두드러진 것은 아니었다. 분명히 그 또래의 열 명 중에 두 명은 그보다 컸다. 그러나 열일곱 살이 되었을 때 그는 신체를 튼튼하게 하는 것이 좋은 일이라는 생각을 하게 되었고 자신의 몸을 단련시키기 시작했다. 그는 체육을 아주 열심히 했다. 그 결과 몸이 한층 더 튼튼해졌다. 그러나 운동은 단지 몸을 실하게 할 뿐이라는 것을 알고 그는 기초 체력을 단련하는 것이 필요하다는 것을 깨달았다. 그래서 얼마 동안 — 실제로는 체육을 하는 데 소비한 시간의 두 배 — 신체의 단련이 필요한 부분에, 실제로 노동자들이 일할 때처럼, 매일 몇 시간씩 단련을 했다. 그는 물을 긷고 통나무를 운반했으며 장작을 패고 나무를 톱질하고 돌을 깨고 땅을 파고 쇠에 망치질을 했다. 그는 이와 같은 여러 가지 방법으로 신체를 단련해 갔다. 그는 가끔씩 일을 바꿔 가기도 했는데 새로운 일을 힐 때마다, 그리

---

83 60파운드.

고 일을 바꿔서 할 때마다 그의 근육은 더욱 발달했다. 그는 권투 선수들처럼 체중 조절을 하기 위해 단식을 하기도 했다. 그리고 스스로 자신의 몸을 말 그대로 간호하며 어떤 음식이 체력 발달에 가장 효과가 큰지 진지하게 체크해 나갔다. 그 결과 비프스테이크가, 그것도 반쯤 익힌 상태의 것이 다른 어느 것보다도 효과가 큰 것을 발견했다. 그리고 그때 이후로 그는 항상 그런 식으로 생활했다. 그런 계율을 실천한 지 일 년이 지났을 때 그는 그의 방랑을 시작했다. 그리고 그 여행에서 자신의 체력을 더욱 단련시킬 수 있는 좋은 기회를 가졌다. 그는 농부, 목수, 나룻배 사공이 되기도 했으며 노동자가 되어서 신체의 건강을 단련시키는 노동이면 그것이 무엇이든 가리지 않고 힘껏 일했다. 한 번은 수부가 되어서 볼가 강 전체를, 두보브까에서 루빈스끄까지 오르내린 적이 있었다. 그가 수부들과 함께 일하고 싶다고 느꼈을 때, 그는 배주인이나 다른 수부들에게 직접 자신의 의사를 말하는 것이 어리석다는 것을 알았다. 그들이 그의 말을 의심하고 그의 제의를 받아들이지 않을 수가 있었기 때문이었다. 그래서 그는 다른 여행자들과 똑같이 배표를 샀다. 그리고 선원들과 친해진 후에 배의 노 젓는 일을 돕기 시작했다. 한 주일이 다 되어갈 즈음 그는 진짜 수부처럼 장비를 갖춰 입었다. 그들은 그가 아주 능숙하게 노를 젓는다는 것을 재빨리 간파했다. 그리고 그의 능력을 시험하기 시작했다. 그는 가장 힘이 센 그의 동료들보다 세 배, 네 배까지 일을 해낼 수 있었다. 그때가 그의 나이 스무 살이었다. 배의 동료들은 당시에 이미 무대에서 사라진 영웅의 선례를 좇아 그에게 니끼뚜쉬까 로모프라는 칭호를 주었다. 그해 여름에 그는 기선을 타고 여행을 하게 되었는데, 마침 배의 갑판에 모여 있던 2등실 승객 중의 한 사람이 그와 같이 배에서 노 젓던 수부였고 이렇게 해서 그의 학교 동료들에게 그가 니끼뚜쉬까 로모프라는 별명을 갖고 있다는 것이 알려지게 되었다. 실제로 그는 니끼뚜쉬까 로모프라고 불려지기에 부족함이 없었다. 그는 잠시도 쉬지 않고 그의 체력을 강인하게 단련했으며 이따금 이렇게 말하곤 했다. 「이것은 반드시 필요한 일이야. 그리고 네게 사람들의 존경과 사랑을 가져다 줄 거야. 유익하고말고. 때론 편리하기도 한걸. 그것도 아주 자연스럽고 편하게 말이야.」

그런 생각이 그의 마음속에 자리잡은 것은 그가 열여섯 살이 되던 그 해가 절반쯤 지났을 때였다. 그때부터 그의 특별한 면들은 두드러지게 성장하기 시작했다. 열여섯 살이 되어 이제 막 김나지움을 졸업한 평범하고 상냥하고 정직한 청년으로서 뻬쩨르부르그에 왔을 때는 모든 신입생들이 그러하듯 그 역시 평범하게 서너 달을 보냈다. 그러나 그는 차츰 학생들 가운데 나머지 학생들과 다른 생각을 가진 비상한 학생들이 있다는 것을 알게 되었다. 그리고 그런 학생들의 이름을 그는 대여섯 명쯤 헤아릴 수 있었다. 당시에 그런 학생들은 극히 소수에 불과했다. 그는 그들에게 깊은 관심을 가졌고 그들과 사귀려고 노력했다. 그들 가운데서 그는 끼르사노프와 친해졌는데, 그가 특별한 인간으로, 즉 미래의 니끼뚜쉬까 로모프와 엄격주의자로 새로이 탄생하게 되는 것은 바로 그때부터라고 할 수 있었다. 그는 첫날 저녁 열심히 끼르사노프의 말을 경청했다. 그리고 눈물을 흘렸다. 그는 흥분해서 이따금씩 끼르사노프의 말을 가로막았고 사라져야 할 모든 것들에게 저주를 퍼부었으며 생존해야 할 모든 것들에게 축복을 외쳤다. 「이제부터 무슨 책을 읽어야겠습니까?」 끼르사노프가 그에게 가르쳐 주었다. 다음날 아침 8시에 그는 네프스끼 거리를 따라 해군성에서 경찰 다리가 있는 곳까지 걸으며 독일어 서적과 불어 서적을 취급하는 상점 중에서 어느 가게가 첫번째로 문을 열지 궁금해 하며 책방 주변을 기웃거렸다. 마침내 책방이 문을 열자 곧 원하는 책을 사가지고 와서 책을 읽기 시작했다. 그는 잠시도 꼼짝 않고 여든두 시간 동안 계속해서 책을 읽었다. 수요일 아침 11시부터 토요일 저녁 9시까지 모든 책을 여든두 시간 만에 읽어 버린 것이다. 그는 처음 이틀 밤은 완전히 새웠다. 사흘째 밤에는 커피를 아주 진하게 타서 여덟 잔을 마셨다. 그러나 나흘째 밤에는 커피 가지고는 그의 몸의 피곤을 막아낼 수가 없었다. 그는 바닥에 쓰러져 열다섯 시간 동안 내리 잠을 잤다. 일주일 만에 그는 다시 끼르사노프에게 가서 어떤 책을 계속해서 읽어야 할지 묻고 그의 설명을 들었다. 그들은 친구가 되었다. 그리고 그를 통해서 라흐메또프는 나중에 로뿌호프 부부를 만났다. 그렇게 6개월이 지났을 때 그들은 스물한 살이었고 라흐메또프가 겨우 열일곱 살이었지만 그들은 이 젊은 친구가 자신들과는 비교할 수 없는 특별한 존재임을 알아차렸다. 그는 어느새 특별한 인간이 되어 가고 있었던 것이다.

　그렇다면 그의 과거의 생활 속에 그와 같은 길을 걷도록 예비된 어떤 조짐은 없었을까? 아주 특별한 것은 없었다. 그러나 전혀 없다고 할 수는 없었다. 그의 아버지는 매우 총명하고 학식 있는 사람이었다. 그는 전제군주처럼 군림하는 타입이었고 마리아 알렉세예브나가 그랬던 것과 똑같이 극단적인 보수주의자였다. 그러나 그는 정직한 사람이었다. 그런데 그의 이러한 성격들이 라흐메또프에게 두드러지게 나타나는 것 같진 않았다. 그의 어머니는 무척 섬세한 여인이었는데 남편의 엄격하고 딱딱한 성격 때문에 무척 괴로움을 받았다. 그리고 그녀는 일생동안 마을 밖을 넘어서는 일이 없을 정도로 마을 안에서 갇혀 살았다. 그러나 그녀의 이러한

어두운 면들도 라흐메또프에게 그리 분명하게 나타나진 않
았다. 한 번은 다음과 같은 일이 있었다. 그가 열다섯 살 때였
는데 아버지의 여자들 중의 한 여자와 사랑에 빠진 것이었
다. 이 일은 물론 그녀에게 몹시 성가신 것이었다. 그는 자기
때문에 괴로워하는 이 여자에게 연민의 정을 느꼈다. 그리고
끼르사노프가 베라 빠블로브나에 대한 생각으로 고심했던
것처럼 그녀와의 관계로 무척 고심했다. 그러나 그러는 동안
그의 생각은 한층 깊어져 갔다. 대체로 이와 같은 그의 과거
의 생활 속에 징후가 전혀 없진 않다.

그러나 특별한 인간이 되는 데 있어서 중요한 요소는 뭐니
뭐니 해도 역시 자연이었다. 그가 대학을 떠나 영지로 돌아
가기 전의 얼마 동안, 그리고 그 뒤에 러시아를 두루 방랑하
는 동안에 그는 신체적으로나 도덕적, 정신적인 면에서 결정
적인 중요한 일들을 두루 체득했다. 그리고 돌아온 뒤에, 굳
게 다짐한 대로 자신을 갈고 닦아 수정처럼 투명하게 빛나는
자기의 체계를 완성했다. 그는 다음과 같이 스스로 다짐하곤
했다.「나는 술을 한 방울도 입에 대지 않겠어. 그리고 여자
도 가까이 하지 않을 거야.」그러나 그의 천성은 정열적이었
다.「그렇다면 이제 무엇이 필요하지? 극단으로 흐르는 건
좋지 않아. 하지만 인류의 행복과 기쁨을 위해서라면, 그들
의 즐거운 생활을 위해서라면! 우리는 개인적인 정열을 만족
시키기 위해서가 아니라, 우리들 자신을 위해서가 아니라,
인류를 위해서 이러한 일을 하고 있다는 것을 몸으로 증명해
보여야만 해. 그리고 우리는 절대로 필요에 치우치지 않고
보편적인 원칙을 준수한다는 것을, 그리고 개인적인 필요에
의해서가 아니라 만인이 확신하는 것을 하고 있다는 것을 구
체적인 삶을 통해 보여야 해.」

이러한 결론에 도달한 후에, 그는 매우 엄격하고 금욕적인

생활을 하기 시작했다. 니끼뚜쉬까 로모프 같은 사람이 되려
면 그리고 그와 같은 체력을 유지하려면 고기를 많이 먹어야
했고, 또 실제로 그는 고기를 많이 먹었다. 그러나 그는 고기
를 사는 데 드는 돈 이외에는 단 일 꼬뻬이까도 낭비하지 않
았다. 그는 주인 아주머니에게 최상의 살코기를 사도록 요청
했고 그중에서도 가장 연한 살코기를 자기한테 주도록 주문
했다. 그러나 그가 집에서 먹는 음식이란 가장 싼 것들이었
다. 그나마 흰 빵을 포기하고 검은 빵만을 먹었다. 때때로 그
는 여러 주일 동안 설탕을 입에 대지 않았고 몇 달씩, 과일,
송아지고기, 닭고기 등을 먹지 않았다. 자기 돈으로 그런 것
들을 사는 일이란 없었다. 「사치품이 없어도 얼마든지 편하
게 살 수 있어. 내겐 그런 것들을 위해 낭비할 권리가 없어.」
그러나 그는 호사스러움과 사치가 지배하는 식탁에서 자랐
고 그의 입맛은 세련되어 있었다. 이따금 남의 집에 초대되
어 푸짐한 요리를 마주했을 때 그는 매우 흡족해 했다. 그러
나 몇몇 요리에는 일체 손을 대지 않았다. 그 이유는 간단했
다. 「보통 사람들이 때때로 먹는 것이라면 나 역시 먹을 수
있어. 그러나 보통 사람들이 먹을 수 없는 것들이라면 나 역
시 먹어선 안 돼. 인민들의 생활이 나의 생활과 비교할 수 없
을 정도로 비참하다는 것을 잊지 않으려면 나는 그것을 반드
시 지켜야 해.」 그러므로 만일 과일이 제공된다면, 그는 사과
는 먹었지만 살구는 절대로 먹지 않았다. 그는 뻬쩨르부르그
에서는 오렌지를 먹었지만 지방에 가서는 손도 대지 않았다.
「너는 그것을 쳐다보아서도 안 돼.」 그는 파이 껍질을 즐겨
먹었다. 「좋은 삐로그는 파이 못지않게 돈이 들지만, 파이 껍
질은 보통 사람들이 즐겨 먹기 때문이지.」 그러나 정어리는
먹지 않았다. 그리고 전에는 비록 화려한 옷을 좋아했지만
지금 그는 매우 헐한 옷을 입었다. 그 밖의 모든 점에서도 그

는 스파르타 인들의 생활을 따랐다. 이를테면 그는 침대 바닥에 담요를 까는 대신 짚단을 깔고 잤는데 그나마 두 겹으로 까는 일이 없었다.

그는 자기 양심에 한 가지 부끄러운 약점을 갖고 있었는데 그것은 그가 담배를 끊지 못한다는 것이었다. 「난 담배가 없으면 생각을 할 수가 없어. 정말 그렇다면 내가 옳아. 비록 내 의지력에 부끄러운 오점이 될지는 몰라도.」 그런데 그는 싸고 독한 담배는 피질 못했다. 귀족적인 분위기 속에서 성장했기 때문이었다. 4백 루블의 수입 가운데 백50루블을 담배값으로 날렸다. 「수치스러운 약점이야.」 그는 혼자 중얼거리곤 했다. 그런데 이 약점이 그의 몸가짐을 한층 더 신중하게 만들었다. 그가 누군가를 지나치게 몰아세워 비난하기라도 하면 그는 다음과 같이 말하곤 했던 것이다. 「그래, 자네 말이 옳아. 하지만 완벽이란 불가능하다구. 너 조차 담배를 못 끊고 있잖아.」 그러면 로뿌호프는 열이 나서 날뛰었다. 그러나 그는 언제나 그 비난의 큰 몫을 자기에게 돌렸고 상대방에게는 좀더 적은 몫만을 돌렸다.

그는 여러 가지 일들을 완벽하게 해냈는데 시간을 배분하여 쪼개어 쓰는 데조차 신체를 단련할 때 못지않게 엄격하게 행동했기 때문이다. 그는 한 달 동안 단 15분조차 휴식을 취하지 않았다. 「내가 하는 일은 여러 가지야. 일을 바꾸어 하다 보면 피곤을 모르거든.」 그는 친구들의 모임에 나가긴 했지만 매번 나가지는 않았다. 그 모임이란 대개 끼르사노프나 로뿌호프가 중심이 되어 그들의 집에서 모이는 것이 보통이었다. 그들과의 교분은 때때로 필요 이상으로 소중했다. 「이것은 필요해. 그리고 이런 만남이야말로 다양한 사람들과 만나게 해주는 이점이 있거든. 그리고 그런 관계를 올바로 유지하기 위해서도 너 자신을 끊임없이 연마해야 돼.」 이 모임에 나가는 일 외에 그는 용무 관계가 아니면 어느 누구도 방문하지 않았다. 필요한 용무를 마치면 5분 이상 머무르지 않았다. 그리고 대등한 조건이 아니면 어느 누구와도 자리를 함께 하지 않았다. 그는 언제나 우회하는 법 없이 단도직입적으로 말했다. 「우리는 이 일에 대해서 충분히 대화를 나누었습니다. 이제 제가 다른 일을 해도 괜찮으시겠죠. 시간은 소중한 것입니다.」

그가 새로운 길을 걷기 시작한 처음 몇 달 동안 그는 줄곧 독서를 하며 보냈다. 그러나 이것도 6개월 조금 넘게 지속됐을 뿐이다. 그가 자신의 삶을 수정하고 자기의 생각을 정리하여 마침내 하나의 사상적 체계를 이루었다고 느꼈을 때 그는 자기 자신에게 말했다. 「독서는 이제 부차적이야. 지금 이 시각부터 나는 새로운 삶을 준비해야 돼.」 그리고 그는 오직 다른 일이 없을 때만 독서를 했다. 그러나 그런 시간은 매우 적었다. 그럼에도 그의 지식의 범위는 놀라운 속도로 확장되어 갔다. 그리고 지금 그의 나이가 스물두 살임을 고려할 때 그는 나이에 어울리지 않을 만큼 확고하고 단단한 성격의 소유자가 되어 있었다. 그의 이런 성격은 그의 다음과 같은 규율에서 엿볼 수 있다. 즉, 사치와 쾌락은 없어져야 한다. 오직 꼭 필요한 것만이 있어야 한다. 그렇다면 꼭 필요한 것은 어떤 것인가? 그는 거기에 대해서 다음과 같이 말하곤 했다. 「모든 주제에는, 즉 어떤 주제이든 거기에는 극소수의 일급 작품이 있다. 여러분이 이 극소수의 작품 속에서 좀더 완전하고 명료한 것을 만날 수 있다. 그러나 그 이외의 나머지 작품들에서는 새로운 독창적인 것은커녕 반복되고 논리적이지 못하며 혼란만 가중시키는 것을 발견하게 될 것이다. 그러므로 기본적인 일급의 작품만을 읽는 것이 필요하다. 그 밖의 나머지 작품들은 시간을 낭비하게 할 뿐이다. 러시아 문학을 보자. 나는 당연히 먼저 고골리의 작품을 읽을 것이다. 그리고 다른 무수히 많은 작품들로 말하면, 몇 페이지 아니 단지 몇 줄만 읽어도 그것이 고골리를 손상시키는 것 이외에 아무런 새로운 내용도 없다는 것을 알 수 있다. 그런데 내가 왜 그런 작품들을 읽어야 하겠는가? 이런 문제는 학문에 대해서도 똑같다. 오히려 학문에서 이런 한계는 더욱 현저하게 나타난다. 만일 내가 애덤 스미스, 맬서스, 리카도, 그리고 밀을 읽었다면 나는 곧 그들 이론의 알파와 오메가를 읽은 것이나 다름없다. 그러므로 다른 수백 명의 정치 경제학자들의 작품은 설령 그것이 제아무리 유명하다고 해도 읽을 필요가 없다. 단지 몇 페이지 아니 단 몇 줄만 읽어도 거기에 새로운 사상이라곤 전혀 없다는 것을 한번에 알 수 있기 때문이다. 거기에 나열돼 있는 것들이란 하나같이 베낀 것이거나 공연히 부풀린 것에 불과하다. 나는 오직 독창적인 작품들만 읽는다. 그리고 그러한 기준으로 모든 작품을 평가한다. 그러므로 그가 매컬레이를 읽는다는 것은 불가능하다. 책장을 넘기며 이곳저곳을 15분쯤 살펴본 다음 그는 이렇게 중얼거리는 것이다. 「나는 이 작품에 나오는 이야기들의 원형을 모두 알고 있어.」 그는 새커리의 『허영의 시장』을 기쁨에 넘쳐서 빼들었다. 그리고 곧 『펜더니스』를 읽기 시작했다. 그러나 열두 페이지를 채 넘기기도 전에 그는 그것을 치워버렸다. 「〈허영의 시장〉라는 말이 이미 모든 것을 말해 주고 있어. 실제로 그 이상 아무것도 없어. 그러므로 더 이상 읽을 필요가 없어. 나의 독서 방식이야말로 수백 권의 다른 책들을 읽는 수고를 덜어주고말고, 물론이지.」

그의 신체를 단련시키는 체육과 독서, 이 두 가지가 라흐메또프의 일과였다. 그러나 뻬쩨르부르그에서 돌아온 후부터 그는 그의 생활에 또 하나의 일과를 첨가했다. 즉, 그는 남는 시간을 남을 돕거나, 또는 특별히 어느 누구한테 속한 일은 아니지만 누군가가 해야 할 일에 사용했다. 이때에도 역시 그가 독서할 때 하는 것과 똑같은 방법이 적용되었다. 즉, 부차적인 일이나 핵심적인 중요하지 않은 사람을 붙들고 공연히 시간을 낭비할 것이 아니라 핵심적인 중요한 일에만 관계함으로써 그로부터 부차적인 일이나 보통의 사람들에게 이익이 되게 하려는 것이었다. 이를테면 그가 모임에서 만나는 사람들하고만 만나려는 것이다. 따라서 다른 사람들에게 어떤 특별한 권위를 갖고 있지 않은 사람은 그와 대화조차 할 수 없었다. 그와 대화를 하려고 하면, 그는 〈죄송합니다〉라고 말하고는 가버렸기 때문이다. 그러나 그가 사귀고자 하는 사람이 그를 물리치는 것은 불가능했다. 그는 상대방에게 가서 자기가 이야기하려고 하는 것을 다짜고짜로 다음과 같이 말을 꺼내며 늘어놓았기 때문이다. 「나는 당신과 사귀고 싶습니다. 그것은 꼭 필요합니다. 만일 당신이 지금 시간이 없다면 다른 시간을 정해 주십시오.」 그는 사소한 일에는 결코 주의를 기울이지 않았다. 설령 여러분이 그와 가장 가까운 친구라도 해도 마찬가지였다. 여러분이 당황해서 그에게 도움을 청하면 그는 〈시간이 없어〉라고 말하곤 가버리는 것이었다. 그러나 중요한 일에는, 그에게 도움을 청하지 않아도 스스로 도왔다. 그럴 때면 그는 이렇게 말하는 것이었다. 「내가 꼭 도와야 돼.」 그런 경우에 그가 말하고 행동하는 것은 우리의 상식을 뛰어넘는 것이었다.

　내게도 이런 경험이 한 번 있었다. 당시 나는 그렇게 어려운 편은 아니었고 비교적 여유 있게 살고 있었다. 그러므로 이따금 내 고향 사람들이 대여섯 명씩 무리지어 나를 방문하는 일이 있었다. 말하자면, 나는 그들에게 꽤 쓸모가 있었던 모양이었다. 그들은 나를 잘 따랐는데 내가 그들에게 애착을 갖고 있다는 것을 알기 때문이었다. 아마도 이런 일로 해서 그는 내 이름을 들었던 것 같았다. 내가 그를 끼르사노프의 집에서 처음 만났을 때 나는 그에 대해서 아무것도 모르는 상태였다. 그 당시 그는 막 방랑 생활을 끝내고 돌아온 참이었다. 내가 도착하고 난 뒤 얼마 안 되어 곧 그가 왔다. 나는 모임의 동료들 가운데 그가 모르는 유일한 사람인 모양이었다. 그는 들어와서 끼르사노프의 옆에 앉았다. 그리고 나를 눈으로 가리키며 몇 마디 물었다. 끼르사노프가 간단하게 대답했고 그들은 곧 헤어졌다. 잠시 후에 라흐메또프가 소파 앞에 놓여 있는 조그만 테이블을 사이에 두고 나와 정면으로 마주 앉았다. 겨우 1아르신[84] 반쯤 될까 말까 한 거리였다. 그리고 그는 아주 진지하게 나를 요모조모 살펴보기 시작했다. 순간 나는 약간 당황했다. 그가 전혀 격식도 차리지 않고 나를 관찰했기 때문이다. 그는 나를 사람이 아니라 그림을 마주하기라도도 하듯 무표정하게 바라보았다. 나는 화가 났다. 그러나 그는 전혀 신경 쓰지 않았다. 2, 3분 동안 그렇게 나를 관찰하고 나서 그가 말했다. 「N씨, 당신과 친해지게 될 것 같습니다. 당신은 나를 모르지만 나는 당신을 압니다. 나에 대해서는 이 집 주인이나 당신이 신뢰하는 우리 모임의 다른 사람들에게 물어보십시오.」 이 말을 마치고 그는 곧 일어서서 다른 방으로 갔다. 「저 괴짜는 누구지?」 「저 친구가 바로 라흐메또프야. 자네는 그가 신뢰할 만한 친구인지 묻고 싶은 거지? 망설일 것 없네. 그는 여기 있는 우리 모두를 합친 것보다도 더 중요한 인물이네.」 끼르사노프는 이렇게 말했고 사람들도 이에 동조했다. 5분쯤 지나서 그는 우리가 앉아 있는 방으로 돌아왔다. 그는 나에게 아무 말도 하지 않았는데

84 일 아르신은 약 28인치.

다른 사람들과도 별로 말을 하지 않았다. 그나마 그의 한두 마디의 대화조차 학구적인 것도 아니었고, 그렇다고 특별히 중요한 내용도 아니었다.「어어! 벌써 10시야!」 그는 소리쳤다. 그리고 잠시 후에 나를 향해서 말했다.「11시에 모처에서 약속이 있습니다, N씨. 실은 당신에게 하고 싶은 말이 좀 있습니다. 제가 아까 집주인 옆에 앉아서 당신을 눈으로 가리키며 몇 마디 물었는데 아마 당신도 알고 계실 것입니다. 그러한 태도가 자연스럽지 않다고 불쾌해 하진 마십시오. 그런데 당신을 방문해 이야기를 나누고 싶은데 언제면 좋겠습니까?」

나는 그때 이 새로운 인물에 대해서 썩 기분이 좋지 않았다. 더욱이 그런 식의 일방적인 태도는 나를 불쾌하게 만들었다.「나는 잠잘 때만 집에 있습니다. 낮에는 하루종일 밖에 있습니다.」 내가 말했다.

「하지만 당신은 집에서 자지 않습니까? 몇 시에 주무시죠?」

「매우 늦습니다.」

「이를테면?」

「2시나 3시.」

「나에겐 아무래도 좋습니다. 시간을 말씀하시죠.」

「정 그러시다면 내일로 하지요. 새벽 4시 30분에.」

「당신 말이 나를 모욕하거나 조롱하는 투로 들릴 수 있다는 것을 아시겠죠? 하지만 당신에게 무슨 사정이 있을 수도 있으니까 그렇게 하도록 하지요. 좋습니다. 아무튼 내일 새벽 4시 30분에 당신을 찾아가겠습니다.」

「아니오, 당신에게 그 일이 그렇게 중요하다면 그보다 좀 늦게 와도 좋습니다. 2시까진 내내 집에 있을 예정이니까요.」

「좋습니다. 10시에 가도록 하겠습니다. 당신 혼자 있을 겁니까?」

「그렇습니다.」

「좋습니다.」

마침내 그가 찾아왔다. 그리고 곧장 그 문제로 들어갔다. 그가 나와 친해지고 싶다고 느낀 바로 그 문제를 가지고 우리는 30분 동안 대화를 나누었다. 주제가 무엇이냐는 것은 별로 문제가 되지 않는다. 문제는 그가 내게 어떠 어떠한 일들을 해야 한다고 선언한 것이었다. 내가 말했다.「글쎄요, 과연 그럴까요?」그러자 그가 말했다.「당신은 그것을 꼭 해야 합니다.」나는 반박했다.「전혀 그럴 필요가 있을 것 같지 않은데요.」그렇게 30분이 지나자 그가 말했다.「이 문제에 대해서 더 이상 왈가왈부하는 것은 소용이 없다고 봅니다. 당신은 제가 신뢰할 만한 사람이라고 확신합니까?」

「물론입니다. 사람들마다 모두 그렇게 얘기하는 것을 들었고 현재 나 스스로도 그렇게 판단하고 있습니다.」

「그렇다면 결국 당신의 결정을 번복할 의사가 없다는 겁니까?」

「그렇소.」

「이런 경우에 사람들이 흔히 뭐라고 하는지 아시겠죠? 거짓말쟁이 아니면 개자식이라고 하지요.」

여러분은 이 문제를 어떻게 생각하는가? 솔직히 말해 그런 식으로 말하는 사람에게 어떻게 참을 수가 있겠는가? 기분대로 하자면 당장 결투라도 신청해야 할 판이었다. 그러나 그는 아무런 감정 없이 냉정한 역사가처럼 말을 했고 나를 모욕할 의사가 없음이 분명했다. 그는 오직 진실을 말할 뿐이었다. 따라서 그에게 화를 낸다는 것은 오히려 이상한 일이었고 내가 할 수 있는 것이라곤 웃어넘기는 것뿐이었다.

「결국 거짓말쟁이나 개자식이나 마찬가지 아닙니까?」내가 말했다.

「이런 경우에 그것은 절대로 같다고 할 수 없습니다.」

「흠, 하지만 나는 결국 양자 모두라고 생각합니다만.」

「이런 경우에, 두 가지 모두는 불가능합니다. 분명히 둘 중의 하나만이 가능할 뿐입니다. 당신의 생각과 행동이 당신의 말과 같지 않다면 그런 경우에는 당신은 거짓말쟁이라고 할 수 있습니다. 그러나 당신의 생각과 행동이 당신이 말한 대로라면 당신은 분명히 개자식이라고 해야겠지요. 그러므로 전자이든 후자이든 그 한 가지일 수밖에 없습니다. 이것이 근본적인 차이점이라고 생각합니다.」

「그게 당신의 생각이라면 좋으실 대로.」 나는 여전히 웃으며 대답했다.

「안녕히 계십시오. 그러나 제가 아직 당신에 대한 신뢰를 버리지 않고 있다는 것을 상기해 주시기 바랍니다. 당신이 원한다면 언제든지 우리의 대화를 다시 시작할 용의가 있습니다.」

그의 거칠고 무례한 행동에도 불구하고 라흐메또프는 전적으로 옳았다. 그가 자기 식으로 대화를 했다는 사실이나 — 그는 나에 대해서 철저하게 조사한 다음 나와의 대화를 시도했었다 — 자기 식으로 대화를 끝낼 수밖에 없었다는 사실 모두에 있어서, 실제로 나는 내가 생각하는 것을 그에게 말하지 않았다. 그러므로 그가 나를 거짓말쟁이라고 부른 것은 옳았다. 그리고 그것은 결코 불쾌하다고 할 수 없었다. 심지어 그는 내내 〈당신의 현재의 경우라면〉 하는 식으로 말을 꺼냈는데 실제로 그의 말이 사실일 뿐만 아니라 그의 말 속엔 나에 대한 신뢰와 어쩌면 존경심까지도 들어 있었기 때문이다.

그렇다. 그의 태도에 비록 거칠고 야만적인 면이 없는 것은 아니지만 사람들은 모두 라흐메또프의 그런 행동에 대해서 충분히 납득하고 있었다. 또 그의 행동이란 실제로 지극히 소박하고 상식적인 것이었기 때문이다. 그러므로 그가 비록 극단적인 험악한 태도를 보이거나 지나칠 정도로 심하게 비난하는 말을 한다고 해도, 적어도 상식적인 사람이라면 그에게 화를 낼 수 없다는 것은 당연했다. 겉으로 드러나는 그의 거친 행동에도 불구하고, 그는 매우 겸손한 사람이었던 것이다. 그가 사람을 만나서 처음에 꺼내는 말은 이런 사실을 단적으로 잘 나타내 준다. 그는 늘 사람을 당황하게 만드는, 아래와 같은 설명을 늘어 놓는 것으로 대화를 시작하곤 했기 때문이다. 「당신은 제가 개인적인 감정 없이 말한다는 걸 잘 아실 것입니다. 설혹 제 말이 불쾌하게 느껴지더라도 그것을 용서하시기 바랍니다. 그리고 정말 불쾌하게 느꼈다면 그 말이 조금도 악의 없이 나온 말이라는 것을, 그리고 화를 내게 하려는 의도 같은 것은 털끝만큼도 없고 다만 필요에서 나온 말이라는 것을 상기해 주시길 부탁드립니다. 만일 당신이 제 말을 듣는 것을 아무 쓸데없는 것처럼 느낀다면 저는 그 즉시 이야기를 중단할 것입니다. 제 말을 필요로 하는 곳이라면 그것이 어느 곳, 어느 때이든 가리지 않고 달려가는 게 저의 철칙입니다만, 마찬가지로 제 말을 필요로 하지 않는 사람에게 강요할 생각은 추호도 없기 때문입니다.」

실제로 그는 그것을 억지로 강요하지 않았다. 그러나 만일 그가 필요하다고 느꼈다면, 자신의 견해를 밝히지 않고 그에게 풀려 나는 것은 불가능했다. 이제 여러분이 그의 생각을 이해했다면 — 그는 두세 마디의 말로 그것을 해낸다 — 그는 다음과 같이 묻는다. 「이제 제가 말하려는 것의 내용이 무엇인지 짐작하셨을 것입니다. 저의 이야기를 듣는 것이 유익하다고 생각히 십니까?」 그런데 만일 여러분이 〈아니오〉라고 대답하면 그는 인사하고 떠나간다.

이것이 그가 일을 처리하는 방식이었다. 그는 여러 가지 많은 일에 관계했지만 그 어느 것도 개인적으로 관련된 일은 없었다. 그는 사람들이 이미 알고 있는 것처럼, 그 자신만의 개인적인 일이란 전혀 가지고 있지 않았다. 그러나 모임에 나오는 사람들 중에 그가 어떤 일들에 관계하는지 아는 사람은 한 사람도 없었다. 오직 그가 여러 가지 일로 신경을 쓰고 있다는 것을 알 뿐이었다. 그는 거의 집에 있지 않았다. 그는 항상 외출 중이었다. 그리고 항상 이곳저곳을 돌아다녔다. 그러나 그는 거의 대부분 걸어서 다녔다. 그런데 그의 집엔 늘 그를 찾아오는 사람들이 있었는데 같은 사람인 경우도 있었고 처음 보는 사람인 경우도 있었다. 이 때문에 그는 2시에서 3시 사이에는 어김없이 집에 돌아와 있었고 이때 그들과 대화하고 같이 저녁을 먹곤 했다. 그러나 그는 며칠씩 집을 비우는 일이 잦았는데 그럴 때면 그를 정신적, 육체적, 헌신적으로 돕는 그의 친구들 중의 한 명이 그의 방을 지키고 손님을 맞았다. 그러나 그런 경우에는 그들 사이에 무덤 같은 침묵이 흐르는 것이 보통이었다.

끼르사노프의 서재에서 뉴턴의 『에언서에 대한 주석』을 보던 그때로부터 2년 후에 그는 뻬쩨르부르그를 떠났다. 그때 그는 끼르사노프와 다른 친한 친구 한두 명에게 다음과 같이 말했다. 「여기서는 더 이상 할 일이 없다. 현재 해야 할 일은 모두 끝마쳤다. 그러나 3년쯤 후에는 다시 많은 일을 할 수 있을 거라고 생각한다. 앞으로 3년 동안은 자유롭게 지내려고 한다. 그러나 미래에 이 기간의 체험이 요긴하게 쓰일 거라고 확신한다.」 우리들은 나중에야 그가 영지로 떠났다는 것, 그리고 영지를 처분한 돈 3만 5천 루블을 갖고 까잔과 모스끄바로 가서 뒷바라지해 오던 학생들에게 5천 루블을 주었다는 것을 알았다.

그리고 이것이 우리가 아는 전부였다. 그가 모스끄바를 떠나 다시 어디로 갔는지는 알려지지 않았다. 그렇게 그에 관한 소식이 끊긴 지 몇 달이 지난 뒤에, 그에 관해서 좀더 소상히 알고 있던 몇몇 사람들이 그동안 그의 요청에 따라 침묵을 지켜 오던 사실들을 마침내 털어놓았다. 그때서야 우리 모임의 사람들은 그가 학생들에게 학비를 대주고 있다는 것과 그의 활동의 여러 가지 다른 측면들을 비로소 알게 되었다. 또 우리들은 그의 모험들에 대한 것도 알게 되었다. 그러나 그것조차 그에 관한 우리들의 궁금증을 덜어 주는 것은 아니었다. 오히려 그것은 우리 모임의 사람들에게 더욱 궁금증만 일게 했고 라흐메또프를 더욱 신비한 존재로 만들었다. 우리들이 처음 그 이야기를 들었을 때 우리들은 그 이상하고 낯설고 흥미로운 체험들에 대해 몹시 놀랐다. 그리고 어느 정도는 예상했지만 그가 보통 사람과는 근본적으로 다른 강철같이 단단하고 확고한 심성의 소유자라고 생각을 굳히게 되었다. 내 개인적인 솔직한 감정을 말하면, 그는 개인적인 감정이라곤 전혀 없는 무쇠와 같은 사람이었는데 도저히 심장이 뛰는 사람이라고는 여겨지지 않을 정도였다. 나의 이런 느낌을 증명하기 위해서 그의 모험들을 모두 낱낱이 이야기할 상황은 아니므로 그것들 중에 두 가지 다른 종류의 이야기만을 소개하기로 한다. 그중의 하나는 몹시 야만적인 것이고 다른 하나는 앞의 것과는 매우 다른 것으로서 우리 모임의 사람들에게 몹시 강한 인상을 심어 주었다. 이 이야기들은 끼르사노프에게서 들은 것이다.

그가 뻬쩨르부르그를 두 번째로 떠나기 일 년 전쯤, 아마도 거의 끝무렵의 일인데 하루는 라흐메또프가 끼르사노프에게 이렇게 말하더라는 것이었다. 「날카로운 물건에 다친 상처를 치료하는 데 쓰는 좋은 연고를 좀 주십시오.」 끼르사노프는 라흐메또프가 날카로운 연장에 곧잘 상처를 입는 목수들이나 다른 노동자에게 그 약을 갖고 가려는가 보다고 생각하며 큰 단지의 연고를 그에게 주었다. 그런데 다음날 아침, 라흐메또프의 집주인이 비명을 지르며 끼르사노프에게 달려왔다. 「바뚜쉬까! 의사 선생님, 우리 집에 사는 라흐메또프에게 아무래도 무슨 일이 일어난 것 같아요. 그가 통 방에서 나오질 않아요. 문도 걸어 잠그고 말이에요. 그래서 제가 문틈으로 들여다보았더니 글쎄 그의 온몸이 피투성이가 되어 누워 있는 거예요. 제가 깜짝 놀라 비명을 지르며 그에게 소리쳤어요. 그랬더니 그가 〈아무 일도 아니에요, 아그라프예나 안또노브나〉 하지 않겠어요. 대체 이게 무슨 일이죠? 온몸이 피투성이가 되어 가지고 아무 일도 아니라니 말이에요. 어서 그를 좀 구해 주세요. 바뚜쉬까, 의사 선생님. 혹시 자살하려고 하는 거나 아닌지 모르겠어요. 끔찍해서 차마 못 보겠더라니까요!」

끼르사노프는 부리나케 달려갔다. 라흐메또프는 입가에 희미한 미소를 지으며 천천히 문을 열었다. 마침내 끼르사노프는 아그라프예나 안또노브나가 그처럼 소란스럽게 난리를 피운 것이 조금도 지나친 것이 아님을 알았다. 그는 속옷 바람으로 있었는데 내복의 어깨와 등 쪽이 피로 흠뻑 젖어 있었을 뿐 아니라 바닥에도 여기저기 온통 피투성이였다. 그가 누워 있던 볏짚 바닥은 피가 흥건하게 고여 있었는데 그 볏짚 바닥에는 수천 개의 못이 촘촘히 박혀 있었고 못 끝이 한 치나 위로 솟아나 있었다. 라흐메또프는 밤새 그 위에 누워 있었던 것이었다. 「맙소사, 이게 대체 무슨 일인가, 라흐메또프?」 끼르사노프가 노기를 띠고 소리쳤다. 「별것 아닙니다. 하지만 필요합니다. 물론 잘 믿어지지 않겠지만. 제가 얼마만큼이나 견딜 수 있나 시험해 봤을 뿐입니다.」

끼르사노프가 본 것 말고도, 이 일로 미루어 짐작할 때 여주인이 라흐메또프에 대해서 매우 흥미 있는 여러 가지 사실들을 알고 있으리라는 것을 생각해 볼 수 있다. 그러나 그녀가 생각이 단순하고 주의력이 모자란 나이 든 부인이란 점을 고려할 때 그녀가 라흐메또프를 이해할 만한 능력이 있다고는 생각되지 않았다. 그러므로 그녀로부터 뭔가를 알아낸다는 것은 불가능했다. 이 일만 해도 라흐메또프가 그녀를 조용하게 할 요량으로 그녀가 밖으로 나가도록 내버려 두었고, 따라서 그녀는 그의 의사와는 상관없이 끼르사노프를 데리러 달려갔던 것이었다. 그녀는 그가 자살하려 한다고 생각하였고 실제로도 몹시 슬퍼서 눈물을 흘렸었다.

그 일이 있은 지 두 달 뒤인 5월 말이었다고 한다. 라흐메또프가 한 주일 또는 그 이상 어디론가 사라져 보이지 않았다. 그러나 아무도 그 일에 주의하지 않았는데 그것은 전에도 가끔 어디론가 사라졌다가 나타났기 때문이다. 지금 이야기하려는 것은 그때 그 기간 동안 라흐메또프가 하고 다닌 일에 대해서 끼르사노프가 들려준 것이다. 이 흥미로운 이야기는 라흐메또프의 생에 있어서 특이하게 에로틱한 에피소드를 이루는 것이다. 사랑은 그의 니끼뚜쉬까 로모프라는 이름에 걸맞는 영웅적인 행동에서 왔다.

라흐메또프가 생각에 잠겨 땅 쪽을 바라보며 보통 때처럼 제1부두에서 시내로 들어오고 있을 때였다. 그가 산림청 근처에 다다랐을 때, 갑작스런 여인의 비명소리에 문득 정신을 차리고 주위를 살펴보니 마차의 말이 무엇에 놀랐는지 튀어 달아나고 있었다. 그때 마차 안에는 한 부인이 새파랗게 질려 비명을 지르고 있었다. 그녀는 말을 제지시키려고 했지만 고삐의 줄이 바닥에 떨어져서 끌려가고 있었기 때문에 어떻게 할 도리가 없었다. 그러는 사이에 어느새 말은 라흐메또프의 두 발짝 바로 앞까지 다가오고 있었다. 그는 순간적으로 마차 앞쪽으로 몸을 던져 말을 잡으려고 했다. 그러나 말의 고삐를 잡을 틈도 없이 말은 그를 지나쳐 버렸다. 그는 겨우 마차의 뒤축을 잡을 수 있을 뿐이었다. 그는 재빨리 마차의 뒤축을 잡고 마차를 정지시키려고 했다. 그러나 마차는 정지하기는커녕 오히려 그를 냅다 채고 달아났다. 그는 길가에 사정없이 나뒹굴었다. 마침내 사람들이 모였고 마차에서 그 부인을 구해 냈다. 그리고 라흐메또프를 일어서도록 부축해 주었다. 그의 가슴에 피멍이 들어 있었다. 그리고 설상가상으로 바퀴에 채었는지 다리의 살점이 크게 떨어져 나가 피가 줄줄 흘러 내리고 있었다. 그 부인이 그에게 와서 그녀의 별장으로 가서 치료를 해야겠다고 했다. 그녀의 별장은 그곳에서 반 베르스따쯤 떨어져 있었다. 그는 피를 많이 흘려 정신이 흐릿해지고 기운이 빠지는 것을 느끼자 그녀의 말에 따랐다. 대신 그는 다른 의사는 필요 없고 오직 끼르사노프만을 불러 줄 것을 요구했다.

  가슴의 상처는 대단한 것이 아니었으나 라흐메또프가 피를 많이 흘려 몸이 약해진 것을 끼르사노프는 알았다. 그는 거기서 열흘 동안 머물렀다. 그리고 위기에서 구해진 그 부인이 몸소 그를 돌보았다. 그러한 상황에선 아무 일도 할 수가 없었다. 그래서 그는 그녀와 이야기를 하기 시작했다. 줄곧 그런 식으로 시간을 보냈다. 그리고 곧 그녀와 친해지게 되었다. 그 부인은 겨우 열아홉 살의 나이로 미망인이 된 처지였으나 경제적인 여유가 있었고 시댁으로부터 독립해서 살고 있었다. 매우 총명하고 품위가 있는 부인이었다. 라흐메또프의 씩씩하고 정열적인 말들은 비록 사랑의 주제에 관한 것은 아니었으나 그녀를 사로잡았다. 그녀는 그의 옷차림새나 그 밖의 다른 것으로 미루어 그는 아무것도 가진 게 없는 사람이라고 생각했다. 그녀는 마침내 사랑을 고백했고, 열하루째 되는 날 그가 일어나서 이제는 집에 갈 수 있을 것 같다고 말했을 때 그와 결혼하고 싶다고 말했다.

「저는 누구보다도 당신에게 솔직하게 대했습니다. 당신도 알다시피, 저와 같은 사람은 그 누구와도 운명을 함께 할 수가 없습니다.」

「그건 사실이에요.」 그녀가 말했다. 「당신은 결혼할 권리를 갖고 있지 않아요. 하지만 그래도 좋아요. 제가 싫어질 때까지만이라도 저와 함께 있어 주세요. 진심으로 당신을 사랑해요.」

「안 됩니다. 저는 그 청을 받아들일 수 없습니다.」 그가 말했다. 「저는 제 가슴에서 일어나는 사랑조차 죽여야만 합니다. 당신을 사랑한다는 것은 저를 구속하는 것입니다. 그리고 일단 구속하게 되면 더 이상 자유로울 수 없기 때문입니다. 그러나 저의 임무는 구속을 푸는 것입니다. 그게 누구이든. 그러므로 저는 사랑해서는 안 됩니다.」

그 부인은 어떻게 되었을까? 그녀의 생에 위기가 온 것이 틀림없었다. 그리고 그녀 역시 특별한 인간이 되었으리라고 생각한다. 그래서 그 일을 알아 보려고 했으나 알 수가 없었다. 끼르사노프가 그녀의 이름을 가르쳐 주지 않았을 뿐만 아니라 그 또한 그녀가 어떻게 되었는지를 알지 못했기 때문이다. 라흐메또프는 끼르사노프에게 그녀를 찾아가지 말 것과 또 그녀에 대해서 자신에게 묻지 말 것을 요구했다. 「만일 당신이 그녀에 대해서 무엇인가를 알고 있다고 제가 느끼게 되면 저는 당신에게 그것을 묻지 않고는 견딜 수 없을 것입니다. 그러나 그런 일이 있어선 절대로 안 됩니다.」

이 이야기를 전해 들은 후도, 우리들은 한두 달 동안, 아마 그 이상, 라흐메또프가 평소보다 침울하고 아무리 화가 나는 일이 있어도 좀처럼 화를 내지 않고 초췌한 눈만 찌푸리던 — 그것은 담배 때문이었다 — 것을, 그리고 사람들이 니끼뚜쉬카 로모프라고 부르며 그에게 친절히 굴어도 잘 웃지 않던 것을 기억하고 있다. 그리고 개인적으로는 그해 여름 그와 서너 번 대화를 나누었는데(우리의 첫번째 대화가 있은 후로 그는 내가 그를 비웃고 있다는 것을 알았는지 오히려 나와 대화하는 것을 재미있어 했다), 그와 단둘이 있을 때면 나는 그에게 조롱하는 투로 말했다. 그러면 그는 다음과 같이 받았다.「그렇소. 나를 딱하게 여기는 것은 당신 자유요. 당신이 옳을지 모르오. 하지만 나는 추상적인 관념에 사로잡혀 있는 그런 사람은 아닙니다. 나는 분명히 사랑하길 원합니다. 하기야, 어쩌면 그것조차 아무것도 아닐지도 모르지요. 그냥 그렇게 사라져 버릴지도 모르는, 그러나……」실제로 그는 나의 그런 태도를 이미 극복하고 있었다. 언제나 한 번은 내가 노골적으로 그의 기분을 상하게 한 적이 있었는데, 아마도 그해 늦가을쯤이었던 걸로 기억된다. 그때조차 그는 똑같은 투로 담담히 받아넘길 뿐이었다.

현명한 독자들은, 지금까지의 이야기로부터, 내가 여러분에게 이야기한 것들 말고도 라흐메또프에 대해서 더 많은 것을 알고 있다고 생각할 것이다. 아마도 그것은 사실일 것이다. 그러나 나는 라흐메또프에 대해서 함부로 추측 발언을 남발할 생각은 없다. 그는 너무 특별한 사람이기 때문에 내가 충분히 이해하지 못한 면들이 있으리라고 보기 때문이다. 다만 내가 알고 있는 것 중엔 아마도 여러분, 현명한 독자들이 죽었다 깨어나도 이해하지 못할 일들이 많이 있다. 그런데 내가 정말 모르는 사실이 하나 있는데 그가 지금 어디에 있으며 무엇을 하고 있으며 내가 그를 다시 보게 될지 어떨지 하는 것이다. 그 점에 대해서 나는 그를 아는 모든 사람들이 갖고 있는 정보 이외엔 전혀 갖고 있지 않다. 그가 모스끄바에서 사라진 뒤 서너 달 동안 그에 대한 소식은 완전히 끊어졌는데 사람들은 모두 그가 유럽을 여행하러 갔을 거라고 생각했다. 이러한 추측은 아마도 분명히 사실일 것이다. 그것은 적어도 다음과 같은 상황으로 미루어 볼 때 충분히 신빙성이 있기 때문이다. 라흐메또프가 사라진 지 꼭 일 년 뒤에, 끼르사노프의 친구 중의 한 사람이 빈과 뮌헨간을 왕복하는 찻간에서 러시아 땅을 두루 둘러보았다는 한 러시아 청년을 만났던 것이다. 그가 전하는 말에 따르면, 그는 가는 곳마다 다양한 계층의 친구들을 만났고, 가는 나라마다 그 나라의 사고방식, 관습, 생활, 지방 자치의 관행, 그리고 그 나라 국민들 사이의 부의 분배 문제 등을 알아보기 위해 충분한 기간 동안 머물렀다고 한다. 이러한 목적을 위해서 그는 주로 도시나 시내에서 살았고 근처의 지방들을 도보로 걸어서 여행하곤 했다고 한다. 그 후로도 그는 이와 같은 방식으로 루마니아와 헝가리를 보았고 북부 독일을 살펴보았으며 그곳에서 다시 오스트리아령인 남부 독일지방을 도보로 여행했다고 한다. 지금 그는 바이에른 지방을 향하고 있는데 그곳에서 다시 스위스로, 그리고 뷔르템베르크와 바덴을 거쳐 프랑스로 향할 것이라고 한다. 그 다음 그는 역시 똑같은 목적으로 영국에 갈 것이고 거기서 한 일 년쯤 머물고 올해 안에 시간이 되면 스페인과 이탈리아 지방을 여행할 것이라고 한다. 그러나 시간이 충분치 않으면 그것으로 그만이다. 이 일은 현재로는 〈꼭 필요한 일은 아니기〉 때문이다. 그러나 이외 다른 나라들은 꼭 필요하다고 한다. 「왜냐고요? 연구할 가치가 있기 때문입니다.」 그런 다음 다시 일 년쯤 뒤에는 틀림없이 북미 대륙을 여행하는 것이 필요할 것이다. 그곳이야말로 다른 어느 지역보다도 연구하는 것이 〈필요한〉 땅이기 때문이다. 거기서 그는 장시간을 보내게 될 것이며 아마도 최소한 일 년 이상 머물게 될 것이다. 그러나 적어도 삼 년 뒤에는 러시아에 돌아올 가능성이 크다. 러시아는, 지금은 아니지만, 그때쯤이면 그가 이땅에 있는 것이 필요할 것이기 때문이다.

이 모든 것은 틀림없이 그가 라흐메또프일 거라는 인상을 강하게 풍긴다. 그리고 이 〈필요하다〉는 말은 그 소식을 전해 준 사람이 특히 기억해서 강조한 말이었다. 그 소식을 전한 이가 기억을 더듬어 전한 그의 인상을 종합해 보면 그의 나이, 목소리, 용모 등이 거의 라흐메또프와 일치하는 것이었다. 그러나 그 소식을 전한 이는 당시 그와 자리를 함께 했던 그의 여행 동료한테 그다지 주의를 기울이지 않았다. 그가 라흐메또프와 함께 했던 것은 고작 두 시간 남짓에 불과했던 데다가 그는 어느 조그만 도시에서 그 기차에 탔었고 다시 어느 조그만 소읍에서 내렸기 때문이다.

그러므로 그 소식을 전한 이는 그의 특징에 대해서 단지 일반적인 것밖에는 묘사할 수가 없었고 그것마저도 확신한다고는 할 수가 없었다. 그러나 여러 가지 상황을 종합해 볼 때 그가 라흐메또프라는 것은 분명했다. 그러나 누가 그렇다고 자신 있게 대답할 수 있을 것인가? 어쩌면 그가 아닌 제3자일지도 모르지 않는가?

또 다른 소문이 그 즈음 나돌았는데, 그것은 전제 지주였던 한 러시아 청년이 19세기 유럽에서 가장 훌륭한 철학자 중의 한 사람이며 새로운 철학의 아버지인 독일 철학자 앞에 나타났다는 것이다. 「나는 3만 달러를 갖고 있습니다. 그러나 내게 필요한 것은 5천 달러뿐입니다. 이 불균형을 해소하기 위해서 당신이 나머지 돈을 받아 주실 것을 간청합니다.」 (그 철학자는 매우 비참하게 살고 있었다.)

「왜지요?」

「당신의 책이 출판되기를 원하기 때문입니다.」

철학자는 당연히 그 돈을 받으려 하지 않았다. 그러나 러시아 청년은 그 돈을 그 철학자의 이름으로 은행에 맡겨 놓은 다음 그에게 다음과 같은 내용의 편지를 썼다고 한다. 〈이 돈을 당신 마음대로 사용하십시오. 원한다면 강물 속에 처넣어도 좋습니다. 그러나 저에게 그 돈을 돌려주실 생각은 않는 게 좋을 것입니다. 당신은 나를 찾아내지 못할 테니 말입니다.〉 아직까지도 그 돈은 은행에 그대로 있는 것으로 전해진다. 만일 이 소문이 사실이라면 철학자 앞에 나타난 이가 라흐메또프일 것임은 의심할 여지가 없다.

끼르사노프의 서재에 앉아 있는 젊은이는 바로 그런 사람이었다.

그렇다. 이 젊은이는 특별한 인간으로, 매우 드문 새로운 유형의 인간 가운데서도 전형적인 인물이었다. 나는 이 새로운 유형의 전형적인 인물에 대해서 지금까지 상세하게 많은 말을 했지만 여러분, 현명한 독자들에게 정확하게 전달됐는지 자신할 수가 없다. 여러분은 그와는 근본적으로 다른 부류에 속하는 사람들이기 때문이다. 여러분이 그러한 사람들을 올바르게 이해할 가능성은 매우 희박하다. 현명한 독자들의 눈은 그와 같은 사람을 알아보도록 열려 있지 않다. 그와 같은 사람은 여러분의 시야에는 들어오지 않는다. 오직 정직하고 용기 있는 눈만이 그들을 알아볼 것이다. 그러나 이 사람에 대한 지금까지의 설명은 어느 정도 여러분의 이해에 도움이 될 것이다. 그래서 여러분은 나의 이야기를 듣고 이 세상엔, 아니 우리 주위엔 그런 사람들도 있구나 하는 것을 깨닫게 될 것이다. 그러나 사실은 나의 이야기의 목적은 현명한 독자들보다는 여성 독자들과 심성이 단순하고 소박한 사람들을 위한 것이다. 그들이야말로 내가 설명하지 않아도 내가 한 이야기의 의미를 누구보다도 잘 이해하기 때문이다.

하지만 솔직히 말해서 라흐메또프와 같은 괴짜는 재미있다. 나 혼자 하는 말이지만 그들에게는 좀 우스운 면이 있기 때문이다. 내 이야기를 듣고 그들에게 열광하는 저 고귀한 자들에게 말한다. 그들의 뒤를 따르지 말라고. 그들이 여러분에게 따라오도록 요구하는 그 길이란 인간적인 행복이 전혀 없는 가시밭길뿐이라고. 그러나 고귀한 자들은 내 말에 귀를 기울이지 않는다. 그들은 말한다.「그렇지 않소. 그것은 결코 메마른 가시밭길이 아니오. 그 길에는 풍요한 행복이 넘치고 있소. 비록 그 길에 비참과 형극이 따르더라도 그러한 고통은 일시적일 뿐 그다지 오래 가지 않을 것이오. 우리들은 그러한 고통을 이겨낼 힘을 길러야 하오. 그리하여 우리는 마침내 무한하고 끝없는, 행복으로 가득 찬 땅에 도달하게 될 것이오.」

아마도 내가 라흐메또프와 같은 사람이 재미있다고 말한 것은 여러분이 아니라 다른 사람들에게 하는 말이라는 것을 밝혀야 할 것 같다. 여러분, 현명한 독자들에게 분명히 이야기하는데 그들은 결코 나쁜 사람들이 아니다. 만일 그렇지 않다면, 여러분 스스로가 여러분의 행동을 이해하지 못할 테니까. 그렇다, 그들은 결코 나쁜 사람들이 아니다. 그들은 소수이지만 우리의 삶은 그들을 통해서 꽃피운다. 그들이 없다면 이 세상의 삶은 죽음이나 다름없이 메마르고 황폐해질 것이다. 그들은 소수이지만 모든 사람에게 생명의 호흡을 불어넣는다. 그들이 없다면 사람들은 질식하고 말 것이다. 정직하고 선한 인민들은 위대하다. 그러나 그들과 같은 존재는 드물다. 그들은 인민들 속에서 차의 향기와 같은 존재이며 좋은 술의 향기와 같은 존재이다. 강인함과 품위는 바로 그들로부터 온다. 그들이야말로 가장 선한 사람들 중의 꽃이며 주동자들 중의 주동자들이며 이 땅의 소금 중의 소금이다.

30

〈그렇다면!〉 현명한 독자들은 생각한다. 〈당신이 말하고자 하는 주된 인물은 라흐메또프가 틀림없소. 그리고 그것이 중심이 되어 모든 사람을 한데 모을 것이오. 그리하여 베라 빠블로브나는 그와 사랑에 빠지게 될 것이고 이제 곧 로뿌호프에게 일어났던 것과 똑같은 일들이 끼르사노프에게 시작될 것이오.〉

하지만 현명한 독자들이여, 그러한 일은 없을 것이다. 라흐메또프는 저녁 시간을 별장에서 보낼 것이고 베라 빠블로브나와 이야기하게 될 것이다. 나는 그들의 대화를 한마디도 빼지 않고 여러분에게 그대로 전할 것이다. 여러분은 내가 여러분에게 전하고 싶지 않은 대화는 마음만 먹으면 얼마든지 감출 수 있다는 것을 잘 알고 있다. 그러나 앞으로 보면 알게 되겠지만 내가 아무런 언급을 하지 않더라도 지금 내가 한 이야기는 결코 변경되지 않을 것이다. 미리 이야기 해두지만 라흐메또프는 베라 빠블로브나와 이야기를 나는 뒤에 곧 집을 떠날 것이고 이 책의 줄거리에서 영원히 사라질 것이다. 그러므로 그는 내 소설에서 주된 인물도, 보조적인 인물도 아니며 그렇다고 그 외의 어떤 인물도 아닌 것이다. 여러분은 의문을 제기할 것이다. 그렇다면 그는 왜 이 소설 속에 등장했으며 그토록 상세하게 묘사됐느냐고? 현명한 독자들이여, 나에게 묻기에 앞서 여러분 스스로 그 이유를 한번 생각해 보라. 나의 대답은 라흐메또프가 베라 빠블로브나와의 대화를 끝낸 직후에 이루어질 것이다. 그가 사라지자마자, 나는 이 장의 끝에서 여러분에게 대답하겠다. 그러니 지금 거기서 내가 어떤 대답을 할지 추측해 보라. 만일 여러분이 그처럼 애호하는 예술적 양식에 대해서 여러분이 조금이라도 알고 있다면 그것을 추측하는 것은 그다지 어려운 일이 아닐 것이다. 힌트가 필요하다고? 그렇다면 좋다! 내 대답의 요점을 암시하겠다. 라흐메또프는 핵심이 되는 것, 이른바 예술의 가장 근본적인 요건을 채우기 위해서, 오로지 예술에 만족을 주기 위해서, 오직 그것 한 가지만을 위해서 도입되었다. 됐는가? 그렇다면 지금 이 자리에서 당장 생각해 보라. 그리고 그 요건이 과연 무엇인지 대답해 보라. 예술을 만족시키는 데 도대체 무엇이 필요하냐고. 그리고 이 소설의 줄거리에 아무런 영향도 주지 않는 라흐메또프와 같은 인물을 끌어들인 것이 어떻게 예술에 만족을 줄 수가 있냐고? 그러니까 추측해 보라는 것 아닌가! 예술 따위를 운운하지 않는 여성 독자들과 심성이 소박하고 단순한 사람들은 이미 그것을 이해하고 있다. 그러나 현명한 독자들이여, 자, 추측해 보라! 이러한 일을 위해서라면 여러분에겐 언제나 충분한 시간이 주어져 있지 않은가? 더욱이 시간을 물 쓰듯 한다고 누구하나 간섭할 사람도 없을 테니까. 그런데 다음 줄거리 때문에 신경이 쓰인다고? 그렇다면 여러분이 안심하도록 아래에 다음과 같은 줄을 하나 긋도록 하자. 여러분을 위해서 내가 얼마나 마음을 쓰고 있는지 이제 알았을 것이다. 자, 잠시 동안 멈추도록 하자.

추측할 수가 없다고? 그럼 잠시 생각이라도 해보도록 하자!

메르짤로바 부인은 오자마자 눈물을 흘리며 위로를 했다. 그리고 봉제 조합을 돌보는 일이 그녀에게 새로운 기쁨을 줄 것이라고 말했다. 메르짤로바 부인 자신이 그 일을 맡게 될지도 모른다는 것을 모르고 있었던 것이다. 그녀는 줄곧 눈

물을 흘리며 위로를 했다. 라흐메또프는 이웃집 하녀들에게 와서 빵을 구워 주도록 부탁하고 사모바르를 들어다 식탁 위에 놓았다. 그리고 그녀들과 함께 차를 마시기 시작했다. 라흐메또프는 그녀들과 30분 동안 앉아 있는 사이에 차를 여섯 잔이나 마셨고 크림을 반 단지나 비웠다. 그리고 다른 사람들 몫으로 흰 빵 두 덩어리만을 남겨 놓고는 나머지 빵들을 모두 먹어치웠다. 「나는 이 정도의 즐거움은 누릴 권한이 있습니다. 열두 시간이나 굶었으니까요.」

그는 왕성한 그의 식욕을 즐기면서 부인들이 자기들끼리 너무도 일이 고되고 힘들어 죽고 싶다고 말하는 것에 주의를 기울였다. 그리고 그것은 〈무모한 짓〉이라고 참견했다. 그의 말은 부인들이 너무 힘들고 고통스러워 죽고 싶다고 하는 그 사실이 아니라 그것이 어떤 이유든 자살하는 것은 무모한 짓이라는 뜻이었다. 그는 신체적으로 치유될 수 없는 난치병이나 죽음을 피하는 것이 불가능한 때가 아니면 ― 이를테면 마차에 치인다든가 하는 경우 ― 죽음 같은 것을 생각해서는 안 된다고 보았기 때문이다. 그는 이와 같은 견해를 몇 마디의 말로, 그러나 매우 강한 어조로 표현했다. 그는 습관대로 여섯 번째 차를 타 마시면서 남아 있는 크림을 몽땅 쏟아 넣었다. 그리고 부인들이 식사를 끝내고 남긴 빵을 마저 입에 쓸어 넣었다. 부인들은 벌써 한참 전에 차를 다 마셨다. 그는 인사를 하고 남은 빵 부스러기를 챙겨 가지고 서재로 갔다. 그리고 빵을 열심히 씹어 먹으며 사치와 향락을 좋아하는 시바리스 인처럼 소파에 편안한 자세로 앉았다. 그 침대는 사람들이 낮잠을 즐기기에 딱 안성맞춤이었다. 그러나 그것은 그에게 수도사들의 사치처럼 보였다. 「나도 이러한 즐거움쯤은 누릴 권한이 있다구. 열두 시간, 아니 열네 시간이나 굶었으니까.」

그는 식사의 즐거움을 마친 뒤에 다시 그의 지적 호기심을 부추기는 『예언서에 대한 주석』을 집어 들었다. 밤 9시에 경찰이 그 사건 — 이제 그 진상이 완전히 밝혀진 — 에 대해서 자살자의 부인에게 알리러 왔다. 라흐메또프는 미망인이 이미 그것에 대해서 모든 것을 알고 있으므로 더 이상 들을 필요가 없다고 그에게 말했다. 경찰은 그런 난처한 자리를 면하게 되어 몹시 기쁘다고 말했다. 그때 마샤가 라첼과 함께 돌아왔다. 그들은 곧 물건들을 검사하기 시작했다. 라첼은 모든 것 — 좋은 모피옷은 제외되었는데, 라첼이 그것들을 팔지 말도록 충고했기 때문이다. 어차피 3개월 후에는 다시 구입해야 하는 옷이었다. 베라 빠블로브나도 이에 동의했다 — 을 조사한 다음 한꺼번에 몰아서 값을 매겼다. 모두 4백50루블이었다. 실제로 메르쨀로바 부인의 속셈에 따르더라도 그보다 높게 값을 매기는 것은 어려워 보였다. 그리하여 밤 10시쯤에는 옷가지들의 처분 문제가 모두 끝났다. 라첼은 우선 2백 루블을 지불했다. 당장 그 이상은 갖고 있지 않았기 때문이다. 나머지 돈은 사흘 내로 메르쨀로바 부인에게 보내기로 하였다. 그녀는 곧 옷들을 챙겨 가지고 돌아갔다. 메르쨀로바 부인은 한 시간쯤 더 있었다. 그러나 그 뒤에는 집에 가서 아이들을 돌보아야 했으므로, 내일 와서 그녀를 철도역까지 데리고 가겠다고 말하고 돌아갔다.

메르쨀로바가 떠난 후, 라흐메또프는 뉴턴의 책 『예언서에 대한 주석』을 덮고 원래의 자리에 도로 꽂았다. 그리고 마샤를 시켜 그가 베라 빠블로브나를 보러 가도 좋을지 알아보게 했다. 그는 평소처럼 침착하고 평온한 태도로 그녀의 방에 들어섰다.

「베라 빠블로브나, 이제야 비로소 당신에게 진심으로 위로의 말을 전합니다. 지금은 그것이 가능합니다. 그러나 방금 전까지는 그것이 불가능했습니다. 미리 말씀드리면, 나의 방문은 대체로 당신을 만족하게 할 것입니다. 당신은 내가 빈말을 하지 않는다는 것을 압니다. 그러므로 미리 말씀드리거니와 당신은 이제 곧 평온해질 것입니다. 나는 일의 순서대로 차근차근 당신한테 말씀드리겠습니다. 나는 아까 내가 알렉산드르 마뜨베이치를 만났고, 그 일에 대해서 모든 것을 알고 있다고 말씀드렸습니다. 이것은 사실입니다. 나는 실제로 알렉산드르 마뜨베이치를 만났고, 모든 것을 알고 있습니다. 사실대로 말하면, 나는 내가 아는 모든 것을 그로부터 들은 게 아니라 나와 두시간쯤 같이 보낸 드리뜨리 세르게이치로부터 들어서 알고 있는 것입니다. 나는 그가 나를 방문하러 온다는 소식을 듣고 집에서 기다렸습니다. 그리고 그와 두 시간쯤, 아마 그 이상 같이 보냈습니다. 그것은 당신이 읽은 그 조그만 쪽지, 당신에게 그처럼 커다란 고통과 슬픔을 안겨 준 그 쪽지를 막 쓰고 난 직후였습니다. 그리고 그는 나에게……」

「당신은 그가 무슨 짓을 하려는지 들었을 게 틀림없어요. 그런데도 당신은 그를 막지 않고 내버려 두었단 말인가요?」

「당신이 좀 더 침착할 것을 부탁드립니다. 나의 방문은 결과적으로 그리고 궁극적으로 당신을 평온하게 할 것입니다. 나는 그를 막지 않았습니다. 이제 당신도 아시게 되겠지만 그의 결정은 건전한 판단에 기초한 것이었기 때문입니다. 다시 아까 하던 말을 계속하겠습니다. 그는 나에게 오늘 저녁 당신과 함께 보내도록 요구했습니다. 그는 당신이 몹시 슬퍼하리라는 것을 알았기 때문입니다. 또 그는 나에게 당신에게 전할 메시지를 주었습니다. 당연한 일이지만 그는 이 일을 맡길 사람을 신중하게 선택했는데, 내가 그 일의 미묘한 성격을 충분히 고려하여 정확하게 처리하리라고 보고 나에게 맡긴 것입니다. 때문에 나로서는 내 개인적인 사정에도 불구하고 그 일을 정확하게 수행할 책임을 외면할 수가 없었습니다. 그는 당신이 그 일을 맡은 사람에게 애원하여 틀림없이 그의 의지를 거스르게 만드리라는 것을 미리 내다보았기 때문입니다. 그는 나야말로 당신의 애원에 마음이 약해져 실패하는 일 없이, 그 일을 정확하게 한 치의 오차도 없이 완수해내리라는 것을 알았습니다. 그러므로 이제부터 나는 그 일을 완벽하게 수행할 생각입니다. 그래서 당신에게 부탁하는 것입니다만 내가 하려고 하는 말을 미리 알아내려고 재촉하지 말라는 것입니다. 그가 나에게 위임한 내용은 다음과 같은 것입니다. 즉 그가 〈무대에서 사라지기 위해〉 떠나고 없는 동안······」

「오, 하느님! 그가 어떻게 그런 일을? 당신은 어째서 그를 막지 않고 그대로 두었지요, 어떻게 그런 일이?」

「자, 미리 그렇게 나를 책망만 하지 마시고 〈무대에서 사라지기 위해〉라는 그의 말의 의미를 생각해 보십시오. 그는 당신이 받은 그 메모에 단순히 이 고장을 떠나려고 한다고만 써놓았습니다. 그렇지 않습니까? 그러므로 내가 방금 전한 그 말의 의미를 우리는 진지하게 생각해 보아야 합니다. 그 말은 매우 주의 깊게 선택된 말이기 때문입니다.」

베라 빠블로브나의 눈동자가 뭐가 뭔지 잘 모르겠다는 듯이 흐릿해지기 시작했다. 그녀의 얼굴은 다음과 같은 생각을 분명하게 드러내고 있었다. 〈그가 말하는 게 무엇인지 모르겠어. 도대체 내가 무슨 생각을 할 수 있다는 거지?〉

오오, 라흐메또프! 그가 그녀 앞에 사태를 풀어놓는 저 솜씨를 보라! 그녀를 턱없이 당황하게 만드는 저 능수능란함. 그는 일을 처리하는 데 있어서 분명히 대가였다! 그는 뛰어난 심리학자였으며 사건을 차근차근 풀어 나가는 법을 탁월하게 이해하고 있었다.

「그렇습니다. 그가 떠나고 없는 동안을 위해서 그는 바로 〈무대에서 사라지기 위해〉란 표현을 선택한 것입니다. 그는 나에게 당신을 위한 메모를 남기고 떠났습니다.」

베라 빠블로브나가 펄쩍 뛰었다. 「그게 어디 있어요? 어서 주세요! 그것을 나한테 주지 않고, 그래, 하루종일 그렇게 앉아 있었단 말인가요?」

「물론입니다. 그렇게 하는 것이 필요했기 때문입니다. 이제 곧 당신은 내가 그렇게 한 이유를 아시게 될 겁니다. 그리고 그것이 필요했다는 것을, 그리고 사려 깊게 배려된 행동임을 인정하게 될 것입니다. 그에 앞서, 내가 처음에, 결과적으로 그리고 궁극적으로 당신을 평온하게 할 것이라고 한 말에 대해서 설명하고자 합니다. 물론 내가 한 말 때문에 당신이 편안해졌을 거라고는 생각지 않습니다. 왜냐하면 거기에는 두 가지 이유가 있습니다. 첫째로 누구든지 단순히 메모를 받았다고 해서 그것이 곧 위로가 되고 그로 인해 마음이 편안해지지는 않기 때문입니다. 그렇지 않습니까? 적어도 위로를 하려면 그 이상의 어떤 것이 필요합니다. 따라서 위로가 있다면 그것은 바로 그 메모의 내용 속에 있다고 보아야 할 것입니다.」

베라 빠블로브나가 다시 펄쩍 뛰었다.

「조용히 하십시오. 당신의 행동이 성급하다고는 생각지 않습니다. 그러나 그 메모의 내용을 당신에게 말씀드리기 전에 우선 앞에서 내가 한 말, 〈결과적으로 당신을 평온하게 할 것〉이란 말이 무엇을 뜻하는지 말씀드리겠습니다. 그것은 당신에게 이 메모 쪽지를 그대로 전달하는 것이 아니라 오직 그 내용만을 당신에게 보여 주려는 바로 그 두 번째 이유와 밀접한 관련이 있습니다. 당신께선 바로 이 점에 귀를 기울여 주셨으면 합니다. 이미 거론한 이러한 메모의 특성은 내

가 그것을 당신에게 단지 보여 주는 것만으로도 그 역할을
다 했다고 할 수 있습니다. 그러므로 그것을 당신에게 보여
줄 수는 있습니다. 그러나 그것을 당신에게 줄 수는 없습니
다. 따라서 당신은 그것을 읽을 수는 있지만 가질 수는 없습
니다.」

「뭐라고요! 나한테 그걸 주지 않겠다고요?」

「그렇습니다! 바로 이와 같은 이유 때문에 내가 선택된 것
입니다. 만일 누군가가 내 위치에 있다면 그는 틀림없이 그
것을 당신에게 주었을 것입니다. 그러나 그것은 당신 손에
남아 있어서는 안 됩니다. 이미 언급한 대로 그 내용의 비상
한 중요성 때문에 어느 누구의 손에도 남아 있어서는 안 되
는 것입니다. 그러나 만일 내가 그것을 당신한테 드린다면
당신은 틀림없이 그것을 간직하려고 할 것입니다. 그러므로
당신에게서 다시 그것을 강제로 빼앗기보다는 차라리 그것
을 당신에게 주지 않으려고 합니다. 그러나 그것을 당신에게
보여 줄 것입니다. 그것도 오직 당신이 가만히 앉아서 두 손
을 무릎 위에 내려놓고 있을 때만입니다. 자, 나에게 손을 위
로 올리지 않겠다고 약속하십시오.」

만일 그 자리에 낯선 제3자가 있었다면, 그가 아무리 분별
있는 가슴을 지녔다고 하더라도 이러한 자못 엄숙한 행동들
에, 그리고 특히 마지막 장면의 진지한 의식에 그만 참지 못
하고 웃음을 터뜨렸을 것이다. 의심할 바 없이 그것에는 희
화적인 요소가 들어 있었다. 그러나 만일 어떤 비통하고 슬
픈 소식을 접했을 때 여러분이 라흐메또프가 한 행동의 10분
의 1만큼이라도 배려를 할 수만 있다면 여러분의 정신 건강
에 얼마나 유익할 것인가?

그러나 제3자가 아닌 베라 빠블로브나로서는 고문하듯 질
질 끄는 이러한 지루함에 단지 약간의 짜증을 느꼈을 뿐이

다. 그러나 관찰자의 입장에서 보면, 그녀가 재빨리 의자에 앉으며 순순히 두 손을 포개고 그녀답지 않은 이상한 목소리로, 즉 혀를 깨무는 듯한 인내 속에서 〈맹세할게요!〉라고 말했을 때 그것은 흥미를 유발하기에 충분한 모습을 하고 있었던 것이다.

라흐메또프는 메모 쪽지를 테이블 위에 놓았다. 거기에는 열 내지 열두 줄 정도의 글이 씌어 있었다.

베라 빠블로브나는 그곳에 눈을 던지자마자 거의 동시에 얼굴이 상기되어 맹세를 잊고 펄쩍 뛰었다. 그리고 섬광처럼 그녀의 손이 메모를 낚아채려고 앞으로 나왔다. 그러나 그 메모는 어느새 라흐메또프의 위로 치켜든 손에 들려 있었다.

「나는 이러리라고 이미 예상했습니다. 그래서 당신이 알고 있었는지 모르지만 나는 메모지로부터 완전히 손을 떼지 않았습니다. 그리고 역시 똑같은 이유로 이 종이를 가능한 한 테이블의 가장자리에 놓았습니다. 그래서 그것을 낚아채려는 당신의 시도는 헛수고일 수밖에 없었습니다.」

베라 빠블로브나는 다시 자리에 앉았고 두 손을 포갰다. 그러자 라흐메또프는 다시 그 메모 쪽지를 그녀의 눈앞에 놓았다. 그녀는 흥분 속에서 그것을 스무 번이나 숙독했다. 라흐메또프는 매우 끈기 있게 그녀의 의자 뒤에서 그 종이의 양쪽 모서리를 잡고 서 있었다. 이렇게 15분이 지나갔다. 마침내 베라 빠블로브나가 그녀의 손을 서서히 들어올렸고 — 그 메모 쪽지를 뺏을 의도가 아니라 — 두 손으로 그녀의 눈을 감쌌다. 「아아, 정말 친절해! 친절해.」그녀는 감탄의 소리를 탄식처럼 되뇌었다.

「나는 당신의 그 의견에 전적으로 동의하진 않습니다. 그 이유에 대해서는 나중에 말씀드리겠습니다. 방금 행동은 사실 그가 위임한 것이 아니라 우리가 마지막으로 만났을 때 내가 그에게 말한 것입니다. 그가 나에게 위임한 것은 당신에게 이 쪽지를 보여 주고 나서 그것을 회수해 불태워 버리라는 것이었습니다. 이제 그것을 원 없이 보았습니까?」

「조금만 더, 조금만 더 보고 싶어요!」

다시 그녀는 두 손을 포갰고 그는 메모 쪽지를 그녀의 눈 높이만큼 내렸다. 그리고 아까처럼 참을성 있게 15분 이상 그대로 서 있었다. 다시 그녀는 그녀의 얼굴을 두 손으로 가렸다. 그리고 반복해서 중얼거렸다.

「아아, 그는 정말 친절해! 이렇게 친절할 수가!」

「당신이 이 메모의 내용을 암기할 수만 있다면 틀림없이 그렇게 했을 것입니다. 그리하여 당신이 마음이 평온해지려고 하면 그 내용이 되살아날 것이고, 그렇게 영원히 당신 가슴에 새겨져 당신은 끊임없이 그것을 기억해 내고 그때마다 당신은 지금처럼 흥분에 휩싸여 회상에 잠길 것입니다. 하지만 그런 기억은 위험합니다. 또 당신을 약하게 할 뿐입니다. 이런 상황을 예상해서 나는 이 메모의 사본을 만들었습니다. 당신이 원하면 언제든지 내가 갖고 있는 그 사본을 볼 수 있습니다. 어쩌면 나는 그것을 당신에게 줄 기회를 갖게 될지도 모릅니다. 그러나 지금 이 자리에서 원본은 불태워질 것입니다. 그래야 내 임무가 끝나게 되니까요.」

「한 번만 더 보여 주세요.」

다시 한번 그는 메모 쪽지를 밑으로 내렸다. 이때 베라 빠블로브나는 종이 위에 눈을 고정시키고 한참 동안 꼼짝하지 않았다. 만일 그 내용을 외울 수만 있다면 외우려고 했다. 몇 분이 지나자 그녀는 종이로부터 눈을 떨구며 한숨을 쉬었다.

「이제, 당신은 그것을 충분히 오랫동안 보았습니다. 벌써 12시입니다. 나는 당신에게 이 일에 대해서 내 나름대로 느낀 생각을 말씀드리고 싶습니다. 당신으로서는 나의 생각을 듣는 것이 유익할 것입니다. 괜찮겠습니까?」
「예.」
바로 그 순간 메모 쪽지는 촛불에 타들어가기 시작했다.
「아아!」 그녀는 탄성을 질렀다.「내가 원한 것은 그게 아닌
데! 왜 당신은 그것을 태웠죠?」
「당신은 단지 내 말을 듣고 싶다고 말했습니다. 그러나 지
금 태우든 나중에 태우든 아무런 차이도 없습니다. 언젠가
그것은 태워지고 말 테니까요.」이 말을 하고 나서 라흐메또
프는 자리에 앉았다.「하지만 아직 사본이 한 장 남아 있습니
다. 자, 베라 빠블로브나, 이제 이 일 전반에 대한 제 생각을
말해 보겠습니다. 우선 당신 문제부터 시작해 보죠. 당신은
이곳을 떠나 어디론가 갈 생각을 하고 있는데, 왜죠?」
「여기에 그대로 머물러 있는 것이 내게 너무도 힘들기 때
문이에요. 나에게 과거를 상기시키는 이곳의 풍경들은 때때
로 나를 미치게 만들어요!」
「그렇습니다. 그것은 결코 유쾌한 감정이 아닙니다. 그러
나 다른 장소에 있다고 그게 쉬워질까요? 물론 아주 잠시 동
안은 편할지도 모르죠! 그러나 그동안 당신이 무슨 일을 했
는지 아십니까? 당신의 마음에 사소한 평안을 얻기 위해서,
당신에게 의지하고 있는 오십여 명의 운명을 우연에 맡기는
일을 하지는 않았던가요? 그게 잘한 일이라고 보십니까?」
라흐메또프의 목소리에 비장감마저 스며 있었다. 그러나
그는 곧 활기 있고, 쉽고, 간단하게 그리고 열정적으로 말하
기 시작했다.
「그래요, 그 말이 맞아요. 그래서 메르짤로바에게 부탁하
려고 했던 거예요.」
「그것은 그렇지 않습니다. 당신은 그녀가 공장에서 대신
일할 능력이 있는지 알지 못합니다. 이 일에 관한 그녀의 능

력을 실험해 본 적이 없으니까요. 실제로 이 일을 할 만한 능력을 갖고 있는 사람을 찾기란 결코 쉽지 않습니다. 열에 한 사람 있을까 말까 할 것입니다. 게다가 당신이 그 일에서 손을 뗀다면 공장에 해로운 영향을 미치게 될 것입니다. 그래도 괜찮겠습니까? 당신은 오십 명의 이익에 손실을 입어도 좋습니까? 그것도 당신의 사소한 위안을 위해서 말입니다. 그게 잘하는 일이라고 보십니까? 당신의 고통을 덜기 위해서 타인의 운명에 그토록 냉정할 수가 있다니! 당신 행동의 이러한 점에 대해서 어떻게 생각하십니까?」

「그럼 왜 아까 나를 막지 않았지요?」

「당신은 듣지 않았을 것입니다. 하지만 나는 당신이 곧 진정하리라는 것을 알았습니다. 결과적으로 보면 그 문제는 그다지 중요하지 않습니다. 이제 당신의 잘못을 인정하십니까?」

「절대적으로.」 베라 빠블로브나가 약간은 농담투로, 그러나 사실은 아주 진지하게 대답했다.

「그러나 이것은 당신이 범한 잘못 가운데 겨우 하나에 불과합니다. 당신에게 훨씬 더 커다란 잘못이 있기 때문입니다. 그러나 당신이 이미 시인하셨으므로 다른 잘못도 바로잡도록 도와드리겠습니다. 그것은 물론 시정될 수 있고말고요. 이제 좀 편안해지셨습니까, 베라 빠블로브나?」

「예, 거의.」

「좋습니다. 무슨 생각을 하고 계시죠? 마샤가 자러 갔습니까? 아니면, 그녀에게 무슨 시키실 일이라도?」

「아니오, 전혀.」

「그러시다면, 당신은 지금 상당히 안정되어 있습니다. 이제 그녀에게 자러 가도 좋다고 말씀하셔야 될 거라고 보는데……. 벌써 새벽 한 시거든요. 그녀는 아침에 일찍 일어나야 합니다. 그렇다면 이 일을 누가 챙기지요? 당신이, 아니면 제가?

제가 가서 그만 자라고 하겠습니다. 그런데 당신의 잘못을 솔직히 인정하시니 제가 그에 대해서 뭔가 보답을 해야겠는데, 참 그렇군요, 저녁을 아직 안 드셨으니 가서 저녁 끼니가 될 만한 것이 있으면 가져오도록 하겠습니다. 제 생각엔 당신이 몹시 시장할 것 같거든요.」

「예, 그러고 보니 몹시 시장하네요. 당신이 얘기하지 않았으면 저녁을 그만 굶을 뻔했어요.」 베라 빠블로브나가 환하게 웃으며 말했다.

라흐메또프는 저녁 식사하고 남은 찬 음식들을 가져왔다. 마샤가 치즈와 버섯 요리가 든 그릇을 가져다 주었다. 간식으로는 매우 푸짐했다. 그는 그녀를 위해서 손수 상을 차렸다.

「라흐메또프, 제가 식사하는 게 무척 요란스럽죠? 허기졌던 모양이에요. 사실은 얼마 전까지도 전혀 배고프다는 생각을 못했는데 아마 까맣게 잊었던가 봐요. 마샤 일만 그런 게 아니고 제 일까지 말이에요. 하지만 당신이 생각하듯 난 그렇게 못된 여자는 아니에요.」

「사실 저는 다른 사람을 돌보는 데 별로 재주가 없는 편입니다. 당신이 허기질 거라고 생각했을 때 사실은 제가 뭔가를 좀 먹고 싶었거든요. 저녁 식사를 충분히 하지 못한 탓일 겁니다. 사실 먹기는 한 그릇 반이나 먹었으니 보통 사람 같으면 눈 밑까지 차고도 남았을 것입니다만……. 그러나 제가 얼마나 많이 먹는지는 잘 아시지 않습니까? 적어도 두 그릇쯤은 먹어야.」

「아아! 라흐메또프, 당신은 참 천진난만한 분이에요. 내가 굶은 것 때문이 아니라 당신이 배가 고파 그랬다니. 하지만 그건 그렇고, 왜 낮에 그 쪽지를 제게 보여 수지 않고 하루종일 가만히 앉아 있었어요? 그렇게 오랫동안 나를 고문한 이유가 뭐죠?」

「그것은 매우 미묘합니다. 다른 사람들에게 당신이 몹시 괴로운 고통 중에 있다는 것을 알릴 필요가 있었기 때문입니다. 그래서 당신의 그 무서운 시련이 널리 알려지고, 그렇게 해서 당신이 무엇 때문에 괴로워하는지 확신시킬 필요가 있었던 것입니다. 당신이 만일 낮에 그 메모 내용을 알았다면 당신은 결코 그렇게 행동하지 못했을 것입니다. 남의 눈을 속이는 그런 행동을 보인다는 것이 당신에겐 몹시 부담스러웠을 테니까요. 물론입니다. 사람의 본성을 본래의 것이 아닌 다른 것으로 바꾼다는 것은 사실 불가능합니다. 본성은 속일 수가 없기 때문입니다. 이제 당신의 슬픔과 고통을 증거해 줄 사람이 셋 있습니다. 마샤, 메르짤로바, 그리고 라첼. 그중에서도 메르짤로바는 특히 소식통 노릇을 할 것입니다. 그녀는 틀림없이 당신의 모든 친구들한테 그 소식을 전할 테니까요. 나는 당신이 그녀를 부르러 마샤를 보내신 걸 알고 속으로 몹시 기뻐했습니다.」

「정말 빈틈없는 분이로군요, 라흐메또프!」

「그렇게 생각하신다니 다행입니다. 사실 나쁜 생각에서 그랬던 것은 아니니까요. 솔직히 말씀드리면, 밤이 될 때까지 기다리기로 한 건 나의 발상이 아닙니다. 그것은 전적으로 드미뜨리 세르게이치, 그의 생각입니다.」

「아아, 친절한 사람!」 베라 빠블로브나는 한숨을 쉬었다. 그러나 사실대로 말하면, 그것은 슬픔 때문이 아니라 고마움 때문이었다.

「하지만, 베라 빠블로브나, 누구나 실수가 있는 법입니다. 최근에 그는 매우 영리하게 사태를 분석했고 또 현명하게 행동했습니다. 그러나 우리는 그의 행동에 사소한 오류뿐만 아니라 커다란 잘못을 발견하게 될 것입니다.」

「그에 대해서 감히 그렇게 말하지 말아요, 라흐메또프! 내가 화를 낼 거예요.」

「당신이 화를 내신다고요? 그렇다면 제게도 생각이 있습니다. 반역자에겐 형벌이 제격이죠. 자, 어디 한번 집행해 볼까요? 당신에 대한 죄는 이제 겨우 시작에 불과합니다.」

「용서하세요. 내가 잘못했어요. 라흐메또프!」

「겸손하시군요. 그렇다면 할 수 없군요, 겸손은 항상 상대의 마음을 너그럽게 하는 법이니까요. 그런데 집에 틀림없이 술이 있을 텐데, 조금 드시는 것도 나쁘지 않을 겁니다. 어디 있습니까? 벽장에 있습니까, 아니면 찬장에 있습니까?」

「벽장에요.」

벽장에서 그는 스페인 산 백포도주 셰리를 찾아냈다. 라흐메또프는 베라 빠블로브나에게 두 잔을 마시게 했다. 그리고 그는 담배에 불을 붙였다.

「나도 서너 잔쯤 마실 수 있다면 좋았을 텐데, 아쉬운데요. 술을 좋아하거든요.」

「정말이세요, 라흐메또프?」

「공연히 샘이 나는데요. 베라 빠블로브나, 당신이 부럽습니다.」 그가 웃으며 말했다. 「남자는 본래 약하지 않습니까.」

「당신이 약하다고요? 이런 고마울 때가! 그런데 라흐메또프, 당신은 지금 나를 무척 놀라게 하고 있어요. 지금 당신은 전에 제가 알고 있던 당신과 너무도 다르네요. 그동안 왜 그렇게 우울한 괴물처럼 행동했죠. 지금의 당신은 사랑스럽고 쾌활하기만 한데 말이에요.」

「베라 삐블로브나, 저는 지금 즐거운 임무를 수행하고 있습니다. 그런데 어떻게 행복하지 않을 수가 있겠습니까? 물론 이런 경우는 그리 흔하지 않습니나. 솔직히 말힌디면, 당신은 지금 행복하지 않습니다. 그렇다면 당신이 우울한 괴물처럼 보일 가능성은 혹시 없을까요? 제가 말하고자 하는 것은, 베라 빠블로브나, 타인의 판단이란 흔히 본인의 의사와 관계없이 이루어진다는 것입니다. 따라서 제가 우울한 괴물처럼 보였다고 하더라도 그것은 제 의지와 전혀 관계없다는 것을 말씀드립니다. 이제 그 문제는 이쯤에서 덮어 두기로 합시다. 제가 저의 행동을 의식하지 않을 때 임무를 수행하기가 훨씬 쉬운 법이니까요. 자, 우선 저의 임무를 계속해야겠습니다. 바로 거기에 행복이 있으니까요. 이제 사람들은 저를 즐겁게 해주려고 더 이상 노력하지 않습니다. 그리고 저도 전처럼 초청을 사양하느라고 공연히 시간을 낭비할 필요도 없어졌고요. 당신도, 적어도 지금은, 저를 우울한 괴물로 계속 생각하시는 것이 훨씬 더 편할 것입니다. 이제부터 당신의 죄를 심문해 나갈 생각이니까요.」

「그런데 당신은 왜 제게 잘못을 계속 추궁하려고 하는 거죠? 벌써 두 가지나 지적했잖아요. 마샤에 대한 무관심과 공장에 대한 무관심, 그리고 저도 그것을 솔직히 시인했고요. 대체 또 무슨 죄를 범했다는 거죠?」

「마샤에 대한 무관심은 단지 실수일 뿐입니다. 별로 대단한 것이 아니죠. 마샤는 졸린 눈을 한 시간 이상이나 비비면서도 자신의 임무를 잊지 않았습니다. 잊기는커녕 오히려 자기의 의무를 다한다는 생각으로 기꺼이 그 일을 했습니다. 그러나 공장에 대해서는 조금 다릅니다. 그 점에 대해서는 당신을 괴롭히는 한이 있더라도 좀 따져 봐야겠습니다.」

「좋아요, 그렇지만 당신은 이미 나를 심문했잖아요.」

「완전하게는 아닙니다. 이제 그것을 마저 끝내려고 합니다. 당신이 어떻게 감히 공장을 파괴의 위험에 내맡긴 채 떠날 생각을 하셨습니까?」

「하지만 그냥 떠나는 게 아니라고 이미 말씀드렸잖아요. 메르짤로바가 제 대신 그 일을 하기로 했다고요.」

「거기에 대해선 이미 당신 자리에 그녀를 대신 앉히려고 했다는 당신의 변명이 결코 충분한 설명이 될 수 없다는 것을 말한 바 있습니다. 다시 말씀드리면 그 말은 당신이 새로운 죄를 범하고 있다는 것을 시사할 뿐이라는 겁니다.」 라흐메또프의 말은 다시 조금씩 진지한, 그러나 그다지 어둡지 않은 침착한 목소리로 변해 갔다. 「그녀가 당신이 하던 일을 대신할 것이라고 하셨는데, 이미 결정된 일입니까?」

「그래요.」 베라 빠블로브나는 자신의 그러한 결정에 무언가 좋지 않은 예감을 느꼈는지 좀전의 밝은 목소리와는 달리 약간 가라앉은 목소리로 대답했다.

「자, 여기를 보십시오. 그 일은 누구에 의해서 결정되었습니까? 그리고 그들 오십 명이 그러한 변화에 동의하는지 않는지, 그 밖의 다른 사람을 원하는지 않는지, 또는 그 밖의 어떤 사람이 적절하지 않다고 생각하는지 물어 본 적이 있습니까? 만일 물어 본 적이 없다면 그것은 폭군의 횡포와 조금도 다르지 않습니다. 따라서 베라 빠블로브나, 여기에 당신의 두 가지 커다란 죄가 있습니다. 무관심과 횡포가 그것입니다! 그러나 세 번째 죄는 이보다 훨씬 더 잔인한 것입니다. 이 공장은 인간다운 삶이란 건전한 이상을 좇아서 세워졌고 ── 비록 그것이 작다고 하더라도 ── 그러한 이념을 실현하는 것이 가능하다는 것을 ── 실천적 성과는 아주 작지만 그 하나하나는 매우 소중한 것입니다 ── 실제로 보여 주었습니다. 그런데 당신은 무책임하게 이 공장을 파괴의 위험에 내맡긴 것은 물론 그 실천적 성과의 증거를 무(無)로 돌려, 그러한 시도가 실천적으로 불가능하다는 관념을 확산시킬지도 모르는 그러한 과오를 범한 것입니다. 그러므로 당신의 확신에 대한 당신 스스로의 부정은 인류에게 실질적인 이익을 가져오지 않는 이상 아무 쓸모없다고 강변하는 것이나 다름없는 것입니다. 당신은 사악한 어둠의 지지자들에게 당신의 신성한 원칙에 반박할 논리를 제공하고 있습니다. 물론 당신이 오십 명의 삶에 해를 끼치려고 했다고는 생각하지 않습니다. 그러나 그들 오십 명이 의미하는 게 무엇입니까? 당신은 인류의 가능성에 상처를 입히고 있는 것입니다. 당신은 진보에 대한 반역자로서 기록될 것입니다. 이것은, 베라 빠블로브나, 교회에서 사용하는 언어로 말하면 신성모독죄 — 인간이 범할 수 있는 어떤 죄도 이보다 더한 것은 없습니다 — 에 해당하는 것입니다. 이래도 당신이 죄가 없다고 하시겠습니까? 만일 당신의 죄가 오직 상상 속에서 이루어진 것이라면 다행입니다만, 그러나, 아하, 당신의 얼굴이 빨개지는 것을 보니 내 추측이 맞았군요, 베라 빠블로브나. 그렇지요? 정말 잘 됐습니다! 다행이고말고요. 그러고 보니 이젠 오히려 당신을 위로해야 할 것 같군요. 하기야 그처럼 심하게 고통스럽지 않았다면 당신은 상상이라도 그런 무서운 죄를 범하지 않았을 것입니다. 그러므로 정작 죄가 있는 사람은 당신에게 그토록 커다란 슬픔을 안겨 준 사람이라고 해야겠군요. 그러나 그렇게 말씀드리면 당신은 그러시겠지요. 〈그는 친절한 사람이에요. 친절하고말고요.〉」

「그이가 내 고통에 책임이 있다니 어째서 그렇죠?」

「그가 아니면 달리 누가 있겠습니까? 그동안의 모든 것을 돌아볼 때 그는 매우 지혜롭게 처리했습니다. 내가 그것을 부정하는 것은 아닙니다. 그러나 왜 그런 일이 일어나야 했죠? 왜 이런 소동이? 그 어느 것도 일어나서는 안 되는 것이었습니다!」

「그래요. 내가 이처럼 괴로워하는 그런 일은 없었어야 해요. 하지만 내가 원해서 그렇게 된 것은 아니잖아요. 나는 극복하려고 최선을 다했어요.」

476

「〈그런 것은 없었어야 했다〉는 말은 물론 옳은 것입니다. 그러나 당신은 자신의 잘못을 아직도 모르고 있습니다. 당신에게 책임이 없다니 어떻게 그런 말이……. 당신은 결코 비난을 면할 수는 없습니다. 물론 지금 당신의 감정은 당신과 드미뜨리 세르게이치의 본성이 만나면서 필연적으로 일어날 수밖에 없었던 것입니다. 이런 식이 아니면 다른 식으로라도, 아무튼 그것은 일어나게 되어 있었고 내부에서 이미 싹이 자라고 있었던 것입니다. 즉, 당신이 남편 이외의 제3자를 사랑한다는 사실 속에 바로 지금 그 감정의 뿌리가 놓여 있는 것입니다. 그러므로 지금 당신의 감정은 결코 밑도 끝도 없이 불쑥 생겨난 것이 아니라 어떤 일련의 과정의 결과라는 것을 깨닫는 것이 중요합니다. 이전의 관계에 대한 불안이랄까, 그런 것들이 누적되어 마침내 지금과 같은 형태로 표출된 것이지요. 만일 당신과 그가, 또는 당신들 중의 누가 지식이 떨어지고 덜 세련되었다든가 또는 오히려 약간 거친 편이었다든가 했다면 당신들의 갈등은 차라리 그 흔한 부부싸움으로 끝나고 말았을 것입니다. 그리고 당신들 두 사람이 모두 못됐다면 서로 개나 고양이처럼 으르렁거렸을 거고, 그래서 어느 한쪽이 다른 쪽을 잡아먹고 잡아먹히는 그쯤으로 싸움이 끝났을 것입니다. 아무튼 그런 일이 벌어진다면, 비록 남들의 구경거리가 되기는 할 망정 그 정도로 부부간의 애정에 금이 가는 일은 없었을 것입니다. 중요한 것은 남들에게 그런 갈등이 노출되어 서로 잡아먹고 먹힌다는 것입니다. 그러나 당신들의 불만은 적어도 그런 식으로 풀 수 있을 것 같지는 않습니다. 당신들 모두가 배울 만큼 배운 사람들이고 그래서 그것 역시 가능한 한 자연스럽고 정중하며 서로에 대한 사랑을 해치지 않는 범위 내에서 해결하려고 했기 때문입니다. 그러므로 서로의 사랑에 관해서는 전혀 언급이 없고 중요한 갈등도 내연이라는 형태로 끝나고 만 거지요. 사실 솔직히 말하면, 사태의 본질은 관계에 대한 불만이고 그 불만이란 다른 게 아니라 당신들 두 사람의 성격의 불화입니다. 당신들 두 사람 모두 좋은 사람들입니다. 그러나 당신이 성숙해지면서, 베라 빠블로브나, 당신은 처녀 시절의 불안정했던 모습을 극복하고 안정된 성격을 갖게 되었습니다. 그것은 다른 말로 표현하면 당신과 드미뜨리 세르게이치 사이에 성격의 불협화음이 일어나기 시작했다는 것을 뜻합니다. 그렇다고 당신들 가운데 누구에게 잘못이나 비난할 만한 것이 있냐 하면 그것도 아닙니다. 자, 단적으로 저 역시 버젓한 남자입니다. 그렇다고 당신이 나와 같은 사람과 함께 살 수 있겠습니까? 만일 함께 산다고 해도 얼마 동안이나 견딜 수 있을 거라고 생각하십니까?」

「고작 며칠.」 베라 빠블로브나가 웃으며 대답했다.

「그는 나처럼 우울하고 재미없는 그런 괴물은 아니지요. 그러나 당신과 그는 서로에게 거의 적응하지 못했습니다. 도대체 누가 그걸 맨 처음 알았겠습니까? 누가 연장자지요? 누구의 성격이 좀더 안정되어 있습니까? 누가 더 풍부한 인생의 경험을 갖고 있지요? 그는 그것을 미리 예상했어야 했습니다. 그래서 당신이 놀라거나 걱정하지 않도록 당신의 마음을 돌보아야 했습니다. 그러나 그는 그것을 미리 알아채지 못했고, 그러한 감정이 발효되기 시작하고 나서야 비로소 그것을 이해했습니다. 더욱이 상대방의 그러한 감정을 피부로 느낀 다음에야 그것을 지각했습니다. 그렇다면 그가 왜 그것을 예상하고 알아채지 못했습니까? 그가 어리석습니까? 그는 그 정도의 능력은 충분히 갖고 있습니다. 그렇다면 왜? 그것은 그의 무관심과 부주의 때문입니다. 그는, 베라 빠블로브나, 당신에 대한 의무를 무시했습니다. 이것은 엄연한 사실입니다. 당신은 그가 친절한 사람이라고, 그가 아직도 당신을 사랑하고 있다고 말했습니다.」라흐메또프는 점점 흥분했고 감정적으로 말했다. 그때 베라 빠블로브나가 그를 저지시켰다.

「당신 말은 더 이상 들을 필요가 없다고 생각해요, 라흐메또프.」그녀가 몹시 불만스러운 투로 말했다.「당신은 내가 무한한 빚을 지고 있는 사람에게 마구 비난을 퍼붓고 있어요.」

「그렇지 않습니다, 베라 빠블로브나. 만일 내가 그런 말을 할 필요가 없다면 나는 당연히 그런 말을 하지 않았을 겁니다. 그런데 당신은 내가 오늘 처음으로 그것을 알았다고 보십니까? 만일 내가 오늘 처음으로 그것을 알았다면 어떻게 그런 말을 할 수 있겠습니까? 당신은 일단 내가 대화의 필요성을 느끼면 그가 누구이든 나와의 대화를 피할 수 없다는 것을 알고 있을 겁니다. 사실대로 말씀드리면, 나는 벌써 오래 전에 이러한 것을 알았지만 다만 침묵하고 있었던 것입니다. 그러나 내가 구태여 닫고 있던 입을 열어 말을 하는 것은 그 나름의 필요가 있기 때문입니다. 당신은 내가 안타까운 심정으로 당신을 보고서도 그 편지를 열 시간 동안이나 호주머니에 넣고 있었던 것을 보셨을 겁니다. 그때는 말하지 않는 것이 필요했기 때문입니다. 그러나 지금 내가 말하려고 하는 것은 오래전부터 드미뜨리 세르게이치와 당신의 관계에 대해서 생각한 바가 있다는 것을 의미합니다. 물론, 그것을 말하는 까닭도 거기에 있습니다.」

「아뇨, 듣고 싶지 않아요.」베라 빠블로브나가 몹시 초조해하며 말했다.「부탁이에요. 아무 말도 하지 마세요, 라흐메또프. 그리고 돌아가 주세요. 나 때문에 저녁 시간을 낭비한 것에 대해선 대단히 고마워요. 이젠 나 혼자 있게 해주세요.」

「진심입니까?」

「진심이에요.」

「좋습니다.」 그가 웃으며 말했다. 「그것은 옳습니다, 베라 빠블로브나. 그러나 당신은 그리 쉽게 나를 물리치지 못할 것입니다. 벌써 이러한 상황을 예상하고 그것에 대한 준비를 해두었으니까요. 내가 불태운 아까의 그 편지는 분명히 그가 직접 쓴 것입니다. 그러나 그것은 어디까지나 나의 요청에 따라서 쓴 것입니다. 무슨 증거가 있느냐고요? 여기 있습니다.」

라흐메또프가 베라 빠블로브나에게 준 종이에는 다음과 같이 씌어져 있었다. 〈7월 23일, 오전 2시. 사랑하는 베로치까, 라흐메또프가 당신에게 하는 모든 말에 귀를 기울이기 바라오. 나는 그가 당신에게 어떤 말을 할지 알지 못하오. 내가 특별히 그에게 이야기 해주도록 부탁한 바는 없소. 그가 당신에게 말하기 원하는 것에 대해서 그는 아무런 귀띔도 내게 해주지 않았소. 그러나 나는 그가 말할 필요가 있다고 생각한 것 이외에는 결코 말하지 않는다는 것을 잘 알고 있소. 당신의 D. L.〉

베라 빠블로브나는 이 종이에 수없이 반복해서 키스를 했다.

「왜 당신은 이것을 내게 미리 건네주지 않았죠? 혹시 또 다른 서신을 갖고 있는 건 아닌가요?」

「아니오, 더 이상은 아무것도 갖고 있지 않습니다. 이젠 더 이상 아무것도 필요하지 않으니까요. 왜 내가 그것을 당신에게 미리 건네주지 않았냐고요? 한마디로 필요하지 않았기 때문입니다. 필요하지 않은데 구태여 당신에게 그것을 줄 필요가 없었기 때문입니다.」

「뭐라고요? 어째서 그렇죠? 그가 내게서 떠나간 지금, 그의 단 몇 줄의 글이라도 내게 얼마나 큰 기쁨이 되는지 아세요?」

「글쎄요. 고작 그런 이유라면, 그것은 별로 중요한 게 아니겠죠.」 그는 웃으며 말했다.

「아아, 라흐메또프. 당신은 나를 놀릴 작정이로군요!」

「그렇다면 이 종이 때문에 우리는 다시 다투지 않으면 안 되겠군요.」 그가 다시 웃으며 말했다.「만일 그게 사실이라면, 나는 당신에게서 그것을 빼앗아 불에 태워야만 할 것입니다. 사실 우리같이 신성함이 무엇인지 모르는 사람들이란 무슨 짓을 할지 모르니까요. 어떻습니까? 계속해서 괜찮겠습니까?」

그들은 모두 약간 누그러져 있었다. 그녀는 그 종이를 보았기 때문이고, 그는 그녀가 그것에 키스하는 몇 분 동안 말없이 앉아 있었기 때문이었다.

「예, 아무래도 듣지 않을 수가 없을 것 같군요.」

「그는 당연히 알았어야만 했던 것을 알지 못했습니다.」 라흐메또프가 차분히 가라앉은 목소리로 계속했다.「그리고 이것은 끝내 좋지 않은 결과를 가져왔습니다. 설령 그가 알지 못했던 것에 대해서 비난할 수는 없다고 하더라도 그 역시 그것에 대한 충분한 변명이 될 수는 없습니다. 한 걸음 더 양보해서, 그가 당신과 그의 성격상 일어날 수밖에 없는 이러한 결과에 대해서 몰랐다고 칩시다. 그러나 그는, 경우야 어찌됐건, 바람직하지 않은, 그리고 미리 알아서 생각할 필요는 없지만 그래도 일어날 가능성이 있는 그러한 종류의 일들에 대해서 최소한 당신에게 마음속으로나마 준비시켜야만 했습니다. 미래에 어떤 일이 일어날 지는 아무도 보장할 수 없습니다. 더욱이 거기에는 얼마든지 우연적인 요소가 개입할 수 있다는 것을 그는 분명히 잘 알고 있었을 테니까요. 그런데도 당신을 이런 상태로 남겨 두고 떠나다니, 막상 일이 닥쳤을 때 아무런 준비도 안 된 당신을 그대로 놔두고 말입니다. 그가 이러한 일을 예상하지 못했다는 사실은 그가 당신에게 무관심했다는 것을 말해 줍니다. 물론 그 일 자체만 놓고 본다면 그것을 딱히 좋다고도 나쁘다고도 말할 수 없습니다. 문제는 그가 그러한 사건에 대해서 당신에게 전혀 준비를 시키지 않았다는 것입니다. 바로 그 점에 좋지 않은 동기가 있다는 것입니다. 물론 그는 무의식적으로 그런 행동을 했을 것입니다. 그러나 인간의 본성이란 바로 그와 같이 무의식적인 행동 속에서 드러나는 법입니다. 당신에게 그것에 대해서 준비하게 하는 것은 분명히 그의 이익에 어긋나는 것이었습니다. 그러나 만일 당신이 마음의 준비를 해두었더라면 당신 자신의 감정에 대한 저항감은 훨씬 덜했을 것입니다. 당신에게는 그동안 당신의 감정이 일시적인 것일 뿐 아무 호소력도 없는, 소용없는 것이라는 강박관념이 강하게 자리잡고 있었습니다. 그 감정은 상대가 그다지 중요하지 않은 사람이었다면 훨씬 약했을 것입니다. 실제로 투쟁이 강한 저항감 때문에 좌절되는 경우는 매우 드뭅니다. 대부분의 경우, 그러한 감정은 비록 저항감이 완전히 없어지지는 않더라도 충분히 정복할 수 있는 것입니다. 그 모든 가능성을 돌아볼 때, 그는 명백히 당신의 감정을 완화시키길 원치 않았습니다. 그리고 이것이 바로 그가 당신을 아무런 준비도 되지 않은 상태로 남겨 두고 떠난, 그리고 당신을 그처럼 극심한 고통 속에 밀어 넣은 동기입니다. 이에 대해서 당신은 어떻게 생각하십니까?」

「그것은 진실이 아니에요, 라흐메또프. 그는 결코 자신의 생각을 내게 감춘 적이 없어요. 내 확신은 분명해요.」

「물론, 베라 빠블로브나, 그런 생각들을 감춘다는 것은 대단히 어려웠을 것입니다. 그러나 오로지 자기의 확신을 만족시키기 위해서 당신의 생각이 발전하는 것을 방해했고 또 그러한 이유로 그의 생각과는 다르게 생각하는 것처럼 행동했다는 것은 절대로 묵과할 수 없는 나쁜 것입니다. 만일 그가 그런 사람인 줄 알았더라면 당신은 결코 그를 사랑하지 않았을 것입니다. 그렇다고 내가 단순히 그를 나쁜 사람이라고 말하는 것은 아닙니다. 그는 매우 좋은 사람입니다. 그렇다면, 그의 어떤 점이 나쁘다는 것이겠습니까? 물론 나는 당신이 충분히 만족할 만큼 그를 칭찬할 수도 있습니다. 그러나 그것은 사태가 이미 돌이킬 수 없이 악화된 뒤입니다. 그 전에는 아닙니다. 그는 이번 일이 일어난 후에 당신에게 매우 숭고한 행동을 했습니다. 그러나 이번 일이 일어나기 전에는 몹시 불친절하게 행동했습니다. 당신이 그동안 그렇게 괴로워한 이유가 무엇 때문입니까? 그것은 이미 모든 게 자명해 더 이상 말이 필요 없는데도 그가 말을 꺼냈기 때문이었습니다. 생각해 보십시오. 어떻게 해서 이 일이 그를 몹시 슬프게 할 것이라는 생각을 하게 됐지요? 사실 그런 생각은 이미 할 필요가 없었던 것입니다. 그게 어떤 종류의 슬픔인지 아냐고요? 터무니없는 것입니다. 그게 어떤 종류의 질투심인지 아냐고요?」

「당신은 그럼 그것을 질투심으로 인정하지 않는다는 건가요, 라흐메또프?」

「배운 사람에게 그럴 권리가 없습니다. 그것은 잘못된 감정이고 허위적인 감상이며 경멸스러운 것입니다. 그것은 남이 나의 속옷을 입지 않고, 나의 해포석 담배 파이프를 남에게 빌려 주지 않는 것과 같은 원리인 것입니다. 따라서 이러한 것은 사람을 개인직인 소유물로 간주하는 사고방식의 결과입니다.」

「하지만, 라흐메또프, 질투심을 인정하지 않는냐면 그것은 무서운 일이에요.」

「질투심을 느끼는 사람에게나 무서운 일이겠죠. 질투심을 느끼지 않는 사람에겐 그것이 무서울 턱이 없습니다. 중요하지도 않은걸요.」

「당신은 철저히 비도덕적인 것을 주장하고 있군요, 라흐메또프.」

「4년 동안이나 그와 함께 살고도 그렇게 느끼십니까? 이점에서도 그는 비난받아 마땅하군요. 당신은 하루에 저녁 식사를 몇 번 합니까? 한 번? 만일 당신이 저녁에 식사를 두 번 하면 누군가가 화냅니까? 물론 아닐 것입니다. 그렇다면 왜 그렇게 하죠? 누군가를 화내게 할 것이 두렵기 때문입니까? 사실은, 당신이 그럴 필요를 느끼지 않기 때문입니다. 그러나 저녁 식사는 즐거운 것입니다. 그런데 위의 입장에서 보면 처음의 저녁 식사는 즐겁지만, 두 번째의 저녁 식사는 오히려 불쾌할 수가 있습니다. 그러나 만일 당신이 하루에 저녁 식사를 두 번 하지 않으면 못 견딜 정도의 입맛 또는 병적인 식욕을 가지고 있다면 누군가가 화를 낼 것이라는 두려움 때문에 굶고 지내겠습니까? 천만에요! 만일 누군가가 당신에게 화를 내거나 금지시킨다면 당신은 남이 모르게라도 식욕을 채우고야 말 것입니다. 그래서 당신은 필시 꼴사나운 모습으로 음식을 허겁지겁 먹어치울 것이고 손엔 음식물이 묻을 것이며 심지어는 호주머니에 야채를 감추느라 옷을 더럽힐지도 모릅니다. 여기에 도덕적이니 비도덕적이니 하는 말은 아무 의미가 없습니다. 고작 남모르게 그런 짓을 하는 것이 좋으냐 나쁘냐 하는 정도입니다. 도대체 질투심이 뭐 그리 좋은 감정이라고 〈내가 이 일을 하면 그가 화낼 거야〉라는 따위의 걱정을 한단 말입니까? 그런 말은 공연히 사람을 괴롭히고 쓸데없는 일에 시달리게 할 뿐입니다. 단지 몇몇의 고귀한 사람들만이 그런 말에 오염되지 않고 자기의 본성을 지킬 뿐입니다. 그에 비해, 대다수 사람들은 교활하고 기만적인 말에 쉽게 휩

쏠리기 때문에 실제로 그들에게 해를 끼칠 위험이 충분히 있습니다. 이것은 중요한 문제입니다. 당신은 이것을 모르셨습니까?」

「물론 알지요.」

「그렇다면 질투심에서 어떤 도덕적인 이득이라도 발견하셨단 말인가요?」

「예, 우리들은 항상 그런 기분 속에서 이야기하곤 했어요.」

「하지만 결코 아까와 같은 그런 의미는 아니었을 것입니다. 그게 아니라면, 최소한 당신들은 그 말을 하면서도 상대방의 말을 곧이곧대로 믿지 않았을 것입니다. 그렇습니다. 당신들은 결코 그 말을 믿지 않았습니다. 왜냐하면 그 말을 하는 동안에도 끊임없이 다른 이야기들을 듣고 있었을 테니까요. 만일 그렇지 않다면 당신은 왜 그렇게 〈오랫동안〉 괴로워했습니까? 무슨 또 다른 이유라도 있었습니까? 도대체 아무 쓸모도 없는 그깟 것을 가지고 말입니다! 세 사람 모두, 특히 당신은 얼마나 괴로워했습니까, 베라 빠블로브나! 세 사람 모두 지난 일 년 동안 그랬던 것처럼 함께 조용히 지낼 수 있었습니다. 그래서 시내로 돌아가서 아무런 갈등 없이 집안을 정리하거나 이전처럼 셋이 함께 차를 마실 수도 있었고 또 전처럼 함께 오페라 구경을 갈 수도 있었습니다. 그런데 왜 그런 고통을 겪고 있어야 했던 거죠? 왜 이런 파국을? 이 모든 것은, 고맙게도, 그가 당신에게 아무런 마음의 준비도 시키지 않은 채로 떠나 버려 당신 마음속에 〈내가 그를 죽였다〉는 생각 ── 그것은 분명히 망상입니다 ── 이 굳게 자리했기 때문입니다. 그렇습니다. 그는 당신에게 너무도 버거운 고통을 안겨 주었던 것입니다.」

「그렇지 않아요, 라흐메또프. 당신은 지금 무서운 말을 하고 있어요.」

「또 그 말! 내가 진정으로 두려워하는 것은 쓸데없는 사소한 파국으로 인해 겪게 될 엄청난 고통입니다.」

「당신 말대로라면, 우리 이야기란 고작 터무니없는 멜로드라마라는 거군요.」

「그렇습니다. 그것은 아무짝에도 쓸데없는 멜로드라마요, 불필요한 비극일 뿐입니다. 그리고 조용하고 차분한 매너와 대화 대신에 이와 같이 격정적인 멜로드라마를 불러들인 사실에 대해서 드미뜨리 세르게이치는 마땅히 책임을 져야 합니다. 이 점에 관한 한, 비록 그의 행위가 아무리 정직한 것이었다고 하더라도 그것만으로는 이 모든 것에 대해서 충분한 변명이 되지 못합니다. 겨우 차 한 잔 마실 정도의 시간이면 이 모든 것을 본래의 제자리로 되돌려 놓을 수 있었는데도 결국 그는 그것을 하지 않았기 때문입니다. 따라서 그는 비난받는 것이 당연합니다. 그러나, 사실 그는 대가를 이미 치른 거나 다름없습니다. 그것도 아주 값비싼. 자, 이젠 너무 늦었으니 셰리를 한 잔만 더 드시고 그만 가서 주무십시오. 나는 이제 내가 해야 할 일을 모두 마쳤습니다. 벌써 3시군요. 아무도 당신을 깨우지 않을 테니 자고 싶은 대로 얼마든지 주무십시오. 마샤에게 10시 30분 전에는 당신을 깨우지 말라고 일러 두었습니다. 일어나시면 차 한 잔 겨우 할 시간이 있을 것입니다. 그리고 당신은 곧 철도역으로 서둘러 가셔야 합니다. 물론 만일의 경우에 당신이 늦게 일어나서 기차를 놓쳤다거나 역에 가지 못했다고 해도 결과는 아무것도 달라지지 않을 것입니다. 그들이 짐들을 당신에게 돌려보낼 테니 말입니다. 이제 당신이 해야 될 최선의 일이 무엇이라고 생각하십니까? 알렉산드르 마뜨베이치가 당신을 뒤쫓아 가는 것입니까, 아니면 당신 스스로 돌아오시는 겁니까? 아무래도 지금 당장은 어렵겠죠. 당신이 완전히 평온해졌다는 것을 마샤로서는 이해할 도리가 없을 테니까요. 그녀가 어떻게 역에 가기 위해서 허겁지겁 서두르는 30분 동안에 그것을 이해하 겠습니까? 메르짤로바 경우는 더욱 그렇습니다. 그래서 내가 아침 일찍 그녀에게 가려고 합니다. 가서 여기에 오지 않는 편이 더 낫겠다고 말하려고 합니다. 당신이 그동안 거의 잠 을 못 잤으므로 깨우지 않는 것이 좋겠다고 말입니다. 차리 리 곧장 역으로 가는 것이 더 좋을 거라고 말입니다.」

「나 때문에 당신이 너무 애를 쓰는군요.」 베라 빠블로브나 가 말했다.

「아닙니다. 그렇지만 적어도 이 모든 것을 그에게 돌리지는 마십시오. 이것은 모두 내가 생각해서 한 것이니까요. 하지만 과거의 일로(그의 면전에서 나는 그에게 훨씬 더 많은 것을 말 했습니다. 그것도 더욱 강한 어조로 말입니다) 이와 같이 쓸데 없는 고통과 괴로움을 야기시킨 것만 제외하면 그는 영웅처럼 행동했습니다.

<h1 style="text-align:center">31</h1>
<h2 style="text-align:center">라흐메또프의 퇴장과 현명한 독자와의 대화</h2>

「현명한 독자여, 이제 나에게 이야기해 달라, 방금 사라 진 ─ 그는 다시는 등장하지 않을 것이다 ─ 라흐메또프가 이 소설에 왜 등징했는지? 나는 이미 앞에서 여러분에게 말했 다. 그는 이 소설의 줄거리에서 아무런 역할도 있지 않다고.」

「그것은 그렇지 않습니다.」 현명한 독자가 나의 말을 제지 시켰다. 「라흐메또프는 중요한 인물입니다. 왜냐하면 그는 그 메모를 가지고 왔기 때문입니다. 그 메모는……」

「당신이 그토록 열광하는 이른바 미학적 견지에서 볼 때,

현명한 독자들이여, 당신의 주장은 매우 서투르다.」 이번에
는 내가 그의 말을 끊으며 말했다. 「만일 당신들의 그런 논법
에 따른다면 마샤 역시 베라 빠블로브나를 깜짝 놀라게 한
편지를 가지고 왔다. 그리고 라첼 또한 중요한 인물이 아닌
가? 왜냐하면 그녀는 돈을 선불해 주었고 만일 그 돈이 아니
었다면 베라 빠블로브나는 떠나지 못했을 테니까. 또 N교수
도 중요한 인물이 아닌가? 바로 그가 베라 빠블로브나를 B
부인에게 추천했고 그 일이 아니었다면 그들이 꼬노 끄바르
제이스끼 보우레바르드로부터 돌아오는 장면은 없었을 테니
까. 그렇다면 꼬노 끄바르제이스끼 보우레바르드조차 중요
한 그 무엇이 아닐까? 그게 뭘까? 왜냐하면 그것이 없었다면
그로부터 돌아오는 동안의 대화도 없었을 테니까. 그렇게 본
다면 고로호바야 거리는 확실히 가장 중요한 그 무엇일 게 틀
림없다. 만일 그 거리가 없었다면 거기엔 집도 없었을 테고 따
라서 스또레쉬니꼬프의 그 저택도, 관리자도, 그리고 그의 딸
도, 마침내는 이 소설의 줄거리마저도 없었을 테니까. 하지만,
자, 당신들의 주장을 백 퍼센트 수용해서 이 모든 것이 — 꼬
노 끄바르제이스끼 보우레바르드, 마샤, 그리고 고로호바야
거리 — 중요한 인물 또는 그 무엇이라고 해보자. 하지만 그
것들에 대해서는 고작 대여섯 마디가 말해졌을 뿐이다. 왜냐
하면 그들의 역할이란 고작 대여섯 마디를 넘지 못하는 그렇
고 그런 거니까. 그러나 라흐메또프를 보라. 그에게 얼마나
많은 지면이 주어졌는가를.」

「아하! 이제 알겠습니다.」 현명한 독자가 말한다. 「라흐메
또프는 베라 빠블로브나와 로뿌호프를 평가하고 비판하기
위해서 등장했습니다. 이를테면 베라 빠블로브나와 누군가
대화할 사람이 필요했기 때문입니다.」

「당신은 정말 둔하군, 현명한 독자여! 당신의 판단은 전혀

맞지 않는다. 단순히 타인에 대한 그의 견해를 말하기 위해서 특별한 인간의 등장이 필요했다고? 그런 필요성 때문이라면, 당신들, 위대한 예술가들은 사람들을 잠시 작품에 등장시켰다가 다시 내보낼 수도 있겠지. 그러나 비록 내가 별볼일 없는 작가이긴 하지만 예술의 조건에 대해서는 그들보다 잘 이해하고 있다고 할 수 있다. 단언하건대, 현명한 독자들이여, 그런 목적이라면 라흐메또프는 결코 필요하지 않다. 베라 빠블로브나, 로뿌호프, 그리고 끼르사노프가 이미 여러 차례 그들의 행위와 관계에 대해서 토론하는 것을 보지 않았는가? 그들은 결코 어리석은 사람이 아니다. 그들은 무엇이 좋고 무엇이 나쁜지 스스로 판단할 능력이 있다. 그러므로 그런 일을 위해서 따로 촉매가 필요하진 않다. 당신은 베라 빠블로브나가 며칠 쉬고 나서 차분해지면 그동안의 혼란을 상기하고 공장의 진로와 이해에 대해서 망각했던 자신을, 라흐메또프가 그랬던 것처럼, 스스로 책망할 거라고 생각해 보지 않았나? 그리고 로뿌호프 역시 라흐메또프가 베라 빠블로브나에게 말한 것과 정확히 똑같은 방식으로 자신과 베라 빠블로브나의 관계에 대해서 수없이 생각해 보았을 거란 말이오. 실제로 그는 거기에 대해서 생각에 생각을 거듭했다. 흔히 우리가 존경할 만하다고 하는 사람들은 자기 자신에 대해서, 그리고 자신에게 돌려질 모든 비난에 대해서 늘 주의하고 깊이 생각하는 사람들이다. 그들이 존경받는 것도 사실은 바로 그렇기 때문이다. 그렇지 않은가? 당신은 그 점에 대해서 매우 무지했다. 이왕 이야기하는 김에 그 점에 대해서 좀 더 말하자. 당신은 라흐메또프가 베라 빠블로브나와 그런 이야기를 할 때 정말 로뿌호프와 전혀 상의도 없이 이야기를 했다고 생각하는가? 아니다, 그는 단지 로뿌호프를 대신한 도구에 불과한 것이다. 그리고 그 역시 로뿌호프의 도구에 불과하다는 것을 알고 있었다. 뿐만 아니라 하루 이틀이 지나는 동안 베라 빠블로브나도 그것을 이해했다. 사실 그녀가 흥분만 하지 않았더라면 라흐메또프가 입을 여는 바로 그 순간 모든 것을 알았을 것이다. 이것이 사태의 본질이다. 당신은 이와 같은 것을 생각하지 않았다. 물론 라흐메또프가 두 번째 메모를 전할 때 이야기했던 것처럼, 그는 라흐메또프에게 한마디도 하지 않았고 라흐메또프 역시 그가 베라 빠블로브나와 나누게 될 대화에 대해서 한마디도 하지 않은 것이 사실이다. 그러나 로뿌호프는 누구보다도 라흐메또프를 잘 알고 있었으며 따라서 그가 할 말에 대해서도 잘 알고 있었다. 왜냐하면 존경할 만한 사람들은 굳이 설명하지 않아도 서로 통하는 법이기 때문이다. 로뿌호프는 라흐메또프가 베라 빠블로브나에게 할 말의 내용을 충분히 예상했고, 바로 그랬기 때문에 그에게 중재자가 되어 달라고 부탁했던 것이다. 자, 그렇다면 어떤가? 그들 사이의 심리적 일치야말로 신비롭지 않은가? 로뿌호프는 말할 것도 없이 라흐메또프가 생각하는 것에 대해서 매우 잘 알고 있었다. 그리고 메르짤로프와 메르짤로바 부인이 생각하는 것에 대해서, 공장 식구들을 따라 섬으로 야유회를 갔을 때 함께 논쟁을 벌였던 그 장교가 말하려고 했던 것에 대해서, 그리고 아무도 이야기해 주지 않더라도 베라 빠블로브나가 결국 그의 보이지 않는 마음 씀씀이를 알아차리리라는 것에 대해서, 그리고 심지어는 그녀가 최초의 감격이 가라앉자마자 곧바로 그것을 이해하리라는 것에 대해서까지 결국 로뿌호프는 치밀하게 계산하고 있었던 것이다. 〈내가 라흐메또프를 그녀에게 보낸다고 해서 잃을 건 아무것도 없다. 설사 그가 나를 비난한다고 해도 마찬가지이다. 그녀는 어차피 내가 생각한 것과 똑같은 생각을 갖게 될 테니까. 아니, 그 반대로 오히려 그녀는 나를 더욱 높이 평가할지도 모른다. 내가 라흐메또프와 그녀의 대화 내용을 미리 예상했다는 것을 곧 알아차릴 테니까. 더욱이 내가 그 대화를 마련했다는 것도, 그리고 왜 그랬는가 하는 것도 차츰 이해하게 될 것이다.〉 그녀는 이렇게 생각할 것이다. 〈그는 참 대단한 사람이야! 그는 내가 흥분해서 어쩔 줄 모르고 왔다 갔다 하던 바로 그 첫날, 그에 대한 신뢰와 기쁨이 나를 압도했다는 것을 이미 알고 있었던 거야. 그래서 가능한 한 빨리 나의 마음속의 고문과 괴로움을 잊게 하려고 그렇게 했던 거야. 그래, 라흐메또프가 그를 비난하는 것에 비록 내가 화를 내긴 했지만, 그가 진실을 말하고 있다는 것을 부정할 수는 없었어. 일주일쯤 지나면 어차피 다시 그 생각을 하게 될 테지. 하지만 지금은 우선 쉬는 게 필요해. 그래서 나의 정신적 부담이 없어진 바로 그 첫날 그것들을 다시 생각하는 거야. 만약 그가 라흐메또프를 내게 보내지 않았더라면 나는 한 주일 내내 괴로움과 번민에 시달렸을 거야. 하지만 지금은 마음의 평온을 찾는 것이 시급해. 그때 다시 생각하는 거야. 그것들은 틀림없이 내게 유익할 거야. 그래, 그는 정말 고귀한 사람이야.〉

이것은 로뿌호프가 계획한 게임이다. 라흐메또프는 단지 그의 도구에 불과하다. 알겠는가? 현명한 독자 여러분, 물론 이 고귀한 사람들은 교활하다. 또 이기주의에 가득 차 있다. 그러나 당신들처럼 그런 식은 아니다. 그들이 이기적으로 행동한다면 그것은 어디까지나 만족하기 위해서이다. 그리고 그것은 물론 당신이 느끼는 그런 민족이 아니다. 이제 알겠지만, 그들은 그들이 존경하는 사람들로 하여금 자기가 고귀한 사람이라는 것을 깨닫도록 하는 데서 최대의 민족을 찾고 있는 것이다. 그리고 바로 이런 이유로 그들은, 여러분이 사적인 목적을 위해서 분투하는 그 이상의 열정으로, 온갖 종류의 게임을 기꺼이 해내고 있는 것이다. 그러나 여러분의 목적은 다르다. 또 게임의 내용이나 성격도 같지 않다. 여러분이 생각하는 게임이란 고작 타인에게 해를 끼치는 천박한 것이지만 그들은 타인에게 유익하고 도움이 되는 것만을 생각한다.

「당신이 나를 겨우 그런 인간을 취급하다니, 어떻게 그럴 수가?」 현명한 독자가 내게 원망스럽다는 투로 말했다. 「이 문제에 대해서 당신을 고소할 것입니다. 당신은 신뢰할 수 없는 사람입니다.」

「제발, 진정하게.」 내가 대답했다. 「나는 당신의 뛰어난 두뇌와 인품에 대해서는 티 없는 존경심을 갖고 있기 때문에 감히 그렇게 말한 것이다. 나는 단지 당신이 그처럼 열광하는 소위 〈예술성〉에 관해서 대담하게도 당신을 깨우치려고 생각했을 뿐이다. 당신은 바로 라흐메또프가 베라 빠블로브나와 로뿌호프에 대한 평가를 내리기 위해서 의도적으로 삽입되었다고 생각했기 때문에 그런 오류를 범한 것이다. 하지만 당신의 그런 생각 때문이라면 전혀 그럴 필요가 없었다. 방금 앞에서 보았던 것처럼, 로뿌호프의 처신이라든가 설령 라흐메또프가 없다고 하더라도 로뿌호프의 행위에 대해서 곰곰이 되씹어 보았을 베라 빠블로브나의 생각들에 대해서 내가 당신에게 전달하지 못한 것은 아무것도 없기 때문이다. 자, 그렇다면 다시 당신에게 묻는다. 내가 왜 라흐메또프와 베라 빠블로브나의 대화를 말 그대로 한마디도 빼놓지 않고 전했겠는가? 내가 당신에게 전한 것은 단순히 로뿌호프의 베라 빠블로브나에 대한 생각이 아니라 라흐메또프와 베라 빠블로브나의 사이에 있었던 대화였다. 그렇다면 그들의 대화의 요점이 아니라 대화 전체를 전한 이유가 무엇인지 알아차리겠는가? 도대체 내가 왜 당신에게 그 대화를, 그것도 한마디도 빼지 않고 전할 필요가 있냐는 것이다. 그것은 바로 라흐메또프라는 사람과 베라 빠블로브나라는 사람의 대화였기 때문이다. 이제 알겠는가? 아직도 모르겠다고? 당신 참 대단하군! 이해에 관한 한 아주 형편없군. 할 수 없지! 당신을 위해서 한 번 더 설명해 보겠다. 두 사람의 대화를 지켜 보는 동안, 그 대화로부터 우리는 두 사람의 성격을 어느 정도 알아낼 수 있었다. 자, 이 말이 무얼 뜻하는지 알겠는가? 베라 빠블로브나의 성격에 대해선 이미 잘 알고 있었다고? 그야 그렇겠지. 이미 당신은, 그녀가 다혈질이고 농담을 좋아한다는 것을 알고 있었다. 또 식사를 거르는 법이 없을 정도로 왕성한 식욕을 갖고 있다는 것과 셰리를 마실 줄 안다는 것까지 말이다. 결론적으로, 그 대화는 베라 빠블로브나의 성격을 새로이 부각시키는 데에는 아무런 역할도 하지 못했다. 그렇다면 누구를 위해서? 자, 대화하는 두 사람이 있다. 그녀와 라흐메또프. 분명히 그녀의 성격을 드러내기 위한 것은 아니라고 했다. 자, 그렇다면, 맞춰 보시지. 그게 누구인가?」

「라흐메또프!」 현명한 독자가 소리쳤다.

「역시, 당신은 대단하군. 그 점이 마음에 드네. 아무튼 그래서 이제 당신은 이전에 당신이 생각한 것과 정반대라는 것을 알았을 것이다. 라흐메또프는 결코 그런 대화를 위해서 등장된 것이 아니다. 오히려 그와 베라 빠블로브나의 대화는 당신들이 라흐메또프와 친숙해지도록 하기 위해서 도입된 것이다. 이 대화로부터, 비록 라흐메또프가 셰리를 마시지는 않았지만 그것을 매우 좋아한다는 것을 알았을 것이다. 라흐메또프는 절대로 우울한 괴물이 아니라는 것, 오히려 그렇기는커녕 그 반대로 기분이 좋을 때는 슬픔을 잊어버리고 농담도 하고 드물기는 하지만 〈그래요, 내가 농담을 했습니다〉라고 말하며 즐겁게 이야기한다는 것을. 그런 때면 그는 〈내가 그런 농담을 할 기회가 그리 많지 않은 게 입맛이 씁니다〉라고 말한다. 그리고 〈나 역시 그런 괴물을 좋아하지 않습니다. 하지만 내 상황은, 적어도 선에 대한 타오르는 애정을 갖고 있는 사람이라면, 우울한 괴물이 되지 않을 수 없습니다. 만일 이런 상황이 아니라면 나는 아마도 기꺼이 농담을 즐겼을 것이고, 온종일 웃고 노래하고 뛰놀았을 것입니다〉라고 말하기도 한다.

이제, 이해됐는가, 현명한 독자여? 라흐메또프와 같은 사람에 대해서는 내가 아무리 여러 페이지를 할당해 공정하게 서술한다고 하더라도, 기본적으로 여러분이 그와 친숙해지려면 따로 더 많은 페이지가 배당되어야만 할 것이다. 하지만 자, 내게 다시 한번 말해 보라, 왜 이 인물이 등장하고 사라졌는지. 그리고 어째서 그렇게 상세하게 기술을 했는지? 그때 내가 한 말, 〈그것은 오직 예술적 요구를 만족시키기 위한 것〉이라고 한 말을 기억하는가? 잘 생각해 보라! 어째서 그런지, 그리고 당신 앞에 라흐메또프란 인물을 놓음으로써 과연 어떻게 만족이 될 수 있다는 것인지? 어려운가? 그래, 이해가 되는가? 하지만 당신이 그것을 과연 잘 이해할 수 있을지. 자, 들어 보게. 아니 귀 기울이지 않아도 괜찮네. 어차피 당신은 그것을 이해하지 못할 테니까. 하지만 그렇더라도 내 이야기하는 것을 막지는 말아 달라. 내가 너무 즐거워하고 있다고? 자, 이제 이야기를 시작하도록 하자. 하지만 당신에게가 아니라 민중들에게 하는 것이다. 그것도 아주 진지하게.

예술의 첫번째 요구는 이것이다. 즉, 독자들이 사태를 참된 빛 속에서 볼 수 있도록 묘사해야 한다는 것이다. 이를테면, 만일 내가 집을 그리려고 한다면, 그때 나는 그것이 조그만 오두막이나 궁전이 아니라 정말 사람이 사는 집으로 독자에게 보일 수 있는 그런 뛰어난 표현과 기법을 찾아내야 한다.

만일 내가 보통의 평범한 사람을 그리려고 한다면서 난쟁이나 거인을 그려 놓는다면 독자들은 이해하지 못할 것이다.

　나는 떠오르는 세대의 평범하고 품위 있는 사람들을 묘사하려고 한다. 나는 그런 사람들을 많이 만났다. 이를테면, 베라 빠블로브나, 로뿌호프, 그리고 끼르사노프 같은 사람들이 그들이다. 나는 그들을 평범한 사람이라고 생각한다. 그들 자신도 그렇게 여기고 있다. 그리고 그들을 아는 모든 사람들과 친구들도 역시 그렇게 여기고 있다. 내가 이야기를 어디로 끌고 가려는지 모르겠다고? 도대체 그와 같은 모순된 이야기를 통해 무슨 말을 하려고 하는지 모르겠다고? 나는 그들을 사랑과 존경심을 가지고 지켜보고 있다. 고귀한 사람들은 사랑하고 존경할 만한 충분한 가치가 있는 사람들이니까. 그런데 내가 그들에게 무릎을 꿇을 만큼 존경하는 이유가 무엇인지 궁금하다고? 듣자 하니, 마치 그들 이상의 고귀한 사람들은 생각해 볼 수도 없다는 투인데, 그들이 지고의 지성과 미를 가진 인물이라는 것을 이제까지 이 소설에서 드러내 보인 적이 있냐고? 도대체 어째서 갑자기 그들이 평범한 사람들이라고 하느냐 이건가? 내가 아는 한, 그들은 어디까지나 떠오르는 세대의 평범하고 고귀한 사람들로서 행동했다. 그들이 뭐 놀라운 일을 한 게 있냐고? 그들은 천박한 짓을 한 일이 없다. 또 겁쟁이가 아니다. 그들은 평범하지만 그러면서도 정직하고 신념이 확고한 사람들로 바로 그러한 신념에 따라 행동하고자 하는 사람들이다. 그리고 그것이 전부이다. 하지만 실세는 그들이 영웅처럼 묘사되고 있다고? 그것은 사실이다. 나는 오직 이들처럼 평범하게 행동하는 이들을 표현하고자 했으니까. 그리고 나는 그것이 성공하기를 바라고 있다. 이런 유형의 사람들을 잘 알고 있는 독자들이라면 처음부터 내 소설의 주요 인물들이 결코 이상적 인물이 아니며 일반적 수준에서 보더라도 결코 탁월한 사람들이 아니라는 것을 알았을 것이다. 더욱이 이런 유형에 속하는 독자들이라면 두세 번쯤은 이미 이와 유사한 사태를 경험했을 것이고 또 내 소설의 주인공들에 못지않게 더욱 훌륭하게 행동했을 것이다. 자, 여기서 다른 〈고귀한〉 사람들이 지금 내가 서술하고 있는 것과 똑같은 경험을 갖고 있다고 생각해 보자. 그 경우에 극한까지 가는 일이란 절대로 없을 것이다. 그리고 남편과 아내가 헤어져야 한다는 생각은 결코 매력적인 이상으로 받아 들여지지 않을 것이다. 왜냐하면 이른바 고귀한 여성이라면 남편의 가장 절친한 친구에게 열정적인 애정을 품지 않는 게 상식이고, 마찬가지로 고귀한 남성이라면 그 역시 기혼 여성에 대한 애정으로 인해 시름에 잠기지 않을 테니까. 그것도 3년 동안이나 말이다. 게다가 어느 누구도 다리 위에서 자살하려는 충동심을 갖고 있지 않다. 다시 말해서 〈고귀한〉 사람은 현재 전개되고 있는 그러한 행동들을 결코 영웅적 행위로 간주하지 않는다는 것이다. 그러나 만일 그렇게 하는 것이 꼭 필요하다면, 또 평범한 사람이라면 누구든지 기꺼이 그렇게 행동했을 것이다. 뿐만 아니라 많은 경우 어쩌면 이보다도 훨씬 더 어려운 상황 속에서 행동했을지도 모른다는 사실이다. 그러나 그들은 자신들을 결코 특별한 인간으로 간주하지 않는다. 그들은 자기 자신에게 이렇게 말할 뿐이다. 〈나는 평범한 인간이야, 약간 고귀한 면이 있다고나 할까, 뭐 그런 것이…… 이게 전부야.〉 그러한 선량한 사람들(다른 종류의 사람들과 결코 친해질 수 없는 약간 고지식한 사람들)은 설혹 누가 좋은 사람이라고 생각해도 결코 그의 앞에서 무릎을 꿇지는 않는다. 그들은 속으로 중얼거린다. 〈그나 나나 똑같은 사람이야.〉 나는 떠오르는 세대의 고귀한 사람들이야말로 나의 중요한 새 인물의 이러한 평범한 유형의 특성을 인정하리라고 확신한다.

　그러나 이 소설의 처음부터, 베라 빠블로브나, 끼르사노프 그리고 로뿌호프에 대해서 〈그래, 이 사람들은 나의 좋은 친구야, 우리들처럼 소박하고 평범한 사람들이야〉 하고 생각하는 사람들은 아직 소수에 불과하다. 대다수 사람들은 이러한 유형의 인물보다 매우 낮은 상태에 있다. 조그만 오두막집 이외에 다른 집을 본 적이 없는 사람들이 종이 위에 그려진 평범한 집의 청사진을 보고 궁전이라고 생각하는 것은 무리는 아니니까. 그런 경우에, 여러분이라면, 그것이 궁전이 아니라 사람이 사는 집이라는 것을 어떻게 보여 줄 텐가? 내가 생각하기에, 그들을 납득시키는 데에는 바로 그와 같은 그림에 궁전의 한쪽 모퉁이를 봄으로써 궁전이 그림에 그려진 집의 구조와 엄청나게 다른 거대한 규모의 건축물이라는 것을 깨닫게 될 것이고, 이 궁전에 비하면 그 집은 그저 평범한 작은 집에 불과하다는 것을 알게 될 것이다. 그리고 모든 사람들이 바로 그러한 집 또는 그보다 좀더 나은 집에서 살아야 한다는 것을 자각하게 될 것이다. 그러므로 내가 만일 라흐메또프란 인물을 등장시키지 않았다면, 독자들 대다수는 필시 내 소설의 주인공들에 대해서 그러한 균형 감각을 잃어버렸을 것이다. 그래서 틀림없이 이 장이 끝날 때까지 내기를 걸어도 좋다. 베라 빠블로브나, 끼르사노프, 그리고 로뿌호프가 대다수 민중들에게는 너무도 영웅적이고 고귀하기 때문에 실제 생활 속에서는 찾아볼 수 없는 이상화된 사람들로 비쳐졌을 거라고 생각한다. 그러나 나의 친구들이여, 나의 비천하고 어리석고 불쌍한 친구들이여, 그것은 옳은 생각이 아니다. 그들은 결코 그렇게 높은 곳에 있지 않다. 다만 여러분이 너무도 낮은 곳에 있을 뿐이다. 이제 여러분은 그들이 이 땅 위에, 대지 위에 두 발로 굳게 버티고 서 있음을 보게 될 것이다. 만일 그들이 구름 속을 날고 있는 것처럼 보인다면 그것은 여러분이 너무도 초라한 땅굴 속에 앉아 있는 탓이다. 그들이 서 있는 고지에 이제 모든 사람들이 서게 될 것이다. 당연히 설 수 있고 또 서야만 한다. 여러분과 내가 얼핏 도달할 수 없어 보이는 최고의 본성이란, 불쌍한 벗들이여, 결코 그런 게 아니다. 나는 여러분에게 그런 본성 중의 하나를, 그것도 짧은 필설로서 그 단면만을 보여 주었을 뿐이다. 오히려 여러분은 현실 속에서 더욱 다양한 인물들을 만나 보았을 것이다. 여러분이 자기를 개발하려고만 한다면 여러분은 능히 그러한 사람들의 위치에 도달할 수 있다. 만일 자기가 그들보다 낮은 위치에 있다고 생각되는 사람이 있다면 그들은 실제로 낮은 위치에 있는 것이다. 나의 친구여, 여러분은 자신을 높이, 더욱 높이 끌어올려라! 그것은 결코 어렵지 않다. 자유롭고 밝은 세상으로 나가라! 그런 세상에서 사는 것은 좋은 것이다. 그리고 나아가는 길은 이미 열려 있다. 자, 힘껏 그 길로 나아가라. 그리고 배우고 계몽하라! 인생의 티 없는 즐거움에 대해서 말해 주는 책들을 읽어라! 사람이란 본시 부드럽고 착한 존재라는 것, 그리고 사람은 행복할 수 있다는 것을 관찰하고 생각하라! 그리고 그런 책들을 읽어라. 그것은 여러분의 가슴을 즐거움으로 가득 채워 줄 것이다. 인생을 주의 깊게 관찰해 보라. 그것을 관찰하는 것은 흥미로운 것이다. 그리고 생각하라. 기쁨이 있을 것이다. 그것이 전부이다. 어떤 희생도 있어서는 안 된다. 더욱이 어떤 박해도 있어서는 안 된다. 그것들은 필요치 않다. 오직 행복해지도록 노력하라! 그것이 전부이다. 오직 그러한 욕망만이 요구될 자격이 있는 것이다. 여러분의 발전을 유심히 살펴보라. 그 속에 행복이 있음을 깨닫게 될 것이다. 완전히 성숙된 인간에게 그것은 얼마나 즐거운 일인가! 만일 그렇게 된다면

남들에게 희생과 슬픔으로 비쳐지는 일조차 만족과 기쁨이
될 것이다. 자, 보라. 가슴이 행복의 문을 열자 얼마나 많은
기쁨과 즐거움이 찾아 들던가! 행복하도록 노력하라. 그것이
좋은 것이다.」

제4장
두 번째 결혼

1

존경하는 부인, 베라 빠블로브나에게

　고(故) 드미뜨리 세르게이치 로뿌호프와의 우정 덕분에, 나는 비록 당신에게는 낯설지만 평소 당신을 몹시 존경하는 한 사람으로 당신이 기꺼이 친구로 받아들여 주리라는 희망을 가지고 이 글을 쓰고 있습니다. 내가 이렇게 무례를 범하는 것에 대해서 노여워하지 않기를 부탁드립니다. 내가 이렇게 편지를 쓰게 된 것은 고 드미뜨리 세르게이치 로뿌호프의 뜻을 전하고자 하기 때문입니다. 이제 곧 내가 당신에게 전하는 소식들이 사실이라는 것을 아시게 될 것입니다. 마치 그가 직접 말하는 것처럼 그의 언어로 그의 생각을 전할 것이기 때문입니다. 이하의 글은 이 사건에 대한 그의 회상입니다. 그리고 거기에 대해서 약간의 설명을 덧붙이려는 것이 바로 이 편지의 목적입니다.

　「내 주위의 가까운 사람들을 그처럼 놀라게 했던 그 결론은 (나는 지금 앞에서 말한 것처럼 드미뜨리 세르게이치의 말을 그대로 인용하고 있습니다) 갑자기 하루 아침에 이루어진 것이 아니네. 그것은 내 마음속에서 서서히 자랐네. 그리고 최종 결론에 이르기까지 수차례나 마음의 변화를 일으키곤 했었지. 사실 나에게 그런 결론을 내리게 했던 상황은 전혀 뜻밖의 방식으로 다가왔네. 그녀(드미뜨리 세르게이치는 당신을 가리키고 있습니다)가 겁에 질려 내게 꿈 이야기를 한 바로 그 순간에 말이네. 그 꿈은 내게 매우 의미심장해 보였네. 그리고 그녀의 평소의 감정 표현에 익숙해 있던 사람으로서, 그 순간 나는 조만간 우리의 관계에 변화를 가져오게 될 어떤 사건이 그녀에게 시작되고 있음을 알아차렸네. 그러나 사람이란 마지막 순간까지도 자신에게 익숙해 있는 상황을 지키려고 발버둥치는 법이네. 말하자면, 우리의 본성은 오직 필요에 의해서만 굴복하는 그런 보수적인 요소가 있다는 말이네. 바로 이 점이, 내 생각대로라면, 첫번째 가정에 대한 설명이라고 보네. 나는 이 일이 얼마의 시간이 지나면 잊혀지리라고, 그리고 다시 이전의 관계로 회복되리라고 생각하고 싶었고 또 실제로 그렇게 생각했네. 그녀 역시, 마음속의 따스한 우정을 되살려서 이 예기치 않은 사태로부터 벗어나고 싶어했네. 그런데 이것은 빗나갔네. 며칠 동안 나는 그녀의 그런 희망이 결코 불가능한 것만은 아니라고 믿기까지 했네. 그런데 나는 곧 그런 희망이 헛된 것임을 뼈아프게 깨달았네. 이런 일이 벌어지게 된 근본적인 이유는 바로 나의 성격 탓이었기 때문이네.

그렇다고 내 성격에 무슨 결함이 있다고 말하려는 것은 아니네. 내 생각은 이러하네.

사람이 살아가는 데 있어서 시간은 대체로 세 부분으로 나누어지네. 땀 흘려 노동하는 시간과 인생을 즐기는 시간, 그리고 재창조를 위한 휴식 시간이 그것이지. 인생을 향유하는 것 역시 노동처럼 휴식을 필요하네. 그러나 노동할 때와 즐길 때의 본성이 대개 다른 특성들보다 우세한 법이네. 노동으로 말하자면, 우리들은 합리적 필요성으로 외적인 강제에 의한다네. 인생을 즐길 때도 마찬가지로 인류에게 공통된 또 다른 일상적 본성에 따라서 행동하지. 그리고 휴식이란 이렇게 자기의 힘을 다 소진한 후에 다시 그 힘을 축적하는 것이네. 따라서 이 점에서 사람들은 제각기 차이는 있지만 일반적으로 그 자신의 개성에 따라 이런 저런 방법으로 안락과 휴식을 찾는 것이 보통이네. 그런데 노동과 향유에 대해서 말하면 일반적으로 한 개인의 개성보다 훨씬 더 강력한 힘, 즉 노동의 이익 계산과 향유에 대한 요구에 의해 이끌려지는 힘은 휴식과 다르네. 개성을 억누르는 일반적 권위의 노동과 향유와는 달리, 휴식은 다 개인적이라는 말이네. 즉 인간의 본성은 자연히 더 많은 휴식 시간을 요구하게 되고 그에 따라 개인은 더욱 개체화되고 개인의 인격은 바로 그와 같은 쾌적하고 편안한 휴식에 의해서 드러나게 된다는 말이네.

　이런 관점에서 보면 사람들은 대체로 두 부류로 나누어지네. 한쪽 부류에 속하는 사람들이 다른 부류의 사람들보다 쾌적한 휴식을 누린다는 말이지. 그들은 대개 다른 사람들과 떨어져 있게 마련인데 그것은 명백히 예외적인 것이 틀림없네. 그러나 다른 쪽 부류의 사람에게 있어서 삶이란 오히려 타인과 함께 더불어 살아가야 하는 어떤 것이고, 실제로 이 부류의 사람들이 앞의 부류의 사람들보다 그 수가 훨씬 더 많은 것이 사실이네. 그런데 앞의 부류에 속하는 사람들은 다른 사람들과 어울려 함께 지낼 때보다 혼자 있을 때 훨씬 더 안락하고 편안하게 느낀다네. 이러한 차이는 〈사교적인 사람과 내성적인 사람〉이라는 평범한 말 그내로이지. 나는 사교적이지 못한데 그녀는 사교적인 편에 속하지. 이것이 바로 우리들 사건의 비밀이네. 사실 우리 두 사람 어느 쪽도 비난받을 이유는 없다고 보네. 또 우리들이 그 원인을 제거하지 못했다고 해서 비난받을 일도 아니고 실상 인간이란 그 본성과 달리 약한 것이 아닌가.

어떤 사람이 다른 사람의 본성을 이해하기란 여간 어려운 것이 아니네. 그리고 사람들은 흔히 그 자신의 자로 다른 사람을 측정하지만, 내 생각엔 내가 원하지 않는 일은 다른 사람도 원하지 않을 거라고 보네. 하지만 우리들은 대개 보잘 것없는 경험을 가지고 세상을 이해하려고 든단 말이지. 나 역시 예외가 아니었네. 따라서 내가 그것을 깨닫기에는 엄청난 변화가 있지 않으면 안 되었네. 때문에 나로 하여금 그것을 깨닫도록 하는 일이 벌어졌다는 것은 주목할 만한 일이 아닐 수 없네. 게다가 나는 내가 편하고 안락하면 다른 사람도 나처럼 편하고 안락할 거라고 생각했던 것이네. 내가 이런 이야기들을 늘어놓는 것은 물론 나와 그녀의 본성의 차이를 너무 늦게 깨달은 것에 대한 변명임을 부정하지 않겠네. 그러나 우리들이 함께 산 이후로, 그녀가 나를 지나치게 높이 평가했기 때문에 지금처럼 실수와 잘못이 눈덩이처럼 불어났다는 것도 부정할 수 없는 사실이네. 우리들 사이에는 대등함이 없었네. 그녀는 나에게 크나큰 존경심을 보였고, 내 삶의 방식은 그녀에게 지극히 모범적인 것으로 규정되었네. 따라서 그녀는 나의 개성과 특수성을 인간의 보편적인 특성으로 오인했고, 한동안 그녀는 그것 때문에 내게 이끌렸다고 할 수 있네. 물론 이것 말고도 다른 더욱 강력한 원인이 있네.

교양이 없는 사람들 사이에서는 내면의 숭고함이 별로 존중되지 않는 경향이 있는데 우리 문제도 사실 따지고 보면 바로 그런 문제네. 무슨 말이냐 하면, 일반적으로 가족의 성원들간에는, 특히 손윗사람인 경우에는 아무런 예고나 격식

없이 상대방의 영혼에 발을, 그것도 발톱이 있는 발을 아무렇게나 들이미는 경우가 있는데, 이때 곤란한 것은 단순히 나의 비밀이 간섭받았다는 사실이 아니네. 또 내가 조심스레 감추거나 남의 눈을 피한 다소 중요한 비밀이 드러나서 모든 사람에게 알려졌다는 것도 아니네. 일반적으로 사람들은 가까운 친지나 친구들에게 감출 만한 것을 별로 갖고 있지 않다고 볼 수 있네. 그런데 문제는 사람들이 내면의 독방을 갖고 싶어하는 것과 마찬가지로, 결코 어떤 사람도 자신의 허락 없이는 들어올 수 없는 조그만 방을 갖고 싶어한다는 사실이네. 하지만 교양 없는 사람들은 이러한 점을 전혀 염두에 두지 않고 행동하는 것이 보통이네. 그래서 만일 자네가 독방을 갖고 있다면 흔히 종종 있는 일이지만, 사람들은 몰래 비밀을 캐내거나 꼬투리를 잡아 자네를 이용하려는 의도나 자네를 괴롭히려는 생각 없이 자연스럽게 자네 방에 들어가는 것이 예사이네. 그리하여 비록 자네가 그들을 만나고 싶지 않지만 그들은 자네 앞에 나타나고 자네는 도리상 그들을 내쫓을 수 없어 친절하게 대해도 그들은 자신의 방문이 자네를 귀찮게 할지 모른다는 것을 이해하지 못하네. 그들이 문지방을 넘어서 함부로 들어가면 안 된다는 신성한 사실이 인정되는 곳은 오직 가장의 방뿐이네. 가장은 허락 없이 들어오는 사람들을 그 방에서 나가게 할 수 있기 때문이네. 그렇지만 다른 사람들의 방에는, 더욱이 자기가 나이를 더 먹었거나 상대가 동년배이면 무단으로 드나드는 것이 극히 자연스럽게 행해진다네.

나는 이러한 방에 관한 규칙이 동일하게 내면생활에도 직용된다고 보네. 즉, 사람들은 괜히 필요 없이, 생각 없이 단순히 재밋거리를 찾아서, 그리고 좀더 종종 〈상대방의 영혼에 혀를 놀리기 위해서〉 타인의 방에 침입해 들어간다는 것이네. 예를 들어, 어떤 처녀가 하나는 희고 다른 하나는 핑크 색인 두 벌의 일상복을 갖고 있는데 지금 그녀가 핑크 색 옷을 입고 있다고 해보세. 그리고 어떤 사람이 그녀가 입고 있는 옷에 관해서 이러쿵저러쿵 혀를 놀린다면 그녀가 어떤 옷을 입어야 한다는 것은 너무도 자명한 일이네. 그리고 그녀가 흰 옷으로 갈아 입었는데, 또 누군가 거기에 대해서 뭐라고 토를 단다면 똑같은 일이 끝없이 반복될 것이네. 게다가 그녀의 어머니나 언니가 〈흰 옷을 입는 것이 더 낫겠어〉라고 했을 때, 충고를 한 사람조차 왜 그것이 좋은지 알지 못하면서 공연히 혀를 놀리고 있다네. 〈오늘은 별로 즐거워 보이지 않는데, 아니따, 무슨 일이라도 있었니?〉 아니따는 즐겁지도 우울하지도 않네. 그렇다고 그들이 그렇게 물으면 안 될 이유라도 있나? 〈모르겠어요, 특별히 문젯거린 없어요!〉 〈그렇지 않은데, 왠지 침울해 보이는구나.〉 2분이 지난 뒤에, 〈아니따, 피아노에 앉아서 한 곡 연주를 하는 것이 어떻겠니?〉 왜 이래야 하는지 거기에는 아무런 이유도 없네. 그리고 그냥 그렇게 하루가 지나가네. 그러고 보면, 우리의 영혼이란 꼭 〈거리〉와 같네. 그러니까 특별히 어떤 것을 보기 위해서가 아니라 — 그들은 창문 너머에서 유용한 어떤 것이나 진기한 일들을 보지 못할 것을 잘 알고 있네 — 그저 달리 할 일이 없기 때문에 창가에 앉아 그저 무심히 내다보는 그런 거리 말이네. 똑같은 이야기지. 뭐라고? 그들이 왜 보지 못하냐고? 그러나 그것은 아무런 차이가 없네. 사람들이 창밖을 본다고 해서 거기에 꼭 무슨 일이 있어서 보는 것은 아니니까. 더욱이 단순히 거리를 오가는 사람들을 바라보는 것만으로는 아무런 즐거움도 찾지 못하는 법이니까.

그러나 당연한 일이지만 누구든 남이 자기의 영혼을 바라보고 있다면, 비록 어떤 의도나 생각에 그러는 것은 아니라

508

하더라도, 부담이 될 것이 틀림없고 따라서 그것이 어떤 형태로 나타나든 반작용을 불러일으킬 수밖에 없다고 보네. 그리고 그가 남들과 동떨어진 고립된 상황에 처해지게 되면, 비록 본성은 그렇지 않다고 하더라도, 현실적으로는 그러한 고립된 상태에서 즐거움을 찾지 않을 수 없을 거라네.

이런 견지에서 볼 때, 그녀는 결혼하기 전까지 매우 어려운 상황에 처해 있던 것이 사실이네. 그들은 그녀의 머리를 함부로 짓밟고 다녔네. 즉, 그들은 그녀의 영혼에 침입하고 간섭하는 것을 예사로 했는데, 단순히 그들이 달리 할 일이 없었기 때문에, 또는 우연히, 이따금, 그리고 무지로부터 발단된 것이 아니라 아주 치밀하고, 끊임없이, 매 순간 그리고 몹시 거칠고 염치 없고 뻔뻔스럽게 그녀를 노예처럼 다루었네. 단순히 교양이 없어서 그런 것이 아니라 아주 무자비하고 더러운 방식으로, 비열하게 그들의 의도를 강요했단 말이네. 따라서 그 반작용 역시 매우 강했다고 보네.

그러므로 나의 실수가 지나치게 과장되어 판단되어서는 안 된다고 생각하네. 결혼 후 몇 달 동안, 아마도 거의 한 해 동안 나는 아무런 실수도 하지 않았네. 고립은 그녀에게서 참으로 필요하고 즐거운 것이었네. 그리고 그 기간 동안 그녀의 성격에 대해서 나름대로 어떤 이해를 갖게 되었네. 그리고 그녀의 이러한 강력한 일시적인 요구는 실제로 그 당시 나의 지속적인 요구와도 일치하는 것이었네. 그래, 내가 그녀의 일시적인 성격을 본래 그런 성격으로 오인했다는 사실이 그렇게노 못 미더운가? 사람에게는 자기 자신을 기준으로 타인을 판단하는 경향이 있네.

사실 그 실수는 매우 치명적인 것이었네. 때문에 나에 대한 비난을 피할 수는 없겠지만, 적어도 나의 입장을 올바르게 밝히고 싶네. 무슨 뜻이냐 하면, 내가 나 자신에게 관대한 만큼 다른 사람도 내게 그러하냐 하면 절대로 그렇지 않기 때문이네. 따라서 그들의 비난을 정당하게 자리매김하기 위해서라도 몇 마디 더하지 않으면 안 될 것 같네. 이것이 다른 사람들에겐 상당히 이상하게 보일지 모르지만 이것에 대한 설명 없이는 사태가 올바르게 이해될 수 없을 것 같기 때문이네.

휴식에 대한 나의 가장 기본적인 생각은 남과 떨어져 혼자 있는 〈고립〉이네. 타인과 함께 있다는 것은 내 마음에 어떤 것이 채워지는 것을 의미하네. 즉, 일하거나 즐기는 것 말일세. 나는 오직 나 혼자 있을 때에만 전적으로 자유로움을 느끼네. 도대체 그것을 어떻게 말해야 할까? 왜 하필이면 그것이냐고? 대개 사람들에게 자유로움은 자제에서 오네. 그리고 몇몇 사람들에게 그것은 부끄러움에서 오며, 또 어떤 사람들에게 그것은 우울증과 사려 깊은 숙고에서 오네. 그리고 또 어떤 사람들에게 그것은 타인에 대한 동정심의 결여, 곧 이기심에서 오네. 그러나 나의 내부에는 그런 것이 없네. 나는 솔직하고 직선적인 사람이네. 그리고 항상 즐거운 것을 좋아하고 우울한 것을 좋아하지 않네. 나는 즐겨 사람들을 관찰하곤 하는데 이것이 내겐 늘 일이나 향유와 연결되어 있어서 그 뒤에 반드시 휴식이 요구된다네. 이것이 나의 〈고립〉이라면 고립이네. 내가 이해하는 한, 그것은 내 나름의 특이한 발전인 동시에 독립과 자유를 향한 목마름이네.

그런데 나의 이런 태도가 부지불식간에 그녀의 본래적 성향과 일치하지 않는, 즉 이전에 가족 속에서 너무도 곤란을 겪었던 상황에 대한 반작용에서 나온 일시적 삶의 방식을 그녀에게 강요했던 것 같네. 실제로 나에 대한 그녀의 존경심은 이러한 일시적 경향을 생각보다 훨씬 더 오래 지속하게 했네. 그래서 그녀의 성격에 대해서 이미 나름대로 생각을

갖고 있던 나는 이러한 일시적인 특성을 본래의 것으로 오인
했고 따라서 그렇게 태연히 지냈던 것이네. 이것이 이야기의
전부이네. 내 쪽에서 보면 분명히 실수였네만 이러한 종류의
실수에는 비난받을 만한 것이 거의 없네. 더구나 그녀 쪽에
서 보면 그러한 것은 전혀 없네. 그러나 그동안 그녀에게 얼
마나 많은 고통과 슬픔을 안겨 주었는지 모르네! 그리고 내
게는 결국 파국이 오고 말았다네!

그녀가 그 무서운 꿈을 구고 나서 공포에 질려 내게 그녀
의 감정을 노출했을 때 이미 나의 결점을 고치기엔 너무도
늦었었네. 물론 고칠 수 있었다면 상황은 달라졌을 것이네.
그러나 우리는 이미 이것을 고칠 수 없다는 것을 알았네. 만
일 그랬더라면, 아마도, 우리들 자신의 부단한 노력에 의해
서, 우리 두 사람 모두 영원히 만족스러운 관계를 유지했을
지도 모르네. 하지만 정말 그것이 가능했을까? 잘 모르기는
하지만, 설사 우리들이 그렇게 하는 데 성공했다고 하더라도
특별히 형편이 나아지지는 않았을 거라고 생각되네. 그래,
어디 한번, 모든 성가신 일에서 자유롭게 우리들의 성격을
재조정했다고 가정해 보세. 그러나 그런 일은 나쁜 측면을
고칠 때만 효과가 있는 법이네. 그러나 그녀와 내가 재조정
해야 하는 것은 그 자체로는 나쁘다고도 좋다고도 할 수 없
는 그런 묘한 것이더란 말이네. 도대체 사교성이 고립성보다
너 좋다거나 나쁘다거나 말할 수 있는 근거가 무엇인가? 게
다가 이미 완성된 성격을 재조정한다는 것은 결과적으로 그
것을 강요히는 것이고 따라서 그의 성격을 파괴하는 것이나
다름없네. 그리고 그것은 설국은 더 많은 것을 잃어버리세
된다는 것을 의미하네. 뿐만 아니라 재조정을 싱고하는 것은
공연한 정력의 낭비로 그칠 수도 있네. 결과적으로 그녀와
내가 도달한 결론은 결코 타산적인 것은 아니었다고 보네.

일이 그랬다면, 우리는 필연적으로 우리들의 심성을 망가뜨렸을 것이고 우리들 인생의 용솟음치는 젊음과 신선한 충격을 잃어버렸을 것이네. 만일 그랬다면 도대체 그것은 무슨 목적을 위해서란 말인가? 단지 이방 저방에 있는 서로의 존재를 확인하기 위해서? 우리들의 아이들을 가졌다면 문제는 전혀 달랐을 것이네. 틀림없이 우리들이 헤어짐으로써 아이들의 운명에 끼칠 변화에 대해서 깊이 생각했을 것이기 때문이네. 그래서 만일 우리들로 인해서 아이들이 처하게 될 상황이 극도로 악화된다면, 우리 두 사람 모두 그 원인을 제거하는 일에 필사적인 노력을 기울였을 것이고 결과는 틀림없이 행복으로 끝났을 것이네. 왜냐하면 어떻게 해서든 사랑하는 사람들의 행복을 최대한으로 보존하기 위해서 필요한 모든 노력을 강구했을 테니까. 그리고 우리들의 노력은 그에 상응해서 충분히 보상되었을 테니까. 그러나 사실이 그렇지 않은데 무슨 합리적 결말이 있을 수 있겠는가?

그러므로 결과만을 놓고 보자면, 나의 실수는 명백히 사태를 나은 쪽으로 인도했다고 볼 수 있네. 왜냐하면 그 덕택으로 서로의 본성을 파괴하는 그런 일을 더 이상 하지 않아도 되었기 때문이네. 물론 그것은 많은 걱정거리를 가져오긴 했네. 그러나 그 일이 일어나지 않았다면 우리들의 관계는 틀림없이 더 큰 파국을 맞게 될 것이고 지금보다 더욱 나쁜 상황에 처하게 될지도 알 수 없는 일이네.」

드미뜨리 세르게이치의 이야기는 그러했습니다. 지금까지 그의 말에서 당신은 그가 이런 일을 당해 무척 당혹스러워했고 몹시 좋지 않은 감정을 느꼈다는 것을 쉽게 짐작하셨으리라고 봅니다. 그는 이어서 다음과 같이 말을 했습니다. 「이 문제에 대해서 이러쿵저러쿵 비판을 하는 사람들, 내게 아무런 동정심도 갖고 있지 않은 사람들 편에서 볼 때 내가 정당화될 여지는 거의 없다는 것을 나 역시 잘 알고 있네. 그러나 그녀만은 나를 동정하고 이해하리라고 확신하네. 그녀는 틀림없이 나보다 더 친절하게 나에 대해서 판단할 것이기 때문이네. 그녀가 그 꿈을 꾸기 전까지만 해도 나는 내가 전적으로 옳다고 여겼고 그것이 그 당시 나의 생각이었네.」 이제 당신이 당신들 관계의 불만족스러움을 그에게 노출시켰던 그 꿈을 꾸고 난 후에 그가 어떻게 느꼈고 또 무엇을 하려고 했는지에 대해서 당신에게 전하겠습니다.

「나는 (이 이야기도 드미뜨리 세르게이치 자신의 말입니다) 앞에서 그녀가 그 무서운 꿈에 대해서 말한 그 순간, 우리들의 이전의 관계와는 뭔가 다른, 어떤 피할 수 없는 숙명 같은 것을 느꼈다고 말했네. 오랫동안 억제되었던 불만이 나온 것이란 점도 있지만 평소 그녀의 정열적인 성격으로 미루어 볼 때 그것은 뭔가 강력한 힘을 가지고 조만간 등장하리라는 것을 예상할 수 있었기 때문이네. 만일 그렇지 않다면 그런 꿈을 꾸는 것 자체가 불가능하기 때문이지. 그러나 처음에는 내게 아주 유익한 것처럼 보였네. 그래서 나는 다음과 같이 생각했네. 〈그녀는 얼마 동안 누군가를 열심히 사랑하게 될 거야. 그러다가 한두 해 지나면 다시 옛날의 정숙한 태도로 돌아오겠지. 나는 점잖은 사람이야. 나와 같은 사람을 그녀가 만나기란 쉽지 않다 — 나는 그때 생각한 바를 그대로 말하고 있네. 여기엔 나 자신을 격하시키는 어떤 위선도 없네 — 그리고 일시적인 사랑의 충동은 오래지 않아 그 힘을 잃어버리게 될 거야. 비록 당장은 나와 함께 사는 것이 불만족스러울지도 모르나, 삶 선체를 놓고 볼 때 나와 함께 사는 것이 다른 사람보다 훨씬 더 편하고 자유롭다는 것을 알게 될 거야. 그래, 모든 것은 이전의 상태로 회복될 거야. 나도 이번 일로 많은 것을 배웠어. 앞으로는 그녀에게 더욱 주의하게 될 거야. 그리고 그녀는 나에 대한 새로운 존경심을 갖게 될 거야. 그리하여 그녀는 이전보다 더욱 다정하게 내게 다가올 거고, 우리는 예전보다 더 행복하게 살게 될 거야.〉

그러나 이것은 설명하기가 매우 난처하네만 말하지 않을 수가 없네. 우리들의 새로운 관계에 대한 전망이 내게 어떻게 느껴졌을까? 나를 행복하게 했을까? 물론 그랬네! 그러나 단지 행복만을 가져왔을까? 아니네. 그것은 여전히 내게 부담스러운 어떤 것이었네. 글쎄, 즐거운 부담이라고나 할까. 하지만 부담은 역시 부담이었네. 〈나는 그녀를 몹시 아끼고 사랑해. 앞으로는 그녀를 위해서 나 자신을 자제해야 돼. 그리고 그 일은 틀림없이 내게 기쁨을 줄 거야. 하지만 내 생활은 그만큼 더 짜증스러워질지도 몰라.〉 이런 생각이 내게 떠오른 것은 내가 다시 평온을 되찾은 후였네. 그리고 그런 생각이 잘못된 것이 아님을 곧 깨달았네. 그때가 바로 그녀가 나에 대한 사랑을 그대로 유지해 주기를 원했을 때였네. 그러나 내가 그녀의 이러한 욕망을 만족시켜 주었던 그 한 달 동안이야말로 내 인생에 있어서 가장 부담스러웠던 한 달이었네. 그렇긴 하지만 거기에는 아무런 고통도 없었네. 아니, 그런 단어를 거기에 갖다 붙인다는 것은 전혀 맞지 않네. 적어도 긍정적인 의미에서 볼 때 그것은 터무니없는 말이네. 그녀가 기뻐할 때면 나 역시 오직 기쁨만을 경험하려 했네. 하지만 그것은 내겐 너무도 힘겨운 노릇이었네. 바로 여기에, 그녀가 사랑을 유지하고자 했던 시도가 왜 실패로 끝났는가에 대한 비밀이 있네. 그녀를 즐겁게 해주는 동안 내가 그만 지쳐 버렸던 것이네.

자네 보기엔, 내가 수많은 저녁들을 학생들과 보내면서도 어째서 피곤하게 생각하지 않았는지, 또 나 자신보다도 나를 더 사랑하는 여자와 고작 몇 차례의 저녁 시간을 함께 보냈을 따름인데 왜 그렇게 심하게 피곤을 느꼈는지 이상하게 보일 것이네. 더구나 그들을 위해서라면 죽음을 불사할 정도로 모든 고통을 참았으면서도 그녀에게는 어째서 그렇게 무심했냐고 말이네. 현상만 본다면 이상하게 보이는 것이 당연할 것이네. 그러나 그것은 내가 젊은 친구들과 절친한 관계를 갖고 있는 진짜 동기를 감지하지 못했기 때문이네. 사실 내가 이 젊은이들과 개인적인 특별한 관계를 갖고 있느냐 하면 그렇지는 않네. 오히려 그들과 함께 있을 때 나는 누군가의 앞에 앉아 있다기보다 단지 그들 속에서 생각을 교환하는 몇몇 추상적인 유형만을 보았을 뿐이네. 그리고 그들과 많은 이야기를 했지만 그 역시 내가 혼자 있을 때 하는 나의 명상에 견주면 아무것도 아니었네. 거기서 나의 본성은 오직 한 부분만이 작용했는데, 남들이 보면 휴식이라고 말할 테지만, 어쨌든 다른 모든 부분은 자고 있는 가운데 오직 사유만이 움직였을 뿐이네. 그렇지만 우리의 이야기는 꽤 실용적이고 쓸모 있는 것이었는데 이를테면 젊은이들에게 지적인 생활과 고상함, 그리고 활력을 불러일으키는 그런 것 말이네. 물론 그 역시 일임엔 틀림없네만 그러나 일이라기엔 너무도 쉬운 것이었네. 게다가 다른 종류의 노동에 의해서 소모된 힘을 회복시켜 주는 그런 기능마저 있었기 때문에 싫증과는 거리가 먼 오히려 신선한 무엇이었다고나 할까? 그러므로 나는 구태여 쉴 필요를 느끼지 않았네. 그리고 무엇인가 유익한 일을 하고자 했기 때문에 편안 따위는 안중에도 없었던 것이네. 그래서 나는 사유를 제외한 다른 모든 부분들은 잠들도록 했네. 그리고 오직 사유만이 날 자유롭게 하였네. 그리하여 나는 마치 내가 혼자 있는 것처럼 많은 자유를 느꼈던 것이네. 대화는 따라서 전혀 부담이 되지 않았네. 이런 경우는 흔히 사람들의 관계가 복잡하게 얽힌 그런 관계와는 전혀 다른 것이네.

나는 〈지루함〉이란 단어를 사용하는 것이 얼마나 무책임한 것인지 알고 있네만, 나의 양심은 그것을 철회하는 것을 허락하지 않네. 사실이 그렇네. 그녀와 나 사이의 관계가 전처럼 편안해질 수 없다는 것을 깨달았을 때 나는 차라리 편안함을 느꼈네. 그것은 내가 그녀의 욕망을 충족시키는 일에 성가시게 한다는 것을 그녀가 어렴풋이 깨닫기 시작할 무렵이네. 그래서 우리들의 관계를 유지하는 것이 불가능하다는 것을 알게 된 이후에, 나는 그것에서 벗어나는 것이 — 나는 또다시 난처한 표현을 쓰지 않을 수 없네 — 즉, 부담스러운 상황에서 벗어나는 것이 언제쯤이나 가능해질까 생각하기 시작했다네. 바로 여기에, 외면만을 보고 판단하는 사람이나 전체 동기의 심층을 보지 못하는 근시안적인 사람들에게는 틀림없이 과장되어 보였을 사태의 비밀이 놓여 있네. 그렇네, 나는 그저 그 난처한 상황에서 하루라도 빨리 벗어나고 싶었던 것이네. 나는 결코 내가 좋아하는 것을 부정할 만큼 위선적이지는 않네. 그렇다고 내가 그녀의 행복을 바라지 않는다는 말은 아닐세. 다만 그것은 부차적인 동기란 말일세. 그 역시 강한 동기이긴 했지만 말이네. 그렇지만 첫번째 주된 동기에는 역시 못 미치는 것이었네. 말하자면, 지루함에서 자유로워지고 싶은 내부의 욕망이 촉진제 역할을 했다고나 할까? 아무튼 나는 이런 가운데 그녀의 생활 방식을 주의 깊게 관찰하기 시작했네. 그리고 우연히 갑작스럽게 마주친 그녀의 불안한 감정 상태가 결코 일시적인 감정의 변화가 아니라 그녀의 생활에 중대한 변화가 일기 시작했다는 것을, 그 직접적인 원인이 알렉산드르 마뜨베이치의 나타남과 사라짐이었다는 것을 어렵지 않게 감지할 수 있었네. 당연히 나는 그에 대해서 생각하기 시작했네. 그리고 전에는 주의하지 않았던 그의 이상한 행동의 이유를 비로소 이해할 수 있었네. 그 후 나의 생각은 이미 말했듯이 빠르게 움직이기 시작했네. 그리고 아직 이 모든 것을 깨닫지는 못했지만, 단순히 정열적인 사랑에 대한 욕망 때문에 그처럼 동요하는 것은 아니라는 것과 그녀의 이러한 감정의 동요가 충분히 그럴 만한 가치가 있는 사람, 다시 말해서 내 위치를 대신할 능력이 있는 그런 사람에 대한 것이며 그 또한 그녀를 열렬히 사랑한다는 것을 알게 되었을 때 사실 나는 몹시 기뻤네. 그렇지만 나의 최초의 감정은 아주 잔인했네. 그리고 어느 정도 약간은 고통을 수반하고 있었네. 솔직히 나는 그때서야 비로소 내가 그녀에게 필요한 사람이 아니라는 것을 깨달았지. 나는 그것을 수긍했고 곧 그것에 익숙해졌네. 그리고 사실대로 말하면 나는 정말 기뻤네. 당연한 이야기지만 이런 관계의 냉혹함이란 불가피하게 고통을 수반하게 마련이네. 그러나 다행히 길지는 않았네. 그리고 그것은 처음 잠깐 동안뿐이었네. 곧 나는 가벼운 기분으로 회복했네. 그리고 그녀의 행복을 빌었고 또 확신했네. 장차 그녀에게 커다란 행복을 가져다 줄 그녀의 운명을 생각하면서 말이네. 그러나 단순히 이것만이 기쁨의 주된 원인이라고 생각한다면 그것은 잘못이네. 진정 누구라 할 것 없이 개인적인 감정은 더없이 소중한 법이네. 나는 비로소 강박관념으로부터 완전히 자유로워진 것을 느낄 수 있었네. 내 말은 독신 생활이 결혼 생활보다 더 편하다거나 행복하다는 것을 말하는 것이 아니네. 오히려 부인과 남편이 서로를 기쁘게 하기 위해 어떤 구속도 강요하지 않는다면, 그리고 어떤 노력노 하지 않고도 서로에게 만족한다면, 그리하여 구태여 만족을 생각하지 않아도 서로 만족할 수 있다면, 그들의 관계는 가까워지면 가까워질수록 너욱더 자유롭고 편할 것이기 때문이네. 그러나 그녀와 나의 관계는 이런 것이 아니었네. 그런 까닭으로 결별은 내게 자유를 의미했던 것이네.

따라서 내가 그녀의 행복에 간섭하지 않기로 결심한 뒤로는 오직 나 자신의 이익만을 위해서 행동했으리라는 것은 쉽게 짐작할 수 있는 것이네. 그러므로 내 행동에 비록 고귀한 면이 있었다고 하더라도 결국 그 동기를 따지고 보면 나 혼자 있고자 하는 본성에서 나온 것에 불과하네. 내겐 나의 행동을 정당화시킬 힘이 있었고 명분이 있었네. 또 굳이 말을 꺼낸다면 나는 그런 면에서 충분히 훌륭하게 행동했다고 할 수 있네. 이리저리 왔다 갔다 하지 않았고, 다른 사람에게 불필요한 혼란이나 성가심을 주지 않았으며 또 나의 임무에 불찰이 없었다는 것, 그러한 것이 나의 본성이라 차라리 편안했던 것이네.

나는 랴잔으로 떠났네. 그리고 얼마 후에 그녀로부터 내가 있어도 괜찮으니 돌아오라는 전갈이 있었네. 그러나 나는 돌아가면 필시 그녀를 괴롭히게 되리라는 것을 알았네. 그녀는 아직 자신이 큰 신세를 졌다고 여기는 사람을 편한 마음으로 만날 수가 없었기 때문이네. 이 점에서 그녀는 분명히 잘못 생각하고 있었네. 나는 그녀의 이익보다 언제나 나 자신의 이익을 위해서 행동했기 때문에 그녀가 내게 신세진 것이라곤 아무것도 없다네. 그러나 그녀에게는 이것이 그렇게 단순하지가 않았네. 그녀는 내게 깊은 감사의 정을 느꼈고 이 느낌은 견고하기까지 했네. 물론 그것에는 좋은 면도 있네. 그러나 그런 감정은 너무 강하지 않을 때에만 좋은 것이네. 너무 지나치면 오히려 서로 부담스럽게 되어 버리니 말이네. 두 번째 원인은 설명하기 난처한 것이지만 그래도 내 생각을 말하지 않을 수가 없네. 나는 그녀의 사회적 관계가 비정상적이고 불쾌했던 것에서 두 번째 원인을 찾을 수 있다네. 즉, 그녀는 자신이 원하는 사회적 지위를 차지할 권리를 사회가 인정하지 않는다는 사실이 무척 참기 어려웠다네. 그래서 나는 직감적으로 그녀 곁에 있는 내가 그녀를 위해서 애쓰지 않으면 안 된다는 것을 알았네. 내가 그런 생각을 하게 된 데에는 이전에 내가 겪었던 온갖 쓰라린 경험들이 참기 어려울 정도로 다시 떠올랐기 때문이네. 이미 지난 이야기지만 나는, 솔직히 말해서, 그녀에게 아주 강한 애정을 갖고 있었네. 그리고 그녀와 가장 친한 친구로 영원히 남기를 원했네. 그러나 이것이 결국 불가능하게 되었다는 것을 알았을 때 나는 몹시 상심했네. 어떻게 계산하더라도 이 슬픔에 대한 보상은 되지 못했네. 여기서 나는 최종 결론을 내렸네. 물론 그것은 그녀에 대한 나의 애착 때문이기도 하지만 아무튼 나는 아무런 사심 없이 오직 그녀를 위한 쪽으로 모든 것을 마무리하기로 결론을 내렸네. 그리고 이때만큼 커다란 행복을 느낀 적은 없었네. 여기서 과연 나는 고귀한 ― 보다 정확히 말하면 〈고귀한 계산〉 ― 행동을 한 것이 사실이네. 즉, 인간의 보편적 법칙이 개인의 특수성을 넘어선 그런 행동을 말이네. 그리고 여기서 고귀한 인간이 된다는 것이 얼마나 큰 기쁨인가를 배웠네. 즉, 모든 사람이 이반이나 뻬쩨르라고 하는 개인의 이름을 넘어서서 각자가 자신이 해야 할 일을 한다는 것을 말하네. 진정 자기 자신을 이반이나 뻬쩨르가 아닌 순수한 한 개인으로 자각한다는 것이야말로 무한한 기쁨을 느끼게 하기에 충분했던 것이네. 이 느낌은 너무도 강했네. 더구나 나와 같은 평범한 심성의 소유자는 때때로 이런 감정의 높이까지 고양될 때 도저히 참지 못하는 법이네. 그런 감정을 경험할 기회를 갖는다는 것은 얼마나 행복한가!

 여기서 특별히 다른 사람과의 관계에서 불합리하게 보였을 나의 행동을 설명할 필요는 없는 것이네. 그러나 굳이 설명한다면 내가 양보한 사람의 성격에 의해서 충분히 정당화

될 수 있다고 보네. 내가 랴잔으로 떠났을 때 그녀와 알렉산드르 마뜨베이치 사이에는 아무런 말도 오가지 않았네. 그리고 내가 최종 결심을 했을 때도 그와 나 그리고 그녀와 나 사이에는 이 문제에 대해서 아무런 말이 없었네. 나는 그를 아주 잘 알고 있네. 그러므로 그들에 대해서 특별히 연구하는 것은 전혀 필요치 않네.」

나는 드미뜨리 세르게이치의 말을, 이미 말씀드렸듯이, 그대로 전해 드렸습니다.

나는 당신에게 낯선 사람입니다. 그러나 고 드미뜨리 세르게이치의 뜻을 전하기 위해서 이 글을 쓰는 동안 나는 당신에게 매우 친근감을 느끼게 되었습니다. 따라서 고 드미뜨리 세르게이치의 내면에 대해서 잘 알고 있는 낯선 발신인에 대해서 알아 두시는 것도 흥미로울 것입니다. 나는 전에 의과대 학생이었습니다만 지금은 특별히 그 이상 말씀드릴 만한 것을 갖고 있지 않습니다. 나는 최근 몇 년 동안 쭉 뻬쩨르부르그에서 살았습니다. 그러다가 며칠 전 여행을 결심했고 새로운 삶을 해외에서 다시 시작하기로 했습니다. 나는 당신이 드미뜨리 세르게이치의 참변을 안 이틀 뒤에 뻬쩨르부르그를 떠났습니다. 하지만 아무런 증명서도 준비되지 않은 터였기 때문에 우리 친구 중의 한 사람이 제공한 서류를 갖고 다녔습니다. 그는 도중에 내가 그의 임무를 수행해 주는 조건으로 그것들을 내게 주었습니다. 만일 당신이 라흐메또프를 만나게 되면 그가 원하는 대로 모든 일이 잘되었다고 말해 주시기 바랍니다. 나는 지금 독일의 풍습을 두루 관찰하기 위해서 여행을 떠날 생각입니다. 내 수중에 아직 몇 백 루블이 있습니다. 이번 여행도 좋은 여행이 될 거라고 믿고 있습니다. 하지만 이렇게 빈둥거리며 왔다 갔다 하는 것이 싫증날 때쯤이면 다시 무슨 일인가를 찾게 될 것입니다. 그게 언제쯤이냐고요? 일할 기회는 도처에 널려 있습니다. 나는 새처럼 자유롭고 아무런 구속도 느끼지 않습니다. 그런 상황 자체가 몹시 나를 기쁘게 합니다.

혹시 당신이 내게 답신을 내고 싶어하실지도 모르겠습니다. 그러나 일주일 후에 내가 어디에 있게 될지는 아직 미정입니다. 아마도 영국이나 프랑스에 가 있게 될 것 같습니다만, 나는 상상이 인도하는 곳이면 어디로든지 떠날 것입니다. 그러나 지금은 나 자신도 어디로 가게 될지 가늠할 수 없습니다. 그러나 당신이 만일 편지를 쓰실 요량이면 다음 주소로 보내 주시기 바랍니다. 베를린 프리드리히 가 20번지, 아겐투르 본 쉬마이들러. 주의하실 것은 12345란 숫자를 편지 겉봉에 적으시라는 것입니다. 그러면 쉬마이들러 씨의 대리인이 그것을 내게 전해 줄 것입니다. 만일 당신이 내게 답장을 내신다면 그것은 나를 몹시 기쁘게 할 것입니다.

존경하는 부인, 당신에게 무한한 경외심을 표하는 이 낯선 사람의 정성을 기꺼이 받아 주시리라 확신하면서.

1856년 7월 20일 베를린
이전의 한 의과 대학생으로부터

존경하는 알렉산드르 마뜨베이치에게

고(故) 드미뜨리 세르게이치의 간곡한 뜻에 따라서, 나는 당신에게 그의 최선의 선택은 당신에게 그의 자리를 내놓는 것이었다는 사실을 알려 드립니다. 당신이 그의 집에 발길을 거의 끊다시피한 지난 3년 동안, 그리고 당신이 화해시키려고 했지만 끝내 헛수고로 끝났던 두 사람 사이의 성격의 불

일치는 끝내 그렇게 결말을 맺고 말았습니다. 하지만 분명한 것은 드미뜨리 세르게이치가 당신을 비난하지 않고 있다는 것입니다. 물론 그것에 대한 새삼스러운 설명은 구차할 뿐입니다. 그렇지만 예의상 그는 내게 그것을 부탁했습니다. 말하자면, 이렇습니다. 양자택일이라고나 할까요. 그와 당신 중에서 누군가 한 사람이 그 자리를 채워야 한다는 것입니다. 만일 그가 자리를 채울 수 없다면 당신이라도 그 자리를 채워야 할 것이라고 말입니다. 고 드미뜨리 세르게이치의 견해에 따르면 당신이 그 자리를 채우는 것이 최선의 결과라고 할 수 있습니다. 당신과 굳게 악수하고 싶습니다.

이전의 한 의과 대학생으로부터

「아! 그렇군요.」

뭐라고? 어디서 많이 듣던 친숙한 목소리였다. 나는 몸을 돌려 그 목소리의 주인공을 쳐다보았다. 아니나다를까 역시 예상한 대로 그였다! 얼마 전에 예술에 관하여 B로부터 A를 알지 못한다고 망신을 당한 채 쫓겨났던 그 현명한 독자, 바로 그였다. 그러나 그는 여전히 이전처럼 민첩하게 입을 놀렸다. 다시 뭔가를 알고 있노라고 하면서!

「암! 그것을 누가 썼는지 알고말고요.」

나는 잠자코 내 앞 쪽 가장 가까이에 있는 냅킨을 집어 들었다. 이전의 대학생의 편지를 다 베껴 쓰고 막 아침 식사를 하려던 참이었던 것이다. 그리고 그 냅킨을 그의 입에다 쑤셔 넣는다. 「뭘 알고 있다고 하는지 모르지만 당신 혼자나 알고 있어요. 왜 온 시내에 떠들고 다니려고 하는 거지?」

2

당신의 편지가 내게 얼마나 행복을 주었는지 당신은 이해하실 것입니다. 진심으로 감사드립니다. 고 드미뜨리 세르게이치와의 친분 덕택에 나는 당신을 〈친구〉로 간직할 수 있게 되었습니다. 이렇게 친구라고 부르는 것을 허락해 주시기 바랍니다. 당신이 인용했던 모든 말에서 드미뜨리 세르게이치의 생생한 육성을 느낄 수 있었습니다. 그는 끊임없이 그의 행동의 가장 심층적인 요인을 알아내려고 애썼고 그것을 그의 이기주의 이론에 귀속시키기를 좋아했습니다. 나의 알렉산드르 역시 똑같은 방식으로 그의 동기를 분석하길 좋아하니까요. 만일 당신이 그가 지난 3년 동안 나와 드미뜨리 세르게이치에게 한 일들에 관해서 그로부터 들을 기회가 있다면, 그 역시 자신의 기쁨을 위해서 이기적인 계산 하에 모든 일을 처리해 왔다는 것을 아시게 될 것입니다. 나는 이미 오래전에 그런 관습을 알았습니다. 하지만 드미뜨리 세르게이치보다 우리 두 사람은 조금 덜했습니다. 우리는 물론 그의 생각에 전적으로 동의합니다. 그러나 그는 분명히 우리보다 더 강한 집착을 갖고 있었음이 틀림없습니다. 하긴 만일 누군가가 우리들 이야기를 듣는다면 우리 세 사람 모두 세계에서 유래가 없는 이기주의자들로 간주될 것입니다. 아마도 이것은 사실입니다. 결코 어디에도 우리와 같은 이기주의자는 없을 것이기 때문입니다. 어떻게 생각하세요? 그래요, 아마도 그럴 것입니다

그런데 드미뜨리 세르게이치의 말 속에는 우리 세 사람 모두에게 공통된 이런 성격 이외에도 그의 상황에 속하는 어떤

다른 것이 있습니다. 외관상으로 보면 그의 설명 목적은 나에게 위안을 주기 위한 것이었습니다. 내 말은 그의 이야기에 진실이 결여되었다는 것이 아니라 — 그래요, 그는 결코 마음에 없는 말을 하지 않습니다 — 지나치게 나를 안정시키려고 애쓰고 있다는 것입니다. 친구여, 나는 그것에 대해서 무척 감사하고 있습니다. 그러나 나 또한 〈이기주의자〉입니다. 때문에 그는 내 마음의 안정에 대해서 헛되이 마음을 쓰고 있다고 말해야겠습니다. 우리는 타인에 의해서 정당화되기보다 스스로 자신을 정당화하기 때문입니다. 그리고 나는, 진실을 말하면, 그가 비난받는 그러한 방식으로 나 자신에 대해서 생각해 본 적이 없습니다. 더욱이 나는 그에게 어떤 감사의 생각도 느끼고 있지 않다고 말해야겠습니다. 나는 물론 그의 고귀한 행동을 찬양합니다. 아주 깊이 찬양합니다. 그러나 궁극적으로 나를 위해서가 아니라 바로 그 자신을 위해서 고귀하게 행동했다는 것을 나는 알고 있습니다. 마찬가지로 내가 그에게 잘못을 범하지 않았다면 그것은 그를 위해서가 아니라 나 자신을 위해서 잘못을 범하지 않은 것입니다. 즉, 잘못이란 그에게 해가 되기 때문이 아니라 바로 나 자신에게 해가 되기 때문입니다.

나 역시 그처럼 나 자신을 비난할 생각은 없습니다. 그보다는 오히려 나 자신을 정당화하고 싶습니다. 그런데 매우 공정했던 그의 말에 따르면 다음과 같은 문제가 남습니다. 즉, 나의 행위의 어느 부분에 대해서 비난을 면제받는다고 하더라도 내가 나 자신에게 관대한 만큼 다른 사람들도 내게 그러하지는 않을 거라는 것입니다. 그렇다고 그가 그 자신을 정당화했던 것과 똑같이 나 자신을 정당화할 생각은 없습니다. 오히려 반대로, 나는 그가 정당화할 필요를 느끼지 않았던 그런 부분에 대해서 나 자신을 정당화하고 싶습니다. 확신하건대, 내가 그 꿈을 꾸기 전에 일어났던 일들에 대해서 나를 비난할 사람은 아무도 없다고 봅니다. 그러나 그 후, 멜로드라마와 같은 과정을 거쳐 끝내 끔찍한 참변을 야기했던 그 사태의 원인은 내가 아니었던가요? 나의 꿈에서 최초로 나와 드미뜨리 세르게이치와의 상황을 드러냈을 때 예상되었던 관계의 변화에 대해서 내가 좀더 합리적으로 사태를 관망했어야 하지 않았을까요? 드미뜨리 세르게이치가 자살한 바로 그날 저녁, 나는 대단한 인물인 라흐메또프 — 그는 얼마나 친절하고 다정다감했는지 몰라요! — 와 장시간에 걸쳐 이야기를 나누었습니다. 그는 나에게 드미뜨리 세르게이치의 그 무서운 참변은 신만이 안다고 말했습니다. 그러나 라흐메또프의 거칠고 비우호적인 말투를 우호적인 말로 다시 옮긴다고 하더라도, 그것은 사실인 것입니다. 나는 드미뜨리 세르게이치가, 라흐메또프가 나한테 말했던 것을 충분히 이해하고 있는지, 그리고 이것이 그의 계산의 일부분이었는지에 대해서는 잘 모릅니다. 하지만 그래요, 그 당시 나는 그의 말을 경청하는 것이 필요했습니다. 그의 말은 나를 아주 평안하게 했습니다. 그리고 당신이 나에게 전해준 그의 말이 설혹 누구의 각색에 의한 것이라고 하더라도 그와 상관없이 나는 당신에게 이 일에 대해서 감사를 표합니다. 그런데 그 대단한 라흐메또프조차도 사건의 마지막 부분에 관해서는 드미뜨리 세르게이치가 정당하게 행동했다고 인정하지 않을 수가 없었던가 봅니다. 라흐메또프는 처음 전반부에서만 그를 비난했을 뿐 나중에는 그 스스로가 정당화하기까지 했으니까요. 나는 비록 아무도 내가 그 일에 책임이 있다고 말하지 않지만, 그래도 무언가 한마디 해야할 필요를 느낍니다. 즉, 우리 모두에게 — 나는 지금 당신과 우리의 친구들, 그리고 모임에 속하는 모든 사람에 대해서 말하고 있습니다 — 라흐메또프가 일깨워 준 것보다 더 중요한 것이 있다는 것입니다. 이것은 우리의 양심입니다.

그렇습니다. 친구여, 만일 내가 그 문제를 좀더 단순하게 보았더라면, 그리고 그것에 너무 비극적인 중요성을 부여하지 않았더라면 관련된 모든 사람들을 그처럼 괴롭히지 않고 좀더 쉽게 일을 처리할 수 있었다는 것을 알고 있습니다. 그러나 드미뜨리 세르게이치의 관점에서 본다면, 오히려 이전과 같은 방식을 더 강력하게 밀고 나갔어야 했을 것입니다. 비록 우리 모두에게 그런 연극적이고 짜증나는 결론이 전혀 필요 없음에도 불구하고 말입니다. 그는 나의 외면상의 격렬한 불안 상태를 사람들에게 드러내 보이길 원했습니다. 따라서 비록 그가 내게 그러한 행위를 부탁하진 않았지만 나의 그런 행위가 그에게 어떻게 느껴졌을지는 분명합니다. 그러나 그의 생각이 그러했다고는 하지만 그가 내게 기울인 따뜻한 마음씨에 대한 고마움은 생각할수록 줄어들기는커녕 오히려 더욱 커지는 것이었습니다. 그러나 친구여, 잠시만 내 말을 들어 보세요. 그것은 전적으로 옳다고도 전적으로 그르다고도 말할 수 없는 것입니다만 솔직히 말씀드려서 세르게이치가 그와 같은 결론을 내린 것은 나의 불안상태 때문이 아니었습니다. 오히려 내가 우리의 관계에 대해서 그처럼 중요한 의무를 부여하지만 않았더라면 그가 랴잔으로 여행을 떠나는 일 없이 충분히 곤경을 넘길 수 있었을지도 모릅니다. 게다가 그가 말하고 있는 것처럼 그는 랴잔에 간 것을 그다지 괴로워하고 있는 것 같지도 않았으니까요. 때문에 내 흥분된 감정에서 발단된 그 불행은 조금만 더 세심하게 주의를 기울였다면 충분히 막을 수 있었는데도 끝내 막지 못했다는 생각에 더욱 몸둘 바를 모르겠습니다. 결국 그가 그런 결론을 내린 것은 무엇보다도 자기 자신에 대한 혐오감 때문이 아니었나 추측됩니다. 그는 자신이 그런 결정을 내리지 않을 수 없었던 이유를 다음 두 가지 사실을 들어 설명하고 있었습니다. 첫째로, 내가 그에 대한 지나칠 정도의 감사하는 생각 때문에 괴로워하고 있다는 것과 둘째로, 알렉산드르와 사회적 관계를 넘어 애정의 관계로 발전함으로써 내가 배신감에 괴로워하고 있다는 것입니다. 물론 내가 편안했던 것은 아닙니다. 그리고 그가 그런 결론을 내리지 않을 수 없을 만큼 상황이 어려웠던 것도 사실입니다. 그러나 그는 정작 핵심을 알아차리지 못하고 있습니다. 내가 그에 대한 지나친 감사하는 생각으로 괴로워했다는 것은 사실과 다릅니다. 비록 그것이 어느 정도 부담이 되었던 것은 부인할 수 없겠으나 사람이란 어려운 상황일수록 벗어나기 위한 구실을 찾으려는 경향이 있는 법입니다. 그런데 드미뜨리 세르게이치가 그러한 결단의 필요성을 느꼈을 무렵에는 이미 그러한 절박한 심리적 욕구는 사라진 뒤였습니다. 그에 대한 감사의 마음은 이미 오래전에 서서히 따스하고 부드러운 감정으로 변해 있었기 때문입니다. 따라서 그가 그런 생각을 하게 된 것은 전적으로 나의 극히 흥분된 감정 때문이었던 것으로 보입니다. 드미뜨리 세르게이치가 제시한 또 하나의 이유 — 나와 알렉산드르 관계가 사회적으로 인정되기를 바라는 마음 — 는 이 문제와 아무런 직접적 관련이 없습니다. 그것은 어디까지나 사회의 일반적인 관념에서 기인된 것일 뿐입니다. 따라서 그 점에 대해서 나는 일언반구도 할 말이 없습니다. 그러나 드미뜨리 세르게이치는 내가 그 때문에 괴로워하고 있다고 여긴 듯합니다. 그 점에서 그는 크게 잘못 생각한 것입니다. 만일 그가 정말 나와 알렉산드르의 관계가 이루어지기를 원했다면 그와 같은 자살 소동을 일으키지 말고 다른 방법을 찾아야 했을 것입니다. 좀 다른 이야기이긴 합니다만,

우리들 세 사람은 서로 견주기 어려울 정도의 대등하고 강한 기질을 갖고 있습니다. 드미뜨리 세르게이치가 만일 지식과 교양면에서 그리고 성격면에서 알렉산드르가 자신보다 우수하다고 느꼈다면, 또는 그가 알렉산드르에게 양보한 것이 그의 정신적 우월성 때문이었다고 한다면, 또는 그가 물러선 것이 선의에서 나온 것이라기보다 강자에 대한 약자의 굴복에 의한 것이라고 한다면 물론 나도 괴로워할 이유가 없었을 것입니다. 또는 내가 드미뜨리 세르게이치보다 지적으로나 정신적으로 뛰어나기라도 해서 다음과 같은 이야기에 의해 쉽게 판명나 버릴 그러한 사람이었다면 그때도 역시 괴로워할 이유가 없었을 것입니다. 그 이야기의 줄거리란 두 신사가 오페라 극장의 로비에서 만나 대화를 나누던 중 서로 마음에 들어 친구가 되고자 했는데, 한 사람이 〈나는 중위 아무개입니다〉라고 자기 소개를 하자 다른 사람이 〈나는 쩨제스꼬 부인의 남편입니다〉라고 자기 소개를 했다는 것입니다. 만일 드미뜨리 세르게이치가 쩨제스꼬 부인의 남편이었다면, 그때는 물론 그가 자살을 하지 않고 복종과 수치심을 기꺼이 받아들였을 것입니다. 또 설령 그가 제아무리 고귀한 사람이라고 하더라도 그런 복종에 대해서 불쾌감을 느끼는 일은 없었을 것이고, 모든 것은 잘 해결되었을 것입니다. 그러나 드미뜨리 세르게이치의 나와 알렉산드르에 대한 관계는 그것과는 달랐습니다. 그는 우리들에 비해 조금도 못하지 않았고 또 유약하지도 않았습니다. 그 자신 역시 그 점을 잘 알고 있었습니다. 그가 양보한 것은 결코 그가 약했기 때문이 아닙니다. 절대로 그렇지 않습니다. 오히려 그것은 전적으로 그의 선의에 의한 것입니다. 당신은 그렇게 생각하지 않으십니까? 그것을 부정하지는 못하실 것입니다. 그렇다면 이야기를 바꾸어서, 그때의 내 입장은 어땠을까요? 나는 바로 여기에 문제의 핵심이 있다고 생각합니다. 나야말로 그의 선의에 모든 것을 의지하고 있었으니까요. 때문에 나도 자신에게 짜증을 느낄 만큼 몹시 괴로운 상태였습니다. 그러므로 그런 내 입장을 누구보다도 잘 아는 그로서는 그런 영웅적인 결단을 내리지 않을 수 없었을 것입니다. 그렇습니다. 그를 그런 궁지로 몰아 넣은 저의 감정이란 사실 당신이 편지에 쓰신 그의 설명보다 훨씬 더 깊고 복잡했을 것입니다. 그러므로 내가 그에 대한 고마움에 압도되어 그랬다고는 도저히 말할 수 없는 것입니다. 물론 세상 사람들의 호기심을 만족시키려고 든다면 그것은 드미뜨리 세르게이치가 제안했던 방법으로 충분했을 것입니다. 그런 사람들의 호기심이라고 해봐야 내 주위에 있는 사람들에게 아무런 영향도 미치지 못했을 테니까요. 결국 이런 저런 사정을 고려한다고 해도 그것은 그다지 신경 쓸 일이 못되었습니다. 오히려 문제는 내가 드미뜨리 세르게이치의 선의에만 기대고 있었을 뿐 내 스스로 자립한 상태가 아니라는 것이었습니다. 내가 괴로워했던 것이 바로 그 때문입니다. 한번 생각해 보십시오. 단순히 우리의 관계를 바꾼다고 해서 기본적으로 그 원인이 제거될 수 있다고 보십니까? 중요한 것은, 나의 사고방식이 아니라 그가 경제적으로 독립해 있고 또 오직 그 자신의 주장대로만 — 그것이 비록 선의에서 나온 것이라고 하더라도 — 행동하는 사람이라는 것입니다. 나는 그런 선의에는 결코 매달리고 싶지 않습니다. 당신은 나의 이런 감정을 아시리라고 봅니다. 그리고 나의 행동을 호의적으로 보아 주시리라 믿습니다. 솔직히 말해서, 나는 어떤 사람의 선의에도 의지하고 싶지 않습니다. 그가 나에게 더없이 성실한 사람이라고 해도 마찬가지입니다. 또 내가 가장 존경하는 사람의 선의라도 해도 예외일 수 없습니다. 비록 내가 필요로 할 때면 그게 무엇이든 서슴없이 해주는 사람, 나의 행복을 나보다도 소중히 여기는 사람, 심지어 그런 사람의 선의라도 해도 나는 그것을 바라지 않습니다. 그러므로 사실은 당신의 호의조차 나는 바라지 않습니다. 이제 충분히 이해하셨으리라고 봅니다.

하지만 내가 무엇 때문에 이런 말을 하고, 묻지도 않은 마음속의 동기를 이렇게 분석하고 있는 것일까요? 그것은 드미뜨리 세르게이치와 마찬가지로 나 자신에 대해서 숨김없이 말하는 것이 내게 유익하기 때문입니다. 그리고 사실 이번 경우는 나로서는 어떻게 해볼 도리가 없을 만큼 나의 능력을 벗어난 일이기도 합니다. 물론 그 말은 드미뜨리 세르게이치가 즐겨 쓰던 말이었습니다만. 그러고 보니 공연히 수다만 늘어놓은 것은 아닌지 염려스럽습니다.

이제 그런 이야기는 이 정도면 충분하다고 생각합니다. 당신은 나를 위해서 몇 시간 동안이나 긴 편지를 쓰시는 일을 마다하지 않으셨습니다. 그 편지는 내게 정말 소중한 것이었습니다! 그리고 이렇게 답장을 쓰는 동안 어느새 드미뜨리 세르게이치아와 당신의 말투를 쫓아서 나도 세련된 말투를 많이 쓰고 있다는 것을 알았습니다. 그러고 보니 드미뜨리 세르게이치가 모스끄바를 향해 떠난 뒤로 어떤 일이 있었는지 당신이 아시는 것이 좋을 것 같습니다. 그는 랴잔에서 돌아오자 내가 몹시 곤혹스러워하고 있다는 것을 알았습니다. 그런데 내가 곤혹스러움을 느낀 것은 바로 그가 돌아온 직후였습니다. 사실 나는 그가 랴잔에 가 있는 동안 별로 그에 대해서 생각하지 않았습니다. 물론 전혀 아니라고는 말할 수 없겠지만요. 사실 그가 모스끄바로 떠날 때 나는 그가 뭔가 특별한 계획을 가지고 있다는 것을 알아챘습니다. 그가 뻬쩨르부르그에서 자신의 일들을 정리하고 있다는 것과 마지막 한 주일 동안 오직 그 일을 위해서 준비하고 있다는 것을 어렴풋이 짐작하고 있었기 때문입니다. 어떻게 그것을 모를 수가 있겠습니까? 마지막 며칠 동안은, 좀처럼 자신의 마음속 비밀을 드러내지 않는 그의 얼굴에 짙게 우수가 깔리는 것을 목격하기도 했습니다. 그래서 뭔가 결정적인 어떤 것이 다가오리란 것을 예감했습니다. 그리고 그가 기차에 올라탔을 때 나는 순간적으로 커다란 슬픔이 억수같이 밀려오는 것을 느꼈습니다. 그가 떠난 다음날 나는 계속 슬픔에 잠겨 있었습니다. 그리고 그가 떠난 지 사흘째 되던 날 아침, 뭐라고 형언할 수 없는 커다란 슬픔에 휩싸여 있었습니다. 그때 갑자기 마샤가 편지를 갖고 들어왔습니다. 정말 괴로운 순간이었습니다. 얼마나 고통스러웠는지 모릅니다. 잘 아시겠지만, 그 날은 정말 너무도 괴롭고 고통스런 날이었습니다. 그런 일이 있은 후 나는 전보다 더욱더 드미뜨리 세르게이치를 사랑하게 되었습니다. 그것이 그렇게 크고 깊은지 미처 깨닫지 못했던 것이지요. 그렇습니다. 이제 그 크고 깊음을 이해하게 되었습니다. 그리고 당신은 아실 것입니다. 내가 그날 알렉산드르를 포기할 결심을 했었다는 것을 말입니다. 그날 하루 종일 나는 나의 인생이 끝났다고, 다시는 돌이킬 수 없이 망가졌다고 생각했습니다. 그런데 나의 특별한 친구가 전해 준 편지를 읽고 내가 아이처럼 얼마나 기뻐했는지 아십니까? 그 편지는 나의 생각을 완전히 바꾸어 놓았습니다. (당신은 내가 얼마나 조심스럽게 표현하고 있는지 아실 것입니다. 당신이 만족하셨으면 합니다만.) 당신은 이 모든 것을 알고 있습니다. 라흐메또프는 나를 기차역까지 배웅해 주었습니다. 드미뜨리 세르게이치와 그는 내가 뻬쩨르부르그를 떠나는 것이 필요하다고 했는데 그 말은 옳았습니다. 그 편지의 효과를 충분히 발휘하려면 말입니다. 드미뜨리 세르게이치는 나를 그 무서운 감정에 빠지도록 내몰아쳤습니다. 그러나 그의 냉정한 처사에 오히려 깊은 고마움을 느끼고 있습니다! 그와 라흐메또프가, 알렉산드르가 내게 오지 못하도록 그리고 배웅을 나가지 않도록 충고한 것은 옳은 행위였습니다. 그러나 내가 모스끄바까지 갈 필요는 없었습니다. 단지 뻬쩨르부르그를 떠나는 것이 필요했고, 그래서 노브고로드에 머물렀습니다. 며칠 뒤에 알렉산드르가 그곳에 왔는데, 드미뜨리 세르게이치의 자살에 관한 문건을 가지고 왔습니다. 우리는 그가 죽은 지 일주일 뒤에 결혼을 했습니다. 그리고 한 달 동안 츄도프의 철로변에서 살았습니다. 그곳은 알렉산드르가 일주일에 서너 번 병원에 나가는 데 적당한 곳이었습니다. 그리고 어제 뻬쩨르부르그로 돌아왔습니다. 답장이 늦어지게 된 것은 마샤가 당신 편지를 서랍에 넣어 두었다가 그만 깜박 잊어버렸기 때문입니다. 편지가 늦어져 혹시 무슨 일이라도 있나 걱정하셨을 줄 압니다. 심려를 끼쳐 드려서 죄송합니다.

당신께 진심으로 감사의 뜻을 표합니다.

1856년 8월 25일 뻬쩨르부르그에서

베라 빠블로브나

편지 주어서 고맙습니다. 하지만 다음부터는 나를 칭찬하는 말은 쓰지 않았으면 좋겠습니다. 그러시지 않으면 나도 당신처럼 당신의 훌륭한 인격에 대한 장문의 편지를 쓸 수밖에 없기 때문입니다. 그것은 생각만 해도 소름이 끼치는 일입니다. 내가 생각하는 것이 무엇인지 알 거라고 믿습니다. 그동안 서로 짤막한 인사말이나 주고받은 것은 우리가 아직 서먹서먹하기 때문이 아닐까 생각합니다. 그 점에 대해서 용서를

빕니다. 하지만 당신의 그런 말은 당치않습니다. 다음번에는
자유롭게 이야기할 수 있기를 기대합니다. 앞으로 이곳 소식
을 많이 전하도록 노력하겠습니다.

알렉산드르 끼르사노프로부터

3

　이러한 편지들은 매우 성실하긴 하지만, 실제에 있어서는
베라 빠블로브나도 알고 있었듯이 약간 한쪽을 치우친 감이
있었다. 물론 그들은 자신들의 고통을 상대방에게 드러내지
않으려고 무척 애를 쓰고 있었다. 이런 사람들이야말로 정말
빈틈이 없는 철저한 사람들인 것이다! 나는 그들과 그들 주
변의 사람들로부터 자주 그런 이야기를 듣는 편인데, 비록
그들이 그만한 일쯤 아무것도 아니라고 아주 감동적으로 말
하지만 그래도 그런 일들을 보면 나는 왠지 웃음이 나는 것
을 참지 못해 여러 번 웃음을 터뜨린 적이 있다. 그러나 그때
마다 나는 그런 일들이 당사자들에게 정말 아무것도 아닌 사
소한 일에 불과하다는 것을 인정하지 않을 수 없었다. 그러고
보면, 훌륭한 사람이야말로 가장 흥밋거리이다. 나는 친분이
있는 그런 고귀한 사람들을 만날 때마다 그들을 놀려 주곤 한
다. 진짜, 그들은 재미있는 사람들이다.
　뿐만 아니라 어떤 점에 있어서는 터무니없이 우스꽝스럽
기도 하다! 여기 이 편지들이 그 좋은 예이다. 그들과 오랫동
안 교제를 하는 동안 그런 것에는 이미 익숙해져 있지만 그
러나 그런 일을 경험하지 못한 순진한 사람들, 이를테면 현
명한 독자와 같은 사람들에게는 어떤 모습으로 비쳐질까?

현명한 독자는 냅킨으로 입을 닦고 나서 고갯짓을 설레설레하며 말한다.「부도덕해!」

「당신은 역시 멋진 친구야! 핵심을 찔렀소.」내가 맞장구를 치며 말했다.「그래 한마디만 더 들려주겠소?」

「그렇소. 작가도 부도덕합니다.」현명한 독자가 외쳤다.「자, 도대체 그가 무슨 일을 꾸미는지 어디 두고 봅시다.」

「오, 천만에. 당신이 잘못 보았소. 난 사실 그들의 그런 태도에 꼭 찬성하는 것은 아니거든. 아니, 거의 인정할 만한 것이 없다고 말해야 할지도 모르지. 그들의 편지란 사실 너무도 고상하고 말끔하거든, 그래서 너무 어려워. 하지만 인생은 그보다 훨씬 단순한 법인데.」

「그렇다면 당신은 그들보다 훨씬 더 부도덕하다는 이야기 아닙니까?」

현명한 독자는 놀란 듯이 눈을 동그랗게 뜨고 나를 쳐다보다. 마치 나의 인간성이야말로 구제 불능이라는 듯이.

「나야말로 그 이상이지.」나는 현명한 독자에게 진담반 농담반으로 대꾸했다.

편지 왕래는 그 뒤로도 서너 달 동안 계속되었다. 그러나 끼르사노프 부부 쪽에서 적극적이었던 데 반해서 상대방에서는 형식적으로 짧게 응답해 왔다. 그 뒤 상대방은 답장을 보내오지 않았다. 그러므로 처음의 긴 편지는 특별히 로뿌호프의 생각을 베라 빠블로브나 부부에게 전하기 위해서 씌어진 것이라고 할 수 있었고, 이제 그 의무가 끝나자 더 이상 편지가 필요 없게 된 것이다. 두세 번 정도 계속해서 답장이 없자 끼르사노프 부부도 상대방의 그런 의도를 눈치 채고 편지 쓰는 것을 중단했다.

4

　베라 빠블로브나는 포근한 소파에 앉아 휴식을 즐기며 그녀의 남편이 병원에서 식사하러 오기를 기다리고 있다. 오늘 그녀는 부엌에서 디저트로 내놓을 과자 만드는 일에 그다지 흥이 나지 않았다. 될 수 있는 대로 빨리 쉬고 싶었다. 오전에 일을 너무 많이 했던 것이다. 그녀는 이미 오래전부터 많은 일을 해오긴 했지만 앞으로도 당분간 계속 그래야 할 것 같았다. 뻬쩨르부르그의 반대쪽 변두리에 또 다른 봉제 공장을 세우기 때문이다. 베라 빠블로브나 로뿌호바는 바실리예프스끼 섬에 살았지만, 베라 빠블로브나 끼르사노바는 세르기예프스끼 거리에서 살고 있다. 그녀의 남편이 빈보르끄스끼 지역 근처에 집을 얻어야 했기 때문이다. 바실리예프스끼 섬의 공장은 메르짤로바 부인이 잘 운영하고 있었다. 그도 그럴 것이 그녀와 조합원들은 전부터 매우 친한 관계에 있었던 것이다. 베라 빠블로브나는 뻬쩨르부르그에 돌아오고 난 뒤, 공장의 일이 그녀가 이따금 잠깐 동안만 둘러보면 될 정도로 모든 게 잘 되어가고 있다는 것을 알았다. 실제로 그녀는 거의 매일 그곳에 들르는 편이지만, 그것은 단지 공장에 애착을 느끼는 데다 공장의 친구들이 그녀를 진심으로 반겨 주기 때문이었다. 그리고 어느 정도 그녀의 방문이 필요한 것도 사실이었다. 특히 메르짤로바 부인은 이따금씩 그녀에게 이것저것 물어 오기도 했다. 그러나 그런 일은 그다지 많지 않았고 점점 횟수가 줄어들게 되었다. 이제 얼마 안 있으면 메르짤로바 부인은 베라 빠블로브나의 도움 없이도 혼자서 충분히 잘 처리해 나갈 수 있을 것이고 그렇게 되면 베라 빠블로브나의 도움은 자연히 필요없게 될 것이다. 실제로, 베라 빠블로브나가 뻬쩨르부르그에 돌아와 바실리예프스끼 섬 공장에 처음 갔을 때 그녀는 중요한 구성원으로보다는 오히려 반가운 손님으로 대접을 받았다. 한편 베라 빠블로브나는 자신이 무엇을 할 것인가에 대해서 이미 분명하게 결정하고 있었다. 그것은 자신이 새로 거주하게 된 뻬쩨르부르그의 다른 쪽 변두리에서 또 하나의 공장을 세우는 것이었다.

마침내 새로운 공장이 바세이나야 거리와 세르기예프스끼 거리 사이에 있는 조그만 길가에 서게 되었다. 이번에는 전번보다 훨씬 힘을 덜 수 있었다. 중요한 몫을 하게 될 여공 다섯 명이 이전의 공장으로부터 옮겨 왔기 때문이다. 그녀들이 빠진 자리에는 대신 새로 채용된 아가씨들이 들어가게 되었다. 새 공장의 다른 구성원들은 예전의 공장에서 근무하고 있던 아가씨들의 친한 친구로 구성되었다. 이렇게 해서 모든 준비는 절반 이상 완료되었다. 공장의 목적과 규범은 전 조합원에게 잘 인식되어 있었다. 새로 온 아가씨들은 전에 있던 공장에서 몹시 더디게 진척되던 규칙들이 이 공장에서는 아무런 장애 없이 곧바로 시행될 수 있다는 기대를 가지고 마음의 준비를 단단히 하고 있었다. 그리하여 그 공장의 설립은 전보다 열 배 이상이나 빨리 진척되었고 수고도 전보다 3분의 1정도로 줄어들었다. 그러나 그럼에도 불구하고 아직 번거로운 절차가 많이 남아 있었고, 베라 빠블로브나는 그제, 어제 그리고 오늘도 여러 가지 일을 처리하느라고 피곤한 상태에 있었다. 그런 상태는 이미 두 달 전부터 계속되었는데, 그녀가 결혼한 지도 어느새 6개월이나 되었다. 그녀는 결혼하고 몇 달 쉬고 곧바로 이 일을 착수했던 것이다.

그렇다. 그녀는 지금 하루종일 고된 일을 하고 집에 돌아와 휴식을 취하고 있는 중이었다. 앉아 있는 동안 그녀는 여러 가지 일들을 생각해 보았다. 그것은 지금 그녀가 벌이고 있는 일에 대한 것이었다. 모든 게 잘 되어 가고 있었다! 그

동안 그녀는 지나간 추억들을 돌아볼 틈도 없을 만큼 몹시 바쁘고 활기찬 생활을 보냈다. 앞으로 그런 추억 따위에 잠기는 일은 10년이나 20년, 아니 그보다 훨씬 먼 훗날의 일이 될 것이다. 적어도 지금은 그런 감상에 젖을 시기가 아니었다. 그러나 지금처럼 그런 것들이 비집고 들어올 틈이 없을 때조차도 그것은 그녀의 마음에 아련히 떠오르는 것이었다.

5

「밀렌끼, 나도 함께 가겠어요.」
「하지만 당신은 짐을 꾸리지 않았잖소.」
「밀렌끼, 오늘 당신이 데리고 가지 않겠다면 내일 당장 뒤따라가겠어요.」
「잘 생각해서 결정해요. 하지만 우선 내 편지를 기다려요. 내일이면 도착할 테니까.」
여기서 그녀는 집으로 돌아온다. 마샤와 함께 집에 돌아왔을 때 그녀는 무슨 생각을 하고 있었을까? 또 모스끄바 철도역에서 중앙 쁘로스펙뜨로 돌아오는 도중에는? 그녀는 잘 생각나지 않았다. 그만큼 갑작스런 사태에 그녀는 몹시 당황해 있었다. 그것은 그가 그녀의 편지를 발견한 지 채 24시간이 지나지 않은 시점이었다. 만 하루가 지나려면 아직도 두 시간이나 남아 있었다. 그런데 지금 그는 가고 없었다. 그녀로서는 얼마나 놀라운 일인가! 또 얼마나 갑작스러운 변화인가! 전날 밤 2시까지도 그녀는 이러한 일이 벌어지리라고는 전혀 상상도 못하고 있었다. 그는 흥분으로 지쳐 있는 그녀가 잠이 들기를 기다렸다. 그리고 그녀에게 다가가서 몇 마디를 건넸다. 그러나 그 몇 마디 말로는 그가 말하고자 하는 것이 무엇인지 거의 이해할 수 없었다. 즉, 그는 자기가 하고자 하는 말을 간단히 몇 마디로 압축해서 말했던 것이다. 그는 말했다.「오랫동안 고향 분들을 뵙지 못했소. 그래서 그분들을 뵐 겸 고향에 가려고 하는데 내가 가면 모두들 좋아할 거요.」그것이 전부였다. 그리고 그는 곧장 나가 버렸다. 그녀는 거의 반사적으로 그를 뒤쫓았다. 〈그가 어디 있지?〉「마샤, 그이가 어디 있지? 그이가 어디 있냐고?」손님들이 돌아가고 난 뒷자리를 정리하고 있던 마샤가 대답한다.「밖에 나가셨는데요. 마님방에서 나오시자 말씀하셨어요. 〈나 산책 좀 하고 올게〉하고요.」그녀는 할 수 없이 잠자리로 돌아올 수밖에 없었다. 하지만 그녀가 어떻게 잠이 들 수 있겠는가? 그녀는 새벽이 훤히 밝아 올 무렵까지 밤새 뒤척였다. 그러나 무슨 일이 벌어질지 전혀 예측할 수 없었다. 그녀가 잠에서 깼을 때는 벌써 역으로 가야 할 시간이었다. 확실히 그랬다. 모든 게 너무 순식간의 일이었다. 누군가 그런 이야기들을 듣는다 해도 안 믿어질 정도로 모든 게 삽시간에 스쳐 지나가 버렸다. 철도역에서 집으로 돌아오는 동안에야 비로소 그녀는 혼잣말로 중얼거리고 있었다.「내게 무슨 일이 일어난 거지, 도대체 무슨 일이?」

〈그렇다. 랴잔으로 가자. 굳이 편지를 기다리고 있을 필요는 없지 않을까? 그런데 편지는 어떻게 하지? 거기에는 무슨 내용이 적혀 있을까? 그래, 그 편지를 기다려야 해. 그 다음에 결정하는 거야.〉그녀는 편지의 내용을 대충 짐작하고 있었다. 그럼에도 그녀는 그 편지가 도착할 때까지 미뤄야만 했다. 〈그런데 무엇 때문에 그 편지를 기다려야 하는 거지? 가는 거야. 그래, 그냥 가는 거야. 망설일 것 없어.〉이렇게 그녀가 갈팡질팡하고 있는 동안 한 시간, 두 시간이 지나고 다시 세 시간, 네 시간이 지나갔다. 그 사이 몹시 배가 고팠던 마샤는 부엌에서 세 차례나 그녀를 불렀다. 그리고 이번에는 숫제 명령조로 소리쳤다. 그때 그녀의 목소리가 들려왔다. 「불쌍한 마샤! 내가 그 애를 굶게 하다니!」「왜 나를 기다리고 있었니, 마샤! 먼저 먹지 않고? 나를 기다리지 않아도 될 텐데.」「어떻게 그럴 수가 있겠어요, 베라 빠블로브나?」다시 한 시간, 두 시간 그녀는 생각에 골몰했다. 〈가는 거야. 그래 내일 가는 거야. 그가 부탁한 거니까 편지는 받아 보고 말야. 그가 뭐라고 해도 — 나는 그가 뭐라고 적을지 이미 알고 있어 — 그곳에 가는 거야.〉 그렇게 생각에 생각을 거듭하는 동안 다시 한두 시간이 후딱 지나가 버렸다. 그렇다, 그녀는 처음 한두 시간 동안은 분명히 그렇게 마음을 다져 먹었다. 그러나 두 시간 내내 그처럼 외곬으로만 생각했을까? 그렇지 않았다. 비록 그런 식을 생각을 몰아간 것은 사실이지만 그녀의 마음 한구석에서는 다음과 같은 짤막한 문장이 떠오르고 있었다. 〈그는 그것을 원하지 않고 있어.〉 그녀는 차츰 더욱 신중하게 생각을 했다. 어느덧 해가 뉘엿뉘엿 서산을 넘어가고 있었다. 이렇게 마음속에서 갈등을 빚고 있는 동안, 위의 문장으로부터 다시 새로운 짤막한 문장이 떠올랐다. 〈나도 역시 그것을 원치 않아.〉 그때 마샤가 방에 들어와 고집스럽게 그녀에게 밖에 나와서 차를 마시도록 권했다. 마샤가 그때 방에 들어온 것은 얼마나 다행스러운가! 그녀는 정신이 번쩍 나서 위의 새로운 문장을 떨쳐 냈다. 〈아아, 내가 그런 생각을 하다니!〉

그러나 마샤의 구원의 손길도 오래가지 못했다. 물론 그런 생각은 처음에는 감히 모습을 드러낼 엄두도 못 냈다. 대신 〈나는 가야만 해〉 하는 강력한 강박관념이 오히려 의식을 지배하고 있었다고 할까? 그러다가 다시 그러한 문장들이 강박관념을 제치고 이제 서서히 그 모습을 드러내기 시작한 참이었다. 그리하여 쌍둥이 격인 〈그는 그것을 원치 않고 있어〉 하는 문장이 떠오르자 곧 〈나도 역시 그것을 원치 않아〉 하는 다른 문장이 고개를 치켜 든 것이다. 그녀는 흥분 속에서 이 문장들을 음미해 본다. 그렇게 반 시간이 지나는 동안 두 문장은 그녀의 최초의 가장 중요한 〈가는 거야〉 대신, 말 자체로는 큰 차이가 없지만 의미가 전혀 다른 〈내가 꼭 가야만 될까?〉라는 말이 불쑥 튀어나왔다. 본래 말이라는 것은 그런 식으로 생겨나기도 하고 사라지기도 하는 법이다. 그때 마샤가 다시 들어온다. 「심부름온 사람에게 일 루블짜리 은화를 주었어요, 베라 빠블로브나. 봉투에 〈만일 9시까지 도착하면 일 루블짜리 은화 한 닢을 주고 그 이후에 도착하면 반 루블만 주도록 하시오〉라고 씌어 있었거든요. 편지는 기차 승무원이 가져왔어요, 베라 빠블로브나. 저녁 기차로 방금 도착했대요. 〈약속대로 편지를 빨리 전하려고 마차를 타고 왔습니다〉 하지 않겠어요.」 (그의 편지다!) 그렇다. 그녀는 그 편지에 어떤 내용이 씌어 있는지 알고 있었다. 틀림없이 오지 말라는 것이리라. 그러나 그녀는 기어이 갈 생각이다. 그녀는 편지의 그의 말을 따르고 싶지 않았다. 꼭 가야만 할 것 같았기 때문이다. 그러나 뜻밖에도 편지의 내용은 다른 것이었다. 그의 말을 따르지 않을 수 없게 되어 있었다. 편지의 내용은 이러했다. 〈나는 랴잔으로 가오. 그러나 도중에 처리해야 될 공장 일이 몇 가지 있소. 우선 모스끄바에서 며칠 머무르게 될 것 같소. 그런 다음 모스끄바의 인근 도시 두 곳에 들러야 하고 다시 랴잔에 도착하기 전에도 세 군데나 들러야 할 곳이 있소. 사정이 이러하니 중간에 얼마나 시일이 걸리게 될지 지금으로서는 뭐라고 단정할 수가 없소. 일이 한두 가지가 아닌데다 거래처로부터 수금해야 할 건수도 적지 않기 때문이오. 그리고 《내 소중한 친구》, 당신도 알 거요.〉 편지에는 분명히 그렇게 씌어 있었다. (그는 전에 내가 처음으로 그에게 사랑을 느꼈을 때처럼 〈내 소중한 친구〉라는 말을 여러 번 반복해서 쓰고 있어. 그는 나에게 전혀 서운한 감정을 갖고 있지 않은 것이 분명해. 그때 그 〈내 소중한 친구〉란 말에 나는 몇 번이나 키스를 했는지 몰라. 그래, 정말 그랬어.) 「수금하는 일이란 몇 시간이면 될 줄 알고 갔다가 며칠씩 지연되는 일도 비일비재하다는 것을. 때문에 언제 랴잔에 도착하게 될지 지금으로서는 분명하게 확답을 할 수가 없소. 아무래도 며칠 내로는 도착하기가 어려울 것 같소.〉 베라 빠블로브나는 지금도 이 편지의 말들을 한 자도 빼놓지 않고 기억하고 있다. 〈그는 왜 편지를 그런 식을 썼을까? 그게 의미하는 것이 무엇일까? 그래, 그는 내가 혹시라도 그에게 집착할까 봐 나를 아예 단념시키려고 편지를 쓴 게 틀림없어. 그와의 관계를 더 이상 악화시키지 않고 현재 상태대로 유지하기 위해서 말이야. 그렇다면 나에게 남겨진 일이란 무엇이지?〉 종전까지 〈나는 그를 보러 가야만 해〉 하던 그녀의 생각은 어느새 〈그를 만나서는 안 돼〉로 바꿨다. 그리고 이 〈그〉는 방금까지 그녀가 생각하고 있던 〈그〉가 아니었다. 그리고 이 말은 지금까지 그녀의 생각을 일시에 밖으로 밀어내 버렸다. 그녀는 다시 한 시간, 두 시간 생각에 깊이 빠져 들었고, 〈그를 만나선 안 돼〉 하는 생각이 줄곧 머릿속에서 떠나지 않았다. 그리고 어느 틈엔가 또 다른 생각이 그녀도 모르는 사이에 끼어들었다. 〈정말 그를 보고 싶은 걸까? 아냐! 그럴 수는 없어!〉 그리고 그녀가 잠들 무렵 이 말은 〈정말 그를 만나고 싶은 걸까?〉로 바뀌어 있었다. 그런데 대답은 〈어디 있지? 그는 어디로 갔지?〉에서 얼마 후 다시 바뀌어 〈정말 그를 다시는 안 볼 거야〉로 발전했다. 그리고 마침내 새벽에 가까스로 잠이 들 무렵 그녀는 이 말 〈정말 그를 다시는 안 볼 거야〉

를 입 속에서 중얼거리며 잠이 들었다. 그리고 그녀가 아침에 느지막이 잠을 깼을 때 그 전날의 여러 생각들은 모두 사라지고 대신 〈그를 만나지 않을 거야〉와 〈그를 만날 거야〉 이두 마디만이 서로 다투고 있었다. 오전 내내 그렇게 지나갔다. 모든 생각이 이 두 말에 집중되었다. 그리고 두 말이 서로 싸우는 동안 다른 모든 것은 완전히 잊혀졌다. 좀더 힘이 센〈만나지 않을 거야〉가 밀어붙이면 〈만날 거야〉가 앞을 가로막고 나와 서로 뒤엉켜 붙었다. 그러나 〈만나지 않을 거야〉에밀려 〈만날 거야〉가 그를 제압하기 위해 안간힘을 썼다. 마침내 〈만나지 않을 거야〉가 〈만날 거야〉를 정복했다. 그래서 미심쩍은 강자는 또 다른 〈만나서는 안 돼〉에게 도움을 요청했다. 〈그래, 만나지 않을 거야. 만나서는 안 돼!〉 이제 강자 둘이 약자가 도망하지 못하도록 양편에서 꼭 붙잡았다. 〈그래, 만나지 않을 거야 — 아니, 만날 거야 — 안 돼, 만나서는 안돼!〉 그런데 그녀는 지금 무엇을 하고 있는 걸까? 모자가 이미 그녀의 머리에 얹혀 있었다. 그녀는 본능적으로 모자가제대로 써졌는지 보기 위해 거울 앞에 섰다. 그녀는 거울 속에서 모자가 똑바로 된 것을 확인했다. 그러자 그처럼 확고하게 종결지었던 두 말 〈만나지 않을 거야. 만나서는 안 돼〉를 뿌리치고 〈만날 거야〉가 도망쳤다. 그리고 거기에 새로운말 〈이제는 더 이상 번복할 수 없어! 번복하지 않을 거야!〉가가세했다. 「마샤, 저녁에 날 기다리지 마! 오늘은 집에서 식사하지 않을 거니까.」

「알렉산드르 마뜨베이치는 아직 병원에서 돌아오지 않았습니다.」 끼르사노프의 하인 스쩨빤이 정중한 목소리로 대답했다. 그가 그런 식으로 그녀에게 대하는 것은 당연했다. 외견상 그녀에게서 이상한 것을 전혀 발견할 수 없었을 뿐 아니라 얼마 전까지만 해도 이곳에 자주 드나들었기 때문이다.

「그이가 있을 거라곤 생각하지 않았어요. 괜찮아요. 기다리죠. 내가 여기에 있다고 말할 필요 없어요.」 그녀는 신문과 잡지 따위를 집어 든다. 그렇다. 그녀는 그것을 읽을 수 있다. 그녀 스스로도 그것을 읽을 수 있다는 것을 알고 있다. 〈더 이상 번복할 수 없는〉 한, 그리고 이미 결정을 내린 다음이기에 그것들을 평온한 마음으로 읽을 수 있었다. 그러나 그녀는 거의 읽지 못했다. 아니, 전혀 읽을 수가 없었다. 그녀는 방을 둘러보았다. 그리고는 마치 그녀가 이 집의 안주인이기라도 한 것처럼 물건들을 가지런히 정돈하기 시작했다. 물론 그녀는 별로 움직이지 않았다. 치울 것이 거의 없었기 때문이다. 그러나 그녀는 비로소 마음에 평온함을 느꼈고 책도 읽을 수 있었다. 그녀가 그런 것에 마음을 쓸 수 있다는 것은 그만큼 그녀가 안정되었다는 증거였다. 그녀는 재떨이에 담뱃재가 그대로 있는 것이며 테이블보가 비뚤어져 있는 것을, 그리고 의자가 제자리에 놓여 있지 않은 것을 알아챘던 것이다. 그녀는 앉아서 생각한다. 〈이제 더 이상 물러설 수 없어! 더 이상 선택의 여지란 없어! 새로운 생활을 시작하는 거야.〉 그녀는 그렇게 한 시간, 두 시간 마음속의 생각을 정리한다. 〈새로운 생활은 이미 시작된 거야! 그가 알면 얼마나 놀랄까! 얼마나 기뻐할까! 그래, 새로 시작하는 거야! 아아 얼마나 행복해! 벨이 울리고 있어!〉 그녀는 상기되어 약간 얼굴이 빨개졌다. 하지만 곧 미소를 지었다. 발소리가 가까워지더니 문이 열린다!「베라 빠블로브나!」 그는 순간 비틀거렸다. 그는 문의 손잡이를 잡고 있었다. 그녀가 재빨리 달려가 그를 부축한다.「그이는 징말 좋은 사람이에요. 하지만 나는 당신을 마음속으로 사랑하고 있어요. 당신 없이는 살 수가 없어요. 그리고……」 그리고 어떻게 되었을까. 두 사람이 어떻게 방을 걸어 나왔는지 그녀는 기억이 나지 않는다. 그녀가 기억하고 있는 것은 그에게 달려가서 키스를 한 것뿐, 자신들이 어떻게 방을 나왔는지 전혀 기억이 나지 않았다. 그것은 그도 마찬가지였다. 자신들이 팔걸이의자 주위를 서성거린 것은 기억하지만 문 옆에 서 있었던 일은 전혀 기억하지 못했다. 두 사람 모두 키스하는 몇 초 동안 완전히 제정신이 아니었던 것이다.

「아아, 베로치까!」

「내 사랑, 난 당신 없이 살 수 없어요. 그동안 당신이 나를 얼마나 사랑했는지 다 알아요. 오래전부터 날 사랑하면서도 한마디 말도 못하고 잠자코만 있었던 거예요. 당신은 정말 훌륭한 분이에요! 그이도 훌륭하지만 말이에요, 사샤!」

「말해 봐요, 베로치까, 어떻게 된 건지.」

「내가 당신 없인 살 수 없다고 그에게 말한 다음날 그가 떠났어요. 나는 처음엔 그를 따라가려고 했어요. 그래서 어젠 하루종일 그를 따라갈 생각만 했어요. 그런데 지금, 이미 오래전부터 마음이 이곳에 머물렀다는 것을 알았어요.」

「그러고 보니 지난 두 주일 동안 몹시 야위었소, 베로치까. 손에 핏기도 없고!」 그는 그녀의 손에 키스를 한다.

「그래요, 몹시 힘든 싸움이었어요. 하지만 이젠 알 수 있어요. 당신이 내 마음을 다치지 않으려고 얼마나 괴로움을 참고 견디었는지 말이에요. 그런데 어쩌면 그렇게 완벽하게 나를 속일 수가 있었어요? 또 자기 감정을 어쩌면 그렇게 억제할 수가 있고요. 그동안 얼마나 괴로워 했을까!」

「그렇지 않아요, 베로치까. 물론 쉬운 일은 아니었지만.」 끼르사노프는 그녀의 손에 계속 입을 맞추며 손에서 시선을 떼지 않았다.

그때 그녀가 갑자기 웃음을 터뜨렸다. 「어머! 이런 내 정신 좀 봐. 당신이 피곤한 줄도 모르고, 사샤. 몹시 시장할 텐데.」

그녀는 끼르사노프의 손을 밀치고 안으로 뛰어갔다.

「베로치까, 어디 가는 거요?」

그러나 그녀는 대답하지 않고 곧장 부엌으로 간다. 그리고 바쁘게 움직이며 유쾌하게 스쩨빤에게 말한다.「빨리 식사 2인분을 준비해 줘요! 빨리요. 접시는 어디 있나요? 그걸 나에게 줘요. 식탁은 내가 차릴 테니 당신은 요리만 해요. 알렉산드르가 병원 일로 몹시 피곤할 거예요. 어서 그에게 요기할 것을 주어야 해요.」그녀가 접시에 요리를 담아 가지고 온다. 칼과 포크와 스푼이 접시 위에서 서로 부딪치며 짤그랑 소리를 낸다. 그녀가 웃으며 말한다.「연인끼리 처음 만나자마자 식사를 하다니 좀 우습지 않아요?」

끼르사노프가 웃는다. 그리고 그녀가 하는 일을 돕는 사이에도 계속 그녀의 손에 키스를 했다.「베로치까, 손이 너무 창백해.」그리고 다시 손에 키스를 퍼붓는다.

두 사람은 서로 입을 맞추고 웃음을 터뜨렸다.

「하지만 사샤, 식사 때는 조용히 하는 거예요.」

스쩨빤이 식탁에 수프를 가져왔다. 식사중에 그녀는 계속 그동안의 일을 이야기하며 웃었다.「그러고 보니 우린 연인답지 않게 허둥대며 식사를 하고 있군요. 사실은 어제 아무것도 먹지 못했거든요.」

스쩨빤이 마지막 요리를 가져왔을 때 그녀가 그에게 말을 건넨다.「스쩨빤, 우리가 당신 몫까지 다 먹어 버린 것은 아닌지 모르겠어요.」

「괜찮습니다. 베라 빠블로브나. 그렇지 않아도 요 앞 가게에 가서 무얼 좀 사오려던 참이었습니다.」

「그게 좋겠군요, 스쩨빤. 앞으로는 당신 몫 외에 두 사람의 식사를 더 준비해야 된다는 것을 명심하세요. 아참! 사샤, 그 담배 이리 주세요.」그녀는 궐련을 말아서 불을 붙인 뒤 그에게 돌려준다. 「당신은 여기 가만히 계세요. 그동안 커피를 끓여 올게요. 아니면 홍차로 하시겠어요?」 그녀는 5분 뒤에 돌아왔고 곧 스쩨빤이 쟁반에 컵을 준비해 가지고 뒤따라 들어왔다. 그녀는 알렉산드르의 담배에 불이 꺼져 있는 것을 발견한다. 「내가 없는 사이에 무슨 공상이라도 하셨나 보죠?」 그녀가 웃으며 말했다. 그도 따라서 웃는다. 「자, 불 이리 줘요.」 그녀는 권련에 불을 붙인다.

이 모든 일을 다시 생각하고 나서, 베라 빠블로브나는 슬며시 웃음이 났다. 〈우리의 이야기는 어쩌면 이렇게 산문적일까! 만나자마자 수프를 먹고, 아무래도 키스 때문에 제정신이 아니었나 봐. 게다가 그처럼 게걸스럽게 먹어댔으니. 지금 생각해도 그걸 사랑이라고 하기엔 너무 우스워. 하지만 그의 눈이 그렇게 밝게 빛날 수가 없었어. 지금도 물론 그렇지만 말야. 그때 그가 내 손 위에 눈물을 흘린 걸 생각하면 가슴이 두근거려. 내 손에 핏기가 하나도 없었거든. 지금이야 이렇게 고와졌지만 말이야.〉 베라 빠블로브나는 자신의 두 손을 보더니 무릎 위에 도로 내려놓는다. 그리고 다시 생각에 잠긴다. 그리고 엷은 미소를 지으며 한 손을 가슴에 갖다 대고 가만히 힘을 줘 본다.

〈어머, 내가 무슨 생각을 하고 있는 거지?〉 베라 빠블로브나는 다시 미소를 짓는다. 〈그런데 정말 내가 무슨 생각을 하고 있는 거지? 마치 추억이라도 회상하는 것처럼 말이야. 하지만 맨 처음 그와의 만남은 정말 독특했어. 그래, 내가 홍차를 끓이기 위해 부엌으로 갔었지.〉 「스쩨빤, 크림 없어요? 그렇다면 어디서 좋은 크림 살 수 없을까요? 이 근처 가게에는 없을 것 같고. 할 수 없죠, 뭐. 하지만 내일은 준비를 해줄 수 있겠죠, 스쩨빤? 자, 담배 피우세요. 불 꺼뜨리지 말고요.」

그들이 아직 차를 마시고 있을 때였다. 갑자기 현간의 종이 요란스럽게 울리더니 학생 둘이 뛰어 들어왔다. 그들은 몹시 흥분한 상태였고 그녀가 그곳에 있는지조차 알지 못했다. 「알렉산드르 마뜨베이치, 매우 위중한 환자입니다.」 그들은 숨을 헐떡이며 말한다. 「방금 누가 데려왔는데 매우 희귀한 합병증 현상을 보이고 있습니다. 몹시 위급합니다. 알렉산드르 마뜨베이치. 지금 당장 치료를 해야만 합니다. 촌각을 다툽니다. 오죽하면 우리가 이곳에 마차까지 타고 왔겠습니까?」

「어서 서두르세요, 급하데요.」 그녀가 말했다. 그때서야 비로소 학생들은 그녀의 존재를 알아보았다. 그들은 그녀에게 꾸벅 절을 하고 곧바로 그들의 교수를 뒤쫓아갔다. 그의 준비는 오래 걸리지 않았다. 아직 군의복을 걸치고 있던데다 베라 빠블로브나가 서두르도록 재촉했던 것이다.

「병원 일을 마치는 대로 곧장 나에게 오시는 거죠?」 그녀가 그를 보내며 물었다.

「그렇게 하겠소.」

그녀는 저녁 내내 그가 돌아오기를 기다렸다. 10시가 되었는데도 그는 돌아오지 않았다. 11시가 되었다. 이제 기다려봐야 소용이 없을 것 같았다. 그에게 무슨 일이라도 있는 걸까? 그러나 그녀는 걱정하지 않았다. 그에게 무슨 일이 일어날 리가 없는 것이다. 그렇긴 하지만 너무 오랫동안 그 위급한 환자에게 붙잡혀 있는 것 같았다. 그 불쌍한 환자는 지금쯤 살아났을까? 사샤가 그를 구했을까? 그런데 왜 이렇게 늦을까? 그는 다음날 아침 10시가 되어서야 그녀의 집에 왔다. 새벽 4시까지 병원에 있었던 것이다.

「희귀한 경우인데 치료도 매우 어려웠소, 베로치카.」

「생명은 구했겠지요?」

「물론.」

「그런데 너무 일찍 일어난 것 아니에요?」

「난 자지 않았소.」

「안 잤다고요? 여기에 일찍 오시려고요? 아무리 그렇기로 밤을 꼬박 새다니, 이런 바보 같은 양반! 얼른 집에 돌아가서 저녁때까지 푹 주무세요. 내가 갈 때가지 절대로 일어나면 안 돼요.」 2분 뒤 그는 이미 그녀의 배웅을 받고 있었다. 이것이 그들 둘의 첫번째 상호 방문이었다.

그러나 두 번째 식사는 제법 격식에 맞게 진행되었다. 이제 그들은 서로 자신들의 생각을 분별 있게 말하였다. 그들은 어제와는 달리 웃거나 생각에 잠기기도 하면서 서로를 위로했다. 상대방이 더 괴로워했을 거라는 데까지 생각이 미친 것이다. 한 주일 반쯤 지나서 그들은 까멘노이 오스뜨로프 섬에 있는 조그만 별장을 빌려 그곳으로 이사했다.

6

베라 빠블로브나가 그들의 지나간 추억을 생각하는 일은 좀처럼 드물었다. 그렇다. 지금 그녀는 지나간 추억 따위를 회상하고 있을 만큼 한가하지 않았다. 그녀는 요즈음 몹시 바쁘고 활기찬 하루하루를 보내고 있었다. 그런데 그녀는 과거를 회상할 때마다 — 처음엔 물론 가끔씩, 아주 이따금씩, 나중에는 좀더 자주 — 추억에 대해서 불만을 느끼게 되었다. 그것은 처음에는 약하고, 섬광처럼 순간적으로 스쳐 지나가는 불분명한 것이었다. 누구에게, 그리고 무엇에 대한 것일까? 그게 누구인지는 차츰 분명해졌다. 바로 자기 자신에 대한 불만인 것이다. 그런데 왜 무엇 때문에? 지금 그녀는 그 불만이 자신의 성격으로부터 비롯된 것임을 알고 있다.

그렇다. 그녀는 너무 자존심이 강한 것이다. 그렇다면 그녀가 불만을 느끼는 것은 오직 과거의 자기에 대해서 만일까? 처음에는 물론 그랬다. 그러나 그 불안이 현재의 자기와도 관계 있다는 것을 깨닫기 시작했다. 그 감정의 실체가 분명해지면서 그녀는 그 감정이 매우 특이한 것임을 알았다. 그것은 마치 그녀, 베라 빠블로브나의 개인적인 불만이 아니라 수천, 수백만 명의 불만이 그녀 자신 속에 반영되어 있는 것처럼 느껴졌다. 그렇다면 이 수천, 수백만 명은 도대체 누구란 말인가? 왜 그들은 그들 자신에 대해서 불만을 갖고 있는 것일까? 만일 그녀가 전처럼 혼자서 생활하고 자기 혼자의 생각에만 빠져 있다면 아마도 이러한 감정은 그렇게 빨리 분명해지지 않았을 것이다. 그러나 지금 그녀는 항상 남편과 함께 있고 늘 같이 생각을 하기 때문에 그이 생각과 그녀의 생각이 한데 뒤섞여 잘 분간되지 않았다. 이것은 그녀의 감정의 발전에 커다란 도움이 되었다. 그러나 그로서는 이 수수께끼를 도저히 해명할 수가 없었다. 그러므로 이 감정은 그녀에게 분명하게 떠오르지 않는 한 그로서는 영원히 이해할 수 없는 그런 것이었다. 그로서는 개인적인 불만과 전혀 관계 없는 또 다른 차원의 불만을 느낀다는 것이 좀처럼 납득이 되지 않았던 것이다. 따라서 그것은 그녀보다 오히려 그에게 몇 백 배나 더 불가사의한 일이었다. 그럼에도 그녀가 끊임없이 남편을 생각하고 남편과 함께 생각을 나눈다는 것은 매우 유익한 것이었다. 마침내 그녀는 이 불만이 항상 비교를 동반한다는 것, 즉 자신과 남편을 비교하는 데에서 생겨난다는 것을 알아차리기 시작했다. 그러자 그녀의 감정을 숨김없이 그대로 드러내는 한마디 말이 갑자기 그녀에게 떠올랐다. 〈달라, 정말 너무도 달라.〉 이제 그녀는 그것이 무엇인지 분명하게 알게 되었다.

7

「사샤, 이 N. N. 씨(베라 빠블로브나는 꿈속에서 그를 통해 탐벨리크와 보시오하고 친해지려고 했다)는 정말 친절해요. 그가 내게 새로운 서사시를 가져다 주었어요. 아직 출판이 안 된 거예요. 베라 빠블로브나가 저녁 식사 도중에 꺼낸 이야기였다. 「식사 후에 그것을 같이 읽어요, 괜찮죠? 당신이 오기를 줄곧 기다렸어요. 당신과 꼭 같이 읽으려고요, 사샤. 얼마나 읽고 싶었는지 몰라요.」

「어떤 서사시인데?」

「곧 읽을게요. 좋은 시인지 아닌지 함께 보기로 해요. N. N. 씨는 작가가 매우 만족해 하더라고 했어요.」

그들은 그녀의 방에 있는 소파에 나란히 앉았고, 그녀가 소리를 내어 읽기 시작했다.

보라, 이 상자에 가득한
온갖 화려한 비단과 옥양목을!
귀여운 아가씨, 이것을 당신께 드리오니
내 지친 어깨를 어루만져 주오!

「아! 알겠소.」끼르사노프가 몇 줄을 듣더니 말했다. 「이것은 새로운 형식의 작품이야. 그의 것이 틀림없어. 네끄라소프, 바로 니꼴라이 알렉세예비치 네끄라소프 말이오. 그렇지? 고맙소. 내가 돌아오길 기다려 주어서 정말 고맙소.」

「그냥 기다려 주었을 뿐이에요. 함께 읽고 싶었거든요.」그녀가 대답했다. 그들은 이 짤막한 서사시를 두 번 읽었다. 그들은 이 작가의 친구 중의 한 사람을 알고 있던 덕분에 출판되기 3년 전에 미리 이 시를 입수할 수가 있었다.

「내가 가장 감동한 부분이 어느 구절인지 아세요?」 베라 빠블로브나는 시의 몇 부분을 남편과 함께 여러 차례 읽고 나서 말했다. 「서사시 전체로 볼 때 그다지 중요한 곳은 아니지만 이 시구절에 무척 마음이 끌려요. 까쨔가 그녀의 약혼자가 돌아오길 기다리는 게 얼마나 쓸쓸해 보이는지 몰라요.」

내게 근심 걱정할 시간이 있다면
나는 벌써 망가지고 말았으리니 아아, 냉정한 사람!
들녘의 곡식은 무르익어 시간을 재촉하는데
그 많은 일들은 어느 세월에 마무리될까!

젊은 처자에겐 고된 일뿐
괴로워 한숨만 나오느니
마차에 목초를 베어 실어도 한이 없고
들판의 보리는 베어도 베어도 끝이 보이지 않네

이 많은 보릿단을 누가 거둘거나!
아침 내내 타작해도 끝이 안 나네
어둡도록 아마를 펼치노라면 아아!
풀밭의 찬 이슬이 타는 가슴을 적시네

「이 구절은 그다지 중요한 곳은 아니고, 사랑스러운 까쨔가 바냐와의 생활을 꿈꾸는 전주곡과 같은 대목일 뿐이에요. 하지만 난 이 시구절에 가장 마음이 끌려요.」
「그렇소. 이 구절이야말로 가장 훌륭한 부분 중의 하나요. 완벽하고 말고. 하지만 시 전체를 놓고 볼 때 가장 중요한 곳은 아닌 것 같소. 그렇다면 당신 생각과 딱 맞아떨어졌다는 이야긴데, 당신 생각은 어떻소?」

「이게 내 생각이에요, 사샤. 전에도 당신과 내가 가끔 이야기했던 거지만 여자의 신체적 능력은 남자에 비해서 결코 뒤떨어지지 않아요. 때문에 오늘날과 같은 폭력이 사라진다면 여자는 지적 생활에서도 남자를 앞설지도 몰라요. 우리 두 사람의 실제 생활을 돌아본 결과 이러한 결론에 도달했어요. 당신은 실제로 지적인 남자보다 지적인 여성을 더 많이 만나고 있어요. 그래요, 우리에겐 그렇게 느껴져요. 당신은 해부학과 생리학의 다양한 사실들을 가지고 이것을 설명해 주기도 했어요.」

「당신의 이야기를 들으면 남자들은 몹시 불쾌해 할 거요. 하긴 그런 이야기는 당신이 늘 입버릇처럼 말해 오던 것이오만, 베로치까, 나도 마음이 별로 즐겁지 않소. 당신이 예언한 시대가 아직 멀리 있는 게 천만다행이오. 그렇지 않다면 나도 종속적인 지위로 떨어지지 않기 위해서 나의 사고방식을 완전히 바꾸어야 할 테니까. 하지만 베로치까, 이것은 아직 가능성에 지나지 않을 뿐이오. 과학은 이러한 문제를 적절하게 해결할 만한 충분한 정보를 갖고 있지 못하오.」

「물론 그래요. 하지만 우리들 나름대로 사람들의 사생활이나 신체적 능력을 살펴본 바에 의하면, 지금까지의 역사적 사실은 실제와 너무도 다른 점이 많아요. 여자들이 최근까지 지적 생활에서 그와 같이 하찮은 역할밖에 못한 것은 사회의 폭력이 여성에게서 교양의 수단은 물론 그러한 것에 대한 의욕마저 박탈했기 때문이에요. 그 점에 대해선 이 정도의 설명만으로도 충분하다고 생각해요. 그런데 비슷한 예가 또 하나 있어요. 신체의 근력으로 따지면 여자들이 남자들보다 약하지만 신체적 능력은 여자들이 훨씬 더 강하다는 거예요. 사실이 그렇지 않아요?」

「그건 지적 능력의 문제에 비해 의심할 수 없는 사실이오.

그렇소. 여자의 신체는 풍토나 기후, 그리고 빈약한 음식물로부터 오는 파괴력에 대해서 남자보다 훨씬 더 강한 저항력을 갖고 있소. 의학과 생리학은 그 문제에 대해서 뚜렷한 연구 성과를 보여 주고 있지 않지만, 통계를 보면 여자의 평균 수명이 남자보다 길다는 것이 일반적인 통설이 되어 있거든. 이 점만 보더라도 여자의 신체가 더 건강하다는 것을 알 수 있소.」

「그렇긴 하지만 여자의 생활 조건이 남자에 비해 일반적으로 훨씬 좋지 못하다는 것을 주목해야 돼요.」

「위의 결론을 더욱 명확히 해주는 또 하나의 중요한 사실이 있는데 생리학에 의하면 성년에 도달하는 연령이 남자보다 여자가 훨씬 빠르다는 거요. 자, 여자의 성장이 스무 살에 끝나고 남자의 성장이 스물다섯 살에 끝난다고 칩시다. 우리 러시아의 풍토나 민족들간의 차이를 고려한다 해도 대충 그 정도거든. 또 남자가 예순다섯 살까지 생존하는 비율과 여자가 일흔 살까지 생존하는 비율을 비교해 봅시다. 성장 기간의 차이까지 고려한다면, 여자의 신체의 건강 정도는 통계가 보여 주는 것보다 훨씬 더 두드러지거든. 통계란 성장 기간의 차이 같은 것을 고려하지 않으니까 말이오. 일흔 살은 스무 살의 3배 반이오. 그런데 예순다섯 살을 스물다섯 살로 나누면 어떻게 되나? 2.5배가 좀 넘지. 그래, 2.6배가 되는군. 그러니까 여자는 성장 기간의 3배 반을 사는데 반해서 남자는 고작 2.5배에 지나지 않소. 이 비율을 보면 신체가 어느 쪽이 더 강한지 금방 알 수 있지 않소?」

「정말 그렇군요. 생각보다 훨씬 더 크군요.」

「그렇소. 이것은 단지 하나의 예에 불과하오. 수치들도 대충 기억을 더듬어 잡아 본 것이고, 하지만 결론은 내가 말한 그대로요. 명백히 통계는 여자의 신체가 더 강하다는 것을 보여 주고 있소. 이미 당신도 평균 수명표의 수치를 인용해 그와 같은 결론을 내린 바 있소. 그런데 그 통계적 사실에 생리학적 사실을 보태면 그 차이는 이처럼 훨씬 더 크게 벌어지게 되오.」

「그래요, 사샤. 내가 생각하고 있던 것이 바로 그것이에요. 이젠 그게 더욱 확실해진 셈이에요. 만일 여자의 신체가 파괴적인 물리적 영향에 좀더 강한 저항력을 갖고 있다면, 여자가 정신적인 충격에도 남자보다 더 강인하리라는 것은 움직일 수 없는 사실이에요. 하지만 실제 현실은 그와는 전혀 다른 모습을 보이고 있어요.」

「그렇소. 그것은 물론 아직 가설에 지나지 않고 연구된 바도 별로 없고, 자료도 충분치 않지만, 그럼에도 당신의 결론은 더 이상 논쟁의 여지가 없는 명확한 사실에 기초해 있다고 보여지오. 즉, 신체의 강인함은 신경이 강한 것과 밀접한 관련이 있는데 바로 그 점에서 여자들은 남자보다 강하고 탄력성 있는 신경 구조를 갖고 있다고 할 수 있소. 그렇게 본다면 여자들이 외부의 충격이나 정신적 고통에 좀더 용이하게 견뎌 내는 것이 반드시 놀라운 일만은 아닐 것이오. 그러나 현실은 오히려 그 반대인 경우가 많소. 즉, 남자들이 쉽게 견디고 가볍게 지나쳐 버리는 그러한 것에 오히려 예민하게 반응하고 괴로워하는 일이 적지 않기 때문이오. 그러므로 현실은 우리가 신체의 구조 분석에서 보듯 그렇게 분명하진 않은 것 같소. 실제로 우리는 모든 역사적 사실들뿐 아니라 일상 생활에서조차 편견과 나쁜 관습, 그리고 잘못된 기대, 조작된 공포와 불안이 강하게 지배하고 있는 것을 흔히 볼 수 있소. 그래서 이를테면 〈나는 안 돼〉 하고 생각하기 시작하면 정말로 아무것도 할 수 없게 되어 버리는 그런 식이지. 여자들은 끊임없이 〈여자는 약해〉라는 말을 귀가 따갑도록 들으며 자라 왔소. 그래서 그녀들은 정말로 자신이 약하다고 생각하게 되었고 마침내는 그 말 그대로 약해져 버린 것이오. 아주 건강한 사람이, 어느 날 갑자기 자기가 쇠약해져 틀림없이 죽게 될 거라고 생각한 나머지 정말로 죽어 버린 예를 당신도 알지 않소. 그러한 것은 비단 개인의 차원에서만 있는 것은 아니오. 민중 자체나 한 국가 또는 인류 전체의 경우에도 바로 그러한 일이 있을 수 있다고 보오. 그 비근한 예를 전쟁의 역사에서 찾아볼 수 있소. 중세에, 보병은 일반적으로 기병에게 대항할 수 없다고 생각했고 또 실제로 대항할 수도 없었소. 보병군대란 으레 불과 수백의 기병대에 의해 마치 양떼처럼 이리 쫓기고 저리 쫓기고 하는 것이 대세였거든. 그런 현상은 자부심과 긍지를 지닌 자영농으로 구성된 영국의 보병이 유럽 대륙에 처음 등장할 때까지 계속되었소. 그런데 영국의 보병은 대륙의 보병들이 기병에 대해서 갖고 있는 그런 공포심을 갖고 있지 않은 데다가 싸우기도 전에 굴복해 버리는 경우란 상상할 수조차 없었거든. 그래서 그들은 프랑스 땅에 상륙하자 프랑스의 기병대를 매번, 더욱이 수적으로 그들보다 열세인 경우에서조차 멋지게 무찔러 버렸던 것이오. 바로 크레시, 푸아티에, 그리고 아쟁쿠르 전투[85]에서 얼마 되지도 않는 영국 보병이 수적으로 그들보다 우세했던 프랑스 기병대를 일방적으로 패퇴시킨 그 유명한 승리를 당신도 잘 알지 않소? 그리하여 뒤에 스위스 보병이 봉건 영주들의 브르군트 기병대보다 자신들이 약하지 않다는 것을 알게 되면서부터 대세는 역전되어 오히려 기병이 보병한테 밀리는 현상이 진유럽에서 일어났지. 흥미로운 것은 바로

85 14세기에서 15세기에 프랑스와 영국의 백년전쟁 중에 일어난 전투로 영국의 왕 에드워드 3세와 헨리 5세는 크레시(1346), 푸아티에(1356), 아쟁쿠르(1415)에서 프랑스에 승리를 거두었다.

보병이 심리적으로 기병에게 지고 들어간 단지 그 하나의 이유 때문에 수세기 동안이나 기병에게 열세에 놓여 있었다는 것이오.」

「그래요, 사샤, 사실이에요. 우리들이 약한 것은 바로 우리들 스스로 약하다고 생각하기 때문이에요. 그러나 그것만이 전부라고는 생각하지 않아요. 그래요, 우리의 경험을 이야기해 보고 싶어요. 말해 보세요. 당신이 나를 만나지 못한 그 2주일 동안 내가 무척 변했다고 생각지 않았나요? 그때 당신 눈에 걱정스러운 눈빛이 역력했거든요. 물론 그러한 나의 행동이 실제보다 과장되어 보였을 가능성도 있어요. 사실 엄청난 변화이기도 했고요. 지금은 어떻게 느끼세요?」

「그때 당신은 매우 야윈 데다 안색도 창백했었소.」

「이제야 생각나지만 사실 그때 매우 자존심이 상해 있었어요. 그래요, 당신은 나를 진심으로 사랑하고 있어요. 그런데 어째서 당신은 나처럼 고통이 겉에 나타나지 않는 거죠? 나와 떨어져 있는 몇 달 동안 당신은 조금도 여위거나 창백해 보이지 않았으니 말이에요. 어떻게 그 괴로움을 견디어 냈는지 그게 궁금해요.」

「그것은 아마 당신이 좋아하던 그 시구절 그대로요. 바로 까짜가 일 때문에 슬퍼할 틈도 없다고 한탄한 대목 말이오. 그러고 보니 당신은 내가 실제로 그때 어떻게 그걸 극복했는지 알고 싶은 게로군. 그렇소. 사실 그때 당신이 본 그대로요. 그 일을 생각하면 그때 너무도 괴로웠소. 하지만 거기에 집착해 있을 틈이 없을 만큼 바쁘게 일에 쫓기다 보니 자연히 괴로움도 가라앉더군. 일이 나로 하여금 그걸 잊게 만든 거지. 환자들을 돌보아야 하고 강의 준비도 해야 하고. 그러는 사이에 나도 모르는 동안 괴로움을 잊고 휴식을 취했던 것 같소. 물론 시간이 생기면 다시 생각에 사로잡히곤 했지만 말이오. 만일 내가 그때 일주일 정도 그 생각에 매어 있을 틈이 있었다면 아마 머리가 돌아 버렸을 것이오.」

「그랬었군요. 나와 당신의 다른 점이 바로 거기에 있다는 것을 요즈음에야 이해하게 되었어요. 당신도 그것을 거부할 수는 없었지만 미룰 수는 있었던 거예요. 그게 당신이 그 괴로움을 극복할 수 있었던 이유에요. 물론 당신은 순전히 일 때문이라고 하지만.」

「그렇게 본다면 당신도 많은 일거리를 갖고 있지 않소. 지금도 물론 그렇지만.」

「아뇨, 사샤, 그게 뭐 대단한 거라고 일이라고까지 하겠어요. 그건 고작 내가 하고 싶은 때 하면 되는 그런 일들이었을 뿐이에요. 하기 싫으면 아예 집어치울 수도 있는 그런 것 말이에요. 마음이 어지러울 때 그런 일을 하려면 사실 특별한 노력이 필요해요. 나 자신을 강제로 움직여야 하니까 말이에요. 예를 들어, 내가 집안 살림에 많은 시간을 소비한다고 해 봐요. 그중에 90퍼센트는 내가 좋아서 하는 거지만요. 하지만 부지런한 하녀라면, 그다지 필요하지도 않은 일 가지고 시간을 낭비하진 않아요. 약간의 능률을 위해서 시간을 무한정 소비하지는 않을 테니까 말이에요. 하지만 순전히 내 마음먹기에 딸린 그런 경우라면 문제는 달라요. 그런 일은 마음이 안정되었을 때나 하는 것이지 마음이 산란할 때는 제쳐 두는 것이 상책이기 때문이에요. 그런 일쯤은 보다 중요한 일을 위해서 뒤로 미뤄 두는 것이 또 마땅하고요. 게다가 나는 감정이 고조되면 다른 일은 잊어버려요. 그래요, 나는 가정교사를 하고 있어요. 그것은 중요한 편에 속해요. 어쨌든 그것을 포기할 생각은 없으니까요. 하지만 문제는 그게 아니에요. 사실 그것은 다른 때보다 신경을 더 쏟게 돼요. 물론 수업 중에 잠시 다른 생각을 했다고 해서 특별히 잘못되거나 곤란해지지는 않겠죠. 수업 내용이 워낙 쉽다 보니 특별히 세심한 주의를 기울여야 하는 것도 아니고요. 게다가 그 일로 생계를 구려 나가는 것도 아니고 내 사회적 위치가 그 일 때문에 좌지우지되는 것도 아니니까 말이에요. 생계 문제라면, 전에는 드미뜨리가 대주었고 지금은 당신이 대주지 않아요? 사실 가르치는 일은 내게 독립심을 길러 줘요. 그 자체로도 유익한 일이고요. 하지만 내가 살아가는 데 꼭 필요한 일이 아닌 것만은 분명해요. 오히려 그때 나는 괴로운 생각을 떨쳐 버리려고 여느 때보다 공장 일에 열중했어요. 하지만 그것은 전적으로 내 의지에 달린 일이었어요. 공장에서 나를 필요로 하는 시간이래 봐야 고작 한 시간 내지 한 시간 반이면 충분했으니까요. 그러므로 내가 그 이상 거기에 머물려면 억지로 일거리를 만들지 않으면 안 되었어요. 그런 경우 내가 그들에게 꼭 필요한 일을 한다고도 감히 말할 수 없었고요. 우리같이 평범한 사람들이란 어차피 한계를 갖게 마련이잖아요. 라흐메또프 같은 특별한 인간이 아니니까요. 그들이야 일이 자기의 희생을 필요로 하면 주저 없이 개인 생활과 일을 대체시켜 버릴 수 있겠지만, 사샤, 우리는 거기까진 도달할 수 없잖아요. 우리는 그들과 같은 독수리가 아니에요. 우리는 자기의 삶 속에서만 살아갈 수가 있어요. 게다가 공장 일이 나의 전부도 아니고요. 그것은 나의 일이 아니라 다른 사람들의 일이에요. 내가 그 일에 마음을 쏟는 것은 바로 그들을 위해서예요. 하지만 우리같이 평범한 인간이 ― 우리는 독수리가 아니에요 ― 괴로운 처지에 놓여 있을 때 과연 다른 사람들을 배려할 수 있을까요? 자기가 몹시 고통스러운 상황에 있는데도 남을 위해 봉사할 수 있을까요? 아뇨, 그 무엇보다도 우선 자기의 삶이 소중해요. 나의 삶, 나의 생활 방식, 나의 생계, 나아가 내 삶 전체가 그 어떤 정열보다도 절실하고 중요한 거예요. 그러한 것만이 내 삶의 참된 바탕이 될 수가 있어요. 그리고 오직 그때에만 나의 삶이 흐트러지지 않고 두 다리로 바로 설 수 있어요. 또 내게 힘과 휴식을 갖다 줘요. 난 그런 삶을 원해요.」

「당신 말이 맞아요. 그렇소, 바로 당신 말 그대로요.」 끼르사노프는 잔뜩 흥분해 있는 그의 아내에게 키스하며 말했다.「그렇게 간단한 것을 난 미처 생각지도 못했구료. 정말 그렇소, 베로치까, 어느 누구도 다른 사람을 대신할 수는 없소. 더욱이 인생의 기쁨을 남이 대신 가져다 줄 수는 없소. 자기의 인생은 오직 그 자신만이 책임져야 하는 것이오. 그런데 — 그는 미소를 지으며 아내에게 키스한 뒤 다시 말을 이었다 — 당신이 지금 그런 말을 하는 것은 무슨 이유에서이지? 다시 누군가 다른 사람을 사랑하기라도 하겠다는 건가, 베로치까?」

베라 빠블로브나는 어이없다는 듯이 웃음을 터뜨렸다. 그리고 두 사람 모두 웃느라고 한동안 말을 잇지 못했다.

「하긴 지금이니까 그런 말도 할 수 있다고 봐요.」 그녀가 마침내 웃음을 진정하고 입을 열었다.「이제 다신 그런 일이 일어나지 않으리라는 것을 우리 모두 확신하고 있지만 또 누가 알아요? 내 마음이 변하게 될지. 하긴 드미뜨리에 대한 나의 사랑이 완숙한 여인으로서의 사랑이 아니었다고 한다면, 그 역시 지금 우리들이 이해하고 있는 그런 의미에서 나를 사랑한 것은 아니었어요. 나에 대한 그의 감정은 친구로서의 강한 애착과 때때로 여자로서의 나에 대한 정열의 분출이 혼합된 것이었어요. 그러니까 그는 나에게 강한 우정을 품고 있으면서도 정열의 면에서는 단순히 한 여자이기만을 요구했던 거예요. 실제로 그 두 가지는 내게 너무도 다른 것이었어요. 그것은 사랑이 아니었던 거예요. 그는 내게 아무런 배려도 하지 않았어요. 아니, 그런 생각조차 그에겐 홍미가 없었어요. 그래요, 그나 나나 어차피 서로에 대한 진지한 사랑은 없었어요.」

「그에게 공정하지 못한 판단을 하고 있는 것 같소, 베로치까.」

「아뇨, 사샤. 이건 사실이에요. 우리들 사이의 대화에서 굳이 그에게 아첨하는 식의 말을 할 필요는 없다고 봐요. 우린 그가 훌륭한 사람이라는 것을 누구보다도 잘 알고 있었어요. 더욱이 그가 스스로 그런 결정을 내렸다고는 하지만 우린 그의 결정이 결코 쉽지 않았으리라는 것을 알아요. 당신도 말씀은 그렇게 하시지만 실제로 당신이 얼마나 괴로워했으리라는 것은 충분히 짐작이 가고도 남아요. 물론 그런 행동은 훌륭한 사람들만이 할 수 있어요. 그러나 그런 말을 그렇게 간단히 해서는 안 된다고 생각해요.」

「내가 졌소, 베로치까. 당신은 체력만 강한 게 아니라 정신도 강한 것 같소. 하긴 그 어려운 시련을 견뎌 냈으니…….」

「사샤…….」

8

「사샤, 어제 이야기를 마저 끝내도록 해요. 그래요, 꼭 필요해요. 사실 오늘 당신과 함께 병원에 갈 생각이거든요. 그러니까 그 이유를 알아야 하잖아요.」 다음날 아침 베라 빠블로브나가 말했다.

「나와 함께? 정말 나와 함께 가겠다는 거요?」

「물론이에요, 사샤. 당신은 내가 어떤 일을 하고 싶어하는지 물었던 적이 있어요. 그래요, 나 역시 당신처럼 내 생활의 기둥이 될 만한 일을 필요로 해요. 그래서, 당신이 하시는 것처럼, 나도 온 정성과 열의를 다해서 전념할 수 있도록 말이에요! 내가 무엇보다도 그런 일을 필요로 하는 것은, 솔직히 말해서, 나의 자존심이 너무 지나치게 강하기 때문이에요. 내가 나 자신의 감정 문제로 그처럼 쓸데없이 번민했다는 것을 깨달았을 때 그것은 내게 엄청난 부담과 부끄러움으로 다가왔어요. 물론 그때의 번민이 단순히 무의미했다는 것은 아니에요. 당신에게도 그것이 쉽지 않았던 것처럼 말이에요. 하지만 그것은 결국 정도 문제예요. 이제 와서 후회해도 소용 없다는 것은 알아요. 그걸 후회한다면 그 모든 것을 부정하는 게 될 테니까 말이에요. 그래요, 왜 내게는 당신처럼 그런 감정에 대항할 만한 단단한 기둥이 없었을까요? 나도 그런 기둥을 갖고 싶어요. 이건 그냥 한번 해본 생각이 아니라 진정이에요. 정말로 그런 일을 갖고 있은 거에요. 그것은 말이죠, 모든 점에서 당신과 대등해지고 싶기 때문이에요. 바로 그게 주된 이유예요. 그래서 내가 할 만한 일을 찾아보았어요. 어젠 당신이 나간 뒤 줄곧 그 생각만 했어요. 그래서 당신이 없을 때 오전 내내 생각해 본 건데, 사실은 어제 당신과 그 문제를 의논하려고 했었어요. 하지만 이젠 토론해 봐야 소용이 없게 됐어요. 이미 결정을 해버렸거든요. 사샤, 앞으로 나 때문에 많은 수고를 하셔야 할 거예요. 그런데 내가 그 일을 잘 해낼 수 있을지 모르겠어요. 만일 잘 해낼 수만 있다면 정말 행복할 텐데 말이에요.」

그렇다. 지금 베라 빠블로브나는 이전의 그녀로서는 생각조차 못했던 새로운 영역의 일을 시작하려고 하는 것이었다. 남편인 알렉산드르가 언제나 그녀를 이끌어 주었기 때문에 그녀는 어렵지 않게 그 일을 할 수 있었다. 로뿌호프는 그녀에게 아무 간섭도 하지 않았고 그녀 역시 마찬가지였다. 그리고 그것이 전부였다. 아니, 솔직히 말하면 그 이상 훨씬 더 많은 것들이 있었다고 해야 옳을 것이다. 그녀가 로뿌호프에게 의지할 필요가 있을 때는 언제나 그는 헌신적으로 그녀를 돌보았다. 그래서 그는 언제나 그녀 곁에 있었고 또 그녀의 일을 돕는 것을 마다하지 않았다. 즉, 중요한 때나 위기의 순간에 그는 끼르사노프와 마찬가지로 항상 신뢰로써 그녀를 돌보았던 것이다. 그것을 로뿌호프는 그녀와 결혼함으로써 여실히 증명해 보였다. 그리고 그의 장래를 약속하는 학자로서의 길조차 희생하고 궁핍한 생활로 들어서는 것을 두려워하지 않았다. 그렇다, 중요한 일이 있을 때 그는 언제나 그녀의 곁에 있었던 것이었다. 그러나, 일반적으로, 그의 손은 그녀로부터 먼 곳에 있었다. 베라 빠블로브나는 자신의 봉제 공장을 시작했다. 만일 그의 도움이 필요했다면 그 일이 어떤 것이든 그는 기꺼이 도와주었을 것이었다. 그러나 그가 아무것도 도와주지 않은 것은 무슨 연유에서일까? 그는 간섭하는 일 없이 격려해 주었고 또 같이 기뻐해 주었다. 그리고 그게 전부였다. 그녀는 그녀의 생활이 있을 따름이었고 그 역시 마찬가지였다.

그러나 지금은 그렇지가 않았다. 끼르사노프는 그녀의 요구가 있을 때까지 기다리지 않고 미리 그녀가 하는 일을 도와주었다. 그는 그녀의 일상생활에 늘 관심을 가졌고 그녀 역시 그의 모든 일에 관심을 가졌다. 그것은 그녀의 첫 남편의 경우와는 전혀 다른 관계였다. 때문에 그녀는 새로운 의욕을 느끼게 되었고 전에는 생각으로만 머물던 것이 구체적인 모습으로 나타나게 되었던 것이다. 즉, 전에는 이론으로만 알고 있을 뿐 실제의 내면생활에는 이르지 못했던 것이 — 왜냐하면 실행하지 못할 것을 진지하게 생각해 봐야 소용없는 것이므로 — 그녀의 내부에서 실제적인 것을 요구하기에 이른 것이었다.

베라 빠블로브나의 마음을 흔들어 깨워 그녀를 움직이게
한 생각은 다음과 같은 것이다.

9

〈우리 여자들에겐 문명 생활의 거의 모든 부분이 법적으로
닫혀 있다. 뿐만 아니라 법적으로 아무런 하자가 없는 것들
— 거의 모든 사회적 활동들 — 조차 실제로는 우리를 가로
막고 있어. 그리고 모든 영역 가운데서 오직 단 하나 — 가정
생활 — 그나마도 가족의 구성원 중의 하나로 만족하도록
강요당하고 있지. 그리고 그것이 전부야. 그 밖에 어떤 일이
우리에게 열려 있지? 하나 더 있다면 가정교사가 고작 아닌
가? 남자들이 우리에게서 빼앗아 가기에는 좀 부끄러운 그런
것들 말야. 하지만 이것조차도 결코 수월하지 않아. 너무 많
은 사람들이 그리로 몰려들기 때문에 우린 서로 아귀다툼을
벌여야만 해. 게다가 아무도 선뜻 여자 가정교사를 쓰려고
하지 않아. 그래서 누가 여자 가정교사를 쓰려고 한다는 소
문만 있으면 수십 수백 명이 모여들어 일자리를 차지하려고
쟁탈전을 벌이는 거야.
  그래, 사정이 이러니 우리들 스스로 여러 방면으로 자신의
영역을 넓히려고 노력하지 않는 한 사실상 우리들이 경제적
으로 독립하기란 불가능해. 물론 새로 길을 연다는 것은 매
우 어렵겠지. 그 점에서 내 입장은 무척 유리하다고 할 수 있
어. 그러므로 이 기회를 적절히 이용하지 않는다면 난 마땅
히 부끄러워해야 해. 물론 우리는 아직 그러한 일을 할 만한
충분한 준비가 되어 있지 않아. 이 시점에서 지도자를 갖는
다는 것이 꼭 필요한지 어떤지도 분명치 않고. 하지만, 적어

도 그의 도움이 필요하리라는 것만은 틀림없어. 게다가 그는 늘 내 곁에 있잖아. 이 일이 그에게 부담이 되리라고는 생각할 수 없어. 우리들은 말할 것도 없고 그에게도 틀림없이 보람되고 즐거운 일이 될 거야.

그런데 법만이 아니라 관습 또한 우리를 가로막고 있어. 하지만 비록 관습이 우릴 가로막고 있다고 하더라도 그것과 기꺼이 마주할 각오만 되어 있다면 자기가 원하는 길은 반드시 관철될 수 있을 거야. 그런 점에서 나는 남들에 비해 훨씬 유리한 이점을 갖고 있어. 나의 남편이 의사이기 때문이지. 그는 자기의 여가 시간을 모두 나에게 할애할 거야. 그런 남편의 도움이 있으므로 내가 의사가 될 수 있는지 시험해 보는 것은 아주 용이한 일임에 틀림없어.

만일 여자 의사들이 나온다면 그것은 매우 획기적인 일이 될 거야. 또 모든 여자들에게 아주 좋은 일이기도 하고. 여자들이 남자 의사보다 여자 의사와 상담하는 편이 편하다는 것은 말할 필요도 없어. 그뿐인가. 수많은 고통과 죽음, 그리고 불행도 면할 수 있게 될 거고. 그래, 나는 이 일을 해야만 돼.〉

10

베라 빠블로브나와 그녀의 남편의 대화는 그녀가 모자를 쓰고 남편과 함께 병원으로 가는 데서 끝이 났다. 지금 병원에 가는 것은 피를 보고도 견디어 낼 수 있을지 그리고 해부학을 공부할 수 있을지 그녀의 담력을 시험해 보기 위해서였다. 병원에서는 물론 끼르사노프의 지위로 보아 그런 실험에 반대할 사람은 없었다.

나는 몹시 부끄럽지만 베라 빠블로브나의 명예를 더럽힌 것을 숨길 생각은 없다. 나는 그녀가 매일 저녁 식사를 할 뿐만 아니라 식욕도 왕성하고 차도 하루에 두 번씩 마신다는 사실도 숨기지 않았다. 그러나 솔직히 말하면 약간은 두려운 생각이 들어 다음과 같이 자문해 보곤 했다. 그런 사실은 감추어 두는 게 낫지 않았을까? 의학 공부까지 하려고 하는 여자에 대해서 사람들이 뭐라고 하지 않을까? 그러나 그녀는 신경이 무디고 냉정한 여자였다! 그리고 이건 여자가 아니라 차라리 정육점 주인이라고 하는 것이 나을 뻔했다. 나는 소설 속의 인물들을 완전히 이상화해서 묘사할 생각은 없기 때문에 그 점에서는 조금 안심이 되었다. 사정이 이러하니 그녀의 무신경에 대해서는 여러분 좋으실 대로 생각하기 바란다. 그녀의 신경이 무디다는 것이 나와 무슨 상관이 있겠는가? 무디다면 무딘 대로 좋지 않은가?

그래서 나는 냉정하게 이렇게 말하고자 한다. 사물을 아무런 이해 없이 바라보는 것과 자기나 타인의 이익을 위해 거기에 적극적으로 관여하는 것 사이에는 커다란 차이가 있다는 것을 그녀가 비로소 깨달은 것이라고.

나는 열두 살이 될 때까지 한 번도 불난 것을 보지 못했는데 어느 날 화재를 알리는 요란스러운 종소리를 듣고 잠에서 깨어 놀란 적이 있다. 하늘은 온통 붉은 화염에 휩싸였고 온 시가지에는 불티가 가득 날아다녔는데, 그 와중에서 사람들은 당황해 이리 뛰고 저리 뛰고 비명을 질렀다. 나는 열병에 걸린 것처럼 온몸을 떨었다. 가족들이 왔다 갔다 하며 난리법석을 치는 동안 나는 운 좋게 화재 현장으로 갈 수 있었는데 불은 강변을 따라 번지고 있었다. 사실은 강변이라기보다 그냥 둑이라고 하는 편이 옳았다. 둑에는 나무와 장작더미가 잔뜩 쌓여 있었는데 내 또래의 아이들이 그것들을 끄집어내어 불타고 있는 집에서 멀리 옮겨 놓고 있었다. 나도 그 일을 도왔는데 그때 내 마음속에 있던 두려움이 어느새 말끔히 사라져 버렸다. 이윽고 사람들이 〈그만하면 됐어, 이젠 불이 더 번지지 않을 거야〉라고 말할 때까지 나는 아주 신이 나서 열심히 그 일을 도왔다. 그리고 그 일이 있은 뒤에, 나는 불이 났을 때는 얼른 화재 현장으로 달려가 불을 끄는 일을 돕는 것이 가장 현명한 처사라는 것을 알게 되었다. 왜냐하면 일을 하고 있는 사람에게는 무서워하거나 두려워할 틈이 없기 때문이다.

그렇게 해서 베라 빠블로브나는 의학을 공부하게 되었다. 그녀는 이 새로운 분야에서 일하는 러시아 여성 중의 최초의 한 사람이었다. 그후 그녀는 이전의 자기와는 다른 자기 자신을 느끼기 시작했다. 그리고 〈몇 년이 지나면 나도 자립할 수 있어〉 하고 생각하게 되었디. 이것은 위대한 생각이다. 진정 완전한 독립 없이는 완전한 행복이란 없는 법이다. 불쌍한 여성들이여, 여러분 가운데 그런 행복을 쟁취한 사람이 과연 몇 사람이나 되는지 한번 생각해 보라!

11

그렇게 한 해가 지나고 또 한 해가 시작되었다. 끼르사노프와 결혼한 지도 어느새 일 년이 흘러간 것이다. 베라 빠블로브나의 생활은 결혼한 날부터 지금까지 그래 온 것처럼 앞으로도 계속 그렇게 흘러갈 것이다. 그렇게 한 해 두 해 변함없이 흘러갈 것이다. 뭔가 특별한 일이 일어나지 않는 한 이런 식으로 시간은 마냥 흘러갈 것이다. 하지만 미래에 무슨 일이 일어날지 누가 알겠는가? 그러나 내가 이 글을 쓰고 있는 현재까지는 아무 일도 일어나지 않았다. 그리고 베라 빠블로브나의 생활도 끼르사노프와 결혼한 그해 그리고 이듬해처럼 변함없이 계속되었다.

베라 빠블로브나가 의학을 공부하기로 결심했을 때의 그 무서운 변화와 또 그녀가 그것을 해낼 능력이 있다는 것을 독자들이 다 알게 된 이제, 그 밖의 다른 것들을 부담 없이 이야기할 수 있을 것 같다. 이제는 더 이상 그녀의 명예를 손상시킬 만한 것이 없기 때문이다. 그래서 나는 지금부터 세르기예프스끼 거리에서의 베라 빠블로브나의 생활을 소개하려고 한다. 그녀의 하루 식사는 보통 아침에 마시는 차, 정식 그리고 저녁에 마시는 차가 전부이다. 하지만 그녀는 여전히 매일 저녁 식사를 하는 습관이 있는데 그다지 우아해 보이지는 않는다. 그리고 차는 하루에 두 번씩 마시는데 매우 즐기는 편이다. 일반적으로 말해서, 그녀는 시적이지도 않고 우아하지도 않으며 품위와는 거리가 먼 취미를 예전처럼 그대로 지니고 있다.

그 밖에 일상생활은 대부분 이전의 평온했던 때 그대로다. 이를테면, 중립방과 각자의 방을 따로 쓰는 것이라든가 상대방의 허락 없이는 남의 방에 들어가면 안 된다는 것, 그리고 〈나에게 묻지 말라〉는 대답이 있으면 더 이상 그것에 대해서 물어서는 안 되며 거기에 대해서는 더 이상 생각하지 말고 빨리 잊어버려야 한다는 약속 등이 그것이다. 만일 대답할 만한 가치가 있는 문제라면 되풀이해서 물을 필요도 없이 벌써 거기에 대해서 이야기가 이루어졌고 또 상대방이 대답 않고 침묵하고 있다는 것은 그 문제에 대해서 사실상 흥미 없다는 것을 의미했다. 모든 것은 이전의 결혼 생활 때처럼 지금 이 평화로운 결혼 생활에 고스란히 남아 있다. 그렇다고 모든 것이 그때와 똑같다는 것은 아니다. 그들의 생활은 분명히 그때와는 다르기 때문이다.

예를 들면, 중립방과 각자의 방은 엄격하게 구분되어 있었지만 하루 중 상대방의 방에 들어가도 좋은 시간을 서로 정해 두었다. 이것은 하루의 식사 중 아침 저녁, 두 번을 서로의 방에서 하기 때문이다. 즉, 아침 차는 그녀의 방에서 그리고 저녁 차는 그의 방에서 마시기로 되어 있었다. 저녁에 차를 마실 때는 특별한 격식이 없었다. 늙은 하인 스쩨빤이 알렉산드르의 방에 사모바르와 찻잔을 가져오면 그것으로 끝이었다. 그러나 아침에 차를 마실 때는 약간 달랐다. 스쩨빤은 사모바르와 찻잔을 베라 빠블로브나의 방에서 가까운 중립방 테이블에 갖다 놓은 뒤 알렉산드르 마뜨베이치에게 알리기 위해 그의 방으로 간다. 그러나 그가 방에 없으면 더 이상 그를 찾지 않고 그들 스스로 차 시간을 결정하도록 내버려 둔다. 대게 베라 빠블로브나는 아침에 남편이 자기 방에 오기를 기다린다. 아침에는 남편이 그녀의 허가 없이도 그녀의 방에 들어가도 되기 때문이다. 여기에는 다음과 같은 사정이 있다.

그녀는 잠이 깬 뒤에도 따뜻한 침대 속에 그대로 누워 있는 버릇이 있다. 눈을 뜨자마자 자리에서 일어나는 것을 싫어하는 것이다. 그녀는 그렇게 누워서 생각을 하기도 하고 그냥 몽롱한 정신으로 누워 있기도 한다. 그렇게 그녀는 그날의 일이며 다음날의 일, 그리고 살림을 꾸려 나가는 문제나 공장의 일, 그리고 주위 사람들의 일과 그날 하루의 계획 등을 생각하며 보낸다. 그러므로 그녀가 졸고 있는 것은 아니라고 할 수 있다. 위의 사항들 말고도 아직 세 가지가 더 있는데, 하나는 그녀가 결혼하고 난 지 3년이 지났는데도 여전히 제3의 인물 미짜가 그녀의 팔에 안겨서 나타나는 것이다. 이것은 물론 그녀의 친구 드미뜨리를 생각하여 그의 애칭을 따서 붙인 이름이었다. 그 밖에 두 가지가 더 있는데, 하나는 그녀에게 완전한 독립을 가져다 준 일에 대한 달콤한 상념이고 나머지는 남편 사샤에 대한 생각이었다! 그러나 이 것은 그렇게 특기할 만한 것은 아니었다. 늘 그녀의 생각의 밑바탕을 이루고 있는 것들이기 때문이다. 그리고 때때로 우리는 아침에 베라 빠블로브나가 목욕탕에 가고 없는 것을 보게 된다. (목욕탕은 아주 편리하게 되어 있어 부엌 보일러의 물만 끌어 오기만 하면 되었다. 이것을 위해서 물론 많은 장작이 더 필요했는데 그들은 지금 그 정도의 비용을 지불할 수 있는 형편이 되었다.) 베라 빠블로브나는 사샤가 그녀의 방에 들어오기 전에 목욕을 마치고 다시 침대에 누워 있는 것이 보통이나 상념에 잠겨 늑장을 부리는 사이에 사샤가 들어오는 경우도 많았다. 어쩌면 그쪽이 훨씬 더 많았다고 하는 편이 옳았다.

모든 일거리는 하녀 없이 베라 빠블로브나 스스로 했다. 옷도 늘 자기 손으로 만들어 입었다. 그쪽이 훨씬 더 편리하기 때문이다. 그러나 자기 스스로 한다는 것은 그녀가 늦잠을 자지 않는 경우를 말한다. 만일 늦잠을 자버리면 어떻게 될까? 그때는 사샤가 그 일을 대신했다.

하긴 그로서도 달리 도리가 없었을 것이다. 그러나 당연히 그렇게 해야 한다고 생각한 그의 태도는 아주 훌륭했다. 게다가 그녀의 방에서 뜨거운 물에 크림과 차를 타서 마시는 것은 아주 상쾌하고 즐거운 일이다. 사샤는 찻잔을 가지러 간다. 그렇다. 그는 찻잔을 다 준비해 가지고 들어오는 경우보다 중간에 가지러 가는 일이 훨씬 더 많았다. 그렇게 그는 바쁘게 움직이지만 그녀는 여전히 침대에 누운 채로 휴식을 취하고 있다. 차를 마시고 난 뒤에 그녀는 침대에서 내려와 소파에 반쯤 비스듬히 기댄다. 그녀는 그런 자세로 10시나 11시까지, 즉 사샤가 병원에 가거나 강의하러 갈 때까지 가만히 있는데 이윽고 사샤가 마지막 차를 비우고 궐련을 말아 불을 붙이면 두 사람 중 어느 한쪽이 〈자, 일을 시작해야지〉 또는 〈이젠 됐어요. 일하러 가요〉 하고 말한다. 그들이 말하는 일이란 바로 베라 빠블로브나의 의학 공부다. 의학 공부는 대개 강의와 실습으로 이루어져 있는데 사샤는 그녀의 교사이다. 그러나 그의 도움이 가장 필요했던 것은 그녀가 김나지움의 졸업 자격 시험을 준비할 때였다. 시험과목 중 몇 과목은 그녀에게 너무도 따분하고 지루했다. 특히 가장 재미없는 것은 수학이었다. 그 점에서는 라틴 어도 마찬가지였다. 더하면 더했지 덜하지 않았다. 그러나 어쩔 도리가 없었다. 그녀는 그것을 당분간 참고 견뎌야만 했다. 그러나 의학부에서 요구하는 김나지움 졸업 자격 시험은 그렇게 어려운 것은 아니었다. 이를테면, 베라 빠블로브나가 꼬르네리우스 네포스의 시구절을 제대로 번역할 수 있을 성도로 라틴 어에 숙달하게 될지는 전혀 자신할 수 없다. 그러나 의학 서적 속에 나오는 라틴 어쯤은 이미 해독하고 있었다. 왜냐하면 그 정도는 반드시 알아야 하는 지식일 뿐 아니라 실제로도 그다지 어렵지 않기 때문이다. 하지만 이제 이전 이야기는 이 정도로 해두는 게 좋겠다. 아무래도 베라 빠블로브나의 명예를 크게 손상시킨 것 같기 때문이다. 아마 현명한 독자들은 지금쯤 벌써…….

<h2 style="text-align:center">12</h2>

<h3 style="text-align:center">블루 스타킹에 관한 여담</h3>

「흠, 블루 스타킹[86]이로군! 아주 극단적인 블루 스타킹이야! 블루 스타킹이라면 이젠 역겨워. 블루 스타킹이라니 어

리석고 할 일 없는 것들 같으니!」마침내 현명한 독자가 화가 나서 버럭 소리를 지른다. 하긴 그들의 반응이 전혀 근거 없는 것은 아니다.

하지만 현명한 독자와 나는 어쨌든 우정으로 맺어진 사이다. 그는 나를 한차례 모욕한 적이 있는데 나도 두 번이나 그의 멱살을 잡고 내팽개친 일이 있다. 그래도 우리는 서로의 생각을 허심탄회하게 교환한다. 어차피 서로 이야기 나누기를 원하기 때문이다. 당신이라면 이런 경우에 어떻게 하겠는가?

「오, 현명한 독자여!」나는 그에게 말한다.「당신 말이 옳아. 블루 스타킹이란 정말 한심하고 따분한 것들이지. 그들을 보면 역겨워서 견딜 수가 없거든. 당신은 역시 그걸 정확히 파악했어! 그런데 당신은 블루 스타킹이 정작 누구인지 잘 모르는 것 같더군! 이제 내가 거울을 들여다보듯 분명하게 보여 주겠네. 블루 스타킹이란 자기들도 잘 알지 못하는 문학이나 학문에 대해 공연히 잘난 체하거나 자기만족에 도취되어 되지도 않는 소리를 지껄이는 패들이라고. 게다가 그런 것에 흥미가 있어서가 아니라 그저 남들한테 자신의 재치(그런 것은 갖고 있지도 않으면서)나 취미(자신이 깔고 앉아 있는 의자만큼도 못한 주제에) 또는 교양(앵무새만도 못한)을 뽐내기 위해서 지껄이는 축이지. 그래, 거울에 비친 그 얼굴하며 머리를 잔뜩 빗어 넘긴 그 꼴불견의 모습을 본 적 있나? 여보시게, 그들이 바로 당신들, 현명한 독자 아닌가! 그렇고말고, 당신이 수염을 아무리 멋지게 기른다고 또는 아무리 깨끗하게 깎는다고 해서 그 얼굴에 그 모습이 어디 가나? 영락없지! 그럼, 당신이야말로 진짜 블루 스타킹이라고. 그래서 내가 두 번씩이나 당신의 멱살을 쥐고 내팽개쳤던 게

---

86 여성 해방 운동가.

아닌가. 나야말로 블루 스타킹이라면 이가 갈리네. 그런데
이런 블루 스타킹이 여자보다 우리 남자들에 열 배나 더 많
다고 하더군.
　그러나 구체적인 현실적 목적을 가지고 자기의 일에 열중
하고 있는 사람들은, 그 일이 무엇이 됐든 또 어떤 옷 ― 남
자옷이든 여자옷이든 ― 을 입었든간에 늘 자기의 일에 전
심전력하는 법이지. 그것이 바로 그들의 전부라네.」

13

　블루 스타킹에 대한 이야기는 그 역시 블루 스타킹 중의
하나인 현명한 독자에게는 유익했겠지만, 그 때문에 지금 베
라 빠블로브나가 하루를 어떻게 보내고 있나에 대한 우리의
관심사가 잠시 중단되어 버렸다. 그런데 〈지금〉이라니 그것
은 언제를 말하는 걸까? 그것은 그녀가 세르기예프스끼 거리
로 이사한 때부터 바로 이 순간까지라고 해도 좋다. 그러면
여기서 바로 본론에 들어가 보자. 바실리예프스끼 섬의 별장
에서 끼르사노프와 재회한 뒤로 베라 빠블로브나가 저녁 시
간을 보내는 방식에는 약간의 변화가 있었는데, 그 후 그것
이 더욱 발전해서 여러 젊은 부부들과 함께 화목하고 행복하
게 살고 있었다. 그들은 그들 부부와 정서적으로도 매우 친
밀한 관계를 유지하고 있는데 그들 젊은 부부들의 모임에서
는 언제나 음악과 노래, 오페라와 시, 그리고 춤과 오락 등이
흥겹게 어우러지곤 한다. 그들은 매일 저녁 이 집에서 저 집
으로 돌아가며 즐겁게 어울리곤 하는데 어느 집에 특별한 일
이라도 있으면 모두 모여 떠들썩하게 잔치 기분을 내기도 하
였다. 이들이 저녁때 모이는 횟수는 일정치가 않았는데 그렇

지만 모임의 반수 가량은 늘 참가했다. 끼르사노프 부부도 저녁 시간의 반 정도는 늘 그들과 함께 보냈다. 그러나 거기에 대해서는 이 이상 자세하게 이야기할 필요는 없을 듯하니 이쯤에서 끝내고 다음 이야기로 넘어가기로 하자. 이것은 좀 번거롭긴 하지만 달리 이해할 도리가 없으니 그대로 이야기해 보기로 한다. 이미 우리가 경험했거나 또는 책을 읽어서 알고 있는 것이기는 하지만, 청년이나 아가씨들의 경우 자기의 애인이 저녁 파티에 찾아온 그런 날 밤은 보통 때와는 매우 다르게 느껴질 것이다. 그것은 혼자 보는 오페라와 애인과 같이 앉아서 보는 오페라가 다른 것과 똑같은 이치다. 그러나 사랑이 사람들에게 가져다 주는 기쁨과 아름다움이 삶속에서 결코 일시적인 것이어서는 안 된다는 것을 경험한 사람들은 그다지 많지 않은 것 같다. 즉, 인생의 찬란한 빛이 상대를 원하거나 동경할 때에만, 그것도 구혼이 시기에만 잠깐 빛나는 그러한 것이어서는 안 된다는 것을 아는 이들이 의외로 매우 적다는 것이다. 그런 시기는 비록 우아하고 아름답기는 하지만 하루 중 아침 샛별에 지나지 않으면 한낮, 즉 정오가 되면 새벽과는 비교할 수도 없을 만큼 더욱 밝고 따스한 빛이 온누리에 비친다. 그리고 정오가 지나면 그 빛과 온기는 더욱 고조되어 마침내 온 세상 구석구석까지 가득 차게 되는 것이다. 그러나 지난 시절에는 달랐다. 그때는 연인들이 결혼하고 나면 열정과 사랑의 시적 감정은 말끔히 사라져 버리는 것이 보통이었다. 그러나 요즈음 현대인들 사이에서는 사정이 매우 다르다. 그들은 — 사랑으로 맺어진 경우 — 오래 살면 살수록 더욱 정이 깊어지고 인생의 빛을 높이 밝혀 서로를 따스하게 감싸준다. 그리고 그러한 다정스러움은 느지막이 인생의 황혼에 이르기까지 계속되며, 자신들의 아이들을 돌보는 동안 더욱 깊은 사랑으로 발전하여 마침내 숭고한 사랑으로 변하게 된다. 이러한 사랑은 이미 개인의 차원을 훨씬 더 넘어선 것이며 그것은 더욱더 깊고 완숙한 헌신적인 사랑으로 꽃피는 것이다.

이것은 왜 그럴까? 그것은 비밀이다. 그러나 굳이 말한다면 이렇게 말할 수 있을 것이다. 분명 그것은 위대한 비밀이며 다만 그렇게 되도록 노력하는 것만으로도 더할 나위 없이 좋은 일이라고, 그리고 거기에는 어떤 기술도 필요 없으며 오로지 순수한 마음과 정신, 그리고 인간에 대한 존엄성과 자유에 대한 의식만 있으면 그것으로 족하다고. 그 이상의 비밀은 없다. 오직 자기의 아내를 예전의 신부를 보던 눈으로 보라. 그리고 그녀도 언제라도 〈당신이 싫어요. 우리 헤어져요〉라고 말할 권리를 가지고 있다는 것을 명심하라. 그런 마음으로 아내를 대하라. 그러면 결혼 뒤 10년이 지났어도 그녀는 자기가 신부였을 때 가졌던 순결한 마음 그대로 당신의 사랑스런 시적 감흥을 불러일으킬 것이다. 아니, 더욱 풍부한 감정과 고귀한 정신을 가지고 당신의 훌륭한 반려자가 될 것이다. 당신의 친구들이 당신에게 우정을 느끼든 느끼지 않든 그들은 당신의 친구이다. 그와 마찬가지로 아내의 자유를 똑같이 인정하라. 그러면 결혼 후 10년, 20년이 지나도 당신이 신랑이었을 때처럼 그녀에게 소중하고 사랑스런 사람으로 남아 있게 될 것이다. 새로운 세대의 남편과 아내는 그렇게 살고 있다. 얼마나 바람직스러운 일인가. 그리고 바로 그와 같은 이유로 그들은 서로 상대방에게 지극히 성실하며, 결혼 후 10년이 지나도 사랑은 더욱 진지하고 깊어만 가는 것이다. 더욱이 그들간에는 불쾌한 키스를 한다거나 마음에 없는 말을 해서 상대의 마음을 상하게 하는 일이 좀처럼 일어나지 않는다. 그리하여 어떤 책에는 〈그는 거짓말을 한 적이 없다〉고 씌어 있고, 아마도 같은 책에는 〈그의 마음에는 위선이라곤 눈곱만큼도 찾아볼 수 없다〉고 씌어 있는 것이다. 또 그들은 책을 읽으며 생각한다. 〈그는 정말 경탄할 만한 도덕적 경지에 오른 사람이야!〉 그 책을 쓴 작가도 생각한다. 〈지금 우리는 모든 사람들이 깜짝 놀랄 사람의 이야기를 쓰고 있는 거야〉라고. 물론 그들은 누가 그 책을 썼는지 또 누가 그 책을 보는지 알지 못한다. 그러나 새로운 세대의 인민들은 그러한 정신을 가진 사람들과 함께 어울린다. 그들은 개인적으로 조금도 부족함이 없는 사람들이지만, 스스로를 새로운 세대의 지극히 평범하고 선량한 사람들로 간주한다.

오직 유감스러운 것이 하나 있다면 그러한 새로운 세대의 인민에 견주어 아직 그들만 못한 사람들이 그 열 배 또는 그 이상이나 있다는 사실이다. 그러나 이것은 당연한 것이다. 시대에 뒤떨어진 세계에는 시대에 뒤떨어진 인간들이 있게 마련이니까.

14

「그러고 보니 우리들이 함께 산 지도 벌써 3년이 되었어요. (전에는 1년, 2년이라고 말했지만 이제 얼마 뒤에는 그러므로 4년, 또는 5년 그런 식으로 말하게 될 것이다.) 하지만 지금도 우린 마치 남들의 눈을 피해 가끔씩 만나는 연인 같아요. 그런데 서로의 관계가 남들에게 알려져 남들이 다 아는 그런 관계가 되면 흔히 사랑이 엷어진다고들 말하는데 도대체 그런 생각이 어디서 왔는지 모르겠어요. 그런 사람들은 틀림없이 참된 사랑을 모를 거라고 생각돼요. 에로틱한 이기심, 아니면 에로틱한 환상에 빠져 있는 사람들 말이에요. 진정한 사랑은 함께 생활할 때에만 비로소 시작되는 거라는 생각이 들어요.」

「나한테 그걸 느낀다는 거지?」

「당신에겐 그보다 훨씬 흥미로운 점이 있어요. 솔직히 말해서 이런 식으로 만일 3년이 지난다면 당신은 당신이 의학을 공부했다는 사실조차 잊어버리지 않을까 염려돼요. 그래서 그렇게 3년이 더 지나고 나면 아예 책 읽는 습관도 잊어버리고 오직 시각 기능, 그래요, 오직 시각 기능만이 남게 될 거예요. 그것도 그나마 나 이외에는 아무것도 볼 수 없는 그런 지경으로 말이에요.」

이런 대화는 오래 계속되지 않지만 또 그리 자주 있는 편도 아니다. 그러나 그들은 때때로 지금처럼 그런 대화를 계속하기도 한다.

「그래요, 해가 길수록 더욱 강해지는 것만 같아요.」

「아편을 피우는 사람들 이야기에 의하면, 그들의 욕정은 해가 갈수록 더욱 강해진다는 거야. 욕정이 가져다 주는 쾌감을 한 번 알게 되면 그 욕정이란 약해지지 않고 더욱 강해진다는 거지.」

「그래요, 강한 정열이란 다 그래요. 시간이 지날수록 더욱 강해지는 법이라고요.」

「권태? 하지만 정열은 권태를 모르지. 몇 시간 동안의 포만감, 오직 그 포만감 이외에는 말이오.」

「권태라는 것은 한낱 환상일 뿐이에요. 그건 살아 있는 현실 속의 인간이 아니라 환상 속으로 도망쳐 버린 상처받은 몽상가들에게나 있을 뿐이에요.」

「내가 만일 한 끼도 거르지 않고 삼시 세 때 식사를 한다고 해서 나의 식욕이 덜어지거나 둔화되는 일은 없지. 오히려 그 반대로 내가 아주 훌륭한 식사를 즐기게 되면 나의 미각은 그만큼 더 발달하게 되지. 내가 식욕을 잃는 것은 다음의 일이라고. 사람들은 뭐든 먹지 않고는 못 사니까.」(「이것은 조잡한 유물론이다!」현명한 독자와 나는 함께 소리친다.)

「인간의 본성을 볼 때, 애착이란 시간의 흐름에 따라 약해지기는커녕 오히려 더욱 질기고 깊어만 가는 그런 것은 아닐까요? 그렇다면 우정은 어느 만큼 지나야 더욱 강해지고 단단해질까요? 우정이 시작된 지 일주일 후, 아니면 1년 후 아니면 20년 후쯤? 어쩌면 그보다는 좋은 우정을 선택해서 서로 다정하고 친하게 지내는 것이 더욱 중요하지 않을까요?」

그들의 대화는 곧 끝이 났다. 그런 이야기라면 그렇게 길게 할 필요가 없는 것이다.

그러나 다음과 같은 대화는 좀더 자주 그리고 오랫동안 계속되었다.

「사샤, 당신의 사랑은 내게 얼마나 큰 힘이 되는지 몰라요. 덕분에 나는 인간에 대한 모든 종속에서 벗어나 비로소 독립적인 한 인간이 되려고 해요. 심지어 당신에게 의지하는 것으로부터도요. 그런데 나의 사랑이 당신에게 무엇을 가져다 주었는지 궁금해요.」

「나에 대해서? 그건 당신의 경우와 마찬가지지. 보다시피 이렇게 튼튼하고 건강해졌거든. 신경조직도 더욱 발달하고.」(「이건 조잡한 유물론이다!」현명한 독자와 나는 함께 외친다.)「동시에 사랑을 통해서 나의 지적, 도덕적 힘이 더욱 성숙해졌다고 할 수 있지.」

「사람들이 그러더군요, 사샤. 이런 경우에 나는 결코 정확한 증인은 아니에요. 장님이 다 됐으니까요. 당신 눈이 맑아지고 생각도 더욱 총명하고 예리해졌다고요.」

「베로치까, 당신 앞에서 내 이야기하는 것이 좀 이상하긴 하지만 들어주겠지? 우린 한 몸이나 다름없으니까 말이오. 당신이 방금 한 이야기는 사실이라고 생각해. 분명히 내 마음이 전보다 훨씬 안정되었어. 내가 실제로 느끼고 실험한 것에 의하면, 이전 같으면 몇 시간 동안 생각에 몰두해야 되었던 것이 지금은 한 시간 정도면 끝낼 수가 있거든. 따라서 전보다 훨씬 많은 것들을 소화할 수 있을 뿐 아니라 더욱 넓고 다양한 결론을 내릴 수가 있지. 그래서 베로치까, 만일 내게 천재의 싹이 조금이라도 있고 이런 식으로 생각이 발전한다면 앞으로 위대한 천재가 될지도 모른다는 생각이 들어. 그리고 만일 내게 타고난 과학자의 기질이 있다면 어쩌면 과학을 혁신하게 될지도 모른다는 생각이 말야. 하지만 난 당신과 결혼하기 전에는 조그만 부분까지 꼬치꼬치 따지는 하찮은 노동자로 태어났어. 분명히 당신과 만나기 전엔 그랬어. 그러나 지금은 딩신도 알겠지만 난 이제 그런 사람이 아니야. 지금 내겐 점점 많은 기대들이 모아지고 있어. 그래서 내가 과학의 가장 중요한 부분, 즉 신경조직 부문에 대한 완전히 새로운 학설을 세우리라고 말들을 하고 있지. 나 자신도 그것을 해낼 수 있을 것 같은 생각이 들고. 흔히 사람은 스물아홉 살 때보다 스물네 살 때, 좀더 폭넓고 대담하며 근본적인 생각들을 갖는 법이라고 하지. 마찬가지로 서른두 살 때보다는 서른 살 때, 좀더 더 신선한 사상을 갖게 된다고 하는데 돌이켜보면 난 그때 오히려 요즈음만큼도 못했던 것 같아. 하지만 요즈음 나의 사고가 아직 계속 발전하고 있는 것을 느껴. 만일 당신이 없었다면 벌써 오래전에 나의 사고의 발전은 멈춰 버렸을 텐데 말이오. 실제로 나의 사고는 당신과 함께 살기 이삼 년 전만 해도 벌써 쇠퇴 기미를 보였거든. 당신이야말로 내게 청춘의 신선한 활기를 되찾게 해준 거지. 그래서 당신이 없었다면 필시 그때 멈추고 주저앉았을지도 모를 나를 더욱 앞으로 나아갈 수 있도록 힘과 용기를 준 게 바로 당신이란 말이오. 일을 하는 데 있어서 에너지, 즉 활력이 얼마나 중요한가를 강조하는데, 베로치까, 새삼 무슨 말이 필요하겠소! 삶의 활기가 그처럼 전생활에 확대될 때 그 것은 일에 엄청난 힘과 에너지를 가져오는 법이지. 한 잔의 커피가 지적 노동을 하는 사람에게 어떤 영향을 미치는지 당신도 알고 있지? 그것은 일시적으로는 흥분 상태를 가져올지 모르지만 곧 그에 상응하는 피로를 동반하는 법이거든. 그렇지만 나는 흥분과 활기를 지속적으로 느끼고 있단 말이오. 나의 신경이 끊임없이 더욱 고양되고 활기에 넘친 생활에 맞추어져 있기 때문이지.」(「또 그 조잡한 유물론이로군!」 우리들은 다시 토를 단다.)

다음과 같은 대화는 더욱 빈번하고 길게 이어진다.

「사랑이 인간의 힘을 어떻게 고양시켜 주는지 체험해 보지 못한 사람은 진정한 사랑이 무엇인지 모르는 법이지.」

「사랑이란 상대방을 높은 경지로 끌어올리고 또한 자기 스스로도 그러한 경지로 고양되는 거예요.」

「행동에 대한 자극이 없는 사람에게 사랑은 그 자극을 주고, 자극을 가지고 있는 사람에게는 그것을 이용할 수 있도록 힘을 주지.」

「사랑하는 여자가 독립하도록 도와줄 줄 아는 사람만이 진정한 사랑이 무엇인지 알아요.」

「사랑하는 동안 생각이 더욱 맑아지고, 일을 더욱 열심히 하는 사람이야말로 사랑다운 사랑을 한다고 할 수 있지.」

다음의 대화는 특히 자주 이야기하는 것들이다.

「여보, 난 지금 보카치오를 읽고 있어요.」(「저런 음란한 여자 같으니라고!」 나는 현명한 독자와 함께 외친다.「여자가 보카치오를 읽다니!」 그러나 나는 현명한 독자와는 달리 다음과 같이 말한다. 「그녀는 5분 안에 보카치오에서보다 현명한 독자로부터 더 음란하고 적나라한 이야기를 듣게 될 것입니다. 물론 거기에는 보카치오 전체에서 볼 수 있는 것과 같은 신선하고 맑고 순수한 생각들을 전혀 찾아볼 수가 없을 것입니다!」) 「당신이 말한 대로예요. 그는 아주 위대한 재능을 지닌 작가예요. 그의 몇몇 이야기들은 인간의 심리 분석의 깊이와 예리한 통찰력에서 셰익스피어의 최상의 걸작과 맞먹는다고 생각해요.」

「전혀 격식을 차리지 않고 서술하는 그의 코믹한 이야기들은 어떻지?」

「그중에 몇몇은 재미있지만 대체로 좀 지루해요. 그리고 좀 억지로 웃음을 자아내려는 것 같은 인상이 들어요.」

「그렇다면 당신이 성급한 게 아닐까? 그는 우리보다 오백 년이나 앞시대의 사람이거든. 게다가 지금 우리에게 불결하고 천박하게 느껴지는 것들이 당시로서는 엄청나게 상궤를 벗어난 것이라고 보아야 하거든.」

「그렇다면 우리들의 모든 관습이나 생활양식도 오백 년 뒤엔 천박하고 불결한 것으로 보일지도 모르겠군요. 난 보카치오의 소설에 화려하게 그려져 있는 정열적이고 고상한 연애에 대해서 말하고 있어요. 바로 그러한 부분에 그의 재능이 잘 나타나 있어요. 하지만 사샤, 내가 말하고 싶은 것은 이런 거예요. 즉, 그는 아주 능숙하고 대담하게 사랑을 묘사하고 있긴 해요. 하지만 그는 우리가 요즈음 시대에 느끼는 그런 사랑의 기쁨과 부드러움에 대해서 잘 모르지 않았나 생각돼요. 그래서인지 그 시대를 놓고 흔히 연애를 가장 완전하게 즐긴 시대라고들 하지만 그들의 사랑이 그렇게 진지했던 것 같지는 않아요. 하긴, 그런 사랑이 어떻게 가능했겠어요? 그들은 요즈음 우리들이 누리는 사랑의 반도 제대로 즐기지 못하는 것 같아요. 그들의 감정은 너무 지나치게 표면적이에요. 게다가 사랑의 기쁨도 너무 쉽게 부서지고 빨리 사라져버려요.」

「감각의 강도는 그것이 육체의 얼마나 깊은 곳에서 생겨났는가에 비례하는 법이지. 만일 그것이 오로지 외부의 대상에 의해서, 그리고 외적 동기에 의해서 자극된 것이라면 그 감흥은 자연히 일시적 흥분으로 끝나 버려 단지 인생의 한 측면만을 부풀린 데 지나지 않겠지. 단순히 포도주가 있다고 해서 마시는 사람이라면 술의 맛을 음미한다고 할 수 없지. 즐거움이란 그 뿌리가 상상 속에까지 뻗어 내릴 때 비로소 은밀한 기쁨을 주는 법이니까. 그러나 이러한 기쁨도 그 뿌리가 도덕적인 내면생활 속에서 그 토양을 발견할 때에 비하면 아무것도 아니지.」

「내가 진작부터 코르셋 같은 불편한 것을 사용하지 않기를 잘했어요. 혈액순환을 방해하는 그러한 것들은 사용하지 말아야 해요. 코르셋을 입지 않은 뒤로 실제로 피부색이 좋아졌거든요. 생각만 해도 끔찍해요. 그걸 안 입으니까 막 날아갈 것 같아요. 그리고 스타킹은 발에 편한 것이어야 해요. 너무 밝아도 안 좋아요. 또 바느질이 좋아야 긁히지 않고요. 내가 코르셋을 안 입은 지 3년 됐어요. 우리가 결혼하기 전부터 안 입기 시작했거든요. 하지만 지금의 여성복은 코르셋을 입지 않더라도 허리를 조이는 건 마찬가지예요. 코르셋을 안 입은 뒤로 다리가 편해졌는데 허리를 조이는 것도 역시 없어져야겠지요? 다행히 요즈음 그런 모양의 여성복이 줄어들고 있어요. 그러다 보면 언젠가 없어지겠죠. 그러면 얼마나 좋을까요! 여자옷을 디자인하는 데도 문제가 있어요. 러

시아 여성들은 그 점에서 훨씬 나아요. 물론 과거 그리스 사
람들처럼 어깨부터 넓고 넉넉하게 만든다면 더 좋겠지만 말
이에요! 우리가 입고 있는 옷은 여전히 몸에 해롭게 디자인
되어 있어요! 하지만 신체의 활동을 자유롭게 해주는 식으로
돼 가는 것 같아서 다행이긴 하지만 말이에요. 정말 그렇게
되면 얼마나 좋을까요!」

「베로치까, 당신은 정말 사랑스러워!」
「난 그저 행복할 뿐이에요, 사샤!」

달콤한 속삭임은
재잘거리는 냇물처럼 고요하고
미소짓는 그 얼굴과 입맞춤은
물 위의 달빛처럼 흩어졌다 모이네!

15
베라 빠블로브나의 네 번째 꿈

베라 빠블로브나는 꿈을 꾼다.
그녀에게 아주 친숙한 목소리 — 아아, 그녀에게 얼마나
다정한 목소리인가! — 가 멀리서 점점 가까이 다가온다.

대지는
찬란하게 빛나고
태양은 반짝이며
초원은 미소짓네!

582

베라 빠블로브나는 그게 무엇인지 알고 있다.

들판은 황금빛으로 빛나고 풀밭은 꽃으로 덮여 있다. 들판을 둘러싼 잡목 숲 사이에는 수많은 꽃들이 물결치고 그 뒤에 서 있는 푸른 숲은 바람이 불 때마다 부드럽게 일렁이며 속삭인다. 추수가 한창인 들녘과 풀밭, 그리고 초원의 숲에서는 만발한 꽃들로부터 달콤한 방향이 바람에 실려 온다. 새들은 이 나무 저 나무 사이로 쌍쌍이 날아다니며 지저귀고 나뭇가지에는 초목의 향기와 새들의 소리가 한데 어우러져 내밀한 기쁨을 노래한다. 들판 너머 숲 저편에는 이쪽과 마찬가지로 황금빛 곡식들이 무르익어 있고, 꽃으로 뒤덮인 풀밭과 초원은 멀리 푸른 산마루까지 길게 뻗어 있다. 산에는 온갖 나무들이 빽빽하게 차 있고 정상 근처의 하늘에는 여기저기 반투명한 흰 구름, 은빛 구름, 황금빛 구름, 자줏빛 구름들이 한데 어우러져 수시로 그 형태를 바꾸며 지평선에 화려한 푸른 실루엣을 던지고 있다. 그리고 태양은 하늘 높이 솟아 대지를 비추고 대지는 그에 화답하며 찬란하게 반짝거린다. 사람들의 가슴에는 빛과 온기, 방향과 노래, 그리고 사랑과 안식이 가득 넘치고 기쁨과 안식에서 오는 사랑과 행복의 찬가가 그칠 줄 모른다. 「오, 대지여! 오, 태양이여! 오, 행복이여! 오, 상쾌함이여! 오, 사랑! 오, 산마루에 걸린 여명의 구름 같은 황금빛 찬란한 사랑이여!」

「이젠 내가 누군지 알겠죠? 그리고 내가 얼마나 아름다운지도 알겠죠? 하지만 당신은 아직 몰라요. 당신들 중의 어느 누구도 나의 아름다움의 전부를 알진 못해요. 자, 보세요. 내가 예전에는 어떠했고 지금은 어떤지 그리고 앞으로 또 얼마나 아름다운 모습을 보일지! 귀를 기울이고 잘 보세요.」

붉은 포도주는 잔 가득히 진주처럼 빛나고
흥겨운 손님들의 눈은 기쁨으로 반짝이네……

산마루의 숲 가장자리, 온갖 꽃들이 만발한 초원에 거목들
로 둘러싸인 궁전 한 채가 우뚝 솟아 있다.
「우리 저쪽으로 가봐요.」
그들은 나는 듯이 달려간다.
그곳엔 화려하고 눈부신 향연이 벌어지고 있다. 술잔에는
포도주 거품이 흘러 넘치고 손님들의 눈은 기쁨으로 빛난다.
시끄럽게 떠드는 소리와 속삭임이 한데 어우러진 술렁거림 속
에 간간이 터져 나오는 웃음소리, 은밀히 맞잡는 손목, 그리고
남들의 시선을 피해 은밀히 이루어지는 입맞춤. 「노래! 노래를
부르자고! 이런 자리에 노래가 없으면 신께서 기뻐하시지 않
는다고!」 시인이 일어서며 외친다. 그의 이마는, 마치 자연이
그에게 대지의 비밀을 들려주고 역사가 그 의미를 드러내 보
여 주기라도 한 듯이, 온갖 영감과 사상으로 빛나고 있다. 이윽
고 인간과 대지의 수천 년의 생활이 그의 떨리는 음성 속에서
하나하나 그 장대한 모습을 그림처럼 펼쳐 보이기 시작한다.

1

시인의 목소리가 울려 퍼지면서 한 장면이 나타난다.
유목민들의 텐트가 옹기종기 모여 있고, 그 주위에는 양떼
와 말과 낙타들이 한가롭게 초원의 풀을 뜯고 있다. 고개를
들면 멀리 올리브 나무와 무화과나무 숲이 둘러 있고 아득히
지평선 북서쪽에는 높은 산들이 그림처럼 두 겹으로 나란히
줄지어 서 있다. 산 정상에는 흰 눈이 덮여 있고 그 아래 골짜
기에는 히말라야 산목들이 빽빽이 들어차 있다. 목동들은 히

말라야 산맥보다 더욱 튼튼하고 건장하며 그들의 아내들은 종려나무보다 부드럽고 강인하다. 그들은 평온 속에서 행복한 나날을 보내고 있다. 그들에게는 오직 하나, 사랑만이 있을 뿐. 사랑의 애무와 아름다운 연가 속에서 밤늦도록 인생의 열락을 만끽하고 있다.

「아니에요.」 그때 눈부신 그 여인이 베라 빠블로브나에게 말했다. 「이것은 나에 대한 것이 아니에요. 그때 나는 거기에 있지도 않았어요. 저 여인들은 그때 노예였답니다. 평등이 없는 곳에 나는 없어요. 그들은 자기들의 여신을 아스타르테[87]라고 불렀지요. 자, 보세요! 저기 그녀가 있어요!」

눈부시게 화려한 한 여인이 나타난다. 그녀의 손과 발목에는 황금으로 된 장식물이 끼워져 있고 목에는 금실로 꿴 진주와 산호 목걸이가 걸려 있다. 그녀의 머리는 몰약으로 촉촉이 젖어 있고 얼굴에는 음탕한 빛과 노예근성이 드러나 보인다. 그녀의 눈은 무료함을 달래듯 교태로 가득 차 있다.

「당신의 주인에게 복종하세요. 그가 약탈을 쉬는 동안 그의 무료함을 달래 주세요. 당신은 그를 사랑해야만 합니다. 그가 당신을 샀기 때문입니다. 만일 당신이 그를 사랑하지 않는다면 그는 당신을 죽일 거예요.」 여신은 옷이 흙투성이가 되어 그녀 앞에 누워 있는 여인에게 말한다.

「아시겠죠? 그건 내가 아니랍니다.」 그 여인이 말했다.

2

다시 영감에 찬 시인의 목소리가 울려 퍼지고 새로운 장면이 떠오른다.

87 고대 셈 족의 풍요의 여신. 그리스의 아프로디테에 해당한다.

한 도시가 나타난다. 도시 북동쪽으로는 멀리 산들이 펼쳐져 있고 멀리 남쪽으로는 바다가 빙 둘러싸고 있다. 몹시 아름답고 매혹적인 도시다. 집들은 크지 않으며 얼핏 보기에 간소하고 담백해 보인다. 그런데 거기에 웬 아름다운 사원이 그리도 많은 것일까! 특히 언덕에는 어마어마한 규모의 웅장한 문이 있고 신전 앞까지는 계단이 끝없이 이어져 있다. 그리고 그 꼭대기에는 수많은 신전들과 공공건물들이 빽빽이 줄지어 서 있다. 그것들 하나하나 모두가 우리의 도시 중에서 가장 아름다운 도시의 영광과 명성을 한층 드높이기에 충분할 만큼 눈부신 광채와 아름다움을 내뿜고 있다. 그리고 이루 헤아릴 수조차 없는 수많은 조각품들이 사원들과 도시 곳곳을 장식하고 있는데 모두 세계에서 가장 아름다운 박물관을 세우기에 부족함이 없는 것들이다. 게다가 광장과 거리를 가득 채우고 있는 사람들은 어쩌면 그렇게도 아름다울까! 젊은 남자와 여자들은 한결같이 조각품의 모델에 어울릴 만큼 준수한 용모와 각선미를 자랑하고 있다. 모두 생기에 차 있고 활동적이며 발랄해 보이는 사람뿐이다. 그들의 생활은 티없이 맑고 우아하며 아름답다. 집들은 겉으로는 화려해 보이지 않지만 그 안을 들여다보면 풍요로움과 아름다움, 그리고 고상함이 물씬 배어 난다! 가구와 살림 도구들도 모두 넋을 잃을 만큼 호화로운 것들뿐이다. 그리고 사람들 모두 한결같이 미에 대한 자부심과 긍지를 가지고 사랑을 위해, 미를 위해 봉사하고 있다.

그런데 마침 이곳에 일찍이 권력을 찬탈하여 참주로 군림하다가 추방된 한 정치가가 돌아오고 있다. 그는 이곳을 다시 지배하려고 온갖 교활한 술수를 다 부렸다. 사람들도 모두 그것을 알고 있다. 그런데 왜 어느 누구도 그를 향해 주먹을 쳐드는 사람이 없는 것일까? 그가 탄 이륜 마차에는

이 도시의 아름다운 여인들 가운데서 단연 돋보이는 군계일
학 격의 한 여인이 같이 앉아 있다. 그녀는 손짓으로 그를
가리키며 그를 지지한다는 것을 시민들에게 확신시키고 있
다. 그러자 사람들이 모두 그 여인의 아름다움에 무릎을 꿇
고 자신들의 운명을 그녀의 애인인 페이시스트라토스[88]에
게 위임한다.

도시의 다른 한 곳에선 재판이 열리고 있다. 재판관들은
모두 근엄한 노인들이다. 사람들은 모두 재판의 결과에 조금
도 동요함이 없으며 시민들의 흥분에 아랑곳하지 않는다. 특
히 아레오파고스[89]는 비정할 정도로 엄격한 곳으로 유명하
다. 아테네의 남신들과 여신들조차 문제가 생기면 여기에서
해결을 할 정도이다. 이제 재판관들 앞에 한 여인이 출두할
차례이다. 아스파시아[90]라는 이름의 그녀는 아테네를 파멸시
킨 장본인으로 천하의 대죄를 지은 여인이다. 재판관들은 이
미 마음속으로 그녀에게 사형을 언도할 것을 결정해 놓고 있
다. 그러나 그들 앞에 아스파시아가 나타나자 갑자기 모두
그녀 앞에 엎드리더니 〈우리들은 당신을 도저히 재판할 수가
없습니다. 당신은 너무도 아름답습니다. 이곳은 미의 왕국이
아닙니까? 이곳은 사랑의 왕국이 아닙니까?〉라고 외치는 것
이다.

「아니에요.」 눈부신 그 여인이 말한다. 「그때에 난 태어나
지도 않았어요. 그들은 여자를 숭배하고 있긴 하지만 자신들
과 동등한 존재로는 생각하지 않아요. 그들은 여자 앞에 머
리를 숙이긴 하지만 그것은 오직 쾌락을 즐기기 위해서예요.

88 B.C. 560년경 아테네에서 권력을 잡고 있었던 인물.
89 고대 아테네에서 귀족회의가 열리는 곳으로 제일 높은 법정이다.
90 아테네의 정치가인 페리클레스의 정부로 재능과 미를 겸비하였으나,
아테네에서 많은 물의를 일으켰던 인물이다.

그들은 여자에 대해서는 인간의 존엄성을 인정치 않았던 거예요. 남자에 대한 존중과 같이 여자에 대한 존중이 없는 곳에 나는 없어요. 그들은 자기들의 여신을 아프로디테라고 부르지요. 바로 여기에 그녀가 있어요.」

그 여신은 전혀 치장을 하지 않았다. 그녀는 너무도 아름다워 그녀의 숭배자들이 아무런 옷도 거치지 않기를 원했기 때문이다. 그녀의 아름다운 몸매는 숭배자들의 눈에서 어느 한 부분도 가려져서는 안 되었다.

그 여신의 제단에 향을 피우고 있는 여인, 그 여신만큼이나 아름다운 저 여인은 뭐라고 중얼거리고 있는 것일까?

「남자의 영원한 쾌락의 샘이 되소서. 남자는 당신의 주인이십니다. 당신은 당신 자신을 위해서가 아니라 남자를 위해 살고 있는 것입니다.」

「자, 보세요. 여신의 눈에 육체적 쾌락을 유혹하는 은밀한 몸짓이 나타나고 있어요.」 눈부신 그 여인이 말한다. 「그녀의 태도는 거만하고 얼굴에는 자부심이 가득하지만 그것은 오직 육체적 미에 대한 자랑일 뿐이에요. 그러나 그녀가 여신으로 군림하는 동안 여인들은 어떤 운명에 처하게 됐죠? 남자들이 그녀의 주인인 자기만이 그녀의 미를 독차지하려고 아내들을 안방에 가두지 않았던가요? 그녀들에게는 자유가 없어요. 물론 개중에는 자유를 누리고 있다고 생각하는 여인들도 있지만 그녀들은 자신의 미를 미끼로 쾌락을 판 것에 불과해요. 당연히 그렇게 자유도 팔아넘겼지요. 그러므로 그녀들에게조차 진정한 자유는 없다고 할 수 있어요. 이 여신은 반노예나 다름없어요. 자유가 없는 곳에 어떻게 행복이 있을 리 있겠어요. 그곳엔 물론 나도 없어요.」

3

다시 시인의 말이 울려 퍼지고 새로운 장면이 펼쳐진다.

성 앞에 경기장이 있고 그곳을 둘러싼 원형 극장의 계단에는 화려한 복장의 관중들이 앉아 있다. 경기장에는 기사들이 있고, 경기장 위쪽성의 발코니에는 한 처녀가 앉아 있다. 그녀의 손에는 스카프가 들려 있다. 경기의 승리자는 그 스카프를 얻고 그녀의 손에 키스하는 행운을 누리게 될 것이다. 기사들은 목숨을 걸고 싸운다. 마침내 토겐부르크[91]가 승리한다. 그녀가 그에게 말한다.

「기사여, 당신의 누이로서 사랑을 드립니다. 하지만 그 이상의 사랑을 요구해서는 안 됩니다. 나의 가슴은 언제나 당신을 향하고 있습니다. 당신이 다가올 때나 떠나갈 때나 변함없이.」

그러면 기사는 〈나의 운명은 결정되었습니다〉라고 말하고 십자군에 지원해 팔레스타인을 향해 배에 오른다. 그리고 모든 기독교 국가에 그의 공적이 널리 퍼진다. 그러나 그는 그의 여신을 만나지 않고는 살아갈 수가 없다. 마침내 그가 돌아온다. 그는 전쟁터에서조차 그녀를 잊을 수가 없었던 것이다. 「기사여, 문을 두드려도 소용없습니다. 그녀는 지금 수녀원에 가 있으니까요.」 그는 혼자서 오두막을 짓고 살아간다. 그리고 그의 창문가에 앉아서 그녀가 수녀원의 창문을 열 때를 기다렸다가 그녀를 바라보고 기쁨에 젖는다. 그러나 그녀는 그를 알아보지 못한다. 그의 생애는 태양처럼 아름다운 그녀가 창가에 나타나기를 기다리는 것으로 일관된다. 그는 여신을 바라보는 것 이외에는 아무것도 하지 않는다. 그리하

---

91 실러의 담시 「리터 토겐부르크」의 주인공.

여 그에게서 생활다운 생활의 모습이라곤 아무것도 찾아볼 수 없다. 그에게 생활이란 죽음과 다름없기 때문이다. 마침내 생명의 불꽃이 썰물처럼 사라지려고 할 때조차 그는 오두막의 창문에 기대어 오직 한 가지, 〈그녀를 한 번만 더 볼 수 없을까?〉만을 생각하는 것이다.

　「이것은 정말이지 내 이야기가 아니에요.」눈이 부시도록 아름다운 그 여인이 말한다.「그가 그녀를 사랑하는 것은 단지 그녀를 자기 것으로 만들지 못했기 때문이에요. 만일 그녀가 그의 아내가 되었다면 그녀는 틀림없이 그의 노예가 돼버렸을 거예요. 그리고 그녀는 그 앞에서 무서움에 벌벌 떨어야 했을 거예요. 그리고 마침내 그는 그녀를 안방에 가두고 자물쇠로 채워 버렸을 거예요. 사랑 따윈 안중에도 없었을 테니까요. 게다가 사냥이다 전쟁터다 뭐다 해서 밤낮으로 패거리들과 어울려 돌아다녔겠죠. 영주의 딸을 희롱하는 일이나 일삼으면서 말이에요. 자기의 아내는 쳐다보지도 않고 방에 가두기나 하면서 말이죠. 여자들은 정말 너무도 비참하고 보잘것없는 존재에 불과했어요. 남자들이란 일단 자기의 부인이 된 여자들은 거들떠보지 않는 것이 상례였으니 말이에요. 그래요, 난 그 때에도 거기 없었어요. 그들은 자기들의 여신을 〈성처녀〉라고 부르더군요. 여기 그녀가 있어요.」

　그녀는 얌전하고 상냥하며 조용하고 아름다운 모습을 하고 있다. 아스타르테보다 아름답다. 아프로디테도 그녀에 비하면 못할 것 같다. 그러나 차분한 그 모습 속엔 어딘가 쓸쓸하고 우수가 낀 슬픈 빛이 어려 있다. 사람들은 그녀 앞에 무릎을 꿇고 장미 꽃다발을 바친다. 그녀가 말한다.「내 영혼은 견딜 수 없을 만큼 슬프답니다. 마치 가슴을 칼로 도려내는 것처럼 고통스럽습니다. 여러분도 함께 슬퍼해 주세요. 여러분은 불쌍한 사람들입니다. 이 세상에서는 눈물 없인 살아갈 수가 없답니다.」

　「아니에요, 천만에요! 나는 그땐 존재하지도 않았다니까
요.」 아름다운 그 여인이 말했다.

<h1 style="text-align:center">4</h1>

　「나는 저 여신들과는 달라요. 그녀들은 여전히 지배자로
군림하고 있지만 그녀들의 왕국은 사라져 가고 있어요. 그녀
들이 태어날 때마다 그 이전 여신의 왕국들은 쇠퇴하기 시작
했어요. 하지만 뒤에 태어난 여신이 자기보다 앞선 여신들을
밀어젖히고 그 자리를 혼자 독차지할 수는 없었어요. 앞의 여
신이 여전히 군림하고 있기 때문이죠. 하지만 나는 그녀들 모
두를 대신해서 나왔기 때문에 그녀들은 곧 모두 사라져 버릴
거예요. 그리하여 전세계는 내 지배하에 놓이게 될 거고요.
하지만 그녀들이 내 앞 시대를 지배했던 것이 전혀 무의미하
다는 말은 아니에요. 그녀들의 지배가 없었다면 내가 지배하
는 시대도 올 수가 없었을 테니까요.

　사람도 처음에는 동물과 똑같았어요. 그러나 남자가 여자
의 아름다움에 눈이 떴을 때 그들은 더이상 동물이 아니었어
요. 하지만 여자의 힘은 남자보다 약했어요. 남자들은 매우
거칠었죠. 그 당시만 해도 모든 것이 힘으로 결정됐을 때니
까요. 그래서 남자는 자기가 아름답다고 느낀 여자를 자기
것으로 만들어 버린 거예요. 그녀는 그의 재산, 즉 소유물이
되었지요. 그것이 바로 아스타르테의 왕국이에요.

　남자들이 좀더 문명에 길들여지게 되자 그들은 여자의 아
름다움의 소중함을 알고 그 앞에 무릎을 꿇기 시작했어요.
그러나 여자의 의식은 아직 깨이지 않았어요. 그들은 여자에
게서 오직 아름다움, 즉 미만을 중시했어요. 여자들은 자연

히 남자들만 쳐다보게 되었지요. 남자들은 자기들만이 인간이며 여자는 인간이 아니라고 공공연히 말했어요. 여자들도 자신들을 남자의 노리개, 즉 아름다운 장식물 정도로만 생각했고요. 즉, 여자들 자신도 스스로를 인간이라고 생각하지 않았던 거예요. 그것이 아프로디테의 왕국이에요.

그러나 여자들도 역시 인간이라는 의식이 그녀들 속에 싹트기 시작했어요. 그리고 자기가 독립적인 존재라는 생각이 미세하게나마 떠오르기 시작했을 때 그녀들은 커다란 슬픔을 느끼지 않을 수 없었어요! 여자는 인간으로 인정되지 않았을 뿐더러, 남자들이 자기를 노예로만 생각했기 때문이죠. 그래서 그녀들은 〈이런 식으로 당신의 아내가 되고 싶지 않다〉고 말했어요. 그러자 남자들은 여자를 동정하고 부끄러워하는 듯했어요. 다름이 아니라 그녀들에 대한 욕망 때문이죠. 하지만 그들은 여자들을 인간으로 대한 적이 없었어요. 그래서 이번에는 엉뚱하게 그녀가 함부로 범할 수도 접근할 수도 없는 순결한 처녀일 때만 그녀를 사랑하게 된 거예요. 그러나 그녀가 남자들의 간절한 구혼을 믿고 그와 결혼하고 나면 그녀에게는 또다시 불행이 닥쳐오곤 했던 거예요! 다시 남자의 소유물이 되어 버린 것이죠. 남자들이 난폭해지면 어쩔 수 없잖아요. 그들의 힘은 여자보다 세니까 말이에요. 그렇게 그들은 여자를 자기의 노예로 삼고 업신여기고 깔보았던 거예요. 여자들에겐 정말 불행이 아닐 수 없었어요! 이것이 바로 그 슬픈 처녀의 왕국이에요.

그러나 그런 시대는 이미 흘러갔어요. 새 시대가 오고 있잖아요. 당신은 나의 언니를 기억하세요? 나보다 먼저 당신에게 나타났던 그분 말이에요. 그녀는 당신을 위해서 그녀가 할 수 있는 모든 일을 했어요. 그녀는 언제나 존재했지요. 저 여신들보다도 먼저 말이에요. 인간이 태어났을 때도 그녀는 그보다 먼저 태어나 있었으니까요. 그녀는 항상 열심히 쉬지 않고 일했어요. 아주 열심히요. 그렇지만 그녀의 일은 그다지 성공적이진 못했어요. 그래도 그녀는 열심히 계속해서 일했어요. 그러는 동안에 꽤 성공을 거두게 되었어요. 남자들이 좀더 이성적이 되고 여자들도 자신이 남자와 동등한 인간이라는 것을 좀더 확실하게 깨닫게 되었으니까요. 내가 태어난 것이 바로 그 무렵이었어요.

그것은 그다지 오래되지 않았어요. 아주 최근의 일이지요. 내가 태어난 것을 맨 처음 알고 그것을 사람들에게 알린 게 누군지 혹시 아세요? 루소예요. 그의 『신 엘로이즈』[92]에서 사람들은 처음으로 내 이야기를 들었던 거예요.

그때부터 내 왕국은 급속도로 불어나고 있어요. 아직 내가 대다수 사람들의 여신은 아니지만요. 앞으로 내가 지상의 모든 것을 지배하는 때를 보게 될 거예요. 그때가 되면 사람들은 내가 얼마나 아름다운지 깨닫게 될 거예요. 하지만 지금은 나의 힘을 인정하는 사람들도 전적으로 나의 의지에 따라서 행동하지는 못해요. 아직은 나의 의지에 적대감을 품은 사람들이 많기 때문이죠. 따라서 만일 그들이 나의 의지를 실행에 옮기려고 하면 적의를 품은 사람들이 그들을 파멸시키거나 해를 가하려고 시도할지도 몰라요. 그런데 내가 가지고 있는 것은 행복이에요. 나는 어떤 고통이나 불행도 인정하지 않아요. 그래서 나는 그들에게 이렇게 말해요. 〈당신들에게 괴로움을 가져다 주는 일을 해서는 안 됩니다. 그러므로 당신들이 적의를 사거나 해를 입지 않는 정도로만 나의 의지를 이루세요.〉」

92 1761년에 루소가 쓴 소설로 일반적으로는 유럽 사회를 비판하면서, 여성의 지위에 대해 이야기하고 있다.

「하지만 내가 당신을 완전히 알 수 있을까요?」

「물론 가능해요. 당신은 매우 운이 좋은 사람이에요. 당신은 두려워 할 필요가 없어요. 당신이 원하는 것이면 무엇이든지 할 수 있고말고요. 게다가 당신이 내 모든 의지를 알고 있다고 해서 그 자체로 당신에게 해가 되는 일은 없을 거예요. 그래요, 당신은 필요한 모든 것을 가질 수 있어요. 그래서 누군가 어리석은 사람이 당신을 괴롭힌다고 해도 당신은 거기에 관해서 알려고 하지도 않을 것이고 또 알 필요도 없을 거예요. 당신이 가지게 될 모든 것에 완전히 만족하게 될 테니까요. 그래요, 당신에게 나의 모든 것을 보여 줄 수 있어요. 당신만 원한다면요.」

「그러면 나에게 당신의 일을 가르쳐 주세요. 당신 이전의 여신들의 이름은 다 가르쳐 주면서 정작 당신의 이름은 한 번도 이야기한 적이 없어요.」

「꼭 내 입으로 그걸 말해야 하나요?」

5

「자, 나를 잘 보세요. 그리고 내 말에 귀를 기울여 들어 보세요! 내 목소리를 알아보겠어요? 내 얼굴 생각나지 않아요?」

아니다. 베라 빠블로브나는 그녀의 얼굴을 본 적이 없다. 그래, 한 번도 본 적이 없다. 그런데 어디선가 본 것 같은 느낌이 드는 것은 무엇 때문일까? 그러고 보니 그녀가 끼르사노프와 자유롭고 대등하게 이야기를 나누기 시작한 뒤로, 그리고 그가 중간중간 그녀를 뚫어지게 바라보다가 키스하기 시작한 뒤로 벌써 일 년이 지났다. 그동안 그녀는 이 눈이 부시게 아름다운 여인을 몇 차례 보았었다. 뿐만 아니라 베라 빠블로브나가 끼르사노프로부터 몸을 피하려 하지 않는 것과 마찬가지로 여신 또한 그녀에게 전혀 몸을 숨기려 하지 않았다. 여신은 이미 그녀의 눈부신 아름다움을 베라 빠블로 브나에게 남김없이 드러내 보였던 것이다.

「하지만 난 당신을 본 적이 없어요. 당신의 목소리도 마찬가지고요. 그래요, 당신은 내게 나타났었어요. 나도 분명히 당신을 보았고요. 하지만 당신의 온몸에서 빛나는 광채 때문에 나는 당신을 한 번도 제대로 볼 수가 없었어요. 그래서 난 고작 당신이 어떤 사람보다도 아름답다는 것만을 기억해 냈을 뿐이에요. 당신의 목소리, 들었어요. 하지만 당신의 목소리 역시 어떤 사람과도 비교할 수 없이 곱다는 것 이외에는 아무것도 생각나지 않아요.」

「자, 잘 보세요. 당신을 위해 잠깐 동안만 내 몸의 광채를 약하게 해드릴게요. 목소리도 잠시 동안만 보통의 목소리로 이야기하도록 할게요. 그렇게 잠깐 동안만 여신이 아닌 보통 인간의 모습으로 말이에요. 자, 보셨어요? 들어 봤어요? 이제 알아보겠어요? 그럼 됐어요. 난 다시 여신으로 돌아가겠어요. 그리고 영원히 여신으로 머물 거예요.」

그녀는 다시 눈부신 광채를 발했고 목소리도 다시 매혹적인 여신의 목소리로 변했다. 그러나 여신이 보통의 인간 모습을 보여 주었던 그 짧은 시간 동안 베라 빠블로브나는 정말 그 얼굴을 보고 그 목소리를 들었을까? 정말 그랬을까?

「그래요.」 여신이 말을 계속했다. 「당신은 내가 누구인지 알고 싶어했고 이제 알았을 거예요. 당신은 내 이름을 듣기 원했지만, 난 내 모습을 드러내는 사람과 다른 이름을 가지고 있지 않아요. 당신은 이제 내가 누구인지 보았을 거예요. 그래요, 나는 인간보다 고귀하지도 남자보다 높지도 않아요. 나는 내가 모습을 나타내는 바로 그 사람 자신이에요. 남들을 사랑하고 또 남들의 사랑을 받는 그런 사람 말이에요.」

그렇다. 베라 빠블로브나는 보았다. 그것은 그녀 자신이었다. 그것도 여신의 모습을 한 바로 자신이었다. 여신의 얼굴은 그녀의 얼굴, 바로 그녀의 현실의 모습 그대로였다. 그것은 완전한 미와는 거리가 멀었다. 물론 그녀는 매일 자기보다 아름다운 얼굴을 수 차례씩 마주하곤 한다. 그러나 이것은 누가 뭐라고 해도 사랑의 광채로 빛나는 자기 자신의 얼굴이었다. 그렇다, 그것은 그녀 자신이다! 눈부신 생명의 광채로 빛나는 그녀 자신인 것이다. 그녀보다 얼굴이 아름다운 사람은 미인이 적은 뻬쩨르부르그만 하더라도 수백 명이나 있지만, 그녀는 루브르 박물관의 아프로디테보다도 아름답고 지금까지의 그 어떤 미인보다도 아름다웠다.

「당신은 내가 없더라도 거울 속에서 나의 모습을 볼 수 있을 거예요. 그리고 당신이 보는 내 모습이나 당신을 사랑하는 사람들에게 비치는 당신의 모습은 언제나 똑같을 거예요. 그들에겐 나와 당신이 동일한 사람으로 보일 테니까요. 그들에게는 당신보다 아름다운 사람은 없어요. 모든 이상적인 여성도 당신과 비교하면 무색해져 버리고 말아요.」

「정말 그럴까요?」

「그럼요, 그렇고말고요.」

6

「이제, 당신은 내가 누구인지 알아요. 그럼 이번에는 현재의 내가 어떤 사람인지 알아 맞춰 보세요.

나는 아스타르테 여신이 갖고 있던 모든 감각적 즐거움을 느낄 줄 알아요. 아스타르테는 우리 모든 여신들의 생모 격이지요. 그리고 나는 아프로디테 여신에 못지않은 미를 관조하는 황홀한 기쁨도 알아요. 또 〈성처녀〉가 갖고 있던 순결의 의미도 존중할 줄 알지요.

하지만 내 안에 있는 이런 것들은 그녀들이 각자 갖고 있던 것보다 완전하고 고귀하며 세련된 형태로 존재해요. 그리고 〈성처녀〉의 미덕과 아스타르테의 미덕, 아프로디테의 미덕이 내 안에서 한데 합쳐짐으로써 나는 더욱 훌륭하고 아름다워졌어요. 이전의 어느 여신도 갖고 있지 못한 나의 품성이 이들 각각의 성질에 보태졌기 때문이지요. 내 안에 있는 이 새로운 힘이야말로 바로 그들로부터 나를 구별해 주는 특징이었어요. 사랑하는 사람들 사이의 평등한 권리, 인간으로서의 평등한 관계, 이 새로운 힘 하나만으로도 저 여신들의 힘을 한데 합친 것보다 훨씬 더 커다란 능력과 미가 있다고 할 수 있으니까요.

사람들이 남녀의 평등권을 인정하기 시작하자 비로소 남자는 여자를 자기의 소유물로 생각하지 않게 되었어요. 여자들도 상대가 자기를 사랑하는 것처럼 상대를 사랑하게 되었고요. 즉, 사랑하고 싶다는 단지 그 이유 하나만으로 상대를 사랑할 수 있게 된 것이죠. 따라서 만일 그녀가 사랑하길 원치 않는다면, 그녀가 그에 대해서 아무런 권리도 주장할 수 없듯이 그 역시도 그녀에 대해서 아무런 권리를 가질 수 없게 된 거지요. 이제야 우리 여성들도 마음껏 자유를 누릴 수 있게 된 거예요.

그리고 평등한 권리와 자유 외에도 일찍이 이전의 여신들이 소유했고 내 안에도 있던 모든 요소들이 좀더 새로운 성격과 고귀한 매력을 갖게 되었어요. 그것들은 내가 나타나기 전에는 알려지기조차 않았던 것들이지요. 거기에 비하면 이제까지 알려져 있던 것들은 아무것도 아닌 거나 다름없어요.

더구나 내가 태어나기 전까지 사람들은 완전한 자유의 기쁨이 무엇인지조차 몰랐던 거예요. 그러므로 사랑하는 사이라고 해도 두 사람 사이에 완전한 자유가 없는 상황에서는 참된 사랑의 기쁨을 느낄 수 없었던 것이죠. 게다가 내가 태어나기 전까지는 미적 기쁨이 무엇인지도 몰랐어요. 왜냐하면 미를 추구해도 결국 자유로운 감정 상태에서 이루어지는 것이 아니기 때문에 진정한 미가 보일 리 없었던 것이지요. 따라서 즐거움과 희열조차도 그들에겐 따분하게 느껴질 수밖에요. 나의 순결은 단지 육체의 순결만을 이야기하는 〈성처녀〉의 것보다 훨씬 순수하고 맑지요. 정신의 순결도 함께 갖고 있기 때문이에요. 그리고 난 자유로워요. 나에게는 기만과 위선이 없기 때문이에요. 나는 마음에 없는 말은 할 줄 몰라요. 또 애정 없는 키스도요. 이전의 여신들의 매력에 고귀함을 주는 나의 새로운 것들은 그 자체만으로도 그 어떤 것과도 비교할 수 없는 고귀한 매력을 갖고 있어요. 주인은 하인 앞에서 거북하게 마련이고 하인 역시 주인 앞에서 불편하기는 마찬가지지요. 사람들은 서로 대등한 상태에 있을 때에만 편해질 수 있어요. 자기보다 비천한 사람과 함께 있으면 곧 따분해지게 마련입니다. 그러므로 사람들은 오직 동등한 위치에 있는 사람들 속에서만 행복해질 수 있다고 봐요. 내가 태어나기 전에는 사람들은 결국 완전한 행복도 완전한 사랑도 알지 못했던 거예요. 나 이전에 남자들이 느낀 행복이란 일시적 도취와 다름이 없어요. 여자들의 경우엔 더 말할 나위도 없이 비참했고요. 그녀들은 노예나 다름없는 상태였으니까요. 그녀들은 사랑이 무엇인지도 모르는 채 오직 공포 속에서 떨고 있었을 뿐이에요. 공포가 있는 곳에 사랑은 존재할 수 없어요.

만일 당신이 내가 말하는 게 무엇인지 한마디로 대답하라고 한다면 서슴없이 〈평등한 권리〉라고 말하겠어요. 그것 없인 육체의 쾌락도 미의 기쁨도 다 지루하고 일시적인 찰나에 지나지 않아요. 정신의 순결도 없고요. 오히려 육체의 순결을 이야기한답시고 마음만 더럽히고 말뿐이에요. 오직 대등함과 평등한 권리 속에서만 나의 자유가 생기는 것이지요. 자유가 없으면 나는 존재할 수 없어요.

당신에게 이제까지 모든 것을 말했어요. 내가 한 이야기들을 다른 사람들한테 이야기해도 좋아요. 아직 나의 왕국은 작아요. 그러므로 잘 모르는 사람들의 비난으로부터 내 왕국 사람들을 보호해야 돼요. 나의 의지를 모든 사람들한테 말하기에는 아직 일러요. 나의 왕국이 그 사람들을 모두 포용할 수 있을 때, 그리고 사람들의 육체가 건강해지고 정신이 깨끗해졌을 때 내 모든 아름다운 이상을 그들에게 보여 줄 거예요. 하지만 당신! 당신은 굉장히 운이 좋은 사람이에요. 그래요, 지금부터 당신에게 모든 사람들이 나를 여신으로 인정할 때 내가 무엇이 될 것인지 그에 대해서 말하겠어요. 그런 이야기를 한다고 당신이 놀라거나 당황해 하진 않을 것 같으니까요. 당신한테 내 운명의 비밀을 말하는 대신, 그 누구한테도 말하지 않겠다고 맹세하세요. 그럼 내 이야기를 잘 들으세요.」

7[93]

....

....

93 아마도 체르니셰프스끼는 여신의 비밀을 공개하기를 망설인 것 같다. 그것은 대중이 놀라지 않을까 하는 두려움보다는 검열 당국에 의해서 자칫 이 책 자체의 출판이 금지당할지도 모른다는 우려 때문이었던 것으로 보인다.

「아아, 정말 아름답고 훌륭해요! 이제야 당신의 의지를 모두 이해하겠어요. 그리고 반드시 실현되리라고 믿어요. 하지만 어떻게 그것이 이루어지죠? 그때 사람들은 어떻게 생활을 하고요.」

「나 혼자서는 그것을 당신에게 설명할 수가 없어요. 그것은 나의 언니의 도움이 필요해요. 이미 오래전에 당신에게 나타나셨던 그분 말이에요. 그녀는 나의 주인이자 종이지요. 나는 단지 그녀의 뜻에 따라 행동할 뿐이에요. 하지만 그녀는 언제나 나를 위해서 일해요. 자, 그녀를 부르겠습니다. 언니? 어디 계세요? 나를 도와주세요!」

그녀의 자매들, 즉 그녀의 신랑의 신부들이 나타난다.

「안녕, 나의 자매여. 어머, 당신도 여기 계셨군요?」 그녀는 베라 빠블로브나를 보고 말했다. 「당신은 내가 지명한 여신이 온 세상을 지배하게 될 때 사람들이 어떻게 살아가게 될지 그게 궁금한 거죠? 자, 그럼 잘 보세요.」

장대하기 이를 데 없는 어마어마한 건축물이 나타난다. 그런 건축물은 아마 세계에서 가장 큰 도시에서나 볼 수 있을 것이다. 아니, 현재 저런 건축물은 세계 어디에도 없다. 그 건축물은 들판과 초원, 과수원, 그리고 숲에까지 걸쳐 대지 위에 우뚝 솟아 있다. 들판에는 곡식들이 무르익고 있다. 그렇다, 그것은 분명히 곡식이지만 현재 우리가 보는 곡식과는 비교할 수 없을 정도로 아주 풍성한 열매들이 빽빽이 매달려 있다. 〈이게 정말 밀일까? 이런 이삭을 본 사람이 있을까? 그리고 이렇게 큰 낟알을 본 사람이 있을까? 이렇게 밀 이삭이 크고 실하려면 온실 재배가 아니면 안 돼! 그렇다면 뭐지? 그리고 초원, 분명히 초원이야. 지극히 러시아적인. 하지만 이처럼 화려한 꽃들은 화원에서가 아니면 볼 수가 없어. 과수원 좀 봐! 커다란 레몬과 귤, 복숭아, 살구가 주렁주렁 매달려 있어. 그런데 저런 나무들을 옥외에서 어떻게 재배할 수 있을까? 아, 그래, 여기저기 사방에 기둥들이 서 있는 걸 보니 여름이라 온실 창문들을 떼어 낸 모양이야. 맞아! 이 온실은 여름철에 햇빛을 더 많이 쪼이도록 온실 창문들을 열어 놓은 거야. 숲의 나무들도 어쩌면 저렇게 곧고 빽빽하게 자랐을까? 떡갈나무, 참대나무, 단풍나무, 느릅나무……. 그래, 분명히 우리 주변에서 흔히 볼 수 있는 그런 나무들이야. 그런데 저렇게 산림을 가꾸려면 엄청나게 많은 잔손질이 필요할 거야. 그런데 사방이 온통 건축물로 가득 차 있으니 어떻게 된 걸까? 저게 무얼까? 그런데 저 건물은 왜 저렇게 생겼지? 어떤 건물일까? 도대체 무엇으로 지었을까? 저런 건물은 어디에도 없어. 아냐, 저런 비슷한 건물이 하나 있긴 있어. 시든햄 언덕에 세워져 있다는 궁전 말이야. 철근과 유리로 지었다는……. 그래, 저 건축물은 철근과 유리로만 되어 있어. 그런데 저렇게 아름다운 빛이 나는 것은 무엇 때문일까? 맞아, 수정 때문이야. 아니면 수정처럼 빛이 나는 유리 말이야. 그런데 저건 단지 건축물 전체의 외형일 뿐이야. 궁전의 안에 다시 집들이 있어. 하나같이 엄청난 규모의 집들이야! 그리고 보니 저 철근과 유리로 된 건축물이 이곳 전체를 덮개처럼 둘러싸고 있는 거야. 정말 어마어마해. 건물들은 각 층마다 넓은 회랑으로 되어 있어. 그런데 이 궁전 안의 건물들은 어쩌면 이렇게 하나같이 똑같을까? 그리고 유리창과 유리창의 이음새가 거의 없다시피 해! 게다가 창문들은 아주 크고 고상해 보여. 천장도 굉장히 높고. 저 돌로 된 벽은 이 건물의 골조를 이루는 게 분명해. 그래서 여름에 창문들을 떼어 내면 바닥과 골조만 남도록 말이야. 바닥과 천장을 봐!

문과 창문틀도 똑같아. 도대체 저것들은 무엇으로 만들었을까? 저게 뭘까? 은? 백금? 그러고 보니 가구들도 비슷한 재료로 되어 있어. 나무 가구는 여기서는 단지 변화를 주기 위한 정도에 불과해. 이 모든 가구와 바닥과 천장은 무엇으로 만들었을까?〉「이 의자를 움직여 보세요.」여신이 말했다. 「이 금속제 가구들은 호두나무 가구보다도 가볍군요. 대체 무슨 금속으로 만든 거지요? 아! 이제 알겠어요. 사샤가 이런 종류의 조그만 금속판을 보여 준 적이 있어요. 그때 유리처럼 가벼웠어요. 그것으로 귀고리와 브로치를 만든다고 했어요. 그리고 그가 말하더군요. 조만간 알루미늄이 목재를 대신하게 될 거라고요. 심지어 석재까지도요. 그런데 이곳엔 온통 알루미늄 천지인 것 같아요!」(정말이야, 모든 게 알루미늄으로 되어 있어. 창과 창 사이는 거울로 치장되어 있고, 바닥에 깔려 있는 이 카펫 좀 봐! 그런데 거실의 반은 맨바닥이야. 맞아, 그래서 내가 마룻바닥이 알루미늄으로 된 것을 안 거야.)「이곳 바닥은 광택이 제거되어 있어요. 너무 미끄럽지 않도록 하기 위해서죠. 이곳은 아이들이 뛰어 노는 곳이에요. 하지만 어른들도 함께 어울립니다. 옆의 거실은 춤을 추는 곳이에요. 그곳 역시 카펫을 일부만 깔아 놓았지요.」(이 궁전엔 도처에 열대성 수목과 관상용 작물들이 보기 좋게 놓여 있어. 정말 거대한 온실에 들어온 느낌이야.)

〈그런데 궁전보다 더 으리으리해 보이는 이 집엔 누가 살고 있는 것일까?〉「이곳엔 아주 많은 사람들이 살고 있어요. 자, 이리 와서 보세요.」그들은 2층 회랑가에 있는 발코니로 갔다. 그런데 베라 빠블로브나는 왜 그들을 진작 보지 못했을까? 거기에는 아주 많은 사람들이 몇 개의 그룹으로 나누어 열심히 일을 하고 있었다. 남녀는 물론 노소 구별할 것 없이 한데 섞여 있었다. 대부분 젊은 층이고 노인들은 드물었

다. 특히 나이 든 부인은 찾아보기 어려웠다. 아이들은 반 이
상이 실내에서 집안일을 도왔다. 그들은 거의 모든 일을 집
안에서 하고 있었는데 특히 그것에 매우 만족들 하는 것 같
았다. 그들 속에는 더러 나이 든 부인들도 눈에 띄었는데 이
곳에는 특히 노인들이 적어 보였다. 여기에서는 다른 곳에서
보다 늦게 노년이 들기 때문이었다. 「이곳에선 건강하고 평
온한 생활을 하기 때문에 오랫동안 젊음을 유지하지요.」
　들에서 일하고 있는 사람들은 거의가 노래를 부르고 있었
다. 〈저들은 무슨 일을 하고 있는 걸까? 아참, 추수철이지.〉
그들은 밀을 베고 있다. 〈그런데 무슨 일을 저렇게 빠르게 하
지? 도대체 어떻게 하길래 저렇게 빨리 할 수 있는 걸까? 콧
노래까지 불러 가며. 아아, 그리고 보니 모든 작업을 기계로
하고 있어. 밀을 베어서 묶고 나르는 것까지 몽땅 말이야. 그
리고 모두들 아주 질서 정연하게 행동하고 있어! 게다가 그
들 머리 위에는 커다란 텐트가 쳐져 있어서 햇볕을 막아 주
기까지 해. 그리고 작업 현장이 옮겨질 때마다 텐트도 함께
이동하고, 도대체 누가 저런 훌륭한 텐트를 생각해 낸 걸까?
그러고 보니 저들이 저렇게 노래부르며 일을 빨리 하는 것도
무리가 아니야. 저런 식으로라면 나도 훌륭한 일꾼이 될 수
있어! 그런데 저들이 부르는 노래는 대부분 처음 듣는 새로
운 곡들이야. 요즈음 유행하는 곡도 있긴 하지만. 그래, 저 곡
은 나도 잘 아는 노래야.〉

　　우리 모두 함께 살리라
　　우리는 다정한 친구
　　당신이 원한다면 무엇이든지
　　기꺼이 갖다 드리리.

마침내 일을 끝내고 모두 건물 쪽으로 온다. 「우리 다시 거실로 가요. 그래서 그들이 어떻게 식사하는지 보도록 해요.」여신이 말했다. 그들은 거실 중에서 가장 커다란 거실로 들어간다. 홀의 절반 가량에 식탁이 놓여 있고 식탁에는 저녁 식사가 준비되고 있다. 〈많은 사람들이 식사를 하나 봐!〉「천 명 이상이 여기에서 식사를 합니다. 하지만 그것이 전부는 아니에요. 희망에 따라 자기 방에서 개별적으로 식사를 하기도 하니까요. 들판에 나가지 않는 노인들과 아이들이 식사 준비를 하지요. 그들은 집안에서 식사 준비를 하고 살림을 가지런히 정돈하고 방을 청소하는 등의 일을 합니다. 그런 일은 다른 일보다 수월하거든요. 대개 다른 일을 할 수 없는 사람들이 그 일을 맡지요.」식탁은 또 어떤가! 접시와 그릇들은 모두 알루미늄 그릇과 크리스털 유리로 되어 있다. 그리고 식탁의 가운데에는 꽃이 가득 담긴 꽃병들이 식기들과 조화를 이루며 식욕을 한층 더 돋우고 있었다. 이윽고 일을 마친 사람들이 들어와 모두 식탁에 앉는다. 그리고 식사 준비를 하던 사람들과 함께 식탁에 앉아 식사를 하기 시작한다.

「그러면 식사 시중은 누가 들지요?」

「언제요? 저녁 식사 때 말이군요. 겨우 요리가 다섯 가지인걸요, 뭐. 따뜻하게 데운 상태로 있어야 하는 음식들은 식지 않도록 저기 보온 그릇에 담아 두지요. 저 보온 그릇엔 뜨거운 물이 늘 채워져 있어요. 음식은 자기가 먹고 싶은 대로 양껏 갖다 먹으면 됩니다.」여신이 말했다.

「당신도 안락하고 멋진 식사를 하고 싶지 않으세요? 종종 이런 식사를 하나요?」

「일 년에 몇 번 정도는요.」

「저 사람들에게 이것은 보통 식사예요. 원하면 주문해서 더 좋은 식사를 할 수 있지만 차액만큼 돈을 내야 되지요. 보통 식사는 요금을 받지 않거든요. 다른 일들도 마찬가지예요. 전체 동료가 함께 식사하고 즐기는 것은 계산되지 않지만 특별한 것이거나 남보다 호사를 즐기는 경우라면 특별히 그만큼 돈을 내야 한답니다.」

「저 사람들이 정말 러시아 사람들인가요? 그리고 여기가 정말 러시아 땅인가요? 아까 노래를 들으니 러시아 말로 부르던데요.」

「그럼요. 저기 강이 보이지요? 저게 오까 강[94]이에요. 저 사람들은 바로 우리와 똑같은 말을 쓰고 똑같은 피부색을 갖고 있어요. 내가 당신과 함께 있을 때 나는 언제나 러시아 인이에요!」

「그런, 이 모든 것은 당신이 이루어 놓은 건가요?」

「그건 내가 했다기보다 나를 위해서 이루어진 거예요. 나는 이러한 것을 이루도록 돕고 격려할 뿐이에요. 하지만 이런 일을 직접 하는 건 내 언니랍니다. 그녀가 이 모든 일을 했어요. 나는 그 성과를 향유할 뿐이지요.」

「모든 사람이 이런 생활을 하게 될까요?」

「물론이에요.」 여신이 대답한다. 「모든 사람에게 영원한 봄과 여름, 그리고 기쁨이 찾아오고말고요. 하지만 지금까지 당신에게 보여 드린 것은 저들이 들판에서 일하는 모습과 지금 저녁 식사를 하는 모습뿐이에요. 그러면 저들이 저녁 시간을 어떻게 보내나 함께 보도록 해요.」

9

「꽃이 시들고 나뭇잎이 지기 시작하니까 주위 경관이 쓸쓸해

94 볼가 강의 북쪽 지류로 모스끄바의 남동쪽에 위치한다.

보이지요? 그래요, 이런 풍경은 보기에 너무 우울해요. 만일 이런 데서 살라고 하면 어떻게 하겠어요?」여신이 말했다.「나는 이런 곳을 좋아하지 않아요. 집안의 거실에도, 들판이며 언덕에도 사람의 그림자란 찾아볼 수가 없으니까요.」다시 여신이 말했다.「다만, 언니가 희망해서 이렇게 해놓은 것이지요.」

「궁전이 정말 비었나요?」

「예, 이곳은 춥고 습한 곳이거든요. 누가 이런 곳에 있고 싶어하겠어요? 2천 명 중 고작 열 명 또는 스무 명 정도만이 남아 있어요. 그들은 좀 별난 취미를 갖고 있는 사람들이지요. 삭막한 북부의 가을 풍경을 고독 속에서 감상한다고나 할까요. 하지만 이제 얼마 안 지나서 겨울이 되면 이곳으로 오는 사람들이 줄을 잇게 될 거예요. 겨울 스포츠를 즐기기 위해 사람들이 여러 명씩 떼를 지어 몰려오기 때문이죠.」

「그럼 그들은 지금 어디 있지요?」

「따뜻하고 살기 좋은 곳을 찾아 떠났습니다.」여신이 말했다.「여름에 이곳은 일이 많고 쾌적해서 많은 사람들이 남부에서 몰려오지요. 당신이 얼마 전에 본 건물에는 당신 같은 러시아 인들이 머물지요. 그러나 다른 나라에서 온 사람들을 위한 객사도 지어 놓았어요. 그곳에선 여러 나라 사람들이 집 관리인과 함께 생활하지요. 그들은 자기들이 원하는 대로 숙소를 선택해서 즐겁게 어울려 지냅니다. 여름에는 일손을 도울 사람들이 많이 오지만 기후가 좋지 않은 7, 8월에는 다들 남쪽으로 뿔뿔이 흩어지지요. 대부분의 사람들은 남부의 〈신러시아〉를 찾아갑니다.」

「그곳은 오데사와 헤르손 지방[95]이 아닌가요?」

95 남부 러시아의 주요 도시인 오데사는 흑해 연안에 위치하고 있으며 헤르손은 드네쁘르 강 어귀에 있다.

「당신 시대에는 그렇게 불렀지요. 자, 그럼 신러시아가 어디에 있는지 한번 볼까요.」

과수원으로 뒤덮인 산들이 한없이 이어져 있고 구릉들 사이에는 골짜기가 넓게 펼쳐져 있다. 「이 산들은 과거에는 황폐한 야산에 불과했어요.」여신이 말했다. 「그러나 지금은 두터운 퇴적층이 형성되어 있어요. 과수원들 사이에는 종종 커다란 수목이 눈에 띄지요? 그 아래 습지에는 커피 농장이 있고 조금 높은 곳에는 대추야자, 무화과나무, 그리고 포도가 사탕수수와 함께 재배되고 있어요. 평지에선 밀을 재배하지만 쌀이 훨씬 더 많은 편입니다.」

「이곳은 어떤 땅이지요?」

「좀 더 위로 올라가 볼까요. 그러면 이곳이 얼마나 넓은가를 아시게 될 거예요. 들판의 끝이 안 보일 지경이니까요.」멀리 북서쪽으로 커다란 강이 보인다. 그 강은 두 줄기로 갈라져 베라 빠블로브나가 서 있는 지점으로부터 동쪽과 남쪽 방향으로 흘러가다 그 끝 강 어귀에서 합류하고 있다. 그리고 남쪽으로는 강 어귀까지 끝없는 평야가 펼쳐져 있다. 서쪽으로는 좁은 지협이 길게 뻗어 있다.

「혹시 이곳이 전에 황무지 아니었던가요?」몹시 놀란 듯이 베라 빠블로브나가 말했다.

「그래요, 전에는 황무지나 다름없는 곳이었지요. 그러나 지금은 보다시피 모든 게 변했습니다. 북동쪽의 저 높푸른 강으로부터 남쪽까지 모두 기름진 옥토로 되었으니까요. 뿐만 아니라 북쪽으로는 농토가 크게 확장되었어요. 옛 이야기에 나오는 〈젖과 꿀이 흐르는 땅〉이라는 말이 바로 이런 걸 두고 하는 말일 거예요. 우리가 서 있는 곳은 알다시피 비옥한 농지의 남쪽 경계로부터 그다지 멀지 않아요. 산기슭은 아직도 황폐한 사토질 초원 그대로지요. 당신은 반도 전체가 그런 황폐한 모습일 때 보았을 거예요. 매년 러시아 인들은 사막의 경계선을 계속 남쪽으로 밀어내고 있답니다. 다른 나라 사람들은 딴 곳에서 일하고 있지요. 이곳에 방은 얼마든지 충분히 마련되어 있습니다. 이곳에 있는 모든 사람이 다 안락하고 풍족하게 지낼 수 있도록 말이죠. 자, 보세요. 북동쪽의 큰 강으로부터 당신이 있는 이곳 반도의 동남쪽에 이르는 모든 지역이 온통 초록의 물결로 넘실거리고 중간중간엔 꽃들이 아름답게 수놓고 있잖아요? 북쪽의 궁전과 마찬가지로 이곳에도 역시 커다란 궁전이 도처에 있어요. 마치 커다란 장기판에 놓여 있는 말들처럼 말이에요. 그들 중의 하나를 가서 보도록 하지요. 여신이 말했다.

똑같은 종류의 웅장한 수정궁인데 기둥들이 하얀 은빛을 띠고 있는 점이 약간 다르다.

「모두 알루미늄으로 되어 있어요.」 여신이 말했다. 「이곳은 매우 따뜻한 곳이죠. 흰 빛은 햇빛을 반사하기 때문에 시원해요. 알루미늄이 철근보다 약간 더 비싸기는 하지만 이곳의 기후에는 알루미늄이 더 잘 맞아요.」

이 밖에도 여기에는 놀랄 만한 것이 있었다. 즉, 멀리 수정궁 주변에 가늘고 곧은 기둥을 궁전보다 더 높이 세우고 그 위에 직경이 일 베르스따쯤 되는 흰 장막을 얹은 것이다. 「저 지붕은 늘 물기로 젖어 있습니다.」 여신이 말했다. 「잘 보세요. 사방의 기둥으로부터 물줄기가 장막 위로 분수처럼 솟구쳐 사방으로 물을 뿜어 대잖아요. 그래서 이곳은 언제나 시원하게 온도를 조절할 수 있지요.」

「하지만 따가운 햇빛과 뜨거운 태양을 좋아하는 사람들은 어떻게 하죠?」

「멀리 천막과 텐트가 보이지요. 원하는 사람은 누구든지 저렇게 살수 있어요. 나는 언제나 사람들이 자유롭게 살기를 원해요. 때문에 어떤 의견도 다 수용해서 결정합니다.」
「그러면 도시를 좋아하는 사람들은 어떻게 하죠?」
「그런 사람들은 그다지 많지 않아요. 그리고 도시는 전보다 그 수가 줄어 지금은 상품 수송과 교환의 중심지 역할이 고작이죠. 하지만 도시는 전보다 훨씬 더 크고 아름다워요. 사람들은 때때로 생활의 변화를 주기 위해서 그곳에 가서 즐기곤 하지요. 게다가 거주자들의 이동률이 심한 편이에요. 대개 일 관계로 잠깐 머물거나 다녀가는 것이 고작이지요.」
「그렇다면 도시에서 사는 사람들은 없나요?」
「물론 있지요. 그들은 당신들이 뻬쩨르부르그나 파리, 그리고 런던에서 사는 것과 똑같이 그곳에서 살아요. 그곳이라고 뭐 다를 리가 있겠어요. 그냥 자기들이 편리한 대로 사는 거죠. 하지만 절대다수, 즉 열의 아홉은 나나 자매들이 당신에게 보여 준 그런 방식으로 삽니다. 그것이 더 즐겁고 유익하기 때문이죠. 자, 궁전으로 돌아가요. 시간이 늦었어요. 그들을 볼 시간이에요.」
「하지만 어떻게 이렇게 될 수 있었는지 알고 싶어요.」
「뭐가요?」
「황폐한 사막이 이렇게 비옥한 토지가 된 것 말이에요. 더욱이 사람들이 일 년 중 3분의 2를 이곳에서 보낸다니 말이에요.」
「어떻게 해서 이렇게 되었느냐 그거지요? 기적이라도 있어 보여요? 하긴 이상하게 느껴질지도 모르겠군요. 하지만 이러한 일은 일 년 또는 십 년 정도에 이룩할 수 있는 것은 아니에요. 그것은 아주 조금씩조금씩 이루어졌어요. 우선 그들은 북동쪽의 커다란 강변과 북서쪽의 해안에서 진흙을 운반해 왔지요. 그들은 아주 성능이 좋은 기계를 많이 소유하고 있거든요. 그래서 그들은 진흙을 모래에 섞어 땅을 굳게 한

다음 운하를 내고 다시 관개 수로를 만들었어요. 녹지가 생겨나면서 차츰 공기가 습해지기 시작했지요. 그렇게 조금씩 조금씩 베르스따를 넓혀 갔어요. 때로는 일 베르스따의 땅을 넓히는 데 일 년이 꼬박 소요되기도 했지요. 바로 남쪽의 황무지를 옥토로 만들 때였습니다. 지금도 그쪽은 계속 개간이 진행 중이지요. 자, 이런 일에 무슨 기적이라도 있어 보여요? 그들은 단지 지혜로웠을 뿐입니다. 전에는 아무 소용없이 버려져 있던 곳을 부단한 노력과 모험 정신으로 그들에게 살기 좋은 땅으로 바꾼 것이지요. 내가 애쓰며 가르친 것이 헛되지 않은 거예요. 그들에게는 단지 무엇이 유용한지를 아는 것이 어렵지 그것을 알고 나면 일은 아주 쉬워요. 그들은 젊은 시절에 난폭한 야만인이나 불량배, 또는 소심한 겁쟁이들이었어요. 하지만 나는 그들을 가르치는 일을 중단하지 않고 계속했어요. 가르치고 또 가르쳤지요. 그리하여 그들의 눈이 떠지자 그들은 나의 가르침을 아주 성실하게 실천했어요. 당신도 알겠지만 난 결코 어려운 것을 요구하지 않거든요. 당신도 나와 같은 방법으로 지금 무엇인가를 하고 있는 것으로 알아요. 어렵지 않아요?」

「아뇨.」

「물론, 그렇겠죠. 당신이 하고 있는 공장 일을 한번 생각해 보세요. 당신은 남보다 많은 돈을 가지고 있었나요?」

「아뇨, 우리가 무슨 돈을 가지고 있었겠어요?」

「하지만 당신의 공장에서 일하고 있는 아가씨들은 당신과 비슷한 자금을 가지고 시작한 다른 공장보다 열 배나 즐겁게 지내고 있어요. 아마 그들보다 스무 배는 행복하다고 해도 과언이 아닐 거예요. 당신은 당신의 시대에조차 인간이 편안하고 즐겁게 살 수 있다는 것을 증명해 보였어요. 그것은 신중하고 훌륭한 사리 판단에 따라 자금을 지혜롭게 사용했기 때문이지요.」

「하긴, 그래요. 나는 거기에 대해서 확신을 갖고 있었어요.」

「자, 가서 그들이 당신에 오래전에 이해한 것을 깨닫고 난 뒤에 어떻게 생활하며 지내는지 같이 보도록 해요.」

10

그들은 건물 속으로 들어갔다. 다시 그 으리으리한 홀이다. 때마침 파티가 진행 중이어서 거실은 즐거움과 흥겨움으로 가득 차 있다. 해가 지고 세 시간쯤 지났을 때였는데 파티의 분위기는 한층 고조되어 있었다. 〈홀이 어쩌면 이렇게 밝고 환할까? 도대체 무슨 조명 기구를 썼길래 이렇게 밝을까? 샹들리에나 가스등은 눈을 씻고 찾아봐도 없어. 아! 바로 저것이로구나!〉 홀의 둥근 천장 한복판에 커다란 유리가 있고 그곳으로부터 빛이 쏟아지고 있었다. 햇빛처럼 희고 밝으며 부드러운 빛이었다. 바로 전기 불빛이었던 것이다. 홀에는 천 명 정도의 사람이 있었다. 그러나 그 정도의 홀이라면 지금의 세 배 정도는 충분히 수용할 수 있을 듯했다.

「사람들이 모두 모이면 지금의 세 배 정도 되지요.」 눈이 부신 그 여인이 말한다. 「그러나 때때로 그보다 훨씬 더 많을 때도 있답니다.」

「이건 무슨 모임이지요? 무도회인가요? 아니면 일상적인 모임인가요?」

「물론 이것은 흔히 있는 그런 모임입니다.」

〈이것은 마치 궁중 무도회 같아. 여자들의 옷차림이 아주 밝고 화려해. 그러고 보니 복장이 우리 때와 너무도 달라. 물론 우리 때에도 저런 복장은 있어. 그러나 그들은 한 번 재미로 그렇게 입어 본 것뿐이야. 그래, 그들은 마스크도 쓰고 있어. 게다가 서로 익살을 부리며 즐겁게 어울리고 있어. 저쪽의 사람들은 동부와 남부의 고유 의상을 입고 있네. 그들 모두가 우리 시대의 옷보다 훨씬 편리하고 우아해 보여. 하지만 가장 많은 것은 역시 아테네의 여자들이 즐겨 입던 그런 옷들이야. 매우 간편하고 아름다워 보여. 남자들 역시 허리선이 없는 넉넉해 보이는 외투나 오버를 입고 있어. 그런데 이런 것들을 이렇게 아무 때나 자유롭게 입을 수 있다니 얼마나 신나! 저런 옷은 몸의 선을 자연스럽고 부드럽게 해주기 때문에 몸짓도 더욱 우아해 보여! 그리고 저 오케스트라 좀 봐. 남녀 단원들이 모두 백 명도 넘는 것 같아. 게다가 합창단까지!〉

「대단하죠? 당신 시대에는 전 유럽을 통틀어서 이처럼 아름다운 목소리를 가진 사람이 열 명도 안 되었지만 지금 이 안에만 해도 그런 목소리를 가진 사람이 백 명은 될 거예요. 다른 건물들에도 마찬가지고요. 생활양식이 전과 달라 모두 건강하고 튼튼해졌기 때문에 가슴도 그만큼 더 넓어지고 목소리도 더욱 맑아진 것이죠.」 눈이 부신 그 여인이 말했다. 그런데 오케스트라 단원과 합창 단원이 수시로 바뀌고 있었다. 중간에 사람이 빠지면 다른 사람이 들어가고 또 누가 춤추러 들어가면 춤추던 사람이 쉬러 나왔다.

〈이런 모임이 일상적인 그런 모임이라니. 게다가 매일 저녁 이런 식으로 춤추고 흥겹게 즐긴다니 도무지 놀랍기만 해. 그런데 이렇게 생기 넘치고 활발한 모습도 일찍이 본 적이 없어! 저들은 도대체 어떻게 이처럼 정열적을 생활할 수 있는 것일까? 그들은 새벽부터 열심히 일을 해. 일을 하지 않는 사람은 완전한 기쁨을 느끼지 못하는 법이거든. 그러므로 일을 열심히 하는 저들은 우리보다 훨씬 강렬하고 날카롭고 신선한 즐거움을 느낄 것이 분명해. 우리 시대에는 보통 사람이 행복해 질 기회는 매우 적어. 그런데 이곳에는 행복의

612

수단이 매우 풍부해. 우리 시대의 행복이란 늘 불안과 박탈감, 그리고 과거의 불행이나 고통 따위에 의해 좌절되기 일쑤이지. 설사 행복이 찾아온다고 해도 대개 허망하게 끝나고. 저들처럼 빈곤과 고통이 완전히 사라질 수 있을까? 혹시 황무지의 모래가 날아 와서, 저 풍성한 들판을 망치지는 않을까? 황무지와 습지 사이의 저 비옥한 토지에 습지의 독기가 오염되지는 않을까? 그러나 이곳에는 그런 빈곤과 고통의 위험은 없어. 오직 만족스러운 자유로운 노동과 풍요로움, 그리고 이웃들과의 즐거움만이 있을 뿐이야. 게다가 지금과 같은 미래가 계속되리라는 풍족한 기대도 있고. 우리의 노동자들도 누구 못지않게 단단한 근육을 가지고 있고 즐거움을 즐거움으로 느낄 줄 안다지만 저들에 비하면 너무도 거칠고 감수성이 무뎌. 저들이 근육이라고 해봐야 우리 노동자들과 조금도 다를 것이 없어. 그럼에도 저들의 신경조직은 정신적 문화에 촉수처럼 예민하게 반응하는 거야. 그래서인지는 모르지만 저들의 즐거움, 쾌락, 정열은 우리들보다도 훨씬 더 활기차고 예리하고 폭넓고 달콤해. 진정으로 행복한 사람들이지!

하지만 우린 아직 즐거움이 무엇을 의미하는지 잘 몰라. 저들과 같은 그런 식의 생활을 해본 적이 없거든. 그래, 오직 저들과 같은 사람들만이 완전한 행복과 기쁨을 알 수 있는 거야! 저들은 건강미와 활력이 넘쳐 보여. 또 얼마나 싱그럽고 아름답고 사랑스러워! 하나같이 쾌활하고 즐거운 미남, 미녀들이야. 그리고 노동과 삶의 기쁨을 마음껏 누리는 자유로운 생활을 하고 있어. 정말 행복한 사람들이야!〉

홀에서는 여전히 그들 중의 절반 가량이 유쾌하게 떠들며 놀고 있다. 「그런데 나머지 반은 어디로 갔지?」

「그들이 어디 갔냐고요?」 눈이 부신 그 여인이 말했다. 「그들은 자기들이 원하는 것을 하고 있어요. 극장에 가고 싶은 사람은 극장에, 배우가 되고 싶은 사람은 무대로, 또 음악을 연주하고 싶은 사람은 오케스트라에, 그냥 그런 모습들을 구경하고 싶은 사람들은 한가롭게 앉아서 구경을 하지요. 그리고 책을 보고 싶은 사람은 강의실이나 박물관 또는 도서관에, 산책을 하고 싶은 사람은 정원에, 또 얼마는 방에 가서 휴식을 즐기기도 하지요. 아이들과 놀고 싶은 사람들은 그들과 함께 어울리고. 하지만 대부분은…… 그건 나의 비밀이에요.

자, 이것은 나의 왕국이에요. 여기 있는 모든 것은 나를 위해서 존재해요! 노동이 감성을 개발하고 힘을 비축하기 위한 것이라면 기쁨과 즐거움은 나를 위한 것인 동시에 휴식이죠. 여기에선 내가 생활의 목적이고 삶의 모든 것이랍니다.」

11

「삶의 최고의 기쁨과 보람은 내 동생, 여신에게 있습니다.」 여신의 언니가 말했다.「여기에서는 행복이 각자의 특성에 알맞게 되어 있어요. 누구든지 자기가 바라는 대로 살아 갈 수 있고, 또 누구나 완전한 자유의지를 가지고 있어요.

당신이 여기서 본 것이 실제로 이루어지려면 오랜 시간이 걸릴 거예요. 그것이 실현되려면 많은 세대가 흘러가야 될 테니까요. 하지만 그렇게 많은 세월이 흘러가야만 되는 것은 아니에요. 지금 내가 하고 있는 일은 매우 빠르게 진척되고 있지요. 게다가 해마다 그 속도가 빨라지고 있어요. 내 동생이 완전히 지배하는 날을 당신은 보지 못할 거예요. 하지만 당신은 지금까지 우리의 왕국을 보았고 또 그 미래를 보았어요. 미래는 정말 밝고 아름다워요. 사람들에게 그 이야기를 많이 해주세요. 다가올 미래가 얼마나 아름다운지! 미래를 사랑하세요! 그리고 미래에 도달하도록 노력하세요! 열심히 노동하고 미래와 가까이 지내도록 하세요! 미래를 현재 속으로 끌어당기세요. 그러면 당신의 생활은 밝고 아름답고 찬란한 행복과 기쁨으로 풍요로워질 거예요. 미래의 이상을 현재 속으로 밀어 넣으면 넣을수록 당신의 행복과 기쁨은 그만큼 더 커질 거예요. 그러므로 미래에 도달하도록 열심히 노동하고 가까이 하도록 하세요. 미래의 많은 것을 현재의 것으로 바꾸어 보세요.」

16

일 년 후 새 봉제 공장은 완전히 본 궤도에 올랐다. 두 봉제 공장은 서로 긴밀하게 협조했다. 한 공장에서 일감이 없을 때에는 다른 공장에서 주문 들어온 것을 나누어 주었고 그렇게 해서 서로 어려운 때를 넘겼다. 두 공장은 서로 당좌를 텄다. 그럭저럭 그들의 자산을 합치면 네프스끼 거리에 직매점을 한 곳 열 수 있을 정도가 되었다. 마침 그 일로 베라 빠블로브나와 메르짤로바는 매우 바쁜 나날을 보내고 있었다. 두 공장 사람들은 매우 친밀해서 서로를 초대하기도 하고 또 교외로 야유회를 함께 가기도 했지만, 두 공장의 자산을 합치는 문제는 새로운 문제였기 때문에 서로 긴 이야기와 세밀한 설명이 요구되었다. 그러나 네프스끼 거리에 그들의 가게를 낼 때 많은 이익이 날 것이 명백했기 때문에 몇 개월 만에 베라 빠블로브나와 메르짤로바는 그것을 실현하는 데 성공했다. 그리하여 네프스끼 거리에는 〈*Au bon travail: Magasin des Nouveautés*〉[96]이라는 간판이 나붙게 되었다.

96 좋은 일을 하는 가게: 최신 유행품점.

가게가 문을 연 뒤로 일거리는 급속히 불어나기 시작했고 이익도 그만큼 훨씬 더 늘어났다. 베라 빠블로브나와 메르짤로바는 앞으로 2년 안에 지금의 두 공장이 넷, 다섯으로 불어날 것이며 머지않아 열, 스물로 늘어날 것이라는 꿈을 이야기하기 시작했다.

가게가 문을 연 지 3개월이 지났을 때 끼르사노프의 친구 중 한 사람이 그를 찾아왔다. 그는 가까운 친구라기보다 의학부 시절의 동료 중의 한 사람이었는데 끼르사노프에게 자신의 여러 가지 의학적인 경험을 이야기했다. 그리고 그의 놀랄 만한 치료법에 대해서도 설명했는데, 그것은 잘게 부순 얼음을 네 겹으로 싸서 넣은 작은 주머니를 가슴과 배에 대는 처방법이었다. 그는 그렇게 한동안 그런 이야기들을 늘어놓다가 마지막에 자기 친구 한 사람이 끼르사노프와 알고 지내고 싶어한다는 말을 전했다. 끼르사노프는 그의 청을 쾌히 승낙했다. 그것은 기분이 매우 좋은 만남이었다. 그들은 많은 이야기를 나누었는데 그중에는 네프스끼 거리의 가게에 대한 이야기도 포함되었다. 끼르사노프는 그 가게는 상업적 목적으로 개설되었다고 설명했다. 그들은 가게의 상호 중에 *travail*는 〈일〉을 의미하기 때문에 *Au bon travail*는 〈좋은 일을 하는 가게〉를 의미한다고 말했다. 그들은 그 이름 대신에 고유명사를 사용하는 것에 대해서 논의했다. 끼르사노프는 자기 부인의 러시아 이름은 오히려 장사에 손해를 끼칠지도 모른다고 말했다. 그러다가 다시 다음과 같은 아이디어를 내놓았다. 즉, 그의 아내의 이름인 베라가 프랑스 말로 성실을 의미하므로 *Au bon travail* 대신에 *A la bonne foi*라고 하면 어떻겠냐고 제안했다. 그러면 뜻도 〈성실한 가게〉라는 부드러운 뜻이 되고 여주인의 이름이 상호에 쓰이게 되는 것이었다. 그들은 좀더 논의한 뒤 그게 좋겠다고 결정을 내렸다. 끼르사노프는 대화를 되도록 단순한 문제로 돌리려고 매우 애를 썼다. 그리고 자신의 뜻대로 대화가 순조롭게 이루어진 것에 매우 흡족해서 집으로 돌아왔다.

베라 빠블로브나와 메르짤로바는 모처럼 펼친 그들의 상상의 날개를 다시 접지 않으면 안 되었다. 즉, 당분간 현상태를 유지하기 위해서 온 힘을 쏟지 않으면 안 되었다. 공장을 늘리는 일은 차후의 일인 것이다.

그들의 새로운 공장 개설에 대한 열광적인 기대가 식어 버린 뒤로, 봉제 공장과 가게는 그런 대로 유지가 되긴 했지만 더 이상 발전하지는 않았다. 한편 끼르사노프와 새 친구의 만남은 그에게 많은 기쁨을 가져다 주었다. 그렇게 별 특별한 일이 없이 2년여의 시간이 흘러갔다.

17
까쩨리나 바실리예브나 뽈로조바의 편지

빠울리나에게

나는 최근에 아주 신선한 새로운 일을 발견하고 몹시 기쁨에 들떠 있어. 지금 그 일에 온 열정을 바치고 있는데 빠울리나도 그 일에 흥미를 느낄 것 같아서 이렇게 펜을 든 거야. 사정을 알고 나면 빠울리나도 이러한 일에 반드시 착수할 거라고 생각해. 만일 그렇게 된다면 나로서도 매우 기쁜 일이 될 거야.

내가 전하려고 하는 것은 봉제 공장에 대한 이야기야. 보다 정확히 말하면, 한 여성에 의해서 동일한 원리에 따라 세워진 두 봉제 공장에 대한 이야기지. 나는 그녀와 겨우 2주일 전에 만났지만 벌써 아주 친한 사이가 되었어. 지금 나는 차후에 내가 이와 유사한 공장을 세우게 될 때 그녀가 나를 도와주는 조건으로 그녀 밑에서 일하고 있어. 이 베라 빠블로브나 끼르사노바 부인은 아직 젊고 쾌활하고 친절한 사람인데 정말 내 마음에 쏙 들어. 너의 얌전한 까쨔보다 빠울리나 너를 더 많이 닮았다고나 할까. 그녀는 누구하고도 자유롭고 편하게 지낼 뿐만 아니라 마음이 탁 트인 그런 사랑스런 분이야. 나는 그녀의 봉제 공장 — 그때는 그중의 하나에 대해서만 이야기를 들었어 — 이야기를 듣고는 소개장도 없이 곧 그녀를 찾아갔어. 그리고 단도직입적으로 그녀의 공장에 깊은 흥미를 갖고 있다고 말했어. 우리는 처음 순간부터 서로에게 끌렸어. 그리고 그녀의 남편인 끼르사노프 씨가 5년 전에, 너도 기억하겠지만, 내가 크게 신세를 진 바로 그 끼르사노프 의사란 것을 알게 되면서 우리는 더욱 친해졌단다.

우리는 30분 정도 이야기를 나누었는데 그녀는 내가 정말 그러한 일에 공감하고 있다는 것을 알고 나를 그녀의 공장에 데려갔어. 그 공장은 베라 빠블로브나 자신이 직접 중요한 역할을 맡아 일을 하고 있는 곳이었는데 — 그녀가 세운 첫 번째 공장은 그녀의 친구인 한 총명한 부인에 의해서 돌아가고 있었어 — 여기서 그때 내가 그 공장을 보고 느낀 것을 빠울리나 너에게 이야기하려고 해. 그때의 인상이 얼마나 신선하고 감동적이었는지 한동안 중단했던 일기장을 다시 꺼내 기록해 두었을 정도란다. 그리고 요즈음 들어 다시 일기를 쓰기 시작했는데 거기에는 또 다른 특별한 사정이 있지만 그 이야기는 다음 기회로 미루어야 할 것 같다. 돌이켜 볼 때, 정말 그때 받은 인상을 기록해 두길 잘했다고 생각해. 만일 그렇지 않았더라면 지금 이렇게 생생히 그때의 놀라움과 감동을 기억해 내지 못했을 테니까. 겨우 두 주일이나 지난 지금에 와서 보더라도 그러한 일들이 세상에서 가장 평범한 일로 생각될 정도로 나의 의식이 바뀌었기에 더욱 그렇단다. 그리고 공장에서의 나의 모습들이 당연하게 느껴지면 느껴질수록 그것에 더욱 마음이 끌리는 나 자신을 보게 되는 거야. 아마도 그만큼 그 일이 훌륭하고 바람직하기 때문이 아닌가 생각해. 그러면 빠울리나, 먼저 나의 일기장에 적힌 것들을 먼저 인용하고 나서 그 뒤에 내가 새로이 깨달은 것들을 이야기할게.

봉제 공장, 내가 거기서 무엇을 보았을 거라고 생각해? 나와 베라 빠블로브나가 입구에 다다르자, 그녀는 스위스 인이라도 서 있을 것 같은 아주 근사한 계단으로 나를 안내했어. 우리는 3층으로 갔어. 베라 빠블로브나와 나는 곧 그랜드 피아노와 훌륭한 가구들이 잘 어울리게 배치되어 있는 커다란 방에 들어섰어. 한마디로 일 년에 수입이 4, 5천 루블 정도는 됨직한 가정의 응접실 같은 그런 분위기였어. 「이곳이 공장이란 말인가요? 정말 공장의 아가씨들이 사용하는 방이란 말이에요?」「그럼요. 이곳은 응접실인데 밤에는 회합 장소로 쓰이기도 하지요. 아가씨들이 생활하는 방을 보도록 할까요. 지금은 모두 작업실에서 일하고 있기 때문에 염려할 필요 없어요.」

내가 베라 빠블로브나를 따라 이 방 저 방을 돌아다니며 보고 들은 것들은 대강 이러했어.

공장 전체는 세 개의 블록으로 나뉘어져 있었는데, 모두 같은 층에 있어서 블록과 블록 사이의 칸막이를 치우면 하나의 커다란 블록이 돼. 각각의 블록들은 7백 루블, 5백 루블, 4백25루블 해서 모두 천6백25루블에 빌어 썼는데, 지금은 세 블록을 한꺼번에 5년 계약으로 천2백50루블에 빌려 쓰고 있어. 방은 모두 합해서 스물한 개인데 그중의 둘은 매우 커

서 창문이 네 개씩 달려 있고. 그 하나는 응접실로, 다른 하나
는 식당으로 사용하고 있어. 다른 두 방 역시 너무 커서 작업
장을 쓰고 있고 나머지는 모두 주거용으로 사용하고 있어.
우리는 아가씨들이 생활하고 있는 방을 여섯, 일곱 개쯤 둘
러보았는데(나는 아직 첫 방문 때의 인상을 이야기하고 있
어) 방들은 하나같이 모두 고급품인 마호가니나 호두나무로
만든 가구로 잘 정리되어 있었고 어떤 방에는 커다란 거울이
걸려 있었어. 또 어떤 방에는 예쁜 전신 거울이 장식되어 있
기도 했는데 대체로 방마다 훌륭한 의자와 소파들이 고루 있
는 편이었어. 그런데 각 방마다 가구들이 서로 달라서 물어
보았더니 모두가 바겐 세일할 때 싼값을 조금씩 사모은 것들
이라고 해. 그녀들이 살고 있는 방들은 중간층의 관리집에서
흔히 볼 수 있는 그런 수준이었어. 다른 방보다 약간 큰 방에
선 아가씨들 세 명이 함께 쓰고 있었는데, 꼭 한 방만 네 명이
쓰고 있었을 뿐 그 밖의 나머지 방은 모두 두 명씩 사용하고
있었어.

　우리는 작업실도 둘러보았어. 그곳에서 바쁘게 일하고 있
는 아가씨들의 복장 또한 관리들의 딸이나 자매 또는 부인들
의 차림과 별 차이가 없어 보였어. 단순한 비단 종류의 옷을
입은 사람이 있는가 하면 버레지[97]와 모슬린 옷을 입은 사람
도 눈에 띄었고. 그녀들의 얼굴은 안락한 생활을 하고 있는
사람들에게서 볼 수 있는 그런 온화하고 상냥한 표정을 하고
있었어. 너도 이 모든 것이 나를 얼마나 놀라게 했을지 이젠
상상이 될 거야. 우리는 작업실에 한동안 머물렀는데 그동안
이곳에서 나는 몇몇 아가씨들과 친하게 되었어. 베라 빠블로
브나는 내가 왜 방문했는지 그녀들에게 이야기해 주었어. 그

---

97 명주실과 무명실로 만든 얇은 직물.

곳에 있는 아가씨들의 교양 수준이 똑같지는 않았지만 어떤
아가씨는 학식을 갖춘 사람들이나 사용할 수 있는 그런 언어
를 사용하기도 했어. 그녀는 귀족의 딸이나 알 수 있는 문학
과 역사, 그리고 외국 사정에 대해서까지 정확한 지식을 갖
고 있었고 상류 사회의 교양이나 규범 같은 것에 대해서도
우리들 못지않게 풍부하게 알고 있는 듯했어. 그녀들 중의
두 명은 매우 폭넓은 독서를 하고 있었어. 그녀들이 공장에
처음 왔을 때부터 그렇게 높은 소양을 갖추고 있었던 것은
아니지만 그래도 어느 정도의 기본 소양은 갖추고 있었다고
해. 남들과 대화하는 데 불편을 느끼지는 않을 정도로 말야.
대체로 그녀들의 교양 수준은 이 공장에 와서 있는 시간과
비례하는 것처럼 보였어.
　베라 빠블로브나는 여러 가지 일을 돌보고 있었는데 가끔
내 곁에 와서 이야기 상대가 되어 주었단다. 하지만 나는 주
로 아가씨들과 이야기를 나누었어. 그러다 보니 어느새 저녁
때가 되더구나. 저녁 식단은 매일 세 종류의 음식으로 마련
되는데 그날은 쌀 수프와 졸인 생선, 그리고 송아지 고기가
나왔어. 식사 후에는 커피와 홍차가 준비되었는데 저녁 식사
는 너무 맛이 있어서 아주 많이 먹었어. 누구든 매일 그와 같
이 즐거운 식사를 한다면 결코 그들에게서 빈곤 같은 것을
찾아볼 수 없을 거야.
　빠울리나도 알고 있듯이 나의 아버지는 지금도 아주 솜씨
좋은 요리사를 두고 있잖니. 때문에 나의 말이 과장된 것이
아님을 이해할 수 있을 거야. 이러한 것들이 대충 나의 첫 방
문 때의 인상이었어. 나는 재봉사들이 손수 운영하는 그 공
장에 가면 그 아가씨들도 만나 볼 수 있고 그녀들이 기거하
는 방도 구경할 수 있다는 것을 진작부터 들어서 알고 있었
는데 실제로 가보니까 그녀들의 방이 중간층의 관리나 소지

주의 가정에 조금도 뒤지지 않았을 뿐만 아니라 식사도 아주 풍족한 편은 아니지만 알차고 실해서 매우 만족스러웠어. 정말 대단한 일 아니야? 어떻게 그런 일이 가능했을까?

우리들이 베라 빠블로브나의 집에 돌아왔을 때, 그녀와 그녀의 남편은 내게 그것은 조금도 놀라운 일이 아니라고 설명해 주었어. 그뿐만 아니라 끼르사노프는 내게 공장의 지출에 관해서 메모를 해가며 차근차근 내가 납득할 수 있도록 도와주는 거야. 그때의 메모를 일기장의 여백에 적어 둔 게 있어서 너에게 적어 보낼까 해. 그런데 그 전에 잠깐 몇 가지 내가 느낀 것을 이야기하려고 해.

빈곤 대신에 만족스러운 생활, 불결하지 않은 깨끗한 환경, 약간 사치스러움마저 엿보이는 여유 있는 생활, 그리고 무지 대신에 교양까지 갖춘 그녀들의 모습, 이 모든 것들은 크게 두 가지 원인으로부터 나온 것이야. 하나는 아가씨들의 수가 늘어나고 있는 것에서 알 수 있듯이 그녀들의 수입이 증가하고 있다는 것이고, 다른 하나는 그녀들의 지출 비용을 매우 절약하는 동시에 검소한 생활을 해왔다는 것이야.

그녀들의 수입이 왜 다른 사람보다 많은지 너도 이제 이해할 거야. 그녀들은 자기 자신을 위해 일하고 있을 뿐 아니라 그녀들이 바로 주인이기 때문이지. 그러므로 다른 공장 같으면 공장 주인의 몫으로 돌아갈 이익금까지 그녀들에게 고스란히 되돌아오는 게 아니겠니.

게다가 자기들이 손수 자본금을 마련해서 세운 공장이기 때문에 제품을 정성스럽게 다루는 것은 물론 일할 때의 시간도 매우 소중하게 아껴서 사용하고 있었어. 그러니 일의 속도도 남보다 빠를 것은 물론 경비도 절감될 수밖에. 그녀들은 생활비도 크게 절약하고 있었는데 평소에 물건을 구입할 때는 항상 다량을 그리고 현금으로 산다고 해. 그러므로 소량으로, 그리고 외상으로 살 때보다 당연히 싸게 먹힐 수밖에. 그리고 물건을 살 때도 충분히 검토한 뒤, 주의 깊게 선택하기 때문에 일반적으로 가난한 사람들이 물건을 살 때보다 싼값에 좋은 걸 살 수 있고. 그 밖에도 여러 가지 지출을 할 때 될수록 적은 비용으로 해결하거나 또는 비용을 가능하면 들이지 않는 방식으로 생활했어. 예를 들어, 공장까지 매일 걸어서 두세 번씩 왔다 갔다 해야 한다면 신발이며 옷들이 얼마나 해지고 망가지겠어. 이것은 비록 사소한 것이지만 이로부터 다른 것도 미루어 짐작할 수 있을 만한 사례를 하나 이야기할게. 비가 올 때 우산을 갖고 있지 않다면 비에 젖은 옷들은 그만큼 쉽게 망가지게 돼. 그런 경우에 베라 빠블로브나가 나에게 말해 준 방법은 이러해. 단순한 무명 우산은 보통 2루블쯤 해. 그런데 공장에 아가씨들이 스물다섯 명 있으니까 하나씩 갖추려면 모두 50루블이 들게 돼. 실제로 우산이 없어서 비를 맞으면 옷이 상해 2루블 이상을 손해 보게 되니까 우산이 없는 것보다는 있는 편이 유리하다는 것은 말할 필요도 없어. 그런데 아가씨들은 모두 함께 살고 있거든. 또 그녀들은 특별한 일이 아니면 별로 외출을 하지 않는 편이야. 그러므로 실제로 우산은 다섯 개면 충분하다는 것이지. 그래서 그녀들은 실크로 된 우산을 하나당 5루블씩 주고 다섯 개를 샀어. 5루블씩 해서 다섯 개이니까 모두 25루블이면 되잖아. 아가씨들 한 명당 꼭 일 루블씩 든 셈이지. 그렇게 해서 아가씨들은 이 루블씩 주고 좋지 않은 우산을 쓰는 대신에 일 루블씩 주고서도 훨씬 좋은 고급 우산을 사용하게 되었다는 거야. 바로 이러한 방식으로, 즉 〈티끌 모아 태산〉이라는 말처럼 사소한 것부터 시작한 것이 지금에 와선 그처럼 엄청난 차이가 나게 된 것이야. 빵과 식사의 경우도 마찬가지야. 예를 들어, 앞에서 말한 저녁 식단의 경우 5루블 50꼬뻬이까,

만일 거기에 빵을 합치면(커피와 홍차는 별도로 하고) 5루블 70꼬뻬이까가 들어. 식탁에 둘러앉은 사람은 나와 베라 빠블로브나를 제외하고 모두 서른일곱 명이었어. 물론 그중에는 아이도 일곱 명이나 포함되어 있었어. 식탁을 차린 데 든 비용이 모두 5루블 75꼬뻬이까이니까 이것을 서른일곱으로 나누면 한 사람당 16꼬뻬이까가 좀 못되지. 한 달에 한 사람당 채 5루블도 안 드는 셈이야. 그런데 베라 빠블로브나의 말에 따르면, 각자가 따로 식사를 하게 되면 그 정도의 비용으로는 조그만 구멍가게에서 파는 싸고 질이 안 좋은 음식과 빵밖에 먹을 수가 없다고 해. 그날 저녁 식사와 같은 그런 정도의 식사를 하려면 적어도 은화로 40꼬뻬이까는 들어야 하거든. 그보다 조금만 비용이 낮아도 음식의 질은 크게 떨어진다는 거야. 실제로 이런 차이는 쉽게 수긍이 갈 거야. 식당의 경영자는 20인분이나 또는 그 이하의 식사를 준비할 때에도 그 비용 속에 자기 가족의 생활비, 집세, 그리고 종업원의 임금을 포함시켜야 하기 때문이지. 그런데 이곳 공장에서는 그러한 초과 비용은 거의 없거나 있더라도 아주 소액에 불과해. 두 재봉사의 친척인 식당에서 일하는 두 노부인에 대한 급료가 공장 아가씨들이 지불하는 초과 비용의 전부이기 때문이야. 이런 사실들을 이해하면 끼르사노프가 내게 써준 메모도 쉽게 이해가 될 거야. 그는 메모를 하며 내게 다음과 같이 설명해 주었어.

「나는 정확한 수치를 써보여 드릴 수가 없습니다. 사실 그것은 또 다른 노력과 시간을 요합니다. 그러나 당신도 알다시피 상행위란 그것이 어떤 상점이든 공장이든 간에 독자적인 수입과 지출 계정을 갖고 있게 마련입니다. 뿐만 아니라 가정에서 보듯 여러 가지 비용 사이의 비율도 다릅니다. 그러므로 나는 당신에게 단지 일례를 들어서 설명할 수밖에 없습니다. 그리고 이해를 돕기 위해서 실제의 거래액이나 비용보다 적은 액수를 써놓았습니다.」 끼르사노프는 설명을 계속했어.

「상품 매매에 의한 기업의 수입은 일반적으로 세 개의 주요한 부분으로 나뉘어집니다. 첫째는 노동자들에 대한 임금이고, 둘째는 그 밖에 방세라든지 광열비, 원료비 같은 비용, 그리고 세째는 기업주의 이윤, 그렇게 세 부분으로 나뉘어집니다. 우리도 그런 식으로 가정해 봅시다. 그러면 노동자들 몫이 반, 그 밖의 비용이 4분의 1, 그리고 나머지 4분의 1이 기업주의 이익금으로 나뉘어집니다. 그리고 기업주의 이익금으로 50루블이 돌아가게 됩니다. 그러면 여기서 우리 식으로 했을 때 공장의 아가씨들이 받게 될 금액을 생각해 보도록 합시다.」 그러면서 끼르사노프는 숫자를 적은 메모를 읽어 내려갔어.

노동자가 받게 될 임금 ……………………………… 100루블
동시에 기업주로서 받게 될 이익금…………… 50루블
　그들의 작업실은 거실에 부속되어 있기 때문에 공장이 분리되어 있을 때보다 경비가 싸게 먹힙니다. 게다가 그들은 물건을 아껴서 사용하기 때문에 비용을 거의 절반 가량 절약하고 있습니다만 대충 3분의 1가량으로 줄여 잡는다고 하더라도 50루블 중의 3분의 1이 남게 되는데 그 금액이 16루블 67꼬뻬이까

합계　　　　　　　　　　　　　　166루블 67꼬뻬이까

「바로 이러한 까닭으로 우리 공장에서 일하는 아가씨들은 다른 기업에서는 백 루블밖에 못 받는데 비해서 166루블 67꼬

뻬이까를 받고 있는 셈입니다. 그런데 그녀들은 실제로 이것보다 훨씬 더 많이 받고 있습니다. 왜냐하면 그녀들은 바로 자기 자신들을 위해서 일하기 때문에 더욱 열심일 뿐만 아니라 훨씬 빠른 속도로 효율적으로 작업하기 때문입니다. 그래서 그녀들이 보통 열심히 일하지 않을 때에도 다른 곳에서 다섯 벌을 만든다면 우리 공장에서는 여섯 벌을 만듭니다. 물론 실제의 비율은 결코 이보다 작지 않습니다만 일단 그렇게 상정해 보면 다른 곳에서 5루블을 벌 때 우리는 6루블을 번다는 이야기가 됩니다. 그러므로……」

노동에 대한 열의와 숙련도에 의해 수입이 166루블 67꼬뻬이까의 5분의 1이 증가하므로 증가분 ……………………………
…………………………………………… 33루블 33꼬뻬이까
앞의 수입분 …………………………… 166루블 67꼬뻬이까

합계   200루블

「그러니까 우리 공장 아가씨들의 수입은 다른 공장의 두 배나 되는 편입니다.」끼르사노프는 이야기를 계속했어.「그럼 그 수입을 어떻게 사용하고 있는지 말씀드리겠습니다. 그녀들은 임금을 다른 곳에 비해 두 배로 받고 있는 거나 마찬가지이기 때문에 그 돈을 사용하는 데 있어서도 훨씬 유리합니다. 즉, 당신이 이제 보게 될 것처럼 이중의 이익을 얻게 되는 것입니다. 첫째로 모든 것을 도매가격으로 구입하기 때문에 소매가의 3분의 2면 구입이 가능합니다. 그러므로 소매가격이나 외상으로 구입할 때 3루블 하는 물건을 2루블이면 구입할 수 있다는 이야기가 됩니다. 하지만 실제로 이보다 큰 이득을 얻고 있습니다. 방세를 예로 들어 봅시다. 만일 공

626

장의 방들을 하나씩 따로 빌려 쓴다면 열일곱 개의 방 — 각각 창문이 둘씩 있고 방마다 서너 명씩 생활한다면 — 에 쉰다섯 명이 기거하게 됩니다. 그리고 창이 세 개 붙은 방 두 칸에는 여섯 사람씩, 창이 네 개 붙은 방 두 칸에는 아홉 사람씩 해서 서른 명이 되므로 작은 방의 쉰다섯 명을 합해 모두 여든다섯 명이 됩니다. 각자가 한 달에 지불해야 하는 금액이 3.5루블씩이므로 일 년이면 42루블, 그러니까 만일 방을 한 사람당 한 칸씩 빌려 준다면 집주인은 일 년에 42루블의 여든다섯 명인 총 3천5백70루블을 받게 됩니다. 그러나 우리 공장의 아가씨들은 방세로 연간 총 천2백50루블만을 지불하고 있으므로 방을 각자 사용하는 경우의 3분의 1에 해당하는 아주 적은 금액을 내고 있는 셈입니다. 그 외에도 이와 유사한 경우들이 매우 많습니다. 아니, 거의 모두 이런 식이라고 해도 과언이 아닐 것입니다. 따라서 경비 절약 비율을 2분의 1로 잡는다고 해도 과언이 아닐 것입니다. 따라서 경비 절약 비율을 2분의 1로 잡는다고 해도 실제에 못 미칩니다. 그러나 일단 3분의 1로 해둡시다. 물론 모든 것이 그렇다고는 할 수 없겠지만 적어도 생활이 잘 정비된 곳에서는 지출이 거의 불필요하거나 아주 적기 때문입니다. 베로치까가 당신에게 신발과 옷의 예를 이야기해 드렸을 것입니다. 그것은 꼭 필요한 물건이 4분의 1가량 줄이는 방법에 대한 것인데, 신발은 네 켤레 대신 세 켤레면 충분하고 옷도 네 벌이 아니라 세 벌이면 충분하다고 가정해 봅시다. 물론 이 비율은 너무 작게 잡는 것입니다만 그대로 계산할 경우에 다음과 같은 결론이 나옵니다.」

싸게 매입한 것에 대해서 3분의 1만큼 절약된 것으로 간주하면 3루블 지불해야 할 것이 2루블이면 가능해집니다.

그러므로 우리는 2백 루블을 가지고 3백 루블만큼 쓰는 셈이 됩니다. 뿐만 아니라 우리는 다른 곳에서 네 개나 필요한 물건을 세 개면 충분하므로 3백 루블은 다시 그보다 많은 가치를 지니게 됩니다. 즉 ……………… 4백 루블.

「일 년에 천 루블을 소비하는 가정의 생활과 일 년에 4천 루블을 소비하는 가정의 생활을 비교해 봅시다. 실로 엄청난 차이가 있다고 생각되지 않습니까?」 끼르사노프는 이야기를 계속했어. 「우리의 방식에 따를 경우 비록 그보다 아주 크지는 않을지언정 적어도 그 정도는 차이가 난다고 봅니다. 수입이 다른 곳에서 두 배이고 그것을 다시 두 배 정도 아주 유용하게 사용하고 있으므로 그 정도의 차이가 나는 것은 어떤 면에서 당연하다고 할 수 있는 것이지요. 그러므로 우리 공장 아가씨들의 생활이 다른 여공들의 생활과 크게 차이가 난다고 느끼는 것은 결코 놀랍기만 한 일은 아니라는 것입니다.」
이것이 내가 본 기적이야, 빠울리나! 처음엔 믿어지지 않을 만큼 신기하기만 했단다. 그런데 그런 설명을 듣고 나자 오히려 그것이 너무도 당연한 것임을 깨닫게 되었어. 그러고 나자 처음에는 이곳을 방문하고 나서 느꼈던 감정들이 오히려 이상하게 생각되는 게 아니겠니. 지금 내가 착수하려고 하는 일은 앞에서 이야기한 방식에 기초한 봉제 공장이나 또는 다른 것을 세우는 일이야. 너도 이 일에 함께 할 의사는 없는지? 만약 참여할 생각이 있다면 편지로 연락 주기 바래. 이 일은 틀림없이 빠울리나 너에게도 커다란 기쁨과 보람과 행복을 가져다 줄 것이라고 생각해.

1860년 8월 17일 뻬쩨르부르그에서
너의 뽈로조바가

　추신 또 하나의 봉제 공장에 대해서 쓴다는 것을 그만 깜박 잊었어. 하지만 괜찮겠지? 그 이야기는 다음번에 쓰도록 할게. 다만 이전에 세운 공장이 모든 점에서 이곳 공장보다 높은 수준이라는 것만은 말해 둘게. 두 고장은 그 체제에 있어서 상당한 차이가 있는데 그것은 상황에 따른 적절한 대응 방식의 차이 때문이라고 생각해.

제5장

새로운 인민의 출현과 대단원

1

뽈로조바는 그녀의 친구에게 보내는 편지에서 베라 빠블로브나의 남편에게 신세를 진 적이 있다고 했는데, 그것을 설명하기 위해서는 먼저 그녀의 아버지가 어떤 사람이었는지를 설명하는 것이 필요하다.

뽈로조프는 퇴역한 기병대 대위, 아니면 기병대 중위 출신이었다. 그는 군복무를 하는 동안 부친으로부터 물려받은 막대한 유산을 그 시대의 방탕한 젊은이들이 흔히 하는 방식대로 돈을 물 쓰듯 낭비하여 날려 버렸다. 그러나 그 많은 재산을 모두 탕진한 뒤로는 방탕한 생활을 그만두었고 퇴역하자마자 다시 재산을 모으는 일에 착수했다. 마지막 남은 푼돈까지 다 끌어 모으니 그의 손에 그럭저럭 만 루블의 돈이 주어졌다. 그 돈으로 그는 양곡 소매업과 그 밖의 소규모의 중개업에 손을 댔다. 그는 재력이 닿는 대로 여러 사업에 손을 뻗쳤는데 그 결과 10년쯤 지났을 때에는 다시 상당한 재력을 모을 수 있었다. 그리하여 차츰 기업 계에서도 재산이 많고 제법 관록이 있는 인물로 통했다. 그리고 인근에 알려진 그의 명성과 퇴역 장교의 지위 덕분으로 그는 사업상 거래하던 두 부호 상인으로부터 청혼을 받았고 좀더 유리한 입장에서 아내를 고를 수 있었다. 그는 매우 신중하게 생각한 끝에 50만 루블의 지참금을 현금으로 소유한 여자를 아내로 맞아들였다. 당시 그는 이미 쉰 살이나 먹은 늙은 신랑이었는데 이 일은 그의 딸이 베라 빠블로브나와 친해지기 20년 전의 일이었다. 그의 재산에 큰 지참금이 보태어지자 그는 좀더 큰 규모로 사업을 확장했는데 다시 그렇게 10년이 지난 뒤에는 은화로 쳐서 백만장자가 되어 있었다. 그리고 얼마 후 아내가 죽자 — 그의 아내는 시골 생활에 익숙해 있었기 때문에 그가 뻬쩨르부르그로 옮기는 것에 반대했다 — 그는 뻬쩨르부르그로 그의 활동 무대를 옮겼다. 그리고 더욱 빠른 속도로 재산을 불려 나가더니 다시 10년이 지났을 때에는 3, 4백만 루블을 가진 대자본가가 되었다. 처녀들은 물론 과부들까지도 그의 관심을 끌려고 했다. 그러나 그에겐 재혼을 하고 싶은 생각이 없었다. 죽은 아내에 대한 기억을 소중히 간직하고 있었을 뿐만 아니라 그가 온 정성을 다해 사랑하는 딸 까쨔에게 계모를 맞아들이고 싶지가 않았기 때문이다.

뽈로조프는 재산을 산처럼 쌓아 모았다. 만일 그가 장사를 독점하려고 마음만 먹었다면 그는 3, 4백만 루블이 아니라 천만 루블은 족히 벌었을 것이다. 그러나 그는 독점을 경멸했으며 정직한 상점에만 물건을 공급했다. 부호 층에 속하는 그의 동료들은 그의 그런 하찮고 성가신 분별을 비웃었지만 그는 그들의 그런 생각을 나무라지는 않았다. 비록 자기의 생각이 옳지 않을 때라도 그는 언제나 다음과 같이 그들 앞에서 당당하게 대답했던 것이다. 「나는 상인이오. 그러므로 적어도 강도질로 돈을 벌고 싶지가 않소.」 그러나 그의 딸이 베라 빠블로브나와 알게 되기 일 년이나 일 년 반쯤 전, 그동안 그가 주장해 온 정당한 거래와 독점 사이에 비록 그에게는 큰 차이가 있어 보였을지 몰라도 실제로는 별 차이가 없다는 명백한 증거가 나타났다. 당시 그가 취급했던 물품이 목면이었는지 양곡이었는지 또는 장화를 만드는 가죽이었는지 확실하게 알 수 없지만 어쨌든 그가 대규모 거래에 손을 대었기 때문이다. 그리고 사업이 계속 성공을 거두고 사람들로부터 존경을 받게 되자 점점 완고해지고 거만해졌다. 그때 우연히 한 거래처의 인물과 말다툼을 벌이게 되었는데 홧김에 그에게 호통을 친다는 것이 그만 일이 아주 고약하게 꼬여 버렸다. 그 일이 있은 후 일주일 뒤에 동업자들이 그에게 사과하라고 권유했고 그는 〈못하겠다〉고 버텼다. 〈그렇게 끝까지 버티면 파산하게 될 것〉이라는 말을 듣고서도 그는 〈파산하는 일이 있더라도 굴복을 못하겠다〉고 고집을 부렸다. 그러고 나서 한 달 뒤에 똑같은 말을 들었지만 똑같은 대답으로 그들의 충고를 물리치고 말았다. 그는 끝까지 굴욕을 감수하는 일에 동의하지 않았던 것이다. 그리하여 그는 끝내 파산을 당하고 말았다. 그의 상품들이 거래처들로부터 거절당한 것이다. 일이 잘못되어서 그렇게 되었는지 아니면 앙심 때문에 그렇게 되었는지는 확인할 길이 없지만 어쨌든 그의 3, 4백만 루블이나 되는 재산은 하루아침에 날아가 버리고 말았다. 뽈로조프는 나이 일흔에 졸지에 거지가 되었다는 것을 깨달았다. 그러나 물론 거지라는 것은 그가 전에 가졌던 것과 비교해서 그렇다는 것이지 일반적인 관점에서 보면 그는 여전히 잘 살았다. 그는 양초 제조 원료인 스테아린 공장에 얼마쯤 주식을 갖고 있었으며 굽실거리지 않고서도 상당한 액수의 봉급을 받으며 그 공장의 경영자 자리를 맡을 수 있었다. 그 밖에도 그에게는 아직 몇 만 루블이 남아 있었다. 만일 15년 전에, 아니 10년 전쯤에 그 정도의 재산이 남아 있었다면 그것은 그가 엄청난 재산을 만들기에 충분한 밑거름이 되었을 것이다. 그러나 예순이 넘은 나이로는 그처럼 알뜰히 돈을 모으기가 어려웠고 또 뽈로조프 스스로도 그런 일을 하기에는 때가 너무 늦었다는 것을 잘 알고 있었다. 이제 그는 별 소득도 가져다 주지 못하고 신용에도 별 도움이 되지 않는 공장을 어서 빨리 처분하고 그 일에서 아예 손을 떼어야겠다는 생각을 하고 있었다. 마침내 그는 신중하게 그 문제를 숙고한 다음 다른 중요한 주식의 소유자들에게 공장을 하루라도 빨리 팔아 치우는 것이 그나마 공장에 묶여 있는 각자의 주식을 조금이라도 더 건지는 유일한 방법이라고 설득시키는 데 성공했다. 당시 그의 머릿속에는 또 한가지 문제가 있었는데 그것은 다름이 아니라 그의 딸의 결혼 문제였다. 그 밖에 그의 주된 관심사는 공장을 팔아 치우고 그 돈으로 당시 인기가 있던 5%의 이자가 붙은 정부 공채를 사들인 다음 지난날의 영광과 실패의 순간들을 회상하며 그의 쾌활하고 단호한 기질대로 평화롭게 여생을 보내는 것이었다.

2

　뽈로조프는 까쨔를 몹시 사랑하여 최상류 사교계의 여자를 가정교사로 두었는데 그렇지만 딸을 너무 엄격하게 가르치는 것만은 막았다. 「쓸데없는 짓이야.」 그는 너무 똑바른 자세나, 지나치게 예절과 격식을 차린 행동, 또는 그와 비슷한 일을 접할 때마다 그렇게 말하곤 했다. 까쨔가 열다섯 살이 되었을 때, 그는 영어 가정교사와 프랑스 어 가정교사 없이도 혼자 잘해 나갈 수 있다는 그녀의 말에 동의했다. 그리하여 까쨔는 무슨 일이든 자기가 뜻한 대로 할 수 있었고 그런 만큼 집안에서 완전히 자유롭게 행동할 수 있었다. 당시 그녀에게 있어서 자유란 그녀가 독서하거나 몽상에 잠겨 있을 때 타인으로부터 방해를 받지 않는 것이었다. 그녀는 같은 또래의 두세 명과 친하게 지내기는 했지만 친구들이 많은 편은 아니었다. 그러나 그녀에게 구애하는 남자들은 수없이 많았는데 그도 그럴 것이 그녀는 그 유명한 뽈로조프의 외동딸이었던 것이다! 당시 뽈로조프는 4백만 루블이나 되는 어마어마한 부자였던 것이다.

그러나 까쨔는 자기의 시간을 대부분 책을 읽거나 몽상에 잠겨 지냈으므로 구혼한 남자들은 하나같이 실망하여 떠나가 버리고 말았다. 그러는 사이에 어느덧 열일곱 살이 되었지만 그녀는 여전히 독서와 몽상에만 몰두할 뿐 사랑 따위에는 통 관심이 없었다. 그러던 어느 날 그녀는 갑자기 눈에 뜨이게 여위기 시작했고 안색마저 창백하게 변하더니 급기야는 시름시름 자리에 몸져눕고 말았다.

<h1 style="text-align:center">3</h1>

끼르사노프는 개업을 할 생각은 없었지만 의사로서 진찰을 거부하는 것은 옳지 않다고 생각했다. 마침 당시에는 — 그것은 그가 교수로 임명된 지 일 년 뒤의 일로서 베라 빠블로브나와 결혼하기 일 년 전이었다 — 뻬쩨르부르그 의학계의 거물들이 그에게 자기의 진찰에 입회해 줄 것을 요청하는 일이 적지 않았다. 거기에는 두 가지 이유가 있었다. 첫번째는 파리에서 살고 있는 클로드 베르나르라고 하는 사람이 끼르사노프의 연구 업적을 침이 마르도록 칭찬했기 때문이다. 때마침 그의 그런 언급이 있을 즈음, 거물 중의 한 사람이 의학적인 목적에서인가 다른 목적에서인가 아무튼 파리에 갔

다가 거기서 살아 있는 클로드 베르나르를 만난 일이 있었다. 그는 자기의 지위와 칭호와 훈장, 그리고 그가 치료한 유명한 환자들의 이름을 대면서 자기를 소개했다. 그러자 클로드 베르나르가 반 시간쯤 그의 이야기를 가만히 듣고 나더니 다음과 같이 말했다. 「의학계에서 거둔 성공적인 사례들을 배우기 위해서라면 이곳 파리까지 오실 필요가 없습니다. 그런 목적이라면 오히려 뻬쩨르부르그에 그대로 머물러 계셨어야 했다고 생각합니다.」그 거물은 이 말을 자기의 명성에 대한 인정으로 받아들였다. 그리고 뻬쩨르부르그로 돌아온 뒤에는 스물네 시간 동안 클로드 베르나르의 이름을 열 번도 넘게 입에 올렸다. 그중에 다섯 번은 〈내 식견 높은 친구〉니 〈의학계의 내 유명한 동료〉니 하는 말을 덧붙이기까지 했다. 하지만 그 뒤에 클로드 베르나르가 칭찬한 인물이 자기가 아니라 바로 끼르사노프라는 것을 알게 되면서 그가 어떻게 끼르사노프를 자기의 진찰에 입회해 주도록 요청하지 않을 수가 있겠는가? 그것은 불가능했다!

그리고 두 번째 이유는, 사실은 이것이 더 중요했는데, 끼르사노프가 그들이 환자 고객을 가로채 가지 않는다는 것을 거물들이 알았기 때문이다. 그는 환자를 맡지 않았을 뿐만 아니라 간절히 부탁을 받았을 경우에도 부득이한 경우가 아니면 잘 맡지 않았다. 소위 거물들 사이에 행해지는 관행을 잘 알고 있었기 때문이다. 즉, 어떤 거물이 자기의 진찰 소견으로 판단해서 환자가 죽음을 면할 수 없다거나 그 환자를 온천이나 외국으로 쫓아 보낼 수 없다면 그 다음에는 누군가 다른 의사의 손에 떠넘겨야 하는데, 이런 경우에 흔히 그의 동료에게 환자를 떠넘기는 대가로 자기 호주머니에서 돈을 내주는 것이 보통이었다. 끼르사노프는 거물들이 책임을 모면할 의도로 그에게 환자를 맡아 달라고 할 경우에 좀처럼 그런 부탁을 들어주지 않았다. 그래도 피치 못할 경우에는 그의 친구를 소개했고 그 자신은 단지 의학적인 견지에서 흥미가 있는 환자들만을 받았다. 그러니 아직도 젊은 나이에 클로드 베르나르의 인정을 받았을 뿐만 아니라 그들의 환자를 가로채지도 않는 이 동료를 어떻게 그들이 진찰에 입회해 주도록 부르지 않을 수 있겠는가?

백만장자 뽈로조프는 거물 중에서도 가장 뛰어난 의사를 주치의로 두고 있었는데 까쩨리나 바실리예브나가 위독해지자 거물들만이 모인 긴급 입회 진찰이 열리게 되었다. 그러나 환자의 병세가 너무 위중하자 거물들은 끼르사노프를 부르기로 결정했다. 사실 그녀의 병은 거물들로서도 아주 다루기 곤란한 것이었다. 병든 처녀는 이렇다 할 뚜렷한 증세가 없는데도 시간이 지날수록 기력이 급속도로 떨어지는 증상을 보이면서 몹시 쇠약해져 갔기 때문이다. 병의 원인을 알아내는 것이 무엇보다도 급선무였다. 그녀를 진찰한 의사는 그녀의 병을 〈신경위축증〉 — 신경 영양실조 — 이라고 결론을 내렸다. 이 세상에 그런 병이 있는지 없는지 알 수 없지만 만일 있다고 하면 그것은 치료할 수 없는 중병임에 틀림없었다. 그러나 치료가 불가능하다고 해도 그녀는 반드시 살아나야만 했으므로 끼르사노프와 그의 몇몇 친구들 — 그 건방진 녀석들! — 에게 그 일을 맡기지 않을 수 없었던 것이다.

그래서 끼르사노프의 참석하에 새로 진찰이 시작되었다. 그들은 환자를 진찰한 다음 그녀에게 몇 가지 질문을 던졌다. 환자는 침착하게 질문에 대답했다. 그러나 끼르사노프는 첫번째 질문을 한 다음에는 더 이상 묻지 않았고 거물들이 진찰하는 모습을 가만히 지켜보기만 했다. 마침내 거물들은 자기들의 재주를 다 써 버리고 나서 그녀를 적당히 괴롭힌 뒤에 끼르사노프에게 고개를 돌렸다. 「당신 생각은 어떻습니까? 알렉산드르 마뜨베이치?」「아직 환자를 충분히 살펴보지 못했습니다.」 그가 대답했다. 「나는 여기에 남겼습니다. 이 경우는 흥미로운 사례입니다. 만일 다시 진찰을 하게 되면 칼 표도로비치와 상의하겠습니다.」(칼 표도로비치는 그녀를 진찰한 내과 의사의 이름이었는데 그는 자신이 진찰한 〈신경위축증〉으로부터 풀려 나오게 되자 안도감으로 얼굴이 환해졌다.)

그들이 떠난 뒤에 끼르사노프는 환자의 침대 옆에 앉았다. 병중의 처녀는 냉소적이었다.

「우리가 좀더 잘 알지 못하는 것이 유감이군요.」 그가 말을 하기 시작했다. 「의사는 환자의 신뢰를 받아야 합니다. 그런데 내가 당신의 신뢰를 얻을 수 있을지 모르겠습니다. 아까 그분들은 당신의 병을 이해하지 못한 듯합니다. 이런 경우에는 좀더 신중할 필요가 있습니다. 당신의 가슴에 청진기를 갖다 대고 약이나 조제해 주는 그런 방식으로는 아무 소용이 없습니다. 필요한 것은 단 한 가지 당신의 전반적인 상태를 이해하고 그 다음에 무엇을 할 수 있을지 함께 생각해 보는 것입니다. 그 일을 위해서 나를 도와주시겠습니까?」

병중의 처녀는 대답하지 않았다.

「당신은 내가 어서 가버리기를 원하는 것 같습니다. 그렇다면 당신에게 꼭 10분만 묻겠습니다. 만일 10분 동안에 당신이 지금 생각하는 것처럼 내가 여기 있는 게 아무 소용이 없다고 여겨진다면 그때는 당신의 원대로 가겠습니다. 당신은 당신의 병이 슬픔 때문이라는 것을 잘 알고 있겠지요? 만일 이런 상태가 계속된다면 2, 3주일 이내에 더 이상 손을 쓸 수가 없을 만큼 상태가 악화될 거라는 것을 알고 계십니까? 어쩌면 당신은 앞으로 2주일을 넘기지 못할지도 모릅니다. 아직은 결핵 증세가 나타나고 있지 않지만 매우 위험한 상태입니다. 조금도 안심할 수 없습니다. 당신 나이에 더구나 이런 상황에서 결핵에 감염되면 병균이 아주 빠르게 퍼집니다. 그럴 경우 불과 며칠 사이에 생명을 잃을 수도 있습니다.」

처녀는 아무 말도 하지 않았다.

「대답을 않는군요. 하지만 놀라지 않는 것을 보니 내 말이 당신에게 전혀 생소한 말은 아닌 것 같군요. 당신의 침묵이 그렇다는 대답을 하는 거나 다름없습니다. 당신은 다른 사람이 나와 같은 입장에 있을 때 그가 일을 어떻게 처리하는지 다 알고 있습니다. 아마도 그는 당신의 바뚜쉬까에게 가서 사실대로 말할 것입니다. 그러면 당신의 생명은 구하게 되겠지요. 하지만 당신이 원치 않는다면 나는 그러지 않을 것입니다. 어째서냐고요? 그것은 아무리 그 사람을 위한 일이라고 하더라도 그의 의지에 반하는 일은 하지 않는다는 것이 저의 철칙이기 때문입니다. 자유는 그 무엇보다도 소중한 것입니다. 그러므로 만일 당신이 지금처럼 위중하게 된 원인을 말하고 싶지 않다면 나는 굳이 알려고 하지 않을 것입니다. 그리고 당신이 죽고 싶다고 한다면 다만 그 죽고 싶은 이유가 무엇인지 이야기해 달라고 할 것입니다. 아무리 그 이유가 내게 근거 없는 것처럼 보인다고 해도 내게는 당신을 방해할 권리가 없습니다. 만일 그 이유가 합당하다고 여겨진다면 오히려 나는 당신을 도와야 할 의무가 있고 또 그럴 준비가 되어 있습니다. 심지어 당신이 독약을 달라고 한다면 독약을 내줄 것입니다. 이래도 내게 당신이 앓게 된 원인을 이야기해 주시지 않겠습니까?」

그녀는 아무 대답도 하지 않았다.

「대답하고 싶지 않은 모양이군요. 사실 내게 이런 질문을 계속할 권리는 없습니다. 하지만 내 자신에 관한 일을 하나 이야기해도 괜찮겠습니까? 그것은 당신과 내가 좀더 신뢰하게 되기를 원하기 때문입니다. 괜찮겠습니까? 고맙습니다. 이유는 모르겠지만 당신은 지금 몹시 괴로워하고 있습니다. 나 역시 그렇습니다. 어떤 여자를 열렬히 사랑하고 있는데 그녀는 내가 자기를 사랑한다는 사실을 전혀 모르고 있습니다. 당신은 그런 내가 불쌍하다고 생각지 않으십니까?」

그녀는 아무 말도 하지 않은 채 다만 슬픈 미소를 지을 뿐이었다.

「여전히 침묵이로군요. 하지만 당신이 아까보다 지금 내 이야기에 주의를 기울이고 있는 것만은 숨기지 못할 것입니다. 그걸로 충분합니다. 나는 당신과 같은 원인으로 고통받고 있다는 것을 알았습니다. 죽고 싶습니까? 이해할 수 있습니다. 그러나 결핵으로 죽는다는 것은 오래 걸릴 뿐만 아니라 몹시 힘이 듭니다. 그러므로 만일 당신의 병이 낫도록 도와드릴 수 없다면 차라리 당신이 편하게 죽을 수 있도록 도와 드리겠습니다. 나는 당신이 원한다면 독약이라도 갖다 드릴 준비가 되어 있다고 이미 말씀드렸습니다. 그것은 고통 없이 빨리 죽게 해주는 기분 좋은 물질이지요. 자, 당신의 괴로움이 어느 정도인지 이제 내게 말씀해 주시지 않겠습니까?」

「나를 속이시지는 않겠지요?」 그녀가 물었다.

「나를 똑바로 보세요. 내 눈을 보시면 내가 거짓말을 하고 있지 않다는 것을 아실 수 있을 것입니다.」

그녀는 한동안 망설였다. 「아뇨, 나는 선생님을 잘 몰라요.」

「만일 다른 사람이 내 입장에 있었다면 당신이 고통받고 있는 그 감정을 고상하다고 표현했을 것입니다. 하지만 나는 그렇게 말하지 않을 것입니다. 당신의 바뚜쉬까께서는 알고 계십니까? 당신의 승낙이 없이는 부친께 말씀드리지 않겠다고 한 말을 기억해 주시기 바랍니다.」

「아버지는 모르세요.」

「그분은 아가씨를 사랑하고 계십니까?」

「네.」

「내가 지금 당신에게 한 말에 대해서 당신은 어떻게 생각하십니까? 무슨 말이냐 하면, 분명히 당신은 당신의 부친이 당신을 사랑하고 계시다고 말했습니다. 그런데 그 말이 내게는 마치 그분이 바보라는 말처럼 들렸습니다. 어째서 부친께 당신의 감정을 알리는 게 소용이 없을 거라고, 그리고 동의해 주시지 않을 거라고 생각하시게 되었습니까? 만일 그 이유가 단순히 사랑하는 이의 가난 때문이라면 당신이 부친을 설득하지 못할 까닭이 없다고 생각합니다. 내 생각은 그렇습니다. 그래서 나는 당신이 부친에 대해서 너무 성급하게 판단을 내린 게 아닌가 생각합니다. 그렇지 않고서야 당신이 부친께 그 문제를 숨길 하등의 이유가 없다고 생각합니다. 그렇지 않습니까?」

그녀는 아무 말도 하지 않았다.

「내 짐작이 틀리지 않는 모양이군요. 그렇다면 내 생각을 좀더 말씀드리겠습니다. 당신의 바뚜쉬까는 인생의 경험도 풍부하고 인간의 본성에 대해서도 잘 알고 계십니다. 그러나 당신은 경험이 없습니다. 그래서 만일 어떤 사람이 그분에게는 나쁘게 보였는데 당신에게는 좋게 보였다면, 그건 거의 틀림없이 당신이 잘못 본 것이지 그분이 잘못 본 것이 아닐 것입니다. 당신은 어째서 내가 이렇게 듣기 싫은 소리를 하고 있는지 알고 싶지 않으십니까? 말씀드리지요. 당신은 내 말에 화를 낼 지도 모르고, 또 그것 때문에 어쩌면 나를 미워할지도 모릅니다. 하지만 그러면서도 당신은 속으로 생각할 것입니다. 〈저 사람은 자기 생각을 있는 그대로 말하고 있어. 그래, 저 사람은 위선자는 아니야. 나를 속이려는 것 같지는 않아.〉 그것은 바로 당신이 나를 신뢰하고 있다는 증거입니다. 내가 당신에게 진지하게 말씀드리고 있다는 것은 믿고 계시겠죠?」

그녀는 대답을 해야 할지 말아야 할지 망설이고 있었다.

「선생님은 참 이상한 분이시군요.」 그녀가 마침내 입을 열었다.

「아니오, 조금도 이상할 거 없습니다. 나는 속이려 들지 않고, 당신에게 내 생각을 솔직하게 말했을 뿐입니다. 어쩌면 내가 잘못 생각했을지도 모르지요. 자, 내 말이 옳았는지 틀렸는지 한번 말해 보세요. 그리고 그처럼 당신의 마음을 잡아당기는 사람이 누구인지 그 이름도 내게 말해 보고요. 물론 나는 다시 약속하지만 당신의 허락이 있을 때에만 당신의 바뚜쉬까에게 말씀드릴 것입니다.」

「선생님은 아버님께 무슨 말씀을 하실 생각이세요.」

「부친께서도 그 사람을 잘 알고 계십니까?」

「네.」

「그렇다면 나는 부친께 당신의 결혼을 승낙해야 된다고 말씀을 드릴 것입니다. 하지만 조건이 있습니다. 결혼 날짜를 당장 정할 게 아니라 두세 달쯤 뒤로 미뤄 주는 겁니다. 그래야 당신의 생각이 옳은지 그른지 냉정하게 판단할 시간을 갖게 될 테니까 말입니다.」

「아버지는 승낙하시지 않을 것입니다.」

「아마도 틀림없이 승낙하실 것입니다. 만일 승낙하시지 않는다면, 아까 말씀드린 대로 나는 당신을 도울 것입니다.」

끼르사노프는 이런 식으로 오랫동안 이야기를 나누었다. 마침내 그는 병중의 처녀에게서 사랑하는 남자의 이름을 알아내는데 성공했다. 그리고 그녀의 아버지에게 그 사람의 일을 이야기해도 좋다는 허락도 받아 내었다. 그러나 노인을 설득시키는 일은 그녀를 달래기보다 훨씬 더 어려웠다. 뽈로

644

조프는 그녀의 딸이 가망이 없는 사랑 때문에 쇠약해져 가고 있다는 말을 듣자 몹시 놀랐고 그 딸이 사랑하는 남자의 이름을 듣고 나서는 더욱 놀라 한동안 말을 잃었다. 그러나 그는 마침내 단호하게 잘라 말했다. 「그놈하고 결혼을 시키느니 차라리 그 애를 죽게 내버려 두시오. 그 편이 그 애나 나 모두에게 그래도 덜 고통스러울 게요.」 참으로 난처한 일이었다. 더욱이 끼르사노프가 뽈로조프의 설명을 듣고 났을 때, 누가 보더라도, 진실은 딸이 아니라 노인의 편에 있다는 것이 분명했다.

4

수백 명의 구혼자들이 막대한 재산을 물려받게 될 상속녀의 주위에 몰려들었다. 그러나 뽈로조프 집안의 저녁 식사와 오찬에 모이는 사람들은 어딘가 좀 수상쩍은, 말하자면 뽈로조프처럼 상류 사교계의 정말로 세련된 사람들과는 아무런 관련이나 연분도 없는, 본래의 태생보다 신분이 상승되어 어느 정도 세련되기는 했지만 내면에서 나오는 교양도 없고 외면적으로도 점잖은 구석이라고는 전혀 없는 한결같이 겉만 번지르하고 교활한 형편없는 건달들이라는 것을 금방 알 수 있는 사람들이었다. 그러므로 까쩨리나 바실리예브나 주위에 모여든 사람들 가운데 예의 바르고 진짜 사교계의 태도가 몸에 밴 사람이 나타났을 때 그녀가 그에게 관심을 갖게 된 것은 당연한 일이었다. 그는 남들보다 훨씬 더 세련되게 행동했으며 분별 있는 말을 했고 또 재치가 있었다. 그녀의 아버지는 곧 자기 딸이 다른 사람들보다 그를 더 좋아하게 되리라는 것을 알아차렸다. 그러자 그는 활동적이고 결단력 있

으며 의지가 강한 사람답게 곧 딸에게 경계를 시켰다. 「애야,
까쨔. 솔로프초프, 그 자를 조심해라. 아주 못돼 먹은 녀석이
란다. 아주 냉혹한 그런 자와 결혼을 하게 되면 너는 불행해
지고 만단다. 그런 너를 보느니 차라리 네가 죽는 걸 보는 게
낫겠다. 그러는 편이 너나 나나 우리 모두에게 차라리 견디
기 쉬울 게다.」

까쩨리나 바실리예브나는 아버지를 사랑했다. 그리고 언
제나 그의 의견을 존중해 왔다. 실제로 그는 그녀에게 결코
엄격하게 굴지 않았다. 그런 만큼 아버지가 그런 말을 하는
것은 다 자기를 사랑하기 때문이라는 것을 알았다. 그리고
그녀의 성격 또한 자기가 하고 싶은 대로 하기보다는 그녀를
사랑하는 사람의 바람을 더 존중하는 편이었다. 그녀는 이를
테면 친구들에게 〈나는 네가 가장 좋다고 하는 대로 하겠어〉
라고 말할 줄 아는 사람 중의 하나였다. 그녀는 아버지에게
이렇게 대답했다. 「저는 솔로프초프가 좋아요. 하지만 아버
지께서 제가 그 사람을 멀리하는 게 좋다고 생각하신다면 그
렇게 하겠어요.」

물론 그녀는 그렇게 하고 싶지 않았을 것이다. 그러나 그
녀는 거짓말을 싫어하는 성격이기 때문에 만일 그녀가 그를
사랑하고 있었다면 그렇게 대답하지 않았을 것이다. 솔로프
초프에 대한 애착은 아직 미약했다. 그때까지만 해도 그것은
거의 뿌리를 내리지 못했고 다만 그에게 남들보다 조금 더
흥미가 끌렸을 뿐이다. 그녀는 그를 냉정하게 대하기 시작했
고 어쩌면 그것으로 모든 게 만족스럽게 끝날 수도 있었다.
그러나 딸을 보호하려는 부성에 휩쓸린 아버지는 그들 사이
에 너무 많은 소금을 뿌렸다. 실제로는 결코 많은 소금을 뿌
렸다고 할 수 없었지만 그것만으로도 예절 바른 솔로프초프
를 불편하게 만들기에 충분했다. 뽈로조프는 자기가 희생자

의 역할을 해야 한다는 것을 알았는데 문제는 구실을 어떻게 찾느냐 하는 것이었다. 그러나 어쨌든 그는 솔로프초프의 감정을 상하게 했고 솔로프초프는 자존심이 상해서 고통스런 얼굴로 그들에게 작별을 고한 뒤 발길을 끊었다. 일주일 뒤에 까쩨리나 바실리예브나는 그에게서 열렬하면서도 지극히 겸손한 편지를 한 통 받았다. 그 내용은, 자기의 사랑이 되돌아오리라고는 기대하지 않으며, 자신의 행복을 위해서 이따금 그녀를 바라보는 것만으로도, 심지어 그녀와 함께 이야기를 할 수 없다면 먼발치에서 바라보는 것만으로도 충분하다는, 그리고 자기는 기꺼이 그런 행복마저도 희생할 수 있으며 그렇지만 자기는 영원히 행복할 것이라는 둥 어쩌면 불행할 것이라는 둥 하는 것이었다. 그러나 그것이 무엇을 요구하거나 바라는 것은 아니었다. 게다가 그는 답장조차도 요구하지 않았다. 그런 편지들이 계속해서 날아들었고, 마침내 그것들이 효과를 나타내기 시작했다.

그러나 그것들이 효과를 나타내기에는 오랜 시간이 걸렸다. 까쩨리나 바실리예브나는 솔로프초프가 떠난 뒤 처음에는 우울해 하지도 슬퍼하지도 않았다. 이미 그전부터 그에게 냉정하게 대해 왔고 그를 조심하라는 아버지의 충고 또한 충실하게 받아들이고 있던 터였다. 그런 일이 있은 지 벌써 여러 달이 지나 그녀의 아버지가 솔로프초프에 대해서 이미 까맣게 잊고 있던 차에, 그녀가 갑자기 기운을 잃고 쇠약해지고 있었으니 그녀의 아버지인들 무슨 수로 딸이 몸져눕게 된 원인이 솔로프초프라는 생각을 할 수 있겠는가!

「어째 기분이 언짢아 뵈는구나, 까쨔.」

「아니에요, 아무렇지도 않아요. 별거 아니에요. 곧 괜찮아질 거예요.」

한두 주일쯤 지난 뒤에 노인은 벌써 이렇게 묻고 있었다.

「어디 아프냐, 까짜?」

「아니에요, 전혀 아무렇지도 않아요.」

다시 두 주일이 지난 뒤에 노인은 말했다. 「의사한테 진찰을 받아 보아야겠다, 까쨔.」

마침내 까짜는 의사의 진찰을 받기 시작했고, 의사는 그녀의 병세에서 전혀 위급함을 느끼지 못했다. 노인은 완전히 안심했다. 「그저 몸이 좀 약해지고 약간 지친 것뿐이라는구나.」 그는 매우 그럴듯하게 원인을 지난 겨울 동안 까쩨리나의 생활 태도에서 온 피로로 돌렸다. 실제로 그녀는 매일 밤 두세 시까지, 어떤 때는 새벽 다섯 시까지 파티장에 나와 있었다. 「푹 쉬면 곧 괜찮아질 게다.」 그러나 그녀의 병세는 나아지기는커녕 오히려 더 악화되었다.

까쩨리나 바실리예브나는 왜 그녀의 아버지에게 이야기를 하지 않았을까? 그녀는 이야기해 봐야 아무 소용이 없을 것이라고 믿고 있었다. 전에 아버지가 그녀에게 아주 단단히 주의를 준 적이 있었는데, 그는 전혀 빈말을 하지 않는 사람이었다. 또 그는 확신이 서지 않으면 타인에 대해서 일절 말을 하는 것을 좋아하지 않았다. 그러므로 그는 딸이 자기가 나쁘게 생각하는 사람과 결혼하는 것에 절대로 동의하지 않을 것이 분명했다.

그래서 까쩨리나 바실리예브나는 솔로프초프의 겸손하고 희망 없는 편지들을 읽으며 헛되이 꿈만 꿀 뿐이었고 그렇게 반년을 보내는 동안 반폐병 환자가 되어 있었던 것이다. 그녀의 아버지는 비록 딸에게서 단 한마디도 듣지 못했지만 그녀의 병이 그가 부분적으로 책임이 있는 어떤 일로 인해 일어났다는 것만은 감지하고 있었다. 그러나 그의 딸은 전과 다름없이 그에게 상냥했고 공손했다.

「뭐 마음에 안 드는 거라도 있니?」

「그런 거 없어요, 아빠.」

그런 것은 없는 게 분명했다. 그녀는 단지 기운이 없을 뿐이었고 그것은 몸이 허약해진 데서, 곧 그녀의 병으로부터 오는 것이었다. 그리고 의사도 그것을 그녀가 병을 앓는 데서 오는 결과라고 단언했다. 그렇다면 그 병의 원인은 무엇일까? 의사가 그 병을 사소한 것으로 보자 그는 곧 무도회와 코르셋에 그 원인을 돌리는 것에 동의했다. 그러나 그는 그녀의 병이 점점 위중해져 간다는 것을 알았고, 이번에 의사의 그 〈신경위축증〉이란 진단이 나온 것이었다.

5

그러나 만일 의학계의 거물들이 마드모아젤 뽈로조바의 질병이 그녀의 과로한 생활 태도에 의해서 야기된 〈신경위축증〉으로 다만 몽상과 우울증을 수반한 것이라는 데 일찌감치 동의를 했다면, 끼르사노프가 그녀의 기력이 약해지는 이유가 어떤 정신적인 원인 때문이라는 것을 밝혀 내기 위해 그녀를 연구할 여지는 없었을 것이다. 진료 전에 그녀를 진찰했던 내과 의사가 그에게 그녀의 모든 인간관계에 대해서 설명해 주었다. 집안에 슬픈 일이라고는 전혀 없고 아버지와 딸은 서로 무척 다정하다. 그런데 그녀의 아버지 역시 딸이 병에 걸리게 된 원인이 무엇인지 모르고 있다는 — 물론 그 의사 역시 모르고 있다 — 등등. 그러나 그녀가 그처럼 오랫동안 자신의 병을 숨길 수 있었고 또 그녀의 아버지에게 단 한차례도 그 원인을 짐작할 기회를 주지 않았던 것으로 보아 그녀는 분명히 강한 성격을 지니고 있음에 틀림없었다. 그녀의 성격이 강하다는 것은 진찰을 하는 동안 그녀의 말씨가 차분했던 것을 보더라도 분명했다. 그녀는 초조한 기색을 조금도 보이지 않고 겪어야 할 일들을 침착하게 견디어 냈던 것이다. 끼르사노프는 저런 처녀라면 충분히 남들의 눈을 끌 만하다고 생각했다. 그녀를 도와줄 방법이 없을까? 그로서는 자기가 반드시 관여해야 할 것만 같았다. 물론 그녀의 병은 얼마쯤 시간이 지나면 그 원인이 밝혀지겠지만 그러나 그때는 이미 너무 때가 늦지 않을까? 이제 얼마 안 있으면 그녀는 완전히 탈진하게 될 것이고 그렇게 되면 어떤 방법을 동원한다 해도 그녀의 병을 낫게 할 수는 없었다.

그는 환자와 두 시간 동안을 씨름했고 마침내 그녀의 의심을 깨끗이 씻어 낼 수가 있었다. 즉, 그는 비밀을 알아냈을 뿐 아니라 그녀의 아버지에게 그것에 대해서 이야기해도 좋다는 허락까지 받아 내었던 것이다.

노인은 끼르사노프에게서 자기의 딸이 솔로프초프에 대한 사랑 때문에 병이 들었다는 말을 듣자 몹시 놀랐다. 이게 도대체 어떻게 된 일이지? 까짜는 그때 솔로프초프를 조심하라는 충고를 그렇게도 태연하게 받아들였고, 그가 발길을 끊은 뒤에는 그처럼 무심했는데, 그런 그 애가 어떻게 그에 대한 사랑 때문에 죽어 간다는 말인가? 그건 그렇다 치고, 사람들이 사랑 때문에 죽는다는 것이 도대체 될 법이나 한 소리인가? 평생을 오로지 실제적으로만 살아 온, 그리고 모든 일을 냉정하게 이성적으로 보아 온 사람에게는 그런 어처구니없는 소리가 도무지 또 있을 것 같지 않았다. 끼르사노프는 이 어려운 문제를 어떻게 풀어야 할지 몰라 똑같은 말을 반복해서 되풀이할 뿐이었다. 「따님은 지금 어린아이 같은 환상으로 괴로워하고 있습니다만 곧 잊혀질 것입니다.」 끼르사노프는 설명하고 또 설명했다. 마침내 그는 노인이 알아들을 수 있도록 분명하게 말했다. 「따님이 그 일을 잊지 못하는 것은

650

그녀가 아직 어리기 때문입니다. 하지만 어쨌든 그녀는 죽어 가고 있습니다.」뽈로조프는 그의 말을 알아들었다. 그리고 이해했다. 그러나 그는 양보를 하기는커녕 오히려 주먹으로 테이블을 쾅 내리쳤다. 그리고 바늘 끝도 안 들어갈 만큼 단호한 목소리로 잘라 말했다.「그 애가 죽어야 한다면 그냥 죽게 내버려 두시오. 그 애가 불행해지느니 차라리 그게 나으니까. 그 편이 그 애나 나 모두에게 그래도 덜 고통스러울 게요!」그와 똑같은 말을 그는 6개월 전에 딸에게 했었다. 까쩨리나 바실리예브나가 그녀의 아버지에게 이야기를 해보았자 아무 소용이 없다고 생각한 것은 잘못이 아니었다.

「하지만 왜 그렇게 완고하십니까? 물론 저도 그 사람이 나쁘다는 것을 잘 알고 있습니다. 그렇다고 그 사람하고 같이 사는 것보다 죽는 편이 나을 만큼 정말로 그렇게까지 나쁩니까?」

「그렇소. 그 자는 양심이라곤 약에 쓸래도 없는 놈이니까. 우리 애는 섬세하고 고상한 아이요. 그러나 그놈은 짐승만도 못한 철면피란 말이오!」그러고 나서 뽈로조프는 솔로프초프의 인간성에 대해서 쭉 설명을 늘어놓았는데 그 이야기를 다 듣고 나자 끼르사노프는 정말 아무 말도 할 수가 없었다. 뿐만 아니라 그가 어떻게 뽈로조프의 말에 동의를 하지 않을 수 있겠는가? 솔로프초프는 스또레쉬니꼬프가 베라 빠블로브나에게 구혼하기 직전에 오페라 관람 뒤 세르주와 쥘리와 함께 식사를 하던 장이란 바로 그 사내였다. 그러므로 지체 있는 처녀라면 그런 사내의 아내가 되느니 차라리 죽는 편이 낫다는 말은 전적으로 옳았다. 그는 자신의 철면피 같은 행동으로 지체 있는 여자를 수렁에 몰아넣고는 마음껏 유린하다가 자신의 욕심을 채우고 난 뒤에는 헌 짚신 짝처럼 버릴 것이 틀림없었기 때문이었다. 그러므로 그녀로서는 죽는 것이 차라리 더 나았다.

끼르사노프는 한동안 골똘히 생각했다.

「정말로 안 되겠습니다.」마침내 그가 말했다. 「어르신의 진지함에 제가 감동했습니다. 그러나 이 경우는 그 자가 몹시 나쁜 사람이라는 바로 그 사실 때문에 오히려 위험이 없다고 생각합니다. 따님 역시 그가 나쁘다는 것을 반드시 알게 될 테니까요. 그러므로 따님이 바로 그 점을 냉정하게 볼 수 있도록 시간을 주기만 하면 될 것 같습니다.」이것은 물론 하나의 가정에 지나지 않았지만 그는 이것을 뽈로조프에게 확신시키기 위해 끈기 있게 설득하기 시작했다. 만일 그가 정말로 나쁜 사람이라면 그녀는 비록 자기가 사랑하는 남자라고 하더라도 그를 거절하게 될 것이 분명하며, 실제로 그가 나쁜 사람이므로 자기는 그렇게 될 것을 확신한다고 하였다.

「저는 결혼이란 것을 그리 대단한 것이 아니라고 말씀드리려는 것이 아닙니다. 여자가 불행해진다면 남편과 이혼해서 안 될 이유가 어디 있겠습니까? 어르신은 그것을 옳지 않다고 생각하십니다. 그리고 따님 역시 당신과 똑같은 생각을 갖도록 키워졌습니다. 그래서 어르신과 따님의 입장에서 본다면 이혼이야말로 회복할 수 없는 손실로 보일 것입니다. 그리고 만일 따님이 그런 남자와 결혼을 하게 되면 그녀가 새로운 생각을 갖지 않는 한 폐병보다도 더 지독한 죽음을 맞을 때까지 그 남자로 인해 고생을 하겠지요. 하지만 저는 그 문제를 다른 견지에서 보는 것이 필요하다고 생각합니다. 왜 어르신은 따님의 이성을 기대하지 않습니까? 따님은 바보가 아닙니다. 그렇지 않습니까? 우리는 언제나 이성에 기대하는 것이 필요합니다. 오직 이성이 자유롭게 활동하도록 해주기만 한다면, 그리고 목적이 올바르기만 하다면 절대로 잘못되는 일이 없을 것입니다. 따님이 그에게 끌리게 된 데에는 어르신의 책임이 크다고 봅니다. 그가 자유롭게 출입하도록 내버려 두십시오. 어르신의 생각이 옳다면, 그는 결국 따님을 도로 어르신께 되돌려 보낼 것입니다. 열정에 빠지면 눈이 멀게 마련이지요. 특히 그 앞에 장애물이 가로놓여 있을 때에는 물불을 못 가리는 법이 아닙니까? 그 장애물을 치워 보십시오. 그러면 따님은 이성적으로 판단하게 될 것입니다. 그 남자가 과연 사랑할 만한 가치가 있는지 없는지 스스로 판단하도록 자유를 주세요. 그리고 그를 그녀의 〈신랑〉이 되게 해보십시오. 얼마쯤 시간이 지나면 그녀 스스로 그를 떠나게 될 것입니다.」

사태를 그런 식으로 보는 것은 뽈로조프에게는 완전히 새로운 것이었다. 그는 그런 말도 안 되는 소리를 어떻게 믿을 수가 있냐고, 자기는 인생을 알만큼 아노라고, 그리고 스스로의 이성에 의지하기에는 너무도 어리석은 사람들을 자기는 많이 보아 왔노라고, 게다가 이제 겨우 열일곱 살 난 소녀의 이성을 믿는 것처럼 어리석은 일이 또 어디 있겠냐고 날카롭게 반박했다. 끼르사노프는 그와 같은 일은 단 두 가지 경우 — 일시적으로 흥분된 상태이거나 또는 제한을 받아 반항심으로 화가 난 경우 — 에만 일어난다는 것을 증명해 보이려고 했으나 실패했다. 그런 생각들이야말로 뽈로조프에게는 가당치도 않아 보였던 것이다. 「그 아이는 아직 분별력이 없소. 그런 철부지 아이에게 그처럼 중대한 결정을 맡긴다는 것은 바보나 하는 짓이오. 차라리 그 애를 죽도록 내버려 두는 게 낫소.」 노인의 논리는 언제나 똑같았다. 그의 마음을 움직이는 것은 도저히 불가능해 보였다.

그러나 잘못 생각하고 있는 사람의 신념이 제아무리 확고할지라도 그보다 더 개화되고 더 많이 알며 사태를 보다 현명하게 볼 줄 아는 사람이 그의 잘못된 생각을 고쳐 주려고 꾸준히 노력한다면 잘못된 아집들은 곧 굴복하게 마련이다. 이 경우도 마찬가지다. 그러나 얼마나 오랫동안 그와 논리적인 싸움을 계속해야 할까? 물론 이제까지의 대화는, 비록 그에 대한 영향을 판단하기에는 아직 이르다고 하지만, 그 결과에 있어서 실패임이 틀림없었다. 그러나 마침내 노인은 끼르사노프가 한 말에 대해서 곰곰이 생각하기 시작했다. 사실 그것은 불가피했다. 만일 그가 끼르사노프의 말을 이해한다면 그는 자신의 잘못된 생각을 버리게 될 것이다. 그러나 그는 자신의 풍부한 경험에 대해서 자부심을 갖고 있으며 자신을 오류가 없는 사람으로 여기고 있었다. 게다가 그는 단호한 성격의 소유자이며 고집이 세다. 그를 항복시키는 일은 물론 가능하겠지만 시간이 걸린다. 그렇다고 시간을 질질 끄는 것은 어느 경우이든 위험하다. 만일 일이 잘못되어 시간을 오래 끌게 되면 그것은 치명적이다. 그러나 어쩔 수 없이 그와 논리적인 싸움을 해야만 할 경우라면 시간이 지체되는 것은 피할 도리가 없다.

끼르사노프는 무엇인가 보다 대담하고 결정적인 방법이 필요했다. 물론 그것은 위험하다. 그러나 명백한 죽음보다는 위험이 낫다. 그리고 그 위험이란 것도 따지고 보면 끼르사노프보다 생활의 법칙을 제대로 이해하지 못하는 사람들이 생각하는 것처럼 그렇게 심각한 정도는 아니었다. 그러나 중요한 국면임은 두말할 필요가 없었다. 모든 제비들 가운데서 오직 한 개만이 꽝이라면 십중팔구 그 패가 뽑힐 가능성은 없다. 그러나 만에 하나 그 패가 뽑힌다면? 위험을 무릅쓰는 사람이라면 그러한 패가 뽑히더라도 눈 하나 깜짝하지 않을 각오가 서 있어야 한다. 끼르사노프는 그 처녀의 침착하고 조용하면서도 확고한 면을 보았기 때문에 그녀를 믿고 있었다. 그러나 그녀에게 위험을 무릅쓰게 할 권리가 과연 그에게 있을까? 물론 그러한 권리를 갖고 있다. 지금 그녀가 건강을 되찾을 수 있는 가능성은 백에 하나뿐이기 때문이다. 더구나 그녀의 건강은 급속히 악화될 가능성이 농후했다. 그러나 냉정하게 따져 본다면 그녀가 불리해질 가능성은 천에 하나밖에 되지 않았다. 그렇다면 그녀로 하여금 제비를 뽑게 하자. 그것이 그녀가 회복될 수 있는 유일한 방법이라면 물론 무서운 고통을 동반하겠지. 그러나 그것은 다른 어느 경우와도 비교가 되지 않을 만큼 덜 위험한 방법임이 확실했다.

「좋습니다.」끼르사노프가 말했다. 당신 손으로 따님을 낫게 하실 생각이 전혀 없으시단 말씀이시죠? 그렇다면 제 손으로 따님을 낫게 해보겠습니다. 내일 진료 회의를 다시 갖도록 하겠습니다.」

환자에게 돌아온 그는 그녀의 부친이 예상했던 것보다 훨씬 더 완고했다고 말하고 그에게 좀더 진지한 방법으로 대처하는 것이 필요하다고 말했다.

「안 될 거예요. 다 소용없는 일이에요.」그녀가 기운 없는 목소리로 말했다.

「그럴 거라고 믿습니까?」

「네.」

「그렇다면 죽을 각오는 되어 있습니까?」

「네.」

「만약 내가 죽음을 각오해야 할 정도로 위험한 지경으로 당신을 몰고 간다면 어떻게 하겠습니까? 당신의 신뢰를 얻기 위해서 이미 말씀드린 적이 있습니다만 당신에게 도움이 되는 일이라면 무슨 일이든지 하겠다고 한 적이 있습니다. 생각나십니까? 자, 분명히 말씀드리지요. 만일 당신에게 독약을 드린다면 어떻게 하시겠습니까?」

「저는 오랫동안 제 죽음이 피하기 어렵다는 것, 그리고 며칠밖에는 더 살지 못할 거라는 것을 알고 있었습니다.」
「그게 바로 내일 아침이라면?」
「그렇다면 더욱 좋지요.」 완전히 가라앉은 목소리로 그녀
가 말했다.
「오직 한 가지 구원의 방법만이 남아 있을 때, 그리고 당신
이 죽기를 각오했다면, 그것은 거의 틀림없이 당신을 구할
것입니다. 만일 당신이 누군가에게 〈제 요구를 들어주세요,
그러지 않으면 전 죽을 거예요〉라고 말한다면 당신은 틀림없
이 당신이 원하는 것을 얻게 될 것입니다. 그러나 그런 고상
한 원칙을 가지고 장난을 해서는 안 되겠지요. 주의할 것은
그들이 당신의 요구대로 들어주지 않는다고 당신의 자존심
을 굽혀서는 안 된다는 것입니다. 즉, 그때는 기꺼이 죽을 각
오가 되어 있어야 한다는 겁니다.」 그러고 나서 끼르사노프
는 자기의 계획을 그녀가 완전히 이해할 수 있도록 충분히
설명해 주었다.

6

물론 다른 경우였다면 끼르사노프도 이런 위험을 감수할
생각은 하지 않았을 것이다. 거기에는 훨씬 간단한 방법이
있었기 때문이다. 즉, 그녀에게 가출을 하게 해서 그녀가 좋
아하는 상대와 결혼을 하도록 하면 되는 것이다. 그러나 이
번 경우에는 그녀의 사고방식과 그녀가 사랑하는 남자의 특
수성 때문에 사태가 한결 복잡했다. 그녀는 아내란 남편과
헤어질 수 없다는 생각을 가지고 있어서 설령 나중에 그 남
자와 함께 사는 것이 고통임을 안다고 하더라도 그녀는 그에
게 끝까지 매달릴 것이기 때문이다. 그러므로 그들을 결합시

킨다는 것은 그녀를 그냥 죽게 내버려 두는 것보다 더 잔인한 일이었다. 선택은 오직 한 가지뿐이었다. 그녀가 죽도록 내버려 두거나 아니면 그녀로 하여금 이성을 회복할 기회를 갖도록 하는.

다음날 상류 사회의 의사들로 구성된 진료 회의가 열렸다. 그 회의에는 가장 유명한 의사들이 참석했는데 사실 당대 최고의 명성을 자랑하는 사람들은 모두 모인 셈이었다. 그렇지 않고서야 어떻게 그들이 뽈로조프의 마음을 돌릴 수 있겠는가? 그들의 진료 결과는 뽈로조프에게 항변의 여지를 주어서는 안 되었다. 마침내 끼르사노프가 진료 결과를 설명했고 다른 의사들은 그가 말하는 것을 조용히 경청했다. 그들은 그의 설명을 신중한 태도로 들으면서 하나같이 그의 의견에 동감을 표시했다. 사실 그들로서는 그렇게 하는 수밖에 없었다. 여러분도 기억하겠지만 끼르사노프의 능력을 인정한 클로드 베르나르라고 하는 사람이 실제로 파리에 살고 있었기 때문이다. 게다가 끼르사노프는 〈그런 병은 이런 젊은이들만이 걸린다〉는 자기들로서는 이해할 수 없는 말을 했던 것이다! 그들은 실제로 그런 질병을 이해하지 못했다. 그렇다고 끼르사노프에게 물어 볼 형편도 아니었다. 일이 이렇게 되고 보니 그들이 어떻게 그의 의견에 맞장구를 치지 않을 도리가 있겠는가?

끼르사노프는 환자를 매우 주의 깊게 진찰하고 난 다음, 칼 표도로비치가 이미 말한 것처럼 이 병은 치료될 수 없으며 고통이 너무 심해서, 일반적으로 말한다면, 환자가 살아 있는 시간이 연장되면 될수록 그것은 고통이 연장될 뿐이라고 말하고, 자기로서는 그녀에게 모르핀을 투입해서 영원히 그녀의 고통을 줄여 주는 것이 인간의 존엄성을 지켜야 하는 의사로서 최소한의 의무라고 생각한다는 소견을 덧붙였다.

의사들은 끼르사노프의 입에서 우박처럼 쏟아져 나오는 알아들을 수 없는 설명에 눈을 껌벅이면서 환자의 용태를 자세히 관찰했다. 그리고 마침내 그들의 방으로 돌아와 그녀에게 치사량의 모르핀을 투입함으로써 그녀의 고통을 줄여야 한다는 결정을 내렸다.

결정이 내려지자 끼르사노프는 벨을 눌러 하인을 불렀다. 그리고 회의가 열리고 있는 방으로 뽈로조프를 모셔 오라고 말했다. 뽈로조프가 들어왔다. 의사들 가운데서도 가장 관록이 있어 보이는 의사가 그 장면에 가장 어울리는 침통하고 무거운 어조로 진료 회의의 결정을 뽈로조프에게 전했다.

뽈로조프는 망치로 이마를 얻어맞은 것처럼 놀라서 뒤로 펄쩍 물러섰다. 죽음이 임박했다고는 해도 그 죽음이 언제 올지 또는 과연 죽음이 오게 될지 어떨지를 확실히 알지 못하는 상태에서 죽음을 기다리는 것과 이제 반 시간 후면 딸을 살아서는 영영 볼 수 없게 되리라는 말을 듣는 것은 천지 차이였던 것이다. 끼르사노프는 잠시도 눈을 떼지 않고 뽈로조프를 주시했다. 과연 효과가 있다는 것을 알 수 있었지만 아직은 일이 어떻게 될지 마음을 놓을 수가 없었다. 2분 뒤에 노인이 공포에 질린 얼굴로 조용히 일어섰다. 「그건 안 되오. 절대로 그렇게 할 순 없소. 그 애는 내 고집 때문에 죽어 가고 있소. 무슨 일이든 다 하겠소. 그 애가 과연 회복될 수 있겠습니까?」 「물론입니다.」 끼르사노프가 대답했다.

만일 진료에 참여했던 의사들이 서로 눈길을 교환하고 〈나 역시 자네들처럼 이 젊은 녀석의 손바닥에서 놀아났다는 것을 깨달았어〉 하는 생각을 교환할 틈만 있었다면 그들은 몹시 격노했을 것이다. 그러나 끼르사노프는 그들이 〈다른 사람들이 나를 어떻게 볼까〉 하는 생각을 할 여유를 주지 않았다. 끼르사노프는 놀라서 얼이 빠진 뽈로조프를 어서 그의 방으로 모셔 가도록 하인에게 일렀다. 그리고 그들이 그의 의도를 간파하고 나서 보여 준 민첩함과 병의 원인이 정신적인 고통이라는 사실에 대한 그들의 즉각적인 동의에 감사를 표시했다. 그렇게라도 하지 않으면 노인의 완고한 고집 때문에 그의 딸을 잃게 될 염려가 있어 부득이 노인을 놀라게 할 필요가 있었다는 것도 설명했다. 개업의들은 각자 자기의 의학 지식과 신중한 태도가 다른 모든 사람들에게 충분히 인식되었다는 사실에 만족해서 모두 그곳을 떠났다.

끼르사노프는 이렇게 해서 의사들에게 그들의 기술에 대한 확신과 자부심을 심어 주고 난 다음 그 계획이 성공했다는 것을 알려 주기 위해 환자에게 갔다. 그녀는 그의 첫마디 말을 듣자마자 그의 손을 잡았고 그가 미처 손을 빼내기도 전에 그의 손에 입을 맞추었다.「하지만 나는 아직 당신의 부친께서 아까 의사들에게 하셨던 이야기를 당신에게도 똑같이 해주시도록 이곳으로 모셔 오지는 않을 생각입니다.」그가 말했다.「우선 부친께 당신을 어떻게 대하는 것이 좋을지 설명을 해드려야 하니까요.」끼르사노프는 그녀의 아버지에 몇 가지 충고를 해드릴 생각이며 그 충고를 철저하게 이행하는 것을 직접 눈으로 확인하기 전까지는 그에게서 떠나지 않을 것이라고 말했다.

진료의 결과에 충격을 받은 노인은 매우 고분고분해졌다. 이제 그는 끼르사노프를 전과 달리 마리아 알렉세예브나가 로뿌호프가 독점 기업가가 된 꿈을 꾼 뒤에 그를 보던 그러한 눈으로 보았다. 어제까지만 해도 뽈로조프의 마음 한구석에는 이런 생각이 자리잡고 있었다. 〈나는 당신들보다 나이도 많고 경험도 많아. 이 세상에 나보다 더 똑똑한 사람은 없지. 당신들은 젖비린내 나는 애송이에 불과해. 나는 오직 내 자신의 판단력으로만 4백만 루블을 벌었어. 그런데도 내가 당신들 말을 들어야 할 이유가 있는가.〉(사실 4백만 루블이 아니라 2백만 루블이었다.)〈어디 당신들 손으로 2백만 루블을 한번 벌어 보시지. 그다음에 가서 이야기하자고.〉그러나 지금 그는 다음과 같이 생각했다. 〈곰처럼 저돌적이 친구야! 그래 나 같은 늙은이를 굴복시키다니! 과연 사람을 다룰 줄 아는 친구야!〉끼르사노프와 이야기할수록 그의 눈앞에는 〈곰처럼 저돌적〉이라는 특징에 덧붙여 그가 기병이었을 때의 잊혀졌던 또 하나의 기억이 자꾸만 떠오르는 것이었다. 그것은 승마 교관 자하르첸꼬가 그의 말 〈그로모보이〉[98]를 타던 모습이었다. 〈그로모보이〉는 그 발라드 풍의 노래에 맞춰 껑충껑충 춤을 추었는데 채찍에 맞아 입술에 붉은 피를 흘리고 있었다. 뽈로조프는 그의 첫번째 질문에 대한 대답을 들으면서 약간 소름이 끼치는 것을 느꼈다.「정말로 이 애에게 치사량의 약을 먹일 생각이었소?」

「물론입니다.」끼르사노프는 아주 냉정하게 대답했다.

〈이런 살인마 같으니! 이 자는 마치 요리사가 닭 모가지를 비틀 듯 이야기하고 있어!〉

「그래, 당신은 정말로 그럴 용기가 있었소?」

「물론이지요. 그런 용기도 없다면 저야말로 멍청이겠죠?」

「당신은 무서운 사람이오!」뽈로조프는 〈무섭다〉는 말을 되풀이했다.

「그 말씀은 어르신이 진짜 무서운 사람을 아직 못 보셨다는 말처럼 들리는데요.」끼르사노프는 여유 있게 웃으며 대답했다. 그리고 속으로 생각했다. 〈이 양반에게 라흐메또프

98 그 당시 젊은 여자들 사이에는 알렉산더 2세의 가정교사이며 대중 시인이기도 했던 주꼬프스끼의 시에 곡을 붙인 발라드 풍의 노래가 유행이었는데, 그 노래는 영내와 영외의 기병 대원들 사이에서도 인기가 높았다. 그로모보이라는 말은 말[馬]을 의인화하여 천둥 번개라는 뜻이다.

를 보여 주었어야 하는데.〉

「그런데 그 의사들은 어떻게 할 참이오?」

「그런 분들 다루는 거야 뭐 그리 어렵겠습니까!」 끼르사노프가 약간 이마를 찌푸리며 대답했다.

뽈로조프는 부대장 볼루뜨노프에게 대꾸하던 자하르첸꼬가 생각났다. 「이런 귀 잘린 짐승을 저더러 타라고 끌고 오신 겁니까? 이런 걸 타다니, 그건 모욕입니다.」

뽈로조프의 수없이 반복되는 질문에 모두 대답한 뒤에 끼르사노프는 그가 어떻게 처신하는 게 좋을지에 대해서 자기의 의견을 말하기 시작했다.

「사람은 누구나 방해를 받지 않아야 이성적으로 생각할 수 있고 마음이 동요되지 않아야 흥분하지 않습니다. 그리고 망상에 사로잡힌 사람은 그 망상에서 벗어나 그게 좋은 것인지 나쁜 것인지 판단할 수 있어야 비로소 그 망상에 대해 올바로 평가할 수 있다는 것을 기억하시기 바랍니다. 만일 솔로프초프가 어르신이 제게 말씀하신 것처럼 그렇게 나쁘다면 — 물론 저는 그 말씀을 전적을 믿습니다만 — 따님 스스로도 그것을 알게 될 것입니다. 그러나 그러기 위해서는 우선 어르신이 그들을 간섭하지 않아야 합니다. 또 마님의 마음에 혹시라도 어르신이 솔로프초프에게 불리한 술책을 써서 두 사람 사이를 갈라놓아야 한다는 생각을 해도 안 됩니다. 어르신이 거기에 대해서 한마디라도 언급을 하신다면 두 주일 동안에 사태는 악화될 것이고, 몇 마디의 말씀은 영원히 사태를 그르칠지도 모릅니다. 그러므로 무엇보다도 어르신께서 완전히 초연한 태도를 취하시는 것이 중요합니다.」 이러한 행동 지침은 다음과 같은 식으로 반복되었다. 「어르신께서 마다하시는 일을 제가 강요하기란 사실 쉬운 일이 아닙니다. 그것은 제가 환자의 용태에 대해서 누구보다도 잘 알고 있기 때문입니다. 그러니 제가 드린 말씀을 믿고 꼭 그대로 행해 주시기 바랍니다. 제가 무슨 말씀을 드리건 그것은 모두 어르신과 따님을 위해서라는 것도 기억해 주셨으면 합니다.」
뽈로조프와 같은 사람을 다루기란 힘으로 밀어붙여 목을 조여 들어가는 방법 외엔 달리 뾰족한 수가 없었다. 어쨌건 뽈로조프는 좀더 사리에 순응하게 되었고 끼르사노프가 당부한 대로 행동하기로 약속했다. 그러나 그는 끼르사노프가 옳은 말을 하고 있고 또 그의 말을 듣는 것이 필요하다고 생각하면서도 여전히 그가 어떤 사람인지 이해할 수가 없었다. 그는 그의 편인 동시에 딸의 편이기도 했다. 즉, 그를 딸에게 항복하게 했을 뿐 아니라 동시에 그녀의 생각을 바꾸려고 했기 때문이다. 과연 이 일을 어떻게 해낼 수 있을까?
「아주 간단합니다. 저는 어르신께서 따님이 이성을 회복하는 것을 방해하지 않으시기를 바랄 뿐입니다. 오직 그것뿐입니다.」 뽈로조프는 솔로프초프에게 아주 중요한 일로 상의할 게 있으니 와 달라고 하는 쪽지를 보냈다. 바로 그날 저녁 솔로프초프가 찾아왔다. 그는 자만심에 가득 찬 태도로 노인과 정중히 화해했다. 그리고 석달 뒤에 결혼식을 올린다는 조건으로 〈신랑〉으로 인정되었다.

7

끼르사노프는 그 일에서 손을 뗄 수가 없었다. 아직 까쩨리나 바실리예브나가 눈먼 사랑으로부터 깨어나도록 돕는 것이 필요한 데다가 그녀의 아버지가 간섭하지 않겠다고 한 약속을 지키도록 해야 되었기 때문이다. 그러나 위기를 넘긴 날부터 처음 며칠 동안은 뽈로조프 가를 방문하지 않는 것이 좋겠다고 생각했다. 아직 까쩨리나 바실리예브나가 흥분 상태에 있는 데다가 그녀가 자기의 신랑감이 건달이라는 사실을 알게 될 경우 — 충분히 예상되는 일로서 — 그의 솔직하고 기탄 없는 의견은 물론이고 무언중에 표출되는 그녀의 신랑감에 대한 불만조차 부당한 편견으로 보일 가능성이 있기 때문이었다. 그럴 경우 그것은 그녀의 열정에 더욱 불을 붙이는 결과를 초래할 뿐이다. 열흘쯤 지난 어느 날 아침 끼르사노프는 신랑을 만나 보기 위해서가 아니라 까쩨리나 바실리예브나를 보기 위해서 갔다. 그녀는 벌써 안색이 좋아지기 시작했다. 그러나 병은 나았지만 몹시 여윈 데다 안색이 창백해서 그녀를 진료하던 그 의사가 여전히 약을 처방해 주고 있었다. 끼르사노프는 그녀를 다시 그 의사에게 맡기면서 말했던 것이다. 「앞으로는 그분에게 진찰 결과를 물어보도록 해요. 이제는 그분이 처방한 약을 먹어도 괜찮을 거예요.」 까쩨리나 바실리예브나는 끼르사노프를 보자 반색을 하며 좋아했다. 그러나 그가 찾아온 용건을 말하자 놀라는 표정으로 그를 빤히 쳐다보았다.

「선생님은 제 생명을 구해 주셨어요. 그런데 다른 사람도 아닌 바로 저희들을 방문할 수 있도록 허락해 줄 것을 원하시다니요!」

「하지만 그가 여기에 머물고 있는데 당신의 승낙도 받지 않고 내가 당신을 찾아온다면 내 쪽에서 두 사람의 관계를 방해하려는 시도로 보일지도 모르지 않겠소. 당신은 내 원칙을 알 것이오. 내가 도우려는 사람의 의지에 반하는 어떤 행동도 하지 않는다는 것을.」

끼르사노프는 다음 날, 또 그다음 날 저녁에도 찾아왔다. 그리고 신랑이 뽈로조프가 이야기했던 바와 똑같지 않다는 것, 그리고 뽈로조프 자신은 조금도 마음에 동요를 일으키지 않고 평정 상태를 그대로 유지하고 있다는 것을 알았다. 끼르사노프의 말뜻을 충분히 이해한 노인은 그들의 일에 간섭하지 않았다. 끼르사노프는 신랑에 대한 자기의 생각을 전혀 밖으로 내보이지 않고 저녁 시간을 보냈다. 그리고 까쩨리나 바실리예브나에게 작별 인사를 할 때에도 신랑이 어땠는지에 대해서는 전혀 아무런 암시도 주지 않았다.

그런데 이것이 오히려 그녀의 호기심과 의심을 불러일으켰다. 이튿날 그녀는 다음과 같은 생각을 하고 있었다. 〈끼르사노프는 그 사람에 대해서 한마디도 하지 않았어. 만일 그 사람에 대해서 좋은 인상을 받았다면 그는 분명히 내게 그렇다고 말해 줬을 거야. 끼르사노프가 그를 싫어 할 무슨 이유라고 있는 걸까?〉 그날 저녁 신랑이 오자 그녀는 그의 행동을 자세히 눈여겨보았고 또 그의 말을 곰곰이 되씹어 보았다. 그리고는 끼르사노프가 그에게서 결점을 찾아낼 아무런 권리나 이유가 없다는 것을 확인하고 〈그이는 왜 그런 말을 내게 하는 걸까?〉 하고 자문해 보았다. 그녀는 물론 그에 대해서 확신하고 있었다. 그러나 사랑하는 사람에게 결점이 없다는 것을 증명한다는 것은 역설적으로 그만큼 더 빨리 그의 결점을 드러낸다는 것이다.

며칠 뒤에 끼르사노프는 다시 그녀를 방문했지만 지난번과 마찬가지로 신랑에 대해서는 한마디도 언급하지 않았다. 그러나 이번에는 까쩨리나 바실리예브나가 더 이상 참지를 못하고 저녁 느지막이 그에게 물어 왔다.「선생님 생각은 어떠세요? 왜 아무 말씀도 하지 않으시는 거죠?」

「내 생각을 말하면 당신이 섭섭해할까 봐 그렇습니다. 당신이 나를 공정하지 못하다고 할 것 같기도 하고.」

「그 사람을 좋아하지 않으세요?」

끼르사노프는 대답하지 않았다.

「그 사람을 좋아하지 않으시는군요, 그렇죠?」

「그렇게 말하지는 않았습니다.」

「그게 분명해요. 어째서 그 사람을 좋아하지 않으시는 거죠?」

「내가 왜 그를 좋아하지 않는지 당신에게 분명해질 때까지 기다릴 생각입니다.」

다음날 저녁 까쩨리나 바실리예브나는 더욱 주도면밀하게 솔로프초프를 관찰하기 시작했다. 〈그이에겐 사랑스럽지 않은 구석이라곤 없어. 끼르사노프는 공평하지 못해. 그렇지만 어째서 나는 그이한테서 끼르사노프가 좋아하지 않는 점을 찾아낼 수가 없는 걸까?〉 그녀는 자신의 무능한 관찰력에 초조해졌다. 〈내가 그렇게 단순한 걸까?〉 그녀는 스스로 물어보았다. 그녀의 자존심이 신랑에 대해서 위험한 방향으로 곤두박질쳤다.

며칠 뒤 끼르사노프가 다시 그녀를 방문했을 때, 그는 이제는 자신이 좀더 적극적으로 행동해야 할 때임을 알아차렸다. 지금까지 그는 때 이른 간섭을 함으로써 까쩨리나 바실리예브나의 마음에 동요를 일으키지 않을까 염려하여 솔로프초프와의 대화를 피해 왔었다. 그러나 이제 그는 자연스럽게 그녀와 솔로프초프를 둘러싸고 있는 사람들 틈에 끼어들었고 화제를 솔로프초프의 성격이 가장 잘 드러날 수 있는 그런 방향으로 유도해 나갔다. 이야기가 부(富)에 대한 것으로 바뀌자 까쩨리나 바실리예브나는 곧 솔로프초프가 재산에 대단히 관심이 많다는 것을 알아차렸다. 그리고 대화가 신랑에 대한 것으로 옮겨지자 그녀는 그가 그를 약간 얕잡아 이야기하는 것 같은 것을 느꼈다. 다시 대화가 가정 생활에 대한 것으로 돌자 그녀는 저런 남편과 함께 사랑가는 아내는 춥고 힘들 것이라는 느낌을 받았고 마음속으로 애써 그런 생각을 지우려 했지만 그것은 헛수고였다.

위기가 다가왔다. 까쩨리나 바실리예브나는 오랫동안 잠을 이룰 수가 없었다. 그녀의 얼굴은 솔로프초프에 대한 의심으로 그를 모욕했던 자신에 대한 모멸감으로 눈물에 흥건히 젖어 있었다. 「아냐, 그이는 차가운 남자가 아냐. 그이는 여자를 경멸하지 않아. 그이는 나를 사랑하고 있어, 결코 내 돈을 탐내고 있는 게 아니야.」 만일 누군가 다른 사람의 말에 대한 반박으로 그런 말을 했더라면 그 말은 그녀의 기억에 단단히 들러붙었을 것이다. 그러나 그녀가 반박한 것은 자기 자신의 말이었고, 게다가 자기 자신이 직접 알아낸 진실을 오랫동안 거부하기란 불가능했다. 그것은 바로 그녀 자신의 생각이었던 것이다. 거기에는 어떤 속임수도 있을 수 없었다.

다음날 저녁 그녀는 전날 끼르사노프가 했던 것처럼 그를 시험했다. 그녀는 공연히 그를 의심했다는 사실을 확인하려는 것뿐이라고 자신을 설득했다. 그러나 그녀는 자신의 가슴속에서 그에 대한 불신이 더욱 커지는 것을 느꼈다. 다시 그녀는 잠을 이룰 수가 없었다. 그리고 그에 대해서 화가 났다. 어째서 그는 그녀의 의심을 풀어 주기는커녕 그런 생각을 더욱 부추기는 말을 하는 것일까? 그녀는 자기 자신에게 화가 났다. 그러나 이번에는 그의 동기가 분명히 나타났다. 「어쩌면 내가 그렇게도 눈이 멀었을까!」

그리고 하루 이틀이 지나면서 당연한 일이지만 그녀는 자기가 설령 그를 잘못 보았다고 하더라도 이제 영원히 잘못을 돌이킬 수 없게 될 거라는 두려움에 빠져들기 시작했다.

그 뒤 끼르사노프가 다시 그녀를 찾아갔을 때 그는 이제는 그녀와 이야기를 해도 되겠다는 생각이 들었다. 「당신은 그에 대한 나의 의견을 물었습니다.」 그가 말을 꺼냈다. 「하지만 나의 생각은 그다지 중요하지 않습니다. 중요한 것은 당신의 생각입니다. 당신은 그에 대해서 어떻게 생각하십니까?」

그녀는 아무 할 말이 없었다.

「대답하지 않아도 좋습니다.」 그가 말했다. 몇 마디 이야기를 나눈 뒤에 그는 그녀 혼자 남겨 두고 떠났다.

그러나 반시간 뒤에 그녀가 제 발로 그를 찾아왔다.

「상의를 드리고 싶어요. 아시겠지만 제 마음에 동요가 일어나고 있어요.」

「당신은 마음에 동요가 일어난 때 어떻게 해야 하는지 알고 있습니다. 그런데 어째서 다른 사람의 충고를 구하려는 겁니까?」

「마음이 가라앉을 때까지 기다리라는 건가요?」

「당신에게 가장 옳다고 생각되는 대로 하라는 것입니다.」

「아무래도 결혼식을 연기해야 될 것 같아요.」

「당신이 보기에 그렇게 하는 것이 좋을 것 같다면 연기하지 못할 이유가 없겠지요.」

「그렇지만 그 사람이 어떻게 받아들일지.」

「그렇다면 그가 어떻게 받아들이는지 보고 나서 최선의 방법을 택하는 게 좋겠군요.」

「하지만 저로서는 그이에게 그런 이야기를 하는 것이 너무도 괴로워요.」

「정 그러시다면 당신의 바뚜쉬까에게 부탁드려 보세요.」

「아니에요. 저는 뒤에서 그러고 싶지는 않아요. 제가 직접 말하겠어요.」

「당신이 그렇게 할 수 있는 용기가 있다면 그게 훨씬 좋을 것입니다.」

물론 끼르사노프가 아니고 다른 사람이었다면, 예를 들어 베라 빠블로브나 같은 사람이었다면 그 일을 그처럼 지루하게 질질 끌지 않았을 것이다. 그러나 사람마다 기질이 다르

듯이 그 요구도 다르게 마련이다. 성미가 급한 사람은 느릿느릿 일을 처리하는 것을 못 참아 내듯이 마찬가지로 천성이 느린 사람은 일을 허겁지겁 성급하게 처리하는 것에 짜증을 내는 법이다.

까쩨리나 바실리예브나가 그녀 신랑의 일을 다룬 솜씨는 끼르사노프의 기대 이상의 훌륭한 것이었다. 그는 솔로프초프가 자기의 이익을 지키기 위해 비굴한 태도와 감언이설로 그 문제를 연장할 것이라고 짐작했던 것이다. 그러나 아니었다. 솔로프초프는 그의 약삭빠른 재치에도 불구하고, 자기의 손아귀에서 그 막대한 재산이 미끄러져 빠져나가려는 것을 알자 자제를 못하고 그나마 희미하게 남았던 한 가닥 지푸라기마저 허공에 날려 버리고 말았던 것이다. 그는 뽈로조프에게 온갖 비난을 퍼부으며 그가 꾸민 음모에 자신이 말려들었다고 주장했다. 그리고 까쩨리나 바실리예브나에 대해서도 그녀가 부친을 두려워한 나머지 부친이 하라는 대로만 하고 있다고 비난했다. 그러나 뽈로조프는 그때까지도 그녀의 딸이 결혼을 연기하기로 한 일을 모르고 있었다. 딸은 아버지가 자기에게 완전한 자유를 주고 있다는 것을 느끼고 있었다. 그러므로 그녀의 아버지에게 정당한 근거 없이 퍼부어진 비난은 그녀를 슬프게 했다. 게다가 그녀를 의지도 없고 중심도 없는 사람으로 간주하는 솔로프초프의 속마음이 드러나자 그녀는 심한 모욕감을 느꼈다.

「당신은 나를 다른 사람 손에서 놀아나는 장난감쯤으로 생각하는가 보군요.」

「그렇소.」 그가 화가 나서 대꾸했다.

「나는 아버지의 뜻을 거스르고 죽으려고까지 했었어요. 그런데 당신은 그걸 모르는군요. 이것으로 우리들 사이는 모두 끝이에요.」 그녀는 그 말을 마치고 나서 방을 나가 버렸다.

8

그런 일이 있고 나서 까쩨리나 바실리예브나는 오랫동안 우울증에 빠졌다. 그러나 그녀의 우울증은 일이 그렇게 되는 바람에 생긴 것이기는 하지만 그렇다고 온전히 이 일 때문만은 아니었다. 드물기는 하지만 특별한 일 자체에는 그다지 흥미가 없는 사람들이 있다. 그런 사람들에게는 오직 강력한 힘으로 그들에게 영향을 미치는 일반적인 보편 사상만이 흥밋거리가 된다. 만일 그가 특별히 강한 성격의 소유자라면, 고대에 그러한 이들이 흔히 철학자가 되었던 것처럼 오늘날에는 개혁자가 될 것이다. 칸트, 피히테, 헤겔 등은 결코 사적인 문제에 연연하지 않았다. 그런 문제들은 그들에게 너무도 따분했기 때문이다. 물론 이것은 남자에게나 그렇다는 말이다. 여자들은 일반적인 통념에 따르면 이해력이 거의 없다. 자연은 그녀들에게 그러한 것을 주지 않았다. 마치 자연이 대장장이에게 깔끔한 얼굴을 주지 않고 양복장이에게 곧은 등을 주지 않고 구두장이에게 예민한 후각을 주지 않듯이, 이 모든 것은 자연의 섭리이다. 여자들 가운데 위대한 지성을 소유한 사람이 없는 것은 바로 이러한 이유에서다. 연약한 성격과 지성을 소유한 사람들은 무감각적이라고 할 만큼 느리다. 그리고 보통의 두뇌를 가진 사람들은 조용하고 평온한 생활을 좋아하며 일반적으로 상상력이 풍부한 편이다. 물론 이 말은 그들의 터무니없이 상상적이라는 것은 아니다. 오히려 그들의 상상력은 약하며 매우 실제적인 사람들인 경우가 대부분이다. 다만 그들은 조용한 회상을 좋아한다는 말이다.

까쩨리나 바실리예브나는 장 솔로프초프가 보낸 편지로 인해 그와 사랑에 빠졌다. 그리고 그녀는 상상 속의 사랑으로 죽으려고까지 했다. 이로써 우리는 그녀가 매우 낭만적인 성향을 갖고 있다는 것과 뽈로조프의 집에 빈번히 드나들던 하찮은 사람들에 이끌린 경박한 생활 탓으로 고귀한 이상을 접할 기회가 없었다는 것을 쉽사리 알 수 있다. 물론 이러한 것은 그녀의 본성으로부터 기인한 것이라고도 볼 수 있다. 그러나 그녀는 이미 그런 생활에 심신이 피곤할 대로 짓눌려 있었고 그래서 혼자 독서와 몽상하는 시간을 더 좋아하곤 했다. 그런데 지금 그녀는 그런 점잖지 못한 들뜬 분위기뿐만 아니라 그녀를 둘러싸고 있는 부유함 때문에도 고통을 받고 있었다. 그것은 특별히 그녀가 감정이 풍부하고 비범한 성격을 소유했기 때문은 아니었다. 겸손하고 조심스런 성격을 지닌 부유한 여자들이라면 누구나 그런 특성을 갖고 있게 마련이다. 단지 그녀는 남들보다 일찍 커다란 체험을 했기 때문에 좀더 빨리 눈을 뜨게 된 것뿐이다.

〈누구를 믿어야 하지? 그리고 무엇을?〉 그녀는 솔로프초프와 그 일이 있는 뒤 자문해 보았다. 그녀에게는 누구도, 그어떤 것도 믿을 만한 가치가 있어 보이지 않았다. 그녀의 아버지가 지닌 부는 온 도시의 시기심 많고 교활하고 기만적인 사람들을 꼬이게 했고 그녀는 탐욕스러운 사내, 거짓말쟁이, 아첨꾼들에게 둘러싸여 있었다. 그들이 그녀에게 하는 말이란 하나같이 그녀의 아버지가 지닌 수백만 루블의 재산을 계산에 넣고 하는 것이었다.

그녀의 생각은 점점 더 깊어 갔다. 그녀는 사람들을 괴롭히는 가난과 또한 그녀를 그렇게도 괴롭히는 부의 문제들에 대해서 관심을 갖기 시작했다. 그녀의 아버지는 그녀에게 용돈을 넉넉하게 주었는데, 그녀는 그 돈을 다른 선량한 여자들처럼 가난한 사람을 돕는 데 썼다. 그러나 책을 읽고 생각하는 동안 그녀는 그러한 도움이 생각했던 것보다 그다지 도움이 되지 못한다는 것을 깨달았다. 그녀는 자기가 거짓된 또는 가증스러운 가난한 사람들한테 끊임없이 속고 있다는 것, 그 돈을 받아 유용하게 쓸 수 있는 사람들조차 제대로 도움을 받는 일이 거의 없다는 것, 그리고 가난한 사람들은 그 돈으로 한동안은 빈곤에서 벗어나지만 반년이나 일 년쯤 지나면 다시 원상태로 돌아간다는 것을 알게 되었다. 그녀는 생각했다. 〈어째서 돈은 사람들을 타락시킬까? 어째서 이 불행한 빈곤은 가난한 사람들 곁을 떠나지 않는 것일까? 그리고 세상에는 부자들만큼이나 몰염치하고 사악한 가난뱅이들이 왜 그렇게도 많은 것일까?〉

그녀는 상상력이 풍부했지만 그녀의 생각들은 그녀의 부드러운 성격처럼 온건했고 특별히 총명하지 않은 만큼 재기가 번뜩이지도 않았다. 그녀가 좋아하는 소설가는 조르주 상드였지만 그녀는 결코 자신을 렐리아, 인디아나 또는 카발칸티나 콘수엘로와 같은 사람으로 상상해 본 적이 없었다. 그보다는 오히려 자신은 잔이나 주느비에브쯤으로 상상하는 때가 많았다. 주느비에브는 그녀가 좋아하는 여자 주인공이었다. 그녀는 들판으로 나가 그녀가 만드는 수예품의 모델로 쓰이게 될 꽃들을 따 모으고 있다. 그리고 거기서 앙드레를 만난다. 그 조용한 만남들! 그들은 자기들이 서로 사랑하고 있음을 깨닫는다. 그런 것들은 상상이며 그녀 역시 오직 상상 속에서만 그들이 존재한다는 것을 안다. 그리고 그녀는 조용하고 거만하지 않는 작은 여자, 나이팅게일을 생각해 본다. 모든 영국인들로부터 사랑을 받고 있다는 것 외에는 별로 알려진 것이 없는 그 여자의 운명이 부러웠다. 〈그녀는 젊을까? 부자일까, 아니면 가난할까? 행복할까 아니면 불행할까?〉 거기에 대해서는 아무것도 알려진 바가 없으므로 그 이상은 생각되지 않았다. 사람들은 단지 끄림과 스주타리[99]의 영국 병원에서 천사와 같이 환자들을 돌보았으며 전쟁이 끝날 무렵에는 그녀가 목숨을 구해 준 수백 명의 군인들과 함께 조국으로 돌아오면서까지 계속 환자들을 돌보았던 그 작은 여인을 칭송했다. 그런 것들은 말할 것도 없이 까쩨리나 바실리예브나가 실현되기를 바라는 꿈들이었다. 그러나 그녀의 공상은 주느비에브와 나이팅게일에 대한 생각을 넘지는 않았다. 그렇다면 과연 그녀가 공상을 좋아한다고 말할 수 있을까? 그녀가 상상력이 풍부하다고 말할 수 있을까?

주느비에브는 멋쟁이들과 머릿속이 텅텅 빈 저속한 신사들의 천박하고 경멸스러운 세계에 있었고 나이팅게일은 더없이 고매한 세계에 있었다. 그들은 외롭지 않았을까? 그들은 우울하지 않았을까? 까쩨리나 바실리예브나는 아버지가 파산하자 슬퍼하기보다는 오히려 기뻐했다. 물론 그녀는 그처럼 건강했던 아버지가 너무도 빨리 늙어 가는 것이 슬펐고 또 자기가 다른 사람들을 도와줄 수 있는 능력이 줄어들었다는 것도 슬펐다. 그리고 처음에는 그녀와 그녀의 아버지에게 굽실거리고 알랑거리던 사람들에게 비웃음을 당하는 것이 역겨웠다. 그러나 다른 한편으로 그녀는 이 비열하고 가련하고 비천한 사람들이 그들을 저버림으로써 그녀의 삶에 더 이상 부담을 주지 않게 되었을 뿐 아니라 그들의 거짓말과 타락이 그녀를 분노케 한다는 것이 더할 수 없이 기뻤다. 이제야 그녀는 자기가 자유롭다는 것을 느꼈고 그녀의 마음속에서는 행복에의 기대가 솟구쳐 올랐다. 「이제 누군가 내게 관심을 보인다면 그것은 바로 나 자신에 대해서지 아버지의 재산에 대해서가 아니야.」

99 이스탄불 맞은편에 위치한 도시로 끄림 전쟁 때 나이팅게일과 그녀의 단체는 부상자들을 여기에서 치료했었다.

9

  뽈로조프는 자기가 상당한 주식을 소유하고 있는 경영자이기도 한 스테아린산 공장을 처분하려고 안달이었다. 그리고 일 년 반이 넘게 열심히 수소문한 결과 마침내 구매자 한 사람을 찾아냈다. 구매자의 명함에는 Charles Beaumont라는 이름이 새겨져 있었는데 그 이름은 잘 모르는 사람들이 생각하는 것처럼 샤를 보몽으로 발음되지 않고 영국식으로 찰스 비몬트라고 발음되었다. 그리고 그렇게 발음되는 것이 사실 당연했다. 구매자는 수지와 스테아린산을 구입하는 홉슨 로터 컴퍼니라는 영국 회사의 대리인이었기 때문이다. 어쨌건, 공장은 현재와 같은 파산 상태의 재정과 관리 하에서는 존속될 수가 없었지만 견실한 기업의 손으로 넘어갈 경우에는 오히려 상당한 이익을 가져다 줄 수도 있었다. 즉, 그 공장에다 50만 내지 60만 루블을 투자하면 매년 10만 루블의 이익을 기대할 수 있었다. 대리인은 양심적인 사람이었다. 그는 아주 세밀하게 공장을 둘러보고 장부까지 치밀하게 검토한 뒤 회사에 공장 매입을 권고했다. 그러고 나서 그는 공장의 매각 조건에 관해 주주들과 협상을 시작했다. 그 협상은 러시아의 기업 관행에 따랐기 때문에 특히 오래 걸렸는데 트로이 근처에서 10여 년을 보낸 인내심 강한 그리스 인들이라도 지루하게 느낄 정도였다. 뽈로조프는 대리인과 계약이 진행되는 동안 자기에게 이로운 사람에게 친절해야 된다는 옛 전통에 따라 매일같이 그를 식사에 초대하려고 했다. 그러나 대리인은 이런 저런 핑계를 대면서 어떻게든 초대에 응하기를 거부했다. 그러나 어느 날 그는 공장의 관리자들과 예외적으로 긴 회합을 가진 끝에 피곤하기도 하고 배도 고프기도 해서 공장에 딸린 주택에서 살고 있던 뽈로조프와 함께 식사하는 것에 동의했다.

10

찰스 비몬트는 찰스니 존이니 제임스니 하는 사람들이 대개 그렇듯이 굳이 다른 사람들과 친해지려고 노력하지 않았다. 그러나 주변의 요청을 받자 그는 간단하게 그러나 아주 솔직하게 그의 내력을 이야기했다. 그의 말에 따르면, 그는 캐나다 출신인데 그곳 사람들이 대개 프랑스에서 이주해 온 이주민인 것처럼 그의 가족 역시 그랬다. 따라서 그의 이름도 프랑스에 기원을 둔 것이었고 그의 생김새 또한 영국인이나 아메리카 북부인보다 프랑스 인에 더 가까웠다. 그의 할아버지는 퀘벡 근처에서 살다가 뉴욕으로 이주했는데 당시에는 그런 일이 자주 있었다고 한다. 이주를 할 당시 그의 아버지는 어린아이였다. 물론 나중에는 자라서 어른이 되었지만, 그런데 그때쯤 농업에 대해 진보적인 생각을 가진 어떤 부자가 끄림 남쪽 해안에도 포도밭을 일구기로 하고 어떤 사람에게 미국 북부에서 관리인 한 명을 찾아봐 달라고 위임했다. 그리고 제임스 비몬트 — 그는 캐나다 출생으로 뉴욕에 거주하고 있던 사람인데 그런 진보주의자들에게 흔히 있는 일이지만, 여러분이나 나나, 말하자면 아라라트 산[100] 저쪽으로부터 뻬쩨르부르그나 꾸르스끄[101] 이쪽에 이르는 광대한 평원에서 살고 있는 독자들처럼 전 생애를 목화 농장에서 살아 온 사람이다 — 가 추천되었다. 그러나 이 계획은 실패로

100 터키 동부에 있는 산으로 전설에 의하면 노아의 방주가 있었던 장소라고 한다.
101 모스끄바에서 남족으로 약 3백 마일 떨어진 도시.

돌아갔는데 그것은 목화 농장에 대한 미국인 관리자의 무지 탓이라기보다 끄림에다 목면을 심는다는 것은 마치 뻬쩨르부르그에다 포도밭을 일구는 것과 마찬가지로 어리석은 일이기 때문이었다. 그러한 사실이 밝혀진 뒤에 미국인 관리자는 농장에서 해고되었고 그 대신 땀보프[102]의 영지에 있는 어떤 공장에서 증류주 제조자의 일자리를 찾아냈다. 그는 거기서 여생을 보냈는데 아들 찰스 씨를 얻자마자 곧바로 아내를 땅에 묻어야만 했다. 그리고 예순다섯 살쯤 되어 기울어가는 세월의 대가로 약간의 돈을 모으게 되자 그는 미국으로 돌아갈 작정을 하고 그곳을 떠났는데 그때 찰스 씨의 나이가 스무 살이었다. 그러나 찰스 씨는 아버지가 죽자 러시아로 돌아갈 생각을 했는데 그는 땀보프의 영지에서 태어나 거기서 20년을 살았던 탓에 자신을 러시아 인으로 느꼈기 때문이다. 그는 뉴욕에서 아버지와 함께 살았고 상점에서 서기로 일했다. 아버지가 죽자 그는 런던에 본사를 둔 홉슨 로터 컴퍼니의 뉴욕 지사에 들어갔는데 그것은 그 회사가 뻬쩨르부르그에서 사업을 벌이고 있다는 것을 알았기 때문이다. 그는 자기가 회사에 도움이 된다는 것을 입증해 보인 다음, 자기는 러시아어를 잘할 뿐만 아니라 그곳에서 태어난 덕분에 러시아에 대해서도 잘 안다고 설명하고 그곳으로 가서 일하고 싶다는 희망을 표시했다. 물론 회사에서도 러시아에 그런 대리인을 두는 것이 유리했으므로 잠시 런던 사무실로 전근되었다가 뽈로조프와 함께 식사하기 6개월 전쯤에 5백 파운드의 봉급을 받기로 하고 스테아린산과 수지를 구매하는 회사의 대리인 자격으로 뻬쩨르부르그에 오게 되었다.

102 모스끄바의 남동쪽, 볼가 강과 돈 강 사이에 위치한다.

비몬트는 자기와 그 노인, 그리고 매우 우아하지만 약간 우울해 보이는 금발 처녀인 그의 딸, 단 세 사람과 함께 저녁 식사 테이블에 앉게 되었다.

「내가 그걸 생각이나 해봤겠소?」 뽈로조프가 저녁 식사를 하며 이야기를 꺼냈다. 「이 공장 주식이 내게 이렇게까지 중요할 거라고 말입니다. 나 같은 늙은이는 그런 큰 충격이 닥치면 감당해 내기 어렵지요. 하지만 다행스럽게도 까쨔는 내가 제 재산을 날려 버린 일에 별로 신경을 쓰지 않아요. 사실 내가 살아 있는 동안에도 그 재산은 내 것이라기 보다 그 애 것이 아니겠소? 물론 내게도 돈이 좀 있긴 했지만 본래 이 애 어머니 앞으로 상당한 재산이 있었으니까요. 아무튼 나는 그 재산을 가지고 열심히 일해서 스무 배로 늘려 나갔지요. 사업이라면 누구한테도 뒤진 적이 없으니까요! 물론 거기엔 재능도 필요했소만!」 노인은 자기 자랑을 길게 늘어놓았다. 「사업이란 피와 땀의 성과라고들 합니다만 그보다 중요한 건 역시 두뇌가 아니겠소. 결국 따지고 보면 머리를 써서 얻은 셈이지요.」 그가 결론을 내리듯이 말했다. 그리고는 처음에 했던 말, 즉 그런 충격은 견디기가 몹시 어려웠고 그래서 만일 까쨔가 그 일로 너무 걱정을 했더라면 자기로서는 미칠 수밖에 없었을 거라고, 그러나 까쨔는 걱정을 하기는커녕 자기를 위로하기까지 했다는 말을 다시 늘어놓았다.

급속한 부의 축적이나 사업의 실패를 대수롭지 않게 보는 미국인들의 습성 때문이건 아니면 타고난 성격이 본래 그래서이건 아무튼 비몬트는 3, 4백만 루블을 모았던 이의 위대함에 압도되지 않았고 더욱이 바람직한 사업 경영의 방법을 일러줄 수도 있을 실패담에 대해서도 그다지 큰 흥미를 보이지 않았다. 그렇지만 그처럼 긴 이야기를 들은 뒤에는 얼마쯤 위로를 해주는 일이 필요했으므로 그는 이렇게 말했다. 「어려운 때에 집안 사람들이 용감하게 행동해 준다면 그보다 더 큰 위안이 없겠지요.」

「당신은 내 말뜻을 제대로 이해하지 못한 모양이군요, 칼 야코블리치.[103] 당신은 까쨔가 저한테 돌아갈 재산을 잃어서 우울해 한다고 생각하오? 그게 아니에요, 칼 야코블리치. 절대로 아니고말고. 당신은 이 아이를 잘못 생각하고 있어요. 이 애와 내가 걱정하는 건 다른 문제입니다. 우리가 사람들에게 신용을 잃었다는 거지요.」 뽈로조프의 말투는 늙고 경험 많은 사람들이 그들 자녀의 선량하고 경험 없는 생각에 대해서 이야기할 때 곧잘 그렇듯이 농담 반 진담 반의 어조였다.

까쩨리나 바실리예브나가 얼굴을 붉혔다. 그녀는 아버지가 그녀의 심정 쪽으로 화제를 돌리는 것이 못마땅했다. 그러나 그녀의 아버지가 화제를 그쪽으로 돌린 데에는 아버지로서의 애정 외에도 서로 간에 마땅한 이야깃거리가 없다는 실제적인 사정이 있었다. 그럴 때 마침 고양이나 개가 한 마리 거기에 있다고 한다면 화제는 응당 그 동물에게로 쏠렸을 것이다. 만일 개나 고양이마저도 없다면 화제는 자연히 그들의 자녀들 문제로 돌아갔을 것이고 그런 화젯거리마저도 없다면 마지막으로 날씨가 화제에 오르는 것이 보통이었다.

「아니에요, 아빠. 제가 우울해하는 것에 그렇게 고상한 이유를 붙이실 필요 없어요. 제가 수줍어하는 성격이고 또 외롭다는 것을 잘 아시잖아요.」

「누구든 자기가 좋아서 그러지 않는 한 우울해하지 않습니

103 비몬트의 이름을 러시아어로 부른 것으로, 칼은 찰스를 대신한 것이고 그 다음에 부칭을 붙였다.

다.」비몬트가 끼어들었다.「하지만 지루해한다는 것은 제 생각으로는 용납할 수가 없습니다. 우리 형제인 영국인들 사이에서는 고독이 유행이지만 우리 미국인들은 거기에 대해서 전혀 아는 바가 없습니다. 우리는 우울해 할 시간이 없으니까요. 우리는 우울해하기에는 할 일이 너무도 많습니다. 제 생각엔 그렇습니다.」(그는 자신의 미국식 말투를 고쳤다.)「러시아 인들도 우리와 같은 상황으로 보아야 할 것 같습니다. 제가 본 바에 의하면 러시아 인들 역시 할 일이 대단히 많습니다. 그러나 러시아 인들에게 있어서 나는 그 정반대의 것을 봅니다. 그들은 곧잘 나중으로 미루는 경향이 있습니다. 영국인들조차 이 점에 있어서는 러시아 인들과 같지 않습니다. 영국인은 러시아를 포함한 전유럽에서 가장 우울한 사람들로 알려져 있지만 사실 그들은 러시아 인들보다 훨씬 더 사교적이고 활기차고 쾌활해서 그 점에 있어서는 프랑스 사람 다음갈 정도입니다. 그런데도 러시아의 여행객들은 영국인들이 게으르다고 말합니다. 그래서 나는 그들의 눈이 어디에 있는 것인지 이해할 수가 없을 때가 많습니다.」

「하지만 러시아 사람들은 우울해할 수밖에 없는 게 당연해요.」까쩨리나 바실리예브나가 응수했다.「그들에게 행동할 기회가 얼마나 있겠어요? 그들은 아무것도 할 일이 없어요. 그저 앉아서 팔짱이나 끼고 있어야 해요. 제게 뭐든 할 일을 줘 보세요. 그러면 저도 우울해 하지 않을 거예요.」

「당신은 일거리를 갖고 싶습니까? 당신이 그렇게 하는 데는 아무런 장애도 없습니다. 아가씨 주위에 무지한 사람들이 얼마나 많은지 아가씨도 아실 것입니다. 안 됐습니다만 바로 당신이 사는 나라, 즉 당신의 조국에 말입니다.」(다시 그는 자기의 영국식 말투를 고쳤다.)「제 말을 용서하십시오. 그러나 저는 여기서 태어났고 여기서 자랐기 때문에 그 문제를 제 자신의 문제로 봅니다. 그런 이유로 저는 이 땅의 허식을 참을 수가 없습니다. 아가씨는 그 허식에서 터키 사람들 빼치는 무지와 중국인들의 무기력을 볼 것입니다. 〈나는 당신의 조국을 미워한다. 나 역시 당신의 조국을 내 조국처럼 사랑하기 때문이다.〉 이것은 이 땅의 시인의 말을 흉내낸 것입니다만 아직 기회는 얼마든지 있습니다.」

「그래요. 하지만 남자가 할 수 있는 일이 뭐가 있지요? 하물며 여자가 할 수 있는 일이 말이에요?」

「하지만 넌 뭔가를 하고 있지 않니, 까쨔?」 뽈로조프가 끼어들었다. 「이제 저 애의 비밀을 털어놓아야겠군요, 칼 야코블리치. 저 앤 조그만 여자아이들을 가르치고 있답니다. 매일 학생들을 받는데 10시부터 1시까지, 어떤 때는 훨씬 더 늦게까지 그 애들을 가르치느라고 바쁘지요.」

비몬트가 감탄 어린 눈을 까쩨리나 바실리예브나를 쳐다보았다. 「그것은 우리 미국에서 하는 식인데요. 물론 제가 말하는 건 북부 자유주이지만요. 남부의 주들은 멕시코만도 못합니다. 거의 브라질이나 마찬가지로 형편없지요.」 비몬트는 열렬한 노예 폐지론자였다. 「그것은 우리 미국식입니다.」 그가 같은 말을 되풀이했다. 「그런 일을 하는데 어째서 외롭다는 거지요?」

「이 일이 뭐 그리 대수로운 일인가요, 비몬트 씨? 저는 그저 심심풀이로 해본 것에 불과한걸요. 어쩌면 제 생각이 잘못된 것인지도 모르고요. 그러고 보니 당신이 저더러 유물론자라고나 하지 않을지 모르겠군요.」

「하긴 온 나라의 관심이 달러뿐인 미국 사람한테 그런 비난을 듣는 것도 나쁘진 않을 것 같군요.」

「농담은 그만두세요. 하지만 사실 제 생각을 말씀드리기가 두려워요. 제 생각은 어쩌면 〈개화 반대론자들〉이 교육의 필요성에 대해서 주장하는 것과 비슷하게 보일지도 모르거든요.」

〈이제 알 것 같군.〉비몬트는 생각했다. 〈그녀가 그런 것까지 생각하다니, 이거 점점 재미있어지는데…….〉「저 자신도 〈개화 반대론자〉입니다. 저는 남부의 여러 주에서 개화된 지주들에 대항해서 싸우는 문명의 흑인들을 좋아합니다. 용서하십시오. 제가 미국쪽의 생각에 치우쳤나 봅니다. 하지만 저는 아가씨의 생각이 어떤지 정말로 알고 싶습니다.」

「제 경우는 전혀 흥미를 끌 만한 게 못돼요, 비몬트 씨. 하지만 살다 보니 저절로 그런 생각을 하게 됐어요. 제게는 지금 제가 하고 있는 일이 너무 일면적인 것처럼 보여요. 그것이 지향하는 방향도 최선을 다한다고는 하지만 왠지 가장 중요한 뭔가를 놓쳐 버리는 것만 같고요. 제가 생각하는 건 이런 거예요. 즉, 사람들에게 빵을 주면 그 다음에는 그들 스스로 필요한 뭔가를 배우게 될 거라고요. 그러니까 우선 사람들에게 빵을 주는 게 필요하다는 말이에요. 그렇지 않으면 우리는 귀중한 시간을 낭비할 뿐이에요.」

「그렇다면 어째서 아직까지 시작하지 않았습니까?」비몬트가 약간 상기된 표정으로 물었다. 「우리 미국에서도 그러한 예를 알고 있습니다.」그가 덧붙였다.

「당신에게 이미 제가 외톨이라고 말씀드렸어요. 그러니 제가 혼자 뭘 할 수 있겠어요? 저는 어떻게 시작해야 좋을지 그 방법을 모르겠어요. 만일 제가 안다고 해도 제게 무슨 기회가 있는 것도 아니고요. 여자는 갖가지 방법으로 묶여 있어요. 솔직히 말씀드리면 저는 제 방에서조차 독자적이지 못해요. 그러니 제 방에서 제가 뭘 할 수 있겠어요? 책상 위에 책을 놓고 아이들에게 글 읽는 법을 가르쳐요. 하지만 고작 그것뿐이에요. 제가 혼자 어딜 갈 수 있겠어요? 또 저 혼자 누굴 만나고요? 그러니 제 스스로 무슨 일을 할 수가 있겠어요?」

「나한테는 네 말이 나를 폭군이라고 하는 것처럼 들리는구나. 까쨔.」 그녀의 아버지가 말했다. 「하지만 난 그 점에서는 잘못이 없다. 지난번에 네가 나를 혼내 준 뒤로는 말이다.」

「아빠, 저는 지금도 그 일을 생각하면 얼굴이 달아올라요. 그때 저는 어린애에 불과했어요. 아니에요, 아빠, 아빠는 친절하세요. 저를 구속하시지도 않고요. 저를 구속하는 건 사회예요. 그런데 그게 정말인가요, 비몬트 씨? 미국에서는 젊은 여자들이 행동에 제약을 받지 않는다는 거 말이에요?」

「그렇습니다. 우린 그걸 자랑으로 여기고 있지요. 물론 바람직한 상태에까지 이르려면 아직 멀었지만 그래도 우리와 유럽 인들의 차이는 엄청나지요! 당신이 미국의 여성 해방에 대해서 말한 것은 모두 사실입니다.」

「아빠, 비몬트 씨가 공장을 사면 우리 당장 미국으로 가요.」 까쩨리나 바실리예브나가 쾌활하게 말했다. 「거기서라면 분명히 뭔가를 할 수 있을 거예요. 아아! 거기서 살면 얼마나 행복할까!」

「뻬쩨르부르그에서도 뭔가 할 일을 발견할 수 있을 겁니다.」 비몬트가 말했다.

「그게 뭔지 알고 싶어요.」

비몬트는 2, 3초 동안 망설였다. 〈내가 왜 여기에 왔지?〉 그는 생각했다. 〈내게 이보다 더 적절한 사람이 있을까…….〉

「아직 못 들으셨습니까? 최근에 확립된 정치 경제의 원칙을 실행에 옮기는 실험이 시도되고 있다고 들었는데.」

「네, 어디선가 읽어 봤어요. 그건 틀림없이 아주 흥미롭고 유익한 일일 거예요. 기회만 닿는다면 저도 그 일에 참여하고 싶어요. 그런데 그 일을 어디서 찾죠?」

「그 일은 끼르사노바 부인이 시작했습니다.」

「그분이 누구지요? 혹시 그분 남편이 의사가 아닌가요?」

「그분을 알고 있습니까? 그렇다면 그분이 당신에게 이 실험에 대해서 이야기해 주지 않던가요?」

「저는 그분이 결혼하기 오래전에 그분을 알았어요. 그때 저는 몹시 아팠는데 그분이 수차례 저희 집을 방문해서 제 목숨을 구해 주셨지요. 아아! 그분은 정말로 좋은 분이셨어요! 부인도 그분 같은가요?」

그렇지만 그녀는 어떻게 끼르사노바 부인과 알게 될까? 비몬트가 끼르사노바 부인에게 보내는 편지를 까쩨리나 바실리예브나에게 써줄 것인가? 아니었다. 끼르사노프 부부는 그의 이름을 들어 보지도 못했다. 그러나 실제로 그런 소개는 필요 없다. 끼르사노바 부인은 함께 공감하는 사람을 만나면 분명히 기뻐할 테니까. 그녀의 주소는 끼르사노프가 근무하는 곳에서 쉽게 알 수가 있었다.

12

이와 같이 해서 뽈로조바 양은 베라 빠블로브나를 알게 되었다. 그녀는 바로 다음날 아침 그녀를 만나러 갔다. 그리고 비몬트도 까쩨리나 바실리예브나가 새로 알게 된 사람들과 그 일에 만족하는지 알아보기 위해서 그날 저녁 다시 그녀를 보러 올 정도로 그 일에 많은 관심을 기울였다.

까쩨리나 바실리예브나는 굉장히 들떠 있었다. 그녀의 우울증은 완전히 사라졌고 그녀의 몽상적인 태도는 열정으로 바뀌었다. 그녀는 비몬트에게 그날 아침에 본 것 ― 그녀는 이미 그것을 아버지에게 이야기했다. 하지만 한 번으로는 도무지 성이 차지 않았다 ― 을 이야기했는데 그녀의 이야기는 끝이 없었다. 그렇다, 이제 그녀는 가슴이 잔뜩 부풀어 있었다. 그녀는 마침내 보람 있고 활기 넘치는 일을 찾아낸 것이다. 비몬트는 그녀의 말을 주의 깊게 들었다. 그러나 듣는 것만 가지고 만족할 사람이 있을까? 그리고 그녀는 거의 화가 난 듯이 말했다. 「비몬트 씨, 저는 당신에게 실망했어요. 제 말이 당신에게는 그다지 대수롭지 않게 들리나요? 단지 흥미만 끌 뿐이고 더 이상은 아무것도 아니란 말인가요?」

「까쩨리나 바실리예브나, 당신은 내가 이 모든 것을 미국에서 봤다는 걸 잊고 있습니다. 분명히 몇 가지는 내게도 흥미가 끌립니다만 그 일 자체는 내가 익히 잘 아는 겁니다. 당신에게는 그 일 자체가 하나의 진기한 경험이겠지만 나로서는 오직 그 일을 성공적으로 이끌어 나가는 사람들에게 관심이 있을 뿐입니다. 이를테면, 나는 끼르사노바 부인과 같은 사람의 이야기가 듣고 싶은 것입니다. 내게 끼르사노바 부인에 대해서 아시는 대로 이야기해 줄 수 있겠습니까?」

「그래요, 물론 나는 그녀를 너무도 좋아해요. 그분은 제게 그 모든 것을 자상하게 설명해 주었어요.」

「그건 아까도 말했지 않습니까?」

「그럼 도대체 뭘 알고 싶으신 거예요? 제가 무슨 말을 더 할 수 있겠어요? 제 눈앞에서 그렇게 신기한 일이 벌어지고 있는데 제가 어떻게 그분에게 관심을 돌릴 수 있었겠어요?」

「그건 그랬겠지요.」 비몬트가 대답했다. 「일에 몰두하다 보면 사람을 완전히 잊어버린다는 것은 이해가 갑니다. 아무튼 끼르사노바 부인에 대해서 생각나시는 대로 이야기해 주시면 좋겠습니다만.」

까쩨리나 바실리예브나는 베라 빠블로브나에 대한 그녀의 기억을 모아 보려고 했지만 베라 빠블로브나가 그녀에게 심어 준 첫인상만 떠오를 뿐이었다. 그녀는 낯선 사람을 만났을 때 잠시 스치기만 해도 그의 외모라든가 말투 등을 생생하게 기억하는 편이었지만, 특별히 관심이 있는 베라 빠블로브나에 대해서는 신기할 정도로 하나도 남아 있지 않았다. 고작 생각나는 것이라곤 그녀의 공장과 그 공장에 대한 베라 빠블로브나의 설명뿐이었다. 그녀는 그 설명을 완전히 이해했지만 베라 빠블로브나의 첫인상 외에는 아무런 생각도 떠오르지 않았다.

「그렇다면 이번엔 마담 끼르사노바에 대해서 알고 싶었던 제 기대는 수포로 돌아간 셈이군요. 하지만 포기하지는 않겠습니다. 며칠 뒤에 다시 그 부인에 대해서 물어 보겠습니다.」

「그런데 당신은 왜 그분을 직접 알아보시지 않으세요? 그분이 당신에게 그처럼 흥미가 있다면 말이에요?」

「저도 그렇게 하고 싶습니다. 언젠가는 그리 되겠지요. 하지만 그 전에 부인에 대해서 더 많은 것을 알아 둬야 합니다.」 비몬트는 잠시 침묵했다.「이걸 당신에게 부탁해야 할지 말아야 할지 모르겠군요. 하지만 부탁하는 게 더 나을 것 같군요. 만일 그분과 대화하는 중에 제 이름이 나오게 되더라도 제가 그녀에 대해서 자주 물어 본다는 것이며 그리고 만나 보고 싶어한다는 이야기는 하지 않도록 해주십시오.」

「그것 참 이상하군요, 비몬트 씨.」 까쩨리나 바실리예브나가 진지한 목소리로 말했다.「당신은 그들에 대해서 알고 싶어하면서도 당신 자신을 숨기려고 하다니요.」

「그렇소, 까쩨리나 바실리예브나. 그걸 당신에게 어떻게 설명해야 할지 모르겠군요. 사실 그분들과 알게 되는 것이 〈두렵다〉고나 할까요?」

「그 말도 아주 이상해요, 비몬트 씨.」

「물론 그렇겠지요. 좀더 쉽게 이야기하지요. 저는 그 일이 그녀의 기분을 상하게 하지나 않을까 그것이 두려운 것입니다. 그들은 물론 내 이름을 들어 본 적이 없을 겁니다. 그러나 저는 그들의 친한 친구들과 — 아니 어쩌면 바로 그들과 그랬는지도 모르겠습니다만 그것은 별로 중요하지 않습니다 — 전에 크게 다툰 적이 있습니다. 한마디로 저는 그들이 저와 알게 되는 것을 좋아할지 어떨지 우선 그것부터 알아야 합니다.」

「도무지 무슨 말씀을 하시는 건지 모르겠어요, 비몬트 씨.」

「저는 정직한 사람입니다. 까쩨리나 바실리예브나. 결코 당신을 곤란한 처지에 빠뜨리지 않으리라는 것을 믿어 주시기 바랍니다. 당신을 만난 것이 이번이 두 번째이지만 저는 당신을 무척 귀하게 생각하고 있습니다.」

「저 역시도 당신이 존경받을 만한 분이란 걸 알고 있어요. 비몬트 씨. 하지만…….」

「제가 존경받을 만한 남자라고 생각하신다면 제가 다시 찾아오는 것을 허락하시는 거지요? 그래야 당신은 저를 보다 잘 알게 될 것이고 저는 끼르사노프 부부에 대해서 당신에게 물어 볼 수 있을 테니까요. 아니, 그보다는 당신이 제가 궁금해하는 것에 대해 대답해 줄 수 있다고 생각될 때 그들의 이야기를 해주시면 좋겠군요. 그러면 제가 똑같은 질문을 반복하는 일도 없을 테고. 어떻습니까? 괜찮겠습니까?」

「좋아요, 비몬트 씨.」 까쩨리나 바실리예브나가 가볍게 어깨를 으쓱해 보이면 대답했다. 「하지만 당신은 먼저 제게 털어놓아야 할 것이…….」

그녀는 말을 끝내고 싶지가 않았다.

「제 행동이 의심스러워 보인다는 뜻인가요? 그럴 수 있습니다. 하지만 저는 당신의 그 의심이 풀릴 때까지 기다리겠습니다.」

13

비몬트는 뽈로조프 가를 자주 방문하게 되었다. 〈안 될 게 뭐람?〉 노인은 생각했다. 〈그만하면 썩 훌륭한 배필감이지 않은가? 물론 예전 같으면 까쨔에게 더 좋은 남편을 맞아 줄 수도 있었겠지만 그때에도 그 애는 돈이나 아첨에는 관심이 없었어. 그리고 지금 같아서는 그보다 더 나은 신랑감을 바랄 수도 없지.〉

사실 비몬트는 아주 쓸 만한 신랑감이었다. 그는 러시아를 자기의 조국으로 여기기 때문에 앞으로 남은 인생을 러시아에서 보낼 생각이라고 했다. 게다가 그는 인품도 훌륭했고 서른 살의 나이로 자수성가한 사람이었으며 좋은 직장도 가지고 있었다. 만일 그가 러시아 인이었다면 뽈로조프는 그를 귀족 못지 않게 좋아했을 것이다. 그러나 그가 외국인이었으므로 귀족이냐 아니냐 하는 것은 중요하지가 않았다. 더구나 그가 프랑스 혈통이고 무엇보다 미국 시민인 한에서는. 〈미국인들 중에는 오늘의 풋내기 구두장이나 쟁기꾼이었다가 내일은 장군이 되고 그 다음날에는 대통령이 되는 친구들이 있단 말이야. 그리고 그 다음에는 변호사가 되거나 회계사 사무실을 낼지도 모르지. 아무튼 아주 묘한 사람들이야. 그 친구들은 돈이나 머리만 가지고 따진다니까. 하긴 그렇게 보는 게 옳긴 하지만.〉 뽈로조프는 생각을 계속했다. 〈나 자신도 그런 종류의 사람이지. 장사에 발을 들여놓았고 장사꾼의 미망인과 결혼했어. 중요한 건 돈과 머리야. 머리가 없으면 돈을 벌 수가 없기 때문이지. 그런데 이 친구는 분명히 돈을 벌 거야. 그래서 공장을 사들여 경영자가 될 테고 다음엔 회사에서 이 친구를 동업자로 맞아들이겠지. 저쪽 회사는 우리 회사와 달라. 이 친구도 틀림없이 수백만 루블의 돈더미에

앉게 될 거야.〉

그의 사위가 실업계에서 백만장자가 되리라는 뽈로조프의 상상은 마리아 알렉세예브나가 자기 사위가 굉장한 독점 기업가가 될 거라고 상상했던 것과 마찬가지로 실현되지 않을 가능성이 많았지만 그럼에도 불구하고 비몬트는 까쩨리나 바실리예브나에겐 아주 좋은 배필이었다.

그러나 뽈로조프가 비몬트를 자기의 사위감으로 생각한 것은 괜히 헛물을 켠 것이 아니었다. 노인이 거기에 대해서 아직 한가닥 의심이 남아 있을 때였다. 그럭저럭 보름쯤 지났을 무렵, 비몬트는 공장의 매입이 며칠 늦어질지도 모르겠다고 그에게 말했다. 그러나 그로 인해 계약에 지장이 초래되는 일은 없을 것이고 다만 회사에서 파견한 로터 씨가 오기 전에는 최종 결정을 내릴 수가 없다고 하였다. 그리고 로터 씨는 뻬쩨르부르그에 일주일 정도 체류하게 될 것이라고 하였다. 비몬트는 이 모든 것을 침착하게 설명했다.

「전에 제가 어르신과 개인적으로 가까운 사이가 아니었을 때는 제 스스로 이 일을 마무리지을 생각이었습니다. 그러나 지금은 우리가 너무도 친한 사이가 되어 버렸기 때문에 제 스스로 결정을 내리게 되면 회사에서 오해를 하게 될지도 모릅니다. 그래서 공장 매입을 상담하는 중에 경영자와 친해지게 되었는데 그는 공장 주식의 상당 부분을 소유한 사람입니다. 그러니 저 대신에 이번 일을 결정할 사람을 보내 달라고 말입니다. 그래서 어르신도 아시다시피 로터 씨가 지금 이리로 오고 있는 중입니다.」

얼마나 빈틈없고 영리한가! 그 말은 동시에 까쨔와 결혼하려는 비몬트의 의도를 명백히 드러내는 것이었다. 그저 친해졌다는 것만으로는 그렇게까지 조심스러운 절차를 밟는 충분한 이유가 되지 못했다.

14

비몬트가 두세 번 더 찾아왔을 때 까쩨리나 바실리예브나는 그를 쌀쌀맞게 대했다. 사실 그녀는 아직 잘 모르는 이 사람에 대해서 미덥지 못한 구석이 있었다. 그는 서로 알지도 못하는 가족에 대해서 상세하게 알고 싶다는 황당한 희망을 피력했으며 더욱이 그쪽 집안 사람들이 자기와 알게 되는 걸 달가워하지 않을까 봐 그들을 만나는 게 두렵다는 알쏭달쏭한 이야기를 하고 있는 것이다. 그러나 까쩨리나 바실리예브나가 비록 처음 한두 번은 의심을 버리지 못한 채 그를 맞기는 했어도 곧 그의 활기에 찬 이야기에 빨려 들어갔다. 그녀는 끼르사노프를 알기 전에는 일찍이 그런 남자를 만나 본 적이 없었다. 그는 그녀가 흥미 있어 하는 모든 일에 많은 공감을 표시했으며 또한 그녀를 잘 아는 친구들 중에서도 그처럼 그녀를 잘 이해한 사람이 없을 정도였다. 실제로 그녀에게는 빠울리나라고 하는, 오래전에 모스끄바로 이사가 거기서 모스끄바 태생의 제조업자와 결혼한 아주 가까운 친구가 있는데 그 빠울리나와 함께 있었을 때도 비몬트와 함께 있을 때처럼 마음이 편하지는 않았다.

그리고 그로 말하면 처음엔 까쩨리나 바실리예브나를 만날 생각에서라기보다 그녀를 통해 끼르사노프 부부에 대해 알아볼 목적으로 그녀를 찾아왔었다. 그러나 그들이 서로 알게 되면서부터, 그러니까 그들이 우울증과 그것의 치료 방법에 대한 이야기를 나누면서부터 그는 자기가 그녀를 마음으로부터 존경하고 있으며 또 그녀에게 공감하고 있다는 것을 알았다. 그리고 두 번째 방문 때에는 새로운 활동 분야를 찾아내고 기뻐하는 그녀의 열정에 이끌려 그녀에게 더 많은 매력을 느끼게 되었다. 그는 이제 그녀를 만날 때마다 자기가 점점 더 그녀에게 마음이 끌리고 있다는 것을 알았다. 곧 그들 사이에는 아주 솔직하고 친밀한 관계가 이루어지게 되었다. 그리고 주말이 되었을 때 까쩨리나 바실리예브나는 그에게 끼르사노프 부부에 대한 이야기를 해주었다. 이 남자가 쓸데없이 엉뚱한 생각을 하지 않으리라는 분명한 확신이 섰기 때문이다.

그것은 그녀가 끼르사노프 부부에 대해서 이야기를 꺼냈을 때 그가 말을 막는 것을 보아도 확실했다. 「어째서 이렇게 빨리 그 이야기를 하지요? 당신은 저를 아주 조금밖에 모르지 않습니까?」

「아니에요. 충분해요, 비몬트 씨. 전 알고 있어요. 당신이 무슨 생각을 하는지 완전히 알 수는 없지만, 그리고 그 일에 대해서 좀 이상한 부분이 없는 것은 아니지만 그래도 뭔가 그럴 만한 사정이 있으리라는 것을 어렴풋이 이해할 수 있었어요. 이 세상에는 이상한 일이 너무도 많으니까요.」

그러자 그가 대답했다. 「그렇다면 이제는 제가 전처럼 그분들에 대해서 알고자 하는 욕망이 그리 크지 않다는 것도 알겠군요.」

15

까쩨리나 바실리예브나의 열정은 일시적인 것이 아니었으며 따라서 그녀의 생활은 점점 더 진지하고 열성적으로 그리고 밝은 마음으로 바뀌어 갔다. 그리고 이 열정이 비몬트를 그녀에게 더욱 가까이 끌리도록 하는 것 같았다. 사실 비몬트 역시 그녀에 대해서 많은 생각을 하고 있었으면 그것은 누가 보기에도 분명했다. 「그분들에 대해서 알고 싶었던 것은 이것으로 충분합니다. 고맙습니다.」까쩨리나 바실리예브나로부터 네 번째 끼르사노프 부부에 대한 이야기를 들었을 때 그가 말했다.

「하지만 뭘 아셨다는 거죠? 저는 그분들이 서로 사랑한다는 말과 그분들의 결혼 생활이 아주 행복하다는 말밖에는 이야기한 것이 없는데요?」

「그 이상은 더 알고 싶지 않습니다. 사실 그 정도는 전부터 이미 알고 있던 것입니다만.」

화제가 다른 데로 돌려졌다.

그가 끼르사노바 부인에 대해서 물었을 때 까쩨리나 바실리예브나에게 처음 떠올랐던 생각은 그가 베라 빠블로브나를 사랑했을지도 모른다는 것이었다. 그러나 아니었다. 까쩨리나 바실리예브나가 그를 판단하는 한 비몬트는 사랑에 빠질 수조차 없는 남자였다. 「물론 저이가 사랑을 할 수 없다는 것은 아니야. 하지만 지금 저이가 누군가를 사랑한다면 그건 바로 나야.」까쩨리나 바실리예브나는 생각했다.

<h1 style="text-align:center">16</h1>

그러나 가장 중요한 것은 그들이 서로 사랑하느냐가 아닐까? 먼저 까쩨리나 바실리예브나 쪽의 이야기부터 해보자. 그녀가 비몬트에 대해서 걱정을 한 적이 한 번 있었다. 그렇다면 그 일은 어떻게 마무리되었을까? 처음에 예상되던 것과는 완전히 달랐다. 비몬트는 거의 매일 뽈로조프 부녀를 방문했는데 다른 때보다 좀더 오래 머무는 때도 있고 일찍 돌아가는 때도 있지만 아무튼 하루에 한 번씩은 꼭 들렀던 것이다. 그래서인지 뽈로조프는 그가 까쩨리나 바실리예브나

에게 직접 청혼할 거라고 생각하고 있었는데 무슨 다른 특별
한 근거가 있어서 그런 것은 아니었다. 그러던 어느 날 저녁
비몬트가 찾아오지 않은 적이 있었다.

「그분에게 무슨 일이 생긴 게 아닌지 모르겠어요, 아빠.」

「글쎄다, 무슨 이야기를 들은 건 없다만 내 생각으로는 뭐
특별한 일이 있어서 그런 건 아닐 게다. 아마도 시간이 없어
그런 거겠지.」

그러나 다음날 저녁에도 비몬트는 나타나지 않았다. 그 이
튿날 까쩨리나 바실리예브나는 어디로가 가기 위해 집을 나
서고 있었다.

「어디 가는 거냐, 까쨔?」

「어디 좀 다녀오려고요, 아빠. 볼일이 있어요.」 그녀는 비
몬트를 찾아갔다. 그는 소매가 넓은 가운을 걸치고 앉아 책
을 읽고 있었다. 문이 열리자 그가 책에서 눈을 뗐다.

「이거 까쩨리나 바실리예브나 아닙니까? 이렇게 찾아와
주셔서 기쁘고 고맙습니다.」 그의 목소리는 그녀의 아버지에
게 이야기할 때와 똑같았다. 그때보다 약간 더 친절하긴 했
지만.

「어떻게 된 거죠, 비몬트 씨? 그렇게 오랫동안 저희를 보
러 오시지 않다니요? 무슨 일인가 걱정이 되었어요, 당신이
오시지 않으니까 외롭기도 하고요.」

「별일은 없습니다, 까쩨리나 바실리예브나. 당신이 보시다
시피 이렇게 건강합니다. 차 좀 드시겠습니까? 저는 방금 마
셨습니다.」

「그러지요. 그런데 왜 그렇게 오랫동안 찾아오지 않으셨
어요?」

「뾰뜨르, 잔 하나만 더 가져와요. 보시는 것처럼 나는 이렇
게 건강합니다. 사실은 별일 아닙니다만 사소한 일이 좀 있

었습니다. 로터 씨와 함께 공장에 있었는데 그분에게 뭔가를 설명하다가 그만 저도 모르게 기계 위에 손을 내려놓았던 모양입니다. 그래서 기계 속으로 소매가 빨려 들어가는 바람에 팔에 약간 찰과상을 입었습니다. 그래서 지난 사흘 동안 옷을 입을 수가 없었습니다.」

「어디 좀 보여 주세요. 제 눈으로 확인하지 않고선 그게 단순한 찰과상인지 큰 부상인지 알 수 없으니까요.」

「그럽시다. 만일 내가 두 손을 다 써야 할 경우라면 틀림없이 큰 부상이라고 해야겠지요. 그러나…….」 그때 뾰뜨르가 까쩨리나 바실리예브나 잔을 가져왔다.「자, 보세요.」 그가 한쪽 팔의 소매를 팔꿈치까지 걷어올렸다.「뾰뜨르, 재떨이를 비우고 내 파이프 좀 갖다 줘요. 서재 테이블 위에 있으니까. 보세요, 별것 아닙니다. 영국제 연고를 바른 것으로 충분하지 않습니까?」

「네, 하지만 아직도 좀 부었어요. 그리고 염증이 있잖아요.」

「어제는 꽤 심했는데 많이 나아진 겁니다. 내일쯤이면 아무렇지도 않게 될 겁니다.」

뾰뜨르가 비운 재떨이와 파이프를 갖다 놓고 나갔다.「부상당한 영웅으로 당신 앞에 나서고 싶지 않았습니다.」

「그렇다면 몇 자 적어서 보내시기라도 하시지 그랬어요?」

「이렇게 걱정하실 줄 알았으면 정말 그럴 걸 그랬나 봅니다. 사실은 바로 옷을 입을 수 있을 거라고 생각했었지요. 그게 그러니까 그저께부텁니다. 그저께는 어제면 외출복을 입을 수 있겠거니 생각했고 어제는 오늘이면 될 거라고 생각했던 겁니다. 괜히 심려를 끼칠 필요가 없다고 생각해서 그랬는데…….」

「그러셨군요. 하지만 저는 얼마나 걱정했는지 몰라요. 그건 잘한 일이 아니라고요. 그런데 언제쯤 지금 하시는 일이 끝나

나요?」

「아, 그 일 말입니까? 하루나 이틀쯤이면 될 겁니다. 하지만 일이 늦어지는 건 우리 쪽의 잘못이 아닙니다. 주주들이 문제지요.」

「그런데 읽고 계신 책은 뭐죠?」

「새커리의 신간 소설입니다. 그런데 그처럼 훌륭한 재능을 소유한 작가가 어떻게 이런 식으로 끼적거릴 수가 있는지……. 이건 점점 쓸거리가 바닥나고 있다는 증거일 겁니다.」

「저도 그 책을 읽었어요. 정말 그렇더군요.」

그녀는 새커리의 능력이 다해 가는 것에 대해서 이야기를 더 나눈 다음 같은 식으로 약 반 시간쯤 여러 가지 다른 주제들에 대해서도 이야기를 나누었다.

「이제 베라 빠블로브나를 보러 갈 시간이 되었네요. 언제쯤 그분들을 만나게 해드리면 좋겠어요? 아주 좋은 분들이에요.」

「곧 날짜를 잡아 보도록 하겠습니다. 그때 가서 소개해 달라고 부탁하지요. 그런데 이렇게 찾아와 줘서 정말 고맙군요. 저게 당신 말인가요?」

「네, 제 것이에요.」

「그래서 부친께서 저 말을 타지 않으셨군요. 아주 좋은 말인데요.」

「저도 그렇게 생각해요. 하지만 저는 말에 대해서는 잘 몰라요.」

「이놈은 아주 잘생긴 말입니다. 3백50루블은 나가지요.」 마부가 끼어들었다.

「몇 살이죠?」

「여섯 살입니다.」

「자, 출발해요. 준비 다 됐어요. 안녕히 계세요, 비몬트 씨.

오늘 오시는 거죠?」

「좀 어려울 것 같은데요. 하지만 내일은 꼭 가겠습니다.」

17
특별한 인간

젊은 여자들은 사랑을 하게 되면 그런 식으로 방문을 하는 것일까? 그게 사랑인 모양이다. 하지만 잘 교육받은 처녀라면 결코 그런 식으로 행동하지 않으리라는 것은 말할 필요도 없으므로 정말로 그녀가 그랬다면 이야기는 전혀 달라진다. 즉 까쩨리나 바실리예브나의 행위가 도덕성에 어긋난다고 하더라도, 젊은 남자들과 여자들 사이에의 일반적인 통념에 조차 반대된다는 것이다. 그렇다면 까쩨리나 바실리예브나와 비몬트는 인간이 아니라 물고기임이 분명하지 않은가? 만에 하나 그들이 인간이라고 치더라도 그들의 혈관에는 물고기의 피가 흐르고 있는 것이 아닐까? 그녀가 평상시 집에서 늘 그런 식으로 행동해 왔다면 물론 이야기는 달라진다.

「너무 피곤해서 더 이상 이야길 못하겠어요, 비몬트 씨.」 그가 늦게까지 머물 때면 그녀는 이렇게 말했다. 「아빠와 말씀을 나누세요. 전 먼저 들어가야겠어요.」 그리고 그녀는 자리를 뜨곤 했다.

그럴 경우 그는 가끔 이렇게 대답했다. 「15분만 더 있다가 가십시오. 까쩨리나 바실리예브나」

「좋아요.」 그러면 그녀는 그렇게 대답했다. 그러나 비몬트는 고작 다음과 같이 말하곤 했다. 「잘 자요, 까쩨리나 바실리예브나.」

그들은 어떤 종류의 사람들일까? 내가 알고 싶은 것은 바로 그것이다. 그리고 그들이 단지 뛰어나기만 한 사람들이 아니라 누구한테도 그들의 만남을 방해받지 않고, 만나고 싶으면 언제든지 서로를 볼 수 있고 또 그들의 결혼도 마음을 먹기만 하면 아무한테도 방해받지 않는, 그러므로 악마에게 사로잡힐 이유가 전혀 없는 사람들인지도 알고 싶다. 그러나 서로에게 냉정하게 대하는 그들의 관계에 나는 당혹감을 감출 수가 없었고 그들에게 수치심을 느꼈다기보다 사실은 나 자신에게 부끄러움을 느꼈다. 좋은 교육을 받은 독자들 앞에서 내 주인공들의 명예를 손상시키는 것이 소설가로서의 내 운명일까? 확실히 그들 가운데 몇몇은 먹고 마신다. 그리고 또 몇몇은 아무 이유 없이 악마에 사로잡혀 있는 것이다. 자, 그저 그렇고 그런 사람들이 아닌가!

<h2 style="text-align:center">18</h2>

그러나 뽈로조프 노인의 판단에 따르면 일은 결혼을 향해 순조롭게 진행되고 있었다. 장차 신랑과 신부가 될 사람들이 그렇게 친해졌다면 그 다음엔 필연적으로 결혼이 따르게 마련 아닌가. 그는 그들이 나누는 이야기를 들었던 것이다. 그러나 그의 딸과 장래의 사윗감은 늘 그의 눈앞에서만 만나지는 않았다. 그들은 자기들끼리만 앉아 있거나 그들끼리만 걸을 때가 더 많았다. 물론 그렇다고 그들이 나누는 대화의 내용이 바뀌는 일은 없었다. 그러므로 심지어 인간의 본성을 연구하는 가장 민첩한 학자라고 하더라도 그들이 나누는 이야기만을 들어 가지고는 비몬트가 까쩨리나 바실리예브나와 결혼하리라는 것을 짐작치 못할 것이다. 그들은 서로의 감정에 대해서 상대방에게 이야기하지 않았다. 그들은 이 세상

것들에 대해서 이야기를 할 때처럼 자신들에 관한 이야기를 했다. 그러나 그것도 아주 드물게 짧게 몇 마디를 주고받는 것이 고작이었다. 지나치게 침착한 그들의 분위기에 대한 조그만 반란이랄까. 게다가 그들의 대화 내용은 사교계의 누가 보더라도 도무지 말이 되지 않는 지극히 불합리한 것이었다. 비몬트가 까쩨리나 바실리예브나에게 고마워했던 그녀의 방문이 있은 지 일주일쯤 지나 그들이 서로 알게 된 지 그럭저럭 두 달이 다 되었을 때 공장의 매매 계약이 매듭지어졌다. 로터 씨는 다음날 바로 떠날 생각이었다. (그는 정말로 떠났다. 그러나 혹시라도 그가 재난을 가져올 것이라고 넘겨짚지는 말라. 그는 비몬트에게 회사에서 예상된 대로 보너스 없이 천 파운드의 봉급으로 그를 공장장에 임명했음을 알려 주었다. 그가 사업가로서 비몬트의 연애 사건을 방해할 무슨 이유가 있겠는가?) 그 다음날 뽈로조프를 포함한 주식 소유자들은 (그들은 받을 만큼 다 받았다. 여기서 다시 말하지만 어떤 재난도 쓸데없이 기대하지 말라는 것이다. 홉슨 로터 회사는 매우 신용 있는 회사이기 때문이다) 매매 대금을 절반은 현찰로, 그리고 나머지는 3개월 짜리 어음으로 받았다. 뽈로조프는 일이 잘 매듭지어진 것에 매우 만족해서 응접실에 앉아 은행의 어음을 새며 그의 딸과 비몬트가 응접실을 지나가며 나누는 이야기를 한쪽 귀로 듣고 있었다. 그들은 길가 쪽으로 창이 나 있는 네 개의 방 앞을 걷고 있었다.

「만일 어떤 부인이나 처녀가 편견을 갖고 있다면……」 비몬트가 (미국식 말투나 영국식 말투를 쓰지 않고) 말했다. 「남자는 ─ 물론 도리를 아는 남자에 한해서이겠지만 ─ 그 때문에 큰 불편을 겪게 됩니다. 자, 말해 보세요. 생활의 가장 단순한 의무조차 지키지 못하고 게다가 청혼을 받아들인 뒤에 어떤 관계가 될지 알지 못하는 처녀가 어떻게 결혼을 할 수 있겠습니까? 그런 여자는 자기의 남편이 될 남자와 생을 즐겁게 살 수 있을지조차 판단을 할 수 없습니다.」

「하지만 비몬트 씨, 만일 그 남자와 그녀의 관계가 청혼을 받기 전에 그랬듯이 진실한 성격의 것이라면 저는 그것이 서로에게 만족할 수 있는 어떤 보장이 되리라고 생각해요.」

「물론 어느 정도 보장은 되겠지요. 하지만 시험이 좀더 길고 철저하다면 훨씬 더 확실한 겁니다. 여자는 자기가 발을 들여놓으려고 하는 그 관계가 어떤 것인지 알 방법이 없습니다. 그래서 여자에게는 결혼이 굉장한 모험이 되지요. 사실 여자에게는 너무도 큰 모험입니다. 그리고 마찬가지로 그녀와 결혼하려는 그 남자도 역시 같은 위험을 감수해야 합니다. 물론 남자는 그래도 일반적으로 자기가 만족할 것인지 어떤지를 판단할 수 있습니다. 다양한 성격의 여러 여자들을 알 기회도 많고 또 그런 만큼 어떤 성격이 자기에게 가장 잘 맞는지 시험해 봤을 테니까요. 하지만 여자에게는 그럴 기회가 없습니다.」

「하지만 여자들도 자기 집에서나 친구들의 집에서 다른 사람들의 삶과 성격을 관찰할 수 있어요. 거기에 대해 충분히 생각할 기회도 있고요.」

「그것은 물론 그렇습니다. 그러나 그것만으로는 충분치가 않습니다. 자기가 직접 겪는 시험을 대신할 만한 것은 없으니까요.」

「그러시다면 당신은 과부들에게만 결혼을 허락하실 생각인가요?」 까쩨리나 바실리예브나가 웃으며 물었다.

「당신은 아주 적절하게 지적해 주었습니다. 오직 과부들만이지요. 처녀들은 결혼을 하지 못하도록 막아야 합니다.」

「그건 사실이에요.」 까쩨리나 바실리예브나가 진지하게 대답했다.

뽈로조프에게는 그런 대화들이 처음에는 아주 이상하게 들렸지만 ─ 그는 단편적으로만 들었기 때문에 ─ 점차로 그런 생각에 익숙해졌고 마침내는 다음과 같이 생각을 했다. 〈그렇지, 나는 본래 편견이 없는 사람이거든. 나도 장사로 시작했지. 나 역시 미망인과 결혼했어. 그래, 상인의 미망인하고 말이야.〉 그가 들었던 이야기는 그들의 대화 가운데 일부분에 불과했고 또 다른 사람들에 관한 것이었다.

다음날 그들이 전날 나누었던 대화는 이런 식으로 계속되었다.

「당신은 내게 솔로프초프와의 사랑 이야기를 해주었습니다. 그렇지만 그게 어쨌다는 겁니까? 그건…….」

「피곤하지 않으세요, 우리 앉아서 이야기해요. 저는 몹시 피곤해요.」

「그럽시다. 그 사랑은 아무런 보장도 없는 어린아이의 감정이었습니다. 당신은 그 일을 그냥 웃어 넘길 화젯거리로 이야기했는지는 모르지만 사실은 우울한 기분일 겁니다. 거기에는 분명히 쓸쓸한 구석이 있으니까요. 당신은 아주 묘한 행운 덕분에 생명을 구할 수 있었습니다. 알렉산드르 같은 사람의 손에 맡겨졌으니 말입니다.」

「누구라고요?」

「알렉산드르 마뜨베이치 끼르사노프 말입니다.」 그는 그의 첫 이름만을 말하지 않겠다는 듯이 덧붙였다. 「만일 끼르사노프가 아니었다면 당신은 죽었을 겁니다. 결핵으로 탈진해서 아니면 그 불한당의 손에 말입니다. 사람들은 당신이 사교계에서 매우 불행한 위치에 있었다는 매우 분별 있는 결론을 내릴 것입니다. 당신 스스로도 이미 그러한 결론을 내렸다고 봅니다. 결과적으로 그 일은 다 잘되었고 그래서 당신은 훨씬 더 분별 있고 현명한 처녀가 되었습니다. 그러나 그렇더라도 그 일이 당신의 남편감을 고르는 데 좀더 나은 경험을 가져다 주지는 못했습니다. 천박하지 않고 고귀한 남자, 그것이 당신이 결정할 수 있는 전부입니다. 거기까지는 좋습니다. 그러나 어떤 고귀한 여자도 만일 그녀가 남편감으로 택한 남자에 대해서 그의 성품이 천박하지 않다는 것 이외에 아무것도 알지 못한다면 과연 그걸로 충분하다고 할 수 있을까요? 남자의 성격에 대해서 좀더 정확히 알아야 할 필요가 있습니다. 이 말은 당신이 이제까지 겪었던 것과는 다른 경험들을 가져야 한다는 뜻입니다. 우리는 어제 당신 말대로 결혼할 자격이 있는 여자는 과부뿐이라는 결론을 내렸습니다. 그렇다면 당신은 어떤 종류의 과부입니까?」

비몬트는 이 이야기를 약간 불만스러운 투로 말했다. 마지막 말은 거의 침통에 가까운 어조였다.

「맞는 말이에요.」 까쩨리나 바실리예브나가 약간 우울한 목소리로 대답했다. 「하지만 저는 이제 쉽게 속지 않아요.」

「물론 노력한다면 쉽사리 속진 않겠지요. 그러나 없는 경험을 있는 척할 수야 없지 않겠습니까?」

「당신은 언제나 우리 처녀들에게 만족스런 선택의 방법이 별로 없다는 것을 강조하시는군요. 일반적인 경우라면 그건 절대적으로 맞는 말이에요. 하지만 만족스런 선택을 하는 데 그다지 많은 경험을 필요로 하지 않는 예외적인 경우도 있어요. 어떤 처녀라도 그녀가 아주 어리지만 않다면 그녀는 자신의 성격을 잘 알고 있다고 볼 수 있어요. 저만 해도 제 성격을 제가 잘 알고 있거든요. 그리고 그 성격이란 것이 그렇게 쉽게 변하지 않으리란 것도 분명하지요. 시금 저는 스물두 살이에요. 저는 제 행복을 위해 무엇이 필요한지 알아요. 즉, 혼란스럽지 않고 조용히 사는 것, 그게 전부예요.」

「그렇습니다. 그건 분명합니다.」

「사실 이 남자 또는 저 남자에게 여자가 원하는 조건을 만족시킬 만한 그런 성격을 갖고 있는지 어떤지를 알아내는 것은 무척 어렵지요. 하지만 그것 역시 대화를 몇 마디 나눠 보면 알 수 있어요.」

「그 말도 옳습니다. 하지만 당신도 그랬듯이 그러한 것은 예외적인 경우입니다. 일반적으로 통하는 법칙은 아니지요.」

「물론 그 법칙은 다르겠지요. 하지만 비몬트 씨, 현재와 같은 생활 조건에서 그리고 우리의 사고방식과 관습 하에선 그에 대한 지식이 없으면 아무래도 만족스럽지 못한 선택을 할 위험이 크지만, 그렇더라도 젊은 여자에게 우리가 이야기하는 그런 지식을 기대하기는 어렵다고 봐요. 그녀는 현재 출구가 없는 미궁에 갇혀 있는 셈이나 마찬가지이니까요. 사정이 그렇기 때문에 아무리 그녀가 원하는 관계 속에서 경험을 쌓게 한다고 해도 그것이 그녀에게 실제적인 이익을 가져다 주리라고는 기대하지 않아요. 오히려 그녀의 위험이 더욱 증폭되는 결과를 초래할 뿐이에요. 젊은 여자들은 쉽게 자기를 수렁 속에 내던지기도 하며 간교함과 거짓을 배우기도 한답니다. 주위 사람들과 동료들을 속이고 그들로부터 자신의 몸을 감추다 보면, 그러는 동안 자기도 모르는 사이에 쉽게 허위와 방탕에 물들게 되고 종종 성격 파탄에까지 이르게 되지요. 심지어는 생을 피상적으로 보게 될 위험성도 있고요. 비록 그렇게까진 되지 않더라도 다시 평범한 생활로 돌아오려면 엄청난 고통을 겪어야 할 것이 틀림없어요. 적어도 이런 생활 속에서는 그녀의 경험으로부터 아무것도 얻지 못하지요. 그녀의 인성에 그토록 위험스럽고 그녀의 마음을 그처럼 심란하게 괴롭히는 이러한 관계는 도리어 연극적인 요소가 너무도 강해서 그녀를 더욱 나태하게 만들고 정상적인 생활에서 벗어나도록 자극하기 때문이지요. 당신도 이와 같은 생활 조건하에서는 충고를 해주기가 불가능하다는 것을 알 거예요.」

「물론 그렇습니다. 까쩨리나 바실리예브나. 그러나 바로 그 이유 때문에 우리의 생활이 불건전하다고 봅니다.」

「정말 그래요. 우린 그 점에서 생각이 같군요.」

「그러면 이런 건 어떻습니까? 한 쌍의 남녀가 그들이 무엇을 하고 있는지 알고 있지 못할 경우 그들이 관계에 무슨 의미가 있겠는가 하는 것입니다. 남자가 말합니다. 〈당신이 내게 좋은 아내가 될지 어떨지 모르겠소.〉 그러면 여자가 대답합니다. 〈제게 구혼해 보세요. 그러면 알게 될 거예요!〉」

「그건 말도 안 돼요! 그게 아니라 혹시 이런 이야기 아닐까요? 어쩌면 남자는 이렇게 말할지도 몰라요. 〈내가 당신과 더불어 행복할지 불행할지를 묻는 것은 전혀 불필요합니다. 그러나 당신이 나를 선택할 때는 신중해야만 합니다. 당신이 나를 선택했지만 그래도 나는 다시 한번 더 신중히 생각해 보라고 권합니다. 이건 아주 중대한 일이니까요. 내가 당신을 사랑하는 것은 변함 없지만 그렇더라도 당신 마음이 결정되기까지는 나를 믿어선 안 됩니다.〉 그러면 여자는 이렇게 대답하겠지요. 〈나는 당신이 당신보다 저를 더 생각한다는 것을 알아요. 그래서 당신을 더욱 믿을 수 있어요. 우리는 불쌍히 여겨지고 속임을 당하고, 그래서 더욱 기만당하기 쉽고 맹목에 이끌리겠지요. 하지만 제 걱정은 말아요. 당신은 저를 속일 수 없어요. 저는 틀림없이 행복해질 거예요. 당신이 편안하면 저도 똑같이 편안할 테니까요.〉」

「궁금한 것이 있소.」 다음날 비몬트가 다시 그 이야기를 꺼냈다. 그들은 나란히 연속해 있는 방 앞을 지나가고 있었는데 그중의 한 방에 뽈로조프가 앉아 있었다. 「그런 상황에서도 행복한 결혼이 이루어질 수 있겠는지 말입니다.」

「당신은 마치 그와 같은 행복한 결혼이 있다는 게 유감이라는 듯이 말씀하시는군요.」까쩨리나 바실리예브나가 웃으며 대답했다. 이제 그녀는 여러분도 이미 알아차렸겠지만 조용하게 유쾌한 듯이 웃을 때가 많았다.

「사실 그런 결혼을 보면 대체로 우울한 생각이 듭니다. 그러나 여자들은 남자들의 결점과 성격을 판단하는 데 그처럼 빈약한 수단밖에 갖고 있지 않으면서도 만족스런 선택을 할 때가 아주 많습니다. 과연 여자들은 얼마나 총명하고 재치가 있습니까! 그리고 자연은 또 여자들에게 얼마나 진실되고 강하고 빈틈없는 정신을 주었습니까! 그런데 이 정신이 사회에 아무런 도움도 주지 못한 채 잠자고 있습니다. 사회가 그것을 무시하고 억누르고 질식시키기 때문이지요. 만일 이런 지성이 무시되지 않고 억압되지 않고 말살되지 않았다면 인류의 역사는 지금보다 열 배는 더 빠르게 진보했을 것입니다.

「당신은 여성 찬미자시군요, 비몬트 씨! 그것을 좀더 쉽게 설명할 방법이 없을까요? 이를테면 기회라든가…….」

「기회라고요? 당신이 원한다면 한번 설명해 보지요. 설사 기회가 주어진다고 해도 그것을 실제로 자기 것으로 만들려면 그런 기회를 가져온 이외에 또 다른 일반적인 법칙이 있어야만 합니다. 즉, 강하고 빈틈없는 정신이 없다면 기회가 아무리 좋아도 소용없기 때문입니다.」

「당신은 어쩌면 여성 문제에 대해서 비처 스토가 한 말과 꼭 같은 말을 하시는군요. 그분은 흑인들이 모든 종족들 가운데 가장 재능 있고 뛰어난 지능을 소유하고 있다는 걸 증명했어요.」

「그 말은 농담이겠죠? 저는 진지하게 말하고 있습니다.」

「당신은 여성 문제에 대해서 제 생각을 굽히지 않는다고 언짢아하시는 것 같군요. 하지만 제가 제 자신에게 무릎 꿇는다는 것은 실제로 곤란하다는 사실을 이해해 주셨으면 해요.」 그녀가 웃으며 말했다.

「계속 농담이시군요! 저는 진짜로 화가 나 있습니다.」

「하지만 그게 설마 저 때문은 아니시겠죠? 저는, 당신 의견대로라면, 부인과 처녀들이 마땅히 필요한 것을 성취하지 못한 데에 아무런 책임이 없으니까요. 그렇지만 당신이 원하신다면 제 생각을 말씀드리지요. 단, 여성 문제에 대한 것은 제외하고요. 저는 제 자신에 대해서가 아니라 전적으로 당신에 대해서 재판관이 되고 싶어요, 비몬트 씨. 당신은 신중한 성품을 갖고 있어요. 하지만 이 문제에 대해서 이야기할 때 당신은 흥분했어요. 그렇다면 그것은 무엇을 의미할까요? 당신은 이 문제에 대해 개인적으로 관심을 갖고 있는 게 틀림없어요. 당신은 분명히, 당신이 말씀하신 그대로 경험이 없는 처녀의 잘못된 선택으로 인해서 고통을 받은 적이 있는 것이 틀림없어요.」

「저일 수도 있지만 제 주위에 있는 누구일 수도 있습니다. 그러니 잘 생각해 보세요, 까쩨리나 바실리예브나. 그 문제에 대해서 당신의 대답을 듣고 나서 다시 이야기를 하겠습니다. 사흘 뒤에 대답을 주기 바랍니다.」

「아직 묻지도 않은 질문에 답변을 하라는 말씀이신가요? 아니면 사흘 간이나 꼼꼼히 생각을 해봐야 할 만큼 제가 당신을 잘 알지 못한다는 말인가요?」 까쩨리나 바실리예브나는 걸음을 멈추고 비몬트의 목에 팔을 둘렀다. 그리고 그의 머리를 앞으로 당겨 그의 이마에 키스했다.

종래의 모든 관례를 보거나 예의상으로 보더라도 비몬트는 그녀의 손을 잡고 그녀의 입술에 키스를 해야 했다. 그러나 그는 그렇게 하지 않았다. 다만 그의 목을 감고 있던 그녀의 손을 꼭 쥐었을 뿐이다. 「좋아요, 까쩨리나 바실리예브나. 하지만 그 문제를 좀더 생각해 보도록 해요.」 그리고 그들은 다시 걷기 시작했다.

「하지만 찰리, 제가 그 문제에 대해서 사흘 이상 줄곧 생각해 왔다는 것을 누가 당신에게 알려 주었죠?」그녀가 그에게 손을 맡긴 채 말했다.

「그야 물론 나지요. 이제 당신에게 이야기하지요. 제게는 비밀이 하나 있습니다. 자, 우리 저 방으로 가 앉아서 이야기하도록 합시다. 당신 아버님이 들으시면 안 되니까.」

그들이 노인을 지나칠 때 노인은 그들이 손을 잡고 걸어가는 것을 보았다. 그런 일은 전에는 없던 일이므로 그는 이렇게 생각했다. 〈저 친구가 딸애한테 손을 달라고 한 게 틀림없어. 그리고 저 앤 결혼 약속을 한 거고. 그래, 잘됐어.〉

「당신의 비밀을 이야기해 줘요, 찰리. 아버지는 저기에선 듣지 못하실 거예요.」

「까쩨리나 바실리예브나, 제가 당신을 두려워하는 것처럼 보였다면 그것은 터무니없습니다. 그러나 제가 과거의 일에 연연해하고 있다는 것을 당신이 말했을 때 어째서 제가 당신을 주의시켰는지 이젠 이해하셨을 겁니다. 물론 우리는 당신이 알고 있듯이 함께 살았습니다. 그러나 저는 그녀를 동정했습니다. 그녀는 무척 괴로워했지요. 그녀는 자기 자신의 삶을 몇 년간이나 박탈당한 채 살았으니까요. 그건 정말 비참한 일이었습니다. 저는 그런 상황을 제 눈으로 쭉 지켜보았던 것입니다. 그게 어디서였는지는 중요하지 않습니다. 뉴욕이건 보스턴이건 또는 필라델피아이건 ─ 당신도 알다시피 ─ 그건 아무래도 좋으니까요. 그러나 그녀는 아주 훌륭한 여자였고 남편을 매우 존경했습니다. 그들은 서로에게 깊은 애정을 갖고 있었습니다. 그런데도 부인은 말 못할 고통을 갖고 있던 거지요. 물론 그녀의 남편은 그녀를 조금이라도 더 행복하게 해줄 수만 있다면 목숨까지도 기꺼이 바치겠

704

다는 각오였습니다. 아무튼 그녀는 그와 함께 하는 생활에 행복해질 수가 없었습니다. 그럴 바에는 차라리 결혼 생활을 끝장내는 것이 나았지만 그녀에게는 너무도 어려웠습니다. 당신은 그런 일을 경험하지 못했습니다. 그래서 당신이 곧바로 대답하는 것을 막았던 것입니다.」

「그 이야기를 들을 기회가 있을까요?」

「아마 그럴 겁니다.」

「바로 그 부인한테서?」

「그렇습니다.」

「하지만 저는 당신에게 아직 대답을 하지 않았는데도요?」

「네.」

「그럼 대답을 알고 계신가요?」

「물론입니다.」 비몬트가 대답했다. 그리고 그들 간에는 〈신랑〉과 〈신부〉에게서 볼 수 있는 흔한 장면이 키스와 함께 이어졌다.

19

다음날 오후 3시에 까쩨리나 바실리예브나는 베라 빠블로브나를 찾아갔다. 그녀가 들어서면서 말했다.

「저 모레 결혼해요, 베라 빠블로브나. 그래서 오늘 저녁에 제 신랑감을 부인에게 인사시키러 데려올까 해요.」

「물론 비몬트겠지요? 아가씨가 오랫동안 그렇게 반해 있던.」

「제가 반했다고요? 모든 일이 그처럼 조용하고 이성적으로 지나갔는데도요?」

「아가씨가 그 사람과 아주 조용하고 분별 있게 이야길 나누었으리라는 건 전적으로 믿어요. 하지만……」

「아주 재미있네요! 하지만 더 재미있는 게 있어요. 그이는 부인을 무척 좋아해요. 두 분 다요. 하지만 베라 빠블로브나, 당신을 알렉산드르 마뜨베이치보다 훨씬 더 좋아해요.」

「그게 뭐가 그렇게 재미있어요? 물론, 내게 그 사람 이야기를 할 때의 천분의 일만큼의 열정이라도 갖고 그에게 내 이야기를 했다면 혹시 또 모르지만.」

「부인은 그이가 저를 통해서 부인을 알게 됐을 거라고 생각하세요? 재미있는 건 그이가 저를 통해서가 아니라 직접, 그리고 저보다도 훨씬 더 부인을 잘 알고 있다는 거예요.」

「그건 처음 듣는 말이군요! 어떻게 된 거죠?」

「어떻게 된 거냐고요? 사실 그대로 말씀드릴게요. 뻬쩨르부르그에 왔던 바로 그날부터 그이는 몹시 부인을 보고 싶어 했어요. 하지만 그이는 자기 혼자서가 아니라 신부나 아내하고 같이 올 수 있을 때까지 부인과 만나는 일을 뒤로 미루는 편이 더 나을 것 같다고 생각했지요. 부인이 그이를 만나게 되면 아무래도 그이가 혼자인 것보다는 아내와 함께 있는 편이 훨씬 더 즐거울 테니까요. 이제 부인은 우리의 약혼이 부인과 알고 지내려는 그이의 바람 때문에 이루어졌다는 걸 이해하시겠어요?」

「그 사람이 나와 알고 지내기 위해서 당신과 결혼을 하다니요!」

「얼마나 기막힌 생각이에요! 누군들 그이가 부인을 위해 저와 결혼을 했다고 하겠어요? 절대 아니에요! 하지만 그이가 뻬쩨르부르그에 오기 전까지 우리가 서로의 존재를 알기나 했겠어요? 그리고 만일 그이가 오지 않았다면 우리가 어떻게 서로 알게 되었겠어요? 하지만 그분은 분명히 당신을 위해 뻬쩨르부르그에 왔어요! 이 얼마나 어이없는 일이에요!」

「그 사람이 영어보다 러시아어를 더 잘 하나요?」 베라 빠블로브나가 흥분해서 물었다.

「러시아어는 저만큼 하고 영어도 꼭 저만큼 해요.」

「내 소중한 까쩬까,[104] 아아 이렇게 기쁠 수가! 베라 빠블로브나는 그녀의 손님을 얼싸안았다. 「사샤! 이리로 와 봐요! 빨리요, 빨리!」

「무슨 일이요, 베로치까? 아! 오셨습니까? 까쩨리나 바……」

그는 베라 빠블로브나가 그에게 키스를 하는 바람에 그녀의 이름을 다 부를 수가 없었다.

「오늘은 부활절이에요. 사샤. 까쩬까에게 〈정말로 그분이 일어나셨도다〉[105]라고 말해 주세요.」

「그런데 도대체 무슨 일이오?」

「앉으세요, 이 아가씨가 모든 걸 이야기해 드릴 테니까요. 저도 아직 듣고 싶은 이야기를 다 듣지 못했어요. 그만, 그만하면 됐어요. 벌써 여러 사람에게 실컷 키스했잖아요. 내게 하기도 전에 말이에요! 자, 이제 이야기해 봐요, 까쩬까!」

<h2 style="text-align:center">20</h2>

저녁 내내 매우 떠들썩한 분위기가 계속되었다. 그러나 소란스런 분위기가 가라앉자 비몬트는 새로 알게 된 사람들

---

104 까쩨리나의 애칭.

105 러시아에서는 서구보다 열이틀 늦게 부활절을 맞는데, 부활절 일요일이면 사람들은 특히 농부들 사이에서는 다른 사람을 만나면 〈그리스도가 일어나셨도다〉라고 말을 건넨다. 이때 그 말에 대한 답례로 〈정말로 그분이 일어나셨도다〉라고 말하는 풍습이 있다. 그리고 이날은 아무나 붙들고 키스를 할 수 있는데 사람들은 예쁜 처녀를 만나면 이 특권을 실컷 누린다. 러시아의 농부들은 부활절 6주 동안에는 그리스도가 실제로 지상에 있다고 믿는다.

의 요청에 따라 그가 미국으로 건너간 뒤로 살아온 이야기를 시작했다.「그곳에 도착한 후 귀화하는 데 적지 않은 어려움을 겪었습니다. 그래서 저는 귀화할 목적으로 어떤 모임에 속한 사람들과 친구가 되었습니다. 그게 어떤 모임이었을 거라고 생각하십니까? 바로 노예제 폐지를 주장하는 사람들의 단체였습니다. 저는 『트리뷴』지에다 러시아의 노예제도가 러시아 사회 전반에 미치는 영향에 관한 글을 몇 번 기고했습니다. 저의 주장이 꽤 쓸모가 있었던 모양입니다. 노예제 폐지론자들이 남부의 노예제도에 반대하여 그 주장을 이용했으니까요. 그리고 그 덕분으로 저는 매사추세츠 주의 시민이 되었습니다. 그리고 미국에 도착한 지 그다지 오래지 않아 그 모임에 관계된 몇몇 큰 회사들 중의 한 곳에서 일자리를 얻었습니다.」그리고 이어서 그는 우리가 이미 알고 있는 까쩨리나 바실리예브나의 약혼과 관련해서 그동안 있었던 경과를 설명했다. 비몬트의 자전적 이야기 중 적어도 이 부분에 대해서는 조그마한 의심도 끼어들 여지가 없었다.

21

바로 그날 저녁 두 가정은 이웃해 있는 공동주택을 물색하기로 동의했다. 비몬트 부부는 적당한 공동주택을 찾아내기 전까지 당분간 공장에서 살기로 했는데, 그곳에는 회사의 지시에 따라 공장장을 위한 방들이 준비되어 있었다. 이처럼 일시적으로 도시를 떠나서 사는 일은 영국의 아름다운 전통이자 이제는 유럽에 널리 퍼지게 된 신혼여행 풍습과 아주 흡사했다.

　6주 뒤에 서로 이웃해 있는 공동주택을 구하자 끼르사노프 부부가 그중 한 곳으로 옮겨 왔고 비몬트 부부 역시 나머지 다른 곳으로 옮겨 왔다. 그러나 뽈로조프 노인은 공장에 딸려 있는 집 — 그곳의 방들은 예전 같진 않았지만 그래도 그가 전에 누렸던 영광을 생각나게 해주었다 — 에 남아 있고 싶어했다. 사실 그로서는 그곳에 머무는 것이 즐거웠다. 그 근방의 3, 4베르스따 안에서 그는 가장 존경받는 명사로 통했기 때문이다. 그가 거느리던 직원들이나 이웃 사람들, 짐꾼들, 그리고 공장 주위에 모여 살아가는 다소 지체가 높거나 낮은 사람들이 그에게 보내는 경의는 조금도 달라진 것이 없었다. 전과 다름없이 그 지역의 중요한 인물로서 사람들로부터 존경을 한 몸에 받는 그는 가부장적 권위를 누리며 기쁨에 겨워 만족했다. 그의 사위는 날마다 공장으로 출근했고 그의 딸도 거의 매일같이 남편을 따라 공장에 왔다. 여름이 되면 그들 부부는 공장의 사택을 별장 대신으로 사용했고 노인과 함께 생활했다. 그러나 그 기간이 지나면 노인은 다시 딸과 사위 — 그는 아직도 미국인으로 알려져 있다 — 를 맞는 일 이외에 일주일에 한 번 또는 자주 딸부부와 함께 저녁에 손님들을 맞는 일을 더없는 기쁨으로 삼고 있었다. 어떤 때는 끼르사노프 부부와 몇몇 젊은이들만이 찾아왔고 또 어떤 때는 좀더 많은 사람들이 모여들어 축제 분위기를 이루곤 했다. 공장은 끼르사노프 부부와 비몬트 부부가 속해 있는 사람들의 빈번한 야외 나들이 장소가 되었고 뽈로조프는 손님들의 그러한 습격을 무척 즐거워했다. 사실 그가 어떻게 그런 방문을 즐거워하지 않을 수 있겠는가? 주인의 역할은 언제나 그에게 맡겨졌고 그는 가부장적 위엄을 잃지 않았으니 말이다.

22

두 가정은 제각기 자기 방식대로 살았다. 보통 때 한쪽 집에서 왁자지껄한 소리가 들려오면 다른 집은 반대로 조용했다. 그들은 마치 형제처럼 자주 왕래를 했는데 어떤 때는 하루에 열 번 이상이나 얼굴을 마주치기도 했지만 만나는 시간은 그때마다 1, 2분에 불과했다. 그러나 어떤 날은 한쪽 집은 마냥 비워 두고 다른 한 집에서 시간을 보낼 때도 있었다. 그런 일은 대체로 일의 형편에 따라서 이루어졌다. 그리고 손님들이 모이는 일이 잦았다. 양쪽 집 거실로 통하는 문은 보통 때 잠겨 있었지만 베라 빠블로브나의 방과 까쩨리나 바실리예브나의 방을 잇는 문은 언제나 열려 있었다. 양쪽 집 응접실로 통하는 문이 잠겨 있을 때는 손님들이 적을 때였고 손님들이 많을 때에는 그 문이 활짝 열렸다. 그럴 때면 손님들은 자기들이 베라 빠블로브나 집의 손님인지 까쩨리나 집의 손님인지 분간을 하지 못했다. 심지어는 집주인들조차 자기집을 분간 못하는 경우도 있었다. 그러나 젊은 손님들은 휴식을 취할 때는 대체로 까쩨리나의 집에 있었고 휴식이 끝나면 베라 빠블로브나의 집으로 몰려가곤 하였다. 그러나 젊은이들은 한 식구나 다름없이 지냈고 또 손님으로 여기지 않았으므로 베라 빠블로브나는 조금도 주저하는 빛 없이 그들을 까쩨리나 바실리예브나의 집으로 내쫓곤 하였다. 「난 여러분 때문에 몹시 지쳤어요! 까쩬까에게 가세요. 그녀는 여러분을 피곤해하는 법이 없으니까요. 그런데 여러분은 어째서 나와 있을 때보다 그녀와 함께 있을 때 더 조용하죠? 나이로 치면 내가 더 위인데요.」

「신경 쓰지 마세요. 우린 그저 그녀를 좋아할 뿐입니다.」

「까쩬까, 어째서 이 사람들이 나보다 당신을 더 좋아하는

지 모르겠어요.」

「그건 제가 이 사람들을 별로 야단치지 않기 때문일 거예요.」

「그게 아니에요! 까쩨리나 바실리예브나가 우릴 남자처럼 대해 주기 때문이에요. 그래서 우린 그녀와 함께 있을 때 남자처럼 자유롭게 행동하지요.」

지난 겨울 젊은이들과 그들의 친한 친구들이 모이곤 했던 그들의 집에서는 노래 시합이 자주 벌어졌는데 매우 반응이 좋았다. 즉, 두 집의 피아노가 한 곳으로 모아지고 젊은 사람들은 제비를 뽑아 두 패의 합창단으로 갈라진다. 그런 다음 마주보고 있는 두 대의 피아노에 자신들의 프리마 돈나인 부인들을 앉힌다. 그리고 합창단은 각각의 프리마 돈나 옆에 서서 한 목소리로 동시에 노래를 부른다. 베라 빠블로브나가 합창단과 함께 「여자의 마음은 갈대」를 부르면 까쩨리나 바실리예브나는 그녀의 합창단과 함께 네끄라소프의 시에 곡을 붙인 「당신에게 버림받고 나서」를 부른다. 또는 베라 빠블로브나가 그녀의 합창단과 함께 프랑스의 시인 베랑제의 리제트 송 중의 한 곡을 부르면 까쩨리나 바실리예브나는 역시 네끄라소프의 시에 곡을 붙인 「에라무쉬까의 노래」를 부른다.

올겨울에 가장 인기를 끈 놀이는 지난해에 프리마 돈나 역할을 했던 여자들이 다른 사람들의 도움을 받아 〈미에 관한 두 그리스 철학자의 토론〉을 그들에게 맞게 각색하여 토론하는 것이었다. 그것은 이런 식으로 진행되었다. 즉, 까쩨리나 바실리예브나가 하늘을 보며 슬픈 듯이 한숨을 내쉬며 〈내 영혼을 사로잡은 성스러운 실러여!〉 하고 말하면 베라 빠블로브나가 근엄한 목소리로 〈꼬랄로프 네 가게에서 산 털신도 똑같이 아름답다네〉라고 응수하면서 한쪽 발을 내미는 것이다. 그런 대화를 듣고서 웃는 사람은 누구나 한쪽 구석에 가서 서 있어야 했는데, 토론이 끝나면 열 명이나 열두 명 중에서 구석으로 가지 않은 사람은 대개 두세 명밖에 남지 않았다. 그런데 비몬트가 어리둥절한 채로 그곳에서 끌려 나와 한쪽 구석으로 보내질 때는 장내가 떠나갈 듯한 웃음바다가 되곤 했다.

그 밖에 다른 일은 어떨까? 봉제 공장은 계속 잘되어 가고 있었다. 공장은 이제 세 곳으로 늘어났고 까쩨리나 바실리예브나도 오래전부터 봉제 공장을 설립해서 운영해 오고 있었다. 지금 그녀는 자주 베라 빠블로브나의 역할을 대신했으며 얼마 안 있으면 전적으로 그녀의 자리를 떠맡게 될 것이다. 금년 중에 베라 빠블로브나는 의사 자격시험에 합격할 것이고 그렇게 되면 그 일에 신경 쓸 시간이 전혀 없게 될 것이기 때문이다.

「봉제 공장들이 충분히 더 발전할 수 있었는데 그렇게 하지 못한 것이 유감이에요.」 베라 빠블로브나는 간혹 그런 말을 하곤 했다. 그러면 까쩨리나 바실리예브나는 아무 말도 하지 않고 다만 두 눈만 빛낼 뿐이었다.

「까쨔는 나보다도 성미가 급한 것 같아. 나보다도 성을 곧잘 내는 걸 보니.」 베라 빠블로브나가 말했다. 「까쨔 아버님은 아주 훌륭하셔서, 참 좋아. 기품이 있고 여유가 있으시거든, 그 점이 참 좋더라고.」

「그래요, 베로치까. 아버님은 정말 좋으셔요. 하지만 제 아들 녀석이 그래도 저보다 나은 것 같아요. 제 할아버지를 많이 닮았거든요.」 (여러분도 알겠지만 그녀에겐 아들이 있다.)

「그런데 까쨔, 당신이 나를 어떻게 생각하는지 통 모르겠어. 우린 항상 조용하고 평화롭게 살게 되겠지, 안 그래?」

까쩨리나 바실리예브나는 대답하지 않았다.

「말해 봐요, 까쨔. 나를 위해서 자, 그렇다고 말해 봐요.」

까쩨리나 바실리예브나가 웃음을 터뜨렸다. 「그건 제가 〈그렇다〉고 대답하거나 〈아니〉라고 대답하거나에 달린 문제가 아니라고 생각해요. 하지만 당신이 원하신다면 〈그렇다〉고 말하겠어요. 우리는 언제나 평화롭게 살 거라고요.」

그들은 실제로 평화롭게 살고 있다. 그들은 사이좋고 친밀하고 조용하고 행복하게, 그리고 즐겁게 활동적으로 살고 있다. 그렇지만 이것으로 내 이야기가 끝나는 것은 아니다. 그들 네 사람은 모두 아직 젊고 활동적이다. 그리고 비록 그들이 사이좋고 친하고 아름답고 견실하게 살아가고 있다고 해도 그것으로 우리의 관심과 흥미가 끝나는 것은 아니다. 그와는 거리가 멀다. 내게는 아직 그들에 대해서 이야기할 것이 많이 있다. 그들에 대한 나의 이야기는 지금까지 이야기했던 것보다 훨씬 더 재미있다고 단언한다.

23

그들은 즐겁고 사이좋게 살고 있다. 그들은 일하고 쉬고, 그리고 삶을 즐긴다. 그들 역시 미래에 대한 걱정이 없는 것은 아니지만 앞으로 나아가면 나아갈수록 모든 게 좋아질 거라는 확신과 신념을 가지고 미래를 응시하고 있다. 그들이 그렇게 산 지 3년째가 되던 재작년, 그리고 작년, 그리고 금년도 그렇게 지나갔다. 올 겨울도 이미 반이 지나갔다. 눈이 녹기 시작하자 베라 빠블로브나가 말했다. 「아직 한 번쯤은 더 추운 날이 있을 거예요. 그렇지 않아요? 그러면 겨울 소풍을 한 번쯤 더 갈 수 있을 텐데.」 아무도 그녀의 말에 대답하지 않았다. 하루하루가 지나면서 점점 따뜻해졌고 겨울 소풍의 꿈은 차츰 기억 속으로 사라져 갔다. 그러나 보라! 희망이 거의 완전히 사라졌을 때 한겨울에나 볼 수 있는 그런 눈보라가 찾아와 온기라고는 한 점도 없이 흰 눈발이 날리더니 마침내 하늘이 맑게 개였다. 「멋진 저녁이 될 거예요. 소풍! 소풍을 가는 거예요. 자 어서 서둘러요. 집에서 쉴 생각은 말아요. 격식 차리지 말고 그냥 단단하게 껴입고 가는 거예요.」

그날 저녁 두 대의 썰매가 눈 속으로 내닫기 시작했다. 한쪽에서는 이야기 소리와 웃음소리가 즐겁게 들려왔고 다른 한쪽에서는 몹시 시끌벅적하더니 거리를 빠져나가자마자 목청껏 노래를 부르기 시작했다. 노래의 내용은 다음과 같았다.

저 젊은 처자 단풍나무 대문을 지나
허겁지겁 어디로 가는 걸까
새로 만든 격자무늬 창문으로
젊은 처자 말 좀 들어 보세
우리 아버지 벼락 아버지
딸에게 인정사정도 없다네
밤마실 다니다 들켜도 날벼락
남정네들과 어울려도 날벼락
하지만 잔소린 한 귀로 흘리고
총각들과 노는 게 좋은 걸 어떡해

도대체 그 따위 노래를 부르다니! 그런데 과연 그것뿐일까? 한 썰매가 천천히 썰매를 몰아 이삼백 미터쯤 뒤로 처졌다가는 갑자기 〈야호〉 소리를 지르며 앞의 썰매를 뒤쫓아 질주한다. 그리고는 앞의 썰매 옆까지 돌진해 와서 그들에게 눈덩이를 던진다. 좀더 점잖은 썰매 쪽에서는 두세 번 그런 일을 당하자 그들도 방어를 하기 시작한다. 그들은 뒤의 썰매가 자기들을 앞질러 가게 한 다음 앞 썰매가 눈치 못 채게 눈을 한 움큼씩 모은다. 그리고 앞의 썰매가 속도를 늦추고 다시 뒤로 처질 때 자기들이 준비한 무기를 준비하고 있다는 기색을 전혀 보이지 않다가 떠들썩한 썰매가 환성과 고함을 지르며 그들에게 달려올 때 갑자기 그들에게 눈덩이 세례를 퍼부으려고 준비한다. 그런데 이게 어떻게 된 일일까? 소란스러운 썰매가 갑자기 우측으로 난 도랑을 건너더니 십여 미터나 저쪽으로 떨어져 달리는 것이다. 길이 없는 울퉁불퉁한 곳인데도 아랑곳하지 않고 그렇게 한참을 달려간다. 「맞아, 그녀가 뭔가 눈치를 챈 게 틀림없어. 아까부터 고삐를 꼭 잡고 있었거든. 지금은 일어서서 다급하게 말을 재촉하고 있잖아.」 점잖은 쪽 썰매의 사람들이 말한다. 「안 돼요, 안 돼! 저 사람들을 쫓아가서 빚을 갚아 줘야 해요.」 그것은 무모한 경주다. 그들을 따라잡을 수 있을까? 「따라잡을 수 있어요!」 점잖은 쪽 썰매의 사람들이 열광적으로 외친다. 그러다가 곧 실망해서 말한다. 「안 되겠어.」 그리고는 다시 미친 듯이 외친다. 「아니, 쫓아가야 해요!」 「저쪽에서 우리를 쫓아오고 있어.」 앞의 썰매에 탄 사람들이 당황해서 외친다. 「하지만 우리를 따라잡진 못해.」 그들 역시 흥분해서 떠들어댄다. 「저들이 우리를 쫓아올 수 있을까?」

점잖은 쪽 썰매에는 끼르사노프 부부와 비몬트 부부가 앉아 있다. 소란스러운 썰매에는 네 명의 청년과 한 여인이 타고 있는데 그처럼 야단법석을 떨게 한 주동자가 바로 그 여인이었다.

「건강을 빕니다. 다시 뵙게 되어 기뻐요.」 그녀가 공장 계단에서 뽈로조프에게 인사했다. 그리고는 자기 일행을 돌아보며 말을 덧붙였다. 「남자분들은 여자분들이 썰매에서 내리도록 도와주세요.」

모두들 서둘러서 응접실로 들어갔다. 추워서 모두들 뺨이 빨갛게 물들었다.

「안녕하세요, 사랑하는 할아버지.」

「저분은 할아버지가 아니에요, 베라 빠블로브나. 저분은 다음에 저하고 놀아 주실 거예요. 그래 주시겠죠, 영감님?」 소란스러운 썰매에 타고 있던 여인이 물었다.

「그러고말고.」 그 여인이 뽈로조프의 회색 수염을 부드럽게 쓰다듬자 그가 쾌히 승낙했다.

「도련님들, 내가 이분하고 같이 있어도 되겠죠?」

「그럼요, 되고말고요.」 젊은이들 중의 하나가 대답했다.

「안 됩니다, 안 돼!」 나머지 세 사람이 반대했다.

그런데 어째서 소란스런 썰매를 몰던 여인은 온통 검정색 옷을 입고 있는 것일까? 누구를 애도하기 위해서일까? 아니면 일시적 기분일까?

「오오, 좀 봐 줘요. 나는 피곤하다고요.」 그녀가 응접실 한 쪽 벽을 몽땅 차지하고 있는 터키 식 소파에 털썩 주저앉으면서 말했다. 「도련님들, 쿠션을 좀 가져와요! 내 것만이 아니라 다른 부인들 것도요, 모두들 피곤하신 것 같으니까.」

「그래요, 부인 덕분에 우리 모두가 녹초가 됐어요!」 까쩨리나 바실리예브나가 말했다.

「그 험한 길을 부인과 경주하고 나니까 그만 온몸이 다 부서지는 것 같아요!」 까쩨리나 바실리예브나가 덧붙였다.

두 사람 다 그녀와 마찬가지로 소파에 풀썩 주저앉았다.

「두 분께서는 민첩하지 못하시더군요. 말 타는 연습을 많이 하시지 않은 것 같았어요. 저처럼 선 채로 달리면 훨씬 재미있어요. 울퉁불퉁한 길에도 아무렇지 않고요.」

「우리도 좀 피곤한데.」 비몬트가 끼르사노프에게 말했다. 그들은 각기 아내 옆에 앉았다. 끼르사노프는 베라 빠블로브

나의 허리에 팔을 두르고 있었고 비몬트는 까쩨리나 바실리
예브나의 손을 잡고 있었다. 참으로 목가적인 정경이었다.
행복한 쌍들의 모습을 보면 누구나 유쾌해지는 법이다. 그러
나 그 여인의 얼굴에는 그녀의 일행 중 한 사람만을 제외하
고는 아무도 알아차리지 못할 만큼 순간적으로 어두운 그림
자가 스쳐 지나갔다. 그 젊은이는 창가로 가서 성에가 만들
어 놓은 아름다운 무늬들을 관찰하고 있었다.
　「부인들의 이야기는 아주 흥미롭더군요. 하지만 저는 부인
들로부터 직접 말씀을 듣지는 못했어요. 제가 알고 있는 것
은 고작 그 이야기들이 슬프긴 하지만 모두 다 행복하게 끝
을 맺었다는 것뿐이에요. 저는 그게 좋아요! 그런데 우리 영
감님은 어디 계시죠?」
　「집안 이곳저곳을 둘러보시느라 바쁘세요. 식사를 준비하
고 계시거든요. 이런 일은 항상 그분을 즐겁게 해준답니다.」
까쩨리나 바실리예브나가 말했다.
　「아, 그러시군요 신이 그분과 함께 하시길! 제게 부인의 이
야기를 해주세요. 하지만 간단하게요. 될 수 있으면 몇 마디
로 줄여서 말이에요.
　「그렇다면 아주 간단하게 이야기하지요.」 베라 빠블로브나
가 대답했다. 「저부터 시작할 테니까 다른 사람 차례가 돌아
오면 각자 자기의 이야기를 하도록 해요. 그런데 미리 말씀드
립니다만 제 이야기의 마지막 부분에는 비밀로 해두어야 할
것이 있습니다.」
　「좋아요. 그때는 남자분들을 밖으로 내쫓아 버리도록 할게
요. 아니면 지금 당장 나가라고 할까요?」
　「아니에요. 지금은 괜찮아요.」
　베라 빠블로브나는 이야기를 시작했다.

「하하하! 사랑스러운 쥘리, 난 진정 그녀를 사랑해요!」그녀는 털썩 무릎을 꿇고는 이상한 몸짓을 했다.「그녀는 정말 사랑스러워요!」

「브라보, 베라 빠블로브나! 저도 창문 밖으로 뛰어내려야겠어요! 브라보, 자 보세요, 남자분들!」상복 차림의 그녀가 손뼉을 치자 젊은이들도 그녀를 따라 〈만세!〉, 〈브라보!〉 하고 외치면서 요란하게 박수갈채를 보냈다.

「아니, 왜 그래요? 무슨 일이 있으세요?」2, 3분 후에 까쩨리나 바실리예브나가 놀라서 물었다.
「아니, 아무것도 아니에요. 곧 괜찮아질 거예요. 제게 물 한 잔만 갖다 주세요! 아니, 그러실 필요 없어요, 저기 모솔로프가 가져오고 있네요. 고마워요, 모솔로프!」그녀는 창가에 서 있던 젊은이가 가져다 준 물 컵을 받아 들었다.「보셨죠? 이 사람은 이렇게 눈치가 빨라요. 뭐든지 제가 원하기만 하면 척척이라니까요. 이제 다시 괜찮아졌어요. 이야기를 계속하세요, 듣고 있으니까요!」
「아무래도 안 되겠어요. 몹시 피곤해요.」5분 뒤에 그녀가 조용히 소파에서 일어나며 말했다.「한 시간쯤 누워 있다 와야겠어요. 제가 인사치레 따위는 하지 않는다는 것을 알고 계시겠죠? 이리 와요, 모솔로프. 사랑스런 영감님을 찾아봐요. 그분이 내가 있을 곳을 마련해 주실 거예요.」
「제가 해드리면 안 되겠어요?」까쩨리나 바실리예브나가 그녀 옆으로 다가서며 말을 건넸다.
「부인께 수고를 끼쳐도 될까요?」
「우리를 완전히 버리실 참입니까?」젊은이들 중의 하나가 슬픈 표정으로 물었다.「이럴 줄 알았다면 단검을 하나씩 가져오는 건데. 하지만 지금 우리는 자신을 찌를 물건이 아무 것도 없어.」

「식사가 나오면 포크를 단검 대신 쓰면 되잖아!」 다른 젊은이가 뜻밖의 대용품을 찾아내어 기쁘다는 듯이 신이 나서 외쳤다.

「오오, 안 돼요. 나는 우리 조국의 기대를 짊어지고 있는 젊은이들이 그렇게 죽는 것을 원치 않아요.」 그녀 역시 똑같이 흥분된 어조로 말했다. 「자, 진정해요, 도련님들! 모솔로프, 테이블 위에 조그만 쿠션을 놓아 줘요.」

모솔로프가 쿠션을 올려놓았다.

젊은이들이 그녀의 손에 키스했다.

까쩨리나 바실리예브나는 피곤한 손님이 쉴 방을 찾아보러 갔다. 「정말 안 됐어. 불쌍해!」 그녀가 응접실을 나갔을 때 그녀와 같은 공장에서 일하는 세 젊은이들은 똑같이 한 목소리로 말했다.

「하지만 그녀는 용감한 여자야!」 세 젊은이가 말했다.

「나도 그녀가 용감하다고 생각해.」 모솔로프가 만족스럽다는 듯이 가세했다.

「저 여자 안 지 오래됐니?」

「한 3년.」

「그렇다면 저 여자를 잘 알겠군.」

「물론. 하지만 걱정할 것 없어.」 그가 같은 썰매에 탔던 젊은이에게 덧붙였다. 「저 아가씬 그저 피곤한 것뿐이니까.」

베라 빠블로브나는 그녀의 남편, 그리고 비몬트와 의미 있는 눈길을 교환하고는 고개를 가로저었다.

「그녀가 피곤하다고 말하는 건 납득이 되지 않아.」 끼르사노프가 반박했다.

「분명히 말씀드립니다만 그녀는 피곤한 것뿐입니다. 그녀는 이제 곧 잠이 들 것이고, 모두 다 괜찮아질 겁니다.」 모솔로프가 침착하고 차분한 목소리로 응수했다.

10분 뒤에 까쩨리나 바실리예브나가 돌아왔다.

「그녀는 좀 어떻습니까?」 여섯 사람이 동시에 물었다. 그러나 모솔로프는 묻지 않았다.

「침대에 누워 눈을 감았어요. 지금쯤 잠이 들었을 거예요.」 모솔로프가 말했다.「제가 그럴 거라고 말씀드리지 않았습니까? 별일 아니라고요.」

「그래도 저는 그 부인이 걱정돼요.」 까쩨리나 바실리예브나가 말했다.「우리가 교대로 그 부인을 돌보는 게 좋겠어요. 저와 베로치까 형님과 그리고 찰리와 사샤도요.」

「하지만 이 일로 우리의 즐거움을 깨진 맙시다.」 모솔로프가 제의했다.「우리도 춤추고 떠들고, 그리고 노래도 부를 수 있습니다. 그녀는 아주 깊이 잠들었을 테니까요.」

만일 그녀가 잠이 들었다면, 그리고 그 일이 사소한 일이라면, 정말 아무 염려할 필요가 없을 것이다. 상복 차림의 여인으로 인해 야기된 불안감은 15분쯤 지나면서 사라졌고 완전히는 아니지만 거의 잊혀져 갔다. 파티는 그녀 없이도 차츰 겨울 동안의 파티들처럼 즐거워져 갔다.

그러나 비록 즐겁기는 해도 완전히 자유로운 것은 아니었다. 적어도 부인들은 대여섯 번 이상 진지하게 눈길을 교환했다. 베라 빠블로브나는 두 번이나 남편의 귀에 대고 속삭였다.「사샤, 우리에게도 이런 일이 일어나면 어떡하죠?」 끼르사노프는 처음엔 어떻게 대답해야 할지 망설였다. 두 번째 그녀가 다시 물었을 때 그는 이렇게 대답했다.「아니오, 베라. 우리에게 그런 일은 절대로 일어나지 않을 거요.」「일어나지 않을 거라고요? 정말 그렇게 믿으세요?」「물론.」 까쩨리나 바실리예브나도 남편에게 은밀히 속삭였다. 「찰리, 이런 일이 제게는 일어나지 않겠지요?」그 말을 듣자 비몬트는 다만 미소로 응답했다. 그러나 즐거워서 그랬던 것도, 그녀를 안심시키려고 그랬던 것은 아니었다. 두 번째 질문을 받고서야 비로소 그는 다음과 같이 대답했다. 「하늘이 무너져도 그런 일은 없을 거요.」

그러나 그런 대화는 단지 일시적인 반향에 불과했고 그것도 처음에만 그랬다. 저녁 시간은 대부분 즐겁게 지나갔으며 특히 반시간 동안은 아주 즐거웠다. 그들은 이야기를 하고 게임을 하고 노래를 불렀다. 「그녀는 깊이 잠이 들었습니다.」모솔로프가 말했다. 그는 가능한 한 분위기를 이끌려고 노력했다. 실제로 그녀의 잠을 방해하기란 거의 불가능했다. 그녀가 자고 있는 방은 응접실로부터 멀리 떨어진 곳에, 즉 방 셋과 복도를 지나 계단과 또 다른 방으로 격리된 곳에 있었기 때문이다. 그곳은 이 집에서 가장 구석진 방이었다.

그렇게 해서 저녁 파티는 완전히 흥을 되찾았다.
젊은이들은 여느 때와 마찬가지로 다른 사람들과 어울리거나 또는 자기들끼리 모여 제법 심각하게 토론을 했다. 비몬트는 그들과 두세 차례 함께 어울렸는데 그때마다 베라 빠블로브나가 그를 그들의 대화에서 끌어내 다른 방으로 데려가곤 했다. 사람들은 오랫동안 서로 대화를 나누었다.
그러나 많은 이야기를 나누었지만 심각한 이야기는 별로 없었고 대개 그렇고 그런 이야기들이 대부분이었다.

마침내 모든 사람들이 한자리에 모여 앉았다.
「자, 그녀는 어때요? 좋아졌어요 나빠졌어요?」슬픈 표정을 짓던 젊은이가 물었다.

「그다지 좋아진 것 같진 않아요.」베라 빠블로브나가 말
했다.

「그게 무슨 뜻이죠?」까쩨리나 바실리예브나가 물었다.

「글쎄, 살아가자면 피할 수 없는 일이라고 할밖에.」비몬트
가 말했다.

「피치 못할 운명이라고나 할까.」끼르사노프가 수긍이 간
다는 듯이 덧붙였다.

「유난히 좋지 않다고요? 결국 그것도 유별난 거로군요.」
질문을 했던 젊은이가 말했다.

나머지 세 젊은이들은 그 말에 동의한다는 뜻으로 〈브라
보, 니끼찐!〉 하고 일제히 큰소리로 외쳤다.

젊은이들이 한데 모여 앉았다.

「나는 그에 대해서 잘 몰라, 니끼찐. 그런데 자네가 그 〈특
별한 인간〉[106]에 대해서 안단 말이지?」모솔로프가 물었다.

「나는 그때 어린아이에 불과했어. 그를 보긴 했지만 말
이야.」

「그러면 자네가 볼 때, 그 일이 어떻게 될 것 같은가? 그들
이 진실을 말하고 있는 것 같던가? 그리고 그가 과연 그녀의
우정을 받아들일까?」

「아니.」

「그 후론 그를 본 적이 없나?」

「그래. 하지만 그때는 비몬트가 미국에 있었잖아.」

「참 그렇지! 칼 야코블리치, 잠깐 이리 좀 와보세요. 당신
은 우리가 지금 이야기하고 있는 그 러시아 인을 혹시 미국

---

106 라흐메또프를 가리킨다.

에서 본 적이 있습니까?」

「없습니다.」

「맞아, 그때는 이미 그 사람은 돌아왔을 때야.」

「그렇습니다.」

「내게 좋은 생각이 떠올랐어.」 니끼찐이 말했다. 「그러면
틀림없이 좋은 신랑감이 될 텐데.」

「여러분, 누가 저와 함께 노래부를 사람 없어요?」 베라 빠
블로브나가 말했다. 「두 사람 다 함께 부르고 싶으시다고요?
그러면 더욱 좋지요!」

모솔로프와 니끼찐은 뒤에 남았다.

「자네에게 재미있는 걸 보여 주지, 니끼찐.」 모솔로프가 말
했다. 「어떻게 생각해. 그녀가 정말로 자고 있을 것 같아?」

「천만에.」

「하지만 모른 척하게! 나중에 자네가 그녀와 더욱 친해진
다음이라면 모르지만 지금은 오늘 있었던 일에 대해서 물어
보는 건 좋지 않아. 물론 다른 사람들에게 이런 이야기를 해
서도 절대로 안 되고. 그녀는 그런 것을 좋아하지 않으니까.」

공장 사택이 창문들은 낮았다.

「저기 불이 켜져 있는 방이 그녀가 있는 곳인가?」 모솔로
프는 그쪽으로 시선을 돌렸다.

「저기 저 창문 보이지?」

상복 차림의 여인은 의자를 테이블 앞으로 당겨 거기에
걸터앉아 있었다. 그녀는 왼쪽 팔꿈치를 테이블 위에 얹고
손바닥으로 숙인 머리를 괴고 있었는데 그 바람에 그녀의
뺨과 머리카락이 일부 가려졌다. 그리고 오른손 역시 테이
블 위에 올려놓았는데 손가락은 마치 어떤 가락을 연주하기
라도 하듯 기계적으로 테이블을 두드렸다. 여인의 얼굴은

우울하고 슬픈 빛이 역력했지만 그래도 엄격한 표정이 좀더 있어 보였다. 그녀의 눈썹이 올라갔다 내려왔다 반복하고 있었다.

「언제나 저런가, 모솔로프?」

「그렇다네. 창가에서 좀 떨어지는 게 좋겠네. 감기 들겠네. 벌써 10시 15분이야.」

「자네 참 냉정하군!」 입구의 등 옆을 지날 때 동료의 눈을 유심히 들여다보며 니끼찐이 말했다.

「자넨 몹시 감상적이로군. 하지만 이런 이야긴 자네가 처음이야.」

밤참이 나왔다.

「아주 훌륭해, 보드까인데.」 니끼찐이 말했다. 「몇 도나 되길래 이렇게 독하지! 숨이 콱콱 막히는 것 같아.」

「이런, 자네 벌써 취했군! 눈이 벌건 걸 보니.」 모솔로프가 놀렸다. 모두들 똑같이 니끼찐을 놀려대기 시작했다.

「그냥 숨이 막혀서 그런 것뿐이야. 하지만 마시려면 더 마실 수 있다고.」 그가 변명하듯 말했다. 그들은 시계를 보았다. 「겨우 11시밖에 안 됐어. 아직도 30분은 더 놀 수 있어요.」

30분이 지나자 까쩨리나 바실리예브나가 상복 차림의 여인을 깨우러 갔다. 여인은 기지개를 켜면서 그녀를 문지방에서 맞았다.

「잘 주무셨어요?」

「네, 아주 잘 잤어요.」

「기분은 좀 어떠세요?」

「아주 좋아요. 제가 별거 아니라고 했잖아요. 제가 장난이 지나쳤던가 봐요. 이제부터는 점잖아질 게요.」

하지만 그녀의 점잖은 태도는 오래가지 않았다. 5분도 채

안 되어 그녀는 이미 뽈로조프에게 교태를 부렸고 젊은이들에게 이것저것 명령을 내리는가 하면 테이블 위에 놓여 있던 두 개의 포크로 행진곡 풍의 가락을 두드리곤 했다. 그러고 나서 그녀는 서둘러 돌아가려고 했지만 그녀의 흥겨워 하는 모습에 덩달아 흥이 난 사람들은 그녀가 가도록 내버려 두질 않았다.

「말은 준비됐나요?」 그녀가 식사를 마치고 일어나며 물었다.

「아직 안 됐습니다. 하지만 방금 전에 말을 준비시키라고 사람을 보냈어요.」

「아무짝에도 쓸모 없는 사람 같으니! 사정이 그렇다면 할 수 없지요. 베라 빠블로브나, 우리를 위해서 노래 좀 불러 주세요. 노래를 굉장히 잘하신다고 들었어요.」

베라 빠블로브나가 노래를 불렀다.

「부인께 종종 노래를 청해 들어야겠는데요.」 상복 차림의 여인이 말했다.

「자, 이제 당신 차례예요! 당신 차례라고요!」 모두들 외쳤다. 그러나 그들이 재촉하기도 전에 그녀는 벌써 피아노 앞에 앉아 있었다.

「좋아요, 다만 저는 노래를 못해요. 그러나 제가 노래를 못 부른다고 하늘이 무너지는 것은 아니니까 아무래도 상관없겠죠. 저는 그런 일에는 관심 없어요. 여러분, 저는 여러분을 위해서가 아니라 도련님들을 위해서 노래를 부르겠어요. 도련님들, 여러분은 이 엄마를 비웃으면 안 돼요!」 그와 동시에 그녀는 전주 화음을 연주하기 시작했다. 「도련님들, 다시 주의를 주겠어요. 진짜 웃으면 혼날 줄 알아요.」 그리고는 목청껏 높은 소리로 노래를 부르기 시작했다.

녹청빛 비둘기가……

젊은이들은 미처 뜻밖이라는 듯이 웃음을 터뜨렸고 다른 사람들도 덩달아 같이 웃었다. 노래를 부르던 그녀도 웃음이 나왔지만 꾹 참고 더 높은 목소리로 노래를 계속했다.

녹청빛 비둘기가 구구하네.
낮부터 밤까지 하루종일 구구하네.
사랑하는 제 짝을 찾아…….

그러나 거기서 그녀의 목소리가 떨리며 노래가 중단되었다.「목소리가 올라가질 않아요. 이 노래는 여기서 그만두고 다른 노래를 하는 게 낫겠어요. 자, 도련님들, 엄마 말을 들어요. 사랑에 빠지면 어떻게 되지요? 그리고 여러분은 결혼할 자격이 없다는 것을 알아야 해요.」그러고 나서 그녀는 힘차고 풍부한 콘트랄로로 노래를 불렀다.

우리 마을에는 미인들이 많다네.
그녀의 검은 눈동자에서는 별이 빛나고
행복의 여신은 그녀를 사랑한다네.
그러나…….

「이 〈그러나〉에 실망하면 안 돼요, 도련님들…….」

그러나 용감한 젊은이들 또한 사랑스럽다네.

「이 말은 아무 의미도 없어요……. 전혀 쓸모 없는 말이에요.」

그녀와 결혼하지 말아요.
젊은이여, 내 말을 들어요.

「이건 말도 안 돼요. 그리고 지금 내가 하는 말도 허튼 소리나 아닌지 모르겠어요. 여러분, 연애도 좋고 결혼도 다 좋아요. 다만 자신을 기만하지 말고 성실하게 행동해야 해요. 이젠 내가 결혼할 때의 이야기를 노래로 불러 드리겠어요. 이건 고전적인 로맨스예요. 그러고 보니 내가 늙었나 봐요. 나는 돌턴에 있는 우리 성의 발코니에 앉아 있었어요. 스코틀랜드가 내 고향이거든요. 그때 나는 아름다웠지만 피부는 창백했어요. 성 아래쪽에는 숲이 우거져 있었고 그 사이로 브링갈 강이 유유히 흐르고 있었습니다. 그때 나의 연인이 아주 몰래 천천히 내가 있는 발코니 쪽을 다가왔어요. 그는 가난했어요. 나는 남작인 영주의 딸이었지만 진정으로 사랑했어요. 그래서 난 그에게 노래를 불러 주었습니다.」

굽이치며 흐르는 브링갈 강은 너무도 아름다워라.
숲은 더욱 푸르고 울창하나니
우리들 사랑도 더욱 깊어만 가네.

「나는 그 사람이 낮에는 숲에 숨어 지내는 것을 알고 있었어요. 게다가 매일같이 은신처를 옮긴다는 것도요. 그래서 또 노래했습니다.」

그곳은 아버지의 연회장보다 더욱 크고 화려하지요.

「그렇지만 우리 아버지의 연회장은 사실 그렇게 멋지진 않았어요. 나는 그에게 〈그대와 함께 가겠어요〉 하고 노래를 불렀죠. 그랬더니 그가 내게 뭐라고 응답했는지 아세요?」

그게 정말인가요. 당신의 지위와 명예를
모두 잃으시려고요. 자, 내게 말해 봐요.

「왜냐하면 나는 높은 신분으로 태어났거든요.」

하지만 승낙하기 전에 생각해 봐요,
당신이 어떤 운명과 마주치게 될지.

「〈당신은 사냥꾼인가요?〉 내가 물었어요. 〈아닙니다.〉 그
가 대답했어요. 〈그럼 밀렵꾼인가요?〉 다시 물었다. 그가 고
개를 끄덕이며 말하더군요. 〈대충 비슷합니다.〉」

우리들이 밤의 자식들을 만날 때

「우리가 못됐다는 것은 여러분 도련님들도 충분히 알 수
있을 거예요.」

우리는 서로 정중히 인사를 하지요.
그리고 예전엔 어떤 사람이었고
지금은 어떤 사람인지 모두 잊어버립시다.

「그이가 〈나는 오래전부터 그렇게 생각해 왔습니다〉 하고
내게 말하더군요. 그래서 내가 〈당신 혹시 사냥꾼 아닌가
요?〉 하고 받았지요. 그건 사실이었어요. 그는 사냥꾼이었지
요. 예, 정말 그는 사냥꾼이었습니다. 그런데, 여러분, 그가
말했어요. 〈내가 당신의 신랑감으로 어울리지 않는다는 것을

모르십니까?〉」

　　　오, 아가씨 나는 그대와 어울릴 수 없는 숲의 사람
　　　나는 다시 그곳으로 돌아갑니다.

「그래요, 그건 돌이킬 수 없는 사실이었어요. 때문에 그이
는 〈나와 함께 가선 안 된다〉고 말하는 것이었습니다.」

　　　나는 목숨을 기약할 수 없는 사람

「어두운 숲에서 온갖 짐승과 벌레들이 우글거리거든요.」

　　　우리 같은 이들의 최후는 언제나 비참하지요.

「물론 꼭 그런 것만은 아니에요, 도련님들. 그리고 그렇게
비참한 것도 아니고요. 그러나 그때 우린 그렇게 생각했어
요. 나는 다시 노래했지요.」

　　　굽이치며 흐르는 브링갈 강은 너무도 아름다워라.
　　　숲은 더욱 푸르고 울창하나니
　　　우리들 사랑도 더욱 깊어만 가네.
　　　그곳은 아버지의 연회장보다 더욱 크고 화려하지요.

「정말 그랬어요. 결코 후회도 하지 않았고요. 물론 내 앞에
어떤 일이 기다리고 있는지 알고 있었지만요. 도련님들, 여
러분도 앞으로 결혼도 하고 사랑도 하겠지요. 그러나 상대를
선택할 때는 그만큼 신중하고 사려 깊게 생각해야 합니다.
물론 거짓이나 위선이 있어도 안 되고요.」

풀벌레조차 울지 않는 밤
휘영청 밝은 달이 창공에 떠오르면
젊은 병사는 탄환을 장전하고
밤을 틈타 싸움터로 가야 한다네.
금발의 처녀가 그에게 속삭이네.
내 사랑, 용기를 갖고
자신을 운명에 맡겨요.

「이런 여자가 있다면 사랑을 하세요, 물론 결혼을 하면 더욱 좋고요.」

「내가 당신에게 했던 말은 잊어버리세요, 사샤. 그리고 부인의 말을 들어 봐요.」 베라 빠블로브나가 남편에게 속삭이며 그의 손을 꼭 쥐었다. 「당신에게 왜 저런 말을 못했는지 후회스러워요. 이제부터는 저분처럼 당신에게 말을 하겠어요.」 까쩨리나 바실리예브나가 속삭였다.

「그런 사랑이라면 허락하겠어요. 물론 여러분에게 축복도 내리고요, 도련님들.」

내 사랑 용기를 갖고
자신을 운명에 맡겨요!

「나는 여러분과 아주 즐거운 시간을 가졌어요. 그런데 즐거움이 있는 곳에는 뭔가 마실 게 있어야 해요.」

이봐요! 우리 조그만 맥주집 아가씨
내 잔에 꿀술과 포도주를 가득 부어요!

「〈꿀술〉은 단지 노래의 운을 잃지 않기 위해 넣은 것이에
요. 샴페인 좀 남았어요? 있어요? 그거 아주 잘됐군요! 자,
어서 병마개를 열어요.」

　　이봐요! 우리 조그만 맥주집 아가씨
　　내 잔에 꿀술과 맥주를 가득 부어요!
　　즐겁고 유쾌한 기분이
　　나의 가슴을 가득 채우게요.

「그런데 누가 〈맥주집 아가씨〉 역할을 하죠? 좋아요, 내가
〈맥주집 아가씨〉를 하죠.」

　　아가씨의 이마는 어둠처럼 깊고
　　구두 뒷굽의 장식 쇠붙이가 눈부시게 빛나네.

　그녀가 껑충껑충 뛰면서 손으로 이마를 문지르며 굽으로
바닥을 쾅쾅 굴렀다.
　「나는 벌써부터 이렇게 될 줄 알고 있었다고요! 여러분, 그
리고 사랑스런 영감님, 그리고 우리 도련님들, 마음껏 드세
요. 여러분의 조그만 머리는 즐겁고 행복해야만 돼요.」
　「맥주집 아가씨의 건강을 위해! 맥주집 아가씨의 행복을
위해!」
　「고마워요. 건강을 위해 마시겠습니다.」 그리고 다시 그녀
는 피아노 앞으로 가서 노래를 부르기 시작했다.

　　슬픔이여, 안녕!
　　티끌처럼 허공 중에 사라져라!

「이제 슬픔 따윈 영원히 사라질 것입니다.」

우리의 새로 태어난 가슴에
끝없는 기쁨이 오리니!

「꼭 그렇게 될 거예요! 나는 그걸 맹세코 확신합니다.」

태양이 떠오르면 그림자가 물러가듯
어둡고 괴로웠던 마음은 사라지리라.
빛과 따스함과 진한 꽃향기가
어둠과 절망을 몰아내리니
타락과 부패의 냄새는 사라지고
장미의 향기가 온 천지에 진동하리라.

제6장

장면의 전환

「이제 출발해요.」 상복 차림의 여인이 말했다. 그러나 이제 그녀는 더 이상 상복 차림이 아니다. 그녀는 장밋빛 드레스와 장밋빛 모자, 그리고 하얀 숄을 두르고 있었고 거기에다 손에는 아름다운 꽃다발까지 들고 있었다. 그녀는 혼자가 아니라 모솔로프와 함께 타고 있었다. 모솔로프와 니끼찐은 마차 앞좌석에 앉아 있었고 마부석에는 세 번째 젊은이가, 그리고 여인 옆에는 나이가 서른쯤 돼 보이는 남자가 앉아 있었다. 그 여인이 몇 살이냐고? 그녀의 말처럼 스무 살이나 스물두 살이 아니냐고? 그러나 그녀가 설령 나이를 불려서 말했다고 하더라도 그건 우리가 상관할 바가 아니다. 그건 어디까지나 양심의 문제이니까.

「네, 그래요. 나는 2년이 넘게 이날이 오기를 고대했어요. 내가 처음 그이를 알았을 때(그녀는 눈으로 니끼찐을 가리켰다) 나는 어떤 예감 같은 것을 느꼈어요. 하지만 기대를 했다고 말하긴 어려워요. 그건 단지 희망에 불과했으니까요. 하지만 곧 확신을 갖게 되었죠.」

「잠깐, 잠깐만 기다려요.」 독자들이 말한다. 그리고 현명한 독자뿐 아니라 모든 다른 독자들까지도 점점 머릿속이 혼란해진다.「그 여자가 니끼찐과 안 것이 2년이 넘는단 말입니까?」

「그렇답니다.」 나는 대답했다.

「그녀는 올 겨울이 다 갈 무렵 썰매 소풍 때 끼르사노프 부부와 비몬트 부부를 알게 된 것이 아닙니까?」

「맞습니다.」

「그렇다면 도대체 줄거리가 어떻게 되는 겁니까? 당신은 2년 후인 1865년에 일어날 일을 미리 이야기하고 있는 것인가요?」

「그렇습니다.」

「뭐라고요? 아니, 그게 말이나 됩니까? 정신차려요!」

「그게 왜 안 됩니까? 내가 그때 일을 훤히 다 알고 있는데요.」

「그만둡시다. 당신 얘기를 도대체 누가 믿겠소?」

「왜 내 이야기가 재미없습니까?」

「당신 날 뭘로 보는 거요? 물론 재미없고말고!」

「당신이 지금 듣고 싶지 않다면 할 수 없지요. 당신이 듣고 싶어할 때까지 나머지 이야기를 뒤로 미뤄 두는 수밖에요. 당신이 내 이야기에 다시 귀를 기울이는 그날이 어서 빨리 오기를 기다리겠습니다.」

1863년 4월 4일

진보와 인간성에 대한 확고한 신념

니꼴라이 체르니셰프스끼(Nikolai Chernyshevskii, 1828~1889)가 1863년 뻬뜨로빠블로프스끄 수용소에 투옥되어 그곳에서 집필한 『무엇을 할 것인가』는 1860년대와 1870년대는 물론이고, 1917년 러시아 혁명이 성공한 뒤에까지 압도적인 영향력을 갖고 러시아 지성계에 군림했다. 그것은 이 소설이 사회주의 이념을 최초로 구현한 소설이라는 점 이외에도 이 책을 읽은 사람들 — 쁠레하노프, 레닌, 스딸린, 뜨로츠끼, 마야꼬프스끼 등등 — 의 명성 때문인데 특히 이 책에서 보여준 진보와 인간성에 대한 확고한 신념, 그리고 〈새로운 인민〉의 출현에 대한 확신은 그들의 열광적인 환영을 받았다. 그중에서도 레닌은 특별히 이 책을 좋아해서 체르니셰프스끼의 전집을 마르크스-엥겔스 전집과 나란히 꽂아 두고 틈만 나면 이 소설을 읽곤 했으며 이 소설의 제목 〈무엇을 할 것인가〉를 자신의 유명한 저서 『무엇을 할 것인가』의 제목으로 따오기까지 했다. 스딸린 역시 그의 소비에뜨 리얼리즘의 본보기를 이 책에 두었던 것으로 유명하다. 혁명 시인 마야꼬프스끼의 아내인 릴리 브리끄는 체르니셰프스끼의 『무엇을 할 것인가』를 모르고서는 그녀와 마야꼬프스끼의 관계를 이해할 수 없다고 단언했다.

그렇다면 19세기 후반 러시아 사회에서 체르니셰프스끼의 소설 『무엇을 할 것인가』가 쓰인 사회적 배경은 무엇이며 당시의 지식인과 청년들에게 그처럼 커다란 영향을 미쳤던 까닭은 무엇인가?

체르니셰프스끼가 이 소설을 쓴 1863년 당시의 러시아 사회는, 같은 해에 쓰인 뚜르게네프의 소설 『아버지와 아들』의 이분법적 구분에서 상징적으로 드러나듯이, 1840년대 〈아버지 세대〉의 인텔리겐찌야(즉, 뚜르게네프, 벨린스키, 게르쩬)로부터 1860년대 〈아들 세대〉의 인텔리겐찌야(즉, 체르니셰프스끼, 도브롤류보프, 삐사레프)로 넘어가면서 귀족 출신인 아버지 세대의 〈내적 분노〉가 평민 출신인 아들 세대의 구체적 행동으로 나타나던 시기였다. 그것은 러시아의 질곡으로 불리던 짜르 체제와 농노제의 현실 속에서 문제의 틀이 아버지 세대의 〈누구의 죄인가?〉에서 아들 세대의 〈무엇을 할 것인가?〉로 근본적인 전환을 한 것을 의미했다. 당시에 아버지 기성세대의 〈위로부터의 혁명〉에 성급한 기대를 걸었던 청년들은 기성세대의 무력한 비판적 태도에 큰 실망과 좌절을 맛보았고 끄림 전쟁의 패배로 러시아 위신이 크게 위축된 상황에서 1861년 짜르 정권이 선포한 농노 해방령과 토지 개혁령의 기만적 술책은 마침내 그들을 분노시키기에 충분했으며 급기야 구체적 행동으로 옮겨 갈 태세를 보이기 시작했다. 바로 여기에 불을 당긴 것이 체르니셰프스끼와 도브롤류보프의 사회 평론이었다.

그는 1850년대 후반부터 『동시대인』지를 통해 사회 전체의 관심의 초점이 된 농민 문제를 심도 있게 다루었는데 이와 관련해서 이미 1859년에 정부가 마련한 개혁안이 농민의 기대에 크게 못 미치는 것임을 경고한 바 있었다. 즉, 그는 줄곧 짜르 정부는 진정한 농민 해방을 수행할 수 없으며, 토지 개혁령은 안정과 자유라는 미명하에 자유주의자, 그리고 지주들과의 타협일 뿐 실제로는 농민들을 파멸시키고 그들을 지주에게 완전히 팔아 넘기는 기만에 불과하다고 주장했다. 실제로 1861년 2월 농민 해방에 관한 시책이 발표되자 체르니셰프스끼의 주장이 옳다는 것이 명백하게 드러났다. 당시 토지 개혁령에는 농노가 생계를 꾸려 가는 데 필요한 토지를 분배하겠다고 되어 있었으나 실제로는 농노가 자신의 생계를 위해 경작해 오던 토지마저 유상으로 분배하는 그런 식이었다. 따라서 농노들은 분배받는 토지의 토지 대금을 지불해야 했는데, 그중 20퍼센트는 직접 지주에게 지불하고 나머지 80퍼센트는 국가가 지주에게 미리 지불해 줌에 따라서 토지 지불 상환금 명목으로 원금과 6퍼센트의 이자를 합해서 49년 동안 국가에 상환해야 했다. 바로 이러한 짜르 정부의 기만적 술책으로 인해 농민들은 그들의 소유로 된 토지의 시장 가격이 당시에 총 5억 4천 루블을 넘지 않았는데도 불구하고 실제로는 약 20억 루블을 지불한 것으로 나타났다. 결과적으로 이러한 조치는 농민들이 더욱 불리하게 지주한테 매이는 꼴이 되었고 마침내 그들을 파멸로 몰아갔던 것이다.

뒷날 레닌은 짜르의 개혁을 긍정적으로 수용했던 1890년대의 인민주의자들에 대해서 비판적이었던 것과 달리 짜르의 개혁에 대해서 비타협적 태도를 취했던 1860년대와 1870년대의 인민주의자들, 그중에서도 특히 체르니셰프스끼를 적극적으로 옹호하였다. 그는 『인민의 벗』에서 다음과 같이 술회하였다. 〈농민 개혁이 도입되기 시작했을 뿐인 당시에 (당시 그것은 유럽에서조차 아직 적절하게 해명되지 않고 있었

다) 그것이 근본적으로는 부르주아적 성격을 갖고 있음을 그처럼 명확하게 이해하기 위해서는, 그리고 당시의 러시아 《사회》와 《국가》가 근로 인민과 화해할 수 없을 정도로 적대적으로 되고, 농민 계급이 그들의 토지 몰수와 파멸을 미리 예견하고 있던 사회 계급들에 의해 지배, 통치되고 있다는 사실을 이해하기 위해서는 체르니셰프스끼와 같은 천재성이 요구되지 않으면 안 되었다. ……그는 이러한 개혁에 저항하고 그것을 저주했으며 그것이 실패하기를, 그래서 러시아 곳곳에서 계급투쟁을 고취시킬 충돌이 발생하기를 원했다.〉

한마디로 이 소설은 1860년대의 새로운 인물들인 〈아들의 세대〉를 이상화한 것이다. 이 소설의 주인공들 ── 베라 빠블로브나, 로뿌호푸, 끼르사노프, 라흐메또프 ── 은 1840년대의 아버지 세대와는 달리 새로운 도덕적 정열을 지닌 합리적이고 유물론적인 인물들이다. 이들은 구시대의 비합리적인 사고방식에서 벗어나, 체르니셰프스끼의 전기 작가 스쩨끌로프의 말처럼 〈합리적 에고이즘〉, 즉 자기 자신의 이익과 사회 전체의 이익이 일치한다는 신념에 따라서 행동한다. 다시 말해서, 그들은 〈저주받은 현실〉(벨린스끼의 용어)과 〈암흑의 왕국〉(도브롤류보프의 용어) 러시아에서 자기의 생활을 포기하고 사회로부터 소외되면서도 민족과 사회를 위해 사회적 책임을 다하려는 비판적 지식인들로서 그 이상적인 인물이 바로 혁명가 라흐메또프이다. 그는 이 소설의 3장 뒷부분에 나오는데, 당시에 러시아 사람들은 그를 1866년에 알렉산드르 2세를 암살하려다 실패한 스물여섯 살의 청년 까라꼬조프의 전형적인 인물로 생각했다. 까라꼬조프는 귀족의 자제로서 〈토지와 자유의 당〉의 멤버였는데 오직 러시아의 혁명에 자신을 헌신했던 인물로 알려져 있다. 체르니셰프스끼는 이 라흐메또프와 다른 주인공들에 대해서 다음과 같이 말하고 있다. 〈그들은 소수이지만 우리의 삶은 그들을 통해서 꽃을 피운다. 그들이 없다면 이 세상의 삶은 죽음이나 다름없이 메마르고 황폐해질 것이다. 그들은 소수이지만 모든 사람들에게 생명의 호흡을 불어넣는다. 그들이 없다면 사람들은 질식하고 말 것이다. 정직하고 선한 인민 대중은 위대하다. 그러나 그들과 같은 존재는 드물다. 그들은 인민들 속에서 차의 향기와 같은 존재이며 좋은 술의 방향과 같은 존재이다. 강인함과 품위는 바로 그들로부터 온다. 그들이야말로 가장 선한 사람들 중의 꽃이며 주동자들 중의 주동자들이며 이 땅의 소금 중의 소금이다.〉 이 점에서 체르니셰프스끼 또한 그러한 인텔리겐찌야의 한 본보기라고 할 수 있을 것이다.

로버트 터커는 그의 『레닌 선집』 서문에서 레닌을 라흐메또프에 견주어 말하면서 이 소설에 대한 레닌의 감동을 다음과 같이 서술하고 있다.

그는 1904년 1월 제네바의 한 카페에서 친구들과 대화하는 가운데 그의 마음속에 늘 품고 있던 그 소설의 주인공들처럼 살겠다고 결의를 다진 적이 있었다. 그는 체르니셰프스끼 작품의 우수성에 대해서 누군가가 비난하자 몹시 격분해서 반박했다. 그리고 그의 형이 사형을 당하고 나서 그것을 다시 읽었을 때 받은 깊은 감동을 다음과 같이 고백했다. 〈그 소설은 나의 형을 사로잡았고 나 또한 사로잡았다. 그것은 《나를 완전히 압도했다…….》 그것은 당신의 전 생애를 내걸어도 좋을 만한 훌륭한 소설이다.〉 그리고 그는 계속해서 다음과 같이 설명했다. 〈체르니셰프스끼의 가장 위대한 공적은 올바른 마음가짐을 지닌 진지한 사람은 누구나 다 혁명가라는 것을 보여 주고 있을 뿐만 아니라, 한 걸음 더 나아가서 더욱 중요한 다음과 같은 것, 즉 혁명가는 어떤 종류의 사람이어야 하며 그는 어떤 행동 규칙을 준수해야 하고 어떻게 그의 목표를 수행해 나가야 하며 그리고 어떤 수단에 의해서 그것을 달성해야 하는가를 보여 주었다는 데 있다.〉

그리고 그는 레닌이 짜르의 개혁을 수용한 그와 동시대의 인민주의자들보다 1860년대 인민주의자들의 지적 유산을 훨씬 더 많이 계승하고 있다는 것을 강조하고 레닌이즘이야말로 러시아의 지적, 혁명적 유산과 마르크시즘의 혼합물이라고 주장한다. 그에 의하면, 인텔리겐찌야의 특징적인 태도가 짜르적 질서와는 소원한 것임에도 불구하고 그들의 사고 방식에는 러시아의 가부장적 권위주의의 상징인 짜르적 성향이 있으며 ― 짜르는 황제인 동시에 러시아 정교의 수장을 겸하였다 ― 레닌 역시 그러한 요소를 갖고 있다는 것이다. 그는 레닌이 동료들에게 항상 스따리끄(본래 〈노인〉이라는 뜻이나 이 말 속에는 러시아 가부장제의 수장의 지혜를 뜻하는 〈현인〉의 의미가 들어 있다)로 불리웠으며, 그를 둘러싼 사람들에게서 거의 종교적인 〈존경심으로 가득 찬 분위기〉를 느낄 수 있었다고 한다. 그러나 그것은 터커 자신도 인정하고 있는 것처럼, 그의 마르크시즘에 관한 지식과 혁명에 대한 탁월한 지혜, 그리고 강철 같은 의지로부터 자연스럽게 형성된 분위기였다고 봄이 옳을 것이다.

한편 이 소설은 소비에뜨 리얼리즘의 원형을 보여 주고 있는 것으로 유명한데, 당시에 뚜르게네프는 이와 관련해서 다음과 같이 말하고 있다. 〈그의 문학적 스타일은 곤충의 알처럼 나에게 직접적인 혐오감을 일으킨다. 그러나 만일 이

것이 ─ 나는 예술이나 미에 대해선 말하고 싶지 않다 ─ 지
성인이 해야 할 작업이고 그 자체로 가치 있는 것이라면, 그
때 내가 할 수 있는 모든 것은 어딘가 의자 밑으로 벌레처럼
기어 들어가 숨는 것이다.〉 후에 레닌에 의해서 높이 평가되
었던 똘스또이 역시 이 작품의 지나친 낙관주의에 대해서 부
정적 태도를 취했던 것으로 알려지고 있는데, 사실 그뿐만
아니라 많은 작가와 비평가들이 이러한 정치소설에 대해서
거부감을 표시했던 것이 사실이다. 그렇다면 이 소설의 대중
적 인기가 19세기 후반이나 오늘날에 있어서도 좀처럼 줄어
들지 않고 있는 것은 미학적으로 어떻게 해명해야 할까? 바
로 이러한 사실과 관련해서 루카치는 『무엇을 할 것인가』에
관한 한 논문에서 〈참여적 리얼리즘〉을 주장함으로써 이 문
제의 해결을 시도하고 있다. 그에 의하면, 문학적인 성과만
가지고 볼 때 다른 작품에 견주어 질이 떨어지는 작품이라고
할지라도 정치적으로 중요한 영향을 미친 작품에 대해서는
그 참여적 리얼리즘을 인정해야 한다는 것이다. 이것은 작가
의 사회적 태도와 예술적 표현의 일치를 강조하는 소비에뜨
리얼리즘에 있어서 레닌의 당파성의 요구를 미학적으로 해
명하려는 시도와 밀접한 관련이 있다고 할 것이다.

　그런데 체르니셰프스끼가 당국의 검열을 의식하며 썼다는
사실에서 짐작할 수 있듯이 당시의 인텔리겐찌야들이 흔히
사용하던 〈이솝 우화〉식의 서술을 이 소설에서도 엿볼 수 있
는데 그 대표적인 것이 베라 빠블로브나의 네 번에 걸친 꿈
이다. 이 꿈 이야기는 체르니셰프스끼가 보여 주려고 했던
사회주의의 이상적 모습을 간직하고 있는데, 그것은 네 번째
꿈의 〈수정궁〉 이야기로 압축될 수 있을 것이다. 알루미늄과
수정으로 된 이 수정궁의 직접적 모델은 1851년 런던의 시드
넘 언덕에 세워졌던 산업 박람회라고 알려졌는데, 이것이 사

회주의의 모델로 전용된 것은 본래 그의 러시아의 농업 공동체(미르)에 대한 관심에서 비롯한 것으로 보인다. 그는 러시아는 농업 국가이기 때문에 산업화된 유럽의 사회주의로의 이행과는 그 길이 다르다고 보고 이 미르를 발전적으로 재구성하면 산업화의 단계를 거치지 않고서도 사회주의로 직접 도약할 수 있다고 보았다. 뒤에 이 미르는 레닌의 〈소비에뜨〉 이론에서 그 구체적인 결실을 보게 된다. 그런데 이 수정궁이 생시몽, 푸리에 등의 프랑스 공상적 사회주의를 이념적 모델로 한 것이라고 해서 당시 문단에 많은 논쟁을 불러일으켰는데 예를 들어, 도스또예프스끼의 『지하로부터의 수기』, 나보꼬프의 『선물』, 비또프의 『뿌쉬낀의 집』 등이 이 수정궁에 대한 반대 이념에서 쓰인 대표적인 작품들이다. 특히 도스또예프스끼는 이 수정궁이야말로 $2 \times 2 = 4$의 수학적 논리가 지배하는 사회로, 인간성이 매몰돼 버리는 사회라고 통렬히 비난하고 이른바 실천형의 인간이니 활동가니 하는 자들을 비아냥거리며 다음과 같이 말하고 있다.

그때에는 — 당신은 이것에 대해 말하고 있다 — 완전히 준비된 그리고 또한 수학적인 정밀함으로 계산된 새로운 경제 관계가 수립될 것이다. 그래서 순식간에 모든 있을 수 있는 문제들이 사라지게 될 것이다. 왜냐하면 이러한 문제들에 대한 모든 가능한 답들을 얻을 수 있다는 단순한 이유에서이다. 그때에는 수정궁이 완성될 것이다. 그때에는 한마디로 까간의 새가 날아와 앉을 것이다. 물론 그렇다고 해서 지루하지 않을 것이라고(이것은 내가 말하는 것이다) 결코 장담할 수 없다. (왜냐하면 모든 것이 도표에 따라 계산되어서 인간이 할 일이라곤 없을 것이기 때문이다.) 그 대신에 모든 것은 아주 이성적인 것이 될 것이다. 물론 권태 때문이라면 인간은 무엇인들 생각해 내지 못하겠는가! 결국 황금 핀도 권태 때문에 찔러 대는 것이다. 그러나 그것은 또한 그렇게 나쁜 것이 아닐지 모른다. 경멸해야 하는 것은(여전히 내가 말하는 것이다), 내가 알기로는 사람들이 황금 핀조차 환영할지도 모른다는 사실이다. 결국 인간은 어리석다, 보기 드물게 어리석다. 그가 결코 어리석지 않다 할지라도, 은혜를 모르기 때문에 그것을 보상하기 위해서 아무리 당신이 힘써 노력한다 할지라도 인간보다 더 은혜를 모르는 것은 결코 찾을 수 없을 것이다.

— 계동준 역, 『지하로부터의 수기』

그러나 이러한 도스또예프스끼의 비난은 수정궁으로 상징되는, 그 당시 유럽으로부터 러시아의 혁명 사상에 무분별하게 수입된 과학적 진보 사상을 겨냥한 것으로 체르니셰프스끼의 『무엇을 할 것인가』를 그 직접적 공격의 대상으로 한 것이라고 보기는 어렵다. 그 역시 이 소설을 매우 좋아했다고 전해지기 때문이다.

체르니셰프스끼는 1828년 볼가 강 근처의 중부 도시인 사라또프에서 한 성직자의 아들로 태어났다. 그의 어머니 역시 목사의 딸이었다고 한다. 그는 엄격하고 경건한 분위기 속에서 어린 시절을 보냈으며 열네 살 때에는 사라또프 신학교에 입학했다. 그러나 신학에 만족하지 않고 쌍뜨 뻬쩨르부르그 대학에 진학하여 슬라브 문헌학을 전공했다. 그리고 사회학에도 많은 관심을 보여 당시에 러시아, 프랑스, 독일에서 출판된 책들을 모조리 읽어 치웠다고 한다. 당시 유럽에서는 시민 혁명과 사회주의 혁명이 빈발했고, 러시아에서는 이에 대한 반동으로 니꼴라이 1세의 강압 정치가 이루어지던 때였다. 이 시절에 그는 학우들과의 토론을 통해 헤겔을 비판하고 포이어바흐의 인간학적 유물론을 수용했다. 그는 공산주의자들 중에서도 정치적 혁명을 중시한 프랑스의 루이 블랑을 특히 좋아했다고 한다. 대학을 마친 뒤 1851년 3월 그는 고향인 사라또프에 중등 교사로 내려갔는데 학생들에게 자유와 혁명을 불어넣고 있다는 당국의 혐의를 받아 2년 만에 그만두었다. 뻬쩨르부르그로 돌아온 그는 포이어바흐의 유물론을 미학적으로 해석한「현실에 대한 예술의 미학적 관계」라는 석사 학위 논문을 썼는데 그것을 계기로 평론 활동에 뛰어들었다. 그가 주로 활동한 것은『동시대인』지였다. 처음에는 이 잡지의 기고가로 일하다가 이 잡지에 대한 그의 영향력이 커지자 그가 중심이 되어 사회 정치 평론에 주력하였고 급진적 지식인들의 선도적 역할을 하였다. 특히 그는 농촌 현실과 관련해서 짜르 정부를 공공연하게 비난했다. 그를 위험한 지식인으로 지목해 예의 주시하고 있던 경찰은 1862년 그가 게르쩬 등 영국에 망명해 있는 자들과 접촉하고 있다는 증거를 만들어 그를 체포했다. 그리하여 그는 뻬뜨로빠블로프스끄 수용소에 갇히게 되었고 그곳에서 바로 이『무엇을 할 것인가』를 썼다. 이 책이 당시의 엄격한 검열을 통과하고『동시대인』지에 연재된 것은 검열관들의 부주의 때문이라고 알려져 있다. 이 책은 그 뒤 1860년대와 1870년대의 인민주의 운동에 결정적인 영향을 미쳤다. 실제로 그 당시 〈인민 속으로〉라는 기치 아래 수많은 귀족과 상류층 출신의 청년들이 가족과 주위 사람들의 반대를 무릅쓰고 이 소설을 손에 들고 농촌으로 내려갔으며 이 책을 읽은 사람들을 중심으로 각종의 생활 공동체가 조직되는가 하면 여성들을 부모의 속박으로부터 해방시킨다는 명분 아래 허위로 혼인 신고를 하는 예가 속출하여 사회를 경각 시키기도 했다. 그러나 그는 그 후 더욱 당국의 두려움을 사게 되어 여생을 거의 전부 감옥이나 시베리아 등 벽지에서 강제 노동과 유배 생활을 하며 끝마쳐야 했다. 그러나 그는 이상을 따라서 투쟁하다가 희생된 당시 지식인의 산표본으로 러시아 청년들에게 높이 추앙되었다.

카우츠키는 체르니셰프스끼에 대해서 언급할 때마다 체르니셰프스끼는 모든 사회주의자가 시인이고 모든 시인이 사회주의자인 시대에 살았다고 회상했다고 한다. 돌아보면 1860년대는 러시아 혁명사에서 처음으로 노도와 같은 혁명의 봇물이 터진 시대였다. 그리고 바로 그 선두에 체르니셰프스끼가 혁명의 기치를 높이 들고 광야의 예언자처럼 소비에뜨 혁명을 노래하며 서 있었다.

어느 시대, 어느 나라, 어느 민족에게나 영웅이 있다. 우리 역시 1980년대의 암울한 시기를 지나는 동안 겉에 나서지 않으면서 묵묵히 희생하고 산화해 간 수많은 친구, 동료, 선배, 후배를 갖고 있다. 그들에게 이 책을 바치고자 한다.

역자가 이 소설을 처음 기획했던 것은 3년 전 어느 출판사에 있을 때였다. 러시아 원본이 있다는 소식을 듣고 번역을 의뢰했으나 번역이 까다롭다는 이유로 지지부진 뒤로 미뤄졌다. 그러던 차에 지난 해 초에 역자가 영어본 완역판을 구하게 되어 미흡하나마 번역에 착수하게 되었는데 게으른 탓에 이제야 독자에게 내놓게 되었다. 러시아 원어로 된 것을 직접 우리말로 옮기지 못한 아쉬움이 있는데 차후에라도 더 좋은 번역본이 나오기를 기대한다. 다만 러시아어 고유명사의 표기법을 통일할 수 있었던 것은 전적으로 홍지웅 사장님의 덕분이다. 그 외에 번역상의 오류는 모두 역자의 책임이

다. 이 책의 대본은 1886년 N. Dole과 S. S. Skidelsky에 의
해 영역된 *What is to be done?*을 그 백 주년이 되던 1986년
에 Ardis 출판사에서 영인본으로 내놓은 것이다. 어려운 사
정에도 불구하고 이 책의 출판을 맡아 주신 열린책들과 책을
만드느라고 수고해 주신 편집부 여러분께 깊이 감사드린다.

1989년 1월
서정록

니꼴라이 체르니셰프스끼 연보

1828년 출생   7월 24일 사라또프에서 성직자의 아들로 태어남.

1842년 14세   사라또프의 신학교에 입학.

1846년 18세   신학교 4년 다니다가 자퇴함.

1846~1851년 18~23세   뻬쩨르부르그 대학에 입학(1846)하여 졸업(1851)함. 역사학, 철학, 언어학을 전공함. 포이어바흐의 『기독교의 본질』을 통해 유물론에 심취, 엘베시위스의 『정신론』으로 사상을 더욱 확고히 함.

1851년 23세   대학 졸업 후 사라또프의 한 고등학교 교사가 됨.

1852~1853년 24~25세   자유와 혁명 사상을 유포한다는 혐의로 교사직을 사임하게 됨. 올가 소끄라또브나 바실리예바와 결혼함. 올가와의 연애 과정을 그린 『나의 행복을 구성하고 있는 사람과 나의 관계에 대한 일기』를 씀.

1853년 25세   뻬쩨르부르그로 돌아옴.

1854년 26세   『조국』과 『동시대인』지에 원고를 기고하기도 했으며, 『동시대인』지의 편집장으로 활동함.

1855년 27세 「현실에 대한 예술의 미학적 관계」를 석사 학위 논문으로 발표함.

1856년 28세 그의 제자인 도브롤류보프에 대한 애정과 신뢰를 그린 반자전적 소설 『프롤로그』를 씀.

1858년 30세 논문 「농촌의 공동소유에 대한 철학적 편견에 대한 비판」 발표. 문학 평론지인 『동시대인』은 체르니셰프스끼에 의해 사회·정치 평론지로 성장함. 아들 미하일이 태어남.

1859년 31세 논문 「공동체적 소유에 대한 철학적 편견에 대한 비판」을 『동시대인』지에 발표.

1860년 32세 라브로프의 논문 「실천철학의 문제(개체론)」에 대한 반박으로 「철학에 있어서의 인류학적 원칙」을 발표. 「자본과 노동」 발표.

1861년 33세 「논쟁을 즐기는 사치스런 작품들」 발표. 11월 도브롤류보프 사망.

1862년 34세 8월 『동시대인』지 폐간됨. 뻬뜨로빠블로프스끄 수용소에 투옥됨.

1863년 35세 수용소 생활 중 대표적인 사회·정치 소설 『무엇을 할 것인가』를 발표.

1864~1871년 36~43세 트랜스 바이깔 수용소에서 노동 생활을 함.

1871년 43세 탈출 계획이 탄로되어 빌유이스끄로 이송됨.

1883년 53세 아스뜨라한으로 다시 이송됨. 1889년까지 6년간 아스뜨라한에서 유배 생활함.

1885년 57세 베버의 『세계사』를 번역함.

1889년 61세 석방되어 고향 사라또프로 돌아옴. 10월 29일 61세의 나이로 세상을 떠남.

열린책들 세계문학 089 무엇을 할 것인가 하

옮긴이 서정록 경기도 평택에서 출생하여 서울대학교 철학과를 졸업했으며 동 대학원에서 사회 철학을 전공했다. 지은 책으로는 『지금은 자연과 대화할 때』, 『백제금동대향로』, 옮긴 책으로는 마틴 제이의 『마르크시즘과 전체성』, 어슐러 르 귄의 『어둠의 왼손』, 스티브 월의 『지혜는 어떻게 오는가』 등이 있다.

지은이 니꼴라이 체르니셰프스끼 **옮긴이** 서정록 **발행인** 홍지웅·홍예빈
발행처 주식회사 열린책들 **주소** 경기도 파주시 문발로 253 파주출판도시
전화 031-955-4000 **팩스** 031-955-4004 **홈페이지** www.openbooks.co.kr
Copyright (C) 주식회사 열린책들, 1989, 2009, *Printed in Korea.*
ISBN 978-89-329-1006-2 04890 **ISBN** 978-89-329-1499-2 (세트)
발행일 1989년 2월 10일 초판 1쇄 1990년 11월 10일 초판 7쇄 1991년 2월 25일 2판 1쇄 1996년 12월 30일 2판 5쇄 2003년 5월 20일 신판 1쇄 2009년 12월 20일 세계문학판 1쇄 2018년 12월 20일 세계문학판 3쇄

이 도서의 국립중앙도서관 출판예정도서목록(CIP)은 서지정보유통지원시스템 홈페이지(http://seoji.nl.go.kr)와 국가자료공동목록시스템(http://www.nl.go.kr/kolisnet)에서 이용하실 수 있습니다.(CIP제어번호 : CIP2009003381)

각 권 8,800~15,800원